dtv
premium

Henrik Tandefelt

Lauf, Helin, lauf!

Roman

Aus dem Schwedischen
von Knut Krüger

Deutscher Taschenbuch Verlag

Ähnlichkeiten mit realen Personen wären rein zufällig.

Deutsche Erstausgabe
Juni 2004
Deutscher Taschenbuch Verlag GmbH & Co. KG,
München
www.dtv.de

Titel der schwedischen Originalausgabe:
›Som om‹ (Tre Böcker Förlag AB, Göteborg 2000)

Umschlagkonzept: Balk & Brumshagen
Umschlagfoto: © Corbis/Brian A. Vikander
Satz: Fotosatz Reinhard Amann, Aichstetten
Gesetzt aus der Garamond 10,75/12,5·
Druck und Bindung: Kösel, Krugzell
Gedruckt auf säurefreiem, chlorfrei gebleichtem Papier
Printed in Germany · ISBN 3-423-24404-6

I

Still fließen
die Morgensterne des Frühlings
wie Tropfen von Milch
in dunklem Wasser

Der Tau spiegelte die nackte Haut für den Bruchteil einer Sekunde in tausend kleinen Splittern, dort, wo der Bach zwischen Salweiden und Hagebuttensträuchern hindurchfloss. Elstern und Dohlen legten ihre Köpfe zur Seite, Enten watschelten schnatternd davon.

Sie trieb im Morgengrauen durch den Park, unter hölzernen Fußgängerbrücken hindurch bis in den unterirdischen Stadtkanal. Dort blieb sie hängen. Die Leiche hatte sich in einem weggeworfenen Fahrrad verhakt.

Studienrat Brunström spazierte mit seinem strammen Mops Darling stromaufwärts. Ein früher Morgen im Juli. Unter Missachtung der Stadtparkverordnung preschte der Hund plötzlich davon. Als Darling mit einem glänzenden Spitzenhöschen zurückkam, kommandierte Studienrat Brunström: »Aus!«, sah sich verschämt um und manövrierte das Höschen mit dem Schuh unter einen dichten Rosenbusch.

*

Neid? Nicht direkt. Vielleicht fühle ich mich ein bisschen allein gelassen. Ingbritt und Lindström haben jetzt dieses Ferienhaus in Småland. Wollen dort einen langen Urlaub verbringen, vielleicht für immer dorthin ziehen. Ich werde mich einsam fühlen.

Aber ich will nicht klagen. Stelle bloß fest, dass ich teilnahmslos und erschöpft bin, fahrig und deprimiert. Nachdem ich fast ein Jahr lang Schikanen und Morddrohungen ausgesetzt war, brauche ich meine besten Freunde. Es ist ja alles vorbei jetzt, aber die Erinnerungen sind allgegenwärtig. Schlafe schlecht, habe Magenschmerzen, muss mein Leben wieder in den Griff bekommen, mich um meinen Beruf kümmern. Er ist es wert. Soll man dankbar sein?

Vielleicht wäre ich zerbrochen, hätte sich Lindström in seiner Eigenschaft als Kriminalkommissar nicht des rassistischen Mobs angenommen, die Sorgen mit mir geteilt, mich gestützt … Gemeinsam sind wir mit ihnen fertig geworden. So haben wir uns kennen gelernt. Auf Lindström war Verlass gewesen. Zwar hegte er in der Mordsache einen gewissen Anfangsverdacht gegen mich, und das nicht einmal grundlos, aber wir wurden Freunde. Gute Freunde.

Ein bisschen neidisch bin ich natürlich doch. Auch mir würde es gut tun, eine Weile auf dem Land zu wohnen: neue Kraft schöpfen, ein normales Leben führen, mir die Wunden lecken und allmählich mein altes Leben als Josef Friedmann, freiberuflicher Fotograf und Journalist, wieder aufnehmen. Mich auf eine interessante Arbeit konzentrieren, im Chor singen, mein Saxofon blasen, Basketball spielen … Davon träume ich jetzt.

Träume haben wir alle. Ingbritt träumt schon lange davon, auf den Hochebenen Smålands zu wohnen. Jetzt, nachdem sie gekündigt hat, soll es so weit sein. Abende lang haben sie und Lindström am Küchentisch Landkarten studiert, Fotos verschiedener Traumhäuser angesehen und geredet, geredet, geredet.

Lindströms Sommer war ziemlich schweißtreibend gewesen: voller nervtötender bürokratischer Schikanen und Recherchen für das Reichspolizeiamt – doch jetzt locken lange Ferien. Sämtliche Überstunden und alle mehr oder minder freiwillig angehäuften Urlaubstage reichen so lange, bis die Landschaft die Farben wechselt und die Vögel gen Süden ziehen. Lindström mag den Herbst.

Sein alter Volvo ächzt und stöhnt, als er sich voll beladen über die staubigen Hügel zwischen Idhult und Norra Bråta quält. Der ganze Krempel im Auto gerät auf der Steigung ins Rutschen. Die breite, öde Straße durch Vimmerby wäre in jedem Fall schneller gewesen und nicht so steil, doch von Kisa über Österbymo und Svinhult zu fahren und dann den Kiesweg durch Hamra und Gnöst zu nehmen ist ein Erlebnis für sich und eine hübsche Einstimmung auf das småländische Hochland.

Lindström ist kein Freund breiter Straßen.

Ingbritts Wurzeln liegen in der Nähe von Ingatorp. Die Eltern ihrer Mutter haben dort gelebt. Vom Hof und den glücklichen Sommererinnerungen an Himbeersaft in der Gartenlaube ist nichts geblieben; schnell wachsende Fichten ziehen sich in langen Reihen über Wiesen und Äcker. Ein überwucherter Backsteinhaufen. Verwilderte Rosen. Ein Aluminiumblech auf einem rostigen Eisenrohr berichtet dem Wanderer, dass sich an dieser Stelle einst ein kleiner Bauernhof befand. Mehrere Generationen arbeiteten hier im Steinbruch. *Kullshester, 1709–1954*, steht auf dem Schild. In den Wäldern Smålands gibt es viele solcher Schilder. Durch einen Zufall hörte Ingbritt eines Tages von einem Hof in dieser Gegend, der zum Verkauf stand.

Direkt vom Eigentümer
Gut Finneryd zwischen Ingatorp und Rumskulla

Rostrotes Holzhaus mit weißen Verzierungen und Schnitzereien. Gewisser Renovierungsbedarf. Großes, frei gelegenes Grundstück mit 7.200 m². Eingewachsener Garten. Äpfel- und Kirschbäume sowie Stachelbeersträucher. Besondere Lage. Sickergrube und eigener Brunnen vorhanden. Erdgeschoss: Diele, Wohnküche mit Feuerstelle, großes Wohnzimmer, kleiner Arbeitsraum, WC und Bad. Offener Kamin und Kachelofen. Obergeschoss: Diele, zwei Schlafzimmer, Kleiderkammer und WC, Kachelöfen.
Kleiner Stall, Schuppen mit Ziegelofen, Holzverschlag, früherer

Hühnerstall und Garage in gutem Zustand. An handwerklich geschickte Person günstig abzugeben. 205.000 Kronen oder gegen höchstes Gebot.

Ingbritt hatte keine Sekunde gezögert und den Großteil ihrer Erbschaft von Tante Signe auf den Kopf gehauen.

»Wie kannst du nur einen Hof für 205.000 Kronen kaufen, ohne ihn dir vorher angesehen zu haben«, maulte Lindström, als er von ihrem Coup erfuhr.

»Ich weiß doch, wie er aussieht, bin als Kind oft dort gewesen. Außerdem habe ich den Preis runtergehandelt«, erklärte Ingbritt treuherzig.

»Hört, hört! Und was hast du schließlich bezahlt?«, brummte Lindström.

»135.000. Das ist er in jedem Fall wert, selbst wenn ein paar Reparaturen anfallen. Und weil du doch so geschickt bist, so gerne tischlerst und selbst gesagt hast, dass du eine Beschäftigung brauchst, bei der du richtig abschalten kannst ...« Ingbritt legte den Kopf zur Seite und blinzelte ihm unter ihrem blonden Pony liebevoll zu. Sie wusste genau: damit hatte sie ihn.

Und natürlich freute er sich. Es würde ganz wunderbar werden, sich tischlernderweise im Wald zu verstecken, jetzt, da er endlich sämtliche Überstunden und angesparten Urlaubswochen in lange, zusammenhängende Ferien umwandeln konnte. Die Polizei in Boköping musste bis auf weiteres ohne ihn klarkommen. Kriminalkommissar Lindström hatte sich freigenommen!

Das Auto rumpelt bei Gnöst über den Kiesweg.

Die Würfel sind gefallen. Das Haus gehört Ingbritt. Er tröstet sich mit dem Gedanken, dass man nicht zwangsläufig übers Ohr gehauen wird, nur weil man ein gutgläubiger Mensch ist. Seine Skepsis verbucht er als Berufskrankheit; gut fünfundzwanzig lange Jahre bei der Polizei in Boköping haben ihre Spuren hinterlassen.

Doch solche Gedanken schüttelt er schnell wieder ab.

Das werden unsere zweiten Flitterwochen, lange Flitterwochen, sagt sich Lindström und legt seine rechte Hand liebevoll auf Ingbritts Oberschenkel.

Das ist genau das, was ich brauche, denkt er, als sie bei Silverån über die Bezirksgrenze fahren. Ein paar Kilometer weiter parkt er den Wagen in der Auffahrt vor ihrem Traumhaus. Ein Blick auf das rostrote Gebäude und Lindströms Laune bessert sich schlagartig.

Hier und jetzt beginnt ein neuer Lebensabschnitt.

Die Schulbusse sammeln sämtliche Kinder der Umgebung auf und entleeren ihre lärmende Fracht vor Ekelunds Grundschule und dem Neubau des Åkerdalen Gymnasiums.

Auf den Fahrradwegen und Straßen, die zum Bahnhof führen, drängen sich die Jugendlichen. Auch eine halbe Stunde nach Unterrichtsbeginn sind noch vereinzelt Schüler unterwegs. Zweiunddreißig von ihnen haben in der ersten Stunde Schwedisch bei Arvid Lönnholm.

Elf der zweiunddreißig sind abwesend, was an einem Montagmorgen nicht ungewöhnlich ist. Lönnholm spürt, wie sein Adrenalinspiegel schon um 8.15 Uhr in die Höhe schnellt. Das kann einfach nicht gesund sein. Doch er fährt fort, die Namen aufzurufen und auf der Klassenliste abzuhaken. Die softwaregestützte Anwesenheitskontrolle funktioniert wie üblich: überhaupt nicht.

Dreißig Jahre im Schuldienst wiegen schwer. Ein Sabbatjahr würde Arvid Lönnholm gut tun, aber das kann er sich nicht leisten. Lönnholm ist vielleicht ein bisschen altmodisch, etwas verstaubt, doch sobald ihn die Schüler besser kennen lernen, begreifen sie in der Regel, welches Glück sie mit ihm haben. Sein Spitzname »Onkel« erfüllt Lönnholm zu Recht mit Stolz.

Nach Unterrichtsschluss geht er in sein Büro, das er sich mit seinem Kollegen Brunström teilt, um ein paar Unterlagen zu holen.

Das Schulhalbjahr beginnt zäh, und unter dem neuen Rektor verspricht nichts einfacher zu werden. Ein Pedant, der gern Pädagogik mit Budget verwechselt. Euripides und Dante sind ihm fremd, aber jede Krone umdrehen, das kann er.

Auf dem Weg zu seinem Fahrrad wird Lönnholm von nagender Unruhe befallen; er macht sich Sorgen um die Schüler, die seit Beginn des Halbjahres noch kein einziges Mal zum Unterricht erschienen sind. Sicher, das kommt schon mal vor...

Vielleicht sollte ich früher in Rente gehen, denkt er und sichert seine Hosenbeine mit Wäscheklammern.

Lindström repariert als Erstes einen kleinen Riss im Schornstein, tauscht Dachplatten aus und erneuert einige Ziegel. Die Elektroinstallationen sind zum Glück in Ordnung.

Nachdem er ein paar kräftige Haken in die Wand geschlagen und sein neues Trainingsgerät, ein Crescent Decca Rennrad, aufgehängt hat, widmet er sich den buckligen Innenwänden, die er mit Isolierpappe, Holzlatten, Steinwolle, Bauplatten sowie neuen unifarbenen Tapeten ausstatten will, die Ingbritt mit einer alten Bürste verzieren wird. Als er die Tapeten entfernt, kommt zunächst mit Heftzwecken befestigte Wellpappe zum Vorschein, hinter der sich schichtweise Zeitungspapier, weitere Pappen und Tapeten verbergen. Wie Jahresringe. Isolation: Fehlanzeige, und in den Ritzen nichts als Moos. Lindströms Laune sinkt bei dem Gedanken an den nächsten Winter beträchtlich.

Die geräumige Küche wird von einer Siebziger-Jahre-Tapete verunstaltet. Ingbritt weigert sich, auch nur einen Fuß in die Küche zu setzen, falls die dunkelrote Tapete mit ihren aufgedruckten Weinflaschen und Bastkörben, den stilisierten Reben und vollbusigen, halb nackten Weinstampferinnen nicht auf der Stelle verschwindet. Die unangenehme Aussicht, künftig sämtliche Küchenarbeiten allein verrichten zu müssen, lässt Lindström auch hier aktiv werden.

Unter der verhassten Tapete befinden sich mehrere Lagen der Zeitungen ›Vimmerby Tidning‹ und ›Dagen‹. Lindström gönnt sich eine Pause und wirft einen Blick auf die spröden, vergilbten Seiten der ›Vimmerby Tidning‹ vom 29. April 1977:

Landwirt von hydraulischer Holzschneidemaschine tödlich verletzt

Ein schweres Unglück ereignete sich am Samstag in Mariannelund. Aus bisher ungeklärter Ursache geriet der Landwirt Bertil Svärd mit dem Kopf in eine automatische Holzschneidemaschine. Er war auf der Stelle tot.

Seine Frau Ulla befand sich zum Zeitpunkt des Unglücks in der Küche. Als sie in die Scheune ging, um nach ihrem Mann zu sehen, fiel sie angesichts des entsetzlichen Anblicks sogleich in Ohnmacht. Nachdem sie wieder zu sich gekommen war, kam der Bruder des Verunglückten zufällig vorbei. Er kümmerte sich um seine Schwägerin und verständigte Polizei und Krankenwagen, die sich unverzüglich an der Unfallstelle einfanden. Für den Verletzten kam jedoch jede Hilfe zu spät.

Der Polizei zufolge war es das erste Mal, dass sich ein derartiges Unglück in diesem Bezirk zugetragen hat.

Nach dem späten Mittagessen – verschieden gefüllte Ofenpfannkuchen und ein nach Knoblauch duftender Salat – legt sich Lindström mit einem Buch aufs Bett. ›Männergedichte von der Liebe‹, ein Geschenk von seiner Frau. Eine Viertelstunde später ist er in tiefen Schlaf gefallen.

Das leise Schnarchen, das aus dem Schlafzimmer im ersten Stock dringt, ist auf der überdachten Veranda nicht zu hören. Ingbritt trinkt ihren zweiten Whisky und raucht einen langen, schmalen Zigarillo. Um die Mücken zu verscheuchen. Das Abendlicht schwindet. Die dunkle Wildnis erwacht zum Leben, und es gibt hier so viel mehr Sterne als in der Stadt. Genau wie bei ihren Großeltern. Wie oft hatte sie dort auf der Wiese gemeinsam mit ihrem Hund Ture auf einer Wolldecke gelegen und die Sternschnuppen gezählt. Die Kälte der Erde und die

Wärme des Hundes hatten ihr ein Gefühl von Freiheit und Sicherheit gegeben. Zu dieser Zeit hatte sie Astronomin werden wollen. Sie wurde Mittelstufenlehrerin für Schwedisch und Englisch, später auch für Sozialkunde. Ganz folgerichtig, wenn man auf eine mehrjährige Ehe mit einem Kriminalkommissar zurückblickt.

Über den Wipfeln der Fichten blinkt ein Flugzeug. Es ist stockdunkel.

Inbgritt hat sich lange danach gesehnt, ihren eigenen Lebensrhythmus zu finden und Augen und Ohren Ruhe zu gönnen. Hin und wieder hatte sie in Erwägung gezogen, sich von einer kleineren Schule in Småland anstellen zu lassen. Gewiss, Lehrer wurden schon gesucht, aber in die Jahre gekommene Polizisten? Nein, sie waren wohl oder übel gezwungen, in ihrem Haus in Boköping wohnen zu bleiben. Gefangen in diesem bigotten kleinen Städtchen.

Doch zwanzig Jahre als Mittelstufenlehrerin in Boköping waren genug. Nicht, weil sie die Schüler satt gehabt hätte. Aber sie hatte genug von dieser Schule und von dieser Gemeinde, die vor kurzem erst als ahnungsloser Geldgeber für eine rassistische Jugendclique enttarnt worden war.

Die Signale waren zahlreich und überdeutlich gewesen, aber die Schule hatte nicht eingegriffen, sondern tatenlos zugesehen, wie sich Kinder zu Rassisten entwickelten.

Nachbarn, Kollegen, alle wussten, dass Ingbritt mit dem Kommissar verheiratet war, der die Ermittlungen leitete, und dass sie mit der Person Umgang pflegten, die das Ganze aufgedeckt und »Boköping in den Schmutz gezogen« hatte.

Auch jetzt gab es im Kollegium noch Stimmen, die meinten, man hätte die Angelegenheit auf sich beruhen lassen sollen. Herrgott, wie ihr diese Kollegen zum Hals raushingen!

Während des vergangenen Jahres hatte ihr Beruf viel von seiner Freiheit und Kreativität eingebüßt. Die Atmosphäre in der Schule wurde zusehends roher. Im Herbst hatte sie zwei Stilette beschlagnahmt. Einer ihrer Schüler war auf dem

Schulhof von einer Mädchengang aus der Oberstufe überfallen und ausgeraubt worden. Sie selbst war zwar noch nicht als Schlampe tituliert worden, doch war sie es leid, dass sich die Kinder gegenseitig als Tucke, Nigger und Nutte beschimpften.

Als einem ihrer Schüler mit offenkundiger Legasthenie Fördermaßnahmen verweigert wurden, war dies der Tropfen gewesen, der das Fass für sie zum Überlaufen brachte.

Nach und nach hatte sie alle Freude an ihrem Job verloren, sie war ständig krank, bis der Arzt ihr alle Symptome völliger Erschöpfung bescheinigte.

Während sie zu Hause lag, so ausgebrannt, dass sie sich nicht einmal auf eine Frauenzeitschrift konzentrieren konnte, rief ständig der Direktor an und lag ihr in den Ohren, wie schwer es sei, eine Vertretung zu organisieren.

Beim vierten Anruf empfahl sie ihm zur Hölle zu fahren. Kurz darauf reichte sie die Kündigung ein.

»Hast du die Sternschnuppe gesehen? Was wünschst du dir?« Lindström ist aufgewacht. Er steht hinter ihr und stopft seine Pfeife.

»Ach, ich habe gerade an die Schule gedacht.«

»Ich glaube, ich nehme auch einen Whisky. Steht die Flasche in der Küche?«

»Nein, hier auf der Treppe«, sagt Ingbritt.

»Ich hole nur noch ein Glas und eine Kerze.«

Der nächste größere und gut sortierte Supermarkt liegt in Vimmerby. Diesmal kaufen sie außer den üblichen Vorräten rostrote Farbe bei *Johansens Färg & Frö* und investieren in einen besseren Whisky. Josef Friedmann hat seinen Besuch angekündigt.

Ein guter Deal: Josef kann eine Weile bleiben und hilft dafür beim Malern. Sofern das Wetter hält, könnten sie das Haupthaus und die kleineren Gebäude innerhalb von vierzehn Tagen bewältigen. Für Josef, dem es in letzter Zeit nicht besonders gut zu gehen schien – eine verspätete Reaktion auf all die Schikanen – die reine Therapie. Obwohl inzwischen fast zwei Jahre vergangen waren, ließ er immer noch die Flügel hängen.

Zuerst wickele ich meine langen Jeansbeine aus dem Wagen, die strumpflos in Sandalen stecken. Dann zwänge ich meinen schwarzen Schopf aus der Türöffnung und schließlich den Rest: 193 magere Zentimeter.

Nachdem ich meine Körperteile sortiert habe, überreiche ich mein Gastgeschenk: einen rauchigen irischen Whisky.

»Habe Verwandte besucht, mit der Finnlandfähre«, erkläre ich. »Und in Ungarn war ich auch«, füge ich hinzu, öffne den Kofferraum, hebe zuerst einen Karton Tokajer und dann Muffins, einen 46-Kilo-Hund aus dem Wagen, der immer mitwill und meistens mitdarf.

»Neues Auto? Na, mal sehen, wie lange der hält.« Lindström mustert meinen bordeauxroten Citroën XM Kombi eher skeptisch.

»Lange, hoffe ich, er fährt sich ganz wunderbar und bietet auch Muffins genug Platz. Nur das Ein- und Aussteigen ist für mich manchmal etwas anstrengend …«

»Warum bist du auch so ein langer Lulatsch!«

Lindström führt mich zum Gemüsegarten, der umgegraben und von Nesseln und Disteln befreit werden muss. Zeigt mir das Haus, das einen Anstrich benötigt, und die Wände, deren Isolierung ansteht. Ich frage mich, ob es nicht genau das ist, was ich brauche – praktische und ein wenig anstrengende Arbeit.

»Habe rostrote Farbe gekauft, original ›falurött‹. Unglaublich, was Farbe heutzutage kostet.« Meine gemurmelte Bemerkung, die hätte man auch selbst mischen können, wird von ihm geflissentlich überhört.

»Wie geht's dir eigentlich?«, fragt er. Was soll ich darauf antworten?

Wir machen einen ausgiebigen Rundgang über das Grundstück, besichtigen die Lichtung im Wald, bewundern die hohen Kiefern, besuchen die Quelle, die ein paar hundert Meter entfernt liegt, genießen die Luft, den Duft von Wald, Moos und Pilzen.

Muffins hebt sein Bein zwischen den Stachelbeersträuchern.

Zum Essen gibt es selbstgemachte Bratwürste vom Schlachter in Ingatorp, Kartoffeln in Béchamelsauce, grüne Bohnen und Salat. Später am Abend rührt Ingbritt einen dunklen, klitschigen Schokoladenkuchen zusammen.

»Kommt, wir setzen uns noch ein bisschen vors Haus und betrachten die Sterne«, schlägt Ingbritt vor.

»Ein Kuchen aus dem tiefsten Småland, Negerkuchen hieß das früher«, sagt Lindström.

»Kleiner Verstoß gegen die Political Correctness«, kichert Ingbritt. »Apropos, bekommst du immer noch Drohbriefe?«, fragt sie mich.

»Ab und zu. Ich versuche sie nicht zu beachten«, seufze ich.

»Schaut mal, was ich unter den alten Tapeten entdeckt habe«, sagt Lindström und trägt ein Windlicht nach draußen. »Haufenweise alte Zeitungen, Lokalnachrichten.« Er zeigt einige zerknitterte, vergilbte Zeitungsseiten. Wir lesen uns gegenseitig ein paar Artikel vor und trinken Whisky dazu. Die Abendluft kühlt ab, Ingbritt hüllt sich in eine Decke.

»Hier, hört mal, eine richtig grausige Geschichte«, sagt sie, »29. April 1977. Jemand ist mit seinem Kopf in so einer Holzschneidemaschine stecken geblieben, pfui Teufel, so ein Ding kommt mir jedenfalls nicht ins Haus!«

Wir füllen die Gläser auf und Ingbritt holt einen ihrer langen schwarzen Stinkarillos heraus.

»Das Unglück hat sich gar nicht weit von hier ereignet. Ich weiß genau, wo Hackhult liegt ...«

Für eine Weile wird es ruhig, ein kühler Wind säuselt durch den Wald.

»Wusstet ihr, dass die Bevölkerung in dieser Gegend seit den sechziger Jahren um 1.600 Personen geschrumpft ist? Wird langsam leer hier«, fährt Lindström fort.

»Falls es hier irgendwo spuken sollte, ist Hackhult sicher ein geeigneter Ort. Vielleicht treibt der verstorbene Landwirt dort sein Unwesen … noch jemand Erdnüsse, Salzstangen?«, fragt Ingbritt.

»Übrigens bin ich kürzlich einem alten Mann aus dieser Gegend begegnet«, berichtet Lindström. »Er hat mir erzählt, dass die Frau des Verstorbenen inzwischen in Vimmerby lebt und mit dem Bruder ihres toten Mannes verheiratet ist.«

»Verbrechen aus Leidenschaft, hach …«

Lindström schließt sich meinem kleinen Abendspaziergang mit Muffins durch die Dunkelheit an. Zwanzig Minuten später kehren wir nach Hause zurück. Ingbritt hat Tee gekocht und ist auf eine weitere Zeitungsnotiz über Hackhult in der ›Vimmerby Tidning‹ vom 20. Mai 1977 gestoßen:

Forstwirtschaftsunternehmen erwirbt Hof Hackult

Vergangenen Samstag kam der Hof Hackhult in Mariannelund nach einer spannenden Auktion für 2,3 Millionen Kronen unter den Hammer. Das Forstwirtschaftsunternehmen Näsby AB erhielt schließlich den Zuschlag, nachdem eine Privatperson aus Hjältevad lange mitgeboten hatte.

Der Geschäftsführer des Unternehmens, Tony Grenmarker, zeigte sich gegenüber der *Vimmerby Tidning* hoch zufrieden mit dem Erwerb.

V. T.: »Aber haben Sie letztlich nicht einen enorm hohen Preis bezahlt?«

T. G.: »Das mag so aussehen, doch wir betrachten den Kauf als langfristige Investition. Da die Weiden an zwei Stellen an Grundstücke unseres Unternehmens angrenzen, werden wir Rationalisierungsgewinne erzielen.«

V. T.: »Sie hatten diesen Grund also schon lange im Auge?«

T. G.: »Das ist richtig. Hackhult stellt eine wertvolle Ergänzung zu unserem bereits bestehenden Grundbesitz dar. Wir waren sehr erfreut, als wir vor ein paar Monaten eine erste Anfrage erhielten, und bereits Ende März konnten wir uns von dem hervorragenden Zustand des Grundstücks überzeugen.«

Durchgeführt wurde die Auktion von Lars-Erik Eriksson aus Eksjö, für Kaffee und Bewirtung zeichneten Majlis und Gullveig Fransson verantwortlich.

»Was sagt ihr dazu? ›Vor ein paar Monaten.‹ Noch bevor das Unglück geschah, haben sie den Grund zum Kauf angeboten bekommen und ihn schon im März in Augenschein genommen! Das, meine Herren, riecht verdammt nach Mord!« Ingbritt triumphiert.

»Ach was! Er wollte den Hof eben verkaufen. Was ist daran so ungewöhnlich?«

»Irgendjemand wusste bereits vor dem Tod des Alten von dem geplanten Verkauf. Gib zu, dass das verdächtig ist«, sagt Ingbritt.

»Einverstanden, um des lieben Friedens willen.« Lindström lacht.

»Lach du nur, ich werde der Sache auf den Grund gehen, und auf deine Hilfe kann ich dabei gut verzichten!«

»Ingbritt hat vielleicht Recht. Der Fall wurde ja offenbar nie richtig aufgeklärt. Es könnte sich lohnen, einen Blick auf die polizeilichen Ermittlungen zu werfen. Wie zum Teufel gerät man mit dem Kopf in eine hydraulische Holzschneidemaschine?«

»Okay, ich werde mit meinen Kollegen in Jönköping sprechen und mit Lennart …«

»Das lässt du schön bleiben!«, entgegnet Ingbritt. Ihre blauen Augen blitzen. »Ich recherchiere, ihr malert und tischlert!«, kommandiert sie.

Ihr kriminologischer Ehrgeiz ist erwacht.

2

Frei laufende Hühner, Apfelbäume und Stachelbeersträucher. Ein gepflegtes Grundstück. In der geöffneten Garage sind ein Lastenmoped und ein alter hellgrauer Volvo Amazon zu sehen, dessen Lack vollkommen matt ist. Ein Jagdhund bellt in seinem Zwinger.

Lilla Århult, der Nachbarhof. Ingbritt klopft, wartet.

Eine weißhaarige Frau kommt vom Hühnerstall herüber, blaue Schürze, graue Strickjacke und ein Korb Eier.

»Es nützt nichts zu klopfen. Er hat das Radio an, da hört er nichts. Aber kommen Sie doch herein«, sagt sie freundlich. »Unsere neuen Nachbarn? Darf ich Ihnen einen Kaffee anbieten?«

»Entschuldigen Sie, dass ich Sie einfach überfalle, aber ich wollte mich endlich mal vorstellen. Ich komme hoffentlich nicht ungelegen?« Ingbritt überreicht lächelnd ihren Hefezopf.

»Ich backe nur noch selten einen Hefezopf, das Rheuma«, sagt die Alte und zeigt ihre knotigen Hände. »Das wäre doch nicht nötig gewesen, vielen Dank«, fügt sie hinzu und macht beinahe einen Knicks.

Helge und Ebon. Olsson auf Lilla Århult sind längst pensioniert, das Weideland ist verpachtet, der Wald wächst und wartet darauf, dass ein Sohn den Hof übernimmt, vermutet Ingbritt.

Aus dem Nebenzimmer dröhnt der Wetterbericht. Ebon stellt den Korb mit Eiern auf die Ablage und die Kaffeekanne auf den Herd. Das elektrische Kochfeld daneben wird offenbar nur selten benutzt. Auf dem Boden stehen ein Vorratsbehälter für das Brennholz sowie eine Schale Milch für die Katze, die sich satt und zufrieden auf der Fensterbank zusammengerollt hat.

Ingbritt nimmt auf dem Sofa unter einem großen Foto von Thorvaldsens Jesusstatue Platz.

Fünf Sorten Gebäck, ein Heidelbeerkuchen, dünnes Porzellan mit blauen Girlanden auf weißem Spitzendeckchen. Ebon streicht mit der Hand über die Tischdecke. Sie ist neugierig. Natürlich will sie wissen, was Ingbritt und ihren Mann nach Småland verschlagen hat, ob es ihnen gefalle, woher sie kämen, ob sie sich hier niederlassen wollten, was ihr Mann von Beruf sei.

Als Ingbritt mit fester Stimme berichtet, die Eltern ihrer Mutter seien aus dieser Gegend, stellt sich heraus, dass Ebon und Helge Olsson sie bereits von früher kannten. So bleibt es Ingbritt erspart, über den Job ihres Mannes zu sprechen. Die meisten Menschen reagieren nervös, wenn sie hören, dass Lindström Kriminalkommissar ist.

Ingbritt erklärt, sie suche eine Stelle als Lehrerin und wolle ihren Wohnsitz ganz hierher verlegen.

Plötzlich verstummt das Radio. Helge betritt den Raum, verwundert.

»Oh, wie haben einen Gast. Von Finneryd?« Seine Stimme ist laut und kräftig. Helge ist ein derber Kerl mit Stiernacken, der aussieht, als brauche er keinen Wagenheber, um einen Reifen zu wechseln, denkt Ingbritt, als er sich schwer auf einen der Stühle fallen lässt.

Langsam tauen sie auf und sind rasch beim Dorfklatsch angelangt. Es dauert nicht lange, bis Helge auf das grässliche Unglück zu sprechen kommt, das sich seinerzeit auf Hackhult ereignet hat.

»Das ging nicht mit rechten Dingen zu«, sagt er nachdenklich. »Jemand kann sich eine Hand oder einen Finger einklemmen, aber den Kopf? Nein.«

»Die Polizei war da, damals ...«, flüstert Ebon, »aber an der Sache war von Anfang an was faul.«

»Bertil war ein tüchtiger Arbeiter, vielleicht ein bisschen eigen und verschlossen, aber tüchtig, das war er zweifellos. Hat sich nie was zuschulden kommen lassen und war ein ehrlicher und sparsamer Geschäftsmann. Ja, er war ein feiner Kerl«, sagt Helge.

»Das Forstwirtschaftsunternehmen hat den Grund gekauft?«, fragt Ingbritt.

»Die kaufen alles. Wer könnte es sich sonst leisten, Preise zu zahlen, die über Marktniveau liegen?«

»An die werden wir mit Sicherheit nie verkaufen, darauf können Sie sich verlassen!«

»Gab es noch andere Interessenten?«, fragt Ingbritt.

»Aber ja. Jan-Olof aus Högåsa und ein paar andere Kleinbauern aus der Gegend. Einer aus Hjältevad war auch dabei, aber der wollte vermutlich nur den Preis hochtreiben. Ist für das Unternehmen ein teurer Spaß geworden«, sagt Helge mit blitzenden Augen.

»Und die Erben konnten einen Batzen Geld unter sich aufteilen ...«

»Ja, hat sich bestimmt gelohnt für seine Frau und seinen Sohn Anders. War ein aufgeweckter Junge, ist auf die weiterführende Schule gegangen und hat Abitur gemacht. Sie müssen nämlich wissen, dass Bertil vor seiner Ehe schon mal verlobt war.«

Ebon räuspert sich vernehmlich.

»Sie hieß Astrid, ein stattliches, nettes Mädel aus Eksjö.«

Ebon versucht, das Gespräch in eine andere Richtung zu lenken, schenkt Kaffee nach und erkundigt sich nach Ingbritts Handarbeitskünsten.

»Sie waren verlobt und wollten heiraten«, fährt Helge indes unverdrossen fort. »Doch irgendetwas kam ihnen dazwischen, und später – Anders war erst zwei Jahre alt – kam sie bei einem Verkehrsunfall ums Leben. Armes Ding, so jung, so hübsch ... und gerade erst Mutter geworden ...«

»Das war sicher eine schwere Zeit für Bertil«, lässt Ingbritt nicht locker, und Helge nimmt unverzüglich den Faden wieder auf:

»Während des ersten Jahres, nein, mehrere Jahre lang hatte Bertil eine Freundin, die sich um den Kleinen und um den Haushalt gekümmert hat. Im Sommer waren sie hier und haben Stachelbeeren gepflückt. Netter Bursche, dieser Anders, erinnerst du dich daran, Ebon, wie gern er deinen Himbeersaft getrunken hat?«

»Ja. Anders liebte Himbeersaft!«

»Ja, ja, ein süßer kleiner Racker, aber dann kam ja die neue Frau ...«

»Die war nicht von hier«, schaltet Ebon sich ein, und Ingbritt ahnt, dass Zugereiste grundsätzlich erst mal mit einer gehörigen Portion Argwohn betrachtet wurden. Ebon steht auf und geht zur Standuhr, zieht das Gewicht nach unten und gibt dem Pendel einen Stoß.

»Die glaubte, sich hier als Gutsherrin aufspielen zu können«, schnaubt sie.

»Nach Bertils Tod hat sie sich sofort mit seinem Bruder eingelassen. Später haben sie dann geheiratet, allerdings nicht kirchlich.«

»Und kaum erwarten konnten sie's, mit dem Verkauf und der Hochzeit. Bertil war ja kaum unter der Erde.«

»Nicht einen Kiefernzapfen hätte der dem Unternehmen verkauft«, sagt Helge kopfschüttelnd. »Das steht fest. Und seine Witwe hat nichts Besseres zu tun, als das Unternehmen zur Auktion einzuladen ...«

»Manche sind eben mit allen Wassern gewaschen«, konstatiert Ebon. »Sofort wieder zu heiraten, und das nach einem so guten und lieben Mann wie Bertil. Seinen eigenen Bruder ... als hätte sie überhaupt nicht getrauert ...«

»Erzählen Sie mir doch ein bisschen mehr von Bertil.«

»Ein guter Kerl«, entgegnet Helge. »Sehr fleißig. Hat den Wald in Ordnung gehalten und den Hof gut bewirtschaftet. Schludrigkeit gab's bei dem nicht. Ob Traktor oder Auto, immer hat er alles selbst repariert, und getrunken hat er auch nicht.«

»Zwar hat er sich nicht oft in der Kirche blicken lassen«, wirft Ebon ein, »aber andererseits ... Alle wussten, dass Bertil in Ordnung war. Ist auf dem Hof zur Welt gekommen, wie schon sein Vater und sein Großvater.«

Irgendwann verabschiedet Ingbritt sich und verspricht, beim nächsten Mal ihren Mann mitzubringen. Sie hat das Gefühl, dass es sich für eine Frau nicht schickte, den Antrittsbesuch bei den Nachbarn unangekündigt und allein zu absolvieren. Die Etikette verlangte wohl die Gegenwart des Ehemannes.

Das Verschwinden von Helin Aras löst auf dem Åkerdalen Gymnasium eine gewisse Verwirrung aus. An sich war man es gewohnt, dass es die Schüler in puncto Ordnung, Disziplin und vor allem Anwesenheit nicht so genau nahmen, aber Helin war nun schon eine ganze Zeit dem Unterricht ferngeblieben.

Der Rektor folgt den vorgegebenen Richtlinien, das scheint ihm das Sicherste. Er unterschreibt eine Mahnung, die der Familie zugestellt wird. Findet sich die Schülerin daraufhin nicht umgehend wieder ein, wird ihr die finanzielle Unterstützung entzogen.

Trotz dieser beherzten bürokratischen Maßnahme bleibt Helin Aras dem Unterricht weiterhin fern, und auch ihre Familie lässt nichts von sich hören.

Erfüllt von dem Wunsch, ein Exempel zu statuieren, setzt der Rektor das zentrale Ausbildungsförderungsamt vom Ausbleiben der Schülerin in Kenntnis. Damit droht Helin der Entzug ihres Förderbeitrags. Zunächst prüft das Amt, ob hier womöglich ein administrativer Fehler vorliegt oder ein Fremdverschulden vielleicht.

Fehlanzeige.

Helin Aras' Name findet sich in sämtlichen Unterlagen, die Adresse stimmt. Der Schule liegt weder eine Krankmeldung noch die Mitteilung über einen Schulwechsel vor. Die Schulverwaltung ist ratlos.

Ein Telefongespräch mit der lokalen Oberstufenschule verschafft Klarheit: Helin Aras, 16, existiert. Bei den Lehrern ihrer Schule ist sie wohlbekannt. Ihre monatliche Fördersumme beträgt 200 Kronen. Sie hatte sich für den sozialwissenschaftlichen Zweig beworben und würde bei ihren guten Noten gewiss aufgenommen werden. Helin sei eine stille, unauffällige und ein wenig schüchterne Schülerin. Ein ehrgeiziges und intelligentes Mädchen mit minimalen Fehlzeiten. Die Familie sei kurdischer Abstammung, wahrscheinlich Muslime, vermutet die Vertrauenslehrerin der Schule, die Helins Mutter einmal begegnet war.

Ein Verwaltungsangestellter des Gymnasiums hat eine Tochter in derselben Oberstufe, die sich an Helin Aras nur flüchtig erinnert. Sie sei eine ziemlich langweilige Streberin gewesen und meist ihre eigenen Wege gegangen. Habe mit den anderen Ausländern oft in der Cafeteria gesessen und gelesen.

Auch die Lehrer beschreiben sie als zurückgezogen, etwas altklug, reif für ihr Alter. Ihre Zeugnisse weisen sie als begabte Schülerin aus.

Die Wochen vergehen, der Schulalltag wird immer häufiger durchbrochen von Drogendelikten, Mobbing, Schlägereien, Schikanen, Alkoholmissbrauch, Sachbeschädigung, Ladendiebstahl, Zurschaustellung nazistischer Symbole, Bedrohung von Lehrern und Mitschülern, Tragen von Messern, Vandalismus, Sabotage, sexuellen Übergriffen, akuten Krankheiten, Abgängen, späten Neuzugängen, ständigem Wechsel der von der Schule angebotenen Ausbildungszweige. Eine Flut von Problemen, die das nicht besonders zahlreiche Betreuungspersonal der Schule daran hindert, seinen Aufgaben angemessen nachzukommen.

Hin und wieder versucht die Vertrauenslehrerin, bei der Familie Aras zu Hause anzurufen. Das Freizeichen geht durch, doch niemand hebt ab. Sie schreibt einen Brief und dann noch einen – keine Antwort.

Schließlich setzt sie sich ins Auto, um der Familie am Abend einen unangemeldeten Besuch abzustatten.

Nervös fährt sie zu der Neubausiedlung, wo die wenigen Gastarbeiter, Asylbewerber und Sozialfälle der Gemeinde im vanillefarbenen Dreietagenhaus der kommunalen Immobiliengesellschaft untergebracht sind. Viele Wohnungen stehen leer, was nicht verwunderlich ist. Sie selbst könnte die Miete für eine Wohnung in diesem Neubau niemals aufbringen.

Doch vergeblich. Niemand öffnet, und hinter dem Briefschlitz ist alles dunkel. Sie überlegt kurz, ob sie bei den Nachbarn klingeln soll, doch der ekelhafte Geruch, der aus dem Briefschlitz dringt, hält sie davon ab.

Helin Aras samt ihrer Familie ist und bleibt verschwunden.

Unter Helins früheren Mitschülern verbreitet sich das Gerücht, sie sei mit ihrer Familie zurück in die Türkei gegangen. Der Rektor sieht sich genötigt, das Sozialamt von diesem Umstand in Kenntnis zu setzen.

»Wer weiß«, sagt der Rektor, »vielleicht ist sie in einem paramilitärischen Lager gelandet, um später als Guerillakämpferin nach Kurdistan geschickt zu werden. Davon hat man doch schon gehört, ich meine, dass es so was gibt.«

Ihm selbst – fügt er vorsichtshalber hinzu – stünden solche Verdächtigungen natürlich fern.

Allmählich gerät Helin in Vergessenheit. Sie ist 16 Jahre alt, es besteht keine Schulpflicht mehr. Nun ist es Sache der Eltern, sich der Ausbildung ihrer Tochter anzunehmen. Doch Arvid Lönnholm kann sie nicht vergessen. Es beunruhigt ihn, dass ein so junges Mädchen mir nichts, dir nichts spurlos verschwindet. Ihre ganze Familie scheint wie vom Erdboden verschluckt.

An einsamen Abenden grübelt er, was nur geschehen sein mag. Dann beschließt er, die Sache selbst in die Hand zu nehmen. Helin Aras geht ihm nicht mehr aus dem Kopf, und er kann sie nicht loswerden, ehe er dem Rätsel nicht auf den Grund gegangen ist.

Lönnholm besucht die große, lärmende Oberstufenschule, der auch Helin angehörte. Er irrt durch die Korridore, wird fast über den Haufen gelaufen, bis er das Sekretariat findet und ein Klassenfoto vom vorigen Herbst gezeigt bekommt.

34 Schüler sind auf dem Foto zu sehen. Helin steht ein wenig abseits, ganz rechts außen. Ein hübsches, schwarzhaariges Mädchen, schlank, früh entwickelt, mit aristokratischer Nase und großen, ernsten, dunklen Augen. Um ihren Hals hängt eine Kette, an der sich ein Medaillon befindet. Kein Kreuz wie bei allen anderen.

Sie lächelt nicht, schaut weder in die Kamera noch zur Seite.

Ihr Blick ist nach innen gerichtet. Eine Träumerin, denkt Lönnholm und schätzt sie auf gut 1,60 Meter.

An einem Freitagnachmittag geht er mit diesem Foto zur Polizei und meldet Helin und ihre Mutter als vermisst. Die Polizei würde sich der Sache bestimmt zuverlässig annehmen, doch Lönnholm hat das Gefühl, er sollte auch selbst etwas unternehmen.

*

Den größten Teil des Frühlings hindurch hatte Helin nach Beendigung der Hausaufgaben auf dem Balkon der Dreizimmerwohnung ihrer Familie gesessen. Sie hatte sich gefragt, wie es auf dem Gymnasium wohl werden würde, und ein Buch nach dem anderen gelesen. Die beste Methode, um richtig Schwedisch zu lernen, hatten ihre Lehrer gesagt.

Der Sommer nahte.

Vom Balkon aus konnte sie beobachten, wie die Jungs aus der Nachbarschaft ihre Mopeds frisierten, um an warmen Nachmittagen mit ihren Freundinnen auf dem Rücksitz zum Badestrand zu fahren.

Auf dem Platz unten an der Tankstelle spielten die Kinder Fußball. Familien packten ihre Autos und machten Ausflüge. Mädchen in Helins Alter lagen auf dem Rasen und sonnten sich, mit oder ohne Bikini-Oberteil. Das würde ihr selbst niemals einfallen. Der Mann im Haus gegenüber stand in Unterhose mit seinem Fernglas hinter der Gardine. Das schwedische Mädchen mit den blondierten Haaren aus der 3B wechselte ungeniert ihre Verehrer, kam und ging in unterschiedlicher Begleitung, oft an ein und demselben Tag. Alte Männer saßen mit ihren Plastiktüten auf den Bänken. Sie hatte beobachtet, wie zwei Jungs aus dem benachbarten Wohnviertel einen der Männer mit dem Messer gezwungen hatten, ihnen seine Tüte zu überlassen. Später hatte sie die beiden im Müllraum gefunden, wo sie in ihrem Erbrochenen lagen und schliefen.

Im Vorort mit den höchsten Mieten, den ärmsten Einwohnern und den saftigsten Wohngeldern der gesamten Gemeinde näherten sich die Ferien.

Helin fühlte sich wohl auf ihrem Balkon, saß im Schatten und las. Sie hatte gerade ›Reise ans Ende der Nacht‹ beendet und wollte sich nun den großen russischen Schriftstellern zuwenden. Ganz oben auf ihrer Liste stand Gogols ›Die toten Seelen‹, danach kam ›Anna Karenina‹ von Tolstoi an die Reihe. Sie war eine leidenschaftliche Leserin und Stammgast in der Bibliothek.

Ihrer Mutter Zozan ging es nicht gut. Sie war kaum in der Lage, das Essen zuzubereiten, war unruhig und voller Angst, seit ihr Mann Bazo sie verlassen hatte. Helin wusste nicht, warum, vermutete einen politischen Grund und vermisste ihn.

*

Lönnholm sitzt im Lehrerzimmer und sinniert, verborgen hinter dem ›Ekemåla-Kurir‹.

Kollegen kommen und gehen, leeren ihre Fächer und hinterlassen Nachrichten in den Fächern der anderen. Einige trinken Kaffee, studieren das Schwarze Brett oder lesen Zeitung, lachen, plaudern und diskutieren.

Helins Verschwinden ist eine Herausforderung. Er spürt, dass er gut Hilfe gebrauchen könnte.

Leider kennt er niemanden bei der Polizei.

Er nimmt seine schwere Aktentasche mit den Klassenarbeiten, schließt die Tür, grüßt den Hausmeister, schließt sein Fahrrad auf und vergewissert sich, dass ihm kein Witzbold die Luft aus den Reifen gelassen hat. Eine Stunde später ist er zu Hause.

Als die Nudeln »al dente« sind, fällt es ihm ein: Es hatte da eine Kommilitonin auf der Pädagogischen Hochschule gegeben. Eine bedeutend jüngere Frau, die er sehr gemocht, ja, in die er sich verguckt hatte, ohne ihr je seine Gefühle zu gestehen. Hamlin war ihr Name. Ingbritt Hamlin. Lönnholm glaubt, sich daran zu erinnern, dass Ingbritt aus Stockholm gekommen war und, schmerzlich genug, einen Polizisten geheiratet hatte, der ihm jetzt vielleicht weiterhelfen konnte. Es fragt sich nur, wie sie jetzt wohl hieß und wo sie wohnte.

Aus einer staubigen Schachtel zieht Lönnholm alte Studienunterlagen. Am Kursfoto hatte er Adresse und Telefonnummer seiner heimlichen Liebe befestigt. Mithilfe eines alten Studentenverzeichnisses sowie dem Einwohnermeldeamt gelingt es ihm, sie ausfindig zu machen. Sie wohnt in Boköping und ist mit Kriminalkommissar Knut Lindström verheiratet.

Lönnholm zögert. Was würde Margot denken, wenn er nach langjähriger Ehe den Kontakt zu einer Jugendliebe wieder aufnahm? Lönnholm ruft sich eine alte Volksweisheit in Erinnerung: Was ich nicht weiß, macht mich nicht heiß.

Von der Polizei in Västerås erfährt Lönnholm, dass sich das Revier in Boköping mehr oder minder in Auflösung befindet und Knut Lindström einen langen Urlaub in Småland angetreten hat, nach dessen Beendigung im Herbst er eine neue, noch nicht näher benannte Stelle in Vesterås übernehmen werde. Lönnholm spricht mit einem Kollegen des Kommissars, einem freundlichen Mann, der ihm mitteilt, die Familie Lindström habe irgendwo in den Wäldern nördlich von Mariannelund in der Gemeinde Eksjö einen Hof erworben.

Nicht weit von Ekemåla entfernt.

Lönnholm sucht erfolglos im Telefonbuch, wohnt jedoch lange genug in Småland, um zu wissen, dass die Einwohner dort stets bestens über die Umzüge ihrer Nachbarn informiert sind. Er brauchte bloß nach Mariannelund zu fahren und sich durchzufragen, gleich nächsten Freitag.

Nicht allzu früh am Vormittag macht er sich auf den Weg.

Die Seen leuchten in der dunkelgrünen Landschaft tintenblau, die Luft ist klar und kühl – eine Wohltat nach dem langen und ungewöhnlich warmen Sommer. Sein Herz pocht, als er, den Kopf voller Erinnerungen, seinen sandfarbenen Golf durch die hügelige Landschaft lenkt.

Bei Äspenes Bäckerei hält er an und kauft sich etwas Proviant.

Nachdem er Ingatorp passiert hat, fragt er sich, was er sagen und bei wem er sich nach dem Weg erkundigen soll. Konditorei Brödstugan hat geöffnet, doch Ingbritt und Knut Lindström gehören offenbar nicht zu den Stammkunden. Er fährt zum nächsten Supermarkt, doch nein, auch hier ist kein neu hinzugezogenes Paar namens Lindström bekannt. Dasselbe bei *Konsum*.

Grübelnd steuert Lönnholm die Tankstelle neben der Kirche an. Dort kennen sie einen Sommergast, der Knut Lindström heißt, wissen aber nicht, ob er Polizist ist.

»Nehmen Sie den Weg nach Linneryd, dann weiter geradeaus, wo der Asphalt aufhört. Da, wo der Asphalt wieder beginnt, geht's nach links. Dort muss es sein. Am besten, Sie klopfen irgendwo und fragen noch mal nach. Auf Holmsved ist immer jemand zu Hause, aber da sind Sie dann schon zu weit gefahren«, klärt ihn ein fröhlicher junger Mann in der Reifenwerkstatt auf. Lönnholm denkt daran, dass die Winterreifen seines Golf schon sehr abgefahren sind. Bald kommt der erste Nachtfrost, dann der Schnee. Höchste Zeit, neue Reifen zu kaufen.

3

Die Herbstsonne scheint auf einen untersetzten, grau gekleideten Mann. Mit einer Tüte im Schoß sitzt er auf den Stufen, als Ingbritt von einer Radtour nach Hause kommt. Er macht einen verlorenen Eindruck. Sie nimmt die Luftpumpe vom Gepäckträger und tritt durch die Gartenpforte. Als er das Quietschen der Scharniere hört, blickt der Mann auf.

Niemand kann so verloren aussehen wie er; Ingbritt erkennt ihn auf der Stelle.

»Arvid!«

Auf der Pädagogischen Hochschule hatte sie ihn stets bewundert. Er war einer der Kompetentesten gewesen, sehr gebildet, liebenswürdig, ein Gentleman und guter Freund.

»Kommst du mich nach so vielen Jahren besuchen?«, fragt Ingbritt. »Setzt dich einfach auf die Stufen?«

»Tja, alte Liebe rostet nicht!«

Inbritt lacht, dasselbe ansteckende Lachen wie früher. Glücklicher Knut Lindström, denkt Arvid.

»Sitzt du schon lange hier? Warum hast du nicht geklopft? Mein Mann ist zu Hause; allerdings liegt er wahrscheinlich im Bett und schläft.«

Ingbritt wieselt verlegen herum, hängt Arvids graue Windjacke auf und zieht sich die Stiefel aus.

»Entschuldige das Durcheinander, wir renovieren gerade, neue Tapeten und so was. Schuften von früh bis spät, mein Mann und unser Freund Josef. Der ist wohl gerade mit dem Hund unterwegs. Du hast doch keine Angst vor Hunden?«

»Nein, nein, überhaupt nicht.«

»Totales Chaos, wie gesagt, oben und unten …«

Ingbritt ruft nach Lindström, der schlaftrunken und verstrubbelt aus dem ersten Stock herunterkommt, wo er tatsächlich ein Nickerchen gemacht hat.

»Hatte mich ein wenig hingelegt und gelesen, hab gar nichts gehört …«

Arvid schüttelt ihm die Hand und überreicht ihm unbeholfen eine Tüte mit Plundergebäck.

»Darf ich dir meinen Mann vorstellen: Knut – und das ist Arvid Lönnholm.«

»Wir haben zusammen studiert, Ingbritt und ich …« Arvid blickt zu Ingbritt hinüber.

»Wir waren zur selben Zeit auf der Pädagogischen Hochschule«, erklärt Ingbritt.

Lindström schaut in die Tüte: »Kuchen für eine ganze Kompanie, das ist ja großartig! Ich setze Kaffeewasser auf.«

Arvid und Ingbritt lassen sich am Küchentisch auf ihre Stühle sinken. Arvid beobachtet Lindström. Für einen Polizisten sah Knut ziemlich nett aus. Was hatte er eigentlich erwartet? Einen Macho mit Bürstenschnitt, der sich von Hamburgern ernährt?

Knut schenkt ein, und Ingbritt löchert ihren Gast mit Fragen.

»Mensch Arvid, nach so vielen Jahren ... Wo bist du gewesen, was machst du beruflich?«

»Ich bin Lehrer am Åkerdalen Gymnasium in Ekemåla. Bin wegen meiner Frau nach Småland gezogen. Und du?«

Ingbritt lässt die letzten Jahre Revue passieren, während der Kuchenberg seine Form verändert und zusehends flacher wird. Nach der fünften Tasse kommt Arvid endlich zur Sache. Er erzählt von Helin und schildert seine Befürchtungen.

»Dass Teenager, besonders Mädchen, von zu Hause weglaufen, ist nichts Ungewöhnliches«, sagt Lindström mit beruhigender Stimme. »In den meisten Fällen tauchen sie wieder auf.«

»Das haben sie mir auf dem Revier auch gesagt«, entgegnet Arvid mit vollem Mund.

»Du hast eine Vermisstenanzeige aufgegeben?«

»Ja, niemand sonst hat sich um die Angelegenheit gekümmert. Ich habe die ganze Familie als vermisst gemeldet. Helin wohnte wohl bei ihrer Mutter, der Vater hält sich offenbar nicht in Schweden auf.«

»Wahrscheinlich haben sie ihren Urlaub einfach verlängert«, sagt Lindström.

»Und sind zu Verwandten gefahren«, fügt Ingbritt hinzu, die sieht, dass Arvid zutiefst besorgt ist. Typisch, denkt sie, dass ausgerechnet er zu Hilfe eilt, der vollschlanke Ritter der Damenwelt, halb Don Quijote, halb Sancho Pansa.

»Vielleicht ist die ganze Familie umgezogen. Nicht alle wissen, dass man einen Umzug melden muss. Sie könnten doch zu Angehörigen nach Stockholm oder Göteborg gezogen sein.«

»Das wäre ein sehr spontaner Entschluss gewesen. Die Möbel scheinen noch da zu sein. Außerdem meldet man seine Tochter doch nicht auf dem Gymnasium an, wenn man vorhat wegzuziehen.«

»Hm, wo kommen sie denn her? Aus dem Kosovo, Mazedonien?«

»Soviel ich weiß, stammen Mutter und Tochter aus der Türkei. Vermutlich handelt es sich um Kurden. Glaubst du, die Einwandererbehörde weiß etwas?«

»Du meinst, die Migrationsbehörde«, verbessert Ingbritt.

»Sollte es einen Ausweisungsbeschluss geben, dann muss das Datum des Vollzugs öffentlich gemacht werden«, sagt Lindström.

Als ich mit Muffins von einem schönen, langen Spaziergang zurückkehre, schließen wir uns Ingbritt und Arvid zu einem weiteren Ausflug an, der zur Quelle im Wald führt. Arvid scheint ein netter Kerl zu sein. Ingbritt macht uns bekannt und erzählt ein bisschen von ihrer gemeinsamen Vergangenheit, aber auch von Lindströms und meinen Heldentaten in Boköping. Ich wünschte, sie ließe das bleiben.

»Josef und Lindström haben einer kriminellen Vereinigung in Boköping das Handwerk gelegt. Alles Rassisten. Josef ist es sogar gelungen, ganz Boköping in Verruf zu bringen, indem er den Skandal publizierte.«

Arvid sieht seine Chance, die vorbereitete Frage loszuwerden: »Ihr habt also Erfahrung in solchen Dingen. Könntet ihr mir vielleicht helfen, das Mädchen und ihre Mutter ausfindig zu machen?«, fragt er unsicher.

Zugegeben, der Gedanke gefällt mir nicht. Das ist ein Fall für die Polizei.

»Da solltest du lieber Lindström fragen, der ist Berufspolizist, ich bin nur ein fröhlicher Dilettant.«

»Ja, frag ihn nur«, fordert Ingbritt ihn auf.

»Einiges kannst du aber auch selbst in die Hand nehmen.

Hast du zum Beispiel schon mit dem Vermieter gesprochen? Vielleicht weiß er etwas«, sage ich.

»Der Vermieter… gute Idee. Und dann werde ich die Einwandererbehörde anrufen.«

»Migrationsbehörde«, verbessert Ingbritt erneut.

Arvid bleibt zum Essen. Ich bin dran, nachdem Ingbritt mir unnötigerweise mit meinen Kochkünsten geschmeichelt hat. Ich koche gern.

Bei Anbruch der Dämmerung macht sich Arvid auf den Heimweg. Lindström, Ingbritt und ich versammeln uns auf den Stufen vorm Haus, um die Sterne zu betrachten. Das hat sich schon eingebürgert.

»Schaut mal, eine Sternschnuppe! Jetzt können wir uns was wünschen.«

»Ist Felix immer noch in England?«, fragt Ingbritt mich unvermittelt.

»Ja, obwohl ich meinen Sohn nicht gesehen habe, seit er seine A-levels gemacht und das College verlassen hat. Er wohnt bei meiner Schwester in London. Rakel hat Söhne im selben Alter und mit denselben Interessen.«

»Machst du dir keine Sorgen um ihn?«

»Warum sollte ich mir Sorgen machen? Der hat sich schon mehrere Jahre in England durchgeschlagen und kommt dort besser zurecht, als ich das täte.«

»Was macht er jetzt?«

»Er studiert und singt, ganz so, wie er es wollte. Springt hin und wieder beim New London Chamber Choir ein. Erst neulich haben sie eine CD aufgenommen.«

»New London Chamber Choir, hört sich nicht gerade nach der schwedischen Top Ten an.«

»Ich hab die CD im Auto, wenn's euch interessiert. Chorwerke aus dem 15. und frühen 16. Jahrhundert. Ein Requiem von Pierre de la Rue und eine Messe von Josquin Desprez. Auf dem Cover ist ein Foto vom Chor. Felix ist mit drauf und schafft es, richtig erwachsen auszusehen, der kleine Bengel ...«

»Ich glaube, so alte Musik habe ich noch nie gehört. Ich hole unseren CD-Player«, sagt Lindström und verschwindet im Haus.

Lange sitzen wir im Dunkeln auf den Stufen und lauschen andächtig den 500 Jahre alten sakralen Tönen, bis Lindström plötzlich das ausspricht, was jedem von uns durch den Kopf geht:

»Dieses verschwundene Mädchen ... ich habe das Gefühl, Arvid hat Recht. Die meisten Vermissten, vor allem jüngere Personen, tauchen zwar innerhalb von zwei Monaten wieder auf, aber hier handelt es sich schließlich um ein kurdisches Mädchen ...«

»Wie viele Menschen verschwinden eigentlich jährlich in Schweden?«, frage ich.

»Zirka 650, vielleicht knapp darunter. Am meisten gefährdet sind natürlich junge Mädchen«, sagt Lindström.

»Und was können wir tun, um Arvid zu helfen?«

»Lass mich nachdenken«, sagt Lindström.

Im Bett, während Muffins an meinen Füßen liegt, denke ich an Felix. Vor einem Jahr haben wir uns das letzte Mal gesehen. Es wäre wunderbar, ihn zu besuchen: ein paar Wochen in London verbringen, bei meiner Schwester wohnen und Jom Kippur feiern. Das war beinahe der einzige jüdische Feiertag, an dem mein Vater festhielt, obwohl er nicht sonderlich religiös war.

Ich bin zufällig am Telefon, als Arvid am nächsten Tag anruft. Er redet eine Weile um den heißen Brei herum, lobt überschwänglich das Essen, und ich bin neugierig, wann er die Kurve kriegt. Endlich kommt er zur Sache:

»Der Vermieter macht sich keine Sorgen. Die Familie hat weder gekündigt noch einen Umzug erwähnt. Die Miete wird nach wie vor direkt vom Sozialamt überwiesen. Niemand scheint bemerkt zu haben, dass die Familie verschwunden ist.«

»Vielleicht weiß man dort, ob sie Urlaub machen?«

»Ich kann mir einfach nicht vorstellen, dass die ehrgeizige Helin so lange die Schule schwänzt. Und wovon sollten sie einen so langen Urlaub bezahlen?«, sagt Arvid. »Aber das Sozialamt wird sicher nicht mit Informationen herausrücken.«

Arvid erzählt, dass er den Hausmeister hat überreden können, mit dem Generalschlüssel die Wohnungstür aufzuschließen.

»Wie wirkt die Wohnung?«

»Verlassen. Die Topfpflanzen sprachen eine deutliche Sprache. Es sah so aus, als sei jemand im Aufbruch oder gerade von einer Reise zurückgekommen. Schwer zu sagen. Auf einem Bett lagen eine leere Reisetasche und ein großer Koffer, daneben eine Menge Kleider. Alle sauber, in zwei verschiedenen Größen. Flugtickets habe ich keine gesehen, aber ich hatte das Gefühl, dass jemand zurückgekehrt war.«

»Wie viele Betten stehen denn in der Wohnung?«

»Ein Doppelbett und in einem anderen Zimmer das Einzelbett, auf dem die Kleider lagen. Die eine Seite des Doppelbetts war nicht gemacht.«

»Was ist mit dem Kühlschrank? Hast du mal hineingesehen?«, frage ich.

»Ein paar Konserven und ein Liter Milch, haltbar bis zum sechsten Juni.«

»Da haben wir doch schon mal einen gewissen Anhaltspunkt.«

»Dem schwer alkoholisierten Nachbarn zufolge haben Mutter und Tochter schon Anfang Mai mit Gepäck die Wohnung verlassen und sind seitdem nicht zurückgekehrt. Aber irgend jemand muss ja die Milch gekauft haben.«

»Frag doch mal im nächsten Lebensmittelgeschäft nach, ob sie dort irgendwelche Kunden vermissen.«

»Gute Idee, das kann ich gleich nach der Schule machen.«

»Was ist mit der Migrationsbehörde, hast du dort schon mal angerufen?«

»Ja, hab ich. Alles, was sie mir sagen konnten, ist, dass kein Ausweisungsbescheid für eine Person namens Aras vorliegt.«

»Die müssten dort doch auch Informationen über die Nationalität, die Anzahl der Familienmitglieder und Ähnliches haben?«

»Solche Auskünfte rücken sie nicht raus, aber ich habe Jönsson gefragt, den versoffenen Nachbarn. Ihm zufolge leben in der Wohnung nur die Eltern mit ihrer Tochter. ›Alles Kanaken‹, wie er sich ausdrückte; er meidet jeden Kontakt zu ihnen. Nach längerem Nachdenken sagte er dann, er habe den Vater schon lange nicht mehr gesehen. Aber Mutter und Tochter hätten bis zum Frühjahr in der Wohnung gewohnt. Jönsson ist das alles völlig egal. Er kann Ausländer nicht ausstehen.«

Ich schlage vor, dass Arvid in Helins alter Schule ein paar Erkundigungen einzieht. Ob sie schon häufiger gefehlt hat, ob die Eltern um Sonderurlaub ersucht haben oder Ähnliches.

»Gute Idee.« Arvid scheint froh über den Vorschlag zu sein.

»Und vielleicht könntest du ja auch den Vermieter überreden, sich mal die Post in der Wohnung anzusehen. Aber ehrlich gesagt, würde ich vielleicht doch langsam mal der Polizei ein bisschen Druck machen.«

Ich berichte den anderen von unserem Gespräch. Lindström sieht besorgt aus.

4

Das Schuljahr neigte sich dem Ende entgegen, die Prüfungen waren bestanden, die Examensfeier rückte näher. Helins Mutter Zozan fasste sich ein Herz und beschloss, mit Helin zu ihren Verwandten in die Türkei zu reisen. Vielleicht hatten sie etwas von Helins Vater gehört. Bazo war schon seit langem politisch aktiv und Zozan seither in ständiger Sorge um sein Leben.

Helin hatte ihre Großmutter seit ihrem sechsten Lebensjahr nicht mehr gesehen und nur vage Erinnerungen an sie, doch aller Neugier zum Trotz gefiel es ihr nicht, eine ganze Weile in der Schule zu fehlen.

Mitte Mai nahmen sie den Zug nach Göteborg und flogen von Landvetter über Kopenhagen nach Ankara. Eine Woche wollten sie dort bleiben und im Gewimmel der großen Stadt auf Entdeckungsreise gehen. Danach waren Verwandte und Freunde an der Reihe, vor allem die Großmutter und die Tante. Eine lange Reise mit Flugzeug und Bus nach Agri stand ihnen bevor. Je näher sie ihrer »Heimat« kamen, umso ängstlicher wurde Helin.

»Für deinen Vater wäre es lebensgefährlich, sich in Ankara zu zeigen, aber wir brauchen uns keine Sorgen zu machen, nach uns wird ja nicht gefahndet«, hatte Zozan versucht, ihre Tochter zu beruhigen.

Am zweiten Tag in Ankara fragten zwei gut gekleidete Männer sie nach der Uhrzeit. Zozan schaute kurz auf die Armbanduhr, musste jedoch intuitiv gewusst haben, dass ihre Zeit zur Neige ging:

»Lauf, Helin, lauf!«, schrie sie.

Und Helin lief. Inmitten der Menschenmenge wurde ihre Mutter auf offener Straße erschossen. Nachdem die Männer ihren Auftrag erledigt hatten, stiegen sie ruhig in ein wartendes Auto und verschwanden.

In einer nahe gelegenen Toreinfahrt stand Helin, zitterte und schrie. Sie presste ihre geballte Faust hart gegen den Mund und biss hinein. Eine ältere Frau stellte sich schützend vor Helin, niemand sonst aus der Menschenmenge wagte sich vor. Helin ließ ihre Mutter nicht aus den Augen und hatte den Eindruck, dass sie vielleicht noch lebte, sich bewegte. Sie wollte ihr zu Hilfe eilen, doch die Frau hielt sie eisern fest.

Einen kurzen Moment noch blickte Zozan quer über die Straße zu ihrer Tochter, dann schloss sie die Augen, und ihr Körper erschlaffte.

Um sie herum breitete sich eine dunkle Blutlache aus.

Helin wollte um Hilfe rufen, aber die Frau hielt ihr den Mund zu und sprach auf sie ein. Doch Helin verstand nur wenige Worte Türkisch.

Endlich kam heulend der Krankenwagen. Der Körper der Mutter wurde grob auf eine Bahre geworfen und abtransportiert. Die Frau zog Helin an der Hand mit sich fort und versuchte, sie zu beruhigen. Sie durchquerten verschiedene Viertel mit immer kleineren Straßen, bis sie zu einem älteren Haus gelangten. Helin folgte der Frau mechanisch durch ein Tor, mehrere Treppen hinauf, bis zu ihrer Wohnung. In gebrochenem Englisch fragte die Frau:

»Bist du Kurdin? Dann solltest du dich lieber versteckt halten. Es war reines Glück, dass sie dich nicht auch erschossen haben; es ist momentan sehr gefährlich hier.«

Bald kam der Rest der Familie nach Hause, darunter zwei Jungen in Helins Alter.

Helin kauerte in eine Decke gewickelt auf einem Stuhl und fror, fror, fror.

Nach dem Abendessen brachten sie sie in ihr Hotel.

»Am besten, du zeigst dich nicht in der Öffentlichkeit«, sagte die Frau und gab ihr eine Tüte Gebäck. »Geh nicht ins Hotelrestaurant. Nimm Kontakt zu einem Reisebüro auf und flieg so schnell wie möglich nach Hause. Bleib auf dem Flughafen immer nah bei den Mitreisenden, geh auch nicht allein auf die Toilette. Mehr kann ich nicht für dich tun. Viel Glück.«

Sie warteten im Auto, bis ein paar Hotelgäste sich dem Eingang näherten. Helin schloss sich ihnen an, ging zur Rezeption, bekam den Schlüssel ausgehändigt und eilte die Treppen hinauf in ihr Zimmer. Schloss ab und schob ein Bett vor die Tür. Dann saß sie lange auf dem Boden und versuchte zu weinen, betrachtete ihre Zahnabdrücke auf den Knöcheln der rechten Hand, wusste nicht, was sie tun sollte. Schließlich kauerte sie sich aufs Bett und lauschte den Geräuschen aus den angrenzenden Zimmern. Über ihr ging jemand mit schweren Schritten durch den Raum. Nebenan lief der Fernseher. Wie ruhig und normal alles ist, dachte sie, und hier sitze ich und warte darauf, erschossen zu werden.

Sie wiegte sich in einen ruhelosen Schlaf. Am Morgen merkte sie, dass sie ins Bett gemacht hatte. Sie duschte, aß ein wenig von dem Gebäck, hing dann lange fröstelnd über der Toilettenschüssel und erbrach sich.

Es vergingen zwei Tage und zwei Nächte.

Am ersten richtig warmen Tag des Sommers landete Helin auf dem Göteborger Flughafen Landvetter. Den Weg nach Hause nahm sie in einer Art Trance. Endlich angekommen, schloss sie sich ein, bohrte ihren Kopf in das Kissen ihrer Mutter und schrie, bis sie das Gefühl hatte, nie mehr einen Ton herauszubekommen. Apathisch hockte sie sich vor den Fernseher. Nach Programmschluss zog sie Kleider ihrer Mutter an, legte sich aufs Bett, starrte an die Decke und wunderte sich darüber, dass man sich tot fühlen konnte, ohne es zu sein.

Alles war ihr gleichgültig geworden.

Sie erwachte zum Frühstücksfernsehen, ihre Augen rot und geschwollen.

Vom Balkon aus beobachtete sie, wie die anderen zur Schule gingen.

Sie betrachtete sich im Spiegel. In den Kleidern ihrer Mutter hatte sie eine frappierende Ähnlichkeit mit ihr.

Was geschah mit den Menschen, die starben? Sie war davon überzeugt, dass es nur die körperliche Hülle war, die starb, doch wie lebte man weiter? An die Sache mit dem Himmel glaubte sie nicht. Das war etwas für christliche alte Damen. Helins Familie war nie sonderlich religiös gewesen.

Sie musterte ihr Spiegelbild. Vielleicht ist Mama in mir, dachte sie.

Aber was geschieht, wenn auch ich sterbe?

Vom Balkon aus ging es ungefähr fünf Meter in die Tiefe.

In der zweiten Nacht nahm sie weitere Kleider ihrer Mutter aus dem Schrank, legte sie aufs Bett und schmiegte sich an sie, versuchte, den Duft ihrer Mutter wahrzunehmen, fand keinen Schlaf. Die Albträume standen Schlange, sobald sie die Augen schloss. Sie hatte keinen Appetit und nahm bereits rapide ab. Tagsüber döste sie ein wenig vor sich hin, saß da wie in Trance, wurde jedoch vom leisesten Geräusch aufgeschreckt. Der Postbote brachte Rechnungen und Reklame. Keine Nachricht von Papa, nur Briefe, mit denen sie nichts anzufangen wusste. Sie ließ sie liegen.

Dritter Tag. Die Pflanzen waren längst verwelkt, der Kühlschrank leer. Es gab nur noch Tütensuppen und ein paar Konserven. Das Geld war fast aufgebraucht. Was sollte sie jetzt tun? Sie versuchte, Geld vom Konto ihrer Mutter abzuheben, erklärte der Bankangestellten, ihre Mutter sei tot und sie habe kein Geld, um sich etwas zu essen zu kaufen. Es war nicht klar, ob man ihr glaubte. Die Frau zwang sich zu einem Lächeln und gab Helin einen guten Rat:

»Wenden Sie sich an das Sozialamt. Es ist deren Aufgabe, Ihnen zu helfen. Ohne Vollmacht können Sie jedenfalls kein Geld abheben.«

Nach langem Suchen im Telefonbuch fand Helin die Nummer des Sozialamts. Als niemand abnahm, verließ sie der Mut, und sie legte wieder auf.

Helin ging nach draußen, setzte sich auf eine Parkbank und beobachtete die Menschen um sie herum. Sie studierte ihre Kleider und die Art, wie sie sich bewegten. Auf der Bank neben ihr saßen zwei Männer und eine Frau, die sich in einer Sprache unterhielten, die Helin noch nie gehört hatte. Sie studierten eine schwedische Landkarte. Die Männer hatten trotz der Wärme Lederjacken an, trugen Goldringe und Armbänder. Die Frau war sehr jung, trug ein tief ausgeschnittenes Hemd, hohe Absätze und einen herausfordernd kurzen Rock, den sie immer wieder ein wenig nach unten zog. Nachdem Helin eine halbe Stunde dem Zwitschern der Vögel gelauscht hatte, versuchte sie es von einer Telefonzelle aus. Sie bekam einen Termin in zwei Wochen.

Zwei Wochen! Offenbar war ihnen nicht klar, dass sie sofort Hilfe brauchte. Vielleicht hatte sie sich nicht deutlich genug ausgedrückt? Zumindest hatte sie ein Dach über dem Kopf, etwas zum Anziehen und ein bequemes Bett. Doch wovon sollte sie sich ernähren? Zwei lange, qualvolle Wochen standen ihr bevor.

An den Nachbarn, diesen Säufer, der sie auf der Treppe nicht grüßte, wollte sie sich nicht wenden. Helin fürchtete sich davor, ihm zufällig im Aufzug zu begegnen. Selbst wenn er nüchtern war, stank er nach Urin.

Von den anderen vier Familien auf ihrer Etage wusste sie nicht einmal, welche Sprache sie sprachen und ob sie überhaupt Schwedisch konnten. Türken waren sie jedenfalls nicht. Sie kannte niemand persönlich und alle schienen genug mit ihren eigenen Problemen zu tun zu haben. Die übrigen Wohnungen standen leer.

Ihr Entschluss stand fest: Sie würde sich Lebensmittel be schaffen. Notfalls ohne Geld. Als sie mit dem gestohlenen Obst und den Thunfischkonserven nach Hause kam, fühlte sie sich schuldig.

Auf dem Sozialamt wollten sie ihren Ausführungen keinen Glauben schenken. Erschossen? Mitten in Ankara? Das klang in der Tat eher unglaubwürdig. Geld konnte man ihr keines geben, aber die zuständige Sozialarbeiterin, eine grauhaarige Frau mit Dauerwelle und den Augen einer Eule hinter dicken Brillengläsern, versprach, sich der Sache anzunehmen und bei Helin anzurufen, sobald sie die nötigen Erkundigungen eingezogen hatte. Nachdem Helin gegangen war, wählte sie die Nummer des Einwohnermeldeamts, während ihr Chef sich mit dem Außenministerium sowie der Migrationsbehörde in Verbindung setzte, doch es gab keinerlei glaubwürdige Hinweise darauf, dass das Mädchen die Wahrheit sagte. Sie befragten auch die kommunale Wohnungsbaugesellschaft, die Polizei sowie einige weitere Behörden. Man beschloss, bei nächster Gelegenheit einen Mitarbeiter zu entsenden, um bei der Familie Aras nach dem Rechten zu sehen.

Ohnmächtig vor Wut, begriff Helin, dass sie keine Unterstützung erwarten konnte. Sie würde sich selbst helfen müssen.

Am nächsten Tag wurde sie auf frischer Tat ertappt.

»Wir haben dich schon seit Tagen beobachtet und jetzt ist endgültig Schluss!«

Der Geschäftsführer schaute sie aus hasserfüllten Augen an und verständigte die Polizei. Helin nutzte diesen Moment und rannte aus dem Geschäft. Die Polizei! Nun traute sie sich nicht einmal mehr nach Hause, weil sie Angst hatte, sie würde dort bereits erwartet. Sie wusste genau, was mit straffälligen Ausländern geschah. Die wurden ausgewiesen, und Helin wollte unter keinen Umständen in die Türkei abgeschoben werden!

Jeder Kurde, der von der türkischen Polizei verhört worden war oder im Gefängnis gesessen hatte, wusste, was sie dort mit Autobatterien oder Elektrokabeln alles anzufangen wussten. Handelte es sich um Frauen, waren die Erfindungen besonders primitiv und grausam.

Verzweifelt suchte Helin die Redaktion der Lokalzeitung auf und erzählte ihre Geschichte einem Journalisten. Doch auch ihm erschien das alles höchst unglaubwürdig. Immerhin bekam sie bei ihm eine Tasse Kaffee und ein Stück Kuchen.

Auf weichem Asphalt ging Helin durch die sommerliche Stadt. Was mache ich nur falsch, fragte sie sich. Berichte ich ruhig und besonnen, glauben sie mir nicht. Fahre ich aus der Haut, glauben sie mir auch nicht. Sie vermutete, dass sich Menschen, die ein ruhiges, beschauliches Leben führten, einfach nicht vorstellen konnten, dass Helins Geschichte der Wahrheit entsprach. Für die meisten war die Türkei nichts anderes als ein billiges Urlaubsland. Sie erinnerte sich, wie die Schule ahnungslos eine Klassenfahrt in die Türkei geplant hatte. Zum Glück waren sie am Ende nach Göteborg und Liseberg gefahren.

Die Blumenbeete leuchteten, die Rasensprenger zauberten Regenbogen in die Gärten der Einfamilienhäuser, in denen die Kinder spielten und Limonade tranken.

Helin mied alle größeren Straßen, suchte die schattige Kühle des Stadtparks und folgte dem Bach flussaufwärts.

Es mussten mindestens 30 Grad sein. Ihr lief der Schweiß, und sie hätte sich gern im Bach erfrischt, aber sie traute sich nicht. Stattdessen saß sie eine Weile auf einem Stein und hielt ihre Füße ins Wasser, bevor sie, Schuhe und Strümpfe in der Hand, ihren Weg fortsetzte und sich immer weiter vom Zentrum entfernte. Vorbei am neu errichteten Villenviertel, vorbei an den Tennisplätzen, bis der Park an einem Weiher endete.

Auf der anderen Seite des Wassers begann der Wald, der von dichtem Buschwerk umgeben war. Ein gutes Versteck. Der Wald hatte für Helin stets etwas Gefahrvolles, Erschreckendes und Abweisendes gehabt, doch jetzt verhieß er ihr Schutz.

Sie nahm sich zusammen, ging um den See herum und kämpfte sich, die Arme schützend vorm Gesicht, Stück für Stück durch das Gestrüpp. Äste und Zweige peitschten ihre Beine, ihre Füße bewegten sich immer schneller. Wütend surrende Insekten verfingen sich in ihrem Haar, während sie sich durch das Dickicht schlängelte.

Die Luft wurde kühler, je tiefer sie in den Wald kam. Moos und Heidelbeerkraut, Preiselbeertrauben, ein schattiges Plätzchen zwischen mächtigen Tannen- und Kiefernstämmen. Ein Hase hoppelte davon, als sie weiterstapfte. Vor ihr öffnete sich schließlich eine sonnendurchflutete Lichtung. Laubbäume, Flieder, Gras und Wiesenblumen. Ein bemooster Apfelbaum. Die Lichtung erstreckte sich bis ans Flussufer, an dem einige

Birken ihre Zweige ins Wasser streckten. Das Ufer war steinig, das Wasser umspülte einen flachen Felsen. Flussaufwärts schien die Strömung sehr stark zu sein, jedoch seicht genug, um hinüberzuwaten. Sie ging etwa zehn Meter am Ufer entlang und erreichte einen Strandstreifen mit großen Steinen im Sand.

Mein Badestrand, dachte Helin, mein Privatstrand. Auch hier wuchs eine Birke direkt am Wasser. Die herabhängenden Zweige bildeten eine grüne Gardine, die das gegenüberliegende Flussufer verbarg.

Das Wasser war kühl und bewegt. Helin lag auf dem Rücken, hielt sich mit beiden Händen an einem Zweig fest, ließ sich durch das Wasser treiben und blinzelte in die Sonne. Sie hatte einen Platz gefunden, an dem niemand sie suchen würde.

Hier würde sie bleiben und sich auf der Wiese hinter dem großen Stein eine Hütte bauen. Die Hütte wäre Zuflucht und Schlafplatz, und die Wiese würde sie Helinland nennen.

Für den Rest des Tages unternahm sie ausgedehnte Expeditionen in ihrer neuen Heimat. Sie suchte und fand ein paar zurückgelassene Bretter. Mit einem Stein schlug sie rostige Nägel heraus und machte sich an die Arbeit.

Als es dunkelte, fehlte noch vieles, doch die Luft war noch warm und der Himmel klar. Hier würde sie schlafen können. Mit einer löchrigen Plane als Decke und frischer Luft in der Nase schlief sie sogar besser als zu Hause in ihrer Wohnung. Nur die Mücken störten.

Der Wald gehörte jetzt ihr.

Am nächsten Tag wollte sie weiterbauen; eine richtige kleine Behausung sollte es werden, dachte sie und spürte das Abenteuer.

Früh, sehr früh am nächsten Morgen, hörte sie Stimmen und Geräusche. Sie schlich sich ans Ufer und sah ein paar Männer auf der anderen Seite des Flusses. Sie arbeiteten an den Schleusen, die den Zustrom des Wassers kontrollierten und jetzt repariert wurden. Zu diesem Zweck hatten die Männer jeweils eine Schleuse vollständig geöffnet. Das Wasser schäumte.

Die Männer waren keine Bedrohung. Sie ging zurück und legte sich wieder hin.

Auf der anderen Seite des Flusses, dort, wo der Park begann, saß eine alte, vollständig in Schwarz gekleidete Dame. Ein schwarzer Regenschirm lehnte an der Bank. Aus einer Tüte nahm sie altes Brot, mit dem sie die Enten fütterte. Helin watete an der seichtesten Stelle hinüber und lief um den See herum, um zur Bank zu gelangen, ehe das Brot aufgebraucht war. Ein wenig kurzatmig setzte sie sich neben die Dame und fragte, ob sie ihr beim Füttern der Enten helfen könne.

»Aber natürlich kannst du das«, sagte die Dame und reichte ihr die Tüte. Ihre Hände waren genauso runzelig wie die von Helins Großmutter. »Was tust du hier in aller Frühe?«, fragte sie.

»Wie spät ist es denn?«

»Erst acht. Ich dachte, Mädchen in deinem Alter würden lieber ausschlafen.«

»Ich wohne dort drüben«, entgegnete Helin und zeigte in Richtung Villenviertel. »Ich fahre morgens oft hierher, um ein Bad zu nehmen. Man muss früh dran sein, wenn man ungestört sein will.«

»Du badest doch wohl nicht nackt?«, fragte die Dame. »Stell dir vor, wenn jemand vorbeikommt.«

Helin versuchte, sich die alte Dame beim Nacktbaden vorzustellen; es war unmöglich. Nach einer Weile musste die Alte gehen. Sie überließ Helin die Brottüte.

»Was übrig bleibt, lege ich immer für die Vögel auf das Schleusentor, dort, wo der kleine Wasserfall ist. Aber pass auf, dass du nicht ins Wasser fällst. Vielleicht treffen wir uns ja mal wieder.«

»Auf Wiedersehen.« Helin hoffte wirklich auf ein Wiedersehen. Die Frau machte einen so sympathischen Eindruck, und es war ein schönes Gefühl, mit einem Erwachsenen zu sprechen, der einem wohlgesonnen war. Jemand, der ihr vielleicht helfen konnte.

Die schwarze, sehr aufrechte Gestalt verschwand in Richtung Stadt. Helin hatte bemerkt, dass sie zu den schwarzen Strümpfen und dem schwarzen Mantel weiße Turnschuhe von Nike trug.

Sobald die Dame aus dem Blickfeld verschwunden war, hörte Helin auf, die Enten zu füttern. Das Brot war alt, doch bei weitem nicht ungenießbar. Sie blieb eine Weile sitzen und grübelte. Dann ging sie zu ihrer Hütte zurück, zog ihre feuchten Hosen aus und hängte sie zum Trocknen über einen Ast, aß ihr Brot, sonnte sich und ruhte sich aus. Sie dachte an die Schule, fragte sich, ob jemand sie vermisste und welche Schüler in ihre neue Klasse auf dem Gymnasium gehen würden.

Ob sie jemals mit dem Gymnasium beginnen könnte?

Eine Wolke brachte sie auf andere Gedanken. Ihre Hütte musste wetterfest gemacht werden.

Sie begab sich auf Erkundigungstour durch den Park, bis sie einen Pfad erreichte, der sich durch das Gebüsch schlängelte und an einem hohen Zaun endete. Jenseits des Zauns befand sich ein Bretterverschlag. Vielleicht gab es hier das eine oder andere, das ihr von Nutzen sein konnte, dachte Helin, als sie durch ein Loch im Maschendrahtzaun schlüpfte. Offensichtlich war ihr schon jemand zuvorgekommen.

Plastiktonnen, ein Komposthaufen, Erdhaufen, Torf und leere Mistbeete verliehen dem Ort eine düstere und verlassene Atmosphäre.

Die Bude war mit einem rostigen Hängeschloss verriegelt, das Holz war morsch; die ganze Konstruktion schien jeden Moment zusammenzubrechen. Das Innere der nach Schimmel stinkenden Hütte war voll von Staub und Spinnenweben. Auf dem Boden eine alte, schmuddelige Matratze, daneben eine Packung Kondome und Zigarettenkippen. Die Matratze war groß und schmutzig und wies bedrohliche dunkle Flecken auf.

Auch war sie viel zu klobig, als dass Helin sie hätte mitnehmen können. Das musste warten, wenn sie nicht ohnehin etwas Besseres fand. Stattdessen stahl sie das Werkzeug, das sie meinte gebrauchen zu können. Sie ließ alles in einem Jutesack verschwinden.

Hinter der Bude fand sie große gewellte Plastikplatten. Vier davon sollten ausreichen, um ihrer Hütte ein Dach zu geben.

Die Konservendosen waren störrisch. Mit Messer und Hammer brach sie ihr Mittagessen auf. Bei nächster Gelegenheit wollte sie einen Dosenöffner mitgehen lassen.

Nach dem Essen klaute sie ein paar Laken und Bettdecken, die im Villenviertel an einer Wäscheleine hingen. Das Haus sah so gediegen aus, und nach den Autos dieser Gegend – größtenteils neue Volvos – zu urteilen, wohnten hier reiche Leute, die den Verlust von ein wenig Bettwäsche verschmerzen konnten.

Helin machte ihr Bett. Die Hütte glich immer mehr einer gemütlichen Behausung, dachte sie, und stellte eine Blechdose mit Blumen auf die Holzkiste in der Ecke.

Den Sommer sowie den Anbruch des Herbstes würde sie gut überstehen, doch länger würde sie hier nicht wohnen bleiben. Wie sollte sie sich und ihre Kleider waschen, wenn der See zufror?

Das Beste wäre es, ein leer stehendes Sommerhaus zu finden.

Abends, bei Anbruch der Dämmerung, spähte Helin oft zum Park auf der anderen Seite des Flusses hinüber. Ein Fuchs kam jeden Abend, stellte sich auf die Hinterbeine und schnüffelte in den Abfallkörben. Manchmal küssten sich verliebte Paare auf den Bänken am Ufer. Dann kam sich Helin sehr einsam vor.

Eines späten Abends – es war schwül und bewölkt – fand auf der unweit gelegenen Sportanlage ein Jahrmarkt statt. Es waren ungewöhnlich viele Paare im Park. Helin, die sich sorgte, jemand könnte ihre Hütte entdecken, behielt sie im Auge.

Der Schein all der bunten Lampen spielte mit dem Buschwerk, teilte Ahorne und Linden in Licht und Schatten, glitzerte hübsch im Kvarnsjö, drang jedoch nicht bis zu ihrem Versteck. Die Dohlen trieben in den Büschen ihr Unwesen.

Eine Frau und zwei Männer lärmten und stritten sich in einer fremden Sprache. Sie verschwanden hinter den Fliederbüschen und das Geräusch erstarb.

Ein Streifenwagen rollte langsam durch den Park. Nach einer Weile kamen die Männer zurück, schleppten einen großen Gegenstand, ließen ihn zu Wasser und von der Strömung forttreiben. Es wäre schön, ein Kanu zu haben, dachte Helin.

Ein Junge kroch aus dem Gebüsch hervor, watete durch den Fluss und lief Richtung Jahrmarkt. Die Männer folgten ihm, als würden sie ihn kennen. Sie gingen über die Brücke. Zwei Mädchen mit Abiturientenmützen kamen ihnen auf der Brücke entgegen und schnorrten Zigaretten.

Allmählich verloschen die vielfarbigen Lichter. Die Dunkelheit kroch heran, legte sich über den Park, der stiller und düsterer schien als üblich.

Helin zog sich in ihre Hütte zurück und stellte sich vor, wie es wäre, in einem Sommerhaus zu überwintern. Es sollte möglichst im Wald liegen und vom Weg aus nicht zu erkennen sein. In Gedanken möblierte sie die Räume: ein Sofa, weiche Kissen, Samtvorhänge, ein dicker Teppich … Dieses Gedankenspiel beruhigte sie.

Noch immer war Hochsommer, die Sonne brannte, die Luft stand still. Durch das Ufergebüsch beobachtete Helin, wie die »schwarze Dame«, wie Helin sie getauft hatte, mit einer großen Brottüte zur Parkbank kam und sich umsah. Sie sucht nach mir, dachte Helin, kämmte sich die Haare, watete durch den Fluss und tat so, als käme sie zufällig an der Bank vorbei. Die Dame freute sich und reichte ihr ein Stück Brot.

»Nun werden die Enten schön fett werden«, sagte sie lachend. »Wie schön, dass du gerade vorbeikommst. In meinem Alter ist man mit Gesellschaft nicht verwöhnt.«

»Haben Sie keine Kinder?«

»Doch, ich habe eine Tochter, aber sie ist erwachsen und schon lange von zu Hause ausgezogen.« Sie saßen eine Weile und unterhielten sich, bis die Dame aufbrechen musste. Kurz darauf hörte Helin, wie ein Auto auf dem Parkplatz startete. Die Dame war offenbar abgeholt worden.

Sie blieb sitzen und aß das Brot, das eigentlich für die Enten bestimmt war. Diesmal war es frisch.

Bei *Emmaus* gab es weder Ladendetektive noch eine Diebstahlsicherung. Eine Jeans und ein kariertes Männerhemd waren kaum der Rede wert. Die Kleider waren gebraucht und billig. Ihr Vergehen hielt sich in Grenzen, fand Helin.

Schließlich bin ich wirklich Not leidend und bedürftig, sagte sie sich. Nächstes Mal sollte ich mir ein Paar Schuhe, am besten Stiefel, besorgen.

Eine großmütterlich und gutmütig wirkende Frau mit graublauen Haaren saß hinter der Kasse, trank Kaffee und machte einen sympathischen Eindruck. Bei *Emmaus* zu stehlen, die auch Kleider für Bedürftige in Südamerika sammelten, war kein gutes Gefühl.

Später besuchte Helin die Bibliothek und blätterte in den Tageszeitungen. Ließ im Supermarkt ein paar Bananen mitgehen und ging »nach Hause«, um mit Tolstois ›Krieg und Frieden‹ zu beginnen.

5

Die Nacht war lang und bedrückend gewesen. Voll unheimlicher Tierlaute und Rascheln im Unterholz. Die Bäume hatten ihre Zweige geschüttelt. Große Vögel. Bedrohlich und nachtschwarz, trostlos, hoffnungslos, schreckensschwarz.

Todesschwarz.

Helin hatte sich in den Schlaf geweint. Erneut hatte sie an den Tod als möglichen Ausweg gedacht. Es war ein Leichtes zu ertrinken, hieß es, aber woher wollte man das wissen?

Zu Hause, in der Türkei, war ein Mann in einer Wassertonne ertrunken. Ihre Mutter hatte erzählt, wie die Polizei gekommen war und alle jungen Männer zum Verhör vorgeladen hatte. Die meisten hatten es wie ihr Vater gemacht, waren in die Berge geflüchtet und hatten sich dort versteckt gehalten. Die wenigen, die der Polizei ins Netz gingen, kehrten nie wieder zurück. Außer dem Mann in der Tonne.

Sie hatte von netten Leuten gehört, die Flüchtlinge versteckten, doch wusste sie auch, dass es viele andere gab, die die Flüchtlinge anzeigten. In den Fernsehnachrichten hatte Helin gesehen, wie die Polizei eine Familie mit vielen Kindern abgeholt hatte. Eine schwedische Familie hatte sie versteckt gehalten, doch sie waren gewaltsam festgenommen und dann rasch abgeschoben worden. Geschrei und bellende Polizeihunde. Die vor Angst weinenden und um sich tretenden Kinder waren zu den Einsatzwagen geschleppt worden.

Auch sie würde sich nicht widerstandslos abführen lassen. Würde schlagen, treten, kratzen, beißen.

Wo gab es jemand, dem sie vertrauen konnte? Der sie versteckte?

Langsam sank sie in einen schlafähnlichen Zustand. Später kamen die Albträume. Mama. Der Schuss. Das Blut breitete sich über den Gehweg bis zu ihren reglosen Füßen aus, lief ihre Beine hinauf, kroch über ihren Körper bis in Mund und Nase und drohte sie zu ersticken.

Schweißgebadet wachte Helin auf.

Hin und wieder träumte sie von ihrem Vater. Er würde in jedem Fall um sie trauern, wenn sie starb. Das wusste sie genau.

Der Gedanke an den Tod gärte in ihrem Unterbewusstsein.

Heute würde sie wieder zum Sozialamt gehen. Sie durfte keinesfalls den vereinbarten Termin versäumen. Diesmal mussten sie ihr einfach zuhören. Sie würde so lange bleiben, bis man sie endlich ernst nahm.

Um Punkt halb zwei stand Helin an der Rezeption, und man bat sie, im Wartezimmer Platz zu nehmen. Eine halbe Stunde später wurde sie von einer Frau mittleren Alters in hautengen schwarzen Jeans hereingerufen. Im Büro genehmigte sich die Frau zunächst eine Prise Schnupftabak. Helin musterte sie schweigend: kein BH unter dem roten Adidas-T-Shirt, schwarze Lederweste. Helin konnte ältere Frauen, die sich zwanghaft jung gaben, nicht ausstehen und schauderte bei dem Gedanken an Schnupftabak. Die Sozialarbeiterin strich sich ihre schwarz gefärbten Haare aus der Stirn und blickte Helin streng an.

»Und wie heißt du?«

»Ich heiße Helin, und meine Mutter heißt Zozan Aras. Ich bin schon einmal hier gewesen.«

»Personenkennzeichen und Adresse?«

»Danach haben Sie mich letztes Mal schon gefragt, ich habe keine Adresse. Das wissen Sie doch alles! Ich habe kein Geld und keine Bleibe!«

»So, so«, sagte die Frau und warf einen Blick in ihre Unterlagen.

»Ich …«

»Erzählst du uns jetzt wieder, deine Mutter sei erschossen worden? Wir haben das überprüft. Du lügst.«

Das war ein Schlag in den Magen.

»Hören Sie zu! Es kann ja wohl nicht sein: Da wird ein Mensch erschossen, und niemanden interessiert das!« Helin versuchte vergeblich, ihre Wut herunterzuschlucken. Mach jetzt bloß keine Szene! Versuch, dich zu beherrschen!

»Und warum bekommt ihr dann immer noch Sozialhilfe? Ich weiß zum Beispiel, dass die Miete jeden Monat pünktlich überwiesen wird.«

»Meine Mutter ist ermordet worden!«

»Dann solltest du zur Polizei gehen.«

»Meine Mutter ist erschossen worden und es interessiert euch einen Dreck!«, schrie Helin. Sie konnte sich nicht länger beherrschen. Ihr Gesicht brannte vor nackter Verzweiflung und blinder Wut. Sie hatte das Gefühl, sich außerhalb ihres Körpers zu befinden, nur noch schreien, kratzen und beißen zu können. »Ihr seid das Letzte! Ich brauche wirklich Hilfe!«, war das Einzige, was sie unter Schluchzen hervorbrachte.

»Jetzt beruhigen wir uns ...«

»Beruhig dich doch selber, dreckiges Miststück! Ich werde, ich werde ...«, sie sah sich verzweifelt um und schnappte sich das Feuerzeug, das auf dem Tisch lag.

»Ich zünde euch die Bude an!«, schrie Helin und klickte mit dem Feuerzeug, das zwar Funken sprühte, aber keine Flamme hervorbrachte.

Das war die denkbar schlechteste Taktik, denn das dreckige Miststück drückte auf einen Knopf und alarmierte die Wache.

»Schmeißt sie raus!«

Helin landete unsanft auf der Straße.

»Verdammtes Aas!«, brüllte sie und trat gegen die Tür. Die Leute starrten sie an.

Helin rannte davon.

Sie war außer sich. Fort waren alle romantischen Selbstmordpläne. Sie würde überleben und sich an dieser Schlampe rächen. Nach Stockholm würde sie trampen, dort konnte man mit Putzen, Babysitten und Kellnern leicht Geld verdienen.

Mit vollen Taschen würde sie zurückkommen und es ihnen allen zeigen.

Auf dem Weg zu ihrer Hütte ließ Helin, ihrer Selbstachtung zuliebe, zwei teure Slips in der einzigen exklusiven Wäscheboutique der Stadt mitgehen.

Heute war Markttag gewesen, an dessen Ende haufenweise

Obst und Gemüse weggeworfen wurde. Im Süßwarengeschäft *Karamellorna* bekam Helin eine Reihe von Plastikbechern mit fest verschließbarem Deckel. Die wollte sie mit Tomaten, Radieschen, Salat und Gurken füllen. Sie würde die Becher in das fließende Wasser des Bachs stellen und mit einem Stein beschweren, so konnte sie die Lebensmittel länger frisch halten.

Auf dem Heimweg kreisten ihre Gedanken um Rache und Überleben. Alles in ihr war in Aufruhr. Gab es denn niemanden, an den sie sich wenden konnte? Die Kirche kam nicht infrage. Ihr graute vor diesen frömmelnden Christen, die in ihr ausschließlich die Muslima sahen, ein mögliches Objekt für die Seelenrettung. Sie aber hatte sehr irdische Sorgen. Nachdem sie auf kleinen Straßen die Stadt durchquert und die erste Brücke über den Fluss erreicht hatte, reifte in ihr ein Entschluss heran. Ja, sie würde Maria Martinsson aufsuchen. Sie war Vertrauenslehrerin ihrer Schule. Helin hatte nie zuvor mit ihr gesprochen, doch Maria wirkte immer nett und verständnisvoll und war an die Schweigepflicht gebunden. Vielleicht wäre es wirklich das Beste, jemanden einzuweihen. Je länger sie darüber nachdachte, desto überzeugter war sie von der Richtigkeit ihres Entschlusses. Es war ihre letzte Chance, bevor sie nach Stockholm reisen würde. Doch zuvor wollte sie sich in ihre Wohnung zurückschleichen, um das Notwendigste mitzunehmen, die Sparbücher, ihren Pass und das Fotoalbum der Familie.

Es war eine eigenartige Vorstellung, aus Ekemåla fortzugehen, das Gymnasium sausen und die wenigen Freunde zurückzulassen. Woher sollte sie ihr Schulzeugnis bekommen, wo ihre Schulbücher und den Schlüssel fürs Schließfach abgeben? Maria mußte ihr helfen. Am besten gleich morgen. Sie würde einfach um fünf Uhr nachmittags, wenn alle schwedischen Familien aßen, bei ihr anklopfen, und vielleicht würde Maria sie ja sogar an den Tisch bitten.

Die Wärme hielt unvermindert an. Das zeigte das Außenthermometer, das sie am Fenster eines Einfamilienhauses abgeschraubt hatte. Ein weiterer Tag mit dreißig Grad im Schatten.

Die schwarze Dame saß auf ihrer Bank in der Sommersonne und fütterte die Enten. Wie merkwürdig, dachte Helin, dass alten Leuten die Wärme so gar nichts ausmachte. Sich mit schwarzem Mantel und Hut und allem drum und dran in die Sonne zu setzen ...

Sie fütterten eine Weile gemeinsam die Enten und unterhielten sich. Sie sei verwitwet, sagte die Dame, darum trage sie Schwarz. Ihr Mann sei Kapitän gewesen und um die ganze Welt gesegelt, während sie zu Hause auf ihn gewartet habe. Das fand Helin sehr romantisch.

Auch diesmal war noch eine Menge Brot übrig, als sich die Dame verabschiedete. Der Tag war gerettet. Helin kam langsam der Verdacht, dass die Frau absichtlich zu viel Brot mitnahm. Und ganz frisch war es auch noch. Unten in der Tüte lagen sogar ein Stückchen Käse und ein paar frisch gebackene Zimtbällchen.

Der See lag blank und regungslos da, Sonnenstrahlen blinkten durch das Laub und durchbrachen die Wasseroberfläche. Gräser schwankten träge hin und her. Es war schwül. Helin legte die Kleider ab und schwamm ein Stück hinaus.

Dann rieb sie sich mit demselben Stück Seife ab, mit dem sie auch ihre Kleider wusch. Es roch nicht gerade nach Veilchen, aber sie wurde sauber. Sie wollte einen gepflegten Eindruck machen, wenn sie die Vertrauenslehrerin aufsuchte.

Zum Trocknen legte sie sich nackt in ihre Hütte. Zuerst auf den Bauch, dann auf den Rücken. Trotz der umstehenden Bäume war es warm, die Schatten des Birkenlaubs tanzten über das Dach, Hummeln summten. Ich muss das Plastikdach isolieren, dachte sie, auch wenn es dann dunkler wird in der Hütte.

Nach einer Weile schlummerte sie in der Hoffnung ein, dass Maria ihr helfen und alles zum Guten wenden würde.

Was war das, das da die Innenseite ihres Schenkels hinaufkoch? Langsam erwachte sie aus ihrem Dämmerzustand, stützte sich auf einen Ellbogen – und erschrak. Mehrere Jungen in ihrem Alter standen am Eingang. Einige waren bereits in der Hütte, einer hockte neben ihren Beinen. Den Kopf auf die Seite gelegt, strich er mit einem Stöckchen über ihre Schenkel und studierte eingehend ihr nacktes Geschlecht. Er hatte das Laken, mit dem sie sich zugedeckt hatte, zur Seite geschlagen, hockte da und glotzte.

»Was – was wollt ihr?« Verstört setzte Helin sich auf. Angst breitete sich in ihrem ganzen Körper aus. Vor ihr hockte Dan, sie kannte ihn aus der Schule. Er öffnete seinen Gürtel und zog den Reißverschluss nach unten. Die anderen begannen rhythmisch zu klatschen.

»Fick sie, fick sie, fick sie, fick sie, fick sie!«, skandierten sie im Chor.

»Na, was wohl, bist wohl noch nie genagelt worden, kleine Schlampe!«

Das Messer. Schnell. Sie bekam es zu fassen und stieß zu. Schreiend sprang er zurück, hinaus zu den anderen, die noch nicht begriffen hatten, was geschehen war. Der Weg aus der Hütte war frei, Helin stürmte auf den See zu. Für einige Sekunden wurde es totenstill, während Dan sich den Arm hielt, aus dessen klaffender Stichwunde das Blut lief. Ihn schwindelte. »Diese Fotze wollte mich umbringen«, keuchte er schließlich. »Die Fotze wollte mich umbringen!«, schrie er und zeigte seinen blutigen Arm.

»Schnappt euch das Flittchen!«

Helin stürzte sich in den See, um ihre Nacktheit zu verbergen. Die Jungen rannten zum Ufer und schleuderten Steine hinter ihr her. Immer weiter schwamm sie hinaus. Wenn sie das andere Ufer erreichte, wäre es nicht mehr weit bis zum Villengebiet, dort könnte sie vielleicht Hilfe bekommen.

Aber die Jungen hatten mit ihren Mopeds den See rasch umrundet und warfen mit immer größeren Steinen nach ihr. Wo auch immer sie an Land zu kommen versuchte, wurde sie von den Steinen empfangen.

»Schwimm doch, altes Miststück, schwimm!«

»Schwimm, du räudige Katze!«

Und Helin schwamm. Ein Stein traf sie schmerzhaft an der Schulter, und sie bemühte sich aus Leibeskräften, größtmöglichen Abstand zum Ufer zu halten. Eine Kaskade von Einschlägen peitschte das Wasser auf. Ein großer Stein landete direkt neben ihr, sie schluckte Wasser und versuchte, schneller zu schwimmen, rang nach Luft, ihre Muskeln schmerzten, die Lungen brannten, sie keuchte, schluckte immer mehr Wasser und spürte, dass die Panik langsam Besitz von ihr ergriff.

Ich muss mich auf den Rücken legen und treiben lassen, mich ausruhen, sonst schaffe ich es nicht, dachte sie. Gleichzeitig musste sie den Steinen ausweichen.

Als sie ins tiefe Wasser gelangte, in der Nähe der Schleusen, wo sich der See wieder in einen Fluss mit einem kleinen Wasserfall verwandelte, verlor sie das Gefühl in den Armen und schluckte heftig Wasser. Ein Stein traf sie am Rücken. Sie konnte der Strömung nicht länger widerstehen, ließ sich treiben, nach vorne, nach unten, in die Tiefe …

Sie ruhte sich aus, entspannte die Muskeln. Schön. Das Wasser war so weich, so still. Sie schaute sich um, sah einen Stein auf den Grund sinken, lautlos, gefolgt von hellen Blasen, die ans Licht stiegen. Dort unten war es dunkel.

Dann blieb sie mit dem Fuß hängen, erschrak und mobilisierte noch einmal all ihre Kräfte. Als sich ihre Haare irgendwo verfingen, reagierte sie nicht mehr.

»Scheiße, wir hauen ab, da kommt die Alte! In den Wald! Zur Hütte!«

In Windeseile verschwand die Gang auf ihren Mopeds auf die Landzunge, fuhr bis zur Lichtung im Wald und ging hinter der Hütte in Deckung.

»Wie sie getaucht ist, die Nutte!«

»Hätte mir gerade richtig gepasst, die kleine Fotze«, sagte Dan grinsend, fasste sich in den Schritt und deutete ein paar Stöße mit dem Unterleib an. Alle lachten.

»Bekackte Kanakenfotze!«, versuchte sich der jüngste Mopedfahrer und blies zufrieden seinen Kaugummi auf. Er war höchstens vierzehn und fuhr das frisierte Moped seines Bruders. Die Älteren lachten.

»Kommt, wir checken ihre Sachen!« Fünf Paar schmutzige Hände wüteten, verwüsteten und zerstörten die Hütte.

Der Jüngste schnappte sich eine Unterhose und zog sie sich über den Kopf. Brüllendes Gelächter.

Endlich hatten sie genug, steckten alles ein, was ihnen in die Finger kam. Dan wickelte sich ein blaues Stück Stoff um seinen verletzten Arm, der immer noch blutete.

»Ist nur ein Kratzer. Verdammter Mist, dass sie euch entwischt ist!«, sagte Dan und pinkelte auf Helins ehemalige Schlafstätte. »Wir hätten sie mal so richtig durchficken sollen, alle zusammen.«

»Los, wer zuerst am Kiosk ist ...«

Die Gang knatterte durch den Wald. Die Sommerferien hatten gerade begonnen, und sie begannen gut. In diesem Sommer, dachte Dan, während er über die Wiese zu seiner Suzuki lief, in diesem Sommer würde er ein Mädchen ficken! Obwohl er eigentlich nicht die geringste Lust auf ein Mädchen hatte, was ihn beunruhigte. Aber alle prahlten mit ihren Heldentaten, auch Dan, doch mit dem Unterschied, dass er log.

*

Arvids Nachforschungen haben tatsächlich einiges ergeben: Im Laden um die Ecke, in dem die Familie Aras praktisch sämtliche Lebensmittel kauft, hat man seit Mitte Mai weder Helin noch ihre Mutter gesehen. Helins Mutter hatte jedoch an der Schule eine Woche Sonderurlaub für ihre Tochter beantragt. Sie wollten im Mai in die Türkei reisen, um Verwandte zu besuchen, daran kann sich jedenfalls Helins Klassenlehrer erinnern. Das genaue Datum lässt sich nicht ermitteln, da die Schule den Urlaubsantrag nicht aufbewahrt hat.

»Helin hätte also Ende Mai zurückkommen müssen, aber das tat sie nicht, zumindest nicht in die Schule«, erzählt Arvid Lindström am Telefon.

»Und was war mit dem Koffer und der Milch im Kühlschrank?«, wirft Lindström ein.

»Vielleicht ein Bekannter oder Verwandter, der einen Schlüssel bekommen hat?«

»Schon möglich, aber dann hätte diese Person auch die Pflanzen gegossen. Nein, nein. Sag mal, wie viele Reisebüros gibt es in Ekemåla?«

»Ein einziges, soviel ich weiß.«

»Könntest du mal nachfragen, ob die Flugtickets dort gekauft wurden? Und ob sie in bar oder mit Kreditkarte bezahlt wurden etc.?«

»Viele bestellen ihre Tickets übers Internet.«

»Versuch's doch einfach.«

»Wenn sie die Tickets in Ekemåla gekauft haben, kriege ich alles raus. Der Inhaber ist ein alter Schüler von mir.«

Ein hellgrauer Volvo Amazon mit stumpfem Lack steht mitten auf dem Waldweg, als Ingbritt in Begleitung des folgsamen Muffins vorbeiradelt. Ein Stück vom Wegesrand entfernt sieht sie Helge und Ebon. Helge sitzt auf einem Baumstumpf, trägt eine Baskenmütze und säubert Pilze, Ebon schraubt den Deckel von einer Thermoskanne und schenkt Kaffee ein.

»Hallo, liebe Nachbarn!«, ruft Ingbritt und winkt, während sie vorbeiklappert.

»Kaffeepause beim Pilzesammeln!«, ruft Ebon zurück, die eine kleine Decke ausgebreitet hat.

Ingbritt winkt und tritt heftig in die Pedalen, um mit Muffins mitzuhalten. Während sie sich abstrampelt, fragt sie sich, wie ihr eigener Lebensabend wohl aussehen wird. Würden

Knut und sie hier wohnen, die Natur genießen, allein zurechtkommen?

Na ja, bis dahin war ja noch ein bisschen Zeit. Eine Stunde später radelt sie heimwärts. Der von Nadeln bedeckte Pfad schlängelt sich zwischen Steinen und Wurzeln hindurch und wird irgendwann zum Kiesweg. Schon von weitem sieht sie, wie Lindström und Josef alte Farbe von den Fenstern kratzen. Es ist warm genug, um die Fenster aus den Rahmen zu heben. Sie klingelt mit der Fahrradglocke, während Muffins nicht darauf wartet, dass sie ihm das Gartentor öffnet, sondern einfach über den Lattenzaun springt.

»Wir haben Besuch gehabt«, berichtet Lindström. »Helge und Ebon sind hier gewesen und haben uns für später zum Kaffee eingeladen. Wir sollen einfach anrufen, wenn es uns nicht passt.«

»Mir ist es recht, aber was ist mit euch? Ihr seid doch noch längst nicht fertig.« Ingbritt sieht mich fragend an.

»Für heute schon. Die Fenster sind abgeschliffen und grundiert. Ich wasche mich nur schnell an der Pumpe und ziehe mir neue Klamotten an!«, rufe ich, während ich mir das verschwitzte Hemd über den Kopf ziehe.

»Die Grundierung trocknet auch, wenn wir nicht dabeistehen«, erklärt Lindström.

»Hat Muffins sich gut benommen?«, erkundige ich mich.

»Vorbildlich! Ich gebe ihm jetzt was zu fressen, dann kann er auf das Haus aufpassen. Ich bin mir nicht sicher, ob er auch eingeladen ist.«

Wenig später spazieren wir Lilla Århult entgegen, während Muffins zu Hause auf dem Sofa liegt und wohlig sein Fressen verdaut.

Ebon hat ihre edelsten Kaffeetassen aus dem Schrank geholt und sowohl ihre Schürze als auch die Decke auf dem Wohnzimmertisch gewechselt.

Es dauert nicht lange, ehe die Neugier der Gastgeber uns zwingt zu berichten, womit wir unseren Lebensunterhalt bestreiten. Dass Ingbritt Lehrerin ist, wissen sie bereits; dass ich Fotograf bin, nehmen sie gleichmütig zur Kenntnis, doch als Lindström sich als Kriminalkommissar zu erkennen gibt, entsteht ein Moment der Stille. Dann räuspert sich Helge und sucht nach den richtigen Worten.

»Vor vielen Jahren«, beginnt er, »hat sich in dieser Gegend ein merkwürdiger Unfall ereignet. Ein Unfall mit einer Holzschneidemaschine. Viele konnten nicht nachvollziehen, wie so etwas überhaupt geschehen kann ...«

»Noch eine Tasse?«, fragt Ebon und schenkt nach, ohne eine Antwort abzuwarten.

Lindström spürt, dass eine Stellungnahme von ihm erwartet wird. Er hat keine rechte Vorstellung von der Angelegenheit, vor allem, weil er sich mit Holzschneidemaschinen nicht auskennt.

»Ja, ich habe in einer alten Zeitung davon gelesen«, entgegnet er. »Und das Unglück geschah ganz in der Nähe?«

»Auf Hackhult«, antwortet Helge und nickt in Richtung Wald.

»Und der Verunglückte ist also mit dem Kopf in die Maschine geraten. Wie erklären Sie sich das?«, fragt Lindström.

»Das ist ja das Merkwürdige. Kein vernünftiger Mensch legt seinen Kopf in eine Holzschneidemaschine. Und sollte man versehentlich stolpern oder ausrutschen, gibt es immer noch einen Notstopp. Auf beiden Seiten der Maschine läuft nämlich ein Stahlseil entlang. Wenn man daran zieht, bleibt der Kolben sofort stehen und kehrt in die Ausgangsposition zurück.«

Ingbritt wirft ihrem Kriminalkommissar einen viel sagenden Blick zu. Ich hab's doch gesagt, signalisieren ihre Augenbrauen, es war Mord!

»Wenn es kein Unfall war, kommt vielleicht Selbstmord in Frage«, sagt Lindström. Eine Vermutung, die Ingbritt bereits bei ihrem ersten Besuch geäußert hatte.

»Bertil und Selbstmord? Ausgeschlossen!«, entgegnet Ebon mit Nachdruck.

»Das ist wirklich undenkbar«, pflichtet Helge ihr bei.

»Gab es denn polizeiliche Ermittlungen?«

»Und ob«, antwortet Helge. »Es hat von Polizisten nur so gewimmelt auf Hackhult.«

»Na, gewimmelt ist vielleicht übertrieben, aber sie haben zwei Beamte geschickt, junge Burschen aus Stockholm, so wichtig war der Fall. Noch eine Tasse Kaffee?«, fragt Ebon.

»Ich denke, ich werde mal mit dem Fahrrad hinfahren und mich ein bisschen umsehen«, sagt Lindström.

Dass der Ort einst bewohnt wurde, erkennt man an den verwilderten Rosenbüschen, dem Flieder und den bemoosten Apfelbäumen, in deren Schatten sich Muffins hechelnd ausruht. Für den Weg nach Hackhult haben wir eine Viertelstunde gebraucht, in der wir viel Staub aufgewirbelt haben. Die Fundamente einer Steintreppe sind noch erkennbar. Ein überwucherter Haufen Dachziegel zeugt davon, dass das Haus einst zwei Schornsteine besaß. Von den Wirtschaftsgebäuden ist ein halb zusammengefallener Schuppen übrig geblieben. Darin, unter einer spröden, rissigen Plane, steht eine Holzschneidemaschine.

»Das ist sie«, konstatiert Lindström, trocknet sich die Stirn und stopft seine Pfeife.

Offenbar hat sich niemand für sie interessiert. Inmitten des Gerümpels unter dem eingestürzten Teil des Daches stehen unter anderem eine emaillierte Kanne, eine durchgerostete Schubkarre, ein paar verrostete Äxte sowie eine Sense mit abgebrochenem Griff.

Die Holzschneidemaschine macht einen intakten Eindruck, ist gepflegt und gefettet. Die Schläuche, die an einen Hydraulikmotor angeschlossen werden, sind mit den Jahren eingetrocknet und müssten ausgetauscht werden, doch ansonsten scheint alles in Ordnung. Die Mechanik ist simpel und im Großen und Ganzen dieselbe wie bei den heutigen Modellen; ein Hebel zum Anschalten und ein Notstopp. Ein dünner

Stahldraht läuft an beiden Seiten der Maschine entlang, genau wie Helge es beschrieben hat. Auch der Notstopp scheint noch intakt zu sein.

»Scheint ganz einfach zu sein, die Maschine zum Stehen zu bringen, wenn man in die Klemme gerät. Zumindest solange man nicht bewusstlos ist«, räsoniert Lindström mit der Pfeife im Mund, nachdem er die Schneide untersucht hat. »Ich kann mir nicht recht vorstellen, wie es zu dem Unglück gekommen ist. Was meinst du, Josef?«

»Probieren wir's mal.«

Ich versuche mich so auf die Maschine zu legen, als sei ich gerade gestolpert und mit dem Kopf direkt vor der Schneide gelandet. Ich muss mich festhalten, um nicht herunterzurutschen. Vielleicht bin ich einfach zu lang.

Lindström legt seine Pfeife beiseite und versucht es selbst. Auch ihm gelingt es nicht.

»Es wird kaum einfacher sein, wenn man bewusstlos ist«, sagt er.

»Ja, scheint so gut wie unmöglich«, pflichte ich ihm bei.

Weiter hinten unter dem eingestürzten Dach sehe ich im Gerümpel einen Gegenstand aufblitzen. Ist er aus Glas? Zunächst sieht es aus, als handele es sich um ein Bild oder eine Fotografie, doch dann erkenne ich eine gerahmte Glückwunschkarte. Der Mahagonirahmen ist kunstvoll verziert, das Glas heil. Der Text ist fein säuberlich in Schreibschrift geschrieben, »Für Vater« lautet die Überschrift:

Das höchste Glück hat keine Lieder,
der tiefste Schmerz hat keinen Laut,
sie spiegeln beide still sich wider,
im Tropfen, der vom Auge taut.

»Das nenne ich Poesie. Gedichte müssen sich reimen«, sagt Lindström, nachdem er die rührend unbeholfenen Zeilen gelesen hat.

Ich frage mich, ob das ironisch gemeint ist oder nicht, also murmele ich, das Gedicht sei vielleicht nicht nobelpreiswürdig, doch die Umstände seines Fundes könnten durchaus als poetisch bezeichnet werden.

»Steht eine Jahreszahl auf der Rückseite?«, fragt Lindström.

Ich drehe mein Fundstück herum und entdecke eine unregelmäßige und unleserliche Handschrift, die nur den Namen Bertil erahnen lässt. »Von Bertil«?

»Findest du nicht, dass es ein Jammer wäre, dieses unvergängliche Stück Literatur hier verrotten zu lassen, während es auf eurem Hof die Wand schmücken könnte? Sofern Kriminalkommissar Lindström nichts dagegen hat, versteht sich.«

Kommissar Lindström hat keine Einwände.

Er reibt sich das Kinn, nuckelt an seiner Pfeife und denkt nach. Spielt mit dem lästerlichen Gedanken, sich auch die alte Holzschneidemaschine unter den Nagel zu reißen und zu Hause unter einer Plane im Schuppen zu verstecken. Vermutlich konnte man sie ohne größeren Aufwand wieder in Betrieb nehmen. Sie musste nur gereinigt und mit neuen Schläuchen versehen werden. Dass sie einen Menschen das Leben gekostet hatte, beunruhigt ihn nicht. Abergläubisch ist er noch nie gewesen. Ich kann seine Gedanken lesen.

»Für eine neue Maschine musst du ein Heidengeld hinblättern«, versuche ich, ihn zu bestärken.

»Nimm du das Gedicht, ich nehme die Maschine«, sagt Lindström. »Die lässt sich bestimmt wieder instand setzen. Juristisch betrachtet ist das eine Aneignung zurückgelassener Gegenstände und zieht normalerweise weder eine Anzeige noch eine Strafe nach sich.«

Später am Nachmittag ruft Lindström der Form halber das Forstwirtschaftsunternehmen an, dem die Überreste von Hackhult gehören, und erkundigt sich, ob er die alte Holzschneidemaschine, die auf ihrem Grund und Boden vor sich hinroste, in Besitz nehmen dürfe. Das Unternehmen hat nichts dagegen. Am nächsten Tag steht die Maschine ohne Ingbritts Wissen unter einer Plane im Schuppen und wartet auf ihre Inspektion.

6

Zozan Aras hatte zwei Flugtickets nach Ankara gebucht. Hinflug am 17. Mai, Rückflug sieben Tage später. Die Tickets waren bar bezahlt worden.

»Manchmal können ehemalige Schüler doch recht nützlich sein«, stellt Arvid zufrieden fest.

»Bis jetzt wissen wir nur, dass sie die Flüge gebucht haben. Ob sie wirklich abgeflogen sind, ist eine andere Frage. Hast du zufällig auch persönliche Verbindungen zur Fluggesellschaft?«, fragt Lindström, der am Apparat ist, als Arvid anruft.

»Leider nein, aber ich könnte ja mal nachfragen«, antwortet Arvid verdutzt, der damit gerechnet hatte, dass Lindström als Experte die Ermittlungen übernehmen würde. Lindström entgeht Arvids Enttäuschung nicht.

»Weißt du, offiziell habe ich mit dem Fall ja nichts zu tun. Ich bin im Urlaub und auf dem Hof gibt es noch jede Menge zu erledigen. Du solltest deine Informationen an die Polizeibehörde in Ekemåla weitergeben. Das hilft ihnen bei ihrer Arbeit. Aber warum kommst du nicht einfach hierher und hilfst uns beim Malern. Dann können wir gemeinsam überlegen, was zu tun ist. Was hältst du davon? Wie wär's mit morgen?«

»Morgen ist Schulkonferenz, aber Donnerstag ginge es.«

»In Ordnung, dann sagen wir Donnerstag zwischen fünf und sechs. Magst du Pfifferlinge?«

»In Butter gebraten?«

Gemeinsam mit Muffins bin ich auf dem Weg nach Kvarnap, wo man auf die Pflege historischer Bausubstanz spezialisiert ist und antike Beschläge verkauft. Ich möchte meine Gastgeber mit einem Satz historischer Türbeschläge überraschen. Neue kommen nicht infrage, nachdem wir unter mehreren Schichten braun gestrichenem Sperrholz die alten Spiegeltüren ans Tageslicht befördert haben. Außerdem will ich das småländische Hochland besser kennen lernen.

»Wartet nicht mit dem Essen auf mich. Ich esse unterwegs, komme vielleicht erst spät nach Hause«, sage ich und lege die Fototasche auf den Vordersitz.

»Halt, warte, was für Material sollen wir für die Innenwände benutzen?«, fragt Lindström, dem der Schweiß über die Stirn rinnt.

»Warum nicht ganz normale Holzlatten? Bloß keine Spanplatten oder Gips. Ich würde ausschließlich Holz verwenden, das ist das Solideste, aber lass am besten Ingbritt entscheiden.«

Lindström steht unschlüssig da. Ich rolle den Abhang hinunter.

»Bis später, Knut ...«

Es gibt nicht viele, die wissen, dass er Knut heißt. Lindström freut sich, dass sein Nachname zum Begriff geworden ist – er ist *Lindström*, nicht irgendein Kommissar.

Er holt ein paar Rollen Steinwolle aus dem Stall. Dann ist es Zeit für das Mittagessen. Kellerkühle Sauermilch, Getreideflocken, ein Apfel und die Tageszeitung.

Ein hart arbeitender Mann braucht richtiges Essen, denkt Lindström. Ingbritt hat Lust auf Eis. Das Innere des Kühlschranks bietet zumeist einen trostlosen Anblick, und am Donnerstag kommt Arvid. Er sollte eine Pause machen und erst mal einkaufen gehen.

Er duscht sich mit ein paar Kübeln Brunnenwasser ab, kämmt sich die nassen Haare und pfeift irgendeinen Ohrwurm vor sich hin. Lindström variiert das Thema, dass Benny Goodman vor Neid erblassen würde. Ingbritt verzieht kaum merklich das Gesicht, sagt aber nichts.

An der Spitze der Einkaufsliste steht Avocado, darunter Zitronen, Petersilie, Paprika, Fenchel, Stangensellerie, Lauch, Auberginen, Karotten, junge Kartoffeln, Obst, Speisejoghurt. Ganz unten auf der Liste, als hätte sie diese Dinge beinahe vergessen, steht in Großbuchstaben MINUTENSTEAKS und EIS, gefolgt von drei verschiedenfarbigen Ausrufezeichen.

»Und eine frische Ananas zum Eis, falls die so was haben!«, ruft Ingbritt ihm nach.

Lindström bevorzugt Schokoladensoße zum Vanilleeis oder Kokosraspeln und ein wenig frisch gepressten Zitronensaft.

Bei *Konsum* in Mariannelund bekommt Lindström alles außer Fenchel, Auberginen und Stangensellerie. Eine Ananas sucht er ebenfalls vergeblich und auf die steinharte Avocado verzichtet er freiwillig. Auf dem Heimweg überholt er einen älteren Mann auf einem blauen Motorrad. Lindström hält an und steigt aus. Vielleicht weiß der Mann noch mehr über Hackhult. Der Motorradfahrer sieht aus wie Anfang sechzig und stellt sich als Ingmar Jansson vor, wohnhaft auf einem Hof, dessen Namen Lindström nicht versteht.

»Schauen Sie, hier...«, Lindström zeigt auf die Karte.

»Kein Wunder, dass Sie Hackhult nicht finden können, der Hof existiert nicht mehr.«

»Ich weiß, ich war dort und habe mir die Überreste angesehen, aber wissen Sie etwas über den Hof? Kannten Sie seinen Besitzer?«

»Tja, nachdem der Besitzer gestorben war, hat das Forstwirtschaftsunternehmen den Grund erworben und alle Gebäude abreißen lassen, aber das ist schon lange her. Nur die Reste eines Schuppens sind übrig geblieben, die haben Sie vielleicht gesehen.«

»Ja, das habe ich. Schade um den Hof.«

»Die kleinen Höfe sind heutzutage einfach nicht mehr rentabel. Darf ich mich nach dem Grund für Ihr Interesse erkundigen?«

»Ich bin bloß neugierig.«

»Damals hat es einen enormen Aufruhr wegen der Ereignisse gegeben, aber inzwischen ist der Hof in Vergessenheit geraten, die Witwe ist weggezogen und hat wieder geheiratet. Es gibt viele vergessene Höfe in den Wäldern. Früher wohnten wirklich eine Menge Leute hier in der Gegend. Sie wissen, was auf Hackhult geschehen ist?«

»Nein, ich bin nur ein Sommergast, das heißt, wir haben neulich den Hof Finneryd gekauft, wenn Ihnen das was sagt. Die Familie meiner Frau kommt von hier, und ich bemühe mich, die Gegend ein wenig kennen zu lernen.«

»Dann können Sie ja gleich mit Hackhult anfangen. Der Besitzer des Hofs ist damals mit dem Kopf in einer Holzschneidemaschine stecken geblieben und war sofort tot«, berichtet Ingmar.

»Um Gottes willen!«

»Die Polizei ist gekommen und hat ermittelt, zwei Grünschnäbel aus Stockholm, die noch nie eine Holzschneidemaschine gesehen hatten. Sie sind zu dem Schluss gekommen, es habe sich um einen Unfall gehandelt. Doch die Einheimischen wundern sich immer noch, wie man es fertig bringt, in einer Holzschneidemaschine stecken zu bleiben. So was hatte es noch nie gegeben. Aber die Polizei hat ja schließlich ordnungsgemäß ermittelt.«

»Kommt ein Selbstmord infrage?«

»Kein Mann, der ein Gewehr besitzt, lässt sich freiwillig den Kopf spalten. Das ist jedenfalls meine Meinung. Bertil, so hieß der Arme, war in unserem Jagdverein, hat Elche, Rehe und Kleinwild gejagt, war ein guter Schütze. Er hätte sich für das Gewehr entschieden, glauben Sie mir. Aber jetzt muss ich weiter. Vielleicht sehen wir uns später einmal, ich weiß, wo Finneryd liegt. Eine Kusine meines Vaters hat früher dort gewohnt. Sie müssen den Hof von seinen Enkeln gekauft haben.«

Der Mann verschwindet auf seinem Motorrad, einer Husquarna, die vermutlich aus den frühen fünfziger Jahren stammt. Lindström bleibt eine Weile in seinem Auto sitzen. Dass es damals zu polizeilichen Ermittlungen kam, ist selbstverständlich, aber dass diese von jungen, unerfahrenen Beamten aus der Stadt erledigt wurden, scheint Anlass genug, die Umstände noch einmal unter die Lupe zu nehmen. Er sollte Ingbritt davon erzählen.

An der Weggabelung bei Vallnäs sieht er den Motorradfahrer abbiegen. Er selbst fährt geradeaus weiter und rollt gemächlich durch Linneryd. Auf den Weiden grasen Pferde; zwei junge Mädchen stehen vor dem Stall und kümmern sich um ein mahagonifarbenes Reitpferd. Lindström hat vor Pferden großen Respekt, aber ein großer, kräftiger Kerl müsste mit einem Pferd doch wohl genauso zurechtkommen wie zwei junge Mädchen, denkt er. Vielleicht sollte er anfangen zu reiten.

Ingbritt ärgert sich, dass es weder Fenchel und Stangensellerie noch Auberginen und Avocados gibt. Während sie versucht, auch ohne die geplanten Zutaten ein leckeres Essen zu zaubern, verarbeitet Lindström pfeifend die Steinwolle.

Draußen versinkt die Sonne langsam hinter den Fichten, in der Küche werden die Lampen angeknipst. Seine Kollegen vom Polizeirevier in Boköping hatten Lindström zu Thermopenscheiben geraten. Die Winter im Hochland seien kalt, da brauche man gute Fenster. Wenn du so ein Romantiker bist, kannst du später ja immer noch Ziersprossen aus Plastik einsetzen. Doch Lindström will die einfachen alten Fenster nicht entfernen. Es widerstrebt ihm, alte Handarbeit gegen ein Industrieprodukt einzutauschen.

Die Sterne beginnen zu funkeln, als Muffins und ich nach Hause kommen. Muffins ist immer noch nass, nachdem er im Gnottnehultasjö – was für ein Name! – ein Bad genommen hat.

»Die Türbeschläge haben wir in Eksjö aufgetrieben, und gegessen haben wir in Österbymo. Kurz gesagt, es war ein gelungener Ausflug.«

Während wir auf der Veranda sitzen, zählen wir vier Sternschnuppen. Ingbritt verscheucht die Mücken mit ihren langen, schwarzen Zigarillos. Wir nippen am Whisky von der Finnlandfähre. Der Wald liegt in diesigem Dunkel.

Ingbritt ist am rechten Fußgelenk von einem Insekt gestochen worden und es juckt, juckt, juckt. Die schlimmste Stelle für einen Insektenstich. Sie legt den Fuß in Lindströms Schoß, der die Stelle mit Whisky einreibt.

»Was gibt's Neues von der Frauenfront, Josef?«, fragt Ingbritt unvermittelt. »Platz hätten wir schließlich genug.« Sie macht eine Kopfbewegung in Richtung Schuppen.

»Hast du was von Julia gehört?«, schiebt Lindström hinterher.

»Was soll das werden? Ein Kreuzverhör? Meine Ex hat bestimmt irgendeinen geschniegelten Typen aufgegabelt, jemand, der ein geordnetes, bürgerliches Leben führt.«

»Und sonst? Du scheinst immer noch etwas angeschlagen zu sein.«

Eigentlich habe ich keine Lust, über meine Verfassung zu sprechen, aber die Stimmung, die einen überkommt, wenn man in Decken gewickelt unter den Sternen auf der Veranda sitzt...

»Wie soll's mir schon gehen? Alles in allem ziemlich bescheiden. Mir fehlt die Inspiration, ich hab schon lange keine Ideen mehr gehabt. Außerdem schlafe ich schlecht.«

»Eine kleine Depression?«, fragt Ingbritt.

»Ach was, Depression...« Ich zucke die Achseln, streite ab, was ich im Grunde längst weiß.

»Wäre doch kein Wunder, nach allem, was du durchgemacht hast«, sagt Ingbritt.

Muffins kommt und legt seinen großen Kopf auf meinen Oberschenkel. Für einen Moment wird es still.

»Wir machen uns Sorgen um dich. Man merkt dir an, dass es dir nicht gut geht«, sagt Ingbritt. »Du brauchst endlich mal wieder eine echte Herausforderung, einen interessanten Auftrag, eine neue Liebe... musst spüren, dass du gebraucht wirst.«

Ich will nicht über meine Gefühle diskutieren und weiche aus.

»Irgendwelche Frauen aufreißen können andere. Ich finde das peinlich. Wenn sich eine Frau mit mir einlässt, dann aus freien Stücken«, erkläre ich.

Das Gespräch stockt, Lindström füllt unsere Gläser auf.

»Wie geht es deiner Mutter?«

»Ach, in der ist mehr Leben als in mir.«

Lindström und Ingbritt tauschen einen besorgten Blick.

»Was hältst du davon, eine Weile bei uns zu bleiben? Hier wirst du gebraucht. Niemand würde sich mehr freuen als ich, wenn du bleibst, bis du dich besser fühlst. Du weißt schon, die frische Waldluft, Bewegung, praktische Arbeit, ein Tapetenwechsel. Das bringt dich auf andere Gedanken. Bleib einfach so lange, bis du uns überhast. Was meinst du?«, sagt Lindström.

»Lindström meint, dass er deine Hilfe braucht, weil er keine Lust hat, den Hof ganz allein auf Vordermann zu bringen«, übersetzt Ingbritt. Lindström protestiert verhalten, stimmt jedoch zu, dass zu zweit alles schneller ginge.

»Es wäre einfach ein beruhigendes Gefühl, einen halbwegs renovierten Hof zu bewohnen, wenn die Herbststürme einsetzen und die Nachtfröste kommen. Außerdem ist da noch die Sache mit Helin, die mir im Magen liegt.«

»Das ist wirklich sehr nett von euch, aber lasst mich bitte ein wenig darüber nachdenken«, entgegne ich. Im Grunde weiß ich, dass sie Recht haben. Ein paar Monate, in denen ich mich mit handwerklicher Arbeit beschäftigen könnte, würden mich auf andere Gedanken bringen, ja, mir womöglich Freude bereiten. Und bei der Suche nach Helin bin ich natürlich sofort dabei.

Unter den Dingen, die auf dem Hof vergessen oder absichtlich zurückgelassen wurden, befindet sich eine mit Lilien und Margeriten, einem Elch und einem Auerhuhn bestickte Tischdecke. *Eigener Herd ist Goldes wert* steht unter dem Elch. Der

Auerhahn ist an den Rand gedrängt, als sei er ursprünglich nicht geplant gewesen. Die Größe der Decke passt genau zum Küchentisch, Ingbritt wischt den ärgsten Staub weg und deckt den Tisch, während Lindström das Geschirr spült und ich das Essen vorbereite. Arvid kommt zum Essen.

Sogar im Anzug und mit Blumen.

»Ach, das wäre doch nicht nötig gewesen«, ist alles, was Ingbritt herausbekommt. Dass sie den Strauß in ausgefransten Jeans, Stiefeln und Sweatshirt entgegennimmt, macht sie ein wenig verlegen.

»Blumen für die Dame des Hauses ...«

Ingbritt saust ins Schlafzimmer hinauf, schnappt sich einen Rock und eine schlichte Bluse. Sie hatte ganz vergessen, wie förmlich Arvid sein konnte. Es wäre ihm nie eingefallen, in Jeans oder ohne Blumen für die Gastgeberin zum Abendessen zu erscheinen.

Sie haben kaum Platz genommen, als Arvid auch schon mit neuen Informationen zu Helins Verschwinden aufwartet.

»Die Fluggesellschaft hat die Passagierlisten gespeichert!«, verkündet Arvid enthusiastisch und schiebt die Blumenvase beiseite, um freie Sicht zu haben.

»Und noch was: Ein Kollege von mir hat ein Buch aus der Bibliothek gefunden, Tolstois ›Anna Karenina‹, Forum Verlag, 1991. Es lag in einem Mülleimer im Park.«

»In welchem Park?«

»Im Kvarnpark, der sich vom Kvarnsjö bis ins Zentrum erstreckt«, erklärt Arvid und fährt fort: »Mein Kollege hat sich auch gewundert. Wer liest heutzutage schon noch so dicke Klassiker? Und dann wegwerfen ...?«

»Hört sich wirklich sonderbar an«, sagt Lindström und ahnt bereits, dass Arvid noch etwas in petto hat.

»Aber«, fährt er endlich fort, »jetzt kommt der Clou: Das Buch wurde von Helin Aras ausgeliehen!« Arvid hält inne und blickt stolz in die Runde. Da alle schweigen, fügt er hinzu: »Sie war offenbar Stammkundin in der Bibliothek.«

»Wann hat sie das Buch ausgeliehen?«, fragt Lindström.

»Am dritten Mai. Am dritten Juni hätte sie es zurückgeben müssen.«

»Na gut, das sagt noch nichts. Man weiß ja selbst, wie das mit den Fristen so läuft ...«

»Was aber nicht erklärt, warum es im Mülleimer landet«, werfe ich ein.

»Mein Kollege hat das Buch gestern gefunden, als er um acht Uhr früh mit seinem Hund im Park spazieren ging«, weiß Arvid zu berichten und wirft mir einen Blick zu, ehe er fortfährt: »Am Mittwochnachmittag hat er mir dann das Buch gegeben.«

»Du hast es in die Bibliothek zurückgebracht?«, frage ich.

»Natürlich, es gehört doch der Bibliothek.«

»Warum sollte jemand ein Buch wegwerfen, der es unter seinem Namen ausgeliehen hat?«, frage ich.

»Noch dazu, wenn man eine Leseratte ist«, ergänzt Lindström. »Irgendjemand anderes muss das Buch in die Finger gekriegt haben.«

»Oder den Leihausweis gestohlen haben«, füge ich hinzu.

»Gab es im Buch ein Lesezeichen oder irgendwelche Notizen?«, fragt Ingbritt.

»Nicht dass ich wüsste«, antwortet Arvid.

»Hast du der Polizei von dem Buch erzählt?«, fragt Lindström.

»Nein, noch nicht.«

»Nachdem du und dein Kollege und wer weiß wie viele Bibliotheksmitarbeiter und Kunden das Buch angefasst haben, können wir die Untersuchung der Fingerabdrücke vergessen«, sagt Lindström mit unnötiger Schroffheit.

»Um Gottes willen, daran habe ich gar nicht gedacht ...«

»Lasst uns zusammenfassen, was wir wissen«, sagt Lindström. »Wir haben eine Spur in Gestalt eines Buches, das möglicherweise im Besitz der Familie Aras war. Jemand, vermutlich Helin, hat das Buch am dritten Mai dieses Jahres in der Bibliothek ausgeliehen. Wir können davon ausgehen, dass Helin und ihre Mutter vom 17. bis zum 24. Mai in der Türkei waren. Zumindest haben sie die Schule um Sonderurlaub gebeten und Flugtickets gekauft. Der Nachbar behauptet, sie seien seit ungefähr Mitte Mai nicht mehr in ihrer Wohnung gewesen, was wohl den Tatsachen entspricht. Wir wissen, dass keine Adressänderung vorliegt, außerdem scheint sich sämtlicher Hausrat samt ihrer Kleider noch in der Wohnung zu befinden. Wir haben weder die Pässe noch die Flugtickets gefunden, dafür einen Koffer und eine Tasche, was darauf hinweisen könnte, dass eine der Frauen oder beide zurückgekehrt sind oder dass sie im letzten Moment beschlossen haben, einen Teil des Gepäcks zu Hause zu lassen.«

»Sie könnten in der Türkei entführt oder ermordet worden sein«, sagt Arvid, dessen Gesicht ganz grau ist. Er sieht verstört aus, sein Kopf ruht schwer in beiden Händen, die Ellbogen sind auf die Tischplatte gestützt.

»Entführt oder ermordet werden können sie überall, auch in Ekemåla. Wir wissen ja nicht mal mit Sicherheit, ob sie wirklich verreist sind«, wende ich ein. »Haben wir irgendeinen Anhaltspunkt, in welchem Hotel sie abgestiegen sein könnten?«

»Nein, es war keine Pauschalreise, und in Ankara gibt es Tausende von Hotels. Vielleicht sollten wir uns mit der türkischen Polizei in Verbindung setzen«, sagt Arvid düster.

»Das sollten wir besser der Polizei überlassen.«

Das Essen wird kalt, während wir vor uns hin grübeln, und die Stimmung wird noch gedrückter, als ich erzähle, was ich von ein paar kurdischen Freunden gehört habe.

»Wenn ihnen während des Urlaubs in der Türkei etwas zugestoßen ist, kann es kompliziert werden. Die Sache ist nämlich die, dass ein kurdischer Flüchtling, der eine Aufenthaltsgenehmigung in Schweden besitzt oder gar schwedischer Staatsbürger ist, immer noch im Besitz seiner türkischen Staatsangehörigkeit sein kann.«

»Ich dachte, es gibt keine doppelte Staatsbürgerschaft«, sagt Ingbritt.

»Gibt es eigentlich auch nicht. Aber ein in Schweden lebender Kurde, selbst wenn er die schwedische Staatsbürgerschaft erworben hat, wird von den türkischen Behörden weiterhin als Mitbürger, nicht als Schwede betrachtet«, erkläre ich.

»Und welche Konsequenzen hat das?«

»Das bedeutet, dass mögliche Vorfälle von den türkischen Behörden als rein nationale Angelegenheiten betrachtet werden, die Schweden nichts angehen. Daher würden wir auch keinerlei Auskunft darüber erhalten, ob Mutter und Tochter etwas zugestoßen ist oder ob sie vielleicht im Gefängnis sitzen.«

»Und woher willst du das so genau wissen?«

»Ich sagte doch, kurdische Freunde haben mir davon erzählt. Für kurdische Flüchtlinge ist das ein alltägliches Problem. Der schwedische Staat ist in dieser Hinsicht vollkommen machtlos.«

»Aber es gibt doch eine kurdische Vereinigung, mit der wir sprechen könnten«, sagt Arvid.

»Schon, aber zunächst sollten wir untersuchen, ob Helin und ihre Mutter inzwischen nicht doch zurückgekehrt sind und sich möglicherweise bei Freunden oder Verwandten aufhalten.«

Sexualmord ist das Wort, das keiner von uns auszusprechen wagt. Niemand mag sich vorstellen, dass so etwas auch in einem freigläubigen, beschaulichen, småländischen Städtchen wie Ekemåla möglich ist. Man redet sich gerne ein, dass die Provinz von solchen Verbrechen verschont bleibt.

Doch irgendwann, vielleicht in ein paar Jahren, würden Jäger, Holzfäller, Pilzsammler oder Jugendliche während eines Schulausflugs ... Schaudernd ahnt Lindström, dass sich seine Ferien anders gestalten würden als geplant, doch er verkneift sich einen Kommentar.

7

In düsterer Stimmung fährt Arvid durch die Abenddämmerung. Ingatorp, Hjältevad, die lange Steigung hinauf und an Bellö vorbei. Der See Bellen brütet dunkel vor sich hin und spiegelt einen scharfen Mond in seinem silbergrauen Wasser. Das Gefühl, etwas Schreckliches sei geschehen, verstärkt sich.

Du bildest dir das alles nur ein, hast nichts in der Hand, es ist gar nicht gesagt, dass etwas passiert ist, vielleicht gibt es für alles eine ganz simple Erklärung. Die Stimme der Vernunft versucht zu beschwichtigen, doch was hat die Vernunft in der Hand?

Haben wir irgendetwas übersehen, fragt sich Arvid, als er durch die menschenleeren Straßen der Stadt fährt. Er musste mit jemandem reden. Seiner Frau konnte er sich nicht anvertrauen. Sie würde nicht verstehen, warum er sich in fremder Leute Angelegenheiten mischte.

Anständige Leute schlafen um diese Zeit, in den Fenstern ist es dunkel, Nebelschwaden legen sich über Ekemåla, verhüllen die Sterne, dämpfen das Mondlicht. Ein Dachs läuft zielstrebig über die Straße.

Auf dem großen Marktplatz vor der Backsteinfassade des Stadthotels lärmt eine Horde Jugendlicher, sonst ist es still. Im Springbrunnen mit der bekanntesten Statue der Stadt baden ein paar Betrunkene.

Arvid seufzt. Irgendwo im Dunkeln, phantasiert er, werden Helin und ihre Mutter gefangen gehalten. Der Gedanke an eine Entführung lässt ihn frösteln. Er weiß nicht, warum, doch er hat das sichere Gefühl, dass sich die Frauen noch in Ekemåla befinden.

Eingesperrt, angekettet, mit gebundenen Händen ... welche Leiden müssen sie noch erdulden? Arvid schaudert. Falls sie überhaupt noch am Leben waren ...

Die Stadt ist nicht groß, 13-14.000 Einwohner, Tendenz

fallend. 19.000 in der gesamten Gemeinde. Das Umland ist spärlich besiedelt, eine Suche würde sich schwierig gestalten. Einsam liegende Höfe und Sommerhäuser gibt es mehr als genug.

Arvid denkt an Annika, eine ehemalige Schülerin, zu der er immer noch in freundschaftlichem Kontakt steht. Vor Jahren war sie völlig überraschend bekehrt worden und hatte ihr Studium sausen lassen, um sich in ihrer Heimatgemeinde ganz in den Dienst der Heilsarmee zu stellen. Wenig später hatte sie einen Kollegen geheiratet; Arvid war auf der Hochzeit gewesen. Wenn es eine Organisation gibt, die über ein großes Kontaktnetz verfügt, denkt er, dann ist es die Heilsarmee. Mit den Schattenseiten des Lebens ist sie wohl vertraut – die gibt es selbst in Ekemåla.

Mitten in der Nacht klingelt er bei Annika an der Tür, ein Fenster ist noch hell, vielleicht waren sie noch nicht zu Bett gegangen. Nach einer Weile öffnet ihr Mann im Schlafanzug.

»Um Gottes willen, was ist denn passiert? Annika, es ist Arvid!«, ruft er. Annika kommt im Bademantel dazu.

»Was können wir für dich tun?«, fragt sie ihren alten Lehrer, während sie seine Jacke über einen Bügel hängt, den sie zwischen zwei Uniformjacken schiebt.

Aufgewühlt beginnt Arvid noch im Flur, Annika und ihrem Mann Bengt von dem rätselhaften Verschwinden einer Schülerin zu erzählen. Er reichert seinen Bericht mit Mutmaßungen und Befürchtungen an. Danach lässt er sich im kleinen Wohnzimmer erschöpft in einen Sessel sinken und bekommt einen Becher Kräutertee mit Honig.

»Wir haben im ›Kurier‹ schon gelesen, dass nach einem vermissten Mädchen gesucht wird. Handelt es sich um dieselbe Person?«

»Ja.«

Erschöpfung, Machtlosigkeit und Verzweiflung setzen Arvid zu, der sich vorstellt, wie Helin ... Nein, er will nicht, kann nicht an all die grässlichen Möglichkeiten denken, die sich hinter der Tatsache verbergen könnten, dass die Wohnung in der Solskengata verlassen ist.

Kurz darauf ist Arvid in seinem Sessel eingeschlafen. Annika stellt behutsam die Rückenlehne zurück, bettet seine Beine auf eine weiche Fußstütze, breitet eine rote Decke über ihn und dämpft das Licht. Sie und ihr Mann schleichen ins Schlafzimmer zurück, nachdem sie einen Blick in das Kinderzimmer geworfen haben, in dem ihr fünfjähriger Sohn Kjell-Bertil friedlich schlummert, umgeben von Teddybären, Kaninchen, Elefanten, Affen und anderen Tieren, die seinem Leben Geborgenheit verleihen.

Am Morgen erwacht Arvid mit dem Gefühl, von jemandem beobachtet zu werden. Als er die Augen aufschlägt, begegnet er dem forschenden Blick des Fünfjährigen, der ihn unverblümt fragt:

»Bist du ein Einbrecher?«

»Äh, bitte?«

»Was willst du stehlen?«

Eine halbe Stunde später werden Kjell-Bertils Eltern von ausgelassenen Geräuschen geweckt, die aus dem Wohnzimmer dringen.

Am Frühstückstisch kommt Arvid endlich auf den Punkt. Wäre es der Heilsarmee nicht vielleicht möglich, die einschlägigen Hinterhöfe der Gegend nach Helin und ihrer Mutter zu durchkämmen? Annika und Bengt willigen sofort ein.

»In Ordnung, wir sehen, was wir tun können, aber erst mal musst du uns ein gutes Foto beschaffen.«

Noch am selben Tag kommt Arvid mit mehreren Abzügen des Klassenfotos wieder.

»Von der Mutter hast du kein Bild?«

»Nein, leider nicht.«

»Okay, bei uns steht heute ein Altersheim auf dem Programm. Erhalten wir auch nur den kleinsten Hinweis, werden wir uns sofort bei dir melden«, verspricht Annika.

Arvid ist so dankbar, dass er sich sogar als Babysitter andient. Seine Frau und er haben keine Kinder. Manchmal macht ihn das traurig.

Das Motorrad lehnt neben dem Briefkasten an einer Birke. Ingbritt bringt gerade den Schuppen auf Vordermann, reißt Spinnengewebe herunter und wirbelt mächtig Staub auf. Als sie aus dem schmutzigen Fenster blickt, steht es dort. Lindström hatte ihr schon vom dem Mann mit seinem uralten blauen Motorrad erzählt, ein Nachbar, der irgendwo im Wald wohnt.

Jetzt tritt er durch die Gartenpforte, unter dem Arm einen altmodischen schwarzen Motorradhelm. Ingbritt wischt sich die Hände an der Jeans ab und hofft, der Besuch werde nur von kurzer Dauer sein.

»Guten Tag, ich bin Ingmar, Ihr Nachbar. Ich habe neulich Ihren Mann getroffen und wollte mal hallo sagen. Ich hoffe, ich störe nicht.«

»Kennen Sie sich mit Wasserpumpen aus?«

»Kommt drauf an, um was für eine Pumpe es sich handelt.«

»Kann ich Ihnen nicht genau sagen, irgendwas Elektrisches. Sie springt jedenfalls ständig an und geht wieder aus, obwohl ich fast kein Wasser benutze.«

»Vielleicht ist irgendwo eine undichte Stelle. Ich kümmere mich darum. Ich werde ein bisschen Werkzeug holen und in einer Stunde wieder da sein. Ist das in Ordnung?«

»Ja, aber warum so eilig? Möchten Sie nicht erst mal eine Tasse Kaffee oder ein Brötchen?«

»Tja, ein bisschen hungrig bin ich tatsächlich ...«

In der Küche lässt sich Ingmar auf dem blauen Sprossenstuhl nieder, den sie auf dem Dachboden entdeckt hatten. Er schaut sich um, während Ingbritt zwei Tassen Kaffee und eine Platte mit belegten Broten auf den Tisch stellt.

»Hier ist wirklich viel passiert, seit ich das letzte Mal da war«, sagt Ingmar mit einer Kopfbewegung in Richtung Wohnzimmer.

»Ja, wir hatten keine Lust, im Winter zu frieren.«

Schon bald kommen sie auf das Unglück auf Hackhult zu sprechen. Ingmar hatte Bertil Svärd persönlich gekannt und weiß ebenso wie Helge und Ebon nur Gutes über ihn zu sagen.

Auch Ingmar bezweifelt, dass es sich um einen Unfall handelte, kann sich aber genausowenig vorstellen, was jemand veranlasst haben könnte, Bertil zu töten.

»Merkwürdig ist nur, dass Bertils Frau später seinen Bruder geheiratet hat…«

»Sie meinen, dass er möglicherweise…«

»Nein, das ist völlig undenkbar. Martin ist ein durch und durch guter Kerl. Zu solchen Spekulationen besteht überhaupt kein Anlass.«

»Erzählen Sie mir mehr von ihm«, sagt Ingbritt und schiebt die Platte mit den belegten Broten weiter zu Ingmar.

»Was soll ich Ihnen erzählen? Er ist zehn Jahre jünger als sein Bruder. Ich kenne ihn nicht so gut, wie ich Bertil gekannt habe, obwohl wir ungefähr gleichaltrig sind. Als er noch jung war, hat er nie mit uns Fußball gespielt, und beim Jagen war er auch nie dabei. Solche Dinge haben ihn nicht interessiert. Soweit ich mich erinnere, hat er sich auch im Wald nie herumgetrieben. Nein, Martin hat sich um die Schule gekümmert und die Mittlere Reife gemacht, während der ältere Bertil den Hof übernommen hat. So ist es seit jeher gewesen. Seit Mitte des 17. Jahrhunderts ist Hackhult immer vom Vater auf den Sohn übergegangen«, berichtet Ingmar.

»Und zwischen den Brüdern hat es keine Eifersucht gegeben?«, fragt Ingbritt.

»Nicht dass ich wüsste. Martin ging ja nicht leer aus. Er hat sich seinen Anteil am Hof auszahlen lassen und mit dem Geld einen Drogerie- und Farbenhandel in Vimmerby übernommen, *Johanssons Färg & Frö,* vielleicht kennen Sie ihn.«

»Ja, dort haben wir die Farbe für unser Haus gekauft.«

»Ist Ihnen die Verkäuferin in der Parfumabteilung aufgefallen?«, fragt Ingmar und deutet mit den Händen eine kurvenreiche Bewegung an.

»Nein, ich kann mich nicht erinnern.«

»Bertils Witwe, Martins jetzige Frau, arbeitet dort.«

»Das nächste Mal werde ich die Augen offen halten«, versichert Ingbritt. »Gab es denn viel zu erben?«

»Zumindest gab es den Hof, den sie auf einer Auktion für teures Geld versteigert hat. Viele Wertgegenstände hat Bertil nicht besessen. Er lebte in bescheidenen Verhältnissen, wie wir alle.«

»Seine Frau und sein Sohn haben sich also das Erbe geteilt?«, fragt Ingbritt.

»Genau. Sein Sohn stammte aus einer früheren Beziehung. Die arme Frau war bei einem Autounfall ums Leben gekommen, als Anders noch klein war. Eine furchtbare Geschichte. Sie lebten also in wilder Ehe, wie man so schön sagt, obwohl sie Heiratspläne hatten, das weiß ich genau«, versichert Ingmar.

»Was für ein Verhältnis hatte Anders zu der neuen Frau? Kamen sie gut miteinander aus?«

»Nein, das lässt sich leider nicht sagen. Anders ist so schnell wie möglich von zu Hause fortgezogen. Ging direkt nach dem Abitur nach Göteborg und arbeitete bis zum Beginn des Studiums als Mechaniker für Fahrräder, Mopeds und Rasenmäher, wenn ich mich recht erinnere.«

»Was wurde aus dem Hof?«

»Anders hat nie den Wunsch geäußert, den Hof zu übernehmen. Er war der Erste in seiner Familie, der studieren wollte. Bertil war enttäuscht, aber auch sehr stolz auf seinen Sohn. Wer weiß, sagte er, ob aus Anders nicht eines Tages noch ein Professor wird.«

»Wissen Sie, was er studiert hat?«

»Nein, aber dass es weder mit Technik noch mit Landwirtschaft zu tun hatte, das weiß ich noch.«

»Was ist aus der Witwe geworden? Hat sie eigene Kinder bekommen?«

»Ich glaube nicht.«

»Was für ein Bild haben Sie von ihr?«

»Ach, wissen Sie, es wird so viel geredet. Mich interessiert das alles nicht. Ich persönlich mochte sie nicht besonders. Aber was andere denken, ist mir schnuppe. Ein stattliches Mädchen war sie in jedem Fall, nicht auf den Mund gefallen, mit Ecken und Kanten, das kann man wohl sagen.«

»An wen, glauben Sie, hätte Bertil den Hof am liebsten weitergegeben, abgesehen von seinem Sohn natürlich?«

»Für den Fall, dass sein Bruder kinderlos bleiben sollte, hatte er den Nachbarsjungen im Auge. Daran kann ich mich gut erinnern. Die Grundstücke grenzten aneinander, und er wollte seinen Hof auf keinen Fall dem Forstwirtschaftsunternehmen überlassen, wenn er selbst einmal nicht mehr in der Lage wäre, ihn zu bewirtschaften. So zäh, wie er war, hätte das auch lange gedauert, doch in der letzten Zeit, nur wenige Wochen vor seinem Tod, sprach er manchmal davon, dass er kürzer treten wollte«, berichtet Ingmar.

»Warum das?«

»Das habe ich mich damals auch gefragt, vielleicht war eine Krankheit im Spiel, aber er hat nichts Derartiges erwähnt. Bertil sprach ungern über sich selbst. So war er eben.«

»Wissen Sie, wo der Sohn heute wohnt?«

»In Göteborg, glaube ich. Ich weiß nicht, ob er Familie hat, zumindest hat er eine französische Freundin; sie haben sich in Jönköping kennen gelernt. Eine wunderbare Frau, soweit ich gehört habe.«

»Noch etwas Kaffee?«

»Gern.« Ingmar streckt seine Hand nach einem weiteren Brot aus und angelt sich diesmal eines mit Salami.

»Weiß irgendjemand, was für eine Arbeit er hat oder ob er noch studiert?«

»Wenn jemand das weiß, dann Helge und Ebon. Sie wohnen oben auf dem Hügel. Anders hat als Kind viel Zeit bei ihnen verbracht. Ist den ganzen Weg mit dem Fahrrad gefahren, hat sich zu ihnen in die Küche gesetzt und seine Hausaufgaben gemacht. Sie waren wie Großeltern für ihn, und als er älter wurde, hat er auf dem Hof mit angepackt. Wie gesagt, war ein netter Junge, der Anders.«

»Hatte er keine richtigen Großeltern mehr?«

»Nein, die waren schon lange tot. So …«, sagt Ingmar und steht auf, »ich glaube, ich sollte mich langsam mal auf die Socken machen, wenn aus der Sache mit der Pumpe heute noch was werden soll.« Er zieht seine knallroten Hosenträger über die Schultern.

Ingbritt hat den Eindruck, dass Ingmar mehr weiß, als er sagen wollte, vor allem als die Sprache auf Bertils Witwe gekommen war.

»In einer Stunde bin ich zurück.« Ingmar bedankt sich für den Kaffee, steigt auf sein Motorrad und macht sich auf den Weg.

Ingbritt spült und räumt dann weiter den Schuppen auf. Es ist offensichtlich, dass das in den letzten dreißig Jahren niemand getan hat.

Die Luft ist muffig. Nach einer Weile hat sie genug. Auf einem klapprigen Regal steht ein Radio aus der Zeit, als man noch »Rundfunkempfänger« sagte, ein Radiola. Die alten Elektroleitungen, die es seinerzeit ermöglichten, dass die mit Fliegendreck übersäte Deckenlampe leuchtete und das Radio spielte, sind brüchig, teils abgerissen. Keiner hat sich die Mühe gemacht, sie zu entfernen oder in diesem Teil des Schuppens neue Leitungen zu verlegen.

Irgendwo in Göteborg, glaubte Ingmar. Im Göteborger Telefonbuch würde es nicht viele Menschen namens Anders Svärd geben. Ingbritt legt ein schweres, handgeschmiedetes Vorhängeschloss beiseite. Eine echte Antiquität. Alte Werkzeuge und Geräte liegen überall verstreut. Unter einem alten Teppich entdeckt Ingbritt ein Klappbett sowie ein altes Fahrrad mit rissigen Schläuchen.

»Lebendige Geschichte«, seufzt Ingbritt, während sie den Schuppen verlässt, um sich den gröbsten Staub abzuklopfen, die Kleider zu wechseln und die Adresse von Anders Svärd ausfindig zu machen.

Der Auskunft zufolge gibt es 360 unterschiedlich geschriebene Einträge auf den Namen Svärd. Das Umland nicht mit eingerechnet. Männer und Frauen. Hauptsächlich Männer. Zwei heißen Anders; ein Zugführer in der Prilyckegata sowie Anders & Charlotta in Sävedalen.

Sie schaut auf die Uhr. Ingmar hatte von einer Stunde gesprochen. Das sollte reichen, Helge und Ebon mit dem Fahrrad einen Besuch abzustatten. Sie musste herausbekommen, wo Anders arbeitete und wohnte. Beherzt tritt Ingbritt in die Pedalen, kämpft sich bergauf bis zum letzten, steilsten Teil des Hügels, wo sie absteigt und die letzten paar hundert Meter keuchend zu Fuß geht.

Ebon ist im Hühnerstall. Drinnen ist es schummrig und stinkt nach Ammoniak. Staubpartikel tanzen im Sonnenlicht, und die Hühner gackern und schlagen wild mit den Flügeln, als Ebon Getreidekörner ausstreut. Sie legt die Eier in einen Korb. Ingbritt ist ihr dabei behilflich.

»Tja, eine bescheidene Ausbeute. Viele Hühner sind alt, aber ich habe kein Herz, Suppe aus ihnen zu machen. Für uns reicht es allemal, und was übrig bleibt, verkaufe ich an die Sommergäste.«

»Und im Winter?«

»Da backe ich Kuchen fürs Gemeindehaus«, sagt Ebon lachend. »Auf diese Weise brauche ich wirklich eine Menge Eier.«

Ingbritt spürt, wie das Ammoniak in der Nase beißt, geht ein paar Schritte zurück und stellt sich in den Türrahmen.

»Ach übrigens, hat sich Anders seit dem Unglück mal bei Ihnen blicken lassen?«

»Nein, aber Postkarten hat er ab und zu geschrieben.«

Ingbritt spürt, dass ihre Frage allzu aufdringlich war. Ebon und Helge hatte sie gerade erst kennen gelernt, von Anders und dessen Vater nur gehört. Sie konnte doch nicht einfach mir nichts, dir nichts hier aufkreuzen und ihre Nase in Angelegenheiten stecken, die sie nichts angingen.

»Ich bin zufällig mit dem Fahrrad vorbeigekommen und habe die Gelegenheit beim Schopf gefasst ... wer weiß, dachte ich, vielleicht ist er ja nach Småland zurückgezogen. Das machen doch viele, studieren und arbeiten woanders, aber später zieht es sie doch nach Hause zurück ...«, plappert Ingbritt, als könnte das die Situation noch retten. Sie kommt sich dumm und unbeholfen vor.

»Tja, sollte er das wirklich tun, kann er den Hof zum Freundschaftspreis übernehmen. Für uns ist es bald an der Zeit, Schluss zu machen. Aber ich kann mir nicht vorstellen, dass er zurückkommt. Wenn die jungen Leute erst mal weg sind und eine gute Ausbildung gemacht haben, dann bleiben sie meistens, wo sie sind. Was sollte jemand, der studiert hat, hier auch anfangen? Nein, nein, das tun nur Deutsche und Dänen oder reiche Leute mit eigenen Pferden. Die ziehen aufs Land und renovieren alte Höfe, normale Leute haben weder das Geld noch die Gelegenheit dazu.«

»Ich glaube, ich kaufe ein paar Eier«, sagt Ingbritt, um das Thema zu wechseln.

»Warum denn gleich kaufen? Nehmen Sie erst mal ein paar mit und probieren Sie sie zu Hause. Sie können ja einen Kuchen backen.«

Die Tüte am Lenker, rollt Ingbritt heimwärts.

Als sie um die letzte Kurve biegt, sieht sie, dass Lindström und Josef nach Hause gekommen sind. Sie stehen am Eingang zum Schuppen und unterhalten sich mit Ingmar. Muffins trabt neugierig um den Schuppen.

Ingmar braucht nicht lange, um den Luftdruck im Hydrophor zu regulieren.

»Mit dem richtigen Luftdruck wird die Pumpe lange halten. Ist doch unnötig, Geld für eine neue Pumpe auszugeben, wenn's mit ein bisschen Luft getan ist.«

Ingmar ist sichtlich stolz auf seine Leistung. Später setzen sie sich auf die Stufen, und Ingmar erzählt ihnen von der Gegend, den Menschen, von ehemaligen Höfen, alten Pfaden und Quellen.

Während die Männer auf der Treppe sitzen und Ingmars Ausführungen lauschen, beherzigt Ingbritt Ebons Rat und beginnt, einen Kuchen zu backen. Während sie den Teig rührt, fragt sie sich, wie sie herausbekommen kann, ob Anders und seine Frau in Göteborg oder in Jönköping wohnen. Sie kann ja schließlich nicht überall anrufen. Ingbritt hat eine Idee und ruft Ebon an.

»Hallo, hier ist Ingbritt, ich wollte nur berichten, dass ich Ihren Rat befolgt und einen Kuchen gebacken habe.«

Irgendwann gelingt es Ingbritt, das Gespräch auf Anders zu lenken, und Ebon erzählt, dass Anders, als er noch klein war, immer gern Korinthen im Teig gehabt habe.

Nach einigen Minuten erzählt Ebon auch von Anders' Frau Marie-Therese, die Lehrerin sei. Als Arbeitgeber kommen dann also nur die Gemeinden von Göteborg oder Jönköping infrage …

Privatschulen gibt es sicherlich weniger in Jönköping, also ruft Ingbritt zuerst dort an. Nachdem sie die Auskunft mit der Schulbehörde verbunden hat, klärt sie eine männliche Stimme darüber auf, dass Marie-Therese Svärd am Per-Brahe-Gymnasium im Zentrum Jönköpings arbeitet.

Im Telefonbuch finden sich jedoch nur Anders und Lena Svärd, keine Marie-Therese. Ingbritt ruft bei der Schule an und erhält nach einigem Zögern die private Telefonnummer der Familie Svärd.

8

Sanft plätschert der Fluss, der dem Kvarnsjö entspringt; klug, erfahren und zeitlos. Vor fünfzehn Jahren konnte man im Fluss noch angeln. Heutzutage würde niemand mehr auf den Gedanken kommen.

Im Wechsel von kleinen Stromschnellen und gemächlichen, breiten Passagen fließt er unter den Brücken des Stadtparks hindurch, um sich im Bereich des Zentrums zu einem unterirdischen Kanalsystem zu verzweigen, die sich am Polizeipräsidium vorbei- und größeren Gewässern entgegenschlängeln. Früher tranken Rehe und Elche von seinem reinen Wasser. Heute, da sich überall Wohngebiete ausdehnen und Parks angelegt werden, muss er regelmäßig von rostigen Kinderwagen, Plastikbechern, Flaschen, erschlafften Fußbällen, Einkaufswagen und anderen Hinterlassenschaften menschlicher Zivilisation befreit werden.

Aufgrund zahlreicher Beschwerden, zorniger Leserbriefe im Lokalanzeiger sowie eines gewissen Bedürfnisses, die arbeitslosen Jugendlichen zu beschäftigen, hat die Gemeinde beschlossen, den Fluss im Herbst ein weiteres Mal reinigen zu lassen. Man kam schließlich nicht umhin, dem Hinweis vieler Bürger, die aus dem Wasser ragenden Müllberge in der Innenstadt seien wirklich keine Augenweide, in gewisser Weise Recht zu geben.

Die Reinigungsaktion geschieht während einiger sonniger Tage im Oktober. Das Wetter ist immer noch mild, was die Arbeit angenehmer macht. Auch das Wasser ist noch so warm, dass viele Jugendliche sich in den Fluss stürzen. Die Lokalpresse ist vor Ort und schießt am Morgen, bei Arbeitsbeginn, ein paar Fotos.

Zu fortgeschrittener Stunde begreift der Vorarbeiter, der die Horde mit engelsgleicher Geduld dirigiert, dass etwas faul ist. Einige der älteren Jungs kommen aus dem großen Kanal unter der Centralgata gestolpert. Leichenblass und mit aufgekrempelten Ärmeln stellen sie sich ans Ufer und übergeben sich. Mit schreckgeweiteten Augen deuten sie in Richtung des Tunnels, wo der Fluss im Dunkeln verschwindet.

Elende Waschlappen, denkt der Vorarbeiter und watet mit Taschenlampe, Harke und Müllsack bewaffnet in den Tunnel.

»Jetzt reißt euch doch zusammen, Herrgott! Was ist denn los?«, brummt er, als er an ihnen vorbeistiefelt.

Im Tunnel herrscht tiefe Dunkelheit. Er weigert sich zu enthüllen, was sich hinter der nächsten Biegung verbirgt.

Wahrscheinlich ein verwesender Dachs, denkt er, als ihm der Gestank in die Nase steigt.

In der folgenden Nacht schläft der Vorarbeiter sehr schlecht.

Noch am selben Nachmittag bekommt Kommissar Lindström einen Anruf von seinem Arbeitgeber. Der Anruf erreicht ihn am Küchentisch. Ingbritt hat gerade die Gläser mit *Marskens* gefüllt, dem besten Schnaps weit und breit.

Als Lindström Christer Elimssons Stimme hört, weiß er, was die Stunde geschlagen hat. Für einen Moment ist er versucht, alle Schnäpse, die auf dem Tisch stehen, rasch herunterzukippen, kann sich jedoch beherrschen.

Der Rest der Ferien war also zum Teufel. Ausgerechnet zu Beginn der Elchjagd hat man eine Leiche gefunden. Die lokale Polizei ist natürlich stark unterbesetzt. Und da sich Lindström als erfahrener Ermittler zufällig nur wenige Kilometer vom Tatort entfernt aufhält und für gewöhnlich nichts anderes jagt als Mordverdächtige und Fliegen, scheint es bloß recht und billig, dass er einspringt und sich dem ermittelnden Staatsanwalt Mogens Pedersen zur Verfügung stellt.

Widerspruch ist zwecklos, doch Lindström nötigt seinem Chef eine Entschädigung für den abgebrochenen Urlaub ab.

»Ja, ja, ja, jetzt nörgel nicht ewig rum und mach dich auf die Socken. Die anderen warten schon auf dich!«

»Dafür bekomme ich mehrere Wochen Sonderurlaub, bezahlt, nur dass das klar ist …«

»Fährst du jetzt endlich!«

Lindström tauscht sein Bier seufzend gegen ein Glas Wasser, isst rasch noch auf und packt vorsichtshalber ein paar Sachen zum Übernachten ein. Er gibt Ingbritt seufzend einen Kuss.

»Willst du mitkommen?«, fragt er mich. »Oder lieber hier bleiben und tapezieren?«

Ich bleibe lieber hier. Verspüre weder Enthusiasmus noch Neugier. Nachdem Lindström fort ist, frage ich mich allerdings, warum ich sein Angebot abgelehnt habe.

Hat Ingbritt doch Recht? Apathie, Müdigkeit, Schlafstörungen, Antriebslosigkeit. Alle Symptome einer Depression sind vorhanden. Meine Wahrnehmung hat auf Zeitlupe umgestellt. Eine Empfindung, die sich schleichend eingestellt hat.

Es ist wirklich lange her, dass ich spontane Freude empfunden habe.

Woher kommt das bloß? Stress, Erschöpfung?

Dass Julia mich verlassen hat? Nein, die Sache ist endgültig erledigt!

Ritva? Diesen Gedanken schiebe ich weit von mir. Ritva war die Fata Morgana eines verlassenen Mannes in einer sexuellen Wüste gewesen. Ein kleines Abenteuer, ein feuchter Tagtraum.

Blödsinn! Warum mache ich mir etwas vor? Ich denke immer noch an Ritva, frage mich, wie es ihr geht. Es war ein schmerzliches erotisches Intermezzo.

Gewaltsam lenke ich meine Gedanken auf das furchtbare Jahr in Örvik. Es hatte mich viel Kraft gekostet. Das war die rationale Erklärung.

Typisch männliches Verhalten, die psychischen Faktoren zu verdrängen, als wären sie ein Zeichen von Schwäche, sagt die Stimme der Vernunft. Zu meiner Verteidigung führe ich die Komplexität der Situation an, den Umstand, dass die Wahrheit sich aus vielen Facetten zusammensetzt und nicht nur mit psychischen Defiziten zu erklären ist.

»Was ist los, Josef? Du siehst so abwesend aus. Josef, hörst du mich?« Ingbritts Stimme dringt vom anderen Ende des Küchentischs zu mir herüber.

Ich zucke zusammen.

»Nein, äh, ja … es ist nichts, ich habe bloß ans Tapezieren gedacht.«

Um meine Schwermut zu überspielen, beginne ich, so unbeschwert wie möglich zu pfeifen, während ich das Geschirr abräume und das Tapezieren des Treppenaufgangs zum Obergeschoss vorbereite. Das hilft tatsächlich.

»Jetzt pfeift der auch noch«, flüstert Ingbritt in der Küche vor sich hin.

Ich mache mich an die Arbeit und entferne zunächst die alten Profilleisten. Das Holz ist knochentrocken. Die Dämmerung setzt ein, die Nächte sind lang geworden, was ein Gefühl der Unwirklichkeit hervorruft, da die Tage immer noch sehr warm sind.

Es ist einiges vorzubereiten, ehe die neuen Tapeten und Profilleisten ihren Platz einnehmen können. Ich knipse die Lampe an, schleife und öffne das Fenster wegen des Staubs. Mir wird warm, ich ziehe mein Hemd aus.

»Wie dünn du geworden bist«, sagt Ingbritt, die mich eigentlich fragen wollte, ob sie mir helfen kann. Nicht gerade ein Kompliment.

»Und so blass«, fügt sie hinzu. »Weißt du was? Wir machen morgen eine Fahrradtour, sammeln Pilze, vielleicht gehen wir ein bisschen angeln? Was hältst du davon?«

»Erst mal muss ich hier fertig werden. Die Wände sind auch noch nicht gestrichen. Irgendwann wird das schöne Herbstwetter ein Ende haben«, entgegne ich, wehre mich instinktiv gegen eine größere Nähe. Warum tue ich das?

»Keine Ausflüchte! Du kommst mit. Für heute hast du genug getan. Mach das Licht aus, dann schauen wir Nachrichten und trinken Tee.«

Die Leiche ist in der Innenstadt gefunden worden, was enorme praktische Probleme verursacht. Die Nachricht hat sich wie ein Lauffeuer verbreitet. Immer mehr Schaulustige drängen sich um die Absperrung, obwohl es nichts zu sehen gibt. Zwei Polizisten werden abgestellt, um die Menge, die größtenteils aus Schülern des nahe gelegenen Gymnasiums besteht, im Zaum zu halten. Eine krächzende Stimme verschafft sich Gehör: »Ein Kanake weniger...« Ein junger Kerl, pickliges Gesicht, fettige Haare, Jeans und Jeansjacke. Idioten gibt es überall, auch in Ekemåla, konstatiert Lindström und registriert, dass der Picklige gepiercte Nasenlöcher hat, je einen Ring in jedem Flügel.

Eine leere Flasche zersplittert auf einem Stein im Fluss. Die Absperrung wird ausgeweitet, die Aufdringlichsten werden weggeschoben, die Masse läuft schließlich auseinander. Für einen Moment wird die Stimmung aggressiv, polizeifeindlich. Seit der Eskalation der letzten größeren Demonstrationen in Stockholm und Göteborg scheint dies an der Tagesordnung.

Die Centralgata wird gesperrt und der Verkehr umgeleitet, während man auf die Spurensicherung wartet.

Lindström stattet dem Vorarbeiter einen Besuch ab, eine Polizistin fährt ins Krankenhaus, um die beiden Jugendlichen zu befragen, die die Leiche gefunden haben. Es gibt nicht viel zu erzählen. Sie waren in den Tunnel gegangen, um den Abfall zu beseitigen. Nur drei, vier Meter waren sie vorwärts gekommen, als sie die Leiche entdeckten, die sich in einem gelben Mountainbike verfangen hatte. Es stank entsetzlich. Die Jugendlichen und der Vorarbeiter stehen unter Schock.

Als Lindström zurückkehrt, ist die Spurensicherung bereits eingetroffen. Er unterdrückt seine Übelkeit und mustert die Leiche aus nächster Nähe. Die starken Halogenscheinwerfer, die im Tunnel aufgestellt wurden, sind beinahe schlimmer als die Dunkelheit. Gott, wie sehr war ihm dieser Fall zuwider. Er hätte lieber mit langweiligem Papierkram die Zeit totgeschlagen, als den Gestank von etwas einzuatmen, das einmal eine junge Frau gewesen sein musste.

Es besteht kein Zweifel, dass ein Teil der Leiche schon lange im Wasser gelegen hat. Der Kopf ist kahl, doch Reste schwarzer Haare haben sich in den Speichen verfangen. Das Alter lässt sich nicht schätzen. Der Körper ist nackt, von Kleidern fehlt jede Spur, es handelt sich offenbar um eine junge Frau.

Handelte. Gehandelt hat. Immer noch handeln könnte.

Vielleicht eine lebenslustige, attraktive Frau, die noch im Frühling gelacht und herumgealbert hatte, Schaufenster angeguckt, Salat zum Lunch gegessen, in die Disco gegangen war.

Sie sollte immer noch jung, von Zukunftsträumen und Lebensfreude erfüllt sein, wäre da nicht ihr zertrümmerter Schädel. Die Folge eines harten Schlags mit einem großen Stein oder einem Hammer. Lindström glaubt nicht, dass sie ertrunken ist.

Er gibt Anweisung, den gesamten Fluss abzusuchen. Jeder einzelne Fund, den die arbeitslosen Jugendlichen gemacht haben, soll gründlich untersucht und die Ufergegend bis in den letzten Winkel durchkämmt werden. Alle Anzeigen über gestohlene Fahrräder werden überprüft.

Eine Journalistin von der Lokalpresse – zumindest behauptet die Frau mittleren Alters mit den knallroten Lippen, für den ›Ekemåla-Kurir‹ zu arbeiten – wird aufdringlich. Sie hat die Absperrung überwunden und fragt, was passiert sei. Man verweist sie auf Lindström.

»Wir haben eine Leiche gefunden. Vermutlich eine Frau. Das ist alles, was ich Ihnen sagen kann. Seien Sie so nett und verlassen Sie jetzt das Sperrgebiet.«

»Ein Mord?«

»Oder ein Unfall. Sie müssen sich gedulden. Die Ermittlungen haben gerade erst begonnen. Bitte halten Sie sich außerhalb der Absperrung auf«, entgegnet Lindström.

»Ein Ausländer, ein Asylant?«

»Wer weiß. Ich kann weder etwas bestätigen noch ausschließen. Gehen Sie jetzt, Sie dürfen sich hier nicht aufhalten.«

»Vielleicht eine rassistisch motivierte Tat?«

»Keine Ahnung! Lassen Sie uns in Ruhe arbeiten. Verschwinden Sie!«

»Wir haben ein Recht auf Informationen ...«

Leck mich am Arsch, denkt Lindström, sagt jedoch mit erzwungener Freundlichkeit:

»Sicher, aber nicht auf Spekulationen. Wir haben hier einen Job zu erledigen, und wenn Sie nicht verschwunden sind, ehe ich bis drei gezählt habe, dann lasse ich Sie festnehmen.« Er wendet sich ab und beginnt zu zählen.

»Verdammter Macho«, murmelt die Frau und stöckelt davon.

Lindström fragt sich plötzlich, ob es sich bei der Leiche um Helin handelt. Er spürt einen Schmerz, als er sich das Aussehen des dunklen, hübschen, ein wenig verträumt wirkenden Mädchens in Erinnerung ruft, das er auf dem Klassenfoto gesehen hatte. War das vielleicht Helin? Oder ihre Mutter?

Was sollte er Arvid sagen?

Die Wahrheit. Dass die Tote noch nicht identifiziert werden konnte. Eventuelle Funde, Zeugenaussagen oder eine Untersuchung der Zähne würden mit ein wenig Glück bald näheren Aufschluss geben.

Ein Unfall war nahezu ausgeschlossen. Falls es sich um Mord handelte, hielt Lindström den Kanal, der im Stadtzentrum sowohl eng als auch schwer zu erreichen war, nicht für den Tatort.

Nein, der Mord musste im nahe gelegenen Park geschehen sein. Im Verborgenen. Vielleicht infolge eines sexuellen Übergriffs in den Büschen – ein plötzlicher Wutausbruch, eine Waffe, ein Schlag. Der Täter begreift plötzlich, was er getan hat, versucht panisch, die Leiche verschwinden zu lassen, seine Spuren zu verwischen, und da ist der Kanal ein Gedanke, der auf der Hand liegt. Er zieht sein Opfer in den Tunnel hinein und platziert das Fahrrad so, dass es ein Davontreiben der Leiche verhindert. Vielleicht ist *er* – denn in der Regel handelt es sich um männliche Täter – später mit nassen Kleidern nach Hause gegangen. Doch ein völlig durchnässter Mann fällt auf, falls er nicht sein Auto an einem der Spazierwege des Parks abgestellt hatte.

Mit ein wenig Glück wird bald ein Zeuge auftauchen, denkt Lindström.

Die drei Etagen des Stadthotels sind auf einer Seite dem Fluss zugewandt. Spät heimkehrende Gäste könnten etwas beobachtet haben. Ein kleineres Mietshaus sowie drei Villen grenzen unmittelbar an den Kanal. Eine der Villen steht zum Verkauf.

»Redet mit allen Anwohnern, auch mit den Hotelgästen. Überprüft, wer zum vermutlichen Tatzeitpunkt dort logiert hat.« Lindströms Kollegen wissen längst, was zu tun ist.

»Die Tat müsste ungefähr im Frühjahr geschehen sein, als es im Park schon grün und warm genug für ein Tête-à-tête war. Nehmt euch jeden Hotelgast einzeln vor, alles schön der Reihe nach, und kein Wort an die Presse. Verweist sie einfach auf mich.«

»*Funebring* ist schon benachrichtigt«, wirft ein eifriger junger Polizist in ausgeprägtem südschwedischen Dialekt ein. Als Lindström die Brauen hebt, fügt er hinzu:

»Alvar und Magdalena Funebring, Erd- und Feuerbestattungen.«

»Ist in Ekemåla seit dem Frühjahr jemand vermisst gemeldet?«, fragt Lindström.

»Eine Jugendliche und ihre Mutter, Ausländer, die Anzeige datiert vom August. Bis jetzt keine Spur, aber wir gehen der Sache natürlich nach.«

»Gab es irgendwelche größeren Ereignisse oder Veranstaltungen? Karneval, Frühlingsfeste oder irgendetwas, das auch Leute aus der Umgebung in die Stadt gelockt haben könnte?«

»Der Karneval wird alljährlich an den ersten Junitagen gefeiert. Es gibt einen Rummelplatz mit Karussells, Bierzelten etc., aber alles in bescheidenem Rahmen. Die meisten Besucher sind Schüler und andere Einheimische. Im Großen und Ganzen ging es friedlich zu, ein paar Alkoholexzesse, geringfügige Körperverletzungen. Ich war selbst da, in Zivil«, sagt der junge Polizist.

»Der Sportverein hatte sich im *Sigismunds* eingemietet. Fragen Sie Ulf Karlsson.«

»Wer ist Ulf Karlsson?«, fragt Lindström.

»Na, Ulf Karlsson, der bekannte Rockmusiker! Den kennt doch wirklich jeder.«

»Ich bin nicht jeder und habe keinen Schimmer«, entgegnet Lindström.

»Hat mit Lena Philipsson zusammen gespielt«, präzisiert der junge Beamte.

Lindström seufzt. »Reden *Sie* mit ihm. Irgendwelche anderen Vorkommnisse während des Sommers?«

»Ich kann mich nicht erinnern«, sagt der Polizist.

»Keine Sportveranstaltungen?«

»Nein, in dieser Gegend wird hauptsächlich Eishockey gespielt.«

Ein älterer Polizist weist auf das jährliche Laientheater im Hembygdspark hin, der sich zehn Kilometer vor den Toren der Stadt befindet. Nicht gerade eine Massenveranstaltung.

»Was ist mit dem Treffen der Kirchenchöre?«, fragt ein Beamter mit Stoppelhaaren. »Die Hotels und Jugendherbergen waren vollkommen ausgebucht.«

»Erzählen Sie mehr davon«, fordert Lindström ihn auf.

»Mitte Juni gab es ein ökumenisches Chorfestival mit Kirchenchören aus mehreren Ländern, aber Sie glauben doch nicht, dass einer von uns, ich meine, ich war auch dabei ...«

Die Kollegen feixen.

Der junge Polizist sieht verwirrt aus. Ihm wäre wohl nie der Gedanke gekommen, unter seinen Glaubensbrüdern könne sich ein Mörder befinden.

»Tja, Mörder sind zwar nicht zwangsläufig Heiden, aber ich gebe Ihnen Recht, dass diese Möglichkeit sehr unwahrscheinlich ist. Trotzdem hätte ich gern ein Teilnehmerverzeichnis mit

Namen und Adressen, Veranstaltungsorten, Terminen und so weiter.«

Nach weiteren Routinemaßnahmen und Direktiven verlässt Lindström den Tatort, macht einen Spaziergang im Park und ruft zu Hause an, um Bericht zu erstatten.

»Eine junge Frau ist gefunden worden, in einem Kanal mitten in der Stadt. Sie hatte sich in einem Fahrradwrack verfangen. Ich vermute, dass sie seit dem Frühjahr tot ist.«

»Helin?«, frage ich sofort.

»Das können wir nicht ausschließen. Der Körper hat sehr lange im Wasser gelegen und ist stark entstellt. Weder Kleider noch Schmuck, nichts, was uns als Anhaltspunkt dienen könnte.«

»Grässlich. Warum immer Frauen?«

Ich erwarte keine Antwort. Eine Weile ist es stumm in der Leitung, bis Lindström doch noch auf meine Frage eingeht.

»Ich bin kein Psychologe, aber ich habe den Eindruck, dass Männer in vielerlei Hinsicht das schwächere Geschlecht sind. Männer leiden öfter unter Entwicklungsstörungen, Männern werden in der Psychiatrie die schwerwiegendsten Diagnosen gestellt, und es sind Männer, die für 90% aller Gewaltverbrechen wie Mord, Totschlag, Raubüberfälle, Misshandlungen und Vergewaltigungen verantwortlich sind. Männer sterben auch früher als Frauen. Was stark ist und was schwach, darüber kann man wirklich streiten.«

»Ganz deiner Meinung, und es bestehen doch große kulturelle Unterschiede hinsichtlich der Frage, was für stark und was für schwach gehalten wird …«

»Sieht so aus, als sollten wir uns bei nächster Gelegenheit mit einem Whisky auf die Stufen setzen.«

»Übrigens habe ich nachgedacht.«

»Worüber?«

»Darüber, dass es mir gut tun würde, mit den Händen zu arbeiten, mit Muffins durch den Wald zu streifen, alte Gedanken abzuschütteln. Ich hätte nichts dagegen, bei euch im Wald zu überwintern, im Gegenteil …«

»Ja, dann tu's doch. Oder glaubst du etwa, ich werde eifersüchtig?«

»Das nicht ...«

»Na also. Außerdem bin ich froh, wenn sich jemand um Ingbritt kümmert, während ich in Boköping bin. Irgendjemand muss schließlich Schnee schippen, das Haus warm halten ... und an den Wochenenden komme ich euch besuchen und sehe nach dem Rechten.«

*

Die Kerzen um sie herum brannten aufrecht und unbewegt. Außerhalb des Lichtkreises lag der Raum im Dunkeln. Das Bett war groß und bequem. Ein spitzenbesetztes Laken. Ein Himmelbett.

Die Augen gewöhnten sich langsam an die Dunkelheit, erblickten schwere Vorhänge, Gemälde in vergoldeten Rahmen, einen ausgestopften Auerhahn und einen großen Teppich.

Auf einem Tisch zwischen zwei Sesseln thronte eine kunstvoll verzierte Öllampe aus geschliffenem Glas. Die musste wunderschön aussehen, wenn sie leuchtete, dachte sie. Neben der Lampe ein Satz Patiencekarten und ein Buch. Außerdem eine Karaffe und ein paar Gläser.

Die Tür öffnete sich, eine Frau kam mit einem Tablett herein.

Helin schloss die Augen, stellte sich schlafend. Noch war sie nicht bereit zu erwachen, wusste nicht, ob sie träumte, tot oder lebendig war.

Als sie die Augen öffnete, stand das silberne Tablett auf dem Nachttisch. Silberbesteck, Leinenserviette, Suppenterrine, Porzellan mit einem altmodischen blauen Muster.

Die Suppe duftete herrlich, sie schöpfte ein wenig davon auf ihren Teller. Eine milde, leckere Pilzsuppe. Kleine, knusprige Croutons drehten sich im Kreis. Sie probierte. Schon lange hatte sie nicht mehr so etwas Gutes gegessen.

Nach dem Essen schlief sie wieder ein. Sie träumte von ihrer Großmutter.

Jemand saß im Sessel neben dem Tisch. Die Öllampe leuchtete und warf Lichtreflexe an die Decke, ein künstlicher Sternenhimmel. Sie sah die dunkelblauen Tapeten mit dem seltsamen Muster. Hübsch, aber fremdartig.

Jemand hatte eine Patience gelegt. Dieselbe Frau, die ihr die Suppe gebracht hatte?

Sie winkte Helin freundlich zu sich heran.

»Möchtest du eine Tasse Tee?« Die Stimme war sanft, doch mit der Bestimmtheit und Persönlichkeit, die ein hohes Alter verrät. Ihre Großmutter hatte eine ähnliche Stimme gehabt. Sie klang freundlich und vertraut. Das faltige Gesicht lächelte, als würden sie sich kennen.

Die Frau trat ein wenig näher, eine sonderbare Erscheinung, ihre Kleider schienen einem anderen Jahrhundert zu entspringen. Mit sanftem Lächeln nahm sie Helin vorsichtig am Arm und führte sie zu einem kleinen Tisch, über dem ein Spiegel hing. Dann nahm sie eine Haarbürste mit silbernem Griff aus einer der Schubladen.

Die Frau hatte Recht. Helins schwarze Haare standen wirr in alle Richtungen ab.

»Du sagst ja gar nichts.«

Stille.

Die Frau ging zu einem der Fenster und zog die Vorhänge beiseite. Ein Lichtstrahl erleuchtete den Raum.

»Lass mich dein Haar bürsten, das wird dir gut tun. Du hast so schöne Haare. Das ist mir schon bei unserer ersten Begegnung aufgefallen.«

»?«

»Wir haben es deinen langen Haaren zu verdanken, dass du hier bist. Hast du gut geschlafen? Es ist lange her, dass jemand in diesem Bett geschlafen hat. Es war das Zimmer meiner Tochter, bevor sie von zu Hause ausgezogen ist.«

Wer war die Frau mit der vertrauten Stimme? Der Spiegel zeigte eine mittelgroße Frau, die über siebzig Jahre alt sein musste. Das Gesicht schmal, die grauen Augen von feinen Lachfalten umgeben, ihr silbergraues Haar hatte sie hochgesteckt, die ovalen Brillengläser steckten in einer schlanken, vergoldeten Fassung. Und dann die Kleider... Etwas Ähnliches hatte Helin noch nie gesehen, zumindest nicht in der Wirklichkeit, höchstens im Film.

Die Frau zog behutsam einen Kamm durch Helins Haare, dann nahm sie die Bürste.

»Hundertmal morgens und hundertmal abends hält die Haare geschmeidig und glänzend.«

Der Spiegel offenbarte ein knöchellanges plissiertes Kleid mit zahlreichen Stickereien, das braun und fliederfarben schimmerte, eine weiße Bluse mit Halskrause sowie eine in Gold gefasste Kameebrosche. Das alles sah aus wie aus einer anderen Zeit, oder einem Traum.

Die Frau bürstete ihr die Haare mit langen, entschlossenen Bewegungen. Es war ein schönes Gefühl. Im Spiegel sah Helin, dass das Nachthemd, das sie trug, ebenfalls alt sein musste. Es war cremefarben und am Kragen mit Rüschen und Spitzen verziert, die unter dem Kinn zusammengebunden waren.

Alles in diesem Raum war alt, Möbel, Tapeten, die Flakons auf dem Tisch, eine Puderdose, eine mit Strohblumen gefüllte Kristallschale, eine Schere, einfach alles. Wie in einem Museum, dachte Helin.

»Erkennst du mich nicht, Helin?«

»Sie kennen meinen Namen?«

»Aber natürlich kenne ich den. Weißt du wirklich nicht, wer ich bin?«

»Nein«, antwortete Helin verwundert, »ich sollte mich vielleicht erinnern. Irgendwie kommen Sie mir bekannt vor.«

»Das ist der Schock. Denk nach, wir haben am Weiher zusammen die Enten gefüttert. Du weißt doch, ich war immer ganz in Schwarz gekleidet.«

»Die schwarze Dame!«

Die schwarze Dame lachte lange und perlend.

»Die schwarze Dame! Klingt wie aus einem Gruselroman...«

Ein schönes Lachen, ein sympathisches Lachen, dachte Helin und fühlte sich sogleich besser. Es war doch kein Albtraum. Ein Traum, vielleicht, aber kein Albtraum.

»Genau, die schwarze Dame, das bin ich. Ein Spukbild vergangener Zeiten. Mein richtiger Name ist Edit Österstierna.«

»Wie ... wie bin ich hierher gekommen?

»Ich habe gesehen, wie du verzweifelt versucht hast, vor den Jungen zu fliehen, die dich im Wasser mit Steinen beworfen haben, doch Karlsson und ich waren einfach nicht schnell genug, um dir beizustehen. In meinem Alter kommt man nur noch langsam voran. Zum Glück konnten wir dich im letzten Moment an den Haaren packen und aus dem Wasser ziehen.«

»Wäre ich sonst – ertrunken?« Helin schluckte.

»Ja. Du musst an einer der Schleusen in einen Stromwirbel geraten und nach unten gezogen worden sein.«

»Ich kann mich an nichts erinnern«, log Helin fröstelnd. Natürlich konnte sie sich an die Sekunden erinnern, in denen sie glaubte, sterben zu müssen. An das Wasser, das sie umschlossen hatte, und das von oben einfallende Licht. Ein Schauder lief ihr den Rücken hinab, sie verschränkte die Arme vor der Brust, als könne sie die Erinnerung so von sich fern halten.

»Frierst du, meine Liebe?«

»Ein bisschen ...«

Die Dame betrachtete sie stumm im Spiegel. Ihre Augen waren freundlich, grau, mit einem leicht grünlichen Schimmer. Dann holte sie einen dunkelgrünen Schal mit goldenen Stickereien.

»Das muss schrecklich für dich gewesen sein«, sagte sie ernst. Dann lächelte sie. Helin gefiel ihr Lächeln.

»Bei mir zu Hause bist du in Sicherheit. Du brauchst dich nicht mehr zu fürchten. Die Jungen können dir hier nichts anhaben. Als sie uns gesehen haben, sind sie auf ihre Mopeds gesprungen und geflüchtet. Karlsson hat dich aus dem Wasser gezogen.«

»Wer ist Karlsson?«

»Mein Gärtner und meine rechte Hand. Gemeinsam haben wir dich an Land gehievt; per Mund-zu-Mund-Beatmung kamst du wieder zu Bewusstsein, warst aber sehr mitgenommen und konntest dich nicht auf den Beinen halten. Anschließend haben wir dich zum Auto getragen, tja, und jetzt bist du hier.«

»Wo ist ›hier‹?«

»›Hier‹ ist bei mir zu Hause.«

»Ich bin wirklich bei Ihnen zu Hause?«, fragte Helin, während sie sich umsah.

»Natürlich. Wohin hätten wir dich sonst fahren sollen? Ich vermute, du bist von zu Hause ausgerissen, nicht wahr? Ich weiß ja nicht, wo deine Eltern wohnen, aber ich nehme an, dass es dir in deiner Hütte bald zu kalt geworden wäre.«

»Aber ...«

»Wo hätten wir dich denn hinbringen sollen, nackt, aufgeweicht und entkräftet, wie du warst? Wärst du lieber in einem Krankenhaus wach geworden?«

»Weiß irgendjemand, wo ich bin?«, fragte Helin, die daran dachte, dass sie polizeilich gesucht wurde.

»Niemand. Möchtest du, dass wir jemand anrufen?«

»Das ist nicht nötig. Wenn ich darf, würde ich gern ein wenig hier bleiben.«

»Aber natürlich darfst du. Ich freue mich, Gesellschaft zu haben.«

»Wo sind meine Kleider?«

»Wir haben keine gefunden. Du warst nackt. Ich habe dir etwas zum Anziehen aufs Bett gelegt, und im Kleiderschrank dürftest du noch mehr Kleider finden, die dir passen.«

»Aber meine Sachen ...«

»Karlsson war in deiner Hütte. Jemand hat sie völlig verwüstet und dann in Brand gesteckt.«

»O nein!«

Helin erinnerte sich plötzlich wieder daran, wie dieser Typ an ihr herumgefummelt hatte. An die Blicke, den Reißverschluss, das hämische Lachen der Jungen …

Ja, sie war davongerannt und hatte sich in den See gestürzt. An das Folgende konnte sie sich nur noch vage erinnern. Sie schämte sich.

»Möchtest du dich anziehen? Fürs Erste wirst du mit den Kleidern meiner Tochter vorlieb nehmen müssen.«

»Aber wenn sie …«

»Sie ist seit dreißig Jahren nicht mehr hier gewesen. Zieh dich in Ruhe an und mach dich frisch, dann zeige ich dir mein Haus. Du kannst dieses Zimmer als dein eigenes betrachten und tun und lassen, was dir gefällt. Das Tablett nehme ich schon mal mit, komm einfach, wenn du fertig bist, ich setze mich inzwischen auf die Veranda.«

Helin blieb eine Weile auf der Bettkante sitzen. Sie war erst versucht, sich wieder hinzulegen, doch die Neugier war stärker. Sie stand im Nachthemd vor dem großen Spiegel, der beinahe vom Boden bis zur Decke reichte. Langsam zog sie das Nachthemd aus, fürchtete sich ein wenig vor dem Anblick ihres Körpers, doch er sah aus wie immer.

Vielleicht ein wenig bleicher.

Sie drehte eine Runde durchs Zimmer, studierte die Gegenstände und Gemälde. Alles schien kostbar, edel und zerbrechlich. Sie zog die Vorhänge ein Stück weiter auf und erblickte einen großen Garten, dessen geschwungene Wege sich zwischen Bäumen und blühenden Büschen hindurchschlängelten.

Im Schrank hing ein Kleid neben dem anderen. Zuerst prüfte sie den Inhalt der beiden Schubladen und suchte nach Unterwäsche. Es musste länger als 30 Jahre her sein, seit die Tochter ausgezogen war. Eher 130 Jahre.

Sie zog das an, was auf dem Bett lag. Ein sonderbares Gefühl, vor allem die Unterhose, nicht gerade ein Stringtanga. Es dauerte eine Weile, bis alle Knöpfe, Ösen und Bänder an ihrem Platz waren.

Als sie sich im Spiegel betrachtete, sah sie eine Figur aus einem Roman, eine ihr unbekannte Person, eine Anna-Karenina-Erscheinung in Hellblau und Altweiß. Das Kleid hatte lange Ärmel, eine hohe Taille, Rüschen und Bänder.

Helin probierte einige der Hüte, die auf dem obersten Fach lagen, und knotete die Bänder unter dem Kinn zusammen. Der Spiegel verriet, dass ihr die Kleider gut standen, und auch sie selbst fand, dass sie in ihnen älter aussah.

Sie fasste sich ein Herz. Öffnete vorsichtig die Tür, verließ den Raum und betrat die Bühne.

»Da bist du ja. Ich hatte mich gerade gefragt, ob du wieder eingeschlafen bist ... oh, wie hübsch, die Kleider passen dir perfekt, du siehst aus wie eine junge Lady.«

Helin errötete und nickte verschämt.

»Gibt es hier keine normalen Kleider?«

»Nein, hier gibt es keine normalen Kleider, weder Jeans noch bauchfreie T-Shirts. Alles, was es gibt, findest du in deinem Kleiderschrank.«

»Ich komme mir vor, als würde ich Theater spielen ...«

Edit lachte erneut. Schaute sie freundlich an.

»Das ganze Leben ist Theater. Auch ich trage weder Jeans noch T-Shirt, wie du siehst. Ich hoffe, du nimmst die Dinge, wie sie kommen. Oder sollen wir in die Stadt fahren und dir ein paar neue Kleider kaufen?«

»Nein, nein, das ist wirklich nicht nötig.«

»Wenn du keine feste Bleibe hast, würden Karlsson und ich uns sehr freuen, wenn du bei uns bliebst, und noch schöner wäre es, wenn du dich an unserem Spiel beteiligen würdest.«

»An welchem Spiel?«

»Weißt du, ich lebe in der Vergangenheit.«

»?«

»Mein Haus ist alt und das meiste im Haus ebenso. Warum

sollte ich mich da nicht auch nach der Mode vergangener Zeiten kleiden? Für mich ist das zu einem Hobby geworden, und so leben Karlsson und ich im Stil des ausgehenden 19. Jahrhunderts. Natürlich gibt es Menschen, die mich für verrückt halten, weil ich weder einen Fernseher noch Video oder Radio besitze, aber mir gefällt's. Außerdem macht es mir viel Freude, alte Kleider zu nähen.«

»Aber...«

»Ich weiß, was du sagen willst. Du hast mich immer in meinen alten schwarzen Kleidern gesehen, aber natürlich ziehe ich etwas anderes an, wenn ich nach Ekemåla in die Stadt fahre. Das gäbe ein schönes Hallo, wahrscheinlich würden sie mich sofort einsperren.«

Helin konnte nicht anders als ihr lächelnd Recht geben.

»Erzählen Sie mir mehr darüber«, bat Helin, die sich langsam mit der Idee anfreundete.

»Du brauchst dich nur umzusehen. Man kann sagen, dass wir Theater spielen. In meinen vier Wänden, im Garten und im Park weht der Geist einer anderen Zeit. Auch wenn ich zugebe, ein bisschen zu schummeln. Zum Beispiel habe ich einen Kühlschrank und eine Tiefkühltruhe. Ein Telefon gibt es auch, aber ich ziehe es vor, schriftlich zu korrespondieren.«

»Warum gerade das ausgehende 19. Jahrhundert?«

»Weil ich finde, dass dies eine schöne Zeit war, vor allem in England. Viele Tapeten, Möbel und Bilder stammen aus dieser Epoche, mein Vater und mein Großvater... und wo steht eigentlich, dass man in seinem eigenen Haus nicht so leben darf, wie man will?«

»Da haben Sie völlig Recht«, sagte Helin lächelnd. Die alte Dame war, wie sie selbst zugab, ein wenig schrullig, aber äußerst sympathisch. Und so anders als alle Rentner, die sie kannte.

Eine Standuhr schlug ein paar Mal, ein trockener Klang, der einen in eine andere Zeit versetzte. Helin konnte die Dame gut verstehen. Sie sah aus dem Fenster in den Garten hinaus, der sich in der Ferne zu verlieren schien. Eine weiße Katze sprang vom Zaun, lief in den Garten und warf ihr einen letzten Blick zu, ehe sie lautlos zwischen den Büschen verschwand.

»Wem gehört denn die Katze?«

»Karlsson, sie heißt Daisy. Miss Daisy. Also, was ist? Willst du mit uns Theater spielen? Das Nähen kann ich dir beibringen. Ich habe viele alte Modemagazine und Schnittmuster für Kleider, die junge Frauen damals getragen haben.«

»Ich möchte gern mitspielen, wenn ich darf.«

»Aber ja, du Liebe. Freut mich sehr. Komm!« Sie nahm Helin bei der Hand, stellte sich auf eine Türschwelle und wartete ein paar Sekunden, ehe sie »Eins, zwei, drei!« sagte. Dann sprangen sie unter großem Gelächter in einen anderen Raum und ein neues Dasein.

»Noch eines: Jetzt, da du die Zeitreise hinter dich gebracht hast, solltest du mich ›Tante Edit‹ nennen.«

»Tante Edit. Dann bin ich das Fräulein Helin.«

»Mein junges Fräulein Helin.«

Beide kicherten übermütig.

9

Es dauert nur wenige Tage, bis ein Mann, 32, ledig, mager, sich der Polizei stellt und reuevoll gesteht, er habe die Frau im Kanal ermordet. Er meldet sich auf dem Polizeirevier in Ekemåla und möchte Kommissar Lindström sprechen. Ausweisen kann er sich nicht. Er sagt, er sei Albaner, aus einem kleinen Dorf in der Nähe von Orohovac im Kosovo geflüchtet und halte sich seit sechs Jahren in Schweden auf. Er ist überdurchschnittlich groß, unrasiert, hat einen dunklen Teint und struppiges Haar, macht aber alles in allem einen gutmütigen und sympathischen Eindruck. Sein Name sei Muharrem, Muharrem Berisha.

Muharrem hat nach eigenen Angaben vor einiger Zeit als Tellerwäscher im Stadthotel gearbeitet. Sein Arbeitgeber ließ ihn gegen Lohnabzug ein Matratzenlager in einem Hinterhofschuppen des Hotels aufschlagen. Dann hat Muharrem gekündigt und wohnt zur Zeit auf einem Campingplatz. Am liebsten würde er nach Södertälje zurückkehren, wo er als Automechaniker an einer Tankstelle gearbeitet hat.

Wenn die Sache mit der toten Frau nicht wäre.

Sein Gewissen plage ihn und habe ihn schließlich veranlasst, sich der Polizei zu stellen, erklärt er.

»Sonst keine Ruhe in meiner Seele …«

Muharrem spricht ein gebrochenes und ziemlich lausiges Schwedisch. Er scheint nur einen Teil dessen zu verstehen, was Lindström zu ihm sagt.

Wie unreif und kindlich er wirkt, denkt Lindström, während er in der Kantine des Reviers ein höchst informelles Gespräch mit dem Mann führt.

Es ist das erste Mal, dass Muharrem in Småland arbeitet. Warum Småland, warum Ekemåla, warum gerade in diesem Sommer, kann er nicht erklären.

»Ist einfach so gekommen«, sagt Muharrem und zuckt die Schultern. Reiner Zufall.

»Freund in Ekemåla, Mohamed. Er reich, hat gute Pizzeria.«

Es hatte sich ebenfalls rein zufällig ergeben, dass unter den vielen Attraktionen des alljährlichen Karnevals auch eine Wahrsagerin gewesen sei. »Die unvergleichliche Madame Serafina aus Shangri-La« hatte Muharrem zufolge auf dem Schild gestanden, das vor dem Zelt von blinkenden bunten Lämpchen umrahmt war.

Muharrem war vom Trubel des Rummelplatzes in das stille Dunkel des Zelts getreten, in der Hoffnung, die große Liebe seines Lebens geweissagt zu bekommen. Und tatsächlich: Die große Liebe würde nicht mehr lange auf sich warten lassen, prophezeite Madame Serafina, die im Schimmer der Kristallkugel ebenso jung wie schön aussah. Er ließ sich von ihren glänzenden Augen willig verzaubern, lauschte ihrer sanften Stimme, bewunderte ihr schwarzes Haar und ihre roten Lippen und gab sich Hoffnungen hin, wie sie nur ein einsamer, entwurzelter Mann hegen kann.

Er hatte sich augenblicklich in sie verliebt, und als Madame Serafina am selben Abend ein Hotelzimmer verwehrt wurde, obwohl sie lange im Voraus reserviert hatte, war es eine Selbstverständlichkeit, dass Muharrem sich ihrer annahm. Er hatte sie weinend vor dem Hoteleingang vorgefunden, sie sofort wiedererkannt und ihr ritterlich angeboten, auf seiner Matratze im Schuppen des Hinterhofs zu übernachten. Er selbst wollte auf dem Sofa eines Freundes schlafen, der nur zehn Minuten entfernt wohnte.

Während einer Gesprächspause, Muharrem ist auf die Toilette gegangen, ruft Lindström in der Pizzeria Fortuna an. Der Inhaber bestätigt, dass Muharrem Anfang Juni, während des Karnevals, um kurz nach zwei in der Nacht angerufen, Frau und Kinder geweckt, etwa gegen Viertel vor drei an der Tür geklopft und sich anschließend auf das Sofa gelegt habe.

Drei oder vier Nächte nacheinander, erinnert sich Mohamed, habe Muharrem auf dem Sofa tief und fest geschlafen, bis ihn seine Frau um zehn Uhr vormittags geweckt habe.

Muharrem kann die Wohnung seines Landsmanns bis ins Detail beschreiben und sagt, er habe nicht schlafen können, weil es auf dem Sofa zu warm gewesen sei. Nachdem er immer an Serafina habe denken müssen, sei er in der zweiten Nacht aufgestanden und zu seinem Schuppen auf dem Hotelhinterhof zurückgekehrt. Im Morgengrauen habe er an die Tür geklopft und sei auf die zärtlichste Art empfangen worden, berichtet Muharrem.

»Wir viel Liebe gemacht, sie auf mich gewartet.«

Derselbe Ablauf in den folgenden Nächten: Muharrem schleicht sich davon, um seine geliebte Serafina zu treffen, schleicht zurück und fällt auf dem Sofa seines Landsmanns selig in Schlaf. An Muharrems Ausflüge kann sich dieser jedoch nicht erinnern.

Der Bleistift kratzt über den Notizblock, Lindström spitzt ihn mit einem kleinen Taschenmesser, das an seinem Schlüsselbund hängt, ein Souvenir aus Florenz.

Muharrem berichtet bereitwillig. Lindström fragt und notiert.

»Beschreiben Sie mir die Frau. Wie sah Madame Serafina aus, wie hat sie gesprochen, wie war sie gekleidet, woher kam sie, erwähnte sie die Namen ihrer Eltern, Freunde oder Bekannten und so weiter?« Lindström versucht, alles aus Muharrem herauszubekommen.

»Ich nicht gleich kommen ins Gefängnis?«, fragt Muharrem.

»Nein, wir können uns in Ruhe in der Cafeteria unterhalten«, antwortet Lindström, der nichts unnötig dramatisieren will. Muharrem lacht, scheint fast ein wenig enttäuscht.

Das improvisierte Verhör wird in der leeren Cafeteria fortgesetzt, die sich unmittelbar hinter der Rezeption befindet. Lindström bevorzugt eine entspannte Atmosphäre und will von vornherein Rücksicht nehmen auf Muharrems bescheidene Sprachkenntnisse und etwaigen Erfahrungen aus dem Kosovokrieg. Erst später will Lindström entscheiden, ob Muharrem als Tatverdächtiger in Betracht kommt oder auf eine andere Art und Weise in das Verbrechen verstrickt sein könnte. In diesem Fall würde noch früh genug ein offizielles Verhör unter Hinzuziehung eines Dolmetschers stattfinden.

»Wie sah die Frau aus?«, wiederholt Lindström.

»Oh, sehr schön. Schwarze Haare, rote Lippen, schöne Augen.«

»War sie genauso groß wie Sie?«

»Nein, nicht groß. Nein, nein, nicht groß.« Muharrem steht auf und hält eine Hand neben seinen Hals. »So groß«, erklärt er.

»Wie groß sind Sie selbst?«, fragt Lindström. Er schätzt ihn auf gut 1,80 Meter.

»Ich glaube, 1,84.«

Dann konnte Madame Serafina zwischen 1,65 und 1,75 groß sein, schätzt Lindström, je nachdem wie hoch ihre Absätze waren. Das stimmte vermutlich mit der Größe der gefundenen Leiche überein.

»Möchten Sie Sahne in den Kaffee? Zucker?«, fragt Lindström.

»Nein, danke. Alles gut.«

Lindström stellt ein paar Plundertaschen auf den Tisch, die er in der Kochnische entdeckt hat. Ich werde nachher gleich zur Konditorei laufen und Nachschub holen, denkt Lindström, der weiß, wie unbeliebt man sich bei seinen Kollegen macht, wenn man ihnen den Kuchen wegisst. Die Aufklärung solcher Vergehen hat bei der Polizei absolute Priorität.

»Schwarze Haare und schöne Augen also. Wissen Sie, ob sie Schwedin war oder aus dem Ausland kam?«

»Ausland, glaube ich. Schweden nicht haben schwarze Haare, weiß du nicht?« Muharrem lacht.

»Und die Augen?«

»Augen schön, dunkel, sehr schön, nicht schwedisch.«

Muharrem kann weder dem Kuchen noch Kaffe mit Sahne und Zucker widerstehen.

»Sprach sie Schwedisch?«

»Ja, sie sehr gut Schwedisch sprechen.«

»Kam sie von hier, aus Ekemåla?«

»Weiß nicht, glaub nicht.«

»Hatte sie Freunde hier?«

»Weiß nicht, ich nix gesehen.«

»Sie hat keine Namen genannt, weder von Freunden noch Verwandten?«

»Keine Freunde, keine Verwandte.«

»Hat sie gesagt, wo sie wohnt?«

»Sie wohnte in meinem Zimmer.«

»Aber wo wohnte sie, wenn sie nicht arbeitete. Hat sie das nicht gesagt?«

»Nein.«

»Wo haben Sie in Södertälje gewohnt?«

»Nix gut. Schlimm. Ich nicht länger dort wohnen.«

»Aber *wo* haben Sie gewohnt?«

»Wohnung nix gut.« Muharrems Antwort ist definitiv. Er scheint über seine Bleibe in Södertälje nicht sprechen zu wollen. Lindström lässt die Sache auf sich beruhen. Irgendwann wird er es schon erfahren.

»Wie heißt die Tankstelle, an der Sie gearbeitet haben?«

»*Statoil.*«

»Einfach nur Statoil?«

»Heißt Statoil«, antwortet Muharrem. Lindström verzichtet auch hier auf eine Nachfrage. So viele Statoil-Tankstellen wird es in Södertälje schon nicht geben.

»Was tun Sie, wenn Sie nicht an der Tankstelle arbeiten?«

»Ich Filmstar«, antwortet Muharrem voller Stolz. Lindström akzeptiert die Antwort. Muharrem erweist sich als Kuchenmonster und macht sich über seine dritte Plundertasche her. Lindström entwendet weitere Teilchen. Die Frau an der Rezeption, die die Cafeteria stets im Auge behält, starrt zu ihnen herüber. Die notiert sicher jeden einzelnen Krümel, denkt Lindström.

Muharrem bohrt ungeniert in der Nase und nimmt den spartanisch eingerichteten Raum immer gründlicher in Augenschein. Er tut, was er kann. Versucht, Lindström von Nutzen zu sein. Lindström kann sich schwerlich vorstellen, einem Mörder gegenüberzusitzen. Vielleicht eher einem Zeugen? Lindström borgt sich eine Thermoskanne und füllt sie mit Kaffee, damit er nicht ständig aufstehen muss, um Muharrem nachzuschenken.

»Seien Sie so nett und erzählen Sie mir, wie Sie Serafina kennen gelernt haben.«

»Ich schon erzählt, du musst aufschreiben, sonst vergessen.«

»Serafina, war das ihr wirklicher Name?« Lindström schenkt Kaffee nach.

»Kommen ich jetzt ins Gefängnis?«, fragt Muharrem.

»Ich denke nicht, wir werden sehen«, antwortet Lindström und wiederholt die Frage, ob Serafina ihr richtiger Name war.

»Ja, stand auf dem Schild.«

»Ist Serafina nicht ein merkwürdiger Name?«

»Weiß nicht, Serafina, Serafina ...«, murmelt Muharrem, dessen Sehnsucht in jeder Silbe zu spüren ist. »Serafina ein schöner Name, nicht wahr?«

»Doch, aber ungewöhnlich, zumindest in Schweden. Und sie hat wirklich gut Schwedisch gesprochen?«

»Ja, gut Schwedisch«, antwortet Muharrem und deutet amüsiert auf Lindströms Notizblock.

»Du musst aufschreiben, dann besser erinnern. Ich schon gesagt, Serafina sehr gut Schwedisch sprechen.« Muharrem lacht vergnügt und will sich Kaffee nachschenken, fummelt umständlich an der Thermoskanne herum und kleckert auf die Tischdecke.

»Oh, entschuldigen, nicht Absicht«, sagt er, während Lindström einige Papierservietten auf den nassen Fleck legt.

»Das macht nichts. Sie glauben also, dass Serafina vielleicht eine Schwedin war?«

»Weiß nicht. Papa schwedisch, Mama nicht. Oder umgekehrt. Sie nichts sagen. Ich nicht fragen. Du musst aufschreiben.«

»Ich werde später mehr aufschreiben, wenn wir ein richtiges Verhör machen. Dann schreibe ich alles auf.«

»Auch Tonband benutzen?«

»Genau.«

»Gut. Ich sprechen in Mikrofon. Sehr praktisch.«

»Sind Sie zum Jahrmarkt gegangen, um sie zu treffen?«

»Nein, ich sie nicht kennen damals.«

»Sind Sie sich zufällig auf dem Jahrmarkt begegnet?«, fragt Lindström, doch »zufällig« ist offenbar ein Wort, das Muharrem nicht versteht.

»Sie so schön … lange, schwarze Haare …«

»Kannten Sie Serafina von früher?«

»Nein, ich sie nicht früher kennen. Wenn früher kennen, ich sie lange lieben. Wir jetzt verheiratet.« Muharrems Augen füllen sich mit Tränen, seine Stimme wird brüchig. Er räuspert sich. Hinter der kindlich-naiven Fassade verbergen sich starke Gefühle, denkt Lindström.

»Warum sind Sie so sicher, dass es sich bei der Leiche, die wir im Kanal unter der Centralgata gefunden haben, um Serafina handelt?«

»Ich wissen.«

»Wie?«

»Ich gesehen.«

»In der Zeitung?«

»Ich sie wiedererkennen …« Muharrem schnäuzt in die Serviette.

»Waren Sie dabei, als die Leiche entdeckt wurde?« Lindström hält inne. Das kann nicht stimmen. Doch Muharrem redet weiter, will es ihm unbedingt recht machen.

»Ich gesehen, dass Serafina. Ich sie immer erkennen. Ich sie sehr lieben«, flüstert er mit großen, feuchten Augen. »Jetzt sie tot. Meine Schuld. Mir so Leid tun. Keine Absicht, Unfall.«

Lindströms Skepsis wächst. Muharrem lügt oder fantasiert. Er kann die Leiche nicht gesehen haben. Als man sie aus dem Tunnel geholt hat, war sie bereits in graue Plastikfolie eingepackt gewesen.

Warum lügt Muharrem? Ist er von seinem Geständnis so ergriffen, dass er sich einbildet, Dinge gesehen zu haben, die er nicht gesehen haben kann?

»Sie sind sich also ganz sicher, dass wir Serafina gefunden haben. Haben Sie die Tote mit eigenen Augen gesehen?«, fragt Lindström und ist gespannt auf die Antwort.

»Ja, ja. Ich gesehen. Nicht vergessen meine Liebe.«

»Wie sah die Tote aus?«

»Als wenn sie schlafen, sehr schön …«

Es stand also fest, dass Muharrem entweder die Frage nicht verstand, log oder ein Opfer seiner Fantasie war. Vielleicht bereute er seine Tat so sehr, dass er versuchte, den Mord in ein sanfteres Licht zu tauchen und die tatsächlichen Konsequenzen zu verdrängen. Konnte das die Erklärung sein? Ich sollte vielleicht mit einem Psychologen sprechen, denkt Lindström.

»Können Sie sich erinnern, welche Kleider sie trug?«

»Langes Kleid, schwarz.«

»Noch mehr?«

»Auch schwarze Jacke.«

»Und darunter?«

»Ah, sehr schön, alles schwarz.«

Die Leiche war vollkommen nackt gewesen. Von Kleiderresten nicht die geringste Spur. Weder entlang des Flusses noch irgendwo in der Nähe hatte man Kleider gefunden.

»Okay. Erzählen Sie mir jetzt, wie der Unfall passiert ist. Wie ist Serafina gestorben?«, fragt Lindström, während er Muharrem dampfenden Kaffee nachschenkt und ihm die Zuckerschale hinschiebt.

»Wir viel Liebe machen. Sie sehr schön.«

»Gut. Aber wie ist sie gestorben?«

»Oh, nein, ich nicht berichten, so schrecklich.«

»Ja, ich verstehe, dass es schrecklich ist, aber die Polizei muss wissen, wie es passiert ist. Das verstehen Sie doch.«

»Ich verstehen. Polizei muss wissen. Ich berichten. Wir in Park spazieren, schöner Abend, halten Hand.«

Muharrem leert seinen Becher, schenkt nach und sieht sich nach Zucker um. Die Schale ist leer. Lindström hat noch zwei Zuckerwürfel in seiner Tasche. Obwohl in der Cafeteria Rauchverbot herrscht, fragt er Muharrem, ob er eine Zigarette haben möchte, doch Muharrem raucht nicht.

»Sind Sie am Fluss spazieren gegangen?«

»Ja, am Fluss.«

»Können Sie sich daran erinnern, wann genau das war?«

»Ja, wenn Jahrmarkt vorbei. Letzten Tag. Wetter warm und

schöner Geruch und wir geküsst. Gott uns gesehen und versprochen, wir heiraten. Aber sie nicht wollen.«

»Das muss eine große Enttäuschung für Sie gewesen sein. Sind Sie zornig geworden?«

»Nein, nicht zornig. Wie sagt man?«

Die Erinnerung, ob richtig oder falsch, scheint Muharrem aufzuwühlen. Er wirkt angespannt.

»Traurig?«

»Ja, traurig. Sehr traurig! Man muss Gott gehorchen!«

»Was geschah dann? Sind Sie später zornig geworden?«

In Muharrems verzerrtem Gesicht steht Verzweiflung. Die Kaumuskeln sind verhärtet, seine Hände massieren die Gesichtshaut. Große, kräftige Hände.

»Oh, mir so leidtun. Ich böse, ich nicht wollen …« Muharrem atmet schneller. Seine Hände krampfen sich um den Becher.

»Ich verstehe, dass Sie sehr traurig sind. Das wäre ich auch. Was ist dann passiert?«, fragt Lindström freundlich und ruhig. Er spürt, dass er vermintes Gelände betritt.

»Ich Serafina sagen, ich nicht … ohne sie leben können …«, stößt Muharrem hervor, dem das Atmen zunehmend schwerer fällt.

»Was genau haben Sie zu Serafina gesagt?«

»Ich … ich …« Muharrems Augen huschen Hilfe suchend durch den Raum.

»Haben Sie Serafina geschlagen?«

»Nein, nicht geschlagen. Ich niemals schlagen Frauen! Meine Mutter sagen.« Muharrem schweigt, zittert, starrt auf den Boden. Lindström lässt die Frage eine Weile auf sich beruhen.

»Serafina …«

Plötzlich erbleicht Muharrem, schaut an die Decke, verdreht die Augen, fegt den Kaffeebecher vom Tisch, so dass er in Scherben geht, und schlägt mit beiden Fäusten heftig auf den Tisch. Lindström greift sofort nach der Thermoskanne, will keine potentielle Waffe in Muharrems Reichweite lassen.

»Sie mich betrogen!«, schreit er.

Die Frau von der Rezeption stürmt in den Raum.

»Was ist hier los?«

»Nichts. Lassen Sie uns bitte allein.«

»Was stiften Sie denn hier für eine Unordnung! Achten Sie doch auf die Tischdecke! Dies ist die Cafeteria für die Angestellten und keine Ausnüchterungszelle!«

»Verschwinden Sie, und zwar ganz schnell!«

Beleidigt hastet sie aus dem Zimmer.

»Serafina nicht sagen, dass … sie sagen, sie nicht verheiratet«, keucht Muharrem und knallt mit dem Gesicht auf die Tischplatte. Bevor Lindström sich auf ihn werfen kann, hat er sich vollkommen blutig geschlagen. Das Blut schießt Muharrem aus der Nase, die seltsam schief aussieht. Lindström ruft nach Hilfe.

»Da ich sie gestoßen«, flüstert Muharrem und klammert sich schluchzend an Lindström, der ihn festhält und ihm ein Papiertaschentuch reicht.

Langsam kommt Muharrem zur Ruhe.

»Entschuldigung.«

Er sitzt aufrecht in seinem Stuhl. Das Blut rinnt aus seiner Nase, bleibt in den schwarzen Bartstoppeln hängen, tropft herunter. Mit den Händen fährt er sich über den Mund und streift sie dann an seiner verschlissenen Jeans ab. Er spuckt etwas in eine Serviette, und Lindström ist sich nicht sicher, ob es nicht ein abgebrochener Zahn ist.

»Ich Schmerzen.«

»Ich werde Sie in ein Krankenhaus bringen lassen, aber beschreiben Sie mir zuerst, wie Sie Serafina gestoßen haben«, sagt Lindström mit sanfter Stimme, setzt sich neben Muharrem und legt ihm den Arm um die Schultern, um ihn daran zu hindern, sich ein weiteres Mal Schaden zuzufügen.

Lindström ruft bei der Rezeption an, bittet die Frau, einen Verbandskasten zu holen.

»Sie gestoßen …«

»Haben Sie gesehen, wer Serafina gestoßen hat?«, fragt Lindström. Ein Versuch, der keinen Erfolg hat.

»Ich sie gestoßen.«

»War noch jemand anwesend? Hat jemand gesehen, was Sie getan haben?«

»Gott mich gesehen.«

Muharrem lehnt seinen Kopf an Lindströms Schulter und beginnt leise zu weinen. Heiße Tränen und Blut fließen in Lindströms Hemdkragen.

»Du mein Freund, du verstehen ...«

Eine Weile sitzen sie unbeweglich da. Muharrem stinkt wie ein Iltis. Als hätte er sich seit Wochen nicht gewaschen.

Seine Tränen sind nicht zu stoppen. Sein Körper zittert. Muharrem will etwas sagen, bringt aber nichts Verständliches heraus. Zumindest nichts Schwedisches. Schluchzend sackt er zusammen, offensichtlich ganz und gar außer sich vor Trauer und Sehnsucht. Das Gespräch fortzusetzen, hat keinen Zweck.

»Ein kleiner Stoß kann doch nicht so schlimm sein.«

Die Frau von der Rezeption kommt mit dem Erste-Hilfe-Koffer herein, den sie erschrocken auf den Tisch wirft. Lindström versucht, Muharrems blutiges Gesicht zu säubern und eine Kompresse über der Nase zu fixieren, um den Blutstrom zu stoppen. Um den Rest müssen sich ein Chirurg und ein Zahnarzt kümmern. Lindström bittet die Frau, einen Krankenwagen zu rufen.

»Ich hart gestoßen. Sehr gefährlich. Sie gefallen. Ich feige und weglaufen«, schluchzt Muharrem und bricht erneut in Tränen aus. Das Blut läuft weiter über Lindströms hellblaues Sommerhemd. Er erneuert die Kompresse auf Muharrems Nase.

»Haben Sie gesehen, wie sie gestürzt ist?«

»Jetzt ich werde ausgewiesen.« Muharrem schreit etwas in seiner eigenen Sprache.

Muharrem befreit sich aus Lindströms Umarmung, zieht die Knie ans Kinn und hält sich die Arme über den Kopf. So zusammengekauert schaukelt er hin und her. Wie ein Ball oder ein Igel, der sich zu schützen versucht. Doch seine Stacheln scheinen sich nach innen zu richten.

»Ist Serafina hart aufgeschlagen? Hat sie sich beim Sturz verletzt?«

»Ich nicht wissen. Ich gar nichts wissen. Ich dachte, wir lieben, aber sie mich reingelegt. Jetzt sie tot und ich sie sehr lieben! Strafe kommt. Strafe von Gott.«

»Ganz ruhig. Eins nach dem anderen. Wie ist sie gefallen? Können Sie mir das sagen?«

»Alles mein Fehler, mein Fehler, Gott mich bestrafen«, schluchzt Muharrem und verfällt wieder in seine eigene Sprache.

»Haben Sie gesehen, ob sie sich beim Sturz verletzt hat? Ob sie zum Beispiel auf einen spitzen Gegenstand gefallen ist?«

»Oh, meine Liebe ist tot! Ich nie mehr lieben! Gott soll mich töten.« Muharrem reckt theatralisch seine Hände zur Decke, gen Himmel, um Lindström danach seine Handgelenke anzubieten.

»Ich ins Gefängnis gehen. Ich schlechter Mensch.«

»Wo, zum Teufel, bleibt der Krankenwagen?«, herrscht Lindström die Frau vom Empfang an.

»Sie werden sich schon noch ein wenig gedulden müssen. Wenn Ihnen das nicht passt, können Sie ja selbst anrufen und nachfragen«, entgegnet sie spitz. »Kommt hier her und versaut uns den ganzen Raum! Wer, glauben Sie, soll das hier wieder sauber machen? Alles voll Blut! Stecken Sie ihn in eine Ausnüchterungszelle. Hier kann er jedenfalls nicht bleiben. Der ist doch gemeingefährlich, und was ist, wenn plötzlich jemand hereinkommt?«

Dann zieht sie sich rasch in ihren Glaskäfig zurück. Bevor sie die Tür hinter sich zuzieht, herrscht Lindström sie an:

»Rufen Sie uns gefälligst ein Taxi!«

Während der gesamten Fahrt zur Notaufnahme des Krankenhauses in Eksjö schweigt Muharrem. Erst als sie bei der

Ambulanz vorfahren, sagt er »Es geht besser« und »Du bist mein Freund« und »Du nicht erzählen meiner Mama«.

Lindström wirft einen Blick auf sein blutverschmiertes Hemd, gibt dem Taxifahrer einen Fünfhundertkronenschein und bittet ihn, zum nächsten Kaufhaus zu fahren und ein neues für ihn zu kaufen.

»Kein klassisches Oberhemd, lieber etwas Lässiges für die Ferien. Suchen Sie eins aus, das Ihnen selbst gefällt. Größe 42. Falls ich nachher nicht mehr hier sein sollte, können Sie es einfach an der Rezeption abgeben.«

Während Muharrem verarztet wird, holt Lindström die Genehmigung ein, im Krankenhaus zu duschen. Er versucht zunächst, sich sein Hemd auszuziehen, das ganz steif ist von dem getrockneten Blut und an seinen wenigen Brusthaaren festklebt.

Er muss es unter der Dusche einweichen, ehe es ihm gelingt. Das Hemd ist hinüber. Es wandert in die Mülltonne.

Als er sich gerade abtrocknet, kommt eine Krankenschwester mit einer Tüte herein, in der sich das neue Hemd, das Wechselgeld und eine Quittung befinden. Doch erst nachdem Lindström die Tüte geöffnet, Plastikklammern, Stecknadeln und Pappeinlagen entfernt hat, wird ihm klar, warum der Taxifahrer das Hemd nicht persönlich hatte abliefern wollen. Es ist grün. Grasgrün. Und auf diesem Gras weiden Kühe unter teils weißen, teils zartlila Wolken an einem kobaltblauen Himmel. Immerhin war es nicht teuer.

Nachdem Muharrem verarztet worden ist, fährt Lindström mit ihm zum Untersuchungsgefängnis nach Eksjö, in dem Muharrem die Nacht in Erwartung eines richtigen Verhörs verbringt. Muharrem lässt sich willig einliefern. Es scheint ihm sogar daran gelegen zu sein, für das Verbrechen bestraft zu werden, das er nach eigenen Angaben begangen hat.

»Morgen um zehn Uhr wird ein richtiges Verhör stattfinden, mit Tonband. Ein Kollege wird alles mitschreiben, was Sie sagen, damit nichts vergessen wird.«

Muharrem lächelt hinter Pflastern und Bandage.

»Good cop, bad cop …«

»Muharrem, versuchen Sie, sich daran zu erinnern, ob Sie andere Menschen auf der Brücke gesehen haben, als Serafina in den Fluss stürzte.«

»Ich Polizei helfen.«

»Versuchen Sie jetzt zu schlafen. Wir sehen uns morgen«, sagt Lindström und merkt, dass er sich anhört, als spräche er mit einem Kind.

»Mir jetzt gut gehen. Ich schlafen. Alles gut.« Muharrem sieht müde aus und legt sich auf die Pritsche. Rollt sich wie ein Embryo zusammen. Lindström bleibt für eine Weile bei ihm sitzen. Als er aufsteht, um zu gehen, murmelt Muharrem still vor sich hin.

»Zoti ka për të më denuar, zoti ka për të më denuar …«

Vielleicht betet er, denkt Lindström, der davon überzeugt ist, dass Muharrems Verstand in gewisser Weise beeinträchtigt ist. In Hinblick auf Muharrems verwirrten Zustand bittet er darum, den Gefangenen genau im Auge zu behalten. Im Moment wirke er ruhig, doch wenn die Nacht hereinbräche …

Während Lindström auf das dritte Taxi des Tages wartet, ruft er das Einwohnermeldeamt an. Im gesamten Land ist niemand mit dem Namen Serafina gemeldet. Es gibt zwei Personen namens Seraphine und acht Serafins. Die betreffenden Personen zu lokalisieren, dürfte kein Problem sein, denkt Lindström, doch bei »Serafina« handelt es sich sicher um einen Künstlernamen.

Im Taxi döst er ein wenig vor sich hin.

Wieder in Ekemåla, steuert er auf die Backsteinfassade des Stadthotels zu, das sich direkt am Marktplatz befindet. Doch auf halbem Weg bleibt er stehen und lenkt seine Schritte zunächst in das Süßwarengeschäft namens *Karamellorama*. Von mehreren Kindern umringt, die sich ein Sortiment verschiedener Bonbons zusammenstellen lassen, kauft er sich eine Eiswaffel mit drei Kugeln: Vanille, Orange und Schokolade. Er setzt sich auf die Kante des Brunnens, genießt die letzten Strahlen der fahlen Herbstsonne und lässt seinen Gedanken freien Lauf. Beobachtet die kleine Gruppe, die sich am anderen Ende des Platzes, unter den Linden, einen Kasten Bier teilt, und registriert einen alten, schwarz glänzenden Cadillac aus den fünfziger Jahren, der fast lautlos an ihm vorübergleitet.

Sagenhaft, denkt Lindström, so einen Wagen müsste man haben.

Das Orangeneis schmeckt herrlich.

Die Vorstellung, dass Helin oder ihre Mutter untertauchen, um plötzlich als Wahrsagerin auf dem Jahrmarkt wieder aufzutauchen, ist doch absurd, denkt Lindström, während sich seine Zunge langsam zum Schokoladeneis vorarbeitet.

Es gibt also eine verschwundene Mutter, eine verschwundene Tochter, einen selbst ernannten Mörder sowie eine nicht identifizierte Leiche, bei der es sich möglicherweise um eine unbekannte Wahrsagerin handelt. Teufel noch mal.

Konnten die Fälle zusammenhängen? Die beiden kurdischen Frauen, die Leiche, die Wahrsagerin, der Mordverdächtige, sie alle waren dunkelhaarig ... Das käme der Boulevardpresse doch sicher gerade recht.

Lindströms Blick fällt auf einen Elektrokasten, an den jemand mit roter Farbe ein Hakenkreuz und das Wort *Schwulenhass* gesprayt hat. Lindström geht um den halben Platz herum und besieht sich das Graffito auf dem nächsten Elektrokasten: *Tod den Schwulen!!!* In Blau. *Moses 3/18.22.* In Schwarz.

Lindström wirft den Rest seiner Waffel in einen Mülleimer und betritt die Lobby des Stadthotels mit Vanilleeis am Kinn. Er schlendert zur Rezeption, drückt auf die Klingel und muss ein paar Minuten warten.

»Ich hätte gern den Geschäftsführer gesprochen.«

Der Mann wirft einen diskreten Blick auf Lindströms Hemd.

»Er ist leider…«

»Ich bin von der Polizei.«

»…beschäftigt, aber ich werde sehen, was ich tun kann. Einen Moment bitte.«

Lindström betrachtet die dunkle, menschenleere Lobby. Zur Linken liegt etwas, das man, ignorierte man die Preise an der Tafel, für einen waschechten englischen Pub halten könnte. Die breiten Türen führen sicher zum großen Speisesaal, vermutet Lindström. Es riecht nach Tabak. Lindström glaubt, bläuliche Schwaden zu erkennen, die im Licht eines kleinen Fensters als vage Erinnerung an den gestrigen Abend durch das Lokal ziehen. In einem Ständer glänzen bunte Touristenbroschüren.

Ein Mann um die vierzig, Anzug, zurückgekämmtes, leicht gewelltes dunkles Haar, kommt ihm entgegen.

»Tore Bengtsson. Sie wollten mich sprechen?« Er streckt Lindström eine schlaffe Hand entgegen.

»Knut Lindström, Kriminalkommissar. Ich möchte Ihnen gerne ein paar Fragen stellen. Können wir uns irgendwo hinsetzen?«

»Natürlich, gehen wir in mein Büro. Darf ich Ihnen etwas anbieten, vielleicht ein Bier?«

»Nein danke, ich bin im Dienst. Es geht um die Monate Mai und Juni. Ich möchte wissen, wer zu dieser Zeit in Ihrem Hotel angestellt war.«

»Dazu bin ich schon von Ihren Kollegen befragt worden.«

»Schon möglich, und jetzt frage ich Sie noch mal. Zeigen Sie mir bitte Ihre Personalliste.«

Tore Bengtsson nimmt achselzuckend eine Mappe aus dem Regal.

»Möchten Sie eine Kopie haben?«

»Später. Erst will ich das Original sehen«, sagt Lindström, während er sich die Liste anschaut. Keine Korrekturen, keine Streichungen, kein Tipp-Ex. Lindström will eine genaue Arbeitsplatzbeschreibung für jeden Angestellten. Einen Muharrem Berisha scheint es nicht gegeben zu haben. Das ist es, was Lindström wissen wollte.

»Gab es Aushilfskräfte, die in dieser Zeit nur kurz, vielleicht nur für wenige Tage, bei Ihnen gearbeitet haben?«

»Nein, ich jedenfalls habe in dieser Zeit niemanden eingestellt, und Unbefugte haben hier keinen Zutritt. Dies ist ein seriöses Hotel und unsere Küche genießt höchstes Ansehen.«

»Ist es nicht möglich, dass ein Gast, der nach einem üppigen Abendessen seine Rechnung nicht begleichen konnte, bei Ihnen abwa…«

»Nein, nein, diese Zeiten sind längst vorbei, haha.«

Lindström ignoriert das Gelächter. »Könnte ich einen Blick in die Zimmer werfen, die zum Fluss hinausgehen?«

Gemeinsam machen sie einen Rundgang durch einige Zimmer, die an der Centralgata liegen. Die Aussicht auf den Fluss und den Kanal ist hervorragend.

»Danke, das war's. Ich würde gern noch ein paar Worte mit dem Koch und den Zimmermädchen wechseln, falls sich das machen ließe«, sagt Lindström.

»Tja … im Moment beginnen in der Küche gerade die Vorbereitungen für den heutigen Abend, die Zimmermädchen sind auch schon gegangen, aber wie wär's mit morgen, nach dem Mittagessen? Ich lade Sie ein.«

Lindström macht eine abwehrende Geste und steuert ein unweit gelegenes Chinarestaurant an. Nach einer großen Portion Huhn süßsauer entscheidet er sich, nicht in der kleinen Kammer auf dem Revier zu übernachten, sondern nach Hause zu fahren.

Als er auf dem Rückweg nochmals am Stadthotel vorbeikommt, hat er eine Idee. Lindström schleicht sich auf den Hinterhof. Auf der Küchentreppe sitzt ein etwa fünfzehnjähriger Junge mit Schürze.

»Hallo, kann man sich bei euch was dazuverdienen?«

Der Junge schaut ihn forschend an. Sieht seine verbeulte Jeans, eine dünne, in die Jahre gekommene Sportjacke und altmodische Turnschuhe. Seine Augen bleiben an Lindströms Hemd hängen.

»Kann schon sein, nachdem Muharrem abgehauen ist. Aber Sie müssen mit dem Chef sprechen. Der hat hier das Sagen.«

»Tore Bengtsson?«

»Genau. Kennen Sie ihn?«, fragt der Junge misstrauisch.

»Nur seinen Namen. Dieser Muharrem, hat er lange hier gearbeitet? Er hat mir den Tipp gegeben.«

»Keine Ahnung. Er war schon hier, als ich angefangen habe. Netter Kerl, hat nicht viel geredet. Ich verdiene mir ein bisschen was dazu, weil wir im Frühjahr eine Klassenfahrt nach Deutschland machen und alles selbst bezahlen müssen.«

»Tja, wer braucht nicht manchmal etwas extra? Weißt du, ob Muharrem im Hotel gewohnt hat?«

»Das konnte er sich bestimmt nicht leisten. Ich glaube, er wohnte in einem der billigen Zimmer im Hinterhof, zumindest hat er da mal gewohnt, aber wie gesagt, ich habe ihn lange nicht mehr gesehen.« Der Junge zeigt auf ein Gebäude, das Lindström für eine Garage gehalten hatte.

»Was für Zimmer?«

»Kleine Räume mit Etagenbetten. Ohne Dusche. Ungefähr wie in einer Jugendherberge.«

»Aha. Und wer wohnt in diesen Räumen?«

»Weiß nicht, aber letzten Sommer, da haben hier ein paar Mädchen gewohnt«, berichtet der Junge grinsend und hebt viel sagend die Augenbrauen.

»Aaah!«, entgegnet Lindström und hebt ebenso viel sagend die Brauen.

»Muharrem war ziemlich scharf auf sie. Kamen aus dem Ausland, mit einigen konnte er sich sogar unterhalten, aber fragen Sie mich nicht, in welcher Sprache.«

»Touristen?«

»Glaub ich nicht. Die haben sich kaum herausgetraut. Hockten die ganze Zeit in ihren Zimmern, jedenfalls tagsüber, wenn ich hier war.«

»Okay, ich komme morgen wieder und rede mit dem Chef.«

»Würde ich nicht machen. Der Job ist ziemlich mies bezahlt.«

»Was bekommst du?«

»Fünfunddreißig Kronen die Stunde.«

»So wenig? Aber du kriegst es doch bar auf die Hand, oder?«

Der Junge sieht ihn fragend an.

»Verstehe, du willst nicht darüber reden. Hast du auch nicht getan, wenn mich jemand fragt. Wir sehen uns.«

Es kann nicht schaden, etwas gegen den Geschäftsführer in der Hand zu haben, denkt Lindström. Schwarzarbeit wäre ein guter Grund, ihm die Steuerfahndung auf den Hals zu schicken, und wer weiß, was dann noch so alles ans Tageslicht kommt. Schmuggel von Spirituosen, Fleisch, Zigaretten?

Nachdem Lindström die gut fünfzig hügeligen Kilometer im Dunkeln zurückgelegt hat und dabei mehreren Elchen ausweichen musste, wankt er erschöpft in die Küche, gerade richtig zum Abendtee. Das Haus riecht nach Spachtelmasse und Leinöl. Ingbritt und Josef zeigen stolz, was sie am Tag zuwege gebracht haben. Lindström entschuldigt sich. Für einen Begeisterungsausbruch ist er einfach zu müde. Das Telefon klingelt, Josef hebt ab, die Zeitung ist dran, will Informationen zum Mordfall. Lindström gibt Zeichen, dass er für niemanden zu sprechen ist.

»Hübsches Hemd«, sagt Ingbritt grinsend.

»Scheißdreck!«, seufzt Lindström. Sein letztes Wort an diesem Tag.

Gegen halb elf legt er sich hin. Zwei Minuten später ist er eingeschlafen.

»Scheißdreck!« ist auch sein erstes Wort am nächsten Morgen. Anlass ist der Aufmacher des Lokalanzeigers:

Kanalmörder in Ekemåla gefasst
35jähriger gesteht Frauenmord

Der Kanalmord ist aufgeklärt. Nach intensiven Ermittlungen ist es der Polizei am gestrigen Tag gelungen, einen Verdächtigen festzunehmen. Der Mann, der nicht aus dieser Gegend stammt, gestand die Tat während eines Verhörs mit dem ermittelnden Kriminalkommissar Knut Lindström.

Der geständige Mann sitzt zur Zeit in Untersuchungshaft und soll im Zuge der Ermittlungen unter strengsten Sicherheitsvorkehrungen mit dem Tatort konfrontiert werden, sobald ein Dolmetscher zur Verfügung steht. Das Verhör wird am heutigen Vormittag fortgesetzt.

Seinem Opfer begegnete der Täter während des heftig in die Kritik geratenen »Frühlingsfestes«, das alljährlich im Frühsommer, zu Beginn der großen Ferien, stattfindet. Er hatte sich bereits längere Zeit auf dem Jahrmarktsgelände herumgetrieben und sein Opfer lange zuvor ausgewählt. Mehrere Tage lauerte er ihm auf, bis er eine passende Gelegenheit nutzte, um zuzuschlagen. Nachdem er die Frau ermordet hatte, versteckte er die Leiche im Kanal unter der Centralgata.

Über das Motiv ist nichts Näheres bekannt geworden, ein Sexualdelikt ist nicht auszuschließen. Die Leiche wurde unter dramatischen Umständen entdeckt, als eine Gruppe von Jugendlichen Reinigungsarbeiten im Kanal durchführte.

Das Opfer konnte bisher nicht identifiziert werden, doch handelt es sich vermutlich um eine junge, schwarzhaarige Frau, die als Wahrsagerin auf dem Frühlingsfest arbeitete.

Der Verdächtige, ein Kfz-Mechaniker aus Sörmland, hat sich einen Großteil des Sommers in Ekemåla aufgehalten, wo er unter anderem als Tellerwäscher arbeitete.

Fortsetzung S. 5

Auf Seite fünf lässt der Verfasser keinen Zweifel mehr daran, dass es sich bei dem Verdächtigen um einen Ausländer handelt, der sich nicht allein durch sein hitziges Temperament, sondern vor allem durch seine außergewöhnliche Brutalität auszeichnet, wie die Zeitung aus »gut unterrichteten Kreisen« erfahren haben will. Es fehlt auch nicht der Hinweis, dass Kommissar Lindström es abgelehnt habe, der Zeitung ein Interview zu geben.

Auf derselben Seite findet sich außerdem ein spekulativer Artikel mit der Überschrift: VERSCHWUNDENES MÄDCHEN ENTDECKT? Der Berichterstatter versucht, einen Polizisten zu der Aussage zu bewegen, dass es sich bei der im Kanal gefundenen Leiche um Helin oder ihre Mutter handelt. Der Polizist erklärt geduldig, dass die Leiche noch nicht habe identifiziert werden können und es vor allem im Hinblick auf mögliche Angehörige kein Anlass zu Spekulationen gebe.

Lindström hat seine Lektüre gerade beendet, als Radio Jönköping anruft. Kurz darauf meldet sich ein lokaler Fernsehsender.

Ihre Fragen sind nahezu identisch: »Können Sie bestätigen, dass Sie einen Verdächtigen festgenommen haben? Handelt es sich um das verschwundene Mädchen, das dem Mörder zum Opfer fiel?« Lindström bestätigt das geführte Verhör, bestreitet jedoch ausdrücklich, dass der Fall bereits aufgeklärt sei.

Wer zum Teufel hatte nur die Presse informiert? Die Frau von der Rezeption! Niemand sonst hätte die Möglichkeit gehabt, das Gespräch mit Muharrem in der Cafeteria zu belauschen.

Lindström ist außer sich. Und warum wird der Umstand, dass es sich um einen Ausländer handelt, immer so in den Vordergrund gespielt, fragt er sich und weiß leider die Antwort. Der Morgen ist ihm verdorben. Er erwägt, auf das Frühstück zu verzichten, besinnt sich aber eines Besseren. Schlampe ich mit dem Essen, kriege ich bloß ein Magengeschwür, denkt er und setzt Teewasser auf, kocht sich ein Ei, stellt Brot, Butter, Käse, Tomaten, Sauermilch und Haferflocken auf den Tisch.

Ich habe bereits gefrühstückt und treffe gerade Vorbereitungen, die Decke des Wohnzimmers ein zweites Mal zu streichen, als Lindström mich ruft.

»Sag mal, hast du heute schon einen Blick in dieses Saublatt geworfen, Josef?«

»Hab es nur überflogen!«, rufe ich zurück, während ich die

Farbe anmische. Nachdem ich mit dem Mischen fertig bin, setze ich mich an den Küchentisch, um ihm Gesellschaft zu leisten.

»Wie ich sehe, steht der Fall kurz vor der Aufklärung«, sage ich und nicke in Richtung Zeitung.

»Blödsinn! Eine verantwortungslose Mitarbeiterin hat geplaudert. Kein Wort davon ist wahr. Der Mann kam freiwillig zu mir und wollte gestehen. Klopfte einfach an die Tür. Intensive Ermittlungen, dass ich nicht lache! Mit dem Tatort konfrontieren. Dolmetscher. Sein Opfer ausgewählt. Es ist einfach zum Kotzen!«

»Ach, solche Zeitungen leben nun mal davon, die Dinge ein bisschen aufzubauschen«, versuche ich zu beschwichtigen.

»Sexualmord nicht auszuschließen. Nicht auszuschließen! Diese verdammten Schmierfinken!«, wettert Lindström. »Marsmenschen sind auch nicht auszuschließen. Ich glaube nicht, dass er der Täter ist. Seine Aussagen stecken voller Widersprüche. Du hättest ihn sehen und seinen Bericht hören sollen. Und obendrein *wollte* er auch noch bestraft werden.«

»Hm. Stimmt es, dass er heute verhört wird?«

»Ja, aber die Konfrontation mit dem Tatort hat sich die Zeitung ausgedacht«, murrt er.

»Und dass er ein Ausländer ist?«

»Ja, das hängen sie natürlich an die große Glocke. Sind doch alles Kanaken, wenn ich zitieren darf, Helin, ihre Mutter, der vermeintliche Mörder... Ich hoffe wirklich, dass die Tat keinen rassistischen Hintergrund hat.«

»Aber doch nicht in unserem beschaulichen Ekemåla mit seinen vielen Freikirchen. Hier werden Ausländer nicht getötet, sondern zum rechten Glauben bekehrt.«

»Das ich nicht lache!«

»Und wer, glaubst du, ist das Opfer? Helin, ihre Mutter?«

»Weiß nicht. Ich glaube aber nicht, dass sie es sind.«

»Hm, weiß Arvid schon Bescheid?«

»Nein ... das heißt: doch. Er hat sicher schon Zeitung gelesen, der Arme. Ingbritt sollte ihn gleich mal anrufen«, sagt Lindström.

»Ja, das wird das Beste sein. Originelles Hemd übrigens …«

10

Die Zeitungsberichte hatten für einen kleinen Volksauflauf vor dem Polizeipräsidium gesorgt. Ungefähr dreißig Schaulustige drängen sich vor dem Gebäude zusammen und warten auf die Ankunft des Mörders, der, eskortiert von zwei jungen und kräftigen Beamten aus Eksjö, mit dem Auto ankommt.

Der Parkplatz neben dem Präsidium ist voll und die Zufahrten durch Falschparker verstopft. Die Beamten sind gezwungen, ihren Wagen auf der anderen Straßenseite abzustellen. Muharrem wirkt ruhig und macht keine Anstalten, sein Gesicht zu verdecken. Die Beamten versuchen Muharrem durch einen Hintereingang in das Gebäude zu lotsen, doch die Fotografen der Lokalpresse riechen den Braten und setzen ihnen nach. Die Menge der Neugierigen folgt ihnen wie eine Rinderherde.

»Da ist der Mörder!«

Wie es eigentlich zuging und wessen Schuld es war, wird wohl niemals richtig geklärt werden, doch erschreckt durch die Rufe der Schaulustigen und das Klicken der Kameras, zuckt Muharrem zusammen, schaut sich gehetzt um, reißt sich plötzlich los und rennt und rennt. Den herannahenden Wagen hat er nicht sehen können, sein Körper wird hochgeschleudert, prallt auf den Kühler und landet auf der Verkehrsinsel neben dem Zebrastreifen.

Schon scharen sich die Neugierigen um den leblosen Körper, einige berühren Muharrem mit der Fußspitze.

»Das Schwein ist tot!«

»Recht geschieht's ihm!«

Dann richtet sich das allgemeine Interesse auf den Lenker des Wagens. Die Polizei bildet einen Kreis um Muharrem.

Bei der Autofahrerin handelt es sich um eine Frau mittleren Alters. Auf dem Rücksitz sitzen zwei Teenager. Keiner von ihnen ist zum Aussteigen in der Lage. Den Gaffern fallen die Augen aus dem Kopf. Nur nichts verpassen! Man will sehen, wer den dunkelhäutigen Frauenmörder getötet hat. Die Fahrerin ist über dem Steuer heulend zusammengebrochen, während sich die Jugendlichen weiß vor Schreck aneinander klammern, bis ein Polizist die Menge schließlich auseinander treibt und die drei Insassen in das Präsidium geschleust werden.

Fünf Minuten später stellen die Sanitäter Muharrems Tod fest.

Lindström beschließt, der Frau an der Rezeption die Leviten zu lesen.

»Was für eine schreckliche Menschenmenge da draußen!«, sagt Lindström, als er die sterile Eingangshalle betritt, in der die Empfangsdame heute hinter ihrer Glasscheibe thront. Siw Markroos steht auf dem Namensschild.

»Das ist wegen des Mörders.«

»Wegen des Verdächtigen.«

Die Frau scheint zu ahnen, welchen Verlauf das Gespräch nehmen wird.

»Entschuldigung, aber ich habe eine Menge zu tun. Wenn ich mich nicht beeile, muss ich Überstunden machen.«

»Na, das wäre ja furchtbar«, entgegnet Lindström frostig.

»Sie haben kein …«

»Jemand hat die Presse über das Gespräch informiert, das ich gestern mit dem Verdächtigen in der Cafeteria geführt habe. Ich werde keine Nachforschungen anstellen lassen, aber Sie, der Verdächtige und ich waren die einzigen Menschen, die zu dieser Zeit im Präsidium waren.«

»Ich?«

»Ja, Sie sind die Einzige, die alles mit anhören konnte.«

»Sie verdächtigen mich, dass …«

»Haben Sie eine Vorstellung, was Sie angerichtet haben?«

»Nein … wie, also ich habe mit keiner Zeitung geredet. Außerdem war es ein Unfall. Das ist doch nicht meine Schuld.«

»Das war kein Unfall, verdammt noch mal! Der Mann fühlte sich in die Enge getrieben. Er war außer sich!«

»Damit habe ich nichts zu tun!«

»Ich hoffe, Sie werden heute Nacht sehr schlecht schlafen!«

»So eine Unverschämtheit! Kommen hier aus der Großstadt und spielen sich auf! Was glauben Sie eigentlich, wer Sie sind?«

Markroos schließt ihren Glasverschlag und kehrt ihm den Rücken zu. Als Lindström das Haus verlässt, ist sie voll und ganz mit dem Sortieren von Akten beschäftigt.

Ihr Nacken ist puterrot.

Das Interesse der Öffentlichkeit am Tod von Muharrem Berisha, der geständig war, bevor er ums Leben kam, lässt spürbar nach.

Viele werten seinen Tod als weiteres Eingeständnis seiner Schuld. Als Selbstmord eines Verzweifelten, der von Gewissensqualen gepeinigt wurde. Hatte er seine Bestrafung nicht selbst gefordert? Hatte es nicht so in der Zeitung gestanden?

NAHM SICH DER MÖRDER DAS LEBEN?, spekuliert der Lokalanzeiger. Ein Pastor lässt sich über Schuld und Gewissensqualen aus. Selbst die Abendzeitungen bringen eine Reihe von Beiträgen zu dem Vorfall.

Die Leser des Lokalanzeigers bekommen den Eindruck, der Kanalmord sei aufgeklärt. Der Mörder habe seine gerechte Strafe empfangen. Zum Glück war er kein Schwede, und jetzt hatte er ja mit dem Leben bezahlt. Man konnte sich wieder sicher fühlen. Lindström verursacht die weit verbreitete Ansicht, Gott selbst habe den Täter gerichtet, Übelkeit.

Da keine weiteren Verdächtigen auftauchen und Muharrem ohnehin gestanden hat, lässt der Druck nach. Dass die Allgemeinheit den Fall für erledigt hielt, könnte den wahren Mörder in Sicherheit wiegen und ihn dazu verleiten, eine Dummheit zu begehen, überlegt Lindström, dem klar ist, dass sein Job als Aushilfskommissar fürs Erste erledigt ist.

Die Elchjäger kehren zum Dienst zurück, das Personal ist wieder vollständig, in der Cafeteria werden die neuesten Jagdanekdoten zum Besten gegeben. Für kurze Zeit ist die Stimmung ausgezeichnet, dann hält der Alltag Einzug: Zwei Frauen, Mutter und Tochter, gelten immer noch als vermisst; es gibt einen nicht ganz aufgeklärten Mord oder Totschlag sowie jede Menge anderer Delikte wie Körperverletzung, Diebstahl und Drogenmissbrauch.

Der stellvertretende Staatsanwalt Mogens Pedersen stattet dem Präsidium in Ekemåla einen Besuch ab. Lindström übergibt ihm sein Material und bekräftigt, dass Muharrems Schuld nicht bewiesen sei. Er selbst sei von dessen Schuld keineswegs überzeugt, zumal das Opfer noch nicht identifiziert ist.

Den Staatsanwalt scheinen Lindströms Ausführungen, Muharrem sei vermutlich verwirrt und sein Geständnis widersprüchlich gewesen, nicht sonderlich zu interessieren. Routinegemäß überantwortet er den Fall den Mühlen der Bürokratie. Lindström hat seine Schuldigkeit getan.

»Was die verschwundenen Frauen angeht, sollten wir einen Anrufbeantworter in ihrer Wohnung installieren«, schlägt Lindström vor.

Pedersen schaut auf und erinnert Lindström daran, dass er mit dem Fall nichts mehr zu tun habe.

»Haben Sie denn überhaupt irgendwelche Spuren, denen Sie nachgehen können?«, fragt Lindström.

»Der Vater des Mädchens ist ein politischer Linksextremist. Es könnte sein, dass sich Mutter und Tochter zur Schulung an einem geheimen Ort befinden.«

»An einem geheimen Ort?«

»Wie gesagt, dies ist nicht mehr Ihr Fall.«

Lindström verlässt den Raum und entfernt sich seufzend vom Polizeigebäude, das die Form einer Pizzaschachtel hat. Ziellos schlendert er in Richtung Zentrum, betrachtet die Auslagen in den Schaufenstern, überlegt, eine Abendzeitung zu kaufen, kauft stattdessen eine Schachtel Halsbonbons.

Irgendwo in der Nähe des Rathauses hatte er seinen Wagen geparkt, aber wo? Als er ihn endlich erblickt, steht neben seinem Volvo ein Parkwächter, der bereits seinen Block gezückt hat. Soweit er erkennen kann, steckt noch kein Strafzettel hinter dem Scheibenwischer. Er kommt gerade noch rechtzeitig und wirft eine Krone in den Parkautomaten.

»Ich habe einfach kein Glück heute«, sagt der Parkwächter lachend.

»Mein Tag ist das heute auch nicht.«

»Wie meinen Sie das?«

»Ach, wissen Sie, ich bin Polizist und ermittele im Kanalmord, und irgendwie scheinen wir festzustecken«, sagt Lindström leutselig.

»Tja, eine schlimme Geschichte, aber ist sie nicht schon aufgeklärt? Es war doch dieser Mann, der überfahren wurde, oder?«

»Das Opfer ist noch nicht identifiziert worden«, entgegnet Lindström ausweichend.

»Die kann nicht von hier kommen, sonst würde sie doch jemand vermissen, meinen Sie nicht?«

»Das ist richtig, aber selbst der Tatort ist ungewiss.«

»Wieso? Sie lag doch im Kanal? Der Mann hat sie getötet und die Leiche anschließend im Kanal versteckt.«

»Mitten in der Stadt? Ich bin mir da nicht so sicher. Ich frage mich vielmehr, ob der Fluss im Frühjahr so viel Wasser geführt hat, dass der Körper von weiter oben angeschwemmt worden sein könnte und im Kanal stecken blieb. Dann könnte die Tat auch weiter stromaufwärts geschehen sein.«

»Im Frühjahr stand das Wasser tatsächlich sehr hoch. Ich

kann mich genau daran erinnern, weil ich immer mit dem Fahrrad zur Arbeit fahre und eine der Brücken im Park überquere.«

»Können Sie sich auch an die Strömung erinnern?«

»Die Strömung war heftig. Heftiger als sonst. Es war ja auch ein schneereicher Winter. Und dann kam noch hinzu, dass damals die Schleusentore am Kvarnsjö repariert wurden. Fragen Sie doch mal bei den Stadtwerken nach.«

»Gute Idee. Soll ich noch eine Krone einwerfen?«

»Am besten zwei. Eine reicht nur für fünfzehn Minuten.«

Lindström betritt die düstere Eingangshalle, nimmt den Aufzug und erwischt eher zufällig das richtige Büro. Der Parkwächter hatte Recht. Für ein paar Wochen im Mai und Juni hatte man frühmorgens den Wasserspiegel des Sees gesenkt, um mehrere Schleusentore reparieren oder austauschen zu können. Aber außer einem rostigen Moped und einem Kasten Bier habe man nichts entdeckt.

Müde lässt sich Lindström auf den durchgesessenen Fahrersitz seines Volvos sinken. Schiebt den Krempel auf dem Rücksitz beiseite, stellt seine Rückenlehne ganz zurück und schließt für eine Weile die Augen.

Lindström hat einiges zu erledigen, wenn er nach Hause kommt. Falls er nach Hause kommt – der klapprige Volvo verweigert schon wieder den Dienst. Er muss seine Privatrecherchen vorantreiben, vor allem in Bezug auf »Die unvergleichliche Madame Serafina«. Wenn sich dieses schauerliche Ungetüm von einem Auto nur endlich zusammennehmen und starten würde. Es hustet und prustet, schnappt ein paar Mal nach Luft, ehe es röchelnd erstirbt.

Eine Viertelstunde später greift Lindström zum Handy und bittet Josef um Hilfe.

Als wir die Volvowerkstatt erreichen, hat sie natürlich schon geschlossen. Von Finneryd nach Ekemåla ist es noch ein ganzes Stück.

»Wir lassen deinen Wagen einfach hier stehen und werfen einen Zettel in den Briefschlitz«, schlage ich vor.

»Ach, ich weiß nicht...«

»Wer sollte dieses Wrack denn klauen? So doofe Diebe gibt's doch gar nicht.«

Lindström befreit das Wageninnere vorsorglich von den gröbsten Abfällen und füllt zwei Plastiktüten mit Apfelskeletten, Bananenschalen, leeren Dosen, Bonbonpapieren, zerfledderten Kartons und alten Zeitungen.

»Was fürs Heimatmuseum dabei?«

Lindström grummelt.

Auf dem Heimweg scheint sich Lindström widerwillig einzugestehen, dass er die Vitalität meines Autos genießt, auch wenn es kein Volvo ist.

»Vielleicht solltest du wirklich über einen neuen Wagen nachdenken«, sage ich vorsichtig.

»Der Wagen ist ausgezeichnet, braucht nur mal wieder einen Service«, entgegnet er mürrisch.

Im Stillen gibt er mir Recht, dass es Zeit für einen Wechsel ist. Der Volvo hat ihn seit 1987 begleitet. Sein Lack ist matt, die Polster durchgesessen, es mieft nach Feuchtigkeit, und die Kanten an Karosserie und Kofferraumklappe haben rostige Flecken. Außerdem hat der Wagen viele beschwerliche Dienstmeilen hinter sich. Wie viele genau, kann Lindström nicht sagen, der Kilometerzähler ist defekt, 300.000 werden es wohl gewesen sein. Er wirft einen verstohlenen Blick auf den Kilometerstand des Citroën: 70.000.

»Welches Baujahr ist denn dein Wagen?«

»'98.«

»Ein Haufen Elektronik, die doch bloß kaputt geht«, meckert Lindström.

»Darf ich dich daran erinnern, dass es nicht mein Auto ist, das mit drei Beinen auf dem Schrottplatz steht?«

Die Sitze sind so bequem, dass Lindström fast einschläft. Ob er sich vielleicht wirklich ein neueres und etwas kleineres

Auto anschaffen sollte? Ein sportliches? Oder besser einen ganz normalen Volvo? Sonst würde Ingbritt noch glauben, er sei in der Midlife-Crisis. Ich gebe ihm sofort Recht.

In der Küche brennt Licht. Durch das Fenster sehen wir Ingbritt am Küchentisch sitzen, den Kopf auf beide Hände gestützt. Es sieht gemütlich aus, das einsame Licht zwischen all den dunklen Fichten.

»Das Auto ist tot!«, verkündet Lindström mit ernster Stimme, als er zur Tür hereinkommt, »aber schon bald wird es auferstehen wie Phönix aus der Asche.«

»Am Tag des Jüngsten Gerichts vielleicht«, werfe ich ein.

»Wie willst du jetzt zur Arbeit kommen?«, fragt Ingbritt.

»Mein Auftrag ist beendet. Das meint jedenfalls der Staatsanwalt.«

»Dann bist du jetzt also wieder im Urlaub, plus zwei Wochen extra?« Ingbritt strahlt.

»Das sollten wir feiern!«, rufe ich aus der Küche.

»Du meinst, dass deine Mitwirkung vorbei ist. Die Ermittlungen können ja wohl nicht eingestellt worden sein, oder wie?«, fragt Ingbritt.

»Nein, nein, die machen jetzt auf eigene Faust weiter. Bin gespannt, was dabei rauskommt.«

»Ich habe nachgedacht«, beginnt Ingbritt und hält plötzlich inne. »Sag mal, wo hast du eigentlich dieses Hemd her?«

»Sag mir erst, worüber du nachgedacht hast.«

»Ich werde mir ein Auto anschaffen!«, verkündet Ingbritt.

»Ja, ja, ich habe auch schon daran gedacht. Der alte Volvo wird langsam ein bisschen … müde. Vielleicht ist es an der Zeit. Josef war auch der Meinung, dass …«

»Du hast mir nicht richtig zugehört. Ich sagte, *ich* werde mir ein Auto anschaffen! Ein eigenes. Deinen klapprigen Volvo kannst du behalten. Bei Toyota gibt's gerade ein gutes Angebot: Man bekommt ein Paar Frotteesocken gratis!«

Es wird vollkommen still. Das Teewasser hört auf zu sieden,

der Wind heult nicht mehr im Schornstein, die Vögel verharren in der Luft, die Wühlmäuse spitzen die Ohren, wir warten gespannt darauf, was Lindström sagen wird.

»Außerdem bekommt man einen Geschenkgutschein von ICA für zweitausend Kronen!«

Immer noch ist es völlig still.

»Und du hast deinen Wagen dann ganz für dich allein«, fügt Ingbritt hinzu.

Lindström schweigt hartnäckig. Ich habe das Gefühl, dass Ingbritt nur einen Köder ausgeworfen hat, und jetzt hängt Lindström am Haken. In diesem Fall geschieht es ihm recht. Mit seiner alten stinkenden Klapperkiste sollte er sich bei dieser Diskussion sehr zurückhalten.

»Ich komme hier ja nicht mal zum Einkaufen. Und Josef braucht seinen Wagen schließlich selbst.«

»Wenn du ihn dir leisten kannst ...« Lindström wirkt irgendwie beleidigt.

»Ich glaube, wir trinken erst mal Tee«, versuche ich die Situation zu entschärfen. »Hast du einen Katalog, in dem wir dein Auto bewundern können?

»Nein, aber es klingt alles genau so, wie es sein soll: klein, praktisch und bequem. Originelle Farbe, sparsam im Verbrauch, wendig und geräumig. Die Rückbank zum Umklappen, ach ja, und ein großes Handschuhfach ...«

»Du kannst ja nach Ekemåla mitkommen, wenn ich den Volvo abhole. Wir machen unsere Erledigungen, und du kaufst in der Zwischenzeit den Wagen«, schlägt Lindström vor. Er ist sicher, dass aus dem Autokauf vorerst nichts wird. Bisher hatte immer er die Autos in der Familie gekauft, und bisher waren es immer Volvos gewesen.

Der folgende Tag steht ganz im Zeichen der Renovierung. Das nächste Projekt ist der Schuppen, in dem eine kleine Waschküche, eine Dusche und die Sauna untergebracht werden sollen. Außerdem wollen wir das kleine Gästezimmer, in dem Muffins und ich schlafen, besser isolieren, streichen und tapezieren. Der Rest soll als Vorratsraum dienen. Ich habe schon einen Teil des Bodens aufgebrochen und eine Zementplatte für den Holzfeuerofen der Sauna gegossen. Den Rest des Bodens habe ich abgedichtet und isoliert. Jetzt können sich der Klempner und der Maurer ans Werk machen.

Ingbritt hat sich auf dem Dachboden zu schaffen gemacht, weil sie einen Raum dort als Kleiderkammer nutzen will. Das Haus hat Charme und ist richtig gemütlich, doch besteht ein akuter Mangel an Garderobenstangen. Als der Hof gebaut wurde, lange bevor es *Hennes & Mauritz* gab, besaß man ausschließlich Kleiderschränke und sehr viel weniger Kleidung.

Die bestellte Feuerstelle für die Sauna ist beim Eisenwarenhändler in Mariannelund angekommen und kann dort abgeholt werden.

Ingbritt begleitet mich auf der Hinfahrt und hat ihr Fahrrad auf den Anhänger gelegt. Als ich mit dem Saunaofen zurückkomme, diskutiert Lindström gerade mit dem Maurer, der sich am nächsten Tag an die Arbeit machen will. Gemeinsam hieven wir den schweren Ofen hinein. Der Klempner hat in der nächsten Zeit keinen Termin mehr frei: »In ein paar Wochen wieder, vielleicht nächsten Monat«, hatte er am Telefon gesagt, nachdem Lindström ihn endlich an den Apparat bekommen hatte.

Nach dem Mittagessen nehme ich die Einrichtung der Sauna in Angriff, während Lindström zum Telefonhörer greift, fest entschlossen, »Die unvergleichliche Madame Serafina aus Shangri-La« aufzuspüren.

Lindström ruft beim »Jahrmarkt Sigismund« an, dessen Nummer er im Telefonbuch von Jönköping unter der Rubrik »Vergnügungsbetriebe« gefunden hat. Nach fünf Freizeichen meldet sich eine weibliche Stimme.

»Mein Name ist Lindström, Kriminalkommissar. Ich hätte gern den Inhaber vom »Jahrmarkt Sigismund« gesprochen, bin ich da richtig?«

»Schon wieder die Polizei? Was hat er denn jetzt ausgefressen?«

»Nichts, soweit ich weiß. Es geht mir nur um ein paar allgemeine Auskünfte. Ich hoffe, ich störe Sie nicht. Mit wem spreche ich denn?«

Die Telefonstimme gehört Frau Sigismund, der zweiten Hälfte vom »Jahrmarkt Sigismund«. Ihr eigentlicher Name ist Emma Jansson, verheiratet mit Albert Jansson. Sie kümmert sich um die Büroarbeit, er um die praktischen Dinge. Sie kann sich nicht erinnern, je eine Wahrsagerin für einen der reisenden Jahrmärkte engagiert zu haben. »Die unvergleichliche Madame Serafina aus Shangri-La« sagt ihr nicht das Geringste.

»Von dieser Frau hat er mir kein Wort gesagt. Wie sieht sie denn aus?«

»Mittelgroß, jung …«

»Hübsch?«

»Ich habe sie noch nie gesehen, doch einem Zeugen zufolge ist sie äußerst attraktiv, eine schwarzhaarige Schönheit.«

»Typisch. Sicher gefärbt. Ja, ja, jung und hübsch. War es also wieder mal an der Zeit … verdammter Mistkerl! Diesmal kratze ich ihm die Augen aus!«

»Bitte beruhigen Sie sich, ich würde ihn gern lebend antreffen. Für ein unziemliches Verhältnis gibt es unsererseits keine Anhaltspunkte«, versucht Lindström sie zu beruhigen.

»Was Frauen betrifft, kann man bei dem nie sicher sein.«

»Ach, begleiten Sie Ihren Mann denn nicht auf seinen Tourneen?«

»Früher habe ich das getan. Bin sogar im Bikini über ein Seil balanciert. Inzwischen bleibe ich lieber zu Hause und kümmere mich um die Buchführung. Auf diese Weise sparen wir uns den Buchhalter.«

»Kann ich Ihren Mann telefonisch erreichen?«

»Nein, sein Mobiltelefon ist gesperrt, weil er wieder mal vergessen hat, die Rechnung zu bezahlen.«

»Aha. Wissen Sie, wo er sich aufhält?«

»Das habe ich schon Ihrem Kollegen erzählt. Albert ist in Norddeutschland unterwegs. Heute müsste er in Lübeck sein. Dann folgen noch drei Abende in Kiel, bevor wir ins Winterquartier gehen.«

»Gib es niemand sonst auf dem Jahrmarkt, der ein Telefon hat?«

»Doch bestimmt, aber im Moment kann ich Ihnen keine Nummer geben. Geben Sie mir Ihre, dann rufe ich Sie an, sobald er von sich hören lässt«, bietet Frau Sigismund alias Emma Jansson an.

»Danke, aber gehen Sie behutsam vor...«

»Ich werde ihn schon nicht umbringen, da braucht sich der Herr Kommissar keine Sorgen zu machen.«

»Bitten Sie ihn einfach, mich anzurufen. Ich habe nur ein paar Fragen zu Madame Serafina. Wir brauchen Sie möglicherweise als Zeugin. Er kann gerne bei mir zu Hause anrufen, dann wirkt die Sache nicht so offiziell.«

Lindström gibt ihr die Nummer des Hofes, hat jedoch wenig Hoffnung, dass Herr Sigismund alias Albert Jansson sich bei ihm melden wird.

Das nächste Problem scheint noch kniffliger.

Wie kommt man an Wahrsagerinnen heran? Wie besorgen sich diese ihre Aufträge? Wo annoncieren sie? Er sucht im Branchenverzeichnis nach verschiedenen Rubriken: Wahrsager, Hellseher, Prophetie, Okkultismus – ohne Erfolg.

»Wie finde ich eine Wahrsagerin?«, ruft Lindström durch das Haus.

»Schau doch mal die gemischten Anzeigen in der Boulevardpresse an!«, rufe ich zurück.

Ich nehme den Werkzeugkasten und gehe zum Schuppen. Lindström fährt mit dem Fahrrad zu Helge und Ebon und kommt wenig später mit einem Stapel alter Zeitungen zurück: ›Dagen‹, ›Land‹, ›Året Runt‹ und ›Vimmerby Tidning‹. Am Küchentisch versinkt er in einem Meer von Kleinanzeigen und tatsächlich: Unter ›Land‹ stößt er gleich auf drei Annoncen verschiedener Hellseherinnen. Zwei von ihnen inserieren anonym, die dritte scheint marktorientierter zu sein und nennt sich »Madame Zionda«.

Warum heißen sie nie Ulla-Britta oder Gun, fragt sich Lindström und kennt die Antwort.

Madame Zionda behauptet in ihrer Annonce, entlaufene Tiere und verschwundene Gegenstände am Telefon aufspüren zu können. Die Vorwahl deutet auf die Gegend um Köping hin.

Schon nach dem ersten Klingeln erklärt ein Anrufbeantworter, man solle seinen Namen und seine Telefonnummer sagen, Madame Zionda rufe dann zurück. Als Lindström dem Anrufbeantworter mitteilt, dass er keine entlaufene Katze suche, sondern Madame Zionda in einer wichtigen polizeilichen Angelegenheit sprechen wolle, hebt Madame den Hörer ab. Leider ist ihr eine Kollegin namens Serafina nicht bekannt.

»Mit so genannten Wahrsagerinnen, die auf Rummelplätzen auftreten, haben seriöse Leute wie ich nichts zu tun.«

»Das ist mir völlig klar, aber vielleicht haben Sie eine Idee, wo ich eine Person, die sich ›Die unvergleichliche Madame Serafina aus Shangri-La‹ nennt, finden könnte? Sie hat zuletzt auf dem ›Jahrmarkt Sigismund‹ gearbeitet.«

»Ein richtiges Medium macht sich doch nicht mit irgendwelchen Schaustellern gemein.« In ihrer Stimme schwingt Verachtung mit.

»Sie sind doch in der Lage, entlaufene Tiere aufzuspüren«, versucht es Lindström. »Könnten Sie da nicht auch mal versuchen …«

»Ach, was weiß denn ich, wer sich hinter diesem Namen verbirgt. Vermutlich irgendeine Zigeunerin, die den Leuten auf Rummelplätzen das Geld aus der Tasche zieht. Wir professionellen Botschafter anderer Welten arbeiten auf ganz andere Art und Weise. Ein Medium tritt nicht auf, sondern bietet eine Dienstleistung an. Meine Kunden vereinbaren einen Termin und kommen mit großen persönlichen Problemen zu mir. Ich könnte Ihnen eine ganze Reihe bekannter Persönlichkeiten nennen, wenn das nicht streng vertraulich wäre. Ich zähle mehrere Mitglieder des Parlaments und des Kabinetts zu meinen Kunden, außerdem die Geschäftsführer mächtiger Unternehmen.«

»Tatsächlich? Und Sie haben wirklich keine Ahnung ...«

»Ich bin keine Rassistin, aber Sie sind bestimmt hinter einer Zigeunerin her, die ihre Kunden ausnimmt, keinen Gewerbeschein hat und die Steuern hinterzieht. Und dann kassiert dieses Pack auch noch jede Menge staatlicher Unterstützung ...«

»Merkwürdig, ich habe noch keinen einzigen Zigeuner wegen Steuerbetrugs festgenommen, im Gegensatz zu etlichen einheimischen Politikern und Industriellen«, entgegnet Lindström.

»Das ist ja mal wieder typisch, dass Leute wie Sie dieses Gesindel auch noch in Schutz nehmen!«

Lindström spürt einen üblen Geschmack im Mund. Natürlich, Serafina könnte Zigeunerin, Norwegerin, Italienerin oder was auch immer sein. Er bittet Madame Zionda, sich bei ihm zu melden, sollte sie in Bezug auf Madame Serafina doch ein Zeichen aus einer anderen Welt erhalten.

Sie verspricht es, ohne ihn nach seinem Aufenthaltsort oder seiner Telefonnummer zu fragen. Die gibt er ihr unaufgefordert.

Er beendet das Gespräch und ruft ihre beiden Kolleginnen an. Doch die Versuche bleiben erfolglos. Die eine scheint gar nichts zu wissen, die andere ist umgezogen und hat ihre Telefonnummer gewechselt. Als Lindström sie endlich in einem Stockholmer Vorort ausfindig macht und an den Apparat bekommt, teilt sie ihm mit, sie arbeite schon seit einem Jahr nicht mehr als Hellseherin, sondern habe sich zur U-Bahn-Fahrerin ausbilden lassen. Von der unvergleichlichen Madame Serafina hat sie noch nie gehört.

»Josef!«, ruft Lindström quer über den Rasen.

Ich lege das Werkzeug aus der Hand und strecke meinen Kopf aus dem Schuppen.

»Was gibt's?«

»Weißt du zufällig, ob es eine Schaustellerorganisation gibt, so etwas in der Art wie die Artistenvereinigung?«

»Ja, es gibt eine Vereinigung der Jahrmarktsbesitzer. Falls ich mich recht erinnere, können sie einem im Tierpark auf Öland Näheres dazu sagen«, rufe ich zurück.

»Woher zum Teufel weißt du das schon wieder?«

»Hab mal eine Bildreportage gemacht und mich ein bisschen in der Szene umgehört.«

Lindström geht brummelnd zum Telefon zurück. Ich folge ihm. Leider kann ihm auch die Vereinigung der Jahrmarktsbesitzer nicht helfen. Heutzutage seien Wahrsagerinnen auf dem Jahrmarkt eine Seltenheit. Er solle es mal im Internet probieren. Einen Dachverband für Wahrsagerinnen scheint es nicht zu geben.

Lindström gibt auf, sieht sich die halb fertige Sauna an, ist frustriert über den Stand der Ermittlungen.

»Die arbeiten alle auf eigene Faust. Fast unmöglich, da jemand aufzuspüren.«

»Jemand muss das Frühlingsfest doch organisiert, die Schausteller engagiert haben und so weiter«, sage ich, aber Lindström entgegnet, auf diesem Wege habe er es schon versucht – Fehlanzeige. Madame Serafina ist und bleibt verschwunden.

In einem letzten Versuch ruft Lindström auf dem Campingplatz am Rudsjö an, um sich zu erkundigen, ob Muharrem dort irgendwas zurückgelassen habe.

Muharrem hat niemals dort gewohnt.

Mit rotem Kopf strampelt Ingbritt ihnen auf dem Fahrrad entgegen. Auf dem Gepäckträger hat sie eine Kiste, am Lenker baumelt ein Einkaufsnetz.

Diese lange Steigung nach Bäckarp bringt mich noch um, denkt sie. Zum Abendessen hat sie geschmorte Pfifferlinge, gegrilltes Huhn, Ofenkartoffeln mit Currybutter und Salat geplant. Arvid kommt schließlich zu Besuch.

»Ich geh noch Pilze sammeln und nehme Muffins mit!«

»Hört sich gut an.«

Lindström gibt Ingbritt einen Kuss und kommt dann zu mir in den Schuppen. Um zu helfen, wie er sagt. Doch ich brauche nicht mehr viel Hilfe. Das Untergestell für die Bänke steht bereits, jetzt brauchen wir nur noch Sitzbänke aus Espenholz.

»Machst du Ermittlungspause?«, frage ich, um das Gespräch in Gang zu bringen.

»Dieser dämliche Staatsanwalt«, meckert Lindström, »seit Muharrems Geständnis und erst recht nach seinem Tod hat er jedes Engagement verloren. Dabei hat er selbst seine Zweifel an dem Geständnis.«

»Kannst dich wohl nicht von dem Fall lösen?«

»Ach was, ich werde jetzt meine Ferien genießen.«

»Dafür bist du aber ziemlich angespannt.«

»Reden wir lieber über die bevorstehende Einweihung der Sauna. Was isst und trinkt man eigentlich, wenn es eine echt finnische Saunaeinweihung sein soll?«, fragt Lindström.

»Würstchen in Folie, direkt auf den heißen Steinen zubereitet, und natürlich Bier, möglichst finnisches Bier«, antworte ich.

»So, genug der Konversation. Du kannst weiterarbeiten.«

»Sklaventreiber.«

»Kannst dich ja bei der Gewerkschaft beschweren. Gib mir mal den Hammer, dann nagel ich das Fußrost fest.«

»Stopp. Keine Nägel. Die Holzzapfen werden einfach zusammengesteckt.«

»Wie Sie wünschen, Herr Schreinermeister. Dann gehe ich eben ins Haus und mache mich dort nützlich.«

»Du hast Ferien!«, rufe ich ihm nach, während er über das Laub geht, das auf dem Rasen liegt.

»Ha!«, ruft Lindström, der sich vermutlich ärgert, dass er so leicht zu durchschauen ist. Natürlich ist der Kanalmord für ihn keinesfalls abgeschlossen.

*

Sie hatte sich an ihre neue Umgebung gewöhnt. Es war kein sonderbares Gefühl mehr, hier zu sein.

Die Verbindung zur Außenwelt hieß Karlsson. Er war Tante Edits rechte Hand. Er war es, der sich um den Garten kümmerte, der einkaufte, Reparaturen ausführte, Holz hackte, Schnee schaufelte, den Wagen fuhr und in Schuss hielt. Karlsson konnte alles.

Tante Edit und Karlsson kannten sich, seit Karlsson ein kleiner Junge war. Er wohnte seit mindestens 20 Jahren in dem kleinen Pförtnerhäuschen und war immer mehr ein Teil ihres Spiels geworden. Karlsson ließ sich von Helin bei den Gartenarbeiten helfen, ließ sie Blumenzwiebeln stecken und den Garten für den Herbst präparieren. Er strahlte eine große Ruhe aus und war so ganz anders als Helins Vater mit seinem aufbrausenden Temperament, der immer gleichzeitig las, telefonierte, rauchte und schrieb. Der Hals über Kopf aufgebrochen war. Sicher aus politischen Gründen, dachte Helin. Ihr Vater hatte sich leidenschaftlich für Freiheit und Demokratie eingesetzt und kannte eine Unmenge Leute. Sie war stolz auf seinen Kampf für ein freies Kurdistan und dachte oft an ihn.

Der Garten wurde zu Helins Heimat. Hier kam sie zur Ruhe. Er war riesengroß und wunderbar mit seinen unzähligen Farbnuancen und Düften.

Die lange, weiße Mauer, die den Park umgab, war von wildem Wein und anderen Kletterpflanzen bedeckt, die sorgfältig zurückgeschnitten wurden. Oft schlenderte Helin an der Mauer entlang, bis sie den gesamten Park umrundet hatte, studierte die kleinen Insekten am Teich, kletterte auf einen der alten Bäume und lauschte den raschelnden Blättern. Oder sie setzte sich auf eine der Bänke und malte mit Aquarellfarben.

Manchmal malten Tante Edit und sie gemeinsam. Schweigend. »Malen heißt, in sich hineinzuhorchen und Entdeckungen zu machen«, sagte Tante Edit. Und Helin begriff rasch, dass sie Recht hatte, dass Malen etwas anderes als »Abmalen« war, mehr als ein Zeitvertreib. Sie hatte schon immer gerne gemalt und gezeichnet, aber nicht gewusst, dass Malen einem so viel geben konnte.

Karlsson hielt sich meist wortkarg im Hintergrund und nahm nur selten an ihren Unternehmungen teil. »Einen Gärtner erkennt man an seiner Arbeit. Er spricht vor allem mit seinen Pflanzen«, sagte er hin und wieder, wenn sie gemeinsam durch den Garten spazierten.

Helins siebzehnter Geburtstag war ein trauriger Tag für sie, mit vielen Erinnerungen an frühere Geburtstage im Kreis ihrer Familie und ihrer Freunde. Tante Edit und Karlsson taten alles, um es ihr schön zu machen. Karlsson hatte seinen Frack angezogen und wollte ihr nach dem Essen Wiener Walzer beibringen. Ein Geburtstagsball zu den Tönen eines Grammofons. Tante Edit hatte eine Torte gebacken und das Geburtstagsessen arrangiert. Überall brannten Kerzen. Es gab eine Vorspeise, Suppe, Hauptgericht, Salat und Dessert. Zum ersten Mal in ihrem Leben trank Helin Champagner.

Von Karlsson bekam sie einen Rosenstock, eine »Maiden Blush«, die sie Helin zu Ehren gemeinsam einpflanzen wollten. Von Tante Edit bekam sie ein altes Puppenhaus mit kleinen Porzellanpuppen.

Ein Puppenhaus! Zum siebzehnten Geburtstag!

Helin war auch weiterhin vollauf damit beschäftigt, alles zu lernen, was Tante Edit ihr beibringen wollte. Zumindest am Tag konnte sie dadurch die schrecklichen Bilder in ihrem Kopf bannen.

»Es gehört zum guten Ton, dass junge Frauen Klavier spielen und sticken können«, sagte Tante Edit.

Im Salon stand ein großer, schwarzer Flügel. »Bösendorfer« stand in geschwungener goldener Schrift über den Tasten. Tante Edit besaß viele Noten von einem Langweiler namens Carl Czerny, doch Helin übte unermüdlich.

»Wenn wir genug Zeit haben, werde ich dir Französisch beibringen«, sagte Tante Edit, die froh war, eine so aufmerksame und ehrgeizige Schülerin zu haben.

Eine Weile führte Helin ein nahezu unbeschwertes Leben. Doch sie würde nicht ewig bei Tante Edit bleiben können. Sie musste ihren Schulabschluss und eine Ausbildung machen, einen Beruf ergreifen, vielleicht etwas mit Büchern.

In dem Tagebuch mit der Silberschließe, das sie geschenkt bekommen hatte, hielt Helin all ihre Erlebnisse, Gedanken und Ängste sorgsam fest, irgendwann würde sie daraus einen Roman machen. An jedes Detail ihres jetzigen Lebens wollte sie sich erinnern, an alle gemeinsamen Unternehmungen, an jede Stimmungslage und jeden Duft, der sie auf ihrer Zeitreise begleitete. Früher oder später aber würde das Spiel ein Ende haben.

11

Mit dem Fahrrad transportiert Ingbritt Flickenteppiche und Bettlaken zum Fluss, um sie zu waschen. Auf dem Gepäckträger klemmt ein alter Zinkbottich, darin ein Scheuerbrett, das sie auf dem Speicher entdeckt hat, eine Wurzelbürste, Seife und eine Thermoskanne. Zwei Stunden später kommt sie mit Plastiktüten und tropfenden Teppichen nach Hause. Sie schiebt ihr Fahrrad. Es hat einen Platten.

»Die Fahrradschläuche sind auch nicht mehr das, was sie mal waren«, seufzt sie.

»Ich flicke dir den Reifen«, biete ich an.

»Danke, sehr nett von dir, aber es eilt nicht. In ein paar Tagen fahre ich erst mal nach Jönköping und Visby. Ich will bei ein paar alten Bekannten vorbeischauen«, fügt sie hinzu. Von ihren geplanten Recherchen sagt sie besser erst mal nichts.

»Das Auto ist noch in der Werkstatt. Wir können es erst morgen …«

»Du hast mir nicht richtig zugehört. Ich fahre in zwei oder drei Tagen, bis dahin *werde* ich ein eigenes Auto haben!«

Sie beginnt, die Wäsche aufzuhängen.

»Nächstes Mal bist du dran!«, ruft sie über die Schulter.

Der Landbriefträger bringt den uninteressanten Lokalanzeiger, ein paar Rechnungen sowie ein Kuvert des Rechtsmedizinischen Instituts mit einer Kopie des Obduktionsberichts. Lindström setzt sich an den Küchentisch und öffnet den Umschlag mit einem mulmigen Gefühl.

A. Rechtsmedizinischer Obduktionsbericht

B. Untersuchungsergebnisse

C. Zusammenfassung

Lindström holt tief Luft, bevor er beginnt, den vierseitigen Bericht über einen verwesten Körper zu lesen.

»Äußerer Eindruck: Körpergröße 169 cm, Geschlecht weiblich, normaler Körperbau. Nicht bekleidet. Keine Schuhe. Allgemein starker Verwesungszustand. Grünliche Verfärbung der verbliebenen Reste der Unterhaut.

Haut unbehaart. Praktisch keine Epidermis nachweisbar.

Reste der Unterhaut grünlich verfärbt, ohne so genannte Vitalitätszeichen.

Ohren stark verwest und nicht näher zu beurteilen. In den äußeren Gehörgängen schlammähnliches Material.

Augen stark zersetzt, in Bezug auf Augenfarbe oder mögliche Schäden nicht beurteilbar.

Weichteile der Nase nicht mehr vorhanden, freigelegtes Nasenskelett unbeschadet.

Grünliche, algenartige Substanz in der Mundhöhle.

Verbliebene Reste der Gesichtshaut unbeschadet.

Keine frischen Verletzungen am Hals. Beweglichkeit des Kopfes normal.

Keine frischen Verletzungen an Armen, Beinen und Rumpf. Beurteilung kleinerer Schäden wegen starker Verwesung nicht möglich.

Äußere Geschlechtsorgane unbeschadet, bei eingeschränkter Beurteilbarkeit.

Am Anus keine Verletzungen bei eingeschränkter Beurteilbarkeit.«

Lindström verspürt einen leichten Brechreiz, als er versucht, den Befund mit dem Anblick der Kanalleiche sowie mit dem Foto von Helin in Verbindung zu bringen.

Er geht zum Eckschrank und schenkt sich ein großes Glas Whisky ein, bevor er mit der Lektüre des Berichts fortfährt:

»Verbliebene Teile der Kopfhaut stark verwest und schwer zu beurteilen. Am Hinterhaupt, 5 cm rechts der Mittellinie, 3 cm oberhalb des Hinterhauptwulstes 6 x 6 cm großer, nahezu quadratischer Bereich mit eingedrückten Schädelknochenfragmenten.

Die Hirnhäute unverletzt, in normaler Stärke und auffällig dunkel verfärbt.

Gehirngewicht 502 Gramm, infolge Verwesung von flüssiger Konsistenz. Die verschiedenen Hirnlappen unkenntlich. Bei Einschnitt ins Großhirn Spuren starker Einblutung erkennbar, Kleinhirn ohne Einblutungen oder andere Veränderungen.

Gefäße des Hirnstamms ohne krankhafte Einlagerungen. In den hinteren Teilen Gewebe rechtsseitig dunkel verfärbt. Wegen fortgeschrittener Verwesung allerdings keine nähere Beurteilung der Blutungsquelle möglich.

Schädelbasis unbeschadet.

Zunge stark zersetzt.«

Lindström stattet dem Eckschrank einen weiteren Besuch ab. Warum lese ich das alles nur, fragt er sich. Die Zusammenfassung reicht doch vollkommen aus. Was nützt es mir, das Gewicht des Gehirns zu kennen? Lindström überspringt das Folgende.

»Josef, sieh dir das an!«

»Gute Nachrichten?«

»Nicht direkt, der Obduktionsbericht ist gekommen. Hör zu, in der Zusammenfassung steht Folgendes:

»Der Verwesungszustand ist allgemein sehr weit fortgeschritten. Ein längerer Verbleib im Wasser ist als wahrscheinlich anzusehen.

Für einen Tod durch Ertrinken gibt es keine Anzeichen. Es wurden keine Algen in der Lunge gefunden (mikroskopische Untersuchung).

Leber und Nieren weisen weder Spuren von Alkohol noch von Schlaf- oder Beruhigungsmitteln auf. (Analyseresultat jedoch unsicher aufgrund der Gewebebeschaffenheit.)

Die odontologische Untersuchung ergab einen einwandfreien Zustand der Zähne. Die Identität der Toten ist nicht zu ermitteln.

Der Tod wurde durch einen kräftigen Schlag auf den Kopf verursacht, wahrscheinlich durch Fremdeinwirkung.«

»Schlag auf den Kopf, hm ... Kann man denn den Tatzeitpunkt bestimmen?«

»Ja, in der Regel bis auf ein paar Wochen genau. Im Obduktionsbericht ist davon seltsamerweise nicht die Rede. Werde mich noch mal erkundigen.«

»Sollen wir mal Helins Schulzahnarzt befragen?«

»Haben die Kollegen schon getan. Helin ist nie vom Schulzahnarzt untersucht worden und die gefundene Leiche anscheinend auch nicht. Ich bin mir fast hundertprozentig sicher, dass es nicht Helin ist«, seufzt Lindström und wirft einen Blick auf die Whiskyflasche, die in Reichweite stehen könnte, hätte er sie nicht pflichtschuldigst wieder weggesperrt.

»Merkwürdig. Es werden doch seit ewigen Zeiten fast alle Schüler vom Schulzahnarzt untersucht«, sagt Lindström.

»Die Zähne waren einwandfrei. Wie normal ist das?«

»Das kommt heutzutage schon mal vor, aber die Entwicklung ist wieder rückläufig. Zahnvorsorge ist zu teuer geworden. Der Zustand der Zähne wird wieder zur Klassenfrage.«

»Da können wir uns bei den Politikern bedanken. Könnte man eigentlich theoretisch feststellen, ob die Tote aus einem anderen Kulturkreis kam? Die Ernährungsgewohnheiten müssten sich doch auch auf den Zustand der Zähne auswirken, oder? Geht so etwas aus Obduktionsberichten hervor?«, frage ich.

»Ich bin kein Rechtsmediziner. Vielleicht ist es möglich, wenn man bestimmte Essensreste im Magen findet, aber in diesem Fall können wir das wohl vergessen.« Lindström seufzt.

»Wie viele Zahnärzte gibt es eigentlich in Schweden?«

»Schwer zu sagen. Aber stell dir mal vor, bei der Toten handelt es sich um eine Touristin aus Ulan Bator. Ob es dort Patientenakten gibt? Und natürlich kann es sich auch um »Die unvergleichliche Madame Serafina« handeln, wenn wir Muharrems Bericht Glauben schenken. Die Körpergröße käme hin, und aus dem Obduktionsbericht geht hervor, dass es sich um eine Erwachsene zwischen zwanzig und dreißig handelt, das ist ziemlich sicher. Die Tote ist also älter als Helin und jünger als ihre Mutter, aber vielleicht in Serafinas Alter. Ich denke, Helin und ihre Mutter sollten wir uns für eine Weile aus dem Kopf schlagen.«

»Du hast Recht. Das Bild von Helin geht mir überhaupt nicht mehr aus dem Kopf, so jung und hübsch und verträumt …«

»Helin und ihre Mutter sind ein Fall für sich. Sie dürfen uns bei den Recherchen zum Kanalmord nicht ablenken. Wir müssen Serafina finden.«

»Interpol?«

»Vielleicht, aber das setzt wiederum voraus, dass die gesuchte Person in einem der 137 Länder, die sich an Interpol beteiligen, gesucht wird oder dort als vermisst gemeldet ist.«

»Klingt ja nicht gerade sehr vielversprechend.«

»Richtig erkannt, lieber Josef. Der Obduktionsbericht ist alles, was wir haben, aber die Recherchen laufen schließlich weiter, und wer weiß, ob nicht bald ein neuer Zeuge oder eine unerwartete Spur auftauchen. Wir sollten nicht allzu pessimistisch sein.«

»Wir wissen auch, dass niemand Helin, ihre Mutter oder Serafina zu vermissen scheint. Zumindest bis jetzt nicht.«

»Stimmt, aber auch das lässt gewisse Rückschlüsse zu. Wenn man darüber nachdenkt, welche Personen es sind, um die sich in unserem Wohlfahrtsstaat niemand kümmert, dann kommt man auf einsame Männer, Obdachlose, importierte Prostituierte und Ausländer ohne Familienanbindung«, sagt Lindström.

»Und Serafina soll fließend Schwedisch gesprochen haben?«, frage ich.

»Das hat jedenfalls Muharrem behauptet. Aber du weißt ja, er war ein heikler Zeuge. Hat vielleicht nicht vorsätzlich gelogen, doch manchmal schien seine Fantasie mit ihm durchzugehen.«

»Was ist mit Prostituierten, Freiern, Zuhältern? Wir sollten uns um Discos, Klubs und Hotels kümmern.«

»Hm, das können die Kollegen tun. Muharrem hat übrigens erzählt, man habe Serafina ein bereits reserviertes Zimmer im Stadthotel verweigert«, sagt Lindström und sucht nach seiner Pfeife.

»Vielleicht hat man sie dort für eine Prostituierte gehalten«, spekuliere ich.

»Ja, kann sein.«

»Oder sie hat das Zimmer telefonisch reserviert, und man

wollte keine Zigeunerin bei sich wohnen haben. Falls sie wirklich Zigeunerin ist. Hat diese Hellseherin, Madame Zionda, nicht auch so was angedeutet?«, frage ich.

»In der Tat, aber glaubst du nicht, dass es sich die Hotels heutzutage sehr genau überlegen, bevor sie jemand an die Luft setzen?«

»Sicher, aber angenommen, Serafina war eine finnische Roma: die kleiden sich viel auffälliger als die schwedischen Roma – ich kann mir gut vorstellen, dass ein angesehenes Hotel Berührungsängste hat.«

»Hm, kann eine Roma auch Finnlandschwedisch gesprochen haben? Wenn sie Dialekt gesprochen hat, könnte das mit Muharrems Bericht übereinstimmen«, sagt Lindström.

»Natürlich gibt es Roma, die Finnlandschwedisch sprechen«, sage ich und gebe zu bedenken, das Hotel könnte Serafina im Nachhinein von seiner Gästeliste gestrichen haben. »Wird die Liste am Computer erstellt?«

»Nein, die machen das immer noch von Hand. Ich habe mir die Liste angesehen und keine Korrekturen entdecken können, aber es schadet nicht, diesen Geschäftsführer im Auge zu behalten. Ich mochte seine geleckte Visage nicht«, sagt Lindström.

»Sag du noch mal was gegen Vorurteile.«

»Vorurteile können manchmal ganz nützlich sein. Das hat mich die Polizeiarbeit gelehrt.«

»Sag mal, lässt sich ihr Aussehen irgendwie rekonstruieren? Könnte man eine Art Phantombild anfertigen?«

»Irgendwas in der Richtung wäre wohl möglich, obwohl ich kein Experte bin, aber dafür würde in diesem Fall sicher kein Geld bewilligt.«

»Und warum nicht?«

»Weil es hier nicht um einen Prominenten geht. Dass vor dem Gesetz alle gleich sind, gilt leider nicht für polizeiliche Ermittlungen.«

»Das Kriminaltechnische Institut müsste doch zu so etwas in der Lage sein«, plappere ich vor mich hin.

»Schon, aber die arbeiten mit einem Computerprogramm, das E-fit heißt und jemand voraussetzt, der die betreffende Person beschreiben kann. Und es gibt keinen Zeugen. Außerdem sprechen wir hier von einem Mord in der Provinz, der niemanden sonderlich interessiert. Da kann man sich bei den Ermittlungen keine Extravaganzen erlauben. Du solltest lieber mit Arvid und seinen Bekannten bei der Heilsarmee reden. Der Fall scheint dich ja immer mehr zu interessieren«, sagt Lindström mit dem Anflug eines Lächelns.

»Tja, ich muss zugeben …«

»Du hast schon seit ein paar Tagen völlig vergessen, deprimiert zu sein.«

»Ach was, deprimiert … na, jedenfalls hast du Recht, der Fall interessiert mich.«

»Du hast Blut geleckt, und das ist auch gut so. Darauf trinken wir«, sagt Lindström, der somit Gelegenheit hat, ein weiteres Mal den Eckschrank aufzusuchen.

»Bist du dabei?«, fragt er.

»Natürlich.«

»Um das Thema zu wechseln, wie geht es eigentlich deiner Mutter? Wie alt ist sie jetzt?«

»Achtundsiebzig, und es geht ihr blendend. Sie ist munter wie ein Eichhörnchen, aktiv, produktiv, gönnt sich kaum einmal eine Pause.«

»Wie schön zu hören. Warum malst *du* eigentlich nicht? Deine künstlerische Veranlagung hast du doch sicher von ihr geerbt«, sagt Lindström und füllt ihre Gläser.

»Vielleicht ist das der springende Punkt.«

»Du meinst, verglichen mit deiner Mutter würdest du dir wie ein Stümper vorkommen?«

»Vermutlich. Bin mir nicht sicher. Habe nie darüber nachgedacht. Vor ein paar Jahren habe ich mal einen Kurs in Aktzeichnung belegt.«

»Ist gar nicht so leicht, der Sohn einer Berühmtheit zu sein«, stellt Lindström fest und nippt an seinem Whisky. »Wie wär's eigentlich, wenn du dir in dieser Gegend ein leer stehendes Haus mietest? In meiner Eigenschaft als Hobbypsychologe glaube ich, dass es dir gut täte, ein kreatives Hobby zu haben. Oder eine Geliebte ...«

»Lass gut sein. Warum rufst du eigentlich nicht das Rechtsmedizinische Institut an und erkundigst dich nach der möglichen Todeszeit?«, frage ich, um das Thema zu wechseln.

Lindström geht sofort in die Diele zum Telefon. Das Gespräch dauert nicht lange.

»Sie sagen, es spricht einiges dafür, dass die betreffende Person Ende Mai, Anfang Juni gestorben ist, aber sicher ist das nicht.«

Am nächsten Tag radeln Ingbritt und Lindström schon in der Morgendämmerung nach Mariannelund. Hinter Linneryd, auf einer Anhöhe, steht ein Elch, der ihnen einen zerstreuten Blick zuwirft, bevor er in den Wald trottet. Als sie den Bahnhof erreichen, ist der Morgenbus noch ganz leer. Der Fahrer sitzt am Einstieg auf den Stufen und liest die gestrige Abendzeitung. Neben ihm steht eine Thermoskanne.

»Welche Ruhe, welcher Frieden«, konstatiert er heiter und steht auf, damit sie den Bus betreten können.

Ingbritt hängt ihre Jacke auf, die vom Tau feucht geworden ist. Lindströms Jacke hat längst das Stadium hinter sich, in dem ein Kleidungsstück für Pflege noch empfänglich ist.

»Ist Ihnen kalt? Soll ich den Motor anlassen und die Heizung anstellen?«, fragt der Busfahrer hilfsbereit.

»Nein, danke. Uns ist von der Radtour noch ganz warm.«

»Riskieren Sie bloß keine Lungenentzündung bei diesen Temperaturen. In fünf Minuten fahren wir los. Dann wird es warm.«

Der Weg zum Bus ging ziemlich schnell, aber die meiste Zeit waren sie ja auch bergab geradelt. Für den Rückweg würden sie doppelt so lange brauchen, falls der Volvo wider Erwarten noch nicht fertig sein sollte, denkt Lindström, für den es ein ungewohntes Gefühl ist, auf der Rückbank zu sitzen.

Kurz darauf rollt der Bus brummend durch die hügelige Landschaft, um sich im Laufe der Zeit immer mehr zu füllen. Schnaubend hält er in den Dörfern und an den meisten allein stehenden Häusern, die zwischen Fichten und Feldern sichtbar werden. Lebhafte Schüler steigen ein und rufen dem Fahrer einen fröhlichen Gruß zu. Die Fahrt, die Lindström mit dem Auto in 50 Minuten bewältigt, dauert gut anderthalb Stunden. Macht nichts, denkt Lindström, der Hand in Hand mit Ingbritt auf der Rückbank die Landschaft genießt.

Nie zuvor hatten sie innerhalb so kurzer Zeit so viele rote Hütten gesehen.

Nachdem sie am Bahnhof in Ekemåla ausgestiegen sind, trennen sich ihre Wege. Lindström spaziert zur Volvowerkstatt, wo sein treues Gefährt verschämt zwischen bedeutend jüngeren, glänzenderen und kraftvolleren Fahrzeugen steht. 7.600 Kronen soll Lindström bezahlen. Dabei hat die Werkstatt nur dic allernotwendigsten Arbeiten erledigt, wie der Kfz-Meister betont, der einen letzten, skeptischen Blick auf den Wagen wirft.

Autobesitzer zu sein ist wirklich kein Vergnügen.

Dieser Tag wird ungewöhnlich teuer für Familie Lindström, denn Ingbritt tätigt am anderen Ende der Stadt ein Geschäft bei Toyota. Ebenso zufrieden wie der Verkäufer, saust sie in einem kleinen, knallroten Wagen nach Hause. Er ist funkelnagelneu, nicht gerade windschnittig, aber sehr praktisch. Sie schwenkt die geschenkten weißen Frotteesocken und hupt fröhlich, als sie ihren Mann überholt, doch der nimmt keine Notiz von ihr, sondern sitzt grübelnd und abgebrannt hinter dem Steuer seines altersschwachen Volvo. Vergeblich versucht er, sich mit den Travelling Wilburs zu zerstreuen. Kurz vor Bellö gibt der Kassettenspieler ratternd und quietschend seinen Geist auf, während er zum Abschied einen gewaltigen Bandsalat produziert.

Am nächsten Morgen wird Ingbritts neuer Wagen mit einer Fahrt nach Jönköping eingeweiht. Zuerst will sie Bertil Svärds Schwiegertochter besuchen und danach eine neue Matratze bei IKEA kaufen, um endlich das alte, schwitzende Schaumgummimonstrum entsorgen zu können, das sich unter ihnen mehr und mehr in eine Ansammlung kleiner, ekliger Klümpchen verwandelt.

Marie-Therese Svärd hatte ihr versprochen, alte Dokumente aus Hackhult durchzusehen, die Anders, der kein Interesse mehr an ihnen hat, in einer Schublade des Garderobenschranks aufbewahrt.

»Ich interessiere mich für die Geschichte solcher Höfe und möchte so viel Material wie möglich sammeln. Dass sich der Hof seit Generationen in Familienbesitz befindet, macht ihn besonders interessant«, hatte Ingbritt ihr am Telefon erklärt. Insgesamt war sie zufrieden, obwohl sie am liebsten Anders kennen gelernt hätte, doch der war gerade nicht zu Hause.

Ingbritts neues Auto rollt vom Hof, riecht noch ganz neu und fährt sich fabelhaft. Lindström und ich stehen an der Pforte, winken und werfen dem Wunderwerk einen neidischen Blick hinterher.

Ingbritt parkt auf der staubigen Kiesfläche vor einer Neubausiedlung, die sich in der Nähe der Hochschule befindet. Die Fläche würde nicht mehr lange staubig sein, denn hinter den Häusern ballen sich dunkle Wolken zusammen.

Das Treppenhaus ist frisch gestrichen und frei von Schmierereien, abgesehen von einem kleinen Abziehbild, das »Jesus liebt dich!« verkündet. Ingbritt ist das gleichgültig. Ihretwegen kann Jesus lieben, wen er will.

Im zweiten Stock öffnet ihr eine dezent geschminkte, schwarzhaarige Schönheit mit eisgrauen Augen. Sie ist sorgfältig gekleidet, trägt einen kurzen schwarzen Rock und eine karierte Bluse von Marimekko. Frau Svärd hat so gar nichts Bäuerliches oder Schwedisch-Ländliches an sich, als sie sich entschuldigt und auf hohen Absätzen das Parkett überquert, um die Balkontür zu schließen. Sie entspricht genau den Vorstellungen von einer selbstbewussten Pariserin. Unwillkürlich versucht sich Ingbritt der Reste ihres Schulfranzösisch zu entsinnen, kramt in den letzten Winkeln ihrer Gehirnwindungen nach Phrasen wie: »Excusez-moi, savez-vous s'il y a un bon hôtel à côté de la gare?«

Glücklicherweise spricht Frau Svärd ein perfektes Schwedisch. Ihr minimaler Akzent verleiht ihr zusätzlichen Charme. Ihre Gestik ist durch und durch unschwedisch.

Marie-Therese Svärd, geborene Poussin, ist jedoch keinesfalls Pariserin, sondern kommt aus La Rochelle. Sie erzählt, wie sie als junge Sprachenstudentin durch Europa reiste und Anders auf dem Bahnhof in Florenz kennen lernte. Beide waren damals per Interrail unterwegs, beide gingen auf die Universität, und beide wussten sie nicht, wo sie die Nacht verbringen sollten.

»Und so nahm alles seinen Lauf«, sagt Marie-Therese lachend. »Ein paar Jahre später bin ich hierher gezogen, lernte Schwedisch und bekam nach vielem Hin und Her eine Anstellung als Gymnasiallehrerin für Französisch und Spanisch, obwohl ich nur ausländische Abschlüsse hatte. Dem Lehrermangel sei Dank ... möchten Sie eine Tasse Kaffee?«

Ingbritt nimmt dankend an. Der Kaffeetisch im Arbeits-Wohnzimmer ist bereits gedeckt. Ein großer Schreibtisch mit Computer, daneben ein Stapel unkorrigierter Klassenarbeiten, steht vor dem Fenster, zwei kleine Sofas in der einen, ein Couchtisch sowie ein in die Jahre gekommener Fernseher in der anderen Ecke. An allen Wänden türmen sich überfüllte Buchregale. IKEA, stellt Ingbritt fest. Der Schreibtisch besteht aus zwei Holzböcken sowie einer trotz ihrer Stärke sich biegenden Spanplatte, die Sofas sind durchgesessen und in Ingbritts Augen nicht besonders hübsch, aber der Kaffee ist gut und stark.

Schließlich kommen sie auf das Thema zu sprechen, das der eigentliche Anlass für Ingbritts Besuch ist.

»Anders war der Erste in seiner Familie, der die Universität besuchte. In Göteborg machte er seinen Magister in Politologie, jobbte danach in Pflegeheimen und als Schulhausmeister, war aber meistens arbeitslos. Als er eine lausig bezahlte Halbtagsstelle bei der Provinzregierung bekam, beschloss er, nebenher Kulturanthropologie zu studieren. Im Moment ist er beurlaubt und schreibt an seiner Doktorarbeit. Nächsten Frühling will er fertig sein. Es waren anstrengende, entbehrungsreiche Zeiten. Sobald Anders bereit ist, werden wir umziehen. Hier gibt es ja doch keine Arbeit für ihn.

»Wo wollen Sie hin?«

»Wir haben uns noch nicht endgültig entschieden, vielleicht irgendwo nach Frankreich. Anders spricht ausgezeichnet Französisch. Wäre ja auch noch schöner«, fügt Marie-Therese lachend hinzu und zupft an ihrer Frisur, so dass die Armreife klirren.

»Anders' Familie muss sehr stolz auf ihn sein. Haben Sie eigentlich Kontakt zu seinen Angehörigen? Lässt Anders' Onkel aus Vimmerby mal was von sich hören?«

»Nein, eigentlich nicht. Als wir frisch verheiratet waren, habe ich ihn einmal getroffen, und natürlich hat er nach dem Tod meines Schwiegervaters angerufen …«

»Und danach nie mehr?«

»Nein, aber er würde sich vielleicht mal melden, wenn er wüsste, dass Anders zu Hause ist. Mich kennt er ja gar nicht. Wir haben nie richtig miteinander gesprochen.«

Marie-Therese steht auf und schaut aus dem Fenster.

»Es hat angefangen zu regnen«, stellt sie fest. »Es schüttet nur so.«

»Was ist mit Anders' Mutter?«, fragt Ingbritt, die deren Schicksal noch einmal aus anderem Blickwinkel beschrieben haben möchte, um sich eine sichere Meinung zu bilden.

»Anders' leibliche Mutter ist tot. Er war, glaube ich, erst fünf, auf jeden Fall noch sehr jung, als sie bei einem Autounfall ums Leben kam. Diese Ulla kam erst später ins Bild. Anders hat sich nicht besonders gut mit ihr verstanden, hat er mir erzählt. Kennen Sie Ulla vielleicht?«

»Nein, ich kenne sie nicht, aber ich kann mir vorstellen, dass es eine schwierige Zeit war.«

»Anders lässt an dieser Ulla kein gutes Haar. Ich selbst habe nie mit ihr geredet und sie nur einmal flüchtig gesehen.«

»Das sagt wohl schon alles. Wie hat Anders denn den Tod seines Vaters verkraftet?«

»Zunächst stand er natürlich unter Schock. Die Nachricht kam vollkommen unerwartet. Dann kam die große Trauer. Er hat sich völlig zurückgezogen, konnte nicht weinen und war lange Zeit unfähig, darüber zu reden. Wusste nicht, wem er sich anvertrauen sollte. Hat sich Hals über Kopf in seine Studien gestürzt. Ich glaube, er hatte das Gefühl, Ulla sei schuld am Tod seines Vaters. Eine Weile habe ich mir richtig Sorgen um ihn gemacht. Er hat sich verändert. Ist verschlossener als früher und rührt die Gegenstände, die er geerbt hat, einfach nicht an. Alles ist noch unverändert in den Kisten.«

»Einen konkreten Verdacht hat er niemals geäußert?«

»Nein, das Thema ist tabu. Wir sprechen niemals darüber. Ich habe keine Ahnung, was er wirklich denkt. Das einzige Erinnerungsstück, das er ausgepackt hat, ist ein alter Säbel.«

»Der über der Tür?«

»Ja, der einzige Gegenstand, der ihn mit seiner leiblichen Mutter verbindet. Einer ihrer Vorfahren hat den Säbel im 18. Jahrhundert als Fahnenjunker des Königlichen Regiments in Högsby getragen.«

»Gibt es irgendeinen Kontakt zur mütterlichen Linie seiner Familie?«

»Nein, ihre Eltern leben schon lange nicht mehr. Bertil und dessen Bruder Martin waren die einzigen Nachkommen. Obwohl ich Bertil nur wenige Male begegnet bin, habe ich ihn gern gehabt. Er war ein typisch småländischer Dickschädel. Ein komischer alter Kauz mit Humor, den man trotz seines Starrsinns einfach gern haben musste.«

Dann erzählt Marie-Therese, wie Hackhult meistbietend versteigert wurde. Das habe ihnen eine Menge Geld eingebracht, weil das Forstwirtschaftsunternehmen die Angewohnheit hatte, jedes Angebot prinzipiell zu überbieten. Ein Bekannter der Witwe habe den Preis kräftig nach oben getrieben.

An einem trüben Spätwintertag sei der Hof dann mitsamt seiner beweglichen Habe, einschließlich aller Einrichtungsgegenstände, die Anders nicht habe behalten wollen, des landwirtschaftlichen Geräts, der Traktoren und des riesigen Brennholzvorrats unter den Hammer gekommen. Das einzige Möbelstück, das Anders für sich beansprucht habe, sei ein großer, antiker Schrank aus Eichenholz gewesen.

»Der ist für uns, wenn wir nach Frankreich ziehen, hat er gesagt. Außer dem Schrank und dem Säbel hat er noch ein paar Kleinigkeiten behalten sowie den Elchstutzen seines Vaters. Alles, was nach der Auktion noch übrig war, wurde gespendet, auf die Müllhalde gefahren oder verbrannt. Ich habe es allerdings nicht übers Herz gebracht, alte Briefe, Tagebücher und Fotos zu verbrennen. Die gehören schließlich zur Familiengeschichte. Ich bewahre alles in einem großen Karton auf«, berichtet Marie-Therese. »Es ist übrigens der Karton, mit dem Anders als Kind immer Ozeandampfer gespielt hat. Möchten Sie noch einen Kaffee?«

»Nein, vielen Dank, aber der Kaffee war wunderbar.«

»Ich mache den Kaffee wie in Frankreich«, ruft Marie-Therese aus der Küche, als sie das Tablett zurückbringt und in die Kleiderkammer gehen will. »An den schwedischen Kaffee habe ich mich immer noch nicht gewöhnt, obwohl alle natürlich ihren eigenen am besten finden«, redet sie weiter, während sie die Schranktüren öffnet.

»Sehen Sie, das ist der Ozeandampfer. Wiegt sicher fünfzehn Kilo.« Sie wischt den Deckel mit einem Tuch ab, bevor sie ihn öffnet. »Herrgott, dieser Staub ...«

»Oh, was für Mengen!«

»Das meiste wird Sie bestimmt nicht interessieren. Wir sollten erst mal die Spreu vom Weizen trennen und sehen, was für die Geschichte des Hofs von Belang ist, meinen Sie nicht?« Marie-Therese sieht sie fragend an.

»Ach, mich interessiert eigentlich … das ganze Umfeld«, entgegnet Ingbritt ausweichend.

»Wissen Sie was? Sie können ganz offen reden. Sie glauben nicht, dass es ein Unfall war, oder? Ihre historischen Studien nehme ich Ihnen ehrlich gesagt nicht ab.« Ingbritt ist wie vor den Kopf gestoßen, fängt sich jedoch gleich wieder und beschließt, in die Offensive zu gehen.

»Sie haben Recht. Ich glaube, dass Bertil ermordet wurde. Was glauben Sie?«

»Ich weiß nicht, aber Anders glaubt, dass Ulla seinen Vater getötet hat.«

»Dann könnten wir doch zusammenarbeiten«, schlägt Ingbritt vor. »Vier Augen sehen mehr als zwei.«

Als Ingbritt am späten Abend nach Hause kommt, sieht sie zufrieden aus, hat eine neue Matratze sowie eine große Kiste dabei. Eine Nähmaschine, denke ich, trage die Kiste herein und stelle sie auf den Boden.

»Wie habt ihr den Tag verbracht?«, fragt Ingbritt.

»Nun, wir haben die Schnapsvorräte ausgesoffen, deine Zigarillos geraucht, ein paar Mädels ins Haus geholt, Tango getanzt und schmutzige Lieder gesungen«, antwortet Lindström.

»Außerdem habe ich deinen Reifen geflickt«, füge ich hinzu.

12

»Zufriedene Zugezogene« lautet die lapidare Schlagzeile des Lokalanzeigers. Darunter ist ein älteres Ehepaar aus Norrland abgebildet, das vor einem Jahr nach Ekemåla gezogen ist und sich dort offenbar wohl fühlt.

»Hochinteressant«, murmelt Lindström.

»Ich finde das ganz bemerkenswert ...«

»Was ist daran bemerkenswert?«, fragt Lindström und kratzt sich am Rücken.

»Na, dass man aus dem hohen Norden kommt und sich hier trotzdem wohl fühlt.«

»Ist doch kein Wunder, bei der Mückenplage da oben«, brummt Lindström, der Mücken hasst und Palmen bevorzugt. »Außerdem könnte man auch gleich an den Nordpol ziehen, brrr, nicht mit mir ...«

»Sooo? Ich kann mich an eine gewisse Person erinnern, die mich vor gar nicht langer Zeit enthusiastisch auf die Fotobiennale nach Söderhamn begleitet hat. Söderhamn liegt zufällig in Norrland, und du warst vor Begeisterung schier aus dem Häuschen. Hast dir ziemlich einen hinter die Binde gekippt und während des Banketts wie ein Narr mit dieser hübschen Blondine vom Fotografenverband getanzt. Wie heißt sie noch gleich? Birgitta ... Karlsson?«

»Das ist doch ganz was anderes. Söderhamn ist südlichstes Norrland, nur ein kleines Stück nördlich vom Dalälven, da gibt's so gut wie keine Mücken«, erklärt Lindström.

»Der Fluss, von dem du sprichst, ist dafür bekannt, die größte Mückenbrutstätte des Landes zu sein. An manchen Stellen sind die Mückenschwärme so dicht, dass die Autos Spezialbürsten anstelle von Scheibenwischern haben. Die Einheimischen trauen sich im Sommer gar nicht mehr vor die Tür, obwohl sie inzwischen ein neues Mittel haben sollen, irgendwas Biologisches ...«

»Jetzt hör auf zu sabbeln und schau dir das Foto auf der ersten Seite an. Was siehst du?«

Das große Farbfoto zeigt das neu hinzugezogene Ehepaar auf seinem Balkon. Ein kleiner Tisch, Kaffeetassen, Blumen, eine blauweiß gestreifte Markise. Ein Balkon mit Aussicht auf die Centralgata und den dazugehörigen Kanal. Weder Lindström noch ich haben Lust, den Artikel zu lesen, doch wir machen es wie die meisten anderen auch, betrachten das Foto, lesen die Schlagzeile und die Bildunterschrift: *Die aus Norrland stammenden Hilding und Rosmaj Birgersson haben in Ekemåla ein neues Zuhause gefunden. »Wir haben eine so schöne Aussicht von unserm Balkon, und alle Geschäfte sind ganz in der Nähe.«*

Weil mir die Adresse auffällt – das Haus muss sich ganz in der Nähe der Kanalöffnung befinden –, lese ich den ganzen Artikel. Ein Stück weiter unten beklagen sich die Senioren über den üblen Geruch, den sie an warmen Sommertagen auf ihrem Balkon wahrgenommen hätten, fügen jedoch hinzu, dass er seit den Reinigungsarbeiten verschwunden sei.

Lindström meint, da ich ja ohnehin in die Stadt wolle, um einen Kasten Bier und ein paar Säcke Hundefutter zu kaufen, könne ich den Birgerssons doch gleich mal einen kurzen Besuch abstatten.

»Bei deinem Charme …«

»Eigentlich wollte ich nach Vimmerby, das ist näher.«

»Im Hinblick auf den Mord sollten wir uns lieber ein bisschen in Ekemåla umschauen. Sprich doch mal mit den Rentnern. Das haben meine Kollegen zwar sicher auch schon getan, aber wer weiß … das Erinnerungsvermögen älterer Leute kann ziemlich sprunghaft sein«, sagt Lindström.

Muffins kommt natürlich mit. Er kauft gern Hundefutter, außerdem sind Tierhandlungen die einzigen Geschäfte, in denen er willkommen ist. Wegen seiner Größe und seines hungrigen Blicks ist er dort ein gern gesehener Gast.

In Ekemåla ist Markttag. Muffins und ich drehen eine Runde, begutachten ofenfrisches Backwerk, Würstchen aus Nässjö, billige Uhren und geschmacklose Altweiberklamotten. Ich kaufe das Bündel Strümpfe, das ich längst hätte kaufen sollen, sowie einen kräftigen, gut gelagerten Käse.

Dann statten wir der Tierhandlung einen Besuch ab. Muffins inspiziert alle Tüten, schnüffelt hingebungsvoll, kann sich nicht entscheiden. Ich kaufe dieselbe Sorte wie immer.

»Ein so großer Hund, also da kommen Sie niemals mit einem Sack aus!«

Jemand hilft uns, die Säcke zum Auto zu tragen. Der Verkäufer wünscht »bon appétit«.

Bevor ich die Senioren aus Norrland aufsuche, will ich bei der Redaktion der hiesigen Lokalzeitung, dem ›Ekemåla-Kurir‹, vorbeischauen. Auf dem Weg dorthin komme ich am Rathaus vorbei, einem düsteren und ausdruckslosen Backsteinbau. Typische Siebzigerjahrearchitektur, entstanden im Zeichen der Energiekrise, erkennbar an den winzigen Schweinsäuglein von Fenstern.

Vor der staatlichen Wein- und Spirituosenhandlung sitzen die Stammkunden versunken auf den Bänken. Muffins fängt an zu knurren, als einer von ihnen mühsam aufsteht und ihm entgegentorkelt.

»Na, komm, Hundchen, komm ...«

Doch Muffins hat seinen Stolz. Wir schlendern durch die Fußgängerzone, dem Pressehaus entgegen.

Ein Summton, und schon eilt mir ein junges Mädchen entgegen. Ich stelle mich als freiberuflicher Journalist und Fotograf vor, der nur mal hallo sagen wollte.

»Aber bitte, kommen Sie rein und sehen Sie sich um ... hier sitzt Greta und hier... ach nein, er ist nicht da, aber Gustav Lundén, unser Lokalreporter, ist sicher an seinem Platz. Er arbeitet hier seit mindestens vierzig Jahren.«

Lundén, der ziemlich korpulent ist, blickt mit roter Nase von einer Tüte Gebäck und einem Becher Kaffee auf. Er scheint nicht viel zu tun zu haben.

»Guten Tag, mein Name ist Josef Friedmann, ich bin Freiberufler ...«

»Ah, der Fotograf, ich kenne Sie doch.«

Er niest und bittet für seine Erkältung um Entschuldigung.

»Nette kleine Geschichte mit den beiden Senioren aus Norrland und dem üblen Geruch, der vom Kanal her kam. Haben Sie die geschrieben?«

»Ja, die ist von mir, abgesehen von Headline und Bildunterschrift. Ich würde doch niemals ›unserm Balkon‹ schreiben. So was macht bei uns der Chef vom Dienst. Das ist ›dem seine Schuld‹«, erklärt Lundén mit säuerlichem Gesicht. Er hat die irritierende Angewohnheit, gedachte Anführungszeichen in die Luft zu malen.

»Ja, die Zeitung zeichnet sich nicht gerade durch ein Übermaß an sprachlicher Finesse aus«, sage ich freimütig.

»Stimmt, aber sagen Sie das hier bloß nicht zu laut.«

»Sagen Sie: Haben Sie mal näher über den schlechten Geruch nachgedacht, über den sich das Ehepaar beschwert hat?«

»Sie spielen auf den Kanalmord an? Der Chefredakteur wollte unter keinen Umständen eine Verbindung zum Mord herstellen. Es sollte eine gemütliche Homestory werden.« Lundén seufzt. »Möchten Sie einen Kaffee? Ein Stück Kuchen?«

»Nein, danke, ich muss gleich weiter.«

Bevor ich es verhindern kann, hat sich Muffins den Kuchen geschnappt. Es ist der Erste seines Lebens. Muffins, der noch nie Zucker gegessen hat, schleckt sich verwundert die Nase. Dieses Geschmackserlebnis wird er so schnell nicht vergessen.

Ich bleibe doch noch ein bisschen und lasse mir vom lebhaft gestikulierenden Lundén seine journalistischen Glanzleistungen der letzten 39 Jahre schildern; wie er zum Beispiel Margret Thatcher in London interviewte und das Interview von der inzwischen eingestellten Nachrichtenagentur FLT landesweit übertragen wurde, oder von der Grundschullehrerin, die er als Pyromanin und Brandstifterin enttarnt hatte.

»Heutzutage schlagen wir uns nur noch mit Bagatellen herum. Einer klagt über den andern. Ob Beamte oder Politiker, keiner steht mehr zu seinem Wort. Das alles ist so ermüdend. Im Grunde sind sie alle gleich: kleinliche Erbsenzähler, die ihre Pfründe verteidigen. Kommunalpolitik findet nicht mehr statt. Die Ideologien sind tot. Spielt eigentlich überhaupt keine

Rolle mehr, wer an der Macht ist. Und die Kommunisten jammern sowieso, weil sie sich aus der Gesellschaft ausgestoßen fühlen.«

»Und trotzdem schreiben Sie weiter Ihre Leitartikel …«

»Leitartikel? Dass ich nicht lache! Die politische Situation in Ekemåla kommentieren wir so gut wie gar nicht mehr. Das überlassen wir den Leserbriefen.«

»Ja, in denen es in letzter Zeit erstaunlicherweise dauernd um Homosexuelle geht. Ist das nicht merkwürdig?«

»Ja. Und diese Briefe stammen nicht mal unbedingt aus religiösen Kreisen. Aber das Thema scheint den Leuten ja auf den Nägeln zu brennen.«

»Waren Sie es, der herausfand, dass der Kanalmord schon aufgeklärt ist?«

»Nein, das war Lenny Wall, ein Freier. Ein Spezialist, wenn es um das Aufdecken pikanter Geschichten geht. Hat gute Kontakte zur Polizei. Seine Tante arbeitet dort«, sagt Lundén.

»Er ist nicht fest bei Ihrer Zeitung angestellt?«

»Oh, nein. Manchmal schreibt er Sportartikel für uns, Sie wissen schon, wenn es zu teuer ist, einen Angestellten Überstunden machen zu lassen. Und wie gesagt, er hat eine verlässliche Informantin bei der Polizei.«

»Wie fanden Sie denn den Artikel?«

»Tja …«

»Wird bei Ihnen eigentlich immer extra darauf verwiesen, wenn es sich bei einem Verdächtigen um einen Ausländer handelt?«

»Wir haben doch gar nicht erwähnt, aus welchem Land er kam?«

»Sie haben geschrieben, dass ein Dolmetscher benötigt wurde.«

»Das stimmte ja auch. Unser Chef findet es wichtig, die Leser darüber zu informieren, wenn ein Verdächtiger nicht aus dieser Gegend stammt. Aber was spielt das noch für eine Rolle? Der Mann ist doch tot.«

»Und Sie fragen sich nicht, warum?«

»Es war ein Verkehrsunfall. Was wollen Sie eigentlich andeuten?«

»Bitte entschuldigen Sie.«

Wir vereinbaren, in Kontakt zu bleiben. Es kann nicht schaden, jemand von der Lokalpresse zu kennen, und Lundén ist an den Ermittlungen zum Kanalmord nun offenbar äußerst interessiert.

Das Auto steht in der Nähe der staatlichen Wein- und Spirituosenhandlung. Ich lasse Muffins im Wagen warten. Diesmal kaufe ich englisches Ale.

Bevor wir das norrländische Paar besuchen, muss sich Muffins noch etwas austoben. Ich stelle das Auto außerhalb des Zentrums an einer Grünanlage ab. Den Kameragurt über der Schulter, spaziere ich mit Muffins am Ufer eines kleinen Sees entlang. Früher muss hier mal eine Mühle gestanden haben.

Eine schmale Brücke führt über mehrere Schleusentore, die den Zulauf zu einem kleinen Fluss kontrollieren. Es könnte derselbe Fluss sein, der schließlich in den Kanal unter der Centralgata mündet. Wie spazieren noch ein Stück weiter, Muffins trabt neben mir her. Weit und breit weder Hunde noch Spaziergänger. Nur ein paar Jugendliche angeln von einer Brücke.

»Gibt's hier überhaupt Fische?«, frage ich, um mit den Jungen ins Gespräch zu kommen.

»Letzte Woche haben wir einen großen Hecht gefangen, aber meistens ist nicht viel los.«

»Liegen doch sicher alte Fahrräder und eine Menge Abfall auf dem Grund«, sage ich.

»Weiß nicht. Glaub ich nicht. Manchmal baden wir hier.«

»Coole Kamera. Machen Sie ein Bild von uns? Hey, schaut euch mal den Oschi an!«

Ich mache ein Foto von den Jungen, die stolz neben Muffins posieren und einen beachtlichen Barsch in die Kamera halten.

Wir spazieren weiter am Ufer entlang, Muffins und ich. Dort gibt es eine Parkbank, einen Grillplatz, die Andeutung eines Sandstrands sowie den obligatorischen Rettungsring. Der übrige Strand ist steinig. Ganz in Gedanken nehme ich einen flachen, runden Stein und lasse ihn über das Wasser springen. Ich zähle neun Sprünge, der zehnte wird ein Plupp – und schon stürzt Muffins hinterher. Wie dumm von mir. Muffins wird das ganze Auto volltropfen.

Der angelegte Weg mündet in einen Trampelpfad, der durch einige Laubbäume zu einem Villengebiet neueren Datums führt. Den gepflegten Gärten und den Doppelgaragen nach zu urteilen, eine Oase wohlhabender Familien.

Wir gehen zum Auto zurück. Die Angler sind verschwunden. In der Ferne höre ich das Mopedgeknatter der Jungen, die mit Vollgas davonrasen. Auf einer Bank in der Nähe des Sandstrands sitzt eine kleine, in Schwarz gekleidete alte Dame und füttert die Enten. Ein anderes Mal, denke ich; ein anderes Mal werde ich ausprobieren, ob es möglich ist, den See zu umrunden.

Die Tapeten der hellen Wohnung im ersten Stock, die sich in unmittelbarer Nähe zum Kanal befindet, sind geblümt. Geblümt und mit vergoldeten Rahmen geschmückt, in denen sich Bilder und Farbfotos befinden. Bevorzugte Motive sind Stromschnellen und Gebirgsbäche.

Hilding und Rosmaj Birgersson sprechen einen ausgeprägt norrländischen Dialekt, zumindest für meine Ohren. Sie bitten mich freundlich herein, nachdem ich mich vorgestellt und mein Anliegen erklärt habe.

»Wurden Sie nicht auch schon von der Zeitung interviewt?«, frage ich.

»Ja, das stimmt. Wir wurden sogar fotografiert«, erklärt die muntere Rosmaj mit fröhlich klappernden Zähnen. Hilding scheint zurückhaltender, doch auch ihm ist die Freude über den Besuch anzumerken.

»Und ein Polizist ist bei uns gewesen«, berichtet Rosmaj. »Er hat mit uns Kaffee getrunken und wollte wissen, ob wir in der Nähe des Kanals etwas Besonderes beobachtet hätten. Irgendwas Schreckliches muss da passiert sein.«

»Das einzig Besondere war ein weißer Vogel, der sich den ganzen Sommer auf dem Kanal rumgetrieben hat«, wirft Hilding mit lauter Stimme ein.

»Eine Ente war das, eine Ente«, präzisiert Rosmaj.

»Aber wir haben nicht gesehen, ob sie auch weiße Küken bekommen hat.«

»Wahrscheinlich hat sie keinen passenden Enterich gefunden«, mutmaße ich. Rosmaj kichert und berichtet, sie und Hilding seien seit fast sechzig Jahren verheiratet. Sie hätten den weißen Vogel so genau beobachtet, weil ihr Sohn sich für Vögel interessiere.

»Wir haben auch dem Polizisten von dem Vogel erzählt, aber der wollte davon nichts wissen.«

»Ich glaube, der hat uns nur nicht verstanden«, sagt Rosmaj bedauernd.

»Nein, aber wir haben ihn auch nicht verstanden. Ich glaube, das war ein Däne. Im Krankenhaus haben sie manchmal Ärzte aus Dänemark, dann muss immer eine Schwester mit zum Übersetzen«, fährt Hilding mit lauter Stimme fort. »Ich hab nichts gegen dänische Ärzte, nur leider kann man nicht verstehen, was sie sagen.«

Ich bleibe eine Weile, bekomme Kaffee serviert, sitze auf dem Sofa und plaudere. Versuche, ihren Dialekt zu verstehen, und höre genau hin, als sie mir erzählen, sie seien vor drei Jahren aus der Kälte in wärmere Gefilde gezogen.

»Wegen der Palmen«, sagt Rosmaj lachend.

»Und wegen unseres Sohns, Lars-Åke.«

»Waren Sie schon mal in Norrland? Vielleicht in Lyckelse?«

»Nein, aber in der Nähe von Umeå und Luleå. Viel Schnee lag dort, es war sehr kalt … und wunderschön!«

»Ja, viel Schnee gibt's da. Das wurde im Winter einfach zu

anstrengend auf unsere alten Tage, und als der Junge eine Arbeit in Näsjö gefunden hat, sind wir deswegen einfach runtergezogen.«

»Er besucht uns oft mit seinen Kindern, Fredrik und Elin.«

»Und jetzt wohnen wir also hier im Mietshaus, und es gefällt uns gut. Wir müssen nicht mehr mit Holz heizen, den Bürgersteig fegen oder die Fenster streichen. Und hellhörig ist es auch nicht«, sagt Hilding vergnügt und nimmt sich ein Stück Kuchen.

»Jetzt ist's genug mit Kuchen, Hilding!«

Hilding nimmt sich ein weiteres Stück.

»Denk an deinen Zucker!«, ruft Rosmaj ihm ins Ohr. Hilding schnaubt verärgert. Rosmaj signalisiert mir, dass Hilding schlecht hört.

»Sind nett, die Leute in Småland. Wir treffen viele Leute und fühlen uns wohl, und der Junge ist auch in der Nähe, obwohl in derselben Stadt wollten wir auch nicht wohnen. Ein bisschen Abstand braucht er schon«, sagt Hilding.

Ich erkundige mich, ob sie manchmal im Park spazieren gingen.

»Ja, das machen wir wirklich oft. Es ist so schön dort, und hinterher gehen wir gern ins Heimatmuseum. Den ganzen Weg bis zum See gibt es viele Bänke. Manchmal gehen wir sogar bis dorthin und füttern die Vögel. Meistens ist dort kein Mensch.«

»Einmal haben wir eine alte Frau gesehen, die ganz schwarz gekleidet war. Sie war sicher in Trauer.«

»Sie hat neben einem Mädchen gesessen und die Vögel gefüttert.«

»Sehr schöne Wege im Park!«, rufe ich Hilding zu.

»Ja, die haben tüchtige Gärtner«, entgegnet Rosmaj.

»Gibt es dort viele Fahrradfahrer?«, frage ich.

»Ja, allerdings, die Jugendlichen radeln ja, wo sie wollen. Man muss ständig aufpassen, dass sie einen nicht über den Haufen fahren.«

»Kommt es vor, dass Sie herrenlose Fahrräder sehen, wenn Sie durch den Park gehen?«, will ich wissen.

»Ab und zu schon. Die jungen Leute von heute sind einfach nachlässiger, als wir das waren. Ich hätte mein Fahrrad jedenfalls nie irgendwo stehen lassen«, erzählt Hilding.

»Erinnerst du dich an das gelbe Fahrrad, das den ganzen Frühling vor unserm Tor gestanden hat?«, fragt Rosmaj. »Irgendjemand hatte es vergessen, so ein modernes Fahrrad.«

»So eine Art Mountainbike, wie Fredrik hat, natürlich erinnere ich mich.« Hilding breitet die Arme aus. »Fahrräder gammeln doch heute überall vor sich hin, wo Kinder wohnen.«

»Hier wohnen aber nur alte Leute«, gibt Rosmaj zu bedenken.

»Ja, das stimmt.«

»Und das Fahrrad hat den ganzen Frühling über hier am Tor gestanden und war eines Tages verschwunden, weißt du noch?«

»Natürlich weiß ich das noch. Das war vor Mittsommer.«

»Ach, du kriegst doch alles durcheinander. Das war, als dieses Spektakel hier stattfand, dieser Jahrmarkt. Du warst auf dem Balkon und hast heimlich eine deiner stinkenden Zigarren geraucht, und unten auf der Brücke waren zwei Männer und eine Frau und haben sich heftig gestritten. Einer der Männer ist dann zu unserer Haustür gegangen. Da bist du reingekommen und hast gesagt, ich soll die Polizei anrufen.«

»Hast du aber nicht.«

»Du hättest doch selber anrufen können! Du hast schließlich gesehen, was passiert ist, und außerdem habe ich sehr wohl angerufen!«

An dieser Stelle unterbreche ich die beiden und frage Hilding, ob er genau beobachtet hat, was auf der Brücke vorgefallen ist.

»Sie haben doch sicher in der Zeitung gelesen, dass die Polizei genau vor Ihrem Haus ein ermordetes Mädchen im Kanal gefunden hat«, sage ich.

»Nein, hab ich nicht gelesen, aber jetzt weiß ich es wieder! Der eine Mann hat das Fahrrad genommen. Was der andere gemacht hat, weiß ich nicht, denn als ich wieder auf den Balkon kam, waren alle drei verschwunden. Du hättest anrufen sollen, Rosmaj.«

»Manchmal versteht er alles falsch«, erklärt Rosmaj und hebt die Stimme: »Ich hab doch angerufen, aber du hast gesagt, das ist vollkommen sinnlos, weil die Polizei sowieso keine Zeit hat, sich um gestohlene Fahrräder zu kümmern. Das hast du gesagt, also hab ich gleich wieder aufgelegt.«

»Ach was, die haben jetzt eine andere Nummer bei der Polizei, nicht mehr diese 90.000. Du hast falsch gewählt.«

Ein Augenzeuge, der nichts gesehen hat. Na großartig! Wie auch immer ich frage, es gelingt mir nicht, mehr als vage Erinnerungen an den Vorfall zum Leben zu erwecken. Ich frage, wie spät es war, als sich die beiden Männer und die Frau auf der Brücke gestritten haben, aber die Antwort ist ausweichend. »So um zehn, elf herum, vielleicht auch später«, tippt Rosmaj. Mitten in der Nacht sei es gewesen und dunkel. Sie hätten keine Details erkennen können, aber das Fahrrad an der Pforte, das sei mit Sicherheit gelb gewesen. Dennoch meint Hilding, die Männer hätten dunkle Anzüge getragen und einer hätte einen Hut aufgehabt. Die Frau trug einen langen, dunklen Rock und eine helle Bluse. Hilding meint, sie sei ziemlich jung gewesen, obwohl er sich da nicht festlegen wolle. Es könne natürlich auch sein, dass einem alle »Burschen« und »Mädel«, wie er sich ausdrückt, jung vorkämen, wenn man selbst auf die neunzig zugehe. Fast alle anderen seien doch erheblich jünger als man selbst.

Ich gebe ihnen einen Zettel, auf den ich in großen Blockbuchstaben meinen Namen und meine Telefonnummer geschrieben habe.

»Heften Sie ihn einfach an den Kühlschrank. Und sollte Ihnen noch etwas einfallen, rufen Sie mich an, in Ordnung?«

Rosmaj nickt und gibt mir einen kleinen Kühlschrankmagneten in Gestalt einer Ziege. Während ich den Zettel am Kühlschrank befestige, frage ich Hilding ein letztes Mal:

»Wie alt waren die Männer?«

»Zwanzig, dreißig, schwer zu sagen. Jedenfalls waren sie nicht alt, aber auch keine Jugendlichen.«

»Woher wissen Sie das so genau?«

»Das erkennt man doch an den Stimmen«, sagt Hilding mit Überzeugung.

»Und einer von ihnen hat das Fahrrad gestohlen, das vor dem Tor stand?«

»Genau.«

Bevor ich mich von Rosmaj und Hilding verabschiede, gehe ich auf den Balkon, mache ein Foto und dokumentiere die Aussicht. Die Tunnelöffnung unter der Centralgata ist deutlich zu erkennen. Ein drohend schwarzes Loch, ungefähr fünfzehn Meter vom Haus entfernt.

Schade, dass Rosmajs und Hildings Aussage auf so wackligen Beinen steht, und das nicht nur aufgrund ihres Alters. Auch bin ich mir nicht sicher, jedes Wort richtig verstanden zu haben.

Grübelnd fahre ich in Richtung Stadtmitte, habe Lust auf Schokolade. Muffins begleitet mich zum Kiosk. Auf dem Rückweg zum Auto erblicke ich kauend drei junge Kerle, die zwei andere Jugendliche drangsalieren, schikanieren, beschimpfen, stoßen, schlagen.

»Hose runter, du schwule Sau, zeig deinen Tuckenschwanz! Du auch, Homo.«

Heftige Stöße, die Schläge werden immer brutaler. Die beiden Jungen versuchen, sich zu schützen. Auf der anderen Straßenseite gehen Leute vorüber, greifen aber nicht ein. Haben es eilig, betrachten die Schaufenster.

»Verpisst euch, ihr Missgeburten!«

Sie hören nicht auf. Ein Karatetritt trifft ins Schwarze. Fäuste fliegen. Einer der beiden taumelt zurück, kracht mit dem Kopf gegen einen Parkautomaten. Er bekommt einen Tritt zwischen die Beine und sinkt in die Knie. Hat eine Hand zwischen die Beine gepresst, während die andere versucht, seinen Kopf zu schützen.

Die anderen haben Blut geleckt. Der Größte von allen rammt demjenigen, der immer noch aufrecht steht, seine Faust in den Magen. Der sinkt neben seinem Freund zu Boden.

Bei so etwas sehe ich Rot. Ich laufe über die Straße, schnappe mir einen der Angreifer und drehe wutentbrannt seinen rechten Arm auf den Rücken.

»Hört auf, verdammt noch mal!«

Die beiden anderen zögern, ihrem Kumpel zu helfen. Die zwei Verletzten liegen stöhnend auf dem Boden. Ich lasse Muffins von der Leine. Es dauert keine zwei Sekunden, da treten diese Typen die Flucht an. Ich lasse den dritten Dreckskerl los, der ebenfalls die Flucht ergreift. Als er zwanzig Meter weit weg ist, schreit er über den ganzen Platz: »Wir schneiden dir die Eier ab, Homo.«

Die Opfer rappeln sich auf, sehen scheu zu mir herüber. Ein kurzes Kopfnicken zum Dank, dann machen sie sich davon.

Wir gehen zum Auto. Muffins springt als Erster hinein, doch ich habe kaum die Tür hinter ihm geschlossen, als auch schon ein Streifenwagen neben mir anhält. Ein sehr junger Polizist mit angespannten Kiefermuskeln steigt aus.

»Haben Sie vor fünf Minuten einen Mann in der Norrgata misshandelt?«, fragt er.

»Ja, das war ich«, antworte ich unumwunden.

»Dann kommen Sie jetzt mit!«, sagt der Polizist und packt mich am Arm. Muffins knurrt und bleckt seine Zähne.

»Ich warne Sie. Noch ein Schritt und er macht Hundefutter aus Ihnen.«

Der Blick des Polizisten flackert unsicher.

»Wollen Sie mir etwa drohen?«

»Überhaupt nicht, das war eine sachliche Einschätzung der Lage. Der Hund ist mein Beschützer und greift sofort an, wenn mir jemand zu nahe kommt. Nur zu Ihrer Information. Wir machen es folgendermaßen: Ich fahre zum Revier, Sie folgen mir.«

Auf dem Revier wird ein Bericht aufgesetzt. Man hat mich wegen vorsätzlicher Körperverletzung angezeigt. Von zwei misshandelten Homosexuellen ist nicht die Rede.

»Sie geben also alles zu?«

»Natürlich, es war mir ein solches Vergnügen ... wer hat eigentlich Anzeige erstattet?«

»Ich weiß nicht ... ob wir den Namen ...«, sagt ein Beamter.

»Er heißt Paulus Fager«, sagt sein Kollege.

»Der Mann ist mir bekannt. Aber als Zeuge kann er nicht auftreten, weil er nicht dabei war.« Ich freue mich diebisch.

»Er sagt, er hat alles mit angesehen.«

»Unmöglich, er war gar nicht vor Ort.«

13

Der lang erwartete Regen hat kalte Luft und die ersten Nachtfröste im Gepäck. Die Eichhörnchen stellen ihr Fell auf. Die Tagestemperaturen liegen immer noch im positiven Bereich, sind jedoch von elf auf zwei Grad gefallen.

Als ich aus dem Wagen steige, gießt es bei Eiseskälte.

Lindström sitzt am Küchentisch und notiert »zwei Schneeschaufeln« auf Ingbritts Einkaufsliste. Ich bücke mich, um mir nicht am Türrahmen den Kopf zu stoßen, setze mich hin und erzähle von Hilding und Rosmaj. Vom gelben Fahrrad und von Rosmajs verhindertem Anruf bei der Polizei.

»Zu dumm, dass sie gleich wieder aufgelegt hat. Ihr Anruf ist sicher nicht registriert worden. Das hätte uns einen zeitlichen Anhaltspunkt gegeben«, sagt Lindström.

»Ja, zu dumm, aber wir sollten nach Annoncen wegen gestohlener Fahrräder suchen.«

»Hab ich schon getan, im Moment gibt es keine.«

Schweigend ergänzt Lindström seine Einkaufsliste.

»Jetzt wissen wir zumindest ungefähr, seit wann das Mountainbike im Kanal lag, ich meine, falls es dasselbe ist. Außerdem haben wir Grund zu der Annahme, dass zwei Männer für den Mord verantwortlich sind. Der eine trug einen Hut, die Frau einen langen Rock und eine helle Bluse. Außerdem dürften alle zwischen zwanzig und dreißig sein.«

»Die Beobachtung eines halb blinden Rentners, der abends um zehn oder elf irgendwas gesehen haben will«, mault Lindström.

»Was heißt hier halb blind? Man muss doch nicht zwangsläufig schlecht sehen, nur weil man alt ist.«

»Nein, aber es sind nicht alle Leute so wie deine Mutter. Bei den meisten nimmt die Sehstärke im Alter ab, aber immerhin gibt es ja auch noch den Polizeibericht von dem Besuch bei den Norrländern.«

»Der Beamte, der mit ihnen gesprochen hat, kam aus Schonen. Sie haben ihn kaum verstanden und er sie wahrscheinlich auch nicht.«

»Hm.«

»Was bedeutet: ›Hm‹?«

»Das war ein allgemeines ›Hm‹, ein Ausdruck der Verwunderung, wie es manchmal zugeht im Leben. Aber nehmen wir mal an, dass Hilding und Rosmaj die Vorgänge beobachtet haben, die dem Mord vorausgingen. Obwohl das ein enormer Zufall wäre. Es könnten ja auch ganz andere Personen gewesen sein, betrunkene Jugendliche, vielleicht unglücklich verliebt, die einfach irgendein Fahrrad mitgehen lassen.«

»Natürlich kann es so gewesen sein, aber es kann auch anders gewesen sein«, beharre ich auf meiner Version.

»Okay, gehen wir davon aus, dass es sich entweder so oder so verhält.«

»Ich finde, wir sollten die einzige Spur, die wir haben, nicht leichtfertig aus den Augen verlieren«, protestiere ich und stelle fest, dass der eine der beiden Männer auf der Brücke Muharem gewesen sein könnte und der andere vielleicht sein Freund, der Pizzabäcker.

»An den habe ich auch schon gedacht. Wir sollten mal mit ihm reden, auch um etwas mehr von Muharrem zu erfahren.«

»Lass mich das machen. Du hast Urlaub.«

»Das ist Sache der Polizei«, entgegnet Lindström.

»Ja, aber nicht deine. Du bist im Urlaub«, wiederhole ich herzlos. »Wir werden gut miteinander klarkommen. Ich weiß, wie es ist, einer Minderheit anzugehören, da kann ich einen ganz anderen Ton anschlagen, als du das könntest. Das sollte von Vorteil sein. Außerdem spreche ich kein Schonisch.«

Ingbritt kommt mit einem Koffer in die Küche.

»Ihr seht aus, als würdet ihr gerade was aushecken. Habt ihr meinen gestreiften Pullover gesehen?«

»Ich meine, der hängt über einer Stuhllehne, und zwar dort, wo gerade Smålands schönste Sauna entsteht.«

»Stimmt.« Ingbritt verschwindet im Schuppen.

Ich erzähle Lindström von den Ereignissen des Tages und meinem Besuch bei der Polizei. Frage ihn, was er von der ganzen Angelegenheit hält.

»Mach dir da mal keine Sorgen. Natürlich darfst du in eine Schlägerei eingreifen. Im Gesetz steht, dass du das Recht auf ›straffreie Einmischung‹ hast, solange du keine übertriebene Gewalt anwendest.«

»Und wenn die beiden Opfer nicht bereit sind, zu meinen Gunsten auszusagen?«

»Warum solltest du dich allein mit drei Halbstarken einlassen? Das ergibt doch keinen Sinn. Ich denke, die Sache wird nicht vor Gericht kommen«, sagt Lindström.

»Ich hoffe es.«

»Merkwürdig ist allerdings, dass dieser Paulus Fager Anzeige erstattet hat, obwohl er gar nicht dabei war. Fragt sich, was dahinter steckt.«

»So, Kinder, Mama fährt jetzt nach Visby.« Am frühen Morgen steht Ingbritt in ihrer verwaschenen Fjällräven-Jacke auf der Treppe, im Knopfloch die Maiblume des vorigen Jahres. Sie hat einen kleinen Rucksack gepackt. Zwei Tage will sie fortbleiben.

»Ich habe mein Handy dabei, falls etwas ist!«

Lindström reagiert etwas gereizt:

»Na, dann pass du mal schön auf, dass du dich nicht verfährst. Du hast doch eine Karte dabei?«

Ingbritt weiß genau, worauf er anspielt. Sie steigt ins Auto und macht sich auf den Weg; ihre blauen Augen schimmern ungewöhnlich intensiv.

Als sie außer Sichtweite ist, hält sie an, faltet die Straßenkarte auseinander und legt sie neben ihren alten Pfadfinderkompass auf den Beifahrersitz – sicher ist sicher. Es wäre wirklich zu peinlich, falls …

Unser erster Junggesellentag beginnt damit, dass Lindström ein Haushaltswarengeschäft in Mariannelund aufsucht und eine Waschmaschine least. Danach ruft der Klempner an, um uns mitzuteilen, er werde später vorbeikommen und die Arbeiten in der Sauna erledigen. Kein schlechter Start. Doch am späten Vormittag schlägt die Stimmung um. Der Landbriefträger stellt zwei Briefe zu. Der eine ist von einer Wahrsagerin namens Zionda, der andere vom Polizeidirektor in Jönköping. Letzterer verheißt nichts Gutes.

Lindström öffnet zuerst den kleineren Umschlag.

»Hör zu, Josef. Zionda bezieht sich offenbar auf unsere Ermittlungen und schreibt, der Tod werde uns ›zuvorkommen‹ … Was für ein Schwachsinn. Ich habe sie nach ›Der unvergleichlichen Madame Serafina‹ gefragt, und jetzt faselt sie etwas vom Tod … wie effektvoll. Außerdem besitzt sie die Frechheit, eine Rechnung beizulegen. Sie will 850 Kronen plus Mehrwertsteuer. Der Teufel soll die Hexe holen!«

Auch der nächste Brief ist nicht viel erfreulicher.

Lindström liest leise und konzentriert.

Siw Markroos hat ihn beim Justizbevollmächtigten des schwedischen Reichstags angezeigt. Sie behauptet, Lindström habe gegen geltendes Recht verstoßen, indem er private Nachforschungen angestellt habe, wer vom Polizeipräsidium in Ekemåla für die Weitergabe interner Informationen an die Presse verantwortlich sei.

Die Polizeibehörden im Verwaltungsbezirk Jönköping sind angewiesen, den Fall zu prüfen und einen Rechenschaftsbericht zu erstellen.

Die betreffenden Dokumente sind beigefügt. Etwaige Unterlagen und Stellungnahmen werden von Lindström in zweifacher Ausfertigung erbeten.

Der Brief ist unterzeichnet von Regierungsdirektor Malte Schuhlberg und Referentin Charlotta Sverén.

Nun ist das Maß voll. Lindström hat jede Lust verloren, den städtischen Polizeibehörden noch irgendeinen Dienst zu erweisen. Die Ermittlungen treten auf der Stelle, der stellvertretende Staatsanwalt zeigt ihm die kalte Schulter, und jetzt so was!

Er fühlt sich betrogen und hat eine Stinkwut auf Markroos, diese impertinente Empfangsdame des Präsidiums. Natürlich weiß Lindström sehr genau über seine Rechte und Pflichten Bescheid, und selbstverständlich hat Markroos wie alle anderen Angestellten des öffentlichen Dienstes das Recht, von ihrer Äußerungsfreiheit Gebrauch zu machen und der Presse einen anonymen Tipp zu geben, aber... Lindström ist stinksauer. Markroos müsste wissen, dass sie für den Tod Muharrem Berishas mitverantwortlich ist, sollte eigentlich unter Gewissensqualen leiden und von Albträumen geplagt werden, aber nein, stattdessen geht sie zum Angriff über.

»Perfides Miststück!«, zischt Lindström.

Natürlich ist Lindström nicht befugt, Nachforschungen darüber anzustellen, wer die Presse informiert hat. Aber hat er das denn überhaupt getan? Die Sache lag schließlich so klar auf der Hand, dass Recherchen sich erübrigten. Siw Markroos war die Einzige, die sich außer ihm und Muharrem auf dem Präsidium befunden hatte. Nur sie oder er selbst hätten der Zeitung einen Wink geben können.

»Diese Kuh«, murmelt Lindström und spürt, dass seine Laune auf den Nullpunkt sinkt.

Die Ferien nähern sich dem Ende ... verdammt ... und was für ein Ende. Der Justizbevollmächtigte des schwedischen Reichstags war hinter ihm her, und bald würde er einsam in seinem Haus in Boköping sitzen, den Kühlschrank voller Fertigprodukte, und jeden Tag zwischen seinem Arbeitsplatz in Västerås und Boköping hin- und herpendeln. Die Zukunftsaussichten waren trostlos.

Lindström nimmt Muffins mit und trottet planlos durch den Wald. Zur Mittagszeit führt Muffins ihn nach Hause.

Er liest den Brief noch einmal. Der Ton des Justizbevollmächtigten im Schreiben an die Bezirkspolizei ist trocken, juristisch, konzis. Er sollte sich um denselben Ton bemühen; der springende Punkt ist die Definition des Wortes »Nachforschungen«. Ein Substantiv, das eine gewisse Aktivität impliziert, die bewusste Suche nach Informationen, findet Lindström. Die Frage ist, ob der Justizbevollmächtigte diese Auffassung teilen würde.

Lindström ist sich keiner Schuld bewusst. Er hat keine Nachforschungen angestellt. Schlechter steht es um sein Auftreten. Er hatte Markroos tatsächlich die Leviten gelesen und ihr rüde unterstellt, sie belauscht und die Informationen an die Presse weitergegeben zu haben. Ein unprofessionelles Verhalten. Es war nicht seine Aufgabe, Mitarbeiter eines Polizeidistrikts zu disziplinieren, der nicht einmal sein eigener war. Vielleicht konnte er so argumentieren oder es so »hindrehen«, dass er sich keinesfalls in die persönlichen Belange einer Mitarbeiterin habe einmischen wollen, sondern es ihm ausschließlich darum gegangen sei, zu verhindern, dass ein weiteres Mal interne Informationen bei der Presse landeten. Sollte er anführen, dass es auch um den Persönlichkeitsschutz eines Verdächtigen gehe? Würde sich der Justizbevollmächtigte auf diese Argumentation einlassen?

Es kam auf einen Versuch an.

Am Küchentisch widmet sich Lindström der hohen Kunst der vollendeten Formulierung.

Ich ziehe mich rücksichtsvoll in den Schuppen zurück, um dem Klempner zur Hand zu gehen. Waschmaschine, Dusche und Wasserhähne müssen installiert werden. Gott sei Dank ist noch ein alter Ablauf vorhanden.

Der Klempner ist gut gelaunt und gesprächig. Die Arbeit geht ihm rasch von der Hand. Noch am selben Abend ist die Sauna zur Probefeuerung bereit.

Endlich eine richtige Sauna mit Holzfeuerung und keiner dieser dämlichen Toaster in extra large. Was Saunen betrifft, bin ich Traditionalist, Lindström dagegen Novize.

»Wir können die Sauna heute Abend einweihen!«, rufe ich Lindström zu, als der in sein Auto steigt, um zu Ingatorps Postamt zu fahren und seinen Brief so rasch wie möglich auf den Weg zu bringen.

Es macht nichts, dass wir in der Sauna noch kein elektrisches Licht haben. Fürs Erste reichen auch Kerzen. Ich heize ein bisschen zur Probe, lege ein paar Holzscheite in den Ofen und heize auch unter dem Wasserbehälter. Beobachte, wie das Thermometer langsam steigt. Siebzig, vielleicht achtzig Grad reichen für einen Anfänger völlig aus. Die Luftfeuchtigkeit ist wichtiger als eine hohe Temperatur. Während ich noch darauf warte, dass die Temperatur den ersten Gang zulässt, werfe ich einen Blick in den Lokalanzeiger. Die Topmeldung kommt aus der Schule.

Ein Junge war in der Turnhalle aus großer Höhe abgestürzt, als er versuchte, ein Seil hinaufzuklettern. Für das Unglück gibt es keinen Zeugen, aber die Eltern machen das Mobbing der Mitschüler für den Vorfall verantwortlich.

Im weiteren Verlauf des Artikels deutet sich zwischen den Zeilen eine Tragödie an: Der Junge hatte offenbar versucht, sich das Leben zu nehmen. Er hatte sich in großer Höhe erhängen wollen, den Knoten jedoch nicht fest genug zugezogen, so dass er abstürzte und sich Bein und Handgelenk brach. Seine Mutter hat die Schule wegen Mobbings angezeigt.

Wenn ich etwas hasse, dann ist es Mobbing. Auch ich wäre eigentlich ein klassisches Opfer gewesen, nachdem ich als Teenager von England nach Schweden gezogen bin. Ich kam in eine Klasse, in der sich alle anderen seit Beginn der Schulzeit kannten, und sah ein wenig fremdländisch aus. Aber ich war zu lang, zu gut in Basketball und außerdem unentbehrlich, wenn es um die Übersetzung der Rückseitentexte amerikanischer Schallplatten ging. So verliefen die Mobbingversuche im Sande.

Als wir später in der Sauna sitzen, Lindström und ich, nehme ich den Faden wieder auf und spinne den Gedanken weiter.

»Helin könnte gemobbt worden sein«, überlege ich laut, während ich den Versuch aufgebe, die Kerzen anzuzünden, die zu einem unbrauchbaren Klumpen zusammengeschmolzen sind. Eine idiotische Idee von mir. Das Thermometer ist bei angenehmen 75 Grad stehen geblieben. Ich lasse die Feuerklappe einen Spalt offen, worauf die Sauna in ein warmes Licht getaucht wird, und frage Lindström noch einmal:

»Kannst du dir vorstellen, dass Helin gemobbt wurde? Niemand hatte näheren Kontakt zu ihr, ihre Mitschüler scheinen sie kaum beachtet zu haben. Das ist schwer zu ertragen. Was meinst du?«

»Keine Ahnung, aber glaubst du wirklich, das könnte etwas mit ihrem Verschwinden zu tun haben?«, fragt Lindström zurück.

»Nein, eigentlich nicht. Ich habe nur in der Zeitung von einem Unglück gelesen, das sich am Åkerdalen Gymnasium zugetragen hat. Wahrscheinlich war Mobbing die Ursache.«

»Haben wir eigentlich an das Bier gedacht?«, fragt Lindström.

»Moment, bin gleich wieder da.«

Das Bier habe ich neben dem Wagen stehen lassen. Ärgerlich hole ich ein Sixpack. Das Saunabier vergessen! Ich werde langsam alt.

»Bist du etwa nackt draußen rumgesprungen?«

»Aber klar, nur Schweden ziehen in der Sauna eine Badehose an.«

»Haha, du versuchst mich wohl zu mobben«, entgegnet Lindström trocken.

»Schon mal gemobbt worden?«, frage ich ihn und gebe ihm eine Dose.

Wir trinken schweigend.

»Vielleicht war Helin eine Außenseiterin, ich meine, in dem Alter ›Anna Karenina‹ zu lesen ... Aber sie ist hübsch, die Jungs müssten eigentlich Schlange stehen«, sagt Lindström.

»Tja, das denken wir alten Säcke, aber für die Jungs zählen nur große Titten und ein Knackarsch. In dem Alter hat man einen totalen Testosteronüberschuss, oder kannst du dich etwa nicht mehr daran erinnern?«

»Ja, das waren Zeiten ... die ich lieber nicht noch einmal erleben möchte.«

»Ich glaube, wir sollten noch mehr über Helin in Erfahrung bringen. Die Mitschüler, mit denen Arvid gesprochen hat, waren alles Mädchen, und die schienen vollkommen gleichgültig zu sein. Wir sollten mal mit den Jungs reden.«

»Gute Idee«, sagt Lindström und leert seine Dose.

»Er muss eine schreckliche Zeit erlebt haben, bis er zu dem Entschluss gekommen ist.«

»Wer?«

»Der Junge in der Turnhalle. Ich wette, er wollte sich umbringen.«

»Armer Teufel ... So, jetzt geh ich duschen. Kommst du mit?« Lindström klettert von der Bank und wankt in kältere

Gefilde. Ich folge ihm und setze meine Spekulationen fort, während Lindström sich in Seifenschaum hüllt.

»Fragt sich, was dem Selbstmordversuch alles vorausging, sicherlich mehr als gehässige Mitschüler«, spekuliere ich weiter.

»Ganz deiner Meinung.«

Lindström macht einen Schritt unter die Dusche und ist nicht mehr ansprechbar. Nachdem wir beide fertig geduscht haben, ist das Thema gemeinsam mit dem Seifenwasser vorerst im Ablauf verschwunden.

Aber mir gehen die Gedanken nicht aus dem Kopf. Vielleicht ein Lehrer? Wer von uns hat nicht selbst abscheuliche Lehrer erlebt?

»Nimm dir ein Bier, dann machen wir noch einen Saunagang, oder willst du etwa schon aufhören?«, fragt Lindström, der offensichtlich Spaß an der Sache hat.

»Keineswegs, aber du bist schon krebsrot.«

»Dafür siehst du aus wie ein gegorener Hering.«

Das Nickerchen war wohltuend gewesen und von angenehmen Träumen begleitet worden. Ein schepperndes Geräusch auf der Treppe hat Arvid geweckt. Er legt die Zeitung weg, die immer noch auf seinem Bauch liegt, setzt sich auf und schlüpft in seine Pantoffeln. Es klingelt an der Tür. Gereizt vor sich hin brummelnd, latscht er zum Eingang, während er gleichzeitig die Brille auf seine bucklige Nase schiebt.

»Ich hoffe, ich störe nicht«, sagt Kjell, der Hausmeister, Arvids ehemaliger Schüler.

»Aber nein, was kann ich für dich tun? Schwierigkeiten mit den unregelmäßigen Verben?«, spaßt Arvid, der sich an Kjells Kampf mit der deutschen Grammatik erinnert. Heroisch, aber vergeblich.

»Ich wollte Ihnen nur sagen … Sie hatten mich doch gebeten, dass ich die Wohnung im Auge behalte. Einmal pro Woche gieße ich die Blumen und gucke, ob auffällige Post dabei ist … bis jetzt noch nicht, aber vor kurzem, als ich da war …«

»Du meinst, letztes Mal?«

»Ja, ich hatte das Gefühl, dass ich nicht der Einzige war, der in der Wohnung gewesen ist. Irgendjemand muss noch einen Schlüssel haben.«

»Hast du das der Polizei gemeldet?«

»Nein, nein, ich kann doch nicht zugeben, dass ich in der Wohnung anderer Leute …«

»Da hast du natürlich Recht. Wir sollten lieber nichts sagen. Ich danke dir, dass du zu mir gekommen bist. Das bleibt doch unter uns, oder?«

»Ja, das ist sicher das Beste, jedenfalls für mich …«

»Wirf weiter ein Auge auf die Wohnung. Es wäre großartig, wenn du herausbekämst, wer noch einen Schlüssel hat. Du hast meine Telefonnummer?«

»Haben Sie ein Handy?«

»Du meinst, so ein Ding, das mitten im Unterricht anfängt, komische Töne von sich zu geben? Nein, nein, so was habe ich nicht.«

Nachdem Kjell gegangen ist, greift Arvid sofort zum Hörer und versucht Ingbritt zu erreichen. Aber auf Finneryd antwortet niemand.

»Verflixt noch mal!«, flucht Arvid. Da tut sich mal was und niemand ist zu Hause.

Ganz in der Nähe von Arvids Wohnung gehe ich mit Muffins spazieren.

Ich bin in Gedanken versunken und kann es nicht lassen, das Herbstlaub mit den Füßen vor mir herzuschieben. Am Kvarnsjö verlassen wir den Fußweg, und ich lasse Muffins von der Leine.

Der öffentliche Grillplatz liegt verlassen da. Auf der Bank am Ufer sitzt eine alte Frau und füttert die Enten. Muffins läuft zu ihr, lässt sich tätscheln und bekommt ein Stück Brot. Wir lächeln uns zu, dann pfeife ich nach Muffins, und wir setzen unseren Weg am Ufer entlang fort.

Der Park endet in dichtem Gestrüpp, hinter dem sich ein hoher Wald erhebt. Ich folge Muffins. Gemeinsam kämpfen wir uns durch das Dickicht, in den Wald hinein. Nach einer Weile erreichen wir einen weiteren See, auch dieser ist mit dem Fluss verbunden. Wie an einer Schnur aufgereiht, scheinen sich mehrere kleine Seen hinter dem Kvarnsjö zu verbergen, von dem aus der Fluss durch den Park und weiter stadteinwärts fließt.

Am steinigen Ufer entlang gehen wir zurück. Ein beschwerlicher Marsch, bis wir schließlich zu einer Landzunge kommen, die auf den Kvarnsjö hinausführt. Hier muss einst ein Haus gestanden haben, denn mitten auf der Landzunge öffnet sich der Wald zu einer Lichtung, die bis ans Wasser reicht. Ein großer Stein liegt am Anfang der Lichtung. Das Ufer ist von Birken gesäumt. Muffins ist vorgelaufen und schnüffelt an etwas, das nach den verkohlten Resten einer abgebrannten Hütte aussieht.

In der Dämmerung machen wir uns auf den Rückweg, wählen eine andere Route und kommen an einem Bretterverschlag vorbei, daneben aufgehäufte Erde und ein Komposthaufen. Auf der anderen Seite des Flusses sehe ich eine Frau mit ihrem Hund herumtollen. Ich rufe Muffins, um ihn an die Leine zu nehmen. Doch ehe ich ihn zu fassen kriege, ist er zwischen den Büschen verschwunden und hat ein graues, glänzendes Spitzenhöschen im Maul, als er wieder hervorkommt. Schau mal, was ich gefunden habe, sagt er und stellt sich schwanzwedelnd auf die Hinterbeine. Er will spielen. Eine frei laufende Schäferhündin stört das Spiel. In solch einem Fall hat Muffins nur eines im Sinn.

Er lässt seine Beute fallen und springt freudig auf die Hündin zu. Ich komme mir ziemlich blöd vor, als ich das Spitzenhöschen in der Tüte für den Hundekot und diese in meiner Tasche verschwinden lasse. Vielleicht hatte es die Polizei übersehen, als sie die Gegend absuchte.

Die Schäferhündin ist übermütig und Muffins lässt sich

nicht zweimal bitten. Das Herrchen ist jung, vielleicht 25, groß, blond und freundlich. Wir kommen ins Gespräch:

»Ist hier im Sommer eigentlich nachts noch viel los?«

»Ja, ab und zu. Beim Joggen kann man so einiges beobachten. Ein schöner Ort, besonders für verliebte Männer.« Er schaut mich bedeutungsvoll an.

»Ist das hier ein Schwulentreff?«

»Keine Ahnung, wäre mir auch ziemlich egal.«

Ich wechsele das Thema und frage ihn, ob er von der Leiche gehört hat, die im Kanal unter der Centralgata gefunden wurde.

»Ja, aber offenbar ist der Fall doch schon aufgeklärt. Es läuft also kein Mörder mehr frei im Park herum. Übrigens: Mein Name ist Lars Tonvall.«

Ich stelle mich in aller Kürze vor, doch er scheint mich zu kennen.

»Josef Friedmann, der Fotograf? Ich habe jedes Ihrer Bücher! Wollte früher selbst Fotograf werden. Was hat Sie denn nach Ekemåla verschlagen? Sollten Sie nicht eher im Ausland sein, in Israel oder Afghanistan?«

»Im Moment habe ich frei und bin bei Freunden zu Besuch. Außerdem interessiert mich dieser Kanalmord. Dass der Mörder bereits gefasst wurde, gilt übrigens als sehr zweifelhaft.«

»Ich seh schon: Sie recherchieren auf eigene Faust. Ich jogge fast jeden Morgen und Abend durch den Park und sehe natürlich so einiges, aber einen Mord hab ich hier noch nicht beobachtet.«

»Sie sind noch nicht von der Polizei befragt worden?«

»Nein.«

»Sie wissen aber von der Toten, die man hier gefunden hat? Sagen Sie, wenn Sie täglich hier am Fluss entlanglaufen, haben Sie oder Ihr Hund mal irgendeine merkwürdige Entdeckung gemacht? Meiner hat da drüben unter den Fliederbüschen gerade ein Spitzenhöschen gefunden«, berichte ich.

In diesem Moment werden wir von zwei vierbeinigen Torpedos unterbrochen, die aus dem Busch schießen. Ich versuche Muffins aufzuhalten, aber Gehorsam war noch nie sein Hobby, schon gar nicht, wenn sich eine Hündin in der Nähe befindet. Tonvall gibt einen kurzen Pfeifton von sich, worauf Mimi sofort zu ihm kommt und sich an seine rechte Seite setzt; die Zunge hängt ihr bis zu den Kniekehlen. Muffins glotzt blöde hinter ihr her, macht es ihr dann nach und setzt sich rechts neben mich. Ich lasse mir nichts anmerken, tue so, als sei das die selbstverständlichste Sache der Welt.

»Nein, gefunden habe ich nichts, aber es sieht so aus, als hätte sich jemand eine Hütte gebaut, auf der Landzunge gegenüber dem Kvarnsjö. Die Hütte ist abgebrannt, aber vor einiger Zeit habe ich dort ein Buch entdeckt.«

»›Anna Karenina‹ von Tolstoi?«

»Ja, das stimmt. Dann haben Sie es also an sich genommen? Ich hatte es auf eine Bank gelegt und gehofft, jemand würde sich dafür interessieren. Das waren also Sie? Was für ein Zufall.«

»Nein, ich war es nicht. Das wäre jetzt zu mühsam, es Ihnen zu erklären. Aber erzählen Sie mir doch mal, wann Sie das Buch entdeckt haben.«

»Das muss so Anfang Juni gewesen sein.«

»Warum haben Sie es nicht in der Bibliothek abgeliefert?«

»Tja, es war früh am Morgen, ich hatte es eilig, und da die Bibliothek erst später aufmacht, dachte ich … ich könnte es mir selbst ausleihen. Ich wollte es immer schon mal lesen. Später habe ich es dann auf die Bank gelegt, damit es so aussieht, als habe es jemand zufällig liegen lassen.«

»Und wann haben Sie das Buch auf die Bank gelegt?«

»Kurz nach Ende der Schulferien, Mitte August vielleicht.«

»Hm, würden Sie mich anrufen, wenn Ihnen noch etwas einfällt, besonders was die Vorgänge im Frühjahr angeht?« Ich kritzele die Telefonnummer von Finneryd auf meine Visitenkarte und gebe sie ihm. Ich bekomme einen Zettel mit seiner

Telefonnummer, seiner Adresse in Växjö und der Adresse seiner Eltern in Ekemåla. Sie wohnen am Gräsdaggsvägen. Hört sich nach einem Neubaugebiet an.

»Was machen Sie eigentlich hier in Ekemåla?«

»Ich habe ein paar Semester Soziologie studiert. Im Moment belege ich Kurse in Sport und Gesundheit. Vielleicht werde ich einmal Sportlehrer. Das ist zumindest eine Möglichkeit.«

Still, ganz still. Voller Angst und Verzweiflung ist sie nach Hause gegangen, hat sich krankschreiben lassen, durchsucht das Zimmer ihres Sohnes.

Unter der Matratze findet sie ein Pornoheft. Bilder, die ihre Fantasie übersteigen. Hinter der Jugendliteratur im Buchregal verstecken sich drei Videokassetten ohne Hülle und Etiketten. Sie will gar nicht wissen, was auf den Bändern zu sehen ist.

Wäre doch Bjarne nur öfter zu Hause und würde sich um seinen Sohn kümmern.

Männliche Vorbilder. Die Sozialarbeiterin hatte von männlichen Vorbildern gesprochen.

Sie hätte sich gewünscht, Bjarne würde den Sohn mit in die freie Natur nehmen, Fußball oder Eishockey mit ihm spielen, tun, was andere Väter mit ihren Söhnen auch taten.

Nein, wenn's drauf ankam, blieb immer alles an ihr hängen. Früher war sie es gewesen, die das Auto gepackt hatte, um eine Angeltour nach Lappland zu unternehmen. Bjarne hatte sich bequemt mitzukommen, stand aber meistens im Weg herum. Natürlich hatte er zuvor die teuerste Angelausrüstung gekauft, die zu haben war, doch war es eine ganz andere Sache, sich selbst in den reißenden Strom zu stellen, zu fischen, den Haken zu entfernen, den Fisch auszunehmen.

Sie hatte das Gefühl, der Familie gleichzeitig Mutter und Vater sein zu müssen. Im Grunde hatte sie nichts dagegen, doch in Momenten wie diesen ...

Überall Schuhe und schmutzige Klamotten, ein einziges

Durcheinander. Wie oft hatte sie ihm schon gesagt, er solle die schmutzige Wäsche in den Wäschekorb werfen! Wie oft?

In den Schreibtischschubladen zerfledderte Schulbücher, Spielkarten, Fotos von Klassenkameraden, Stifte, ein Fahrradschloss, sein alter Teddybär, eine Zündkerze für sein Moped, Werkzeug. Doch keine Antwort auf ihre Frage.

Eine Unterhose, um einen Stock geknotet. Was hatte das zu bedeuten?

Ein teurer Slip, der sicher aus einer exklusiven Boutique stammte. Sie öffnet den Knoten, legt den Stock beiseite und findet einen Schlüssel.

Eine Freundin? Hatte er endlich eine Freundin? Sie hatte sich also unnötig Sorgen gemacht. Bestimmt hatte er viele Freundinnen; nur sprach er nie darüber. Na ja, sie war in ihrer Jugend auch nicht besonders auskunftsfreudig gewesen.

Liebeskummer, war das die Erklärung? Sie wollte das Thema vorsichtig zur Sprache bringen, ganz vorsichtig, wenn er aus dem Krankenhaus entlassen würde.

Sie öffnet eine Flasche lieblichen Weißwein, setzt sich an den Küchentisch und zieht die Gardinen zu.

So ist es eben. Die Jugend lebt ihr eigenes Leben. Sie fühlte sich ausgeschlossen. Ihr Sohn kam und ging, wann er wollte. Erzählte nie etwas von der Schule, doch außer in Religion und Psychologie schien es keine größeren Probleme zu geben.

Nach dem Unglück war sie zum Rektor gebeten worden, der alles versucht hatte, gar nicht erst den Gedanken an einen Selbstmordversuch infolge von Mobbing aufkommen zu lassen. Ein reiner Unfall sei es gewesen, hatte er mit Entschiedenheit festgestellt.

Es klingelt an der Tür, sie öffnet nicht, will in Ruhe gelassen werden. Nimmt die Flasche und legt sich auf das Bett ihres Sohnes.

Ganz schön teuer, denkt Ingbritt. Eine luxuriöse Überfahrt nach Helsingfors wäre billiger und kurzweiliger gewesen, aber Visby ist schließlich Visby. Wie schön, die Stadt ohne Touristen zu erleben.

Sie schlendert durch das Zentrum, betrachtet die Schaufenster, bummelt durch die Gassen. Ohne Eile. Geht in Richtung Dom, durchquert den Norreport und nähert sich dem roten Backsteinhaus der schwedischen Lottogesellschaft, deren Archiv sich im zweiten Stock befindet. Mithilfe des Archivars hofft sie beweisen zu können, dass der Mord auf Hackhult vermutlich aus reiner Habgier begangen wurde.

Eine Stunde später könnte Ingbritt vor Freude einen Luftsprung machen. Lindström und Josef sollten sich wundern. Der uralte, ungefähr neunzigjährige ehemalige Filialleiter der Bank in Mariannelund hatte sich nicht getäuscht. Weder sein Gedächtnis noch seine Fantasie hatten ihm einen Streich gespielt, als er, sein Alter als Vorwand nehmend, das Bankgeheimnis verletzte und von Bertil Svärd aus Hackhult erzählte.

Stolz verlässt sie die Lottogesellschaft. Sie hatte den Beweis! Bertil hatte 1968 die höchste Gewinnsumme des ganzen Jahres eingestrichen, die zu dieser Zeit Schwindel erregende Summe von 350.000 Kronen. Das stimmte exakt mit der Zahl überein, die ihr der ehemalige Filialleiter genannt hatte, als sie ihn im Altersheim besuchte. Es gibt keinen Grund, den Rest der Geschichte anzuzweifeln, dass nämlich Bertil im Einvernehmen mit dem Filialleiter alles dafür getan hatte, das Kapital zu mehren. Gemeinsam hatten sie die Summe auf ungefähr 2 Millionen anwachsen lassen. Doch mehrere Jahre später hatte Bertil aus Zorn über den neuen schnöseligen Filialleiter der Bank alles abgehoben. Eines schönen Tages war er mit einer Plastiktüte voller Geld nach Hause gekommen und hatte sich geschworen, dass ihm die Bank in Mariannelund, ja im Grunde alle Banken zusammen, den Buckel runterrutschen konnten. Nie wieder eine Bank, hatte er sich gesagt, und er war wirklich ein Dickschädel.

Das war kurz vor seinem Tod.

Was dann mit dem Geld geschah, war ein Rätsel. Ingbritt hatte sich das Inventarverzeichnis seines Nachlasses angesehen. Auf den ersten Blick sieht es so aus, als habe niemand etwas von seinem Vermögen gewusst, als Bertil starb.

Doch Ingbritt hat eine dunkle Ahnung, dass Bertils Witwe Bescheid wusste.

14

Die Herbstdunkelheit hat vom Wald Besitz ergriffen. Ich sitze mit dem Lokalanzeiger auf dem Sofa. Ein weiterer Brunnenvergifter bläst zum Angriff auf die Homosexuellen. Seine Waffe ist die Bibel. Mit Pathos verweist der Einsender auf das Dritte Buch Mose, in dem Schwule als Gräuel bezeichnet werden. Dass dieses religiöse Dokument sogar die Todesstrafe für Homosexuelle vorschlägt, auch für jene übrigens, die am Sonntag arbeiten, scheint die buchstabengläubigen Christen nicht zu interessieren. Es steht offenbar jedem frei, sich die Buchstaben auszusuchen, an die er glauben möchte.

Tiefstes Mittelalter.

Je näher der letzte Ferientag rückt, desto unleidlicher wird Lindström. Dass Ingbritt von einem gelungenen Ausflug nach Gotland zurückkehrt, hellt seine Stimmung zumindest ein bisschen auf.

Ruhelos tigert Lindström umher, bis er schließlich mit qualmender Pfeife in der Küche verschwindet. Wie eine Gewitterwolke. Ingbritt und ich spüren die elektrostatischen Entladungen, die von ihm ausgehen, während er scheppernd abwäscht und die Küchenschränke zuknallt.

Die Spülbürste in der Hand, erscheint er im Wohnzimmer. Offenbar hat er gemerkt, dass wir uns gelinde gesagt über sein Benehmen wundern.

»Entschuldigt meine schlechte Laune. Aber ich bin beim Justizbevollmächtigten angezeigt worden, mein Urlaub ist zu Ende und ich werde wieder jeden Tag mit einer Schrottkarre in ein gottverdammtes Kaff pendeln müssen. Und Helin, was ist mit ihr? Vermutlich gar nichts. Diese verdammten Mordermittlungen ... ich hätte weitermachen sollen.«

»Das wissen wir alles, mein Liebling«, versucht Ingbritt ihn zu trösten.

»Und meine Frau bleibt lieber allein im Wald zurück ...«

»Und was unternimmst du, um die Situation zu ändern?«

Im Zimmer wird es still.

»Erst mal weiter abwaschen. Mir fällt schon noch was ein«, antwortet Lindström.

»Na, hoffentlich bald. Ich weigere mich jedenfalls, in meinen alten Job zurückzukehren. Außerdem gibt's schon einen Junglehrer als Nachfolger – verdient dafür etwas mehr als ich.«

Ingbritt geht zum Telefonieren auf den Flur. Sie hat wichtige Informationen mitzuteilen und überlegt eine Weile, ehe sie die Nummer von Marie-Therese Svärd in Jönköping wählt.

*

Die Öllampe flackerte im Halbdunkel. Helin spürte an ihrem Leseplatz einen kühlen Luftzug. Die Haustür? Schritte in der Eingangshalle? Sie hörte Stimmen.

Zwei Personen in Uniform, ein Mann und eine Frau. Helins Herz schlug schneller. Jetzt holen sie mich, jemand hat mich verraten, aber sie konnte nicht glauben, dass Tante Edit oder Karlsson ...

Tante Edit bat die Uniformierten in den Salon.

»Annika und Bengt Sundgren von der Heilsarmee besuchen mich jedes Jahr im Herbst und bitten um Spenden, um ein Weihnachtsfest für Not leidende Menschen organisieren zu können. Darf ich Ihnen meine junge Gesellschafterin vorstellen«, sagte Tante Edit und gab Helin einen unmerklichen Knuff.

Mit größter Beherrschung machte Helin einen Knicks. Damit sie nicht gezwungen war, ihren Namen zu sagen, erkundigte sie sich nach den Uniformen. Solche hatte sie noch nie gesehen. Annika erzählte von der Heilsarmee, ihrem Gründer William Booth, und Helins Herz wurde etwas ruhiger.

»Als Christin würde ich gern für die Heilsarmee arbeiten«, sagte Helin und wollte weitere Fragen stellen, doch Tante Edit unterbrach sie:

»Ich kann dein Interesse nachvollziehen, Liebes, aber würdest du unseren Gäste etwas Tee machen? Gebäck, Marmelade?«

»Machen Sie sich unseretwegen nur keine Umstände.«

»Das ist bei uns Tradition«, sagte Tante Edit und zwinkerte Annika zu.

»Nun, wenn das *so* ist ... etwas Warmes könnte bei diesem grässlichen Wetter wirklich nicht schaden«, entgegnete der Mann. Da brachen beide Frauen in Gelächter aus.

Helin bereitete den Tee vor, räumte den Tisch ab, tauschte die Decke. Annika zog ein Foto aus ihrer Tasche und zeigte es Tante Edit.

»Dieses junge Mädchen, Helin Aras, sowie ihre Mutter werden seit einiger Zeit vermisst. Nahezu zeitgleich ist in Ekemåla ein schrecklicher Mord verübt worden. Wir befürchten das Schlimmste und fragen nun alle, die wir kennen, ob ihnen das Gesicht bekannt vorkommt. Das Mädchen ist seit dem Frühjahr verschwunden.«

Helin stockte der Atem. Das ist ihr altes Klassenfoto. Sie ist es, die gesucht wird. Würde man sie wiedererkennen? Nein. Sie war ja inzwischen gewachsen, hatte sich entwickelt, ihre Haare waren jetzt länger und altmodisch hochgesteckt. Und erst ihre Kleider, darin sah sie vollkommen verändert aus, ganz anders als mit Jeans und Pullover. Sie machte einen Knicks und ging in die Küche. Setzte Teewasser auf und stellte die Tassen auf ein Silbertablett.

Aber wenn sie mich nun wiedererkennen? Komme ich dann zu Pflegeeltern? Sie spürte Panik in sich aufsteigen, das Blut schoss ihr in den Kopf. Nein! Ich hau ab! Noch ein Jahr, dann bin ich achtzehn. Dann entscheide ich selbst.

Tante Edit saß mit ihren Gästen am runden Tisch im Wintergarten. Helin stellte vorsichtig das Tablett auf die Decke und servierte den Tee.

»Du hast eine Tasse für dich vergessen, Liebes«, sagte Tante Edit freundlich. »Bring auch ein wenig Honig für den Tee mit. Das ist sehr viel besser als Zucker.«

Sie zwinkerte Helin zu, als diese mit dem Honig zurückkam. Helin verstand, dass über sie geredet wurde. Alle schauten sie freundlich an. Natürlich hatte Tante Edit ihr Geheimnis nicht verraten.

Bengt erzählte von der weiblichen Leiche, die man im Kanal gefunden hatte. Helin rückte näher an Tante Edit heran und lauschte gespannt. Erinnerte sich an die Nacht, in der sie glaubte einen Schrei gehört zu haben. Die Nacht, in der zwei schattenhafte Gestalten etwas Schweres geschleppt hatten. Als sie spürte, dass sich ihre Hand um Tante Ediths Hand krampfte, ließ sie erschrocken los.

»In der Zeitung stand, dass die Leiche den ganzen Sommer über im Wasser gelegen hat. Ekemåla stand unter Schock. Alle sprachen nur noch von dem Mord, aber etwas später hat die Polizei dann einen Mann festgenommen, der den Mord gestanden hat. Leider ist er bei einem Verkehrsunfall ums Leben gekommen«, berichtet Bengt.

»Er lief direkt auf die Straße. Vielleicht sah er keinen anderen Ausweg mehr. Vielleicht wollte er sich selbst richten. Aber das Leben hat immer einen Sinn und Gott erhört auch die Gebete der Sünder.«

»Was für eine schreckliche Geschichte.« Tante Edit schauderte.

»Die Zeitungen gehen davon aus, dass er der Täter ist, alle scheinen das zu glauben, aber da er nie richtig verhört wurde, kann man sich eigentlich nicht sicher sein. Finde ich jedenfalls«, sagte Annika.

»Ja, es ist gar nicht auszuschließen, dass jemand aus Ekemåla der Täter ist«, entgegnete Bengt.

»Ein Bekannter von uns ist mit dem Kommissar befreundet, der den Mann das erste und einzige Mal verhört hat«, berichtet Annika.

»Ach ja?«

»Ja. Und er sagt, es sei gut möglich, dass der Mörder immer noch frei herumläuft und dass der Mann, der das Geständnis abgelegt hat, unschuldig ist …«

Helin hörte den Wind durch den Kachelofen pfeifen.

»Vielleicht hält er sich im Wald versteckt. Einsame Hütten gibt es doch genug.«

»Vor allem in dieser Gegend«, fügte Bengt hinzu und schenkte sich Tee nach.

»Und wenn er nicht von hier ist? Könnte doch sein, dass der Mord während des Jahrmarkts begangen wurde; da kommen Leute von überall her.«

Helin konnte sich gut an die unruhigen Abende während des Frühlingsfestes erinnern. An die schwüle Nacht, in der Gewitterwolken über den Himmel trieben und Teile des Parks von den farbigen Lampen und Scheinwerfern des Jahrmarkts in ein fast magisches Licht getaucht wurden. Geheimnisvolle Schatten. Entfernte Geräusche, ein Feuerwerk. Ausgelassene Liebespaare. Zwei Männer stritten sich um eine Frau. Kichernde Mädchen. Plätschern im Bach und Knacken im Gebüsch. Gelächter … und ein erstickter Schrei. Ein Fuchs, hatte sie geglaubt. Ein Streifenwagen, der mit Blaulicht durch den Park rollte. Die beiden Männer, die aus dem Schatten traten und einen Gegenstand schleppten, den sie in den Fluss legten. Die Dohlen, die in den hohen Linden schliefen, waren aufgeflattert. Sie war in dieser Nacht wach geblieben, aus Angst, jemand könnte ihre Hütte entdecken.

»Der Mörder muss ja auch nicht zwangsläufig ein Mann sein, oder gibt es etwas, das darauf hinweist?«, fragte Tante Edit.

»Das Opfer war eine Frau, und sie war nackt …«

»Ich denke an das verschwundene Mädchen und ihre Mutter. Eines Tages werden in Ekemåla vielleicht weitere Leichen entdeckt werden«, sagte Bengt. Helin entschuldigte sich.

»Ich fühle mich nicht wohl, ich glaube, ich muss mich ein bisschen hinlegen, entschuldigen Sie bitte.« Auf dem Weg in ihr Zimmer kamen ihr die Tränen. Sie warf sich aufs Bett und begrub ihren Kopf in den Kissen. Plötzlich waren all die schrecklichen Bilder aus Ankara wieder lebendig. Das Gespräch im Salon wurde fortgesetzt, verlagerte sich aber nach und nach in die Diele.

»Wie schön für Sie, ein bisschen Gesellschaft zu haben in dieser … gediegenen Umgebung. Sagen Sie, nähen Sie Ihre Kleider eigentlich alle selbst?«, fragte Annika.

»Ja, das tun wir. Meine junge Freundin ist da sehr geschickt.«

»Handarbeiten war für mich das schlimmste Schulfach von allen«, sagte Annika, die sich schaudernd an ihre strenge Handarbeitslehrerin erinnert. »Grüßen Sie Ihre junge Freundin von uns.«

Tante Edit verspricht es.

*

Das Spitzenhöschen. Nicht ausgeschlossen, dass es etwas mit dem Mord zu tun hat. Die Polizei kann es übersehen haben. Vielleicht war es vergraben gewesen, und Muffins hatte es ausgebuddelt. Man sollte es mit einer DNA-Analyse versuchen. Damit könnte man zumindest herausfinden, ob es der Toten aus dem Kanal gehörte, und weitere Schlüsse auf den Tatort ziehen. Und falls es sich wirklich um eine sehr exklusive Marke handelte, könnte man vielleicht sogar feststellen, wo es gekauft worden war.

Ich kann mir schon vorstellen, dass Lindström sich über mich amüsieren wird. Aber ich bin mir meiner Sache sicher. Voller Enthusiasmus steige ich ins Auto.

»Rat mal, was ich gefunden habe«, sage ich, nachdem ich

Muffins' Pfoten abgewischt und meine Stiefel gegen Hausschuhe getauscht habe. Lindström sitzt am Küchentisch und liest Zeitung. Ich hole die schwarze Hundekottüte aus der Tasche und schwenke sie hin und her.

»Bitte nicht noch mehr Pilze ...«

»Falsch geraten, ein Spitzenhöschen«, sage ich und hole es mit einer Gabel heraus.

»Lass raten: Du glaubst, sie hat was mit dem Kanalmord zu tun«, sagt Lindström genau mit dem ironischen Unterton, den ich erwartet hatte.

»Kannst du das etwa ausschließen? Wie genau hat denn die Polizei das Gelände abgesucht?«, frage ich.

»Es ist natürlich immer möglich, dass etwas übersehen wurde. Und jetzt willst du vermutlich eine DNA-Analyse, um herauszufinden, ob es die Unterhose des Opfers ist.«

»Ja, so was in der Art.«

Lindström lacht. Dann schüttelt er den Kopf.

»Ich kann mir nur schwer vorstellen, dass Mogens Pedersen sich darauf einlässt. Zu teuer und zu unwahrscheinlich, würde er sagen. Und das nicht ohne Grund. Warum, glaubst du, sollte die Unterhose etwas mit dem Mord zu tun haben? Die kann doch von wem auch immer stammen. Und selbst wenn sie etwas mit dem Mord zu tun hätte, was beweist das schon? Dass der Kanal möglicherweise nicht der Tatort war? Das vermute ich schon lange.«

»Warum so negativ? Hast du jemals im Park deine Unterhose ausgezogen?«

»Nein, aber ich bin auch kein Maßstab in dieser Hinsicht. Im Park wimmelt es doch von verliebten jungen Paaren, die mit ihren Unterhosen nur so um sich werfen.«

»Aber du könntest diesen Pedersen doch zumindest mal fragen.«

»Tu ich aber nicht. Der kann seine selbstherrliche Art ohne mich ausleben. Ich fahre morgen früh zurück nach Boköping. Der Auftrag ist beendet, der Urlaub vorbei, und ich komme euch nächsten Freitag oder Samstag wieder besuchen.« Lindström seufzt.

»Was für ein Gefühl ist es, die Ermittlungen vorzeitig einzustellen?«

Eine Weile starrt er mich stumm an, zuckt die Schultern.

»Wie soll das schon sein? Extrem unbefriedigend – wie ein, wie ein coitus interruptus. So, ich packe jetzt meine Sachen«, sagt Lindström und geht die Treppe hinauf.

Mehr zum Zeitvertreib blättere ich in den Gelben Seiten unter der Rubrik »Damenunterwäsche«. In Ekemåla gibt es ein einziges Fachgeschäft. Zwar existieren verschiedene Boutiquen und ein kleines Kaufhaus, aber das Höschen, das Muffins gefunden hat, ist äußerst exklusiv. Nicht einmal in meinen wildesten Jahren habe ich so ein exklusives Wäschestück zu Gesicht bekommen, aber das ist eine andere Geschichte.

Ich rufe das Dessousfachgeschäft *Morganas* in der Järnvägsgatan 27B an.

»Guten Tag, mein Name ist Josef Friedmann. Ich möchte gern wissen, ob Sie eine Unterhose wiedererkennen würden, die bei Ihnen gekauft wurde.«

»Aha, ich verstehe …«

»Es geht um ein Spitzenhöschen.«

»Sie möchten vielleicht exklusive Dessous kaufen … für Ihre Frau?«

»Nein, ich habe hier ein Höschen und möchte gern wissen, ob es bei Ihnen gekauft wurde.«

»Wohl kaum, wir führen nur Damenunterwäsche.«

»Es ist ein Damenhöschen.«

»Tja, ähem, in diesem Fall … können wir vielleicht … behilflich sein.«

»Danke, dann komme ich bei Ihnen vorbei.«

Die Stimmung am Frühstückstisch ist gedrückt. Lindström köpft brutal sein Frühstücksei. Seine Tasche steht gepackt im Flur.

»Du hast wirklich nur eine Woche Sonderurlaub für deinen Einsatz in Ekemåla bekommen?«, fragt Ingbritt.

»Nicht ganz. Ich habe einen Deal gemacht und mir die Erlaubnis geholt, zusätzlich ein paar Montage und Freitage freizumachen. Falls die Lage es zulässt.«

»Eine ungewöhnliche, um nicht zu sagen verdächtige Großzügigkeit. Wie oft, glaubst du, wird die Lage es zulassen?«

»Ach, verdammter Mist! Ich hoffe, die Scheißkarre springt nicht an«, stößt Lindström zwischen den Zähnen hervor.

Doch die Scheißkarre schnurrt wie ein Kätzchen und rollt den Hügel hinunter. Muffins niest und geht ins Haus. Ingbritt und ich harken eine Weile Laub zusammen, dann folgen wir ihm. Ingbritt stopft sich ein paar Kissen in den Rücken und macht es sich mit einer Tasse Tee, einem Käsebrot und einem Buch auf dem Sofa gemütlich. Muffins, der gemerkt hat, dass sie sehr großzügig sein kann, wenn man sich nur richtig bei ihr einschmeichelt, leistet ihr Gesellschaft, leckt sich um die Nase und hält den Kopf schief.

»Wolltest du nicht nach Ekemåla?«, ruft Ingbritt vom Sofa aus. »Dann könntest du auch gleich einkaufen gehen. Ich nehme Muffins. Mir ist nach einem langen Spaziergang.«

Das Spitzenhöschen liegt in der Tüte, während ich nach Ekemåla fahre. Ich überlege, was wir zu Abend essen könnten, und entscheide mich für Couscous mit dünn geschnittenem Schweinefleisch, Tomaten, Zwiebeln, viel Paprika und Knoblauch, Kümmel und ein wenig Cayennepfeffer sowie für einen grünen Salat. Dazu müsste ein kräftiger, nicht allzu teurer Rotwein passen, vielleicht aus Portugal, ein Riguengos oder ein Romeira.

Morganas ist eine Boutique, die sich jede erdenkliche Mühe gibt, exklusiv zu wirken. Ein feines Glöckchen bimmelt, und ich betrete unbekanntes Land. Staune. Verglichen mit der Wäscheabteilung des Kaufhauses ist *Morganas* eine wahre Oase des Luxus und des schönen Scheins. Hier gibt es alles von paillettenbesetzter Reizwäsche bis zu klassischen Panzerkorsetts und Büstenhaltern. Vor allem die Auswahl an luxuriöser, spitzenbesetzter, transparenter Unterwäsche scheint außerordentlich groß zu sein. Kann die Kundenkartei weiterhelfen?

Eine jüngere Frau mit spitzen Mörderabsätzen durchschreitet einen Vorhang und stöckelt über die Auslegeware. Ich schätze sie auf gute dreißig. Sie ist sorgfältig geschminkt und unter ihrer lose geknöpften Bluse gut gepolstert.

»Ich habe gestern angerufen wegen einer Unterhose, die möglicherweise von Ihnen stammt«, sage ich und schwenke meine Tüte.

Okay, diese Spieleröffnung setzt einen gewissen Humor bei der Mitspielerin voraus, doch leider ist die Frau von der humorfreien Sorte. Ich leere den Inhalt der Tüte auf den Tisch, worauf sie erschrocken zurückweicht.

»Führen Sie diese Marke?«, frage ich, indem ich auf das spitzenbesetzte silbergraue Höschen zeige.

Die Frau begutachtet das Höschen mit kaum verhohlenem Widerwillen, schätzt die Größe ab, die mir passen würde.

»Dieses Produkt führen wir nur in den gängigen Größen.«

»Das spielt keine Rolle, ich trage keine Damenwäsche. Wenn Sie mir nicht glauben, kann ich's Ihnen beweisen«, sage ich. Die Frau tritt einen Schritt zurück.

»Ich möchte nur wissen, ob Sie dieses Stück verkauft haben. Sagen Sie einfach Ja oder Nein.«

»Ja, wir sind die Einzigen auf dem Markt, die sie importieren.«

»Haben Sie viele davon verkauft?«

»Sie sind sehr beliebt.«

»Bestimmt, aber haben Sie viele verkauft?«

»Vier oder fünf. Sie sind recht teuer.«

»Wie teuer?«

»Nun, sie sind schließlich sehr exklusiv, gewissermaßen für...« Sie sieht mich mit Ekel an und verzieht ihren rot lackierten Mund. Auf ihrer Stirn entsteht eine unkleidsame

Falte. In einigen Jahren wird diese Falte nicht mehr verschwinden; auf Lachfalten wird sie dagegen lange warten müssen.

»Einen Augenblick.« Die Frau verschwindet hinter dem Vorhang. Sie ruft jemand an; um den Preis zu erfragen, vermute ich. Mit einem Katalog kommt sie zurück.

»Der Einzelpreis beträgt 665 Kronen«, sagt sie frostig.

»Holla! Und sind Ihnen davon schon mal welche gestohlen worden?«

»Ja, zwei, und zwar auf einmal.«

»Sie haben also nur zwei oder drei verkauft.«

»Es waren ... zwei.«

»Haben Sie gesehen, wer sie gestohlen hat?«

»Ja, ein junges Mädchen, vielleicht sechzehn Jahre alt. Dunkelhaarig. Ausländerin.«

»Ist das etwas Ungewöhnliches?«

»Wir verkaufen sie in erster Linie an reifere Frauen.«

»Haben Sie Anzeige erstattet?«

»Nein, das bringt ohnehin nichts.«

»Ich möchte Ihnen ein Foto zeigen. Sagen Sie mir, wenn Sie die Diebin darauf erkennen«, fordere ich sie auf und zeige ihr ein Klassenfoto von Helin in der neunten Klasse. Eine Idee, die sich lohnen sollte.

»Ja! Die da, ganz am Rand. Ich bin mir ganz sicher, sie hatte eine gute Figur.«

»So etwas bemerken Sie?«

»Das bringt der Beruf mit sich.«

»Können Sie sich noch an das Datum erinnern?«

»Es war im Sommer, vor meinem Urlaub. Ich kann meinen Kalender holen, wenn Sie das genaue Datum wissen möchten«, sagt Sie und bohrt ihre Absätze lautlos in die Auslegeware. Ihr enger Rock umschließt sie wie eine zweite Haut.

Ich höre die Frau hinter dem Vorhang suchen. Kurz darauf kommt sie mit einem Kalender zurück. Sie geht Seite für Seite durch, während sie hier und da einen verstohlenen Blick aus dem Schaufenster wirft.

»Entschuldigung, ich glaube, das ist der falsche Kalender. Einen Moment, bitte.« Erneut stöckelt sie hinter den Vorhang. Ein kurz gewachsener fleischiger Typ betritt das Geschäft. Die Frau bleibt hinter dem Vorhang und späht durch einen Spalt.

»Ihnen ist nicht gut? Sie wollten gerade gehen?«, fragt der Fleischkloß aggressiv. Er starrt mich aus seinen Schweinsäuglein hasserfüllt an.

»Danke, mir geht's ausgezeichnet, und Ihnen?«

»Geht dich einen Scheißdreck an! Was hast du hier zu suchen?«

»Was haben *Sie* hier zu suchen?«

»Werd ja nicht frech, schwule Sau, sonst ...«

»Sonst?«

»Kannst du dir ein paar neue Kniescheiben besorgen.«

»Wissen Sie, was Sie gerade getan haben?«

»Was?«

»Sie haben sich einer widerrechtlichen Drohung schuldig gemacht. Darauf stehen bis zu vier Jahre Gefängnis.«

»Bullshit! Dazu brauchst du einen Zeugen.«

»Was meinen Sie, wer da hinter dem Vorhang steht?«

»Mari tut, was ich ihr sage!«

»Das wird wohl sehr auf die Umstände ankommen.«

»Bist du etwa ein Bulle?«

In diesem Moment betritt eine ältere Dame mit dicken Brillengläsern, grauem Ulster und grün karierter Einkaufstasche das Geschäft.

»Ich nehme diese hier, Sie brauchen sie nicht einzuschlagen«, sage ich und halte mir das gefundene Spitzenhöschen probeweise vor die Jeans, bevor ich es in der schwarzen Plastiktüte verschwinden lasse, das Geschäft verlasse und dem Dicken eine Kusshand zuwerfe.

Aufgemuntert von meiner kleinen Vorstellung, die auf Missverständnissen und Vorurteilen basierte, spaziere ich durch die Innenstadt von Ekemåla, bis ich die staatliche Wein- und Spirituosenhandlung erreiche. Ich entscheide mich für zwei Flaschen Romeira, die teurere Wahl, aber eine Alternative ist in den Regalen nicht zu finden.

Unter denen, die mit einem Nummernzettel in der Hand vor der Kasse warten, ist auch Arvid. Nachdem er seinen Portwein gekauft hat, schließe ich mich ihm an. Doch ehe unser Gespräch richtig in Gang kommt, haben wir schon seine Wohnung erreicht.

»Schön wohnst du hier.«

»Willst du nicht mit raufkommen? Ich glaube, ich habe da was, das dich interessieren könnte«, lockt Arvid.

Drei Stockwerke in einem engen Lift. Ein ödes Treppenhaus, grau gesprenkelte Stufen, gelbliche Wände, beigefarbene Kunststoffplatten an der Decke, Müllschlucker, braune Türen mit Sicherheitsschloss und Spion. Im schmalen Flur hängen wir unsere Jacken auf. Ich werfe einen kurzen Blick in ein anonymes, gepflegtes und aufgeräumtes Wohnzimmer. Arvid zeigt mir sein Arbeitszimmer mit einer Reihe von Buchregalen und einem chaotischen Schreibtisch. Er schafft ein wenig Platz, stellt einen kleinen Leuchtkasten auf den Tisch, befreit ihn vom Staub, schaltet das Licht an und öffnet einen Aktenschrank, in dem sich sorgfältig eingepackte alte fotografische Glasplatten befinden.

»Schau mal, ich stelle gerade Material für einen geplanten Bildband zusammen, der sich mit alten Höfen in dieser Gegend beschäftigen soll. Eine Zusammenarbeit mit dem Heimatverein und dem Heimatmuseum, aber die Idee ist von mir, und ich habe auch die meisten Bilder.«

»Du bist Sammler?«

»Ja, seit den fünfziger Jahren schon. Damals standen Glasplatten nicht besonders hoch im Kurs. Viele Museen haben sie sogar weggeworfen.«

Arvid legt eine Reihe von Glasplatten nebeneinander. In Ekemåla gab es offensichtlich schon am Ende des 19. Jahrhunderts gute Fotografen.

»Fantastisch! Was für Bilder!«

»Sieh dir das mal an«, sagt Arvid und nimmt vorsichtig eine weitere Glasplatte zur Hand. Er trägt dünne Baumwollhandschuhe.

»Solche Häuser werden längst nicht mehr gebaut, und erst der Garten ...«

Arvid legt eine Glasplatte im Boudoirformat auf den Tisch. Einer Notiz auf dem Umschlag zufolge ist die Aufnahme 1886 entstanden.

»Wie man sieht, sind die Bäume im Garten bereits sehr hoch«, erklärt Arvid. »Wenn man annimmt, dass ein Apfelbaum 30 bis 40 Jahre braucht, um so groß zu werden, dann muss der Garten ungefähr 1840 angelegt worden sein.«

»Großartig! Sieht das Haus immer noch aus wie früher? Steht es überhaupt noch?«

»Das habe ich noch nicht überprüft, aber der Hof heißt Blekeryd.«

Pizzeria Fortuna. Wie soll ich an Muharrems Freund, den Pizzabäcker, herankommen? Im Moment habe ich keine Idee.

Warum sollte er mit mir reden wollen?

Entweder war er es leid, zu Muharrem befragt zu werden, oder er war irgendwie in die Sache involviert – zwei gute Gründe, mich abblitzen zu lassen.

Aber ich sollte es nicht länger hinausschieben, außerdem werde ich langsam hungrig.

Die Pizzeria Fortuna liegt nur einen Steinwurf vom Stadthotel entfernt. Ein bescheidenes Lokal, das zur Mittagszeit sicher voll besetzt ist, jetzt aber ziemlich verlassen wirkt. Ein großer Steinofen liegt wie eine Insel inmitten eines kleinen Meers von Tischen mit karierten Decken in verschiedensten Farben. Die Wände schmücken alte Plakate von Rom, Florenz, Turin und Venedig. Auf den Tischen stehen Windlichte. Es duftet wohltuend nach Oregano und frisch gebackenem Brot. Bei dem freundlichen Mann hinter der Theke bestelle ich eine vegetarische Pizza. Sein Schnurrbart ist immer noch schwarz, aber die Haare auf dem Kopf ergrauen bereits.

Es gibt drei Salate zur Auswahl, den üblichen gemischten Salat, einen mit Schafskäse und Oliven sowie den typisch schwedischen mit geriebenen Karotten und Rosinen. Als ich einen Teller mit schwedischem Salat begutachte, beugt sich der Mann über die Theke.

»Viele schwedische Gäste mögen Karotten mit Rosinen«, sagt er und lächelt mich vertraulich an. »Und Ausländer ebenfalls.«

»Alle Länder haben eben ihre Scheußlichkeiten. Gehört Ihnen die Pizzeria?«

»Ja, mein Name ist Mohamed. Seit über zehn Jahren betreibe ich die Pizzeria zusammen mit meiner Frau und ihrem Bruder.«

»Dann kannten Sie bestimmt auch Muharrem Berisha? Hat er zu Beginn des Sommers nicht ein paar Mal bei Ihnen übernachtet?«

»Ja, das stimmt. Warum haben Sie nicht gleich gesagt, dass Sie von der Polizei sind«, fragt Mohamed sichtlich verärgert. Wahrscheinlich hatte er von Polizisten die Nase voll.

»Weil ich nicht von der Polizei bin.«

»Ach so. Dann brauche ich ja nicht mit Ihnen zu reden«, sagt Mohamed und schiebt die Pizza in den Ofen. »Sie wollen eine Pizza, oder?«

»Natürlich will ich eine Pizza. Sie müssen doch nicht sauer auf mich sein, nur weil ich mit jemandem sprechen möchte, der Muharrem kannte. Ich habe ihn nur einmal gesehen, kurz bevor er…«, lüge ich ohne schlechtes Gewissen. »Er war ein so freundlicher… gutmütiger Mensch«, sage ich und versuche, mich an Lindströms Beschreibung zu erinnern.

»Ja, er war ein netter Kerl«, brummt Mohamed.

»Ein bisschen wie ein großer Teddybär. Ich kann mir überhaupt nicht vorstellen, dass er in einen Mord verwickelt sein soll. Dazu war er doch viel zu gutmütig.«

»Genau, viel zu gutmütig. Er hatte ein großes Herz. Wollte immer nur das Beste für alle, war aber manchmal schwer von Begriff. Großes Herz, kleiner Verstand«, entgegnet Mohamed, der nun doch langsam auftaut.

»Ich wünschte, ich hätte ihn besser gekannt.«

»Wenn Ihnen so viel an Muharrem liegt, kann ich meine Frau rufen, einen Moment.«

»Ich bin nicht der Einzige, der glaubt, dass Muharrem unschuldig war. Der Polizist, der Muharrem verhört hat, ist derselben Meinung.«

Mohamed verschwindet im hinteren Teil des Lokals hinter einem Vorhang und kommt kurz darauf mit seiner Frau zurück. Sie ist schlank und hat graue Strähnen im Haar, obwohl sie höchstens vierzig sein dürfte. Sie ist ein wenig größer als ihr Ehemann und hat einen Bleistift hinter ihr Ohr geklemmt.

Während die Pizza im Ofen ist, erzählt sie, wie sie Muharrem vor zwei Jahren kennen gelernt haben und er hin und wieder bei ihnen zu Besuch war. Das letzte Mal habe er ein paar Nächte auf ihrem Sofa geschlafen, weil er sein eigenes Zimmer jemand anderem zur Verfügung gestellt hatte.

»Er war immer sehr freundlich, wollte aber nicht richtig frühstücken. Ich habe mit ihm geschimpft wie mit einem Kind. Er war überhaupt wie ein großes Kind«, erzählt sie freimütig.

Sie hätten sich eigentlich immer gut verstanden, bis zum letzten Abend, an dem er deprimiert und erregt gewesen sei. Aber als sie ihn nach den Gründen fragten, habe er nur über Herzschmerzen geklagt.

»Zuerst dachten wir, er kriegt einen Herzinfarkt, aber dann haben wir verstanden, dass er Liebeskummer meinte.«

»Muharrem hatte viele Freundinnen«, wirft Mohamed ein. »Hat immer mächtig mit seinen Frauengeschichten angegeben, wie beliebt er war und so weiter, aber wenn er mal heiratet, dann nur ein anständiges Mädchen, hat er immer gesagt.«

»Hat er etwas von dem Mädchen erzählt, in das er unglücklich verliebt war?«, frage ich.

»Nein, er hat nur geschwärmt, wie schön sie ist. Augen wie Sterne, die Haare schwarz wie die Nacht, aber das Herz kühl wie der Mond«, zitiert Mohamed, während er Oregano über die Pizza streut. »Das waren seine Worte, als wir uns das letzte Mal gesehen haben.«

»Muharrem war nicht besonders klug, aber sehr poetisch«, fährt seine Frau fort und wiederholt, Muharrem sei der gutmütigste Mensch gewesen, den man sich nur vorstellen könne.

»Es ist so schade um ihn, oder wie sagt man? Tragisch?«

»Er wollte sie heiraten?«, frage ich.

»Ja, dieses Mädchen muss etwas ganz Besonderes an sich gehabt haben«, antwortet Mohamed. »Das Mädchen hat ihn zur Verzweiflung gebracht. Ich glaube, er hat um ihre Hand angehalten, und sie hat Nein gesagt. Das hat ihm das Herz gebrochen. Später ist er dann weggezogen. Er wollte nicht ins Hotel zurück und wollte auch von Mädchen nichts mehr wissen. Das sagte er jedenfalls. Mit Mädchen wollte er nie wieder etwas zu tun haben.«

»Das hört sich merkwürdig an.«

»Er hat oft von den vielen Mädchen erzählt, die im Hotel gewohnt haben. Eine kam aus Albanien«, entgegnet Mohameds Frau und blickt zu ihrem Mann hinüber, der die Pizza aus dem Ofen nimmt.

Trotz meiner Proteste besteht Mohamed hartnäckig darauf, mich einzuladen. »Muharrems Freunde brauchen bei mir nicht zu bezahlen«, verkündet er. Ich lehne dankend ab.

»Typisch schwedisch«, lacht Mohamed. »Bedanken sich die ganze Zeit für irgendwas, können aber nichts annehmen. Sie wohnen schon lange in Schweden?«

Ich bejahe und willige schließlich ein, mich einladen zu lassen. Die Pizza ist vorzüglich, nicht zu ölig und mit einem dünnen, knusprigen Rand.

»Also, wenn Sie kein Polizist sind, ist das auch keine Bestechung«, stellt Mohamed amüsiert fest und erzählt, dass Muharrem auf einen außerhalb der Stadt gelegenen Campingplatz gezogen sei.

»Wissen Sie, was er tat, wenn er nicht arbeitete? Hatte er Hobbys, Freunde?«

»Er ist viel Fahrrad gefahren. Zu verschiedenen Plätzen, die ihm gefielen. Ich glaube, er war sehr einsam. Sehr einsam ... Warum musste er sterben? Er war der liebste Mensch auf der Welt«, sagt Mohamed, dessen Augen sich mit Tränen füllen.

»Er war unschuldig«, schluchzt seine Frau. Ihr Mann wendet ihr diskret den Rücken zu.

»Diesen Eindruck habe ich auch gewonnen. Haben Sie ein Foto von ihm? Glauben Sie, Sie könnten mir ein Bild von ihm leihen, dann lasse ich einen Abzug machen. Zur Erinnerung.«

»Unser ältester Sohn hat ein Foto von ihm gemacht, während er auf dem Sofa schlief. Wie machen immer zwei Abzüge. Sie können einen behalten.«

Es war ein scharfes Blitzlichtfoto. Das Objektiv direkt auf sein Gesicht gerichtet. Hätte er nicht geschlafen, wären seine Augen auf dem Bild vermutlich knallrot. Er lag auf dem gelben Sofa unter einer grünen Decke.

Zumindest wenn er schlief, wirkte er wie ein Engel.

15

Der Nachtfrost hat das Wasser im Schubkarren mit einer dünnen Eisschicht überzogen. Daneben häuft sich das Laub, das Ingbritt und ich gestern zusammengekehrt haben. Besser spät als nie. Wir tragen Brennholz ins Haus. Ich leere den Briefkasten, decke den Mittagstisch und rufe Ingbritt, die die Beete vor dem Haus mit Tannenzweigen bedeckt.

»Post für dich. Hundekekse für Muffins. Sauermilch und Haferflocken für uns Zweifüßer. Nach dem Essen fahre ich nach Ekemåla. Möglicherweise habe ich eine Spur entdeckt, eine vage Möglichkeit, die ich überprüfen will, ehe ich mit Lindström rede.«

»Wie spannend. Erzähl!«

»Später. Lass mich erst mal recherchieren. Und du? Hast du was über die Holzschneidemaschine in Erfahrung gebracht?«

»Wirst du vielleicht bald erfahren«, antwortet Ingbritt verschmitzt und reißt das braune Kuvert auf. Sie liest den Brief, faltet ihn wieder zusammen und legt ihn zurück in den Umschlag.

»Ich fahre mit nach Ekemåla. Muss mir ein paar Kleider kaufen. Habe eine neue Stelle bekommen«, sagt Ingbritt nach dem Essen.

»Aber das ist ja großartig, ich gratuliere! Was denn ... wo ... und wann?«

»Vierte bis sechste Klasse in Varghult. Eine Stellvertretung an der Trasteholmsskola. Englisch und Schwedisch. Der Vertrag läuft bis 1. März, wird aber sicher verlängert und könnte in eine Festanstellung umgewandelt werden. In ein paar Wochen fange ich an. Der genaue Zeitpunkt steht noch nicht fest.«

»Na, wie gut, dass du einen eigenen Wagen hast. Wie weit ist es bis Varghult? Bist du schon mal dort gewesen?«

»Nur beim Vorstellungsgespräch. Varghult ist vierundzwanzig Kilometer entfernt. Die Schule hat etwas Liebenswertes, und die Klassen sind klein.«

»Hast du Lindström schon davon erzählt?«

»Nein, das deprimiert ihn bloß. Ich will nicht, dass er einsam und traurig in Boköping rumsitzt. Ich sag's ihm später.«

Während der gesamten Fahrt nach Ekemåla plappert Ingbritt aufgekratzt von ihrer neuen Schule, ihren Plänen und darüber, dass es doch möglich sein müsste, auch Lindström einen neuen Job zu beschaffen.

»Er könnte Gymnasiallehrer werden, in Gemeinschaftskunde zum Beispiel. Man hat ja sogar schon überlegt, Soldaten anzuwerben, also warum nicht auch Polizisten?«

»Tja, er hat ja unbestreitbar große Erfahrung mit den Schattenseiten dieser Gesellschaft«, entgegne ich.

»Er hat einen Magister in Sozialpsychologie, hat außerdem Jura studiert und war auf der Polizeihochschule und hat dort hin und wieder unterrichtet, auch wenn das natürlich nicht dasselbe ist. Und bei dem derzeitigen Lehrermangel ...«

Als ich sie am Anfang der Fußgängerzone absetze, verabreden wir uns in zwei Stunden auf dem Marktplatz. So lange wird sie brauchen, um sich ein paar neue Kleider zu kaufen. Ingbritt eilt der erstbesten Boutique entgegen, während ich den Wagen wieder auf die Fahrbahn rollen lasse und Kurs auf den Kvarnsjö nehme.

In Stiefeln, mit Spaten und Kamera bewaffnet, ziehen wir los.

Muffins und ich schlängeln uns bei trübem Wetter durch das Gestrüpp, bis wir die von Birken gesäumte Lichtung erreichen. Unschwer zu erkennen, dass hier eine Hütte zwischen den Bäumen stand, die offenbar vor längerem schon in Brand gesteckt worden ist. Reste gewellter Plastikplatten liegen neben versengten Textilien.

In einem Plastikbecher unter einem Stein finde ich einen feuchtfleckigen Bibliotheksausweis. Er ist tatsächlich ausgestellt auf den Namen Helin Aras. Daneben ein handschriftlicher Brief in einer mir unbekannten Sprache, ein Sparbuch mit einem Guthaben von 1.203 Kronen und 24 Öre, ausgestellt auf Zozan Aras, sowie Helins schwedischer Pass.

Als ich die Suche am Flussufer fortsetze, stoße ich auf eine Reihe von Plastikbechern, wie man sie in Süßwarengeschäften bekommt. Die Becher stehen im Wasser, ihre fest verschließbaren Deckel sind mit Steinen beschwert. Sie enthalten verschiedene verschimmelte Gemüsesorten, Obst sowie eine kleine Packung Sauerrahm.

Aber warum haben sie in einer Hütte gewohnt? Meine Fantasie geht mit mir durch.

Vielleicht sind Helin und ihre Mutter ja Zeugen des Kanalmords geworden, haben fliehen und sich in der Hütte verstecken müssen, weil der Täter ihre Wohnung im Auge behielt. Sie sind nicht zur Polizei gegangen, weil der Mörder selbst Polizist ist … Später hatte dieser die Hütte entdeckt, sie verwüstet und in Brand gesteckt, Helin und ihre Mutter ermordet, die Leichen aneinander gekettet im See versenkt.

Hallo, Hollywood, was gebt ihr mir für diese Story?

Ich fantasiere weiter. Alles scheint möglich, solange nichts sicher ist.

Ich kann mir nicht vorstellen, dass sie ihre Wohnung freiwillig verlassen haben. Ebenso wenig, wie man Ausweis und Sparbuch freiwillig in einer abgebrannten Waldhütte zurücklässt. Vorsichtig nehme ich Pass, Sparbuch und Bibliotheksausweis an mich und lege sie in verschiedene Tüten. Könnte den Ermittlern von Nutzen sein, denke ich.

Auf dem Rückweg suche ich das flache Wasser am Strand nach weiteren Plastikbechern ab.

Ich lasse meinen Blick über die gekräuselte, graue Wasseroberfläche schweifen. In der beginnenden Dämmerung verschwimmen die Kontraste. Auf der anderen Seite des Sees schnattern die Enten. Auf einer Bank sehe ich eine dunkle Silhouette. Eine ältere, ganz in Schwarz gekleidete Frau hält eine Tüte mit Brotresten in der Hand und wirft den Enten die Krumen zu. Es ist dieselbe Frau, die ich vor einiger Zeit schon mal gesehen habe.

Muffins läuft natürlich zu ihr, was mir Gelegenheit gibt, mit der Frau ins Gespräch zu kommen.

»Ach, dich kenne ich doch, du bist ein guter Hund«, sagt die Frau freundlich zu ihm, doch Muffins lässt sich von Schmeicheleien nicht ablenken und hat die Brottüte fest im Blick.

»Wir sind uns schon einmal hier begegnet«, sage ich, und die Frau nickt lachend.

»Wie heißt er?«

»Muffins.«

»Bist du hungrig, mein Kleiner?«

Eine überflüssige Frage. Ein Augenblick der Unaufmerksamkeit und die Tüte wird verschwunden sein.

»Sind Sie oft hier? Die Gegend ist doch recht einsam. Oder kommen öfter Menschen her zum Entenfüttern?«

»Nicht dass ich wüsste.«

»Auch keine Jugendlichen?«

»Jugendliche, die Enten füttern? Die kommen höchstens im Sommer zum Baden. Manchmal knattert eine Horde von Jungen mit ihren Mopeds durch die Gegend. Unsympathische Gestalten. Aber jetzt, wo die Schule wieder angefangen hat, bin ich meist allein mit meiner Brottüte.«

Wir plaudern eine Weile, ehe ich mich verabschiede. Ich will Ingbritt nicht warten lasse. Bevor ich gehe, frage ich sie, was sie über die Motorradgang weiß. Wie viele es sind, wo sie wohnen.

»Es sind insgesamt fünf, und sie wohnen in der neuen Villengegend da drüben, dem so genannten Ziegenhügel.« Die Frau zeigt in Richtung der Landzunge, die sich auf der anderen Seite des Sees befindet.

»Sie wissen nicht zufällig, wie die Jungen heißen?«, frage ich.

»Ich weiß nur, wie sie sich nennen. Es gibt einen Kenny, dann Lasse, Topa, Larsa und Danne. Kenny ist der Kleinste, und Danne war nicht dabei, als ich sie gestern gesehen habe. Ich habe ihn schon seit einiger Zeit nicht mehr gesehen.«

Ingbritt sitzt mit einer kleinen Plastiktüte auf der Bank. Die Einkaufstour kann nicht sonderlich erfolgreich gewesen sein.

»Und, hast du bekommen, was du wolltest?«

»Die Auswahl hier ist ziemlich bescheiden. Ich sollte es mal in Jönköping versuchen, oder ich bestelle einfach etwas aus dem Katalog. Ich brauche dringend was Schickes«, antwortet sie.

»Wusste gar nicht, dass du so modeinteressiert bist.«

»Bin ich auch nicht. Aber ich hab keine Lust, von den Schülern gleich als alte Schachtel betrachtet zu werden.«

»Willst du noch einen Versuch unternehmen? Solange statte ich Arvid einen Besuch ab.«

»Eine halbe, dreiviertel Stunde?«

Wir werfen ihre Tüte in den Kofferraum und lassen sie von Muffins bewachen. Ingbritt eilt dem nächsten Geschäft entgegen, ich steuere Arvids Wohnung an.

»Bin gleich zurück«, steht auf einem Zettel, der an der Wohnungstür klebt. »Gleich« kann alles bedeuten. Ich beschließe, mich im Lesesaal der Bibliothek aufzuwärmen. Beim Durchblättern des Lokalanzeigers stoße ich treffsicher auf einen Leserbrief, der Homosexualität als eine Krankheit bezeichnet, derer sich die Gesellschaft entledigen müsse. Diesmal von einem Mann mit Parteizugehörigkeit unterschrieben. Es handelt sich um einen Kommunalpolitiker. Das geistige Klima in Ekemåla ist Grauen erregend. Der Einsender scheint die Bevölkerung hinter sich zu wissen. Finstere Zustände.

Durch das Fenster des Lesesaals sehe ich Arvid auf der Straße und beeile mich, ihn einzuholen.

»Ach, der junge Herr Friedmann. Wie geht's denn?«

»Danke der Nachfrage. Gut, dass ich dich treffe. Ich wollte dich zu dem Jungen befragen, der in der Turnhalle vom Seil gestürzt ist.«

»Ja, eine schreckliche Geschichte«, sagt Arvid, während er die Haustür aufschließt. »Die Mutter des Jungen spricht von Mobbing. Sie hat die Schule verklagt. Der Rektor weist alles von sich, der Ruf der Schule, du weißt schon ...«

»Hat sich die Polizei schon bei dir gemeldet?«

»Noch nicht, aber ich kann auch nicht viel dazu sagen. Ich habe den Jungen in Deutsch unterrichtet, ein seltsamer Kerl. Sehr sympathisch unter vier Augen, aber nach außen hin ein grober Klotz. Die Schüler sind ziemlich geschockt. Einige Mädchen saßen den ganzen Tag auf den Fluren und haben geheult, und dazu kam die peinliche Schülerversammlung in der Aula, die der Rektor angeordnet hatte. Er schärfte den Schülern ein, nicht über den Vorfall zu reden, vor allem der Presse gegenüber. Faselte etwas von absoluter Diskretion. So ein Schwachsinn!«

»Aber das kann er doch nicht …«

»Natürlich kann er das! Ich habe ihm auf den Kopf zugesagt, wie ich sein Verhalten finde.«

»Was ihn bestimmt sehr gefreut haben wird.«

»Ungemein. Bei den nächsten Gehaltsverhandlungen kann ich mich warm anziehen.«

»Und was sagen die Schüler?«, frage ich.

»Die sagen, dass ihnen der Vorfall ein Rätsel ist. Viele Mädchen sind verzweifelt, weil sie ihn so unheimlich süß finden. Aber die Klasse sagt einhellig aus, dass Danne nicht von anderen Schülern gemobbt wurde.«

»Von Lehrern vielleicht?«

»Ja, so was kommt vor, aber das ist ein sensibles Thema. Kaum ein Schüler traut sich, so etwas gegenüber einem anderen Lehrer oder dem Rektor zur Sprache zu bringen.«

»Hat Danne selbst andere unter Druck gesetzt?«

»Das glaube ich nicht, er ist … ach, verdammt, schwer zu beurteilen. Eigentlich habe ich ihn gern. Er ist ein reflektierter, eloquenter, sympathischer junger Mann, durchaus ehrgeizig, nur wenn er mit den anderen Jungs zusammen ist, lässt er den harten Typ raushängen, warum auch immer …«

»Wie ist der Unfall eigentlich passiert?«

»Danne hatte sich unbemerkt in der Turnhalle eingeschlossen. Später hat sich dann eine Sportlehrerin die Halle vom Hausmeister aufschließen lassen, weil eine Schülerin glaubte, ihren Schmuck dort vergessen zu haben.«

»Und da haben sie ihn gefunden?«

»Ja, was für ein Schock. Das arme Mädchen. Die Schulkrankenschwester hat sich um sie gekümmert. Die Nachricht hat sich natürlich in Windeseile verbreitet. Alle versammelten sich spontan in der Cafeteria. Normalerweise ist das Åkerdalen Gymnasium eine fröhliche Schule, doch jetzt ist die Stimmung düster und beklemmend.«

»Was weißt du sonst noch über Danne?«

»Er wohnt in der Nähe des Kvarnsjö und kommt mit dem Moped zur Schule. Ein fleißiger Schüler trotz des Unfugs, den er hin und wieder anstellt. Ein netter Kerl, eine ganz eigene Persönlichkeit, und das ist mehr, als sich über die meisten sagen lässt.«

»Warum ist er abgestürzt?«

»Man vermutet, er sei allein raufgeklettert und habe sich vielleicht irgendwie im Seil verheddert, bevor er abstürzte.«

»Und du glaubst dieser Version nicht?«

»Nein. Ich habe das Gefühl, dass es sich um einen Selbstmordversuch handelte.«

»Aber warum?«

»Lehrer sind keine Heiligen …«

»Ein mobbender Lehrer? Du meinst also, seine Mutter könnte Recht haben?«

»Ich fürchte, ja. Danny war anders. So etwas provoziert. Selbst Erwachsene. Offiziell weiß oder glaube ich gar nichts. Das hier muss unbedingt unter uns bleiben.«

Einen Versuch ist es wert. Wenn ich Glück habe, stoße ich auf eine Person, die es mit der Diskretion nicht so genau nimmt, denke ich und steuere auf das Polizeipräsidium zu, das gerade heute bis 18.00 Uhr geöffnet hat.

Blond gefärbte Haare, kleine, weit auseinander stehende Zähne, platte Nase, blaue Augen, verkniffener Mund. Siw Markroos versieht an der Rezeption ihren Dienst. Ich bringe meinen Wunsch vor, Einsicht in ein Dokument zu bekommen, das keiner Geheimhaltung unterliegen sollte. Es geht um die Anzeige gegen das Gymnasium im Falle des abgestürzten Schülers.

»Das kann ich nicht allein entscheiden.«

»Wer kann das dann?«

Widerwillig verschwindet Siw Markroos in den hinteren Regionen. Nichts geschieht, vollkommene Stille. Ich lehne mich gegen die Theke und schaue durch die Glastüren. Dämmerung senkt sich über Ekemåla, die Straßenbeleuchtung wird eingeschaltet.

Sie kommt mit ein paar Akten zurück, macht einen nachdenklichen Eindruck.

»Mein Chef sagt, es handelt sich nicht um einen Unfall, sondern um einen Selbstmordversuch, noch dazu von einem Minderjährigen. In solchen Fällen gewähren wir keine Akteneinsicht.«

»Alles klar«, sage ich und verlasse das Präsidium. Was ich wissen wollte, habe ich erfahren. Selbst die Polizei scheint den »Unfall« als Selbstmordversuch zu betrachten.

Diesmal steht Ingbritt mit einer größeren malvenfarbenen Plastiktüte auf dem Marktplatz und wartet schon. Der Aufenthalt in Ekemåla scheint für uns beide erfolgreich gewesen zu sein.

Auf dem Heimweg machen wir in Äspenäs Station und kaufen dünne Weizenfladen. Wollen sie mit Minutensteaks, Meerrettich, Eigelb, Crème fraîche und Knoblauch füllen. Dazu gibt's die zweite Flasche Romeira.

Die schmale Tapetentür in der Kleiderkammer führt zu einem der kleinen Vorratsräume, die sich zu beiden Seiten des Dachbodens befinden. Ingbritt zieht den Karton mit Bertil Svärds persönlicher Korrespondenz hervor und greift nach ihrer bislang wichtigsten Entdeckung, seinem Tagebuch. Die Einträge sind sporadisch und knapp, aber immerhin.

Muffins springt auf das Bett, rückt sich mit der Nase ein Kissen zurecht und legt den Kopf darauf. Folgt mit halbem Auge Ingbritts Bewegungen.

Es ist spannend und ein bisschen peinlich, das Tagebuch eines fremden Menschen, noch dazu eines fremden Mannes, zu lesen. An seinen persönlichsten Gedanken und Gefühlen teilzuhaben.

Doch Bertils Tagebuch bietet Ingbritt keinen Anlass, sich indiskret vorzukommen. In ihm finden sich weder poetische

Ergüsse noch intime Geständnisse oder private Reflexionen. Ingbritts Vorurteile hinsichtlich des männlichen Gefühlslebens bestätigen sich mal wieder. Die Aufzeichnungen sind mehr als dürr:

»Treffen mit Florman.« Dem damaligen Filialleiter der Bank in Mariannelund, den Ingbritt bereits getroffen hatte.

»Investiert.«

Dass Bertil einen Rekordgewinn eingestrichen hatte, geht aus den Notizen nicht hervor. Es lässt sich gerade so erahnen, dass von Geld die Rede ist. Zum Glück hatte Ingbritt das Gespräch mit Flormann im Hinblick auf dessen hohes Alter mitgeschnitten.

Nachdenklich blättert sie weiter. Stößt auf Vermerke über Anpflanzungen, Entwässerungen und Abholzungen, geplante und realisierte Maschinenkäufe sowie grimmige Kommentare zu der Geschäftspolitik des Forstwirtschaftsunternehmens. Wortkarg, unpersönlich und einfach typisch männlich, findet Ingbritt.

Oder fürchtete Bertil, jemand könne sein Tagebuch lesen?

»Florman zufrieden!« Eine Anspielung auf die Kapitalentwicklung? Bertil macht als Tagebuchschreiber einen geradezu verstockten Eindruck. Kein Wort über Ulla, kaum eines über Anders. »Göteborg«, ergänzt um Datum und Uhrzeit. Bertil hatte ihn während der Studienzeit besucht, und das anscheinend öfter.

»Göteborg 10.37.«

Auf dem Boden des großen Pappkartons findet sich ein zusammengeschnürtes Bündel von Briefen. Liebesbriefe an Bertils erste große Liebe, Anders' Mutter, die unter so tragischen Umständen ums Leben gekommen war. Berührt und ein wenig beschämt legt Ingbritt diese Briefe beiseite, um nach anderen zu suchen, die einen Anhaltspunkt geben könnten, warum Bertils Kopf in einer Holzschneidemaschine wie eine Nuss geknackt wurde. Sie ist bereits überzeugt davon, dass er des Geldes wegen ermordet wurde. Aber von wem? Von Ulla?

Seinem Bruder Martin? Von ihnen gemeinsam? Oder doch durch einen Außenstehenden?

Dass Ulla irgendetwas mit der Sache zu tun hat, daran zweifelt Ingbritt nicht. Eine Frage der Intuition. Auch Lindström behauptet schließlich, er könne oft schon zu einem frühen Zeitpunkt der Ermittlung erahnen, wie sich ein Fall entwickelt.

Nichts deutet darauf hin, dass der Lottogewinn etwas am entbehrungsreichen Leben auf Hackhult geändert hätte. Vielleicht hatte Ulla nie davon erfahren. In den Zeitungen war der Gewinn nie erwähnt worden, so viel hatte Ingbritt schon herausgefunden. Kamen doch andere Motive infrage? Vielleicht hatte Ulla erst später alles herausbekommen, nachdem sie jahrelang ein hartes, ärmliches Leben an der Seite eines wortkargen, stets schuftenden Mannes hatte führen müssen, der weder sich noch seiner Frau etwas gönnte: »den Pflug schweißen, das Dach abdichten, neue Drainage verlegen«. Um dann zu erfahren, dass ihr Mann klammheimlich in Geld badete.

Natürlich musste sie das wütend gemacht haben.

Der Mord geschah kurz nachdem Bertil im Zorn seine Aktien und Wertpapiere verkauft und sein gesamtes Bargeld abgehoben hatte.

Jeden Monat war eine gewisse Summe ins Tagebuch eingetragen. Zweihundert, dreihundert, fünfhundert Kronen. Ein Tausender zu Weihnachten. Vielleicht hatte Bertil seinem Sohn Geld geschickt.

Ingbritt liest weiter. Keine Zeile, nicht ein Buchstabe, der sich auf seine Frau Ulla bezieht.

Vielleicht gehörte sie zu den Menschen, mit denen man es einfach irgendwie aushalten musste, so wie mit einem hässlichen, unpraktischen, geerbten Einrichtungsgegenstand. Oder war Bertil das Möbelstück gewesen?

Hätte Ulla ihren Mann aus Habgier ermordet, wäre ihr Reichtum später in irgendeiner Form sichtbar geworden. Ich selbst hätte jedenfalls nie die Selbstbeherrschung, eine so große Summe zu verstecken und mir nichts anmerken zu lassen, denkt Ingbritt und beschließt, nach Vimmerby zu fahren, *Johannssons Färg & Frö* zu besuchen und die vermeintliche Mörderin selbst in Augenschein zu nehmen.

»Die hat sicher zehn protzige Goldringe an ihren fetten Fingern«, murmelt sie vor sich hin.

Am nächsten Morgen nimmt Ingbritt Muffins mit nach Vimmerby.

»Komm, Muffins, Auto fahren!«

Ihr neuer Wagen läuft wunderbar. Eine halbe Stunde später hält sie auf dem Markt, der eigentlich sehr hübsch sein könnte, würde er der Öffentlichkeit nicht als Parkplatz dienen. *Johanssons Färg & Frö* liegt gleich um die Ecke. Genauso wie die Buchhandlung und die staatliche Wein- und Spirituosenhandlung.

Da ich schon mal hier bin, sagt sie sich, kann ich auch gleich eine Flasche Beaujolais primeur kaufen und vielleicht einen neuen Krimi, oder auch zwei, Catharina Kjellberg und Sven Westerberg.

Ein helles Glöckchen bimmelt beim Eintreten in das Geschäft. Zur Linken steht ein Farbsortiment für verschiedenste Zwecke bereit: für Innen- und Außenanstriche, Glas, Holz, Metall etc., zur Rechten befindet sich eine nach Parfum duftende Abteilung, die Farben für Wimpern, Augenbrauen, Wangen, Nägel, Lippen und Haare anbietet. Eigentlich keine unlogische Kombination, beide Sortimente dienen gewissermaßen der Fassadenverschönerung.

Zwischen diesen beiden Abteilungen rotiert ein Ständer mit Blumensamen.

Hinter der Ladentheke für den Malerbedarf steht ein blasser, korpulenter, aber gepflegter Mann, der sich knapp über dem Pensionsalter befinden dürfte. Er ist rotwangig, riecht nach Old Spice, trägt ein hellblaues Hemd, einen grünen Schlips und einen braunen Arbeitskittel. Die Kosmetikabteilung wird von einer aufgetakelten älteren Frau geleitet. Grelle Kleidung, korallenroter Lippenstift, dünne, rot gefärbte, mit Unmengen von Spray fixierte Haare. Ulla. Eine dieser Frauen, die nicht mit Würde altern können, denkt Ingbritt. Sie beobachtet Ullas flinke Finger, die ein Fläschchen Eau de Toilette geschenkgerecht verpackt.

Enttäuscht registriert Ingbritt, dass sich an Ullas Fingern nur ein einziger dezenter, schmaler Goldring befindet.

Aber...

Ihr Facelifting musste mindestens 40.000 Kronen verschlungen haben. Als Ulla sich von dem Kunden verabschiedet und ihr perfektes Gebiss zeigt, fügt Ingbritt ihrer Liste aufwändiger Schönheitsoperationen auch die falschen Zähne hinzu, bevor sie ihre eigenen Einkäufe erledigt.

Wieder auf der Straße, geht Ingbritt um das Haus herum und entdeckt auf der Rückseite des Geschäfts zwei neue, spiegelblanke Mercedes E 320, die den Ladenbesitzern gehören mussten. Hier war Geld vorhanden! Sie notiert sich die Kennzeichen.

Als Ingbritt Vimmerby mit einer Flasche Wein, zwei Krimis, Shampoo und Handcreme verlässt, ist sie sicher, auf der richtigen Spur zu sein.

Als Muffins ins Haus stürmt, sitze ich in der Diele und telefoniere mit meiner Mutter. Es ging ihr eine Zeit lang nicht gut. Sie hat im Krankenhaus mehrere Untersuchungen über sich ergehen lassen, wollte mich jedoch nicht beunruhigen, sondern meldet sich erst jetzt, nachdem alles vorüber ist.

»Das ist wieder typisch, mich erst hinterher anzurufen«, sage ich gekränkt.

»Aber mein kleiner Josef...« Das sagt sie immer, wenn ihr etwas unangenehm ist. Niemand sonst würde meine 193 cm als »klein« bezeichnen.

»Ich komme sofort.«

»Aber das ist wirklich nicht...«

»Wann haben wir uns das letzte Mal gesehen?«

»Vor gut einem halben Jahr, glaube ich.«

»Hast du etwas dagegen, dass ich komme? Fühlst du dich zu krank oder zu schwach, um Besuch zu empfangen?«

So wie die Frage formuliert ist, kann sie nicht verneinen. Also entschließe ich mich, die fast fünfstündige Fahrt nach Högbo Rosengård sofort anzutreten.

»Ich mache mir ein bisschen Sorgen um meine Mutter. Sie ist krank gewesen und ich habe sie seit mindestens einem halben Jahr nicht gesehen«, erkläre ich Ingbritt. »Könntest du vielleicht ...?«

»Aber natürlich passe ich auf Muffins auf. Und vergiss nicht, von uns zu grüßen.«

Die Terrasse ist voll gestopft mit Staffeleien, Paletten, Farbtuben, bunt verschmierten Lappen, Pigmentpulver, Behältern mit mysteriösen Flüssigkeiten, Flaschen mit Firnissen und verschiedensten Sorten Terpentin, gekochtem und nicht gekochtem Leinöl, alles in einem einzigen Durcheinander. Grundierte Leinwände hängen zum Trocknen, fertige und halb fertige großformatige Gemälde, mit oder ohne Rahmen, lehnen an den Wänden, und das nicht mehr allein auf der Terrasse, sondern inzwischen auch im Wohnzimmer und im Eingangsbereich. Aus der Küche dringt fröhliches Geschnatter, als ich unangemeldet eintrete.

»Hallo, gibt es hier was zu essen für einen hungrigen Wanderer?«

Ein zerzauster grauer Haarschopf schaut aus der Küche. Meine anbetungswürdige Mutter.

»Josef! Wie schön! Komm rein, komm rein, wir backen gerade Piroggen.«

Ein weiterer Kopf erscheint in der Türöffnung. Ronny, Mamas Bewunderer und Untermieter. Wäre sie fünfundvierzig Jahre jünger, hätte ich »Liebhaber« hinzugefügt.

»Leg ab. Komm rein und hilf mit, aber bring den Tokajer

mit, der im Flur neben dem Telefon steht. Leg ihn erst mal ins Eisfach.«

Alles wie gehabt. Ich werfe meine Jacke über eine Stuhllehne. Der Tokajer steht nicht neben dem Telefon, sondern balanciert wacklig auf der Hutablage. Hier ist wie immer alles in voller Fahrt, chaotisch, aber liebenswert. Nach zwei Minuten habe ich das Gefühl, niemals fort gewesen zu sein.

Meine Mutter bereitet eine neue Ausstellung vor, Ronny ebenfalls, seine erste eigene Ausstellung im Ausland. Gespannt zeigt er mir seine neuen Bilder, wartet auf Urteile, Fragen und Kommentare. Aber was kann ich schon sagen? Ronny ist gut. Ich mag seinen kraftvollen Stil. Er ist ein richtiger Maler.

»Na?«, frage ich meine Mutter, »wie geht's dir denn wirklich?«

»Ach, eine Weile war ich nicht ganz auf der Höhe, der Arzt wollte mich ein paar Tage beobachten und einige Untersuchungen machen, aber jetzt ist alles wieder in Ordnung. Eine fiebrige Erkältung, nichts weiter, kein Grund, sich Sorgen zu machen.«

»Wegen einer Erkältung kommt man doch nicht ins Krankenhaus.«

»In meinem Alter schon.«

»In deinem Alter arbeitet man auch nicht Tag und Nacht.«

»Ach, komm. Es war nichts Ernstes. Mach dir keine Sorgen, ich werde ein wenig kürzer treten.«

Später kommen Jurek und seine Frau Louise. Die Teilhaber unserer gemeinsamen Firma *Eurograph*, die ich so schmählich im Stich gelassen habe.

»Wie läuft's denn in der Firma?«, frage ich kleinlaut.

»Geht so. Der Kundenstamm ist noch ausreichend und dafür sollten wir dankbar sein. Aber natürlich wäre es schön, wenn du wieder in der Lage wärst, mit anzupacken. Die Konjunktur ist im Keller, immer mehr Betriebe wechseln ins Ausland ...«

»Wir brauchen dich und wir vermissen dich«, präzisiert Louise, die für unsere Buchhaltung zuständig ist.

Ich stelle vage in Aussicht, im Frühjahr wieder einzusteigen. Während Jurek seinen berühmten Borschtsch macht und die Piroggen im Ofen sind, ziehe ich mich in das Fotolabor der Firma zurück, die sich in einem ehemaligen, unmittelbar hinter dem Haus meiner Mutter gelegenen Wirtschaftsgebäude befindet. Die internationale Schaltzentrale unseres Konzerns.

Es regnet nicht, aber es tropft von den Bäumen. Der Rasen ist schwer, nass und glitschig. Niemand hat sich die Mühe gemacht, das Laub wegzufegen. Ich hätte es getan, wäre ich zu Hause gewesen. Das Grundstück ist einfach zu groß, um von einer exzentrischen, fast achtzigjährigen Dame in Schuss gehalten zu werden. Wird es auch nicht, wie ich sehe. Abgesehen von den Rosen im Rondell vor dem Haus.

Ein kalter Tropfen trifft meinen Nacken und rinnt mir mitleidlos den Rücken hinunter, bevor er aufgesogen und in einen feuchtwarmen Fleck verwandelt wird.

Im Obergeschoss befindet sich meine kleine Wohnung, die schon lange ungenutzt ist. Im Kühlschrank finde ich aber tatsächlich eine Dose Bier. Ich lösche das Licht im Labor und schalte die Dunkelkammerbeleuchtung ein. Das erste Mal seit langem. Im Kühlschrank liegen auch ein paar Filmrollen. Ich kann der Versuchung nicht widerstehen, mische ein bisschen Entwicklerflüssigkeit zusammen, die zunächst abkühlen muss. Später werde ich ein paar Rollen entwickeln, vor allem diejenigen vom Kvarnsjö.

Das Labor hat seine Anziehungskraft wiedergewonnen, beschwört alte Bilder herauf und dringt auf neue. Ich möchte endlich mal wieder etwas Großes zustande bringen. Vielleicht eine Ausstellung. Eine Ausstellung, die sich ausnahmsweise nur mit schönen Themen beschäftigen soll.

Nicht mehr mit Krieg, Umweltzerstörung, Hunger, Armut, Elend, alltäglichem Leid und Prostitution. Das waren immer meine Themen. All diese Fotos haben meine Weltsicht und meine Lebenseinstellung geprägt. Doch eines war klar: Während ich all diese entsetzlichen Bilder früher immer im Ausland gemacht hatte, habe ich inzwischen längst begriffen, dass das Verbrechen, auch das internationale Verbrechen, selbst vor einem Provinznest wie Ekemåla nicht Halt macht.

Viele Prostituierte wurden wie Frachtgut verschickt. Kamen in Containern aus allen möglichen Ländern. Junge Mädchen, die im Auftrag mächtiger Organisationen wie Schlachtvieh verschachert wurden. Wer war die Leiche im Kanal, wer vermisste sie?

Ich wische die trüben Gedanken beiseite und verbringe den Abend fröhlich und in guter Gesellschaft am großen, runden Wohnzimmertisch. Viele Piroggen, einige Kerzen und Weinflaschen später gibt meine Mutter ihre mehr oder minder wahren Jugenderinnerungen zum Besten. Als sie endet, schlummert Ronny längst im Sessel vor dem Kamin. Die Gäste werden wohl über Nacht bleiben.

Ich beziehe das Gästebett für Jurek und Louise, bevor ich mich in meine eigene Bude auf dem Dachboden zurückziehe.

16

Die Entwicklerflüssigkeit ist zu kalt. Ich erhöhe die Temperatur auf 24 Grad, verdünne 1:4 mit Wasser und entwickle die Rollen in der Dose. Während der Film gewässert wird, hole ich die Zeitung aus dem Briefkasten. Das Gras ist nass, alles ist feucht. Es scheint ein ungemütlicher Tag zu werden, aber bei Hochnebel kann man nie wissen, er kann sich immer noch auflösen. Ich bleibe eine Weile auf dem Bett liegen und lese.

Ich kleckere mit dem Fixierer, hänge die Negative zum Trocknen auf, gehe hinunter zu meiner Mutter und will das Frühstück machen. Ronny schläft immer noch im Sessel vor dem Kamin. Ich räume ein bisschen auf, öffne die Fenster und decke den Tisch.

Eine Singdrossel fliegt herein und lässt sich auf der Lampe nieder. Beobachtet mich, als sei ich derjenige, der hier nichts zu suchen hätte. Wir blicken uns eine Weile an, dann leere ich die Krümel des Brotkorbs über dem Küchentisch. Die Drossel lässt es sich schmecken. Dann verschwindet sie wieder. Eine Singdrossel? Ich konsultiere das Vogelbuch, das auf dem Kühlschrank liegt, unter der Keksdose. Sie fällt auf den Boden. Ronny wacht auf.

»Da war eben eine Singdrossel in der Küche.«

»Hast du ihr was zu essen gegeben?«

»Ja.«

»Gut, die kommt fast jeden Morgen«, erklärt Ronny.

»Hm, ich mache jetzt Frühstück. Wie viele sind wir, fünf?«

»Sechs. Hasse kommt auch. Du erinnerst dich doch an Hans Lindskog, Chef des Sozialamts? Der leistet uns oft beim Frühstück Gesellschaft. Er hat es sich zur Aufgabe gemacht, das Wohlbefinden deiner Mutter persönlich zu überprüfen.«

»Okay, also sechs.«

Ich erkenne Hans, genannt Hasse, kaum wieder. Fort ist alles Konventionelle, Beamtenhafte. Er hat abgenommen und seine Kleidung ist sportlich und leger. Polohemd, Lederjacke. Keines dieser viel zu engen, karierten Sakkos mehr, zu denen er seine gemusterten Krawatten trug.

»Wie steht's?«, frage ich mit übertriebenem Stockholmer Dialekt.

»Bestens. Ich habe meinen Dienst quittiert. Arbeite jetzt frei als Berater. Sozialgesetzgebung, Gutachten und so was. Ich bin in unsere Sommerhütte gezogen und fühle mich großartig.«

»Was ist passiert?«

»Die Kinder sind ausgezogen und meine Frau gleich mit ihnen. War das Beste, was mir passieren konnte. Jetzt muss ich keine Karriereleiter mehr hochkrabbeln. Herrlich!«

»Und die Liebe?«, frage ich.

»Alles zu seiner Zeit. Die Liebe kommt, wann sie will.«

Irgendwann sind wir beim Thema Frauenhandel. Hasse hat offenbar keine rechten Vorstellungen von den Dimensionen in der Großstadt.

»Gelegenheitsprostitution, um die Sozialhilfe aufzubessern, die gibt es hier sicherlich; gewerbliche Prostitution selten – und Frauenhandel? Wohl kaum. Aber ich bin mit einem Stockholmer Kollegen befreundet. Der hat mir erzählt, dass in letzter Zeit immer mehr Huren zu ihm ins Büro kamen, die sich über illegale Konkurrenz beschwerten. Junge Prostituierte aus Osteuropa haben ihnen die Freier vor der Nase weggeschnappt. Sie behaupteten alle, aus Schweden zu kommen.«

»Wie kommen die Frauen hierher?«

»Soweit ich weiß, reisen viele als Touristen ein. Schuften Tag und Nacht, bis sie ein oder zwei Jahresgehälter zusammenhaben, und fahren dann wieder nach Hause. Andere werden durch Zuhälterringe ins Land geschleust, mit Jobangeboten gelockt, ausgenommen und als Sexsklaven gefangen gehalten. Die Mädchen sind oft sehr jung, teilweise Kinder. Ich weiß, dass die Polizei kürzlich eine Dreizehnjährige entdeckt hat. Eine Sechzehnjährige ist von einer Autobahnbrücke gesprungen. Hat sich das Leben genommen.«

»Und was tun die Politiker? Was kann die Polizei ausrichten?«

»Das Interesse, den Sexhandel zu stoppen, war bei der EU lange Zeit nicht besonders groß, zumindest nicht, wenn es an die praktische Umsetzung ging. Aber inzwischen ist einiges passiert, neue Gesetze sind erlassen worden – das wurde ja auch allerhöchste Zeit. Weltweit gibt es ungefähr 250 Millionen Kinder, die zu Sklavenarbeit, auch zur Prostitution, gezwungen werden. In West- und Zentralafrika werden jedes Jahr ungefähr 200.000 Kinder entführt und verkauft. Einem Bericht des Frauenforums zufolge, der Ende der neunziger Jahre erschien, beläuft sich der Import lebender Sexspielzeuge auf ungefähr eine halbe Million Personen jährlich. Selbst in Schweden gibt es Hunderte importierter Sexsklavinnen – und die Geschäfte gehen glänzend«, erzählt Hasse und fährt fort: »Nicht zu vergessen all die Sextouristen, die sich im Ausland vergnügen. Das Schlimmste ist aber, dass Eltern aus Geldnot oder Geldgier ihre eigenen Kinder verkaufen. Mütter, Väter, Großeltern, Tanten und Onkel sind oft am Handel in großem Stil beteiligt. Die Internationale Organisation gegen Kinderprostitution und Kinderpornografie, ECPAT, hat ermittelt, dass es in Schweden mindestens 400 solcher Fälle gibt!«

»O Gott. Die Politiker, die Behörden, die EU, was tun die?«

»Tja, nach Jahren der Untätigkeit hat die EU das Thema endlich auf die Tagesordnung gesetzt. Drastische Fernsehreportagen haben die Öffentlichkeit wachgerüttelt und die Politiker unter Handlungsdruck gesetzt. Inzwischen existiert eine EU-Richtlinie, die nationale Regierungen zu neuen Gesetzen verpflichtet. Menschenhandel zum Zweck sexueller Ausbeutung wird mit mindestens acht Jahren Gefängnis bestraft werden.«

Es wird ein langes Frühstück. Als Hasse schließlich gehen muss, warten die Filme im Fotolabor auf mich. Ich schneide sie auseinander und schiebe sie in Negativhüllen, während ich Lindströms Nummer wähle. Er hat wenig Zeit, ist auf dem Weg zu einem Einsatz. Ich erzähle ihm nur kurz, dass ich Helins Pass, ihren Bibliotheksausweis sowie das Sparbuch ihrer Mutter in den Überresten einer abgebrannten Hütte gefunden habe. Die Hütte, in der Helin aller Wahrscheinlichkeit nach gewohnt hat.

»Nur Helin oder auch ihre Mutter?«

»Keine Ahnung. Außer dem Sparbuch existiert von der Mutter keine Spur.«

»Bring die Fundsachen am besten zum Präsidium in Ekemåla. Mogens Pedersen leitet die Ermittlungen, wie du weißt. Du, ich muss weiter. Hab's sehr eilig. Wir sehen uns Samstag«, sagt Lindström und legt auf.

Diesem Pedersen überlasse ich gar nichts.

Ich packe meine Tasche und will nach dem Mittagessen abreisen. Bis dahin werde ich meiner Mutter helfen, einige größere Gemälde in Holzkästen zu verpacken.

Normalerweise esse ich mittags nur spartanisch, doch meine rührende Mutter hat sich in den Kopf gesetzt, dass ich zu dünn bin und mich nicht ordentlich ernähre. Ich soll also aufgepäppelt werden. Sie brät Reis und gart Gemüse im Wok.

»Bist du auf deine alten Tage Vegetarierin geworden?«, frage ich.

»So was in der Art. Ich esse viel Fisch, aber manchmal schummele ich natürlich auch.«

Während des Essens erzählt sie mir von ihrer nächsten Ausstellung, die wieder einmal ihre letzte sein soll. Da ich das alles schon so viele Male gehört habe, seufze ich unüberhörbar.

»Wär's dir denn lieber, ich würde in einem Altersheim sitzen und Däumchen drehen?«

Das Altersheim, das sich ihrer annimmt, tut mir jetzt schon Leid, denke ich, während sie weiterspricht.

»Was ist eigentlich mit dir? Wann legst du dir endlich eine Frau zu? Habe ich noch die Chance auf Enkelkinder?«

Das ist jetzt wohl ein guter Zeitpunkt zum Aufbruch. Nach innigem Abschied mache ich mich nach Småland auf.

Als ich durch das Eingangstor rolle, sehe ich im Rückspiegel, wie meine Mutter auf der Veranda schon wieder mit Farben und Pinseln hantiert.

Als ich Södertälje gerade hinter mit gelassen habe, meldet sich Lindström am Telefon und erinnert mich daran, mit Muharrems früherem Arbeitgeber in Södertälje zu sprechen. Das hatte ich natürlich vergessen.

Ich nehme die nächste Ausfahrt und fahre zurück in den Ort. Ich erkundige mich an vier Tankstellen, aber ein Muharrem ist nirgends bekannt.

Bei Norrköping meldet sich Lindström noch mal.

»Albert Jansson, der Inhaber von *Jahrmarkt Sigismund*, hat angerufen. Ich gebe dir seine Nummer. Mach ein Treffen mit ihm aus und versuche, so viel wie möglich über Serafina herauszubekommen, woher sie kam, wohin sie wollte, ihren richtigen Namen, ob sie eine Perücke trug und so weiter. Alles kann von Interesse sein, aber gib ihm das Gefühl, dass die Sache unter euch bleibt. Er ist ein Weiberheld und will unter keinen Umständen, dass seine Frau etwas erfährt, sonst sagt er gar nichts.«

»Diskretion ist Ehrensache.«

»Hör ihm aufmerksam zu, vertrau deiner Intuition, entlocke ihm Details, die wir überprüfen können. Ach, du weißt schon, was du zu tun hast.«

»Schon, aber bekommst du keinen Ärger?«

»Von Pedersen etwa? Der geht mir sowieso auf die Nerven«, sagt Lindström.

»Aber…«

»Hallo … hallo?« Es rauscht in der Leitung. »So, jetzt hör ich dich wieder. Red mit Albert Jansson, und denk daran, dass er dafür bekannt ist, seine kleinen Freundinnen mit auf Tournee zu nehmen.«

Ich bekomme seine Nummer und verspreche, Jansson umgehend anzurufen. Dann schalte ich mein Handy aus und suche den Radiosender P2, doch der Empfang lässt wieder einmal zu wünschen übrig, also nehme ich mit P1 vorlieb.

Ein paar Stunden später werde ich von Muffins vor Freude über den Haufen geworfen. Ingbritt steht auf dem Treppenabsatz und lacht. Der Rasen ist völlig aufgeweicht. Muffins ist nicht zu bremsen. Ich stopfe meine Kleider in die neue Waschmaschine.

»Wir sind gerade nach Hause gekommen«, sagt Ingbritt, während sie sich den dicksten Lehm von den Stiefeln wischt.

»Wir sollten uns einen Hochdruckreiniger zulegen«, sage ich.

»Keine schlechte Idee. Wie war's bei deiner Mutter?«

»Wunderbar.«

»Hast du Knut getroffen?«

»Wir haben kurz telefoniert. Er meinte, dass er Samstag nach Hause kommt.«

»Wollte er nicht eigentlich schon am Freitag Schluss machen? Er glaubt wohl, der Polizeidistrikt geht vor die Hunde, wenn er sich nicht zu Tode schuftet. Männer ...«

Wir trinken heiße Schokolade, sitzen am Küchentisch und ratschen, schauen hinaus in die Dämmerung. Muffins schnarcht unter dem Tisch.

»Bald ist Weihnachten, trotz allem. Wenn doch nur ein bisschen Schnee käme«, sagt Ingbritt. »Stell dir vor, große weiße Flocken fielen vom Himmel, und dann am Morgen aufzuwachen und alles verändert zu sehen ...«

Lautlos versinkt der Wald im Dunkel. Draußen herrscht tiefe Nacht. Dabei ist es noch nicht einmal fünf Uhr. Als ich aufstehe und das Licht anschalte, um Essen zu machen, protestiert Ingbritt.

»Nein, mach kein Licht. Laß uns ein paar Kerzen anzünden.« Ingbritt hat ein großes Talent, es sich und anderen gemütlich zu machen. Und so sitzen und reden wir und verbringen den Abend ohne Radio und ohne Fernseher.

Draußen scheint der Wind aufzufrischen. Ich wünsche Ingbritt eine gute Nacht und lege mich mit dem Lokalanzeiger ins Bett, lausche den Tropfen, die gegen die Scheibe trommeln. Die Zeitung wird weiter geliefert, obwohl wir sie abbestellt haben. Offensichtlich spekulieren sie darauf, uns als Abonnenten zu gewinnen. Der Versuch ist nicht schlecht, aber er überzeugt uns nicht. Wir haben einfach kein Interesse am Jugendchor der Kirchengemeinde oder daran, dass eine Klasse selbst gebackenen Kuchen verkauft, um die Klassenfahrt zu finanzieren.

Die Leserbriefseite ist wie immer interessant, besser gesagt, kurios. Hier werden Meinungen und Argumente ausgetauscht, die in einer seriösen großen Zeitung niemals gedruckt würden. Die heutige Ausgabe macht da keine Ausnahme: ob es um den Nahost-Konflikt, Ausländer oder Homosexuelle geht: Wenn diese Leserbriefe das Bewusstsein der hiesigen Bevölkerung widerspiegeln, dann allseits Gute Nacht.

*

In ständiger Furcht vor einem plötzlichen Wintereinbruch war Karlsson vollauf damit beschäftigt zu jäten, zu harken, umzupflanzen und abzustützen. Es schien ganz so, als erwarte er in nächster Zeit Unmengen von Schnee, so unwahrscheinlich das mit Blick auf das Thermometer auch erscheinen mochte. Noch konnte man im Garten die eine oder andere Rose pflücken.

»Der Wind dreht sich. Ich spüre es. Bald wird er von Norden kommen, trocken und kalt. Es wird nicht mehr lange dauern, bis wir den ersten Nachtfrost haben«, sagte er.

»Karlsson irrt sich nur selten«, sagte Tante Edit.

Gemeinsam hatten sie den ganzen Abend Obsttörtchen nach einem englischen Rezept gebacken, und jetzt ruhten die einzelnen Törtchen in der Speisekammer unter Leinenservietten.

Helin stand auf der Veranda und schaute in den grauen Himmel. Sie spürte die Wehmut wachsen. Das Licht, das aus den Fenstern drang, beleuchtete den Garten ein paar Meter weit, bevor es erstarb. Ansonsten war alles finster. Laub fegte um das Haus, wirbelte im Kreis und sank wieder zu Boden.

Eines Abends brachte Helin das Gespräch auf das Thema Schule. Sie hatte es lange nicht ansprechen wollen aus Angst, als undankbar zu erscheinen.

»Tante Edit«, begann sie. »Ich mache mir solche Sorgen. Was wird aus mir, wenn ich die Schule nicht beende? Ich würde so gern mal einen Beruf haben, in dem ich mit Büchern zu tun habe.«

»Dann solltest du schleunigst dein Abitur machen und ein Studium anschließen«, sagte Tante Edit entschieden. Helin war überrascht.

»Du siehst so erstaunt aus. Ja, eine junge, begabte Frau wie du sollte studieren. Ich hoffe nur, du möchtest weiter bei uns wohnen, solange du noch zur Schule gehst?«

Helin fiel ein Stein vom Herzen. Sie würde ihr neues Zuhause nicht aufgeben müssen und könnte mit ihrem Schulbesuch wieder so etwas wie ein normales Leben beginnen.

»Danke, Tante Edit, danke.« Tante Edit legte die Finger auf die Lippen.

»Schon gut, Helin. Hast du schon mal daran gedacht, Bibliothekarin zu werden? Bibliothekarin wäre ein Beruf, der gut zu dir passen würde.«

Schon am nächsten Tag fuhr Karlsson mit Helin zu ihrem Gymnasium, um die Sache mit der Rektorin zu besprechen. Helin hatte furchtbare Angst vor der Begegnung, doch sie hatten sich zuvor eine Geschichte zurechtgelegt: Ihr Familienurlaub in der Türkei sei anders verlaufen als geplant und habe sich ungewollt in die Länge gezogen, doch sie sei froh, endlich wieder zurück zu sein.

»Meine Mutter ist in der Türkei geblieben, ich wohne zur Zeit bei guten Freunden der Familie«, sagte Helin und merkte, wie die Tränen in ihr aufstiegen. Sie gab Tante Edits Adresse an.

Und so kam es, dass Helin bereits im Januar Kurse in Mathematik und Biologie belegen konnte. Später würde sie die Sprachen in den Vordergrund stellen.

Die Rektorin war sichtlich erleichert. An der Schule hatte man längst alle Hoffnung aufgegeben, Helin wieder zu sehen. Den Ärger darüber, dass Familie Aras sich nie gemeldet hatte, schluckte sie hinunter. Sie war froh, dass Helin wohlbehalten wieder zurück war.

*

Flüche, Räuspern, Stille. Dann höre ich, wie sich die Person am anderen Ende der Leitung lautstark und ausgiebig schnäuzt. Es dauert eine Weile, bis sich eine tabak- und alkoholgeschwängerte Stimme meldet:

»Was zum Teufel wird mir eigentlich vorgeworfen?«

»Nicht das Geringste.«

»Was wollen Sie dann von mir?«, fragt Albert Jansson, geschäftsführender Direktor und 50-Prozent-Inhaber von *Jahrmarkt Sigismund*.«

»Es geht um eine junge Frau, die als Wahrsagerin auf Ihrem Jahrmarkt in Ekemåla aufgetreten ist.«

»Also ich weiß von gar nichts ...«

»Dafür weiß ich, dass Ihre Frau es gar nicht schätzen würde, wenn sie erführe, was Sie mit Ihren Begleiterinnen so alles treiben. Ich schlage vor, wir besprechen alles unter vier Augen und lassen Ihre Frau einfach aus dem Spiel, meinen Sie nicht auch?«

»Ich – äh ...«

»Wie wär's mit morgen, Konditorei *Glückerts* in Jönköping? Kennen Sie die?«

»Verd ... ich meine, ja. Ja, in Ordnung. Um zehn. Ich trage ein kariertes Sakko.«

Die Konditorei *Glückerts* in Jönköping ist eine vergessene Konditorei. Sie ist weder gemütlich noch stark frequentiert, aber der Kuchen ist okay. Plötzlich sitzt er da, Albert Jansson, in einer dunklen Ecke. Ich war zu sehr in meine Zeitungslektüre vertieft gewesen, um sein Eintreten zu bemerken.

Das karierte Jackett, das zu Beginn der achtziger Jahre modern gewesen sein mag, verbirgt einen mageren, drahtigen Körper. Jahrmarktsdirektor Jansson ist klein, blond und sehnig, macht aber einen robusten Eindruck. Er ist unrasiert, trägt Jeans und Cowboystiefel. Hört wahrscheinlich Countrymusik. Er empfängt mich mit einem trotzigen Blick; offenbar ist er Schwierigkeiten gewohnt. Mir fällt sein erster Satz am Telefon wieder ein: »Was zum Teufel wird mir eigentlich vorgeworfen?«.

Ich rede nicht lange um den heißen Brei herum.

»Wir suchen nach Serafina, der Unvergleichlichen aus Shangri-La. Sie waren vermutlich einer der Letzten, der sie gesehen hat. Erinnern Sie sich an sie?«

»Kommt ganz drauf an, ob Sie meine Frau aus dem Spiel lassen …«, beginnt er ausweichend. Sein Blick flackert.

»Es gibt doch keinen Grund, Ihre Frau einzuweihen, oder?«

»Eben, überhaupt keinen Grund.« Er zieht eine Zigarettenschachtel aus der Tasche. Da Rauchen hier verboten ist, spielt er stattdessen mit seinem Feuerzeug, einem alten Zippo.

»Wie ist ihr richtiger Name?«

»Josefina Serack, aus Ekemåla.«

»Wann haben Sie sie zum letzten Mal gesehen?«

»Das ist schon ziemlich lange her, kann mich nicht genau erinnern«, antwortet er zögerlich.

»Wann haben Sie sie zum ersten Mal gesehen?«

Stockend zunächst, dann immer flüssiger erzählt er von ihr, während er unablässig mit seinem Zippo spielt. Josefina alias Serafina hatte ihn im April angesprochen, als der Jahrmarkt in Sundbyberg gastierte. Sie fragte, ob sie ihn nicht als Wahrsagerin mit ihrem eigenen Zelt begleiten dürfe. Mehr zum Spaß, wie ihm schien. Ein Nebenverdienst. Jansson willigte ein. Eine neue Attraktion. Sie bezahlte eine symbolische Miete, transportierte ihre Ausrüstung mit dem eigenen Auto und schloss sich der Truppe auf ihrer Frühjahrstournee durch mehrere europäische Städte an, das war alles.

»War sie hübsch?«

»Hübsch? Das kann man wohl sagen! Kurzes blondes Haar, tolle Figur, schöne Zähne, ein strahlendes Lächeln, leuchtende Augen, grau oder grün, bin mir nicht ganz sicher. Ungefähr 25, glaube ich. Sie war größer als ich und hat uns alle angesteckt mit ihrer guten Laune. Ein nettes Mädchen, und nicht dumm!«

»Hatte sie Erfolg?«

»Natürlich, und bei der Truppe war sie ungeheuer beliebt. Nichts weiter! Meine Frau hat in diesem Fall wirklich keinen Grund, sich zu beklagen … Teufel noch mal, wenn sie nur irgendeinen Rock auf dem Jahrmarkt sieht, bildet sie sich gleich wer weiß was ein!«

»In anderen Fällen hatte sie also Grund zur Klage.«

»Jetzt fangen Sie nicht wieder damit an. Nein, hatte sie nicht! Welches junge Mädchen würde sich denn ... ich meine, ich werde bald sechzig. Glauben Sie, was Sie wollen, aber ich liebe meine Frau. Serafina gehörte außerdem zu der – wie sagt man – intellektuellen Sorte. Nichts für einen abgehalfterten, versoffenen Schausteller. Aber eine wahre Augenweide. Tolles Mädchen, nur eben nichts für mich«, sagt Albert und sieht ein wenig bekümmert aus, als er fragt:

»Ist etwas passiert?«

»Sie wird vermisst. Die Ermittlungen laufen«, sage ich und versuche, mir den Anschein zu geben, ich sei von der Polizei. »Was wissen Sie sonst noch über Josefina Serack?«

»Sie wollte in Italien studieren. Sie hat sich doch nichts zuschulden kommen lassen?«

»Nicht dass ich wüsste, oder haben Sie einen konkreten Verdacht?«

»Nun, sie hat uns in dem Moment verlassen, als die deutsche Polizei nach ihr gefragt hat.«

»Die deutsche Polizei? Und was wollte die wissen?«, frage ich.

»Ungefähr dasselbe wie Sie. Ob sie von jemand gesucht wird, aber ich hatte keine Lust, diesen Typen zu helfen. Ich sagte bloß, dass ich sie nicht persönlich kenne und nichts weiß. Nicht mal ihren richtigen Namen. Wir haben sie einfach Serafina genannt, das passte. Ich wollte ihr keine Schwierigkeiten machen, und ich wollte nichts mit der deutschen Polizei zu tun haben.«

»Aber gewundert haben Sie sich trotzdem.«

»Ja, zugegeben, ein bisschen skeptisch bin ich schon geworden. Aber ich konnte mir nicht vorstellen, dass es was Ernstes war. Serafina ist nicht so eine. Glauben Sie mir, ich habe schon alle Sorten von Menschen erlebt. Nein, da glaube ich eher, dass meine Frau dahinter steckt mit ihrer verdammten Eifersucht.«

»Hm.«

»Das ist alles, was ich weiß. Sie hat übrigens ihr Zelt auf einem unserer Lastwagen vergessen. Ich habe es immer noch. Sie kann es abholen, wann sie will.«

»Wissen Sie, was sie in Italien studieren wollte?«

»Irgendwas mit Computern, glaube ich, in Turin, der Fiat-Stadt.«

»Warum gerade Italien? War sie Italienerin?«

»Keine Ahnung. Glaub ich nicht. Serack hört sich auch nicht italienisch an. Sie quatschte von irgendeinem ›Rasmus‹ oder so und dass die EU ihr Studium bezahlen würde.«

»Sie kam aus Ekemåla, sagten Sie?«

»Sie können ja mal im Telefonbuch nachschauen«, entgegnet Jansson und zündet sich eine Zigarette an. Wir verlassen die Konditorei.

Als wir bei trübem Wetter auf der Straße stehen, frage ich ihn, ob er sich noch an den Jahrmarkt in Ekemåla erinnern könne. Ob er ruhig oder turbulent verlaufen sei, ob er jemand im Park gesehen habe, doch Jansson hat die ganze Zeit auf dem Jahrmarktsgelände zugebracht, die Kasse geführt, mit angepackt, wo Not am Mann war, und den Ordnungsdienst überwacht. Er hat nichts Ungewöhnliches gehört oder gesehen, und das hätten die Ordner auch nicht, soweit er wüsste. Er gibt mir die Telefonnummer eines Mannes vom Ordnungsdienst, Emil Hörberg. Ich danke ihm für die Hilfe und verspreche ein weiteres Mal, dass ich nichts sagen werde. Kein Sterbenswörtchen.

»Sie verstehen … meine Frau … diese Eifersucht … dabei hat sie nicht den geringsten Grund. Nicht den allergeringsten, wirklich!« Jansson bemüht sich um einen redlichen Gesichtsausdruck, bricht dann in Gelächter aus, entblößt seine Goldzähne und ermuntert mich, ruhig anzurufen, wenn mir noch etwas einfiele.

Sobald Jansson verschwunden ist und ich in meinem Wagen sitze, rufe ich Emil Hörberg an. Er bestätigt Janssons Aussagen. Auch er kann sich an keine besonderen Vorkommnisse erinnern, weder auf dem Rummelplatz noch im Park, zumindest habe er nichts gesehen oder gehört. Auch seinen Kollegen sei nichts aufgefallen.

»Die Polizei hat das Gelände bewacht, und einmal habe ich gesehen, wie ein Streifenwagen durch den Park gefahren ist, auf der anderen Seite des Flusses. Vielleicht können die Ihnen mehr sagen.«

Ich rufe die Auskunft an und frage nach der Familie Serack. Der Eintrag lautet: Ivan und Anthonia Serack, Blåklintsvägen 14B, Ekemåla. Ich bitte sie, mich zu verbinden. Kurz darauf meldet sich eine melodische Stimme:

»Anthonia Serack.«

Ich erkundige mich nach Josefina und erfahre, dass sie in Italien ist. Sie hat ein Erasmus-Stipendium am Politecnico in Turin. Ich gebe vor, ebenfalls in Turin studieren zu wollen, und erhalte ihre Telefonnummer.

»Wann haben Sie das letzte Mal von ihr gehört?«, frage ich.

»Letzte Woche kam ein Brief von ihr. Es geht ihr gut. Sie hat inzwischen viele italienische Freunde.«

»Wissen Sie, ob es schwer ist, in Turin ein Zimmer im Studentenwohnheim zu bekommen?«

»Keine Ahnung, aber fragen Sie Josefina. Sie ist jetzt ja schon seit … ja, seit dem Frühjahr oder Sommer dort unten. Ich weiß gar nicht mehr genau, seit wann, vorher hatte sie irgendeinen Gelegenheitsjob«, berichtet Anthonia Serack und gibt mir Josefinas Telefonnummer.

Ich bedanke mich und beschließe, sie so bald wie möglich anzurufen, nachdem ich mit Lindström gesprochen habe, aber Kriminalkommissar Lindström ist natürlich nicht zu erreichen, sitzt für den Rest des Tages in einer Besprechung. Typisch.

17

Lindström kam am Samstagnachmittag in mieser Laune, heizte sofort die Sauna und machte ein Nickerchen, während die Temperatur stieg.

Sprach kein Wort.

Ingbritt schüttelt den Kopf.

»Wird man so, wenn man in der Stadt lebt und arbeitet?«, fragt sie.

»Da muss mehr dahinter stecken«, mutmaße ich. »Wir fragen ihn nach der Sauna.«

»Uff, wie der aussieht, traue ich mich gar nicht, von meiner neuen Stelle zu erzählen ...«

»Wart's ab. In der Sauna lösen sich alle Knoten. Altes finnische Sprichwort.«

Ich führe das schnaubende Nashorn in die Sauna. Wir setzen uns auf die oberste Bank. Die Wärme, der Duft des Holzes und die Feuchtigkeit hüllen uns ein. Dampf steigt auf, wir schaudern vor Wohlbehagen. Lindström stöhnt.

»Ihr finnischen Teufel wisst, wie man es sich schön macht ...«

»Halbfinnenteufel, bitte.«

Allmählich nimmt Lindström wieder menschliche Züge an. Er kann ja auch richtig sympathisch sein. Ich erzähle ihm von meinem Fund auf der kleinen Landzunge am Kvarnsjö und all den anderen Ergebnissen meiner bisherigen Recherchen.

»Die Unvergleichliche ist also am Leben«, wirft er ein und grinst. Sein Grinsen wird noch breiter, als ich ihm vom Auftauchen der deutschen Polizei erzähle. »Ach wirklich? Und Jansson hat kein Wort darüber verloren? Pedersen hat keinen Schimmer, wer Serafina ist«, amüsiert sich Lindström, nun fast wieder der Alte. »Und Frau Serack, was hat sie gesagt?«

»Sie scheint von der Doppelrolle ihrer Tochter keine Ahnung zu haben.«

»Hm. Dann können wir wohl ausschließen, dass es sich bei

der Kanalleiche um Serafina handelt. Und wir sind ›so klug als wie zuvor‹. Was ist mit Helin, ihrer Mutter, der Kanalleiche und dem Mörder?«

»Helin und ihre Mutter könnten Zeugen des Mordes geworden sein und sich aus Angst versteckt halten.«

»Na klar, und jetzt trauen sie sich nicht aus der Deckung, weil der Mörder selbst Polizist ist … Ich habe auch ein paar amerikanische Filme gesehen. Versuch, deine Fantasie im Zaum zu halten, und lass uns noch mal nachdenken: Also, Serafina hat sich dem Jahrmarkt angeschlossen, ist mit nach Deutschland gereist, spielte ein bisschen Wahrsagerin, verlor die Lust und ist auf eigene Faust nach Turin, um ihr Studium aufzunehmen. Äußerst unternehmungslustig, um nicht zu sagen, wagemutig, die Dame. Hast du schon nachgeprüft, ob sie wirklich in Turin ist?«, fragt Lindström.

»Ich habe ihre Nummer. Wir können sie heute Abend anrufen.«

Lindström blickt sich suchend in der Sauna um.

»Sagte ich nicht, dass ich eine Kiste Bier im Auto habe? Wie konnte ich das nur vergessen. Diesmal bin ich dran«, seufzt er.

Feucht glänzend und rosig trottet Lindström ins Freie, um die Kiste zu holen. Als wir beide eine Flasche herbstkühles *Koff* in der Hand halten, nehmen wir den Gesprächsfaden wieder auf.

»Ich habe mit jemand vom Ordnungsdienst gesprochen, der Janssons Angaben bestätigt. Niemand ist etwas aufgefallen«, berichte ich.

»Da stochern meine Kollegen ja schön im Nebel.«

In strahlender Laune, notdürftig in unsere hellgelben Frotteehandtücher gewickelt, wanken wir dampfend in die Küche, um einen Blick in den Kochtopf zu werfen.

»Oh, wie niedlich, zwei rosa Schweinchen!«, ruft Ingbritt. »Das eine lang und dünn, aber das andere dürfte Weihnachten fällig sein …« Sie kneift Lindström in den Hintern.

Nach der exzellenten Gemüsesuppe rufen wir Josefina Serack an. Sie ist sofort am Apparat.

»Guten Abend, hier spricht Kriminalkommissar Lindström aus Schweden. Sie wissen, warum ich anrufe?«

»Äh ... vielleicht ... kann ich's mir denken.«

»Dann gebe ich den Hörer gleich an Josef Friedmann weiter. Erzählen Sie ihm bitte, was Sie wissen.«

»Ja, hallo, Josef Friedmann hier. Guten Abend. Ich möchte Ihnen zunächst schöne Grüße von Albert Jansson ausrichten, den ich kürzlich getroffen habe. Er fand Ihre gemeinsame Reise äußerst zufriedenstellend.«

»Und er ist mir nicht böse, dass ich plötzlich weg war und mein Zelt dagelassen habe?«

»Nein, nein, den Eindruck hatte ich nicht. Obwohl er sich natürlich seine Gedanken gemacht hat, warum Sie ausgerechnet in dem Moment verschwunden sind, als die deutsche Polizei nach Ihnen gefragt hat.«

»Nach mir? Deutsche Polizei?«

»Ja, sie arbeitet mit der schwedischen Polizei zusammen.«

»Also, ich habe keinen einzigen deutschen Polizisten gesehen. Ich wüßte auch nicht, was ich mit denen zu besprechen hätte.«

»Na, schauen wir mal. Ich habe, wie gesagt, schon mit Albert Jansson gesprochen und möchte nun Ihre Version hören. Würden Sie mir einfach ein bisschen über Ihre Arbeit auf dem Jahrmarkt erzählen«, fordere ich sie auf und strecke Lindström meinen gehobenen Daumen entgegen, als der gerade die Treppe hinaufgeht.

»Also gut. Ich werde meine Steuern bezahlen, es war doch ehrlich verdientes Geld, aber ich war schließlich lange unterwegs und ...«

»Sagen Sie, sich Hals über Kopf einem reisenden Jahrmarkt anzuschließen, ist das schon immer ein Mädchentraum von Ihnen gewesen?«

»Das nicht gerade, aber ich brauchte Geld und fand es spannend.«

»Haben Sie so was schon früher gemacht, zum Beispiel im Zirkus gejobbt?«

»Nein.«

»Wie alt sind Sie?«, frage ich.

»Sie meinen, ob ich für solchen Unfug nicht langsam zu alt bin?«

»Für die Erfüllung seiner Träume ist man nie zu alt.«

»Man darf doch zumindest davon träumen, dass es eine Alternative gibt zu Ehemann, Reihenhaus, Volvo, zwei Kindern ...«

»Alternativen gibt es genug.«

»Nicht in Ekemåla.«

»Das kann ich nicht beurteilen. Ich lebe nicht in Ekemåla.«

»Interessant, wo sind Sie aufgewachsen?«

»Moment mal, also ich stelle hier die Fragen. Wie alt sind Sie?«

»Siebenundzwanzig. Wie alt sind Sie?«

»Zu alt für Träume ... Erzählen Sie, warum ausgerechnet Wahrsagerin auf dem Jahrmarkt?«

»Weil das eine faszinierende Sache ist, eine Show. Die Leute wissen, dass es eine Show ist, kommen aber trotzdem und bezahlen dafür.«

Nach einer kurzen Pause fährt Serafina fort:

»Echte Wahrsagerei ist nämlich kein Schwindel, sondern eine gute Show. Natürlich hatte ich eine Glaskugel und all dieses Zeug, und neben der Tür stand mein Besen. ›Hütet euch vor dem Besen!‹, rief ich immer, wenn die Leute hinausgingen.«

»Was ist in Ekemåla passiert?«

»Am allerersten Tag des Jahrmarkts, das war Samstag, der zweite Juni, war alles brechend voll von Schülern, die den Schulabschluss feierten und viel getrunken haben. In einer Pause bin ich ein Stück am Fluss entlangspaziert. Kennen Sie sich aus in Ekemåla?«

»So einigermaßen. Waren Sie allein?«

»Ja, obwohl Albert sicher gern mitgekommen wäre. Er ist ein richtiger Charmeur. Ich ging also durch den Park, immer am Fluss entlang. Da sah ich, wie zwei Männer eine Frau belästigten. Ich glaube, es war eine Zigeunerin. Sie haben an ihren Kleidern gerissen, sie an den Haaren gezogen und schließlich in die Büsche geschleift.«

»War sie wie eine Zigeunerin gekleidet?«

»Ich denke schon, bin mir aber nicht so sicher. Ich meine, ich trage auch manchmal einen langen Rock ...«

»Beschreiben Sie ihre Kleidung.«

»Wie gesagt, ein langer Rock, die Haare nach oben gesteckt und mit einem Band zusammengehalten ... ich hatte einfach den Eindruck ..., aber natürlich kann sich jeder so anziehen, und dunkel war es auch.«

»Haben Sie alles deutlich erkannt?«

»Na ja, so ziemlich. Sie waren auf der anderen Seite des Flusses, aber ich hörte zornige Stimmen, und dann habe ich gesehen, wie sie zwischen die Büsche gezerrt wurde.«

»Zornige Stimmen? In welcher Sprache?«

»Das kann ich nicht sagen.«

»Wann war das genau?«

»Ziemlich spät am Abend, so um halb elf.«

»Wie lange hat es gedauert?«

»Nachdem sie in den Büschen verschwunden waren, habe ich nichts mehr gehört und gesehen.«

»Haben Sie die Polizei verständigt?«

»Natürlich! Ich habe von meinem Handy aus angerufen und gesagt, dass zwei Männer eine Frau überfallen hätten und dass es sich um eine Vergewaltigung handeln könnte.«

»Wie waren die Männer gekleidet?«

»Sie trugen Anzüge, mehr habe ich nicht gesehen.«

»Wie sahen sie aus? Waren sie groß oder klein?«

»Schwer zu sagen. Sie waren in jedem Fall ein Stück größer als die Frau.«

»Und weiter?«

»Zehn Minuten später habe ich dann einen Streifenwagen durch den Park fahren sehen.«

»Sonst noch was?«

»Nein. Ich habe mit meiner Show weitergemacht, aber am nächsten Tag habe ich mich bei der Polizei erkundigt, was aus der Sache geworden ist, und sie sagten mir, die Zigeuner hätten die Stadt verlassen, ohne Anzeige zu erstatten. Ein Streifenwagen hat beobachtet, wie sie in einem Volvo mit finnischem Nummernschild weggefahren sind. Die Beamten haben sie sicherheitshalber sogar noch angehalten und gefragt, ob alles in Ordnung sei oder ob sie irgendwelche Vorfälle zu melden hätten, aber das war nicht der Fall.«

»Würden Sie die Männer bei einer Gegenüberstellung wiedererkennen?«

»Haben Sie die Männer gefasst? Was ist mit der Frau passiert?«

»Leider nein, aber würden Sie die Männer wiedererkennen?«

»Vermutlich nicht. Aber ich erinnere mich, dass der größere von beiden einen komischen Hut aufhatte. Der andere trug mitten in der Nacht eine Sonnenbrille. Ich glaube, er war ein bisschen rund um die Hüften.«

»Was für ein Hut? Welche Farbe?«

»So ein kleiner, alberner Altmännerhut mit schmaler Krempe. Ich glaube, er war grau, vielleicht graublau.«

»Okay. Was haben Sie dann gemacht?«

»Gearbeitet. Ich hatte mindestens zehn verschiedene Kunden in meinem Zelt, vor allem Jugendliche.«

»Ist Ihnen an denen etwas aufgefallen?«

»Einer von ihnen wirkte ziemlich nervös und hatte nasse Hosenbeine, als wäre er durch den Fluss gewatet. Ich glaube, sein Name war Kenta, er wollte selbst gar keine Zukunftsprognose, sondern bloß den anderen zuschauen. Vielleicht hatte er sich auch nur in meinem Zelt verstecken wollen, um irgendeinem Mädchen aus dem Weg zu gehen. Er quasselte wirres

Zeug, wirkte gestresst, fragte mich, wie es mir in Schweden gefiele und so weiter. Als er endlich begriff, dass ich genauso schwedisch bin wie er, fing er an, zu fluchen und über Ausländer herzuziehen.«

»Können Sie ihn näher beschreiben?«

»Dünn, kindlich, vielleicht fünfzehn Jahre alt, nicht besonders groß. Blaue Jeans und Jeansjacke, dunkelblond, strähniges, fettiges Haar, blaue oder graue Augen, ziemlich pickelig. Ach ja, außerdem hatte er einen Ring in jedem Nasenflügel.«

»Hatte er irgendwelche Freunde dabei?«

»Nein, jedenfalls nicht im Zelt.«

»Wie sehen Ihre typischen Kunden aus?«

»Im Großen und Ganzen gibt es zwei Gruppen, die das alles relativ ernst nehmen. Zum einen junge Mädchen, die sich richtig gruseln. Bei ihnen bin ich vorsichtig. Ansonsten die Frauen ab dreißig. Sie möchten mir so gerne glauben, denn für sie ist das wie eine Therapie. Viele wollen über ihre Beziehungen reden, meist über gescheiterte Beziehungen. Sie wollen wissen, wie sie sich in Zukunft verhalten sollen oder ob sie bald jemand kennen lernen oder ob ihre Ehe halten wird.«

»Kann sich das nicht sehr in die Länge ziehen?«

»Schon, und ich komme mir dabei immer wie eine Betrügerin vor. Das sind dieselben Frauen, die auch an Horoskope glauben. Erwachsene Männer kommen dagegen selten.«

»Verkleiden Sie sich, wenn Sie in die Rolle der Serafina schlüpfen?«

»Als Wahrsagerin trage ich eine lange, schwarze Perücke. Und ein dunkles, wallendes Kleid.«

»Erzählen Sie noch ein bisschen von den Tagen während des Jahrmarkts.«

Für eine Weile ist es still in der Leitung. Dann beginnt sie zögerlich:

»Das ... ist eher eine private Geschichte. Ich hatte lange im Voraus ein Zimmer im Stadthotel reserviert, weil ich nicht bei meinen Eltern wohnen wollte. Hm ... Aber als ich ankam, wollten sie mir das Zimmer nicht geben.«

»Warum nicht?«

»Ein schmieriger Typ mit zurückgekämmten Haaren, der nach billigem Rasierwasser stank, wollte mir weismachen, dass ihm keine Reservierung vorläge und absolut kein Zimmer mehr frei wäre.«

»Da standen Sie also am späten Abend ohne Bleibe auf der Straße. Hatten Sie eigentlich Ihre schwarze Perücke schon auf?«

»Ja, sonst wäre mir das vermutlich nicht passiert. Aber einer meiner wenigen männlichen Kunden vom Nachmittag wurde mein Retter in der Not. Er arbeitete als Tellerwäscher in der Hotelküche und hat mir seinen Schlafplatz zur Verfügung gestellt in einem winzigen Raum im Hinterhof des Hotels. Die Matratze passte kaum hinein. Er selbst wollte bei einem Freund übernachten.«

»Wie großzügig von ihm. Wie war denn sein Name?«, frage ich.

»Mohamed.«

»Und weiter?«

»Kann mich nicht erinnern.«

»Und die folgenden Nächte?«

»Dieser Mohamed wurde immer zudringlicher. Dachte wohl, ich würde mich ihm erkenntlich zeigen ...«

»Ach so einer ...«

»Nein, das ist ungerecht. Ich glaube eigentlich, dass er sich wirklich in mich verliebt hat. Auf seine eigene naiv-kindliche Art. Ich hatte das Gefühl, dass er ein wenig zurückgeblieben war und nicht wusste, wie er mit seinen Gefühlen umgehen sollte.«

»Was ist dann passiert?«

»Mohamed kam in der Nacht, besser gesagt, am frühen Morgen vorbei. Er wollte nur ›hallo sagen‹, wie er sich ausdrückte.«

»Sind Sie sicher, ihn richtig verstanden zu haben, ich meine, sprach er gut Schwedisch?«

»Er konnte sich einigermaßen verständlich machen. Jedenfalls stand er plötzlich vor der Tür, klopfte beharrlich, nannte mich ›Liebling‹. Schließlich habe ich ihn zum Gehen überreden können, aber auf dem Jahrmarkt ist er dann wieder zu mir gekommen. Ich sollte ihm noch mal die Zukunft vorhersagen, und da habe ihm die große Liebe prophezeit, ein Mädchen aus Södertälje. Habe ihm erzählt, sie würden zusammen an einer Tankstelle arbeiten. Auf die Schnelle fiel mir nichts Besseres ein, aber ich hoffte natürlich, dass er mich danach in Ruhe lassen würde. Hat er aber nicht. In der folgenden Nacht kam er wieder, diesmal mit Blumen. Eine Weile haben wir uns draußen im Hinterhof unterhalten. Ich hätte nie riskiert, ihn hereinzulassen, obwohl er auf seine kindliche Weise eigentlich ganz nett war und einen gewissen Charme hatte. Doch dann, wie aus heiterem Himmel, hat er um meine Hand angehalten.«

»Hoppla.«

»Sie sagen es. Hoppla. Ich habe natürlich abgelehnt, aber er wollte mir gar nicht zuhören. Wir sollten heiraten und nach Stockholm ziehen. Dort wollte er viel Geld mit der Reparatur amerikanischer Autos verdienen, und wir sollten einen Haufen Kinder bekommen. Er wüsste genau, wie das geht, sagte er. Es gelang mir aber, mich rasch in dem kleinen Zimmer einzuschließen.«

»Machte ihn das wütend?«

»Überhaupt nicht. Ich hatte das Gefühl, dass er mir mein Verhalten eher hoch anrechnete. Seiner Meinung nach war es nicht richtig, sich vor der Hochzeit zu küssen.«

»Was für eine Kulturkollision.«

»Sie sagen es. Am dritten Tag fing er mich vor dem Zelt ab. Ich hatte keine Angst vor ihm, also gingen wir zusammen an der Centralgata in Richtung Stadthotel spazieren. Wieder hielt er um meine Hand an. Ich habe eine Weile auf ihn gewartet, während er neue Blumen für mich besorgt hat. Den ganzen

Weg über habe ich ihm versucht zu erklären, dass ich ihn nett finde, aber nicht verliebt in ihn sei, und dass ich nicht im Traum daran denken würde, ihn zu küssen oder zu heiraten.«

»Was hat er geantwortet?«

»Er hat sich seinen eigenen Reim darauf gemacht: Mein Nein hat er umgedeutet als Beweis meiner Liebe und Keuschheit. Er sagte, als Mutter würde ich wie ein Engel sein. Was soll man mit so einem Typen anfangen?«

»Das dürfen Sie mich nicht fragen, aber erzählen Sie weiter.«

»Dann musste ich noch ein unfreiwilliges Bad nehmen, obwohl es sicherlich keine Absicht von ihm war. Es war die letzte Nacht in Ekemåla, und wir spazierten zum Hotel, Mohamed und ich. Ich wurde ihn einfach nicht los. Wir gingen durch den Park, und als wir zu der Brücke an der Centralgata kamen, dort, wo der Fluss unterirdisch weiterfließt, wollte er mich – ganz gegen die Regel – küssen. Ich wehrte mich mit Händen und Füßen.«

»Und dann?«

»Dann drückte er mich gegen das Geländer. Wir kämpften eine Weile miteinander, ich verlor das Gleichgewicht und fiel rückwärts ins Wasser. Muss irgendwo aufgeschlagen sein. Ich glaube sogar, dass ich eine Weile bewusstlos war, denn als ich aufwachte, war Mohamed fort.«

»Haben Sie um Hilfe gerufen?«

»Nein, nach einer Weile ging es wieder. Gott sei Dank war genug Wasser im Fluss, sodass ich nicht auf irgendwelche Steine gefallen bin. Dann bin ich ans Ufer gekrabbelt und muss das Bewusstsein verloren haben. Als ich aufwachte, war ich völlig durchnässt, fror und hatte überall blaue Flecken. Ich habe nach Mohamed gerufen, aber er war weg. Übrigens hieß er gar nicht Mohamed, jetzt fällt's mir wieder ein, er hieß Muharrem.«

»Muharrem?«

»Genau.«

»Und der Nachname?«

»Weiß ich nicht mehr.«

»Okay, was haben Sie dann gemacht?«

»Dann bin ich klitschnass in mein winziges Zimmer hinter dem Hotel gegangen. Muharrem war nicht da.«

»Und kam auch nicht im Laufe der Nacht?«, frage ich.

»Nein, ich habe ihn nie wieder gesehen. Sollte er in dieser Nacht geklopft haben, dann habe ich ihn nicht gehört. Sobald ich meine Kleider zum Trocknen aufgehängt hatte, zog ich mir die Decke über die Ohren und schlief, schlief, schlief … Am nächsten Tag habe ich meine Sachen gepackt und bin mit dem Jahrmarkt Richtung Süden gezogen. Wir haben in Ljungby und Eslöv Station gemacht, ehe wir nach Deutschland weiterreisten.«

»Haben Sie irgendwas Auffälliges in der Tunnelöffnung gesehen, als Sie im Wasser lagen?«

»Nein, ich habe nur Ausschau nach Muharrem gehalten.«

»Kein Fahrrad?«, frage ich.

»Nein.«

»Ist Ihnen ein besonderer Geruch aufgefallen?«

»Ja, es roch ziemlich modrig. Nach Schlamm und Entengrütze. Ich war so verdammt wütend. Meine Berufskleidung war nass und verschmutzt, ganz zu schweigen von meinen Stiefeln, die erst nach Tagen wieder trocken waren. Meine schönen Hexenstiefel. Ich musste in Turnschuhen auftreten, können Sie sich das vorstellen? Eine Wahrsagerin in Turnschuhen! Mindestens zwei Wochen lang war ich stinksauer auf Muharrem. Denken Sie nur, was für ein Glück ich hatte. Wenn der Fluss nicht so viel Wasser geführt hätte, hätte ich mir den Schädel einschlagen können.«

»Und Sie haben ihn nie wieder gesehen?«

»Nein, Muharrem blieb verschwunden.«

»Was ich Sie noch fragen wollte, hatten Sie die schwarze Perücke auf, als Sie Muharrem zum ersten Mal begegnet sind?«

»Ja, das hatte ich. Ich kam ja sozusagen von der Arbeit.«

»Hat er Sie je ohne Perücke gesehen?«

»Nein, ich glaube nicht. Sagen Sie, ist Muharrem etwas zugestoßen?«

»Leider. Ja. Unsere Recherchen stehen in Verbindung mit seinem Tod.«

»Um Gottes willen.«

»Ein Verkehrsunfall ...«

»Wie ...«

»Ein anderes Mal. Mein Kollege hat mit Muharrem sprechen können, kurz bevor sich der Unfall ereignete, und ich kann Ihnen sagen, dass er immer noch sehr verliebt in Sie war und unter schrecklichen Gewissensqualen litt, weil er dachte, er hätte sie getötet. Er kam freiwillig zu uns, um die Tat zu gestehen.«

»Der Arme. Es war wirklich nicht allein seine Schuld, dass ich die Balance verlor.«

»Wollen Sie Weihnachten zu Ihrer Familie nach Hause fahren?«

»Ja.«

»Kann ich Sie bei Ihren Eltern erreichen, ich meine, falls wir noch weitere Fragen haben?«

»Kein Problem, aber sagen Sie bloß nicht, dass Sie Bulle, ich meine, dass Sie Polizist sind. Das beunruhigt sie nur. Ich werde von mir hören lassen, wenn ich zu Hause bin.«

Ich gebe ihr die Telefonnummer von Finneryd. »Danke für Ihre Hilfe. Ich wünsche Ihnen viel Glück fürs Studium!«

»Ich glaube, da geht's nicht um Glück, aber trotzdem vielen Dank. Wir sehen uns.«

Nachdem ich meinen Bericht beendet habe, steht Lindström bedächtig vom Tisch auf. Schlurft in Richtung Kühlschrank, überlegt es sich anders und geht zum Fenster. Starrt ins Dunkel.

»Armer Teufel. Glaubte, sie getötet zu haben, und musste so sinnlos sterben.«

»Ja ...«

»Siw Markroos, diese verdammte Schlampe!«, faucht Lindström. Er lässt sich schwerfällig an der schmalen Seite des Tisches nieder, brummt vor sich hin.

»Aber jetzt haben wir zumindest einen zeitlichen Anhaltspunkt. Scrafina hat die Polizei verständigt, die sogleich ausgerückt ist. Dazu muss es ein Protokoll geben.«

»Wir wär's mit einem kleinen Abendwhisky?«, fragt Ingbritt, die in die Küche kommt. »Was ist denn mit dir passiert? Du siehst ja so grimmig aus«, sagt sie zu Lindström. Während er erzählt, erwärme ich Milch mit Honig und gieße einen Schuss Whisky hinein.

»Prost!«, sagt Lindström und nimmt einen ordentlichen Schluck. Der Kühlschrank surrt leise, der Wasserhahn der Spüle tropft. Ingbritt geht dran, es ist Arvid.

»Das ist nicht wahr ... was? Ja, ich verstehe ... einfach unglaublich ... warte mal, ich glaube, es ist das Beste, du sprichst mit Lindström.« Sie reicht ihm den Hörer.

»Was ist passiert?«, frage ich Ingbritt.

»Helin ist aufgetaucht! Vor ein paar Tagen war sie in Begleitung eines älteren Herrn bei der Direktorin des Gymnasiums und sagte, sie wolle wieder zur Schule gehen.«

»Wie, einfach so?«

»Ja, so hat es Arvid jedenfalls gerade erzählt. Knut kann uns gleich sicher noch mehr dazu sagen. Machst du uns noch einen Drink?«

»Aber mit mehr Whisky als eben!«, ruft Lindström von der Diele.

Ich stelle den Topf auf den Herd und versuche, während ich rühre, etwas vom Telefongespräch aufzuschnappen. Als das Gebräu fertig ist, kommt Lindström in die Küche zurück.

»Na los, erzähl schon!«

»Sie ist plötzlich aufgetaucht, als wenn nichts gewesen wäre, und will wieder zur Schule gehen. Hat erzählt, sie wären länger in der Türkei geblieben als ursprünglich geplant. Ihre Mutter ist angeblich immer noch dort, während sie hier bei einer Freundin der Familie wohnt.«

»Aber sie muss doch schon vor längerer Zeit zurückgekehrt sein. Warum hat sie sich denn nicht gemeldet?«

»Keine Ahnung.«

»Wir sollten versuchen, so bald wie möglich selbst mit Helin zu sprechen. Was ist das für eine Freundin der Familie, bei der sie wohnt?«

»Eine ältere, etwas schrullige Dame, die einen entlegenen Gutshof bewohnt. Das hat Arvids frühere Schülerin Annika herausbekommen. Die ist bei der Heilsarmee tätig und kommt viel rum. Bei ihrem letzten Weihnachtsbesuch hatte sie Helin auf Gut Blekeryd gesehen, sie anfangs jedoch nicht erkannt.«

»Warum nicht? Sie sieht doch nicht gerade alltäglich aus.«

»Das stimmt, aber in den heiligen Hallen auf Gut Blekeryd kleidet man sich – jetzt halt dich fest! – im Stil des 19. Jahrhunderts. Auch ein junges Mädchen von heute ist nicht leicht wiederzuerkennen, wenn sie ein Rüschenkleid trägt und die Haare hochgesteckt hat.«

»Du machst Witze …«

»Ganz und gar nicht, die alte Dame ist, wie gesagt, etwas schrullig. Erst nach einer Weile ging Annika ein Licht auf. Sie hatte während des Telefonierens ein Klassenfoto von Helin vor sich liegen, und da begriff sie plötzlich, dass es höchstwahrscheinlich Helin war, die sie auf Gut Blekeryd kennen gelernt hatte. Arvid hörte zufällig, dass ein sprach- und literaturinteressiertes Mädchen in seine Klasse käme, und fragte nach, um wen es sich handelt. So einfach ist das.«

»Manchmal hat man einfach Glück. Glaubst du, die Polizei in Ekemåla weiß, dass sie zurückgekehrt ist?«, fragt Ingbritt.

»Kann ich mir nicht vorstellen«, antwortet Lindström.

»Trinken wir auf Helin!« Ingbritt hebt ihr Glas.

»Ich möchte erst ihre eigene Darstellung hören, was genau passiert ist und wo ihre Mutter sich aufhält. Außerdem …«, fährt Lindström mit erhobenem Zeigefinger fort, »… hast du ja selbst gesagt, Helin könnte Zeugin eines Verbrechens geworden sein. Auch sie ist schließlich in der Nähe des Kvarnsjö gewesen. Schau doch mal auf Gut Blekeryd vorbei, Josef. Du hast doch im Umgang mit schrulligen alten Damen die meiste Erfahrung.« Eine Anspielung auf meine temperamentvolle Mutter.

»Arvid kannst du gleich mitnehmen. Der hat sich so für Helin engagiert, außerdem wird er ihr Lehrer. Das sollte euch Zutritt verschaffen.«

Lindström schläft auf dem Sofa vor dem laufenden Fernseher ein, rutscht zur Seite und bleibt mit dem Kopf auf Muffins liegen, während ich abwasche und Ingbritt die Bettwäsche wechselt. Später trinken wir eine Tasse Tee in der Küche.

»Man soll keine schlafenden Polizisten wecken. Lassen wir ihn einfach liegen.«

»Was machen deine Recherchen?«, frage ich Ingbritt.

»Die laufen auf vollen Touren. Ich habe zwei Verdächtige und die beiden klassischen Motive: Geld und Liebe. Vermutlich in dieser Reihenfolge. Ich mache das doch vor allem, um Knut anzuspornen, aber natürlich ist nicht ausgeschlossen, dass ich wirklich etwas herausfinde. Ich habe kein gutes Gefühl, wenn ich daran denke.«

»Wer ist der Mörder?«

»Es ist noch zu früh, um darüber zu spekulieren. Aber zwei Dinge beschäftigen mich: Die Witwe hat ausgesagt, dass es nach dem Unglück geregnet hätte. Natürlich ist das nach so langer Zeit nicht mehr genau festzustellen, aber den Aufzeichnungen des Schwedischen Meteorologischen Instituts zufolge hat es vereinzelte Schauer gegeben. Das habe ich nachgeprüft. Der Regen muss die Spurensicherung erschwert haben. Außerdem hat Ulla behauptet, sie sei durch den Schock in Ohnmacht gefallen und habe die Polizei deshalb erst eine Dreiviertelstunde später verständigen können, nachdem sie vom Regen geweckt worden war. Nimm einmal an, sie wäre die Mörderin. Dann hätte sie also eine Dreiviertelstunde Zeit gehabt, um die Spuren zu verwischen.«

»Willst du nicht mit Lindström darüber reden?«

»Nein, ich mach das allein.«

»Hast du ihm schon von deinem neuen Job erzählt?«

»Ja, und er hat sich wirklich gefreut.«

»Keine Einwände?«

»Nein, ich habe aber den Verdacht, dass er noch halb geschlafen hat.«

»Morgen werden wir's genau wissen«, sage ich und ziehe mich in mein Zimmer zurück.

18

Am frühen Vormittag gabele ich Arvid an der Biblioteksgatan auf. Er ist gekleidet wie für eine Expedition: feste Stiefel, dicker Pullover, warme Jacke mit Pelzkragen. Auf dem Rücken trägt er einen kleinen Lederrucksack.

»Ein Abschiedsgeschenk meiner Schüler. Eine schöne Erinnerung und außerdem viel zu praktisch, um nicht benutzt zu werden. Ich habe Karte und Kompass, eine Thermoskanne und Butterbrote dabei, genug für uns beide.«

»Du willst Helin fotografieren?«

»Nein, ich will das Haus fotografieren. Erinnerst du dich an das Bild von dem alten Gutshof, das ich dir gezeigt habe? Das war Blekeryd. Da fahren wir jetzt hin.«

»Du willst doch nicht etwa sagen, dass …«

»Doch, doch. Es ist dasselbe Haus.«

Die Karte auf dem Schoß, kutschiert uns Arvid erwartungsvoll nach Blekeryd, das ein Stück von Ekemåla entfernt liegt. Die letzten zehn Kilometer rumpeln wir über einen schmalen Kiesweg, der sich in mehreren Schwüngen durch einen verwunschenen Wald windet.

Hinter dem schmiedeeisernen Tor wird ein rotes Holzhaus sichtbar. Wir stellen den Wagen vor dem Tor ab. Keine Klingel.

Das Tor gleitet widerstandslos auf. Das Pförtnerhäuschen ist offenbar bewohnt, der Schornstein raucht, es riecht nach verbranntem Holz. Wir klopfen an und erkundigen uns, ob auf Gut Blekeryd jemand zu Hause sei.

»Die gnädige Frau ist da, erwartet jedoch keinen Besuch.«

»Wir haben leider vergeblich versucht anzurufen. Ich unterrichte an Helins Gymnasium. Ich werde ihr Klassenlehrer sein. Arvid Lönnholm ist mein Name.«

»Karlsson, Gärtner«, sagt Karlsson und reicht ihm die Hand.

»Friedmann, Fotograf, zeitweilig Chauffeur.«

»Angenehm. Wenn sich die Herren bitte einen Augenblick gedulden, ich hole rasch meinen Mantel.« Karlsson verschwindet im Haus und lässt die Tür offen stehen. Eine große weiße Katze trippelt hinaus, und ich könnte schwören, dass sie mich anlächelt.

Karlsson schließt die Tür und geht voran. Er erklärt uns die Namen der seltenen Baumarten, die im Park stehen, und biegt auf einen schmalen Pfad ab.

»Der Weg durch den Garten ist schöner«, erklärt er. »Besonders wenn man an seltenen Rosen interessiert ist«, fügt er hinzu, ohne eine Reaktion abzuwarten. Wir sind schon ganz vom Gedanken an die bevorstehende Begegnung erfüllt. Nach zirka zwanzigminütigem Spaziergang schimmert Gut Blekeryd durch die Bäume. Ein herrschaftliches Holzhaus, umgeben von einer gefrorenen Kiesfläche. Das Haus ist grau, die mit Schnitzereien verzierten Giebel sind weiß gestrichen.

»Einen Augenblick, die Herren. Ich werde fragen, ob die gnädige Frau bereit ist, Besuch zu empfangen.« Karlsson verschwindet durch eine Seitentür – der Kücheneingang, wie ich vermute. Während der Wartezeit stellen wir fest, dass Haus und Grundstück bis ins Detail so aussehen wie auf dem alten Foto. Das Schnitzwerk, die imponierende Freitreppe, Garten und Park, einfach alles.

»Kannst du ein Bild machen?«, fragt Arvid und reicht mir seine Kamera, eine Pentasix. Meine gehobenen Brauen sind ihm nicht entgangen.

»Die habe ich in den sechziger Jahren in der DDR gekauft. Sie ist wirklich gut.«

Als Arvid zu weiteren Erklärungen ansetzen will, erscheint die Dame des Hauses und lässt Arvid verstummen. Ich erkenne sie sofort: die alte, schwarz gekleidete Dame, die am Kvarnsjö die Enten fütterte und Muffins mit Brotkrumen versorgte.

In einem safrangelben Kleid, das mit seinen Rüschen und Bordüren aus einem Theaterfundus stammen könnte, blickt sie von der obersten Stufe auf uns herunter. Wie eine Königin.

»Welch angenehme Überraschung, meine Herren. Was verschafft mir die Ehre Ihres Besuchs?«

Arvid bleibt der Mund offen stehen. Karlsson macht auf dem Absatz kehrt.

»Entschuldigen Sie, dass wir unangemeldet kommen, aber es geht um Helin«, beginne ich. »Herr Lönnholm, der mich begleitet, wird ihr neuer Klassenlehrer sein.«

»Geht es Helin gut? Ich meine, wir haben uns solche Sorgen gemacht, als sie plötzlich verschwunden war«, fällt Arvid mit der Tür ins Haus.

»Es geht ihr ausgezeichnet, aber das ist eine lange Geschichte.«

»Wir hatten bereits mit dem Schlimmsten gerechnet«, fährt Arvid fort, macht eine kleine Verbeugung und streckt seine Hand aus. »Mein Name ist Arvid Lönnholm. Ich bin Gymnasiallehrer für Schwedisch und Deutsch und dachte ...« Arvid hält inne, als neben der Dame des Hauses eine junge Frau auf der Treppe erscheint. Sie trägt ein historisches Kleid in lieblichem Blau.

»Edit Österstierna«, sagt die Dame in Safrangelb und reicht Arvid ihre Rechte zum Handkuss. Er reagiert überraschend spontan.

»Darf ich Ihnen meinen jungen Protegée vorstellen?« Helin macht einen verlegenen Knicks.

»Sie möchte Sprachen studieren, eine äußerst vernünftige Entscheidung. Herr Lönnholm wird in Helin zweifellos eine gute Schülerin haben. Aber kommen Sie doch herein. Es ist nur zu begrüßen, wenn Sie sich schon vor Beginn des Unterrichts miteinander bekannt machen.«

Während wir die Stufen hinaufgehen, wendet sich die Königin an mich:

»Wir sind uns schon mal begegnet. Sie haben doch einen großen Hund namens Muffins?«

»Das ist richtig. Aber entschuldigen Sie, ich habe vergessen, mich vorzustellen, Josef Friedmann, Fotograf.«

»Edit Österstierna, angenehm.«

Ich bin dran mit dem Handkuss.

»Ich begleite Herrn Lönnholm in erster Linie, weil ich gern das Haus und den Garten fotografieren möchte. Ich hoffe, Sie haben nichts dagegen.«

»Aber ganz und gar nicht. Mein Vater, der selige Leopold Österstierna, war Kapitän zur See und unter anderem ein begeisterter Amateurfotograf. Sie können sich mit all Ihren Fragen an Karlsson wenden. Er ist mit jedem Detail des Parks vertraut und weiß, wann und wo er am besten zur Geltung kommt.«

Wir kommen uns beide ein wenig unbeholfen vor, als Königin Edit uns lächelnd ins Haus bittet. Wir treten uns sorgsam die Schuhe ab, doch als Arvid seine ausziehen möchte, deutet Helin ein Kopfschütteln an.

Wir werden in den Salon geführt und gebeten, in Ledersesseln auf verzierten Löwenpranken Platz zu nehmen. Schweigend blicken wir uns um. In diesem herrschaftlichen Ambiente ist es uns nicht möglich, eine zwanglose Plauderei zu beginnen. Das sonderbare Muster des Parketts, die Kassettendecke, der Stuck, die Tapeten, alles scheint einem hundertfünfzig Jahre alten Einrichtungsmagazin zu entspringen. Als ich einen beschämten Blick auf meine schwarzen Jeans und Turnschuhe werfe, sehe ich ein, dass es nichts mit der Einrichtung zu tun hat. Helin und die Dame des Hauses sind die eigentlichen Ausstellungsgegenstände. Arvid und ich fallen aus dem Rahmen. Königin Edit durchbricht die Stille, bevor sie peinlich wird.

»Es war mein Großvater, Maximilian Österstierna, der Blekeryd 1841 erbauen ließ. Er war ein kultivierter Mann, auch er Kapitän zur See, der nach Ostindien segelte und später in England Bekanntschaft mit der Arts-and-Crafts-Bewegung machte, dem britischen Jugendstil. Er war ein großer Bewunderer von William Morris und John Ruskin und besonders von dem neuen Einrichtungsstil sehr angetan. In Stockholm gab es zur damaligen Zeit nur ein einziges Geschäft, das englische Jugendstilmöbel verkaufte: *Folcker & Co.*«

Ich lasse meinen Blick über die Stofftapeten wandern. Es musste eine irrsinnige Arbeit sein, sie sauber zu halten. Mein Blick gleitet weiter über das Porträt des seligen Österstierna, über zierliche Statuetten, alte Fotos in silbernen Rahmen, Zierdeckchen, Überwürfe, Klöppelarbeiten sowie ein japanisches Papierschirmchen. Ich denke an Theaterrequisiten und erblicke eine Sammlung von Silberpokalen.

»Helin, meine Liebe, sei doch so gut und deck den Teetisch im kleinen Salon. Ich glaube, die Herren würden eine Tasse Tee nach der langen Reise zu schätzen wissen.«

Als seien wir mit der Pferdekutsche gekommen.

»Sagen Sie, Frau Österstierna, wie kommt es, dass ein Schmuckkästchen wie dieses Haus so abgelegen im Wald liegt?«, frage ich.

»Frau Österstierna klingt so formell, nennen Sie mich doch einfach Edit, das tut Helin auch.«

»Sehr gern, also … Edit.«

»Blekeryd liegt abgelegen, weil mein Großvater es so wollte. Wenn er von einer Reise zurückkam, wollte er Ruhe und Frieden sowie festen Boden unter den Füßen haben. Auf Geselligkeit legte er nicht so viel Wert. Er umgab sich nur mit wenigen

Gleichgesinnten und zog sich meist nach Blekeryd zurück, das heutzutage als lebendiges Zeugnis einer historischen kunstgewerblichen Epoche angesehen werden kann.«

»Sie haben das Erbe wirklich sorgsam gepflegt.«

»Und die Kleider…«, wirft Arvid ein.

»Ich nähe leidenschaftlich gern, warum sollte ich mich da nicht auch im Stil der damaligen Zeit kleiden? Sie können das als eine Art Hobby betrachten.«

»Das verstehe ich, aber was sagen die…«

»Nachbarn? Sie sagten ja gerade: Blekeryd liegt abgelegen. Der nächste Hof ist Björkhult und liegt zehn Kilometer von hier entfernt. Mein Großvater und mein Vater kauften den Wald in dieser Gegend, und mitten darin liegt Blekeryd. Dies ist eine der größten privaten Forstwirtschaften des Landkreises, aber darüber kann Ihnen Karlsson mehr erzählen. Hin und wieder verirren sich Beerenpflücker oder Pilzsammler hierher, manchmal auch Touristen, die nach dem Weg fragen. Aber wir halten die Tore fast immer geschlossen. Innerhalb dieser Mauern kann man leben, wie man will.«

»Wenn bekannt wird, was für Schätze sich in diesem Haus befinden, könnten Sie ungebetene Gäste bekommen.«

»Darüber haben wir auch schon nachgedacht, vor allem wegen der Kunstgegenstände. Im großen Salon hängen zwei Gemälde von Rossetti, und die Ajunta-Tapeten im kleinen Salon, in dem wir gleich Tee trinken werden, wurden von Thomas Wardle entworfen. Die Tapete des Kinderzimmers im ersten Stock heißt *The Fairy Garden*. Mit ihr bin ich aufgewachsen. Wir haben auch eine große Bibliothek, interessieren Sie sich für Bücher?«

»Und ob…«, antwortet Arvid.

»Oh, dann müssen Sie uns öfter besuchen, jetzt, da Sie Helins Lehrer werden. Sie ist übrigens ein richtiger Bücherwurm. So, meine Herren, ich glaube, der Tee ist serviert.«

Wir ziehen in den kleinen Salon um, trinken Tee aus dünnen englischen Tassen, essen selbst gebackene Scones mit selbst gemachter Pomeranzenmarmelade. Alles elegant serviert auf einer dezent gemusterten Damastdecke. Unwillkürlich strecken Arvid und ich den Rücken und bemühen uns um beste Tischmanieren. Wir sind nicht jeden Tag in einem lebenden Museum zu Gast und geben uns alle Mühe, dieser Aufgabe gerecht zu werden. Endlich bietet sich mir Gelegenheit zu der Frage, die der eigentliche Grund unseres Besuchs ist.

»Sag mal, Helin, warum hast du nicht, wie geplant, im Herbst mit der Schule angefangen? Wir wissen, dass du mit deiner Mutter in die Türkei geflogen bist, ich nehme an, zu Verwandten, aber was ist dann passiert? Wir wissen auch, dass du schon sehr lange wieder zurück bist. Was ist denn geschehen? Wie lange hast du hier heimlich gewohnt?«

»Seit Ende des Sommers«, entgegnet Helin unsicher.

»Aber warum bist du nicht zur Schule gekommen?«, fragt Arvid.

Sie wirft Tante Edit, die ihr kaum merklich zunickt, einen verstohlenen Blick zu. Und dann bricht es aus ihr heraus: Unter Schluchzen erzählt sie zum ersten Mal von der Ermordung ihrer Mutter, der Rückkehr nach Schweden, dem Besuch auf dem Sozialamt, der Hütte am Kvarnsjö, ihren Ladendiebstählen und der Mopedgang. Wie sie beinahe ertrunken und erst auf Blekeryd wieder zu sich gekommen war.

Arvid ist tief bewegt und wischt sich, als er sich unbeobachtet glaubt, eine Träne aus dem Augenwinkel. Mir geht es nicht anders, vor allem aus Zorn darüber, wie gleichgültig die Gesellschaft auf den Hilferuf dieses jungen Mädchens reagiert hatte.

»Das ist ja furchtbar«, sagt Arvid und schnäuzt sich.

»Kanntest du die Jungen aus der Schule?«, frage ich.

»Nein, ich kannte sie nicht, aber ich weiß, dass sie hinter dem Kvarnsjö wohnen. Von dort sind sie immer gekommen und mit ihren Mopeds durch den Park geknattert.«

Edit nickt. Auch sie hatte die Jungen häufig beobachtet, wenn sie die Enten fütterte.

»Sie haben manchmal im See geangelt«, fährt Helin fort.

»Ich hatte immer gehofft, sie würden mal eine Angel liegen lassen. Die hätte ich gut gebrauchen können.«

Das Bild einer Horde breit grinsender Jungen schießt mir durch den Kopf. Sie hatten für mich posiert, mit einem großen Barsch, den sie gerade gefangen hatten. Muffins ist auch auf dem Foto. Ich muss zusehen, dass ich das Foto in irgendeinem Fotolabor rasch entwickle.

»Es könnte sein, dass ich ein Foto von ihnen habe! Das bringe ich morgen vorbei, und du kannst uns sagen, ob du die Jungen wiedererkennst. Wir kriegen sie schon, du wirst sehen.«

»Ist dir – während du in der Hütte gewohnt hast – irgendetwas aufgefallen im Park?« Ich blicke Helin ernst an, die unablässig auf ihre Knie starrt.

»Weißt du, in Ekemåla wurde ein Mord begangen, vermutlich Ende Mai, Anfang Juni. Möglicherweise ist er am Kvarnsjö geschehen.«

Große Tränen rollen Helins Wangen hinunter. Tante Edit legt ihr den Arm um die Schultern.

»Du schaffst das schon, Helin. Erzähl einfach, was du gesehen hast.«

»Zwei widerliche Typen …«

»Ja?«

Helin schluchzt, versucht, sich zusammenzunehmen, blickt aus dem Fenster.

»Die haben sie vergewaltigt und in den Fluss geworfen«, flüstert sie. »Sie haben die Mädchen in ihr Versteck geschleppt. Ich habe es gesehen. Auf dem Boden lagen eine schmutzige Matratze und Kondome. Das habe ich gesehen, als sie wieder fort waren.« Helin wirft Tante Edit einen Blick zu, die ihr abermals aufmunternd zunickt.

»Es ist wichtig, dass du genau erzählst, was du gesehen hast.«

»Ich habe sie mehrmals beobachtet. Sie kamen immer spät am Abend. Mit verschiedenen Mädchen.«

»Und sie benutzten ein Versteck?«

»Ja, im Maschendrahtzaun hinter den Fliederbüschen ist ein Loch. Aber ich habe nicht genau gesehen, was dahinter geschah«, sagt Helin.

»Ich will, dass du mir nur das erzählst, was du wirklich gesehen hast. Nicht, was du dir vorstellst. Das ist sehr wichtig.«

»In Ordnung. Einmal, es war der erste Abend des Jahrmarkts, kamen zwei Männer mit einer Frau.«

»Gut, erzähl weiter.«

»Ich hörte sie fluchen und streiten. Die Männer waren aggressiv. Die Frau hat sich gewehrt, als die Männer sie ins Versteck geschleift haben. Dann wurde es still. Später, vielleicht eine halbe Stunde danach, sah ich, wie die Männer ein Paket schleppten und vorsichtig in den Fluss legten.«

»Was für ein Paket?«

»Ich konnte es nicht genau erkennen. Es muss sehr schwer gewesen sein, das konnte man an der Art erkennen, wie sie es getragen haben. Es war so sonderbar still, vollkommen still, als sie das Paket ins Wasser gleiten ließen. Hat sonst noch jemand davon, ich meine ...«

»Was meinst du?«

»Ich hatte gehofft, dass sonst noch jemand dasselbe beobachtet hat wie ich.«

»Nein, leider nicht. Zumindest wissen wir nichts davon. Du bist nicht zum Fluss gegangen, um nachzuschauen?«

»Ich habe mich nicht getraut.«

»Und hast auch nicht daran gedacht, die Polizei zu verständigen?«

»Nein, die Polizei war schon da. Sie fuhren mit einem Streifenwagen durch den Park, während die Männer in ihrem Versteck waren. Und ich wollte denen lieber nicht in die Hände fallen.«

»Verstehe. Haben die Polizisten angehalten und nach den Männern gesucht?«

»Nein, sie fuhren langsam mit eingeschaltetem Blaulicht vorbei. Später kamen sie wieder zurück, aber da waren die Männer schon weg.«

»Und die Frau hast du nicht mehr gesehen?«

»Nein, nie wieder. Aber natürlich kann ich mir da nicht hundertprozentig sicher sein. In anderen Kleidern ...«

»Wie gut erinnerst du dich an ihr Aussehen?«

»Es ist schwer, im Dunkeln Farben zu erkennen, aber ihre Haare wirkten schwarz. Sie trug einen langen, dunklen Rock und eine helle Bluse, vielleicht beige oder hellgelb ...«

»Hast du ihre Frisur erkannt?«

»Sie hatte lange Haare, die von einem Band zusammengehalten wurden«, sagt Helin.

»Ein Pferdeschwanz?«

»Nein, das Band lief quer über den Kopf.« Helin deutet einen Halbkreis an.

»Hm. Hast du auf die Uhrzeit geachtet?«

»Nein, aber es war schon spät. Vielleicht eine Stunde vor Schließung des Jahrmarkts. Es war eine unheimliche Nacht, so drückend, kein Lüftchen regte sich. Am Himmel standen dunkle Wolken und die bunten Lichter spiegelten sich im Wasser. Selbst das Polizeiauto rollte lautlos durch den Park. Nur das Blaulicht flackerte durch die Zweige.«

»Hast du die Männer später noch mal gesehen?«

»Nein, das war das letzte Mal.«

»Kannst du ihr Aussehen beschreiben?«

»Nicht besonders gut, aber ich glaube, sie trugen dunkle Anzüge. Der kleinere und dickere hatte eine Sonnenbrille auf. Beide waren dunkelhaarig und durchschnittlich groß.«

»Hervorragend! Irgendwelche besonderen Merkmale?«

»Hm ... Bärte hatten sie beide nicht, aber der Größere trug einen merkwürdigen Hut. Ich glaube, er war hellgrau.«

»Wie konntest du erkennen, dass der mit dem Hut ebenfalls dunkle Haare hatte?«

»Äh ... ich ... hatte den Eindruck.« Helin zuckt die Schultern.

»Wie groß war die Frau?«

»Sie schien mir etwas größer als ich, ungefähr 1,70–1,75 m.«

»Wie kommt es, dass du diese Frau so genau beobachtet hast?«

»Alle anderen Mädchen waren ganz jung, mit weit ausgeschnittenen Oberteilen und kurzen Röcken. Aber diese Frau war anders.«

»Auch älter?«

»Ja, ich schätze, so Mitte zwanzig. Die anderen waren vielleicht fünfzehn, sechzehn Jahre alt.«

»Und die Männer waren immer dieselben?«

»Der mit dem Hut war immer dabei. Ein komisches kleines Ding mit breiter Krempe.«

»Sicher? Schließlich war es dunkel.«

»Ich habe sie an ihrem Gang erkannt. Jungen gehen so, wenn sie besonders cool wirken möchten.«

»Noch etwas. Hast du zwei Unterhosen bei *Morganas* in Ekemåla gestohlen und in der Hütte zurückgelassen?«, frage ich.

»Ja, das war ich.« Helin schaute beschämt auf ihre Schuhe.

Das bleiche Vormittagslicht hat sich in einen dunkelgrauen Nachmittag verwandelt, als wir das 19. Jahrhundert in Blekeryd wieder verlassen. Wir schlendern durch den Park unserem Auto entgegen. Dunkle Wolken aus südwestlicher Richtung treiben über den Himmel. Schneewolken, wie aus dem Nichts, die ersten dieses Winters.

»Ist das wirklich wahr, was wir heute erlebt haben?«, fragt Arvid.

»Das kann man sich tatsächlich fragen.«

Schweigend fahren wir nach Ekemåla. Es beginnt zu schneien. Zuerst schwer und nass, dann in großen trockenen Flocken, die uns zunehmend die Sicht erschweren. Die Flocken tanzen im Scheinwerferlicht. Ein epileptischer Tanz. Ich muss mit der Geschwindigkeit runter. Das Thermometer fällt unter Null, der Schneematsch wird zusehends weißer.

Auf dem Marktplatz in Ekemåla versuchen angetrunkene Jugendliche, die ersten Engelsabdrücke im Schnee zu hinterlassen, als ich Arvid absetze. Auf dem Heimweg kommt mir nicht ein Auto entgegen. Der Schnee knirscht unter den Reifen, als ich in den Hof einbiege.

»Lindström, wo ist Lindström?«, rufe ich, als ich in die Küche stürme.

»Er hat einen Anruf bekommen und musste nach Boköping zurück. An der Leibeigenschaft hat sich nichts geändert, und sein Chef hat alle guten Vorsätze vergessen, was die freien Tage angeht. Typisch. Wir können nur hoffen, dass er Heiligabend freibekommt.«

»Kann man ihn telefonisch erreichen?«

»Darauf würde ich mich nicht verlassen.«

Ingbritts Skepsis ist berechtigt. Lindström antwortet nicht. Der wachhabende Beamte hat keine Ahnung, wo Lindström sich aufhält. Zu Hause ist er auch nicht.

»Vielleicht ist er gerade was essen gegangen«, meint Ingbritt. »Versuch's mal beim Stadthotel oder bei *Rizzie's Kebab Burger*, das sind so ziemlich die einzigen Möglichkeiten, wenn man in Boköping gut essen will.«

Kein Lindström. Auch nicht am Handy.

»Kann das nicht warten?«, fragt Ingbritt.

»Nein, es ist wirklich wichtig.«

»Dann erzählst du es eben mir. Komm, wir setzen uns auf die Stufen.«

»Bei dem Wetter?«

»Warum nicht. Wir nehmen uns ein Windlicht, ein paar Decken und warmen Kakao mit.«

Im Nu sitzen wir draußen, zwischen uns eine Öllampe, und trinken warmen Kakao, während große weiße Flocken vom Himmel fallen. Ingbritt ist außer sich, als ich ihr Helins Geschichte erzähle.

Am nächsten Morgen fahre ich in aller Frühe nach Ekemåla. Ich will den Platz aufsuchen, von dem aus Helin beobachtete, wie die beiden Männer ein schweres Paket in den Fluss gleiten ließen. Ich will es tun, solange es noch dunkel ist.

Trotz des Schnees und der kahlen Bäume gewinne ich einen gewissen Eindruck, als ich unter den Büschen am Ufer liege. Der Abstand ist viel zu groß, als dass Helin Details hätte erkennen können. Eine weitere Zeugin, deren Aussage auf wackligen Beinen steht. Nun waren es drei. Die Norrländer, Serafina und Helin.

Während ich zum Auto zurückgehe, frage ich mich, warum die Täter die Leiche in den Fluss hätten werfen sollen. Um eine Leiche verschwinden zu lassen, war das wirklich kein günstiger Ort.

Merkwürdig auch der Umstand, dass im Versteck mehrfach Vergewaltigungen stattgefunden haben sollen, wie Helin berichtete. Hat das denn nie jemand mitbekommen? Die Erklärung kann nur lauten, dass die Frauen, warum auch immer, nicht zur Polizei gehen konnten oder wollten. Illegal eingeschleuste Frauen.

Vielleicht hat man sie ausprobiert, ehe man sie nach Stockholm lieferte. Sie beherrschten die Sprache nicht, hatten weder Geld noch Pass. Konnten nicht flüchten, sondern mussten auf einer schmuddeligen Matratze in einem Waldversteck alles über sich ergehen lassen. Wollten nur überleben.

Auf dem Weg zu meinem Wagen treffe ich Lars Tonvall mit seiner Schäferhündin. Wir unterhalten uns eine Weile. Ich frage ihn, ob es in Ekemåla einen Fotoklub gibt.

»Aber ja. Rufen Sie einfach Christian Lefevre an. Er ist der Vorsitzende. Ich bin mit seinem Sohn in eine Klasse gegangen. Viel Glück!« Tonvall verschwindet joggend im Morgengrau, dessen Helligkeit das Aufgehen einer fahlen Sonne jenseits der Wolken vermuten lässt.

Ohne einen Gedanken an die Uhrzeit zu verschwenden, rufe ich Lefevre an und hole ihn dreist aus dem Bett. Frage, ob ich zu dieser frühen Stunde bereits ins Labor könne. Er hat nichts dagegen, solange ich den Schlüssel persönlich abhole.

Lefevre öffnet und gibt mir den Schlüssel. Ist sehr neugierig, was ich um sieben Uhr morgens schon im Labor wolle, doch das behalte ich lieber für mich.

Das Fotolabor befindet sich im Keller eines dreistöckigen Mietshauses. Ekemålas Fotoklub, EFK. Ich tippe auf eine ehemalige Waschküche. Zunächst komme ich in einen kleineren Raum, in dem auch ein paar Kleiderbügel hängen. Hier hat der Klub eine Trockenpresse sowie eine Schneidemaschine auf einem soliden Arbeitstisch bereitgestellt. Dahinter befindet sich ein kleiner Gemeinschaftsraum mit Kaffeemaschine, Projektor und Projektionstisch.

Das Labor entdecke ich erst, nachdem ich eine Reihe von Türen zu kleinen Kammern ausprobiert habe. Es ist ein kleines Kabuff ohne Lüftung, in dem sich zwei Vergrößerungsapparate befinden, ein paar Entwicklerdosen und Spiralen. Ich stöbere in verschiedenen Chemikalien und entdecke schließlich einen Kanister mit konzentriertem Entwickler, eine kleine Menge alten Fixierer sowie ein paar Bögen beschichtetes Fotopapier von Varycon. Finde keinen Kontrastfilter. Egal.

Ich werde nur kurz wässern. Das Bild braucht nicht perfekt zu werden und muss sich auch nicht lange halten. Ich werde später noch mal vorbeischauen, um die Vorräte zu ersetzen, die ich verbraucht habe. Ich lege das tropfnasse Foto auf Zeitungspapier und lasse es auf dem Rücksitz trocknen, während ich nach Blekeryd zurückfahre.

Diesmal fahre ich bis vors Haus und parke neben dem Kücheneingang an der Giebelseite. Ich klopfe an und finde beide Damen am Frühstückstisch vor.

»Guten Morgen. Ich habe ein Foto von den Jugendlichen mitgebracht, die mit ihren Mopeds durch den Park fahren und im Kvarnsjö angeln. Vielleicht könntest du dir das Foto einmal ansehen und sagen, ob du jemanden wiedererkennst.«

Tante Edit legt Helin beschützend den Arm um die Schultern. Irgendwo hinter den Samtvorhängen der Türöffnungen hört man das dezente, spröde Schlagen einer Uhr. Ich zähle neun Schläge und lege das Foto auf den Tisch.

»Ja, das sind sie. Ich erkenne sie alle wieder. Besonders den hier in der Mitte. Er war es, den ich mit dem Messer am Arm verletzt habe. Er hat mich im Schlaf belästigt. Als ich aufwachte, knöpfte er seine Hose auf. Aber ich habe gleich mit dem Messer zugestoßen und bin davongerannt. Bis zum See bin ich gelaufen und habe mich ins Wasser gestürzt. Sie haben hinter mir hergeschrien und und und …«

»Ganz ruhig, Helin, erzähl uns alles, es war nicht deine Schuld«, sagt Tante Edit.

»Sie wollten mich vergewaltigen …« Helin drückt sich an Tante Edit und kämpft mit den Tränen. Es ist wohl besser zu gehen.

Als ich mich verabschiede, sagt Helin:

»Ich habe Albträume und Angst davor, ihnen noch mal zu begegnen. Was ist, wenn sie auf dieselbe Schule gehen wie ich?«

»Wir müssen mit der Rektorin sprechen«, sagt Tante Edit.

19

Hin und her, kreuz und quer gehe ich über den Marktplatz vor dem Stadthotel. In Ekemåla war heute Wochenmarkt und die letzten Händler packen ihre Sachen zusammen. Am anderen Ende des Platzes lärmt eine Reinigungsmaschine, spritzt Wasser auf das Pflaster und verscheucht die Vögel.

Mein Auto steht in einer Seitenstraße. Müde kaufe ich mir den Lokalanzeiger und setze mich in den Wagen, um mir einen Überblick über die Ereignisse des gestrigen Tages zu verschaffen. Nach kurzer Zeit fallen mir die Augen zu. Ich muss mich ausruhen, abschalten, um mein Gehirn, das mir wie ein ausgetrockneter Badeschwamm vorkommt, wieder in Schwung zu bringen.

Aus dem Handschuhfach angele ich mir eine CD von Marjana Lipovsek. Die Altrapsodie von Brahms zu Goethes Text. Ich drehe die Lautstärke fast auf Konzertniveau, schließe das Fenster, lasse mir ein Stück dunkler Schokolade auf der Zunge zergehen, lehne mich zurück und versinke in einen Dämmerzustand.

»Ach, wer heilet die Schmerzen / Des, dem Balsam zu Gift ward?«

Während ich vor mich hin döse, werde ich plötzlich durch einen infernalisch hämmernden Lärm aufgeschreckt. Zwei Autos haben unmittelbar vor und hinter mir geparkt. Dunkdunkdunk dröhnt es aus den Lautsprecherboxen. Hinter der Heckscheibe des Volvos feixt ein pickliges Gesicht. Saugt an seinem Mittelfinger, macht obszöne Gesten.

Ich bin vollkommen eingeklemmt. Habe keine Möglichkeit wegzufahren.

»Was hörst du denn da für verdammte Schwulenmusik!«, grölt jemand im vorderen Wagen. Ich steige aus. Höre kaum meine eigene Stimme, als ich versuche, das infernalische Hämmern zu übertönen.

»Verpiss dich, Neandertaler!«, rufe ich zurück. Dann schließe ich mein Auto ab und überquere den Markt in Richtung Biblioteksgata. Will sehen, ob Arvid zu Hause ist. Die dröhnende Musik verfolgt mich über den gesamten Platz und ist noch zu hören, als ich die Stufen hinaufsteige.

Arvid öffnet in Pantoffeln.

»Komm rein, komm rein, ich schließe nur schnell das Fenster. Verdammtes Pandämonium …«

»Wer ist da?«, ruft eine Stimme aus der Wohnung.

»Josef Friedmann, ein Bekannter.«

Arvids Frau ist zu Hause. Ich trete ein, darauf gefasst, einer älteren Dame mit Dauerwelle zu begegnen. Doch im Sofa sitzt eine Frau in den Fünfzigern mit strengem Pagenkopf, dunklem, grau meliertem Haar, runder Hornbrille, grauer Flanellhose und einem beigefarbenen Cardigan. Alles anderes als eine Kleinstadttussi mit Dauerwelle.

»Darf ich bekannt machen? Josef Friedmann, meine Frau Margot«, sagt Arvid förmlich. Wir geben uns die Hand. Margot sieht mich forschend an. Ich bin mir nicht sicher, ob ihr gefällt, was sie sieht. Doch es deutet auch nichts auf das Gegenteil hin. Mit Margot möchte ich nicht Poker spielen.

Ein paar routinierte Höflichkeitsfloskeln vermitteln mir das Gefühl von Kühle und Distanz. Ich weiß von Arvid, dass sie Personal- und Verwaltungschefin ist. Dem perfekten Zustand der Wohnung entnehme ich, dass sie es im Gegensatz zu ihm mit der Ordnung sehr genau nimmt.

»Wir können in mein Büro gehen«, sagt Arvid und nimmt mich am Arm.

Ich entschuldige mich und lasse Margot mit ihrer Kaffeetasse allein. Sie scheint nichts dagegen zu haben und kein Bedürfnis, die Bekannten ihres Mannes näher kennen zu lernen. Ich fühle mich wie etwas, das die Katze ins Haus geschleppt hat.

In Arvids sympathisch schlampigem Arbeitszimmer, in dem der Abstand zwischen den Topfpflanzen nicht immer exakt derselbe ist und Unmengen durcheinander liegender Bücher das Recht auf eine eigene, sehr individuelle Ordnung haben, frage ich ihn, ob mein Besuch nicht doch ungelegen käme.

»Überhaupt nicht. Margot hat ihre Hobbies, ich habe meine. Ich nehme an, dass du mit einer bestimmten Absicht gekommen bist.«

»Ich wollte dich etwas fragen, in Bezug auf Helin und ihre Schule. Ich habe ihr ein Foto gezeigt, auf dem ein paar Jugendliche am Kvansjö zu sehen sind. Sie hat sie wiedererkannt. Wir haben also ein Foto der Jungen, die sie in den See getrieben haben. Sie hat mir auch den Jungen gezeigt, der sie vergewaltigen wollte. Alle gehen auf deine Schule.«

»Das habe ich schon befürchtet.«

»Wie muss Helin zumute sein, wenn sie damit rechnen muss, in der Schule ihren Peinigern zu begegnen?«

»Das geht natürlich nicht. Wir müssen mit der Schulleitung sprechen.«

»Und was wird die unternehmen?«

»Vermutlich gar nichts. Auf Betreuungsmöglichkeiten des Sozialamts verweisen. Ach verdammt! Die Verantwortung liegt bei der Direktorin. Ich werde mir gleich morgen einen Termin geben lassen und versuchen, eine Lösung zu erzwingen. Zeigst du mir mal das Foto?«

Ich ziehe es aus der Tasche. Arvid sieht es sich lange an, ehe er mit müder Stimme bestätigt, alle, bis auf einen, zu kennen.

»Der da …«, sagt er und zeigt mit gestrecktem Zeigefinger auf einen der Jungen, »… scheint mir für die Oberstufe noch zu jung zu sein, und der hier …«, Arvid lässt seinen Zeigefinger ein paar Zentimeter weiterwandern, »… ist ihr Anführer. Er geht in meine Klasse. Aber sag mir, wer war es, der Helin vergewaltigen wollte?«

»Der aus deiner Klasse. Helin war sich in diesem Punkt vollkommen sicher. Sie hat erzählt, sie habe ihn in Notwehr mit einem Messer am Arm verletzt.«

»Das ist derselbe Junge, der in der Turnhalle abgestürzt ist … Irgendwas stimmt hier nicht. Danne heißt er, im Grunde habe ich ihn sehr gern. Er ist schlagfertig, voller Energie, manchmal richtig ungestüm und weiß Gott kein schlechter Schüler. Irgendwas muss da völlig aus dem Ruder gelaufen sein. Wirklich ein netter Bursche.«

»Das wird Helin anders sehen.«

»Ich verstehe das nicht … Irgendwas muss da passiert sein. Warum dieser Selbstmordversuch? Gewissensqualen?«

»Warum bist du so sicher, dass es ein Selbstmordversuch war?«

»Ich war einer der Ersten, die ihn nach dem Absturz gesehen haben. Reiner Zufall, dass ich gerade an der Turnhalle vorbeikam. Die Sportlehrerin fluchte darüber, dass die Tür von innen verschlossen war. Wir wurden misstrauisch und informierten den Hausmeister, der eine Hintertür aufschloss und uns durch eine der Umkleidekabinen schleuste. Dann haben wir ihn gefunden. Der Abdruck des Seils um seinen Hals war noch deutlich zu erkennen. Er war abgerutscht, der Hals ganz wund gescheuert und blutig. Er hustete und schnappte nach Luft. Der Junge war völlig aufgelöst, schwer zu beschreiben, es war die nackte Verzweiflung. Er wollte wirklich sterben.«

»Wie furchtbar...«

»Einer der schlimmsten Anblicke, die ich je erleben musste.«

»Und er hat nichts gesagt?«, frage ich.

»Nur das eine, dass wir auf keinen Fall seinen Eltern etwas sagen dürften. Das wiederholte er immer wieder. Aber natürlich sind wir dazu verpflichtet. Er ist ja noch minderjährig. Also haben wir sie angerufen, gleich nachdem wir einen Krankenwagen verständigt hatten.«

»Warum reden dann alle von einem Unfall?«

»Weil weder die Schulleitung noch die Eltern wollen, dass die Wahrheit ans Licht kommt. Es ist immer bequemer, die Probleme unter den Teppich zu kehren. Die Schüler gehen ja nur drei Jahre in die Oberstufe.«

»Wie zynisch.«

»Du sagst es. Wir Lehrer sind angewiesen worden, kein Wort über den Vorfall zu verlieren.«

»Ihr werdet außertariflich bezahlt, nicht wahr?«

»Genau. Was zur Verschwiegenheit beiträgt.«

»Hat der Junge einen Brief geschrieben?«

»Vielleicht, vielleicht nicht. Sollte es einen gegeben haben, ist nicht auszuschließen, dass ihn jemand hat verschwinden lassen.«

Schon von weitem erkenne ich die Buchstaben auf meinem Auto: HOMO. Mit einem scharfen Gegenstand, vielleicht einem Schraubenzieher, in den Lack geritzt. Einem großen

Schraubenzieher. Das Wort steht auf beiden Türen und der Motorhaube.

Die Kofferraumhaube haben sie vergessen.

Mein Heimweg führt mich am Polizeipräsidium vorbei. Da es bereits nach fünfzehn Uhr ist, hat es geschlossen. Es wird gebeten, sich in dringenden Fällen an die Kollegen in Jönköping zu wenden. Als ich vom Parkplatz rolle, erblicke ich glücklicherweise einen Streifenwagen. Zwei Beamte, die sich womöglich auf dem Weg zu einer verdienten Kaffeepause befinden, inspizieren meinen Wagen und machen sich Notizen.

»Lassen Sie sich von Ihrer Versicherungsgesellschaft eine Schadensmeldung schicken, füllen Sie diese aus, und kommen Sie wieder, wenn wir geöffnet haben.« Ich frage, ob es Neuigkeiten im Kanalmord gäbe, doch die Polizisten geben sich einsilbig.

»Die Recherchen laufen. Mehr können wir Ihnen dazu nicht sagen.«

»Wirklich nicht?«

»Wir haben alle Hände voll zu tun, entschuldigen Sie uns bitte.«

»Sie haben noch immer keinen Zeugen?«

»Kein Kommentar.«

»Und wenn es einen Zeugen gäbe ...«

»Kennen Sie einen?«, fragt der Polizist rasch.

»Kein Kommentar.«

»Für Scherze ist das nicht das richtige Thema«, knurrt er.

»Aber angenommen, ein möglicher Zeuge meldet sich nicht, weil er Angst hat, wegen eines kleinen Vergehens selbst zur Rechenschaft gezogen zu werden, könnten Sie dann über dieses Vergehen hinwegsehen?«

»Das kommt auf die Schwere des Vergehens an.«

»Könnten Sie mir Beispiele für Vergehen nennen, die nicht so sehr ins Gewicht fallen?«

»Tja, sagen wir... Fahrrad fahren ohne Licht... Mundraub ... irgendwas in der Größenordnung.«

»Ladendiebstahl?«

»Wenn es das erste Mal ist und der Gegenstand von geringem Wert, dann vielleicht. Das hängt von den Umständen ab. Denken Sie an was Bestimmtes?«

Ich bedanke mich für die Hilfe und steige unter den fragenden Blicken der Beamten in meinen Wagen.

Auf dem Boden steht eine Kiste mit alten Briefen. Ingbritt blickt kaum auf, als ich hereinkomme. Sie ist völlig in ihre Lektüre versunken. Muffins hat sich auf einem Sessel unweit des Kamins zusammengerollt. Ich werfe zwei Scheite in die Glut. Muffins schaut auf, der Schwanz bewegt sich in doppeltem Tempo, doch er verlässt seinen bequemen Platz nicht.

»Haben wir noch was zu essen?« frage ich, ohne eine Antwort zu bekommen.

»Vielleicht Dachspfoten in Moltebeergrütze?«

»Ähm …«

Aus dieser Reaktion folgere ich, dass Ingbritt erstens nicht besonders hungrig ist und zweitens etwas enorm Spannendes zu lesen hat. Doch als ich nach einer Weile Pasta mit Brokkolisauce serviere, kommt eine völlig verwandelte Ingbritt an den Tisch. Sie ist regelrecht übermütig, aber warum?

»Hast du im Lotto gewonnen?«

»Nein, aber gar nicht mal so schlecht …«

»Du spielst doch wohl kein Bingo?«

»Ach was, aber stell dir vor: Inzwischen weiß ich, dass Bertil höchstwahrscheinlich von seiner Frau Ulla ermordet wurde! Es war weder ein Unfall noch war es Selbstmord. Er ist wegen seines Vermögens getötet worden.«

»Ein armer Landwirt?«

»Er war ganz und gar nicht arm, sondern hatte ordentlich im Lotto gewonnen und …«

»Woher weißt du das?«

»Unterbrich mich nicht! Gibst du mir mal das Zitronenwasser?«

»Gern.«

»Ich habe einen Brief gelesen, in dem sich die Bank über das Missverständnis beklagt, das dazu führte, dass Bertil sein Konto auflöste und alle Verbindungen zur Bank abbrach. Sie baten vielmals um Entschuldigung und boten Bertil an, sein Geld Gewinn bringend bei ihnen anzulegen. Machten auch sogleich einen Vorschlag, wie man die Summe, zirka zwei Millionen Kronen, am sinnvollsten investieren könne.«

»Aha, und wie hast du das alles rausbekommen?«, frage ich und höre einen etwas arroganten Unterton in meiner Stimme.

»Da hat wohl jeder so seine eigenen Methoden, oder?«, antwortet sie entsprechend spitz.

»Wenn du so sicher bist, dann musst du es aber auch beweisen können«, sage ich und fülle unsere Gläser auf.

»Es kann nur so gewesen sein. Hör zu. Ich habe mit Bengt Flormann, dem ehemaligen Bankdirektor in Mariannelund, gesprochen. Er ist inzwischen so um die neunzig und nimmt es mit dem Bankgeheimnis nicht …«

»Um die neunzig? Ist er denn noch klar im Kopf?

»Ja! Jetzt hör auf, mich zu unterbrechen!«

» – «

»Kann ich jetzt weitererzählen?«

» – «

»Bertil Svärd gewann 1968 die höchste Summe, die bis dahin jemals ausgezahlt worden war: 350.000 Kronen. Das hat mir Florman erzählt. Ich habe das bei der schwedischen Lottogesellschaft auf Gotland nachgeprüft. In Absprache mit Florman hatte Bertil das Geld klug und Gewinn bringend angelegt. Nach Flormans Pensionierung wurde die Bank von wechselnden Geschäftsführern geleitet, bis eines Tages ein schnöseliger junger Filialleiter ernannt wurde. Bertil konnte ihn offenbar nicht ausstehen und verkaufte im Zorn über die herablassende Behandlung und den schlechten Kundenservice all seine Aktien und Wertpapiere und hob sein gesamtes Bargeld ab. Das war nur wenige Wochen vor seiner Ermordung.

Auf dem Heimweg lief ihm Florman über den Weg, und Bertil teilte ihm sogleich mit, dass er endgültig die Nase voll habe. Daran konnte sich Florman sehr genau erinnern. Er sagte, er habe noch nie so viel Geld in einer Plastiktüte gesehen. Er hat Bertil dringend geraten, sofort zu einer anderen Bank zu gehen, wenn er der alten nicht mehr vertrauen könne, aber Bertil war ein Sturkopf. Von Banken wollte er nichts mehr wissen. Vielleicht hatte er irgendwelche Pläne, wollte das Haus renovieren oder neue Arbeitsmaschinen kaufen, wer weiß.«

Nachdem Ingbritts Bericht so weit fortgeschritten ist, hält sie offenbar einen Kommentar von meiner Seite für angebracht. Sie macht eine auffordernde Pause, hebt ihr Glas und schaut mich triumphierend an.

»Hört sich gut an. Ich hoffe, der alte Florman lebt lange genug, um als Zeuge herhalten zu können«, sage ich.

»Daran habe ich auch schon gedacht. Deshalb habe ich das ganze Gespräch aufgenommen.«

»Wo sind die Moneten eigentlich geblieben?«

»Keine Ahnung. Im Nachlassverzeichnis tauchen sie nicht auf. Und Bertil scheint sie vor seinem Tod auch nicht auf den Kopf gehauen zu haben. Ich habe sein Tagebuch gelesen. Dort ist nirgends die Rede von Sonderausgaben oder irgendwelchen Extravaganzen.«

»Okay, jemand hat ihn also ermordet und das Geld gestohlen. Aber wer ist dieser ›Jemand‹?«

»Ulla. Denn nur wenige Tage zuvor kam der Brief von der Bank. Nimm einmal an, Ulla hätte ihn gelesen. Dann wäre ihr aufgegangen, dass Bertil klammheimlich im Geld schwamm. Vielleicht haben sie sich gestritten, vielleicht wollte sie einen Nerzmantel haben und eine Kreuzfahrt machen, während er an einen neuen Volvo dachte.«

»Sag du noch mal was über Klischees …«

»Wie auch immer, die Auseinandersetzung endete damit, dass Ulla Bertil mit einem Holzscheit niederschlug, seinen

Kopf in die Holzschneidemaschine drückte und diese den Rest erledigen ließ.«

»Ziemlich kaltblütig. Glaubst du das im Ernst? Könnte nicht auch Bertils Bruder seine Hände im Spiel gehabt haben? Schließlich haben er und Ulla später geheiratet.«

»Aus dem Polizeibericht geht eindeutig hervor, dass sich Martin zu dieser Zeit in Vimmerby befand. Dafür gibt es Zeugen. Den Ermittlungen zufolge war Ulla in der Waschküche, als sich der so genannte Unfall ereignete.«

»Hast du mal Ullas Finanzen unter die Lupe genommen? Sie müsste dann ja ziemlich wohlhabend sein.«

»Bei *Johanssons Färg & Frö* standen zwei teure Schlitten im Hinterhof. Glaub mir, die hat viel mehr Kohle, als sie mit ihrem Job verdienen kann.«

»Wo hast du all die Unterlagen, Briefe und Tagebücher her?«

»Die habe ich mir von Bertils Schwiegertochter ausgeliehen. Sie wohnt in Jönköping.«

»Du hast mit ihr gesprochen?«

»Natürlich habe ich das. Sie glaubt auch, dass Bertil ermordet wurde.«

»Was glaubt sein Sohn Anders?«

»Weiß ich nicht. Der ist auf irgendeiner Forschungsreise im Ausland.«

»Gute Arbeit! Aber bis jetzt hast du nur Indizien, keine Beweise, nichts Konkretes. Ob Ulla wirklich etwas von Bertils Lottogewinn erfahren hat, ist ungewiss. Und wenn sie tatsächlich in der Waschküche gewesen sein sollte, könnte Bertil auch von jedem dahergelaufenen Irren ermordet worden sein«, wende ich provozierend ein, aber Ingbritt beharrt auf ihrer Version:

»Ich denke, es war so: Ulla liest den Brief der Bank, gerät in Wut und schlägt Bertil mit einem Holzscheit nieder. Bertil stirbt, was sie nicht beabsichtigt hatte. Um den Vorfall zu verschleiern, arrangiert sie einen Unfall, bei dem das Blut nur so spritzt. Ulla stopft alle besudelten Kleider in die Waschmaschine, duscht rasch, trocknet sich die Haare und zieht was Neues an. Dann verwischt sie eventuelle Spuren und alarmiert die Polizei. Die ist zehn Minuten später zur Stelle, wenn die Beamten nicht aus Eksjö kamen, dann hätte es zirka 25 Minuten gedauert. Währenddessen ist der Waschgang beendet. Die Tatwaffe wirft sie ins Feuer. Den Brief von der Bank versteckt sie zwischen Bertils übriger Korrespondenz. Als sie gefragt wird, warum sie nicht sofort die Polizei verständigt habe, antwortet Ulla dem Vernehmungsprotokoll nach, sie sei wegen des Schocks in Ohnmacht gefallen. Ihre schmutzigen Kleider zeugen davon, dass sie draußen niedergesunken ist. Die Polizisten sehen keinen Anlass, ihr zu misstrauen. Es sind eben junge, unerfahrene Beamte. Voilà!«

»Du solltest Krimis schreiben …«

»Aber du hast schon Recht. Beweisen kann ich nichts«, knurrt Ingbritt grimmig. Muffins schaut verwundert herüber.

»Außerdem läuft uns die Zeit davon«, sage ich. »Es sind doch fast fünfundzwanzig Jahre seit dem Vorfall vergangen, nicht wahr?«

»Ja, warum?«

»Weil ein Verbrechen, das mit lebenslanger Haft bestraft werden kann, nach fünfundzwanzig Jahren verjährt ist.«

»Und wenn neue Beweise auftauchen?«

»Spielt das keine Rolle. Ist ein Verbrechen verjährt, ist nichts mehr zu ändern.«

»Aber wenn ich doch Recht habe … wenn ich beweisen kann, dass Ulla ihren Mann ermordet hat?«

»Nach fünfundzwanzig Jahren ist das gleichgültig. Dann zieht die Gesellschaft einen Schlussstrich unter die Vergangenheit. So ist das nun mal. Außerdem riskierst du eine Anklage wegen Verleumdung, wenn du deine Gedanken laut äußern solltest.«

»Verfluchter Mist!«

»Ach, komm …«

»Das regt mich einfach auf! Ich habe gar keine Zeit mehr zum Weiterschnüffeln, weil ich in ein paar Tagen meine neue Stelle antrete. Verdammt!«

»Einen Teil der Recherchen kannst du doch am Telefon erledigen. Hast du dir mal die Ergebnisse der Spurensicherung angesehen? Da können damals Fehler gemacht worden sein. Weißt du, ob Ulla Immobilien oder Aktien besitzt? Wie oft sie das Auto wechselt? Luxusurlaube oder andere Dinge unternimmt, die vermuten lassen, dass sie etwas auf der hohen Kante hat?«

»Ulla hat sich liften lassen, das kostet mindestens vierzigtausend«, sagt Ingbritt.

»Wie, liften?«

»Na, das Gesicht!«

»Ach so, das scheint ja heute gang und gäbe zu sein.«

»Also, ich könnte mir das nicht leisten.«

»Du hast es ja auch nicht nötig.«

Weder die Fernsehnachrichten noch eine vorhersehbare Soap können etwas daran ändern, dass Arvid keine Ruhe findet. Es war schon zu viel passiert, er konnte sich dem nicht mehr entziehen. Er setzt sich in den Lesesessel. Nimmt ein dickes, schwer lesbares Buch zur Hand, das half meistens, doch nicht jetzt.

Er ruft Annika und Bengt an.

»Wie wär's, wenn ihr heute Abend ins Kino gingt? Ich kann bei euch babysitten.«

»Danke für das Angebot, aber heute Abend geht es nicht«, antwortet Annika.

Gab es keine Klassenarbeiten zu korrigieren? Nein, alles schon erledigt. Irgendwas musste er tun. Sich stundenlang im Bett hin und her zu wälzen, war keine verlockende Aussicht. Für einen Besuch war es schon zu spät, aber vielleicht konnte er sich ein paar Biere im Stadthotel genehmigen. Warum nicht? Das hatte er schon lange nicht mehr getan. Arvid schaut verstohlen zu seiner Frau hinüber, die auf dem Sofa sitzt und eines ihrer Managementbücher liest, während sie am Bleistift kaut und sich Notizen macht.

»Kommst du mit ins Stadthotel auf ein Bier?«

»Nein, ich habe morgen eine wichtige Besprechung. Ich denke, ich werde mich früh hinlegen.«

»Ich gehe noch mal weg. Ich habe das Gefühl, dass ich sowieso nicht werde schlafen können.«

»Tu das, und trink ruhig noch was.«

Ein, zwei Bier würden ihm helfen, sich zu entspannen.

Doch nach zwei großen Gläsern hat Arvid den Spaß an der Sache verloren. Es befinden sich zu viele ehemalige Schüler unter den Gästen, die mit ihm reden, von ihrer Ausbildung und ihrem Job erzählen wollen. Unter anderen Umständen hätte Arvid nichts dagegen und würde gerne mit ihnen allen anstoßen, doch im Moment ist er zu sehr mit anderen Dingen beschäftigt. Patrik Elmerud, der Hausmeister, hatte ihm mitgeteilt, dass offensichtlich jemand den Schlüssel zu Helins Wohnung besitze und ab und zu dort vorbeischaue. Und warum hörte man nichts von Helins Vater?

Arvid leiht sich das Handy eines ehemaligen Schülers, der Bauingenieur in Hjältevad ist. Der muss ihm bei der Bedienung helfen, ehe Arvid das Freizeichen hört.

»Hier Patrik …«

»Hallo, hier ist Arvid. Ich habe eine Idee. Du hast mir doch erzählt, dass jemand in Helins Wohnung war.«

»Ja, ich hatte den Eindruck. Bisher habe ich niemand gesehen, obwohl ich die Wohnung im Auge behalte. Trotzdem glaube ich, dass manchmal jemand da ist, der kein Licht macht. Das ist schwer nachzuprüfen, schließlich kann ich ja nicht im Treppenhaus Wache halten.«

»Genau. Und deshalb dachte ich, da ich sowieso nicht schlafen kann, könnte ich doch genauso gut dort in der Wohnung sitzen, in der Hoffnung, irgendetwas zu sehen.«

»Aber Sie wissen, dass das nicht erlaubt ist und dass ich

rausgeschmissen werden kann. Wenn wirklich jemand kommt, ich meine ... Sie sind doch auch nicht mehr der Jüngste.«

»Ja, das ist wohl war, aber das hindert mich nicht daran, das zu tun, was ich für richtig halte. Komm schon ... Ich mach das auch nicht zu meinem Privatvergnügen.«

»Na gut, vielleicht haben Sie Recht ...«

Nach ein paar Höflichkeitsfloskeln beenden sie das Gespräch und Arvid bestellt sich noch ein Bier. Der Bauingenieur gesellt sich fröhlich an seinen Tisch. Arvid will schon auf die Toilette flüchten, als ihm eine Kellnerin mitteilt, jemand verlange ihn am Telefon. Leicht schwankend steht Arvid auf und folgt der Kellnerin hinter die Theke in einen kleinen Raum.

»Hallo, hier ist Patrik. Ich habe noch mal über die Sache nachgedacht. Wie wäre es, wenn auch ich die Nacht in Helins Wohnung verbringe? Ich habe ja die Verantwortung, dass nichts Schlimmes in den Wohnungen passiert, und dann sind wir zu zweit.«

»Ausgezeichnete Idee.«

»Ich hole Sie in fünf Minuten ab. Bis dann.«

Bevor Arvid den Ausgang sucht, scheint es ihm ratsam, seine Blase zu leeren. Er entdeckt eine Personaltoilette. Mit dem Recht, das ihm sein fortgeschrittenes Alter verleiht, bleibt er eine Weile stehen. Schaut aus dem Fenster in den Hinterhof. Er hat ihn nie zuvor gesehen, aber von Lindström gehört, dass es dort mickrige, spartanisch ausgestattete Zimmer gibt. Muharrem hatte eines von ihnen bewohnt. Im Moment scheint der Hinterhof verlassen, doch hinter den Gardinen glaubt Arvid ein schummriges Licht wahrzunehmen.

Arvid ist froh, dass Patrik schon vor dem Eingang auf ihn wartet. Die drei Biere entfalten ihre Wirkung.

»Wir können abwechselnd Wache halten«, schlägt Patrik vor.

»In Ordnung. Fang du ruhig an, dann übernehme ich die unangenehmen Stunden.«

»Hab mir schon gedacht, dass Sie sich gern etwas hinlegen würden«, entgegnet Patrik lächelnd.

Er parkt halb auf dem Rasen, da alle Parkplätze vor dem Haus belegt sind. In einigen Fenstern brennt noch Licht.

Im Treppenhaus ist es ruhig, doch in Helins Nachbarwohnung scheint ein Gelage im Gang zu sein.

Patrik späht durch den Briefschlitz der Familie Aras. Alles dunkel. Dann öffnen sie vorsichtig mit dem Generalschlüssel die Tür und betreten den Flur, ohne Licht zu machen. Am Garderobenhaken hängt eine Lederjacke.

»Es ist jemand hier«, flüstert Patrik, schließt die Tür und spannt die Sicherheitskette vor. »Jetzt haben wir ihn.«

Leise schleichen sie über den Flur. Im Wohnzimmer sitzt ein Jugendlicher auf dem Sofa. Arvid knipst eine Lampe an. Der Junge versucht, sich hinter einer Decke zu verstecken, doch Arvid erkennt das von Striemen gezeichnete Gesicht aus der Schule wieder.

»Lasst mich in Ruhe. Ich hab nichts getan. Ich geh schon wieder«, sagt er mit gequälter Stimme.

Der Junge hat geweint.

»Ich rufe die Polizei«, sagt Patrik.

»Nein«, sagt Arvid. »Lass ihn erzählen. Manche Dinge kann man auch ohne Polizei klären. Siehst du nicht, wie schlecht es ihm geht? Vielleicht könntest du in die Küche gehen und Kaffee kochen. Und schließ bitte die Tür, damit wir erst mal unter vier Augen reden können.«

Durch die Küchentür hört man ein Klirren und Klappern.

»Es gibt keinen Kaffee!«, ruft Patrik durch den Türspalt.

»Vielleicht könntest du ein bisschen Kaffee besorgen und etwas später wiederkommen. Wäre das möglich?«, fragt Arvid.

»Ja, natürlich …«

»Und bring auch ein bisschen Kuchen mit.« Arvid gibt Patrik einen Hundertkronenschein, und Patrik verschwindet.

Arvid schaltet das Deckenlicht aus und zündet ein paar Teelichte an.

»Also«, beginnt Arvid mit sanfter Stimme. »Warum sitzt du hier und weinst?«

Der Junge verbirgt immer noch das Gesicht hinter der Decke, die er mit beiden Händen festhält.

»Geht Sie nichts an ... lassen Sie mich in Ruhe.«

»Du brauchst hier nicht den coolen Typen zu spielen. Was ist los?«

Der Junge hebt fragend den Kopf.

»Du traust dich nicht, die Wahrheit zu sagen.«

»Und die wäre?«

»Dass das Leben im Moment keinen Spaß macht.«

»Hm ...«

»Oder glaubst du etwa, ich hätte dich nicht erkannt, Dan Bjerne?«

» – «

»Jetzt hör auf zu schmollen und mach deinem Herzen Luft. Ich verspreche dir, dass ich weder mit der Rektorin noch mit der Polizei oder deinen Eltern reden werde. Ich bin hier privat. Was wir besprechen, bleibt unter uns, okay?«

» – «

»Okay?«

»Ja, ja ... okay, okay.«

»Wenn etwas so Schlimmes passiert ist, dass man mitten in der Nacht in einer fremden Wohnung sitzt und weint, dann braucht man einen Freund, jemand mit Erfahrung. Es gibt viele Dinge, mit denen man nur schwer alleine zurechtkommt. So geht es allen.«

» – «

»Warum wolltest du dir das Leben nehmen?«

»Es war ein Unfall!«

»Unsinn. Du hast versucht, dich umzubringen. Du weißt das, ich weiß das.«

» – «

»Auch die Schule und deine Eltern wissen das, nur sind sie zu feige, es zuzugeben.«

»Das ist ihr Problem.«

»Traust *du* dich, es zuzugeben? Was willst du tun? Einen

weiteren Selbstmordversuch unternehmen oder darüber reden, damit ich versuchen kann, dir zu helfen?«

»–«

»Gibt es niemand, mit dem du reden kannst?«

»–«

»Eine Freundin?«

»–«

»Deine Eltern?«

»Nie im Leben! Die kapieren gar nichts!«, sagt Danny.

»Was kapieren sie nicht?«

»Alles!«

»So wie das mit dem Mädchen in der Hütte?«

»–«

»Das Mädchen, das im Kvarnsjö versank … Wenn man so was auf dem Gewissen hat, wird das Leben sehr schwer.«

»–«

»Dann braucht man jemand, mit dem man reden kann. Danny, was auch passiert ist, mich kann das nicht schockieren. Und hör mal: Das Mädchen ist nicht ertrunken.«

»Ich weiß. Wir haben gesehen, wie sie von der alten Frau und noch jemand aus dem Wasser gezogen wurde. Sie war nicht tot, aber ich …«

»Erzähl mir, was du auf dem Herzen hast. Alles wird unter uns bleiben. Das verspreche ich dir.«

»Sie … haben gesagt …«

»Ruh dich erst mal aus, bis Patrik mit dem Kaffee kommt.«

Arvid sieht, wie Dan mit sich kämpft, aber kein Wort herausbekommt. Er geht zum Fenster. Wartet. Er muss Geduld haben. Der Junge will ja reden. Arvid öffnet das Fenster und lässt die kühle Abendluft herein. Die Lichter flackern. Auf den meisten Balkonen des gegenüberliegenden Hauses befinden sich Parabolantennen. Das Satellitenfernsehen flimmert durch die Scheiben. Aus dem Ausgang D kommt eine fröhliche Gruppe, vermutlich von einem Fest.

»Du kannst ja mit der versuchten Vergewaltigung anfangen. Was bringt einen jungen Kerl wie dich dazu, ein Mädchen vergewaltigen zu wollen? Zu viele Pornos, zu viele Sexfilme?«

»Ich habe nicht ... ich würde nie ...«

»Aha, dann hat sie sich also getäuscht? Oder wolltest du etwas ganz Anderes?«

»Ich würde nie ... ich weiß nicht, ich ... habe gedacht ...«

»Was hast du gedacht? Dass sie auch wollte?«

»Ich hab doch nur so getan ...«

»Nur so getan? Aber warum?«, fragt Arvid.

» – «

»Nur so getan ...«

»Ich glaube, ich bin schwul«, murmelt Dan.

»?«

»Schwul, verdammt noch mal! Schwul! Schwul! Schwul!«, ruft Dan und bohrt sein Gesicht in das Sofakissen.

»Und darum hast du ...«

»Ach, Sie verstehen gar nichts!«

»Doch, das tue ich. Du bist schwul, traust dich aber nicht, es zuzugeben. Du tust so, als wärst du hinter den Mädchen her, obwohl dir immer klarer wird, dass du homosexuell veranlagt bist«, sagt Arvid.

»Homosexuell veranlagt ... Ich bin krank!«

»Wie bitte? Wer sagt denn so etwas? Nicht du bist krank, sondern diejenigen, die sich nicht damit abfinden wollen, dass es Homosexuelle gibt.«

»In der Bibel steht ...«

»Geschwätz! Sag mal, woher hast du diesen Quatsch? Ich habe so viele Schülerinnen und Schüler erlebt, die oft erst sehr spät entdeckt haben, dass sie lesbisch oder schwul sind, und die gut damit zurechtkommen. Es liegt ganz bei dir, wie du damit umgehst. Du kannst dich dein Leben lang verstecken – oder dich dazu bekennen.«

»Ich hab Angst ...«

»Ja, das verstehe ich. Aber dass du mir davon erzählt hast,

war alles andere als feige. Ich bin mir nicht sicher, ob ich mich das an deiner Stelle getraut hätte.«

Danne schweigt hinter seinem Kissen.

»Das Leben ist damit nicht vorbei und du bist mit Sicherheit auch nicht der Einzige auf der Schule. Das ist kein Grund, sich umzubringen.«

»Ich fühle mich so schlecht, so schmutzig ... Das ist doch – abartig.«

»Unsinn. Hör auf, dir selbst Leid zu tun. Du musst vor allem endlich mit deinen Eltern sprechen.«

»Niemals!«

»Warum nicht?«

»Sie kennen meine Eltern nicht!«

»Nein, und sie scheinen dich auch nicht zu kennen, obwohl ich wetten könnte, dass deine Mutter bereits etwas ahnt.«

»Mein Vater ist am schlimmsten. In zwei Jahren werde ich achtzehn. Dann ziehe ich von zu Hause aus. Aber zwei Jahre sind eine Ewigkeit.«

»Nur dann, wenn man untätig herumsitzt. Wenn man will, kann man in zwei Jahren vieles ändern. Vielleicht lernst du andere Menschen kennen, die in derselben Situation sind wie du.«

»Weiß nicht ...«

»Wie bist du eigentlich hier reingekommen? Hast du einen Schlüssel?«, fragt Arvid.

»Ja, den habe ich aus der Hütte ...«

»Gibt es jemand in der Schule, der von deiner Homosexualität weiß?«

»Der mich für schwul hält? Ja, dieser verdammte Sven Dahl«, antwortet Danne mit zitternder Unterlippe.

»Der Religions- und Psychologielehrer?«

»Ja, der Mistkerl hat es auf mich abgesehen. Ich gehe nicht mehr in seinen Unterricht. Er hasst mich! Mir egal, was ich für Noten kriege.«

»Darum werde ich mich kümmern. Ich verspreche dir, dass es Dahl noch Leid tun wird.«

Zwei große Thermoskannen, eine Packung Kekse, ein paar Gebäckstücke und eine Tüte mit Süßigkeiten. Danne blickt Arvid flehentlich an. Der zwinkert ihm zu. Sie teilen ein Geheimnis und haben für Patrik eine eigene Version parat:

»Ich kenne den Jungen aus der Schule. Danne ist begabt und fleißig, hat aber Schwierigkeiten mit seinen Eltern. Das ist ja nichts Ungewöhnliches.«

Patrik nickt. Arvid fährt auf eigene Faust fort:

»Er kennt Helin, seit sie in der Oberstufe sind, und Helin hat ihm im Frühjahr einen Schlüssel zu ihrer Wohnung gegeben. Dann ist die Familie in Urlaub gefahren, und Danne hat sich die Freiheit genommen, ab und zu hier zu übernachten, wenn es mit seinen Eltern Stunk gab.«

»Ich weiß, dass das eigentlich nicht richtig ist, aber ich habe nichts gestohlen oder so was. Ich habe es nur manchmal zu Hause nicht mehr ausgehalten.«

»Ich verstehe«, sagt Patrik.

»Ich schlage also vor, dass wir die Sache auf sich beruhen lassen. Gib Patrik einfach den Schlüssel, Danne. Er ist der Hausmeister«, sagt Arvid.

»Aber ...« Dan macht ein unglückliches Gesicht, als Patrik den Schlüssel an sich nimmt und sich verabschiedet. »Ich geh dann mal. Ihr wollt bestimmt noch weiterreden.«

Sie reden bis vier Uhr morgens. Mit jeder Minute scheint der Junge mehr aufzutauen. Als die letzten Teelichte abgebrannt sind, verabschieden sie sich:

»Und denk dran, dass du jederzeit anrufen oder vorbeikommen kannst«, sagt Arvid unten auf der Straße.

»Danke.«

Danne schaut Arvid zum ersten Mal direkt ins Gesicht.

20

In aller Frühe werde ich unsanft geweckt. Ingbritt schüttelt mich, dass ich fast aus dem Bett falle.

»Raus aus den Federn, du Langschläfer! Arvid hat gestern angerufen. Es ist enorm wichtig, hat er gesagt. Du musst ihn unbedingt anrufen, ehe er zur Arbeit geht.«

Schlaftrunken wanke ich aus dem Zimmer. Eile über den Hof in die Wärme und wähle Arvids Nummer. Er ist sofort am Apparat.

»Was gibt's?«

Arvid erzählt von der vergangenen Nacht. Endlich scheinen sich ein paar Kreise zu schließen. Dass Kenny, der Jüngste in der Clique, ein ambitionierter Amateurfotograf ist, nehme ich mit Interesse zur Kenntnis.

Muffins läuft umher und schnüffelt im feuchten Laub. Die Bäume sind kahl. Still, grau und blank ruht der Kvarnsjö. Kein Luftzug ist zu spüren und kein Rauschen von den Schleusen zu hören, die das Wasser stauen, bevor es in Richtung Zentrum weiterfließt.

Ich muss lange warten. Es scheint ein langer Schultag zu sein. Fröstelnd höre ich endlich in der Ferne das Geräusch knatternder Mopeds. Es kommt aus der Villengegend.

»Hey, da ist der, der das Foto gemacht hat!«

Die Mopeds machen eine Vollbremsung und geraten seitlich ins Rutschen.

»Hallo, äh, ist das Foto was geworden?«

Sie stellen ihre Mopeds ab und holen die Angelsachen heraus. Die Jungen sind zu viert. Ich weiß, wer fehlt.

»Ja, das Foto ist gut geworden. Ich habe Abzüge dabei.«

Die Jungen scharen sich um mich, betrachten das Foto, kommentieren ihr Aussehen, lachen übereinander, ziehen sich auf.

»Ich habe noch einen Abzug übrig. Wo ist der Fünfte von euch?«, frage ich.

»Ach, Danne ist ...«

»Der hatte einen Sportunfall.«

»Hat sich das Bein gebrochen und liegt im Krankenhaus.«

»Nee, der ist schon zu Hause, muss es aber noch ruhig angehen lassen.«

»Aha, ich verstehe. Eine andere Frage: Könnt ihr euch daran erinnern, dass man im Kanal unter der Centralgata vor einiger Zeit eine tote Frau gefunden hat?«

»Iiiih, wie eklig.«

»Es ist möglich, dass die Leiche ein Stück den Fluss hinuntergetrieben ist, bevor sie im Kanal stecken blieb. Im Frühjahr stand das Wasser ja ungewöhnlich hoch. Versteht ihr, was ich meine?«

»Sie meinen, der Mord könnte auch woanders ...«

»Genau. Der Mord könnte zum Beispiel auch irgendwas im Park geschehen sein. Und jetzt will ich von euch wissen, ob ihr im Frühling beziehungsweise im Frühsommer, so Ende Mai, Anfang Juni, mal irgendetwas Verdächtiges beobachtet habt«, sage ich.

»Sie meinen, ob irgendein Typ etwas Verdächtiges ins Wasser geschmissen hat?«

»Ja, zum Beispiel.«

»Sind Sie ein Bulle?«

»Nein, ich bin kein Bulle.«

»Privatdetektiv, wow!«

»Sagt schon, fällt euch irgendwas ein?«, frage ich.

»Also, ich hab niemand umgebracht, daran könnte ich mich bestimmt erinnern.« Grölendes Gelächter.

»Und die haben echt eine Frau hier erschossen?«

»Wer hat gesagt, dass sie erschossen wurde?«

Sie schauen sich fragend an. Kaum vorstellbar, dass dies dieselben Jungen sein sollen, die ein Mädchen mit Steinen beworfen haben, so dass es fast ertrunken wäre.

»Erzählt doch mal, was hier abends im Park so abgeht. Ihr wohnt doch ganz in der Nähe ...«

»Na ja, im Sommer war da dieser Typ, der hat mitten auf der Wiese auf einem Mädchen gegessen und ...« Kenny hat ganz rote Ohren bekommen.

»Halt doch die Klappe, Kleiner!«

»Aber im Ernst«, sagt einer der Jungen. »Es gibt hier ein Versteck, eine Bretterbude. Da hinten.« Er streckt den Arm aus. »Sie sind meistens zu zweit und haben Mädchen dabei ...«

Das stimmt tatsächlich mit dem überein, was ich schon früher gehört habe: Zwei Männer in Anzügen, so um die dreißig, der eine mit einem merkwürdigen Hut. Junge Mädchen, Teenager. Manchmal zwei, manchmal drei. Vielleicht einmal im Monat. Keiner der Jungen kennt die beiden Männer oder weiß, ob sie in Ekemåla wohnen.

»Kanaken«, teilt Kenny bereitwillig mit.

»Die vögeln ...«

»Habt ihr etwa heimlich zugeschaut?«

»Na klar ...«

»War dieser Mann auch dabei?«, frage ich und zeige ihnen das Foto von Muharrem.

Alle schauen es sich genau an.

»Weiß nicht. Vielleicht war er dabei. Schwer zu sagen. Der schläft ja.«

»Wann habt ihr die Männer das letzte Mal gesehen?«

»Das ist schon eine Weile her ... der mit dem Hut war nicht mehr dabei.«

»Wann habt ihr den mit dem Hut denn das letzte Mal gesehen?«

»Irgendwann im Herbst. Aber der mit der Sonnenbrille ist noch dabei und dann noch so'n neuer Typ.«

»Wie sieht der Neue aus?«

»Kleiner, dicker.«

»Sind die Mädchen auch ... ›Kanaken‹?«

»Glaub schon, einige wenigstens.«

»Okay. Was ich euch jetzt erzähle, muss unbedingt unter uns bleiben, ist das klar?«

»Ja, klar, worum geht's?«

»Ihr könnt uns helfen, einen Mörder zu schnappen, aber ihr müsst dichthalten. Kein Wort zu euren Eltern oder Freunden! Ruft mich auf dem Handy an, sobald ihr was Neues erfahrt. Ich will wissen, wer die Männer sind und wo sie wohnen.«

Ich gebe ihnen meine Visitenkarte.

»Habt ihr alle ein Handy?«

»Nokia«, antworten die Jungen im Chor und zeigen mir ihre Telefone.

»Könnt ihr mir das Versteck zeigen?«, frage ich.

Es ist nicht weit entfernt, vielleicht hundert Meter, und liegt gut verborgen hinter hohen Fliederbüschen. Ein großer Erdhaufen, ein bisschen Kies und einige Strohballen sind zu sehen. Alles umgeben von einem Maschendrahtzaun, in dem ein Loch klafft. Der Verschlag weist noch Spuren seiner einstigen grünen Farbe auf. Sein Dach besteht aus einer rostigen Wellblechplatte. Zwei kleine Fenster befinden sich ziemlich weit oben. Ein Holzstapel unter einer Plane. Die Bretterbude gehört vermutlich der kommunalen Parkverwaltung, scheint aber nicht mehr gebraucht zu werden.

»Wenn man auf der Kiste da unter dem Fenster steht, kann man reinschauen.«

Mit meinen 1,93 m brauche ich keine Kiste.

Durch Spinnweben blicke ich ins Innere der Bude. Bis auf ein paar Dosen und Werkzeuge sind die Regale so gut wie leer. Ein Kanister mit Motoröl. Früher haben hier bestimmt Rasenmäher gestanden. Nun liegt neben dem Ofen eine schmuddelige Matratze auf dem Boden.

Die Tür ist mit einem Bolzen und einem scheinbar soliden Vorhängeschloss verriegelt, doch wenn ich den Bolzen ein wenig drehe, rotieren die rostigen Schrauben im morschen Holz, genau wie von Helin beschrieben.

Währenddessen tollen die Jungen mit Muffins herum. Sonderbar, diese »coolen« und »harten« Kerle, die um ein

Haar ein Mädchen getötet hätten, beim Spielen zu beobachten.

Die Jungen sollten eigene Hunde haben, um ihre Gefühle auszuleben. Gefühle, die man in ihrem Alter nicht zeigen darf, wenn man immer nur cool sein muss.

Ich nehme den Jüngsten beiseite.

»Du, Kenny, ich soll dich von Danne grüßen.«

»Wie geht's ihm?«

»Nicht besonders, aber er ist auf dem Wege der Besserung«, sage ich.

»Gott sei Dank. Danny ist in Ordnung.«

Ich lasse es darauf ankommen: »Er hat mir erzählt, dass du fotografierst.«

»Ja ... nein ... das war nichts.« Kennys Ohren werden wieder knallrot.

»Aber warum denn? Du hast doch nur versucht, ein gutes Bild zu machen, oder? Vielleicht hast du dabei den Mörder fotografiert!«

»Was ... äh ... ja ... okay, aber gut ist es nicht geworden.«

»Darf ich trotzdem mal einen Blick drauf werfen? Ich habe einen Freund, der könnte das Foto am Computer bearbeiten, aber ich muss es mir natürlich zuerst ansehen. Wenn er es nicht schafft, kann es die Polizei mit ihrer modernen Technik versuchen. Also: Leihst du mir das Bild?«

»Okay ... in Ordnung.«

»Weißt du noch, wann du die Aufnahme gemacht hast?«

»Das war irgendwann im Sommer. Ich glaube, im Juli. Aber so genau weiß ich das nicht mehr.«

»Du hast nicht zufällig eine Kamera, die das Datum auf den Bildern anzeigt?«

»Nee.«

»Von wo aus hast du das Foto denn gemacht?«

»Ich stand auf der Kiste vor dem Fenster und habe reinfotografiert.«

»Okay. Kannst du mir das Foto heute gleich mitgeben?«

»Ja, klar. Kommen Sie.«

Ich nehme Muffins an die Leine und wir gehen den Villen entgegen.

»Bin gleich wieder da, will nur eben was zeigen!«, ruft Kenny seinen Kumpels zu, die inzwischen zu angeln begonnen haben.

»Müsst ihr eigentlich nicht mehr zur Schule heute?«

»Ach, egal, wir haben nur noch Sport.«

Nach wenigen Minuten sind wir bei einer gesichtslosen Backsteinvilla angekommen, in deren Vorgarten sich ein kleiner Springbrunnen befindet. Auf dem Briefkasten steht C-Å Prinzén. Ich warte draußen. Betrachte fasziniert die Miniaturnachbildung aus weißem Kunststoff, die das berühmte Wahrzeichen Brüssels, Manneken Pis, darstellt.

Aus dem Haus dringt eine verwunderte weibliche Stimme. Der Junge scheint abzuwiegeln, eilt nach draußen und knallt die Tür hinter sich zu. Nach nur fünf Minuten halte ich also das Farbfoto in der Hand, und der Junge hat vollkommen Recht. Das Bild ist total missglückt.

Eine einfache Kamera mit eingebautem Blitz schießt vielleicht ganz nette Urlaubsfotos, aber mit Blitzlicht durch ein schmutziges Fenster zu fotografieren ist sogar mit einer hochwertigen Spiegelreflexkamera zum Scheitern verurteilt. Der Blitz lässt den Schmutz auf der Scheibe aufscheinen, und viel mehr ist auf dem Bild auch nicht zu erkennen.

»Und, was meinen Sie? Das Foto ist doch nichts geworden«, sagt Kenny, der trotzdem ein bisschen stolz wirkt.

»Tja, du hast Recht. Aber lass mal sehen, was aus dem Bild noch rauszuholen ist. Vom Inneren der Bude ist ja wirklich nicht viel zu erkennen.«

»Kann man das alles irgendwie schärfer machen?«

»Wir werden's jedenfalls versuchen.«

Kenny sieht mich fragend an.

»Mehr Fotos hast du nicht gemacht?«

»Nö.«

»Hast du öfter durch das Fenster geschaut? Du könntest den Mörder gesehen haben«, sage ich, worauf Kennys Ohren wieder knallrot werden. Sein Blick flackert. Natürlich hat er öfter durch das Fenster geschaut.

»Nein!«, sagt er entschieden und rennt zu seinen Freunden zurück. Seine Ohren leuchten noch von weitem.

Ich gehe zum Kvarnsjö zurück, setzte mich auf eine Bank und denke nach. Wir sollten wohl langsam mal die Polizei einweihen. Es ist doch einiges zusammengekommen an Informationen. Und dann sollten wir uns einmal die kleinen Zimmerchen im Hinterhof des Stadthotels näher ansehen. Dort wohnten angeblich viele junge Frauen, und Muharrem hatte seinem Freund, dem Pizzabäcker, verraten, eine von ihnen käme aus Albanien. Ja, wir müssen die Polizei informieren, und natürlich würde ich bei dieser Gelegenheit gerne ein Foto präsentieren, das einen Verdächtigen »in flagranti« zeigt. Das riecht doch alles verdammt nach Prostitution, Menschenhandel, sexueller Ausbeutung.

Ich schreibe eine Nachricht an Jurek und stecke sie zusammen mit Kennys Foto in einen Umschlag. Auf dem Heimweg liefere ich ihn bei einem Postamt ab.

Im Flur vor Lindströms Dienstzimmer in Boköping türmen sich die Umzugkartons zu einer kleinen Festung. Beim Packen versucht er, seinen Zorn abzureagieren. Die Kartons sind rasch gefüllt. Aktenordner, Bücher, Büroklammern, Stifte, alles schmeißt er hinein. Die meisten Kollegen müssten für eine solch imponierende Kartonburg noch jahrelang arbeiten. Die allgemeine Stimmung ist auf dem Tiefpunkt. Ausgenommen diejenigen, denen unter der Hand signalisiert wurde, dass der Umzug ihrer Karriere förderlich sei.

Lindström interessiert das nicht. Er ist kein Karrieretyp.

Die Zeit, die er durch seine Packmethode gewinnt, nutzt er dazu, sich bei seinen Kollegen in Ekemåla nach dem Stand der Ermittlungen im Fall Aras zu erkundigen. Doch es gibt wenig

Neues. Den Passagierlisten der Fluggesellschaft war immerhin zu entnehmen, dass Helin, im Gegensatz zu ihrer Mutter, nach Schweden zurückgekehrt sein müsste. Lindström zieht sich einen Kaffee aus dem Automaten, stellt den Becher auf einen Karton und ruft zu Hause an. Ich versuche, Lindström davon zu überzeugen, dass es das Beste ist, die Polizei von Helins Auftauchen in Kenntnis zu setzen.

»Im Grunde hast du Recht, aber weißt du auch, was das für Folgen hat? Das zuständige Sozialamt wird sich einschalten und ihr einen Betreuer zuweisen. Es gibt eine Reihe von Fragen zu klären, und glaub bloß nicht, dass sie Helin in der Zwischenzeit weiter bei Frau Österstierna wohnen lassen. Die werden sie in irgendein Heim stecken. Willst du das?«, fragt Lindström frustriert.

»Hm.«

»Na siehst du. Wir sollten im Moment nicht unnötig Staub aufwirbeln.«

»Bei Frau Österstierna hat sie es wirklich gut«, räume ich ein und habe das Gefühl, dass ich Lindström noch etwas Wichtiges mitteilen wollte, komme aber nicht darauf, was es war.

»Übrigens hat Ingbritt die Holzschneidemaschine entdeckt, die du so sorgfältig unter der Plane im Schuppen versteckt hattest«, sage ich stattdessen.

»Mist, dann muss ich wohl das Holz wieder von Hand hacken ... mit einer kleinen, weichen Plastikaxt«, murmelt Lindström. »Sag ihr, dass ich morgen nach Hause komme.«

Mit dieser frohen Botschaft eile ich in den Schuppen, wo Ingbritt die Plane entfernt hat, um die Maschine genau zu studieren.

»So eine Maschine ist wirklich sehr praktisch«, sage ich berechnend, »leicht zu handhaben, zeitsparend und effektiv.«

»Du meinst, so leicht zu handhaben, dass auch eine Frau dazu in der Lage wäre?«

Die Frage ist hinterlistig.

»Ich wollte andeuten, dass die Bedienung kein Problem ist,

aber natürlich sollte man nicht den Kopf oder andere Körperteile zwischen Kolben und Wagen legen. Dies ist nämlich die Holzschneidemaschine, die früher auf Hackhult benutzt wurde. Wir haben sie mitgenommen.«

»Die Mordwaffe? Na ja, vermutlich wollte sie nach Bertils Tod niemand haben«, vermutet Ingbritt.

»Hier: der Draht, der die Maschine sofort zum Stillstand bringt. Ein kleiner Ruck, und der Kolben bleibt sofort stehen und kehrt in die Ausgangsposition zurück«, erkläre ich, indem ich den dünnen, rostigen Draht berühre.

»Ich verstehe. Und hier ist der Hebel für den Vorwärts- und Rückwärtslauf, und mit dieser Stellschraube kann man die Einstellung justieren«, stellt Ingbritt fest.

»Genau. Man stellt sie so ein, dass der Kolben automatisch zurückfährt, sobald er sich dem Wagen auf ungefähr zwanzig Zentimeter genähert hat. Das reicht, denn da ist das Holz schon gespalten. Der Kolben braucht sich nicht weiter nach vorne zu bewegen.«

»Woher kennst du dich denn damit aus?«, wundert sich Ingbritt.

»Frag unseren Nachbarn, wenn du mir nicht glaubst. Er hat mir das alles erklärt.«

»Dann frage ich mich nur, warum die Maschine schon einmal ganz anders eingestellt war«, sagt Ingbritt.

»Wovon redest du?«

»Davon, dass man mit dieser Einstellung zum Beispiel eine Hand abschneiden könnte. Schau her.« Ingbritt zeigt auf die Stellschraube. Ich lasse meinen Blick von ihr zu der ölverschmierten Schneide wandern.

»Schau dir den Abdruck an, den die Stellschraube hinterlassen hat. Man kann deutlich erkennen, dass es zwei verschiedene Einstellungen gegeben hat. Eine, die einen Sicherheitsabstand von zwanzig Zentimetern gewahrt hat, und eine zweite Einstellung, die man ohne weiteres als mörderisch bezeichnen kann!«, sagt Ingbritt triumphierend.

Es stimmt: In der klebrigen Ablagerung aus Fett, Schmieröl, Staub und Birkenresten befindet sich ein Abdruck, der darauf hinweist, dass sich der Kolben dem Wagen bis auf zwei, drei Zentimeter genähert hat.

»Donnerwetter, du hast Recht! Die Einstellung ist wirklich gefährlich!«

»Wer sollte das so eingestellt haben? Oder besser gefragt: Warum sollte jemand sie so manipuliert haben?«, fragt Ingbritt.

»Weiß nicht, vielleicht wollte jemand Nüsse knacken.«

»Oder Schädel!«

»Und du meinst, dass sich der Abdruck über all die Jahre erhalten hat?«

»Ja, denn die Maschine scheint später nicht mehr benutzt worden zu sein, oder?«

»Nein, vermutlich nicht«, stimme ich zu.

»Ulla muss die Schraube verstellt haben und sie dann, nach getaner Arbeit, wieder zurückgestellt haben. Nur hat sie nicht daran gedacht, dass dies Spuren hinterlassen könnte. Typisch Frau«, murmelt Ingbritt zu meiner Verwunderung.

»Ulla oder wer auch immer«, sage ich. »Wer weiß, vielleicht lag Bertil ja auch mit jemand im Streit über die Nutzung einer Straße, über Entwässerungsfragen, Fischereirechte, die Elchjagd ... es gibt so vieles, das wir nicht wissen.«

»Möglich, aber nicht wahrscheinlich. Bertil wurde allgemein geschätzt und respektiert.«

»Weißt du was? Ich frage mal zwei alte Freunde von mir, Jörn und Agneta Björnson aus Boköping, in welchen Fällen auch ein Indizienprozess möglich ist. Die beiden sind Staatsanwälte. Könnte sie fragen, wie viele Indizien für solch einen Prozess nötig sind und wann man von einem Indizienbeweis spricht.«

»Ja, tu das.«

Wir gehen ins Wohnzimmer. Sie macht den Nachmittagskaffee, während ich zum Hörer greife. Nach vier Freizeichen meldet sich Agneta mit verschnupfter, heiserer Stimme. Sie ist überrascht, denn wir haben schon lange nicht miteinander telefoniert. Nicht seitdem Julia mich verlassen hat. Ich erzähle ihr alles, was ich über den Fall weiß, und präsentiere das, was Ingbritt und ich für Indizien halten, aber die Antwort ist niederschmetternd.

»In der Regel braucht man überzeugende Indizien«, sagt sie näselnd.

»Was heißt überzeugend?«

»Entschuldige, ich muss mich schnäuzen … so überzeugend, dass sie nicht angefochten oder relativiert werden können. Aber bei deinem Fall scheint die Lage aussichtslos.«

»Warum?«

»Weil der Verdacht so schwerwiegend ist, dass extrem hohe Anforderungen gestellt werden. Außerdem sind Indizien bei einem so alten Fall ohenhin von geringerem Wert.«

»Verdammt … und bald ist er verjährt.«

»Wenn ihr einen Indizienprozess erreichen wollt, müsst ihr schwere Geschütze auffahren. Irgendwelche Augenzeugen, die aus gutem Grund bisher geschwiegen haben, das könnte helfen, oder am besten ein glattes Geständnis. Aber da der Fall so kurz vor der Verjährung steht, ist wohl kaum zu erwarten, dass der Täter die Katze aus dem Sack lässt.«

»Sieht so aus, als müsste ein Wunder geschehen.«

»Wunder habe ich noch nie erlebt«, entgegnet Agneta trocken.

»Die Täterin könnte späte Reue zeigen …«

»So sehr, dass sie den Mord ein paar Wochen vor seiner Verjährung gesteht? So viel Reue zeigt niemand. Nicht mal in Småland.«

»Du munterst mich wirklich auf.«

»Tja, man tut, was man kann«, sagt sie und bekommt einen Hustenanfall. »Du … ich leg mich jetzt hin. Sonst habe ich bald gar keine Stimme mehr. Ich lass von mir hören.«

Während ich ihr von Agnetas Einschätzungen erzähle, rührt Ingbritt mürrisch in ihrer Kaffeetasse.

»Vielleicht schaffe ich es nicht, Ulla vor Gericht zu bringen, aber es wäre schön, Gewissheit zu haben. Ich will mich nicht ewig fragen müssen, was wirklich geschah. Stell dir vor, ich würde sie für den Rest meines Lebens verdächtigen, und dabei ist ein anderer hier aus der Gegend der Mörder.«

»Du solltest versuchen, noch mehr über Ulla herauszubekommen. Was die Leute von ihr halten, wo sie damals gearbeitet hat, was sie tat, bevor sie nach Hackhult kam, was für Freunde sie hatte und so weiter. Du musst wahrscheinlich ein differenzierteres Bild von ihr und der Ehe mit Bertil bekommen.«

»Hm, zumindest kann es nicht schaden. Aber wie soll ich das machen? Wo soll ich anfangen?«

»Quetsch doch mal Ingmar aus, der hat sein ganzes Leben lang hier gewohnt und kennt alles und jeden.«

»Mir wird wohl nichts anderes übrig bleiben«, seufzt Ingbritt.

»Übrigens kommt Lindström morgen und bleibt ein paar Tage.«

»Ach, wie schön! Können wir nicht gemeinsam was unternehmen? Vielleicht essen gehen?«

»Gute Idee. Ich biete mich als Chauffeur an.«

Am Abend versinkt Ingbritt in Bertils alten Unterlagen von Hackhult, während ich am Küchentisch sitze und alles zu Papier bringe, was ich über den Kanalmord weiß. Manchmal hilft das ja, die Gedanken zu ordnen:

Am Abend des zweiten Juni beobachten Hilding und Rosmaj Birgersson, wie sich zwei Männer und eine Frau auf einer Brücke an der Centralgata streiten. Der genaue Zeitpunkt ist unbekannt, weil ihr Anruf bei der Polizei nicht registriert wurde, aber es kann gegen 22 Uhr gewesen sein. Es ist der erste Abend, an dem der Jahrmarkt geöffnet hat.

Zirka eine Stunde später: Josefina Serack alias Serafina macht eine Pause, verlässt ihr Zelt und geht im Park spazieren.

Sie sieht, wie sich auf der anderen Seite des Flusses zwei Männer um eine Frau streiten. Josefina alarmiert die Polizei. Ihr Anruf wird um 23.11 Uhr registriert.

Helin beobachtet von ihrem Versteck aus die lautstarke Auseinandersetzung zweier Männer und einer Frau. Die Männer zerren die Frau in die Büsche. An den genauen Zeitpunkt kann sich Helin nicht erinnern, doch dem Polizeibericht zufolge wird um 23.13 Uhr ein Streifenwagen zum Park beordert. Vielleicht zwanzig Minuten später schleppen die beiden Männer ein ziemlich großes Paket zum Fluss und werfen es hinein, so dass es vermutlich fortgetrieben wird. Die Frau ist zu diesem Zeitpunkt verschwunden.

Während sich vor allem die Jugendlichen aus der Umgebung in Schiffsschaukeln, Karussells und Autoscootern, im Festzelt und bei der Tombola vergnügen, treibt die Leiche einer Frau im Schein der bunten Lichter unbemerkt den Fluss hinunter.

Die Stadtwerke haben bestätigt, dass der Pegelstand aufgrund von Reparaturen an mehreren Schleusen zu dieser Zeit ungewöhnlich hoch war, doch der Fluss hat weder Wasserfälle noch Stromschnellen. Irgendwann in der Nacht oder am frühen Morgen hat die Leiche den Stadtkanal erreicht und bleibt im Tunnel unter der Centralgata hängen. Niemand scheint die Frau zu vermissen.

Muharrems Geständnis kann nichts mit dem Kanalmord zu tun haben. Er gesteht der »unvergleichlichen Serafina aus Shangri-La« in den Tagen des Jahrmarkts mehrmals seine Liebe. Am vierten Juni, dem letzten Tag des Frühlingsfests, stößt er sie versehentlich in den Fluss. Er ist sicher, sie getötet zu haben, und rennt panisch davon. Am Vormittag des fünften Juni zieht der Jahrmarkt in Begleitung von Serafina weiter nach Deutschland. Ende dieser Geschichte.

Erst im Herbst wird die Leiche gefunden. Aus der Menschenmenge, die sich um den Fundort versammelt hat, ruft jemand: »Ein Kanake weniger...« Dieser Jemand muss gewusst haben, wer im Kanal gefunden worden war. Der Mörder selbst? Ein weiterer Zeuge?

Bis zu diesem Moment hat Muharrem vermutlich als Tellerwäscher im Stadthotel gearbeitet. Der Fund der Leiche veranlasst ihn, sich der Polizei zu stellen und reuevoll den »Mord« an Serafina zu gestehen, während diese in Italien studiert und das Leben genießt.

Muharrem fällt einem Verkehrsunfall zum Opfer, noch ehe er richtig verhört werden kann. Sein Geständnis ist unglaubwürdig. So hat er zum Beispiel nie auf dem Campingplatz am Rydsjö gewohnt, wie er behauptet. Wir wissen nicht, wo er sich aufhielt, seit er sein Zimmer im Hinterhof des Stadthotels verlassen hat. Auch scheint er nie an einer Tankstelle in Södertälje gearbeitet zu haben. Mit dem Kanalmord hat das alles nichts zu tun, aber warum lügt Muharrem?

Muharrem ist ein interessanter Fall. Ein Schüler, der als Tellerwäscher im Stadthotel gejobbt hat, bestätigt, dass Muharrem im Hinterhof des Hotels ein Zimmer bewohnt hat. Genauso wie mehrere junge Mädchen aus dem Ausland. Besteht hier ein Zusammenhang? Muharrem, so der Schüler, sei an den Mädchen sehr interessiert gewesen und habe sich mit einer von ihnen in deren Muttersprache unterhalten können. Der Pizzabäcker bestätigt das. Muharrem hat es ihm selbst erzählt.

Da Ekemåla nicht gerade für seinen Fremdenverkehr berühmt ist, dürfte es sich kaum um Touristinnen handeln. Ein Fall von »Trafficking«, dem Handel mit Frauen, die zur Prostitution gezwungen werden? Die Aussage der Jungen vom Kvarnsjö, die zum Versteck geführten Mädchen seien aus dem Ausland gekommen, erhärtet diesen Verdacht. Ich vermute, dass es sich bei der Kanalleiche um eine Frau handelt, die sich wehrte und versucht hatte zu flüchten. Einer der Männer greift nach einem Gegenstand und schlägt sie nieder. Zu hart. Die Männer geraten in Panik und werfen die Tote in den Fluss. Hoffen, dass es wie ein Unfall aussieht.

Ihre Kleider?

Die verbrennen sie im gusseisernen Ofen, der sich in dem Holzverschlag befindet. Möglicherweise sind im Ofen noch Spuren dieser Kleider zu finden.

Als ich meine Beine aus dem Bett schwinge, habe ich das Gefühl, dass heute ein entscheidender Tag ist. Draußen ist es noch dunkel, doch ich bin putzmunter. Voller Erwartungen. Im Gegensatz zu Muffins, der schnarchend auf meinem Kissen liegt. Vor sich hin döst, bis sein Futternapf klappert.

Heute kommt Lindström.

Heute öffnet Jurek den Umschlag.

Heute Abend machen wir einen drauf.

Was das missglückte Farbfoto angeht, habe ich keine großen Hoffnungen. Aber Jurek ist geschickt. Er wird versuchen, so viele Details wie möglich sichtbar zu machen.

Ingbritt ruft Lindström auf dem Handy an: wann er denn in Västerås aufzubrechen gedenke? Ein paar Tage, vielleicht eine Woche würde es schon noch dauern … er sei nämlich bereits unterwegs und fahre gerade durch Kisa!

»In zirka einer Stunde bin ich zu Hause. Ich habe Hunger und will in die Sauna. Hab heute noch nichts Richtiges in den Magen bekommen.«

Das wird knapp.

Ingbritt backt.

Ich jogge mit Muffins.

Ingbritt saugt Staub.

Ich schüttele die Teppiche aus.

Das ganze Haus riecht nach frisch gebackenem Brot, als wir das Rasseln und Keuchen von Lindströms Volvo hören. Ein hohlwangiger Mann steigt aus dem Wagen.

»Nichts wie in die Sauna! Seit 4.30 Uhr bin ich unterwegs.«

Lindström schnappt sich einen Apfel, bevor wir beide in der Sauna verschwinden, wo ich ihn von den neuesten Entwicklungen in Kenntnis setze.

»Ich vermute, dass die Tote im Kanal aus einem osteuropäischen Land kam, hier zur Prostitution gezwungen wurde und bei einem Vergewaltigungsversuch im Park ums Leben kam. Ich glaube, das Stadthotel ist irgendwie in die Sache verwickelt. Denk nur mal an die jungen Mädchen im Hinterhof.«

»Gut möglich. Der Geschäftsführer ist ein schmieriger Typ«, sagt Lindström und steuert die Dusche an.

Als die bleiche Vormittagssonne durch die kleinen Saunafenster fällt, wird der Dampf in goldenes Licht getaucht.

Nach dem Brunch reservieren wir für den Abend einen Tisch im Restaurant des Stadthotels. Lindström besteht darauf, das Angenehme mit dem Nützlichen zu verbinden.

21

Muffins ist der Einzige, der mit der Abendplanung nicht ganz zufrieden ist. Er muss zu Hause bleiben, während wir Zweifüßer uns auf den Weg nach Ekemåla machen, um etwas zu feiern, das wir noch nicht genau definiert haben. Lindström hat ein weißes Hemd mit Krawatte angezogen. Ich trage keinen Schlips, obwohl ich sogar zwei besitze.

In Ingbritts kleinem Auto schaukeln wir durch die Dunkelheit. Ich sitze am Steuer. Wir sind bester Laune und trällern vor uns hin.

Wir fahren durch mehrere kleine Orte, ehe ich in Richtung Ekemåla abbiege. Dort umkurve ich einmal den gesamten Marktplatz, um das Ehepaar Lindström direkt vor dem Hoteleingang abzusetzen, als handele es sich um königliche Hoheiten.

Der Eingangsbereich ist an diesem Abend mit Party-Leuchten geschmückt. Für die musikalische Unterhaltung sollen die *Cover Funkers* aus der Nachbargemeinde sorgen. Ingbritt sieht man die Vorfreude an. Sie liebt es zu tanzen.

»Bin gleich wieder da, suche nur einen Parkplatz«, sage ich und versuche mein Glück in den umliegenden Straßen, bis ich hinter dem Hotel einen freien Platz entdecke.

Ich überlege kurz, ob ich es riskieren soll, meine Kamera im Auto zu lassen, nehme sie aber lieber mit. Die Straße ist schlecht beleuchtet und grenzt an ein dunkles Schulgebäude. Meine kleine Digitalkamera lasse ich diskret in der Jackentasche verschwinden.

Am Eingang strömen immer mehr Menschen zusammen. Das Publikum ist jung. Die meisten wollen in den Pub, in dem ein Polterabend gefeiert wird. Die Leute scheinen sich zu kennen, die Stimmung ist gut. Ich schiebe mich an der Schlange vorbei in Richtung Restaurant. An der Eingangstür steht ein Saalordner mit blauer Armbinde, auf der in roter Schrift »Stadthotel« zu lesen ist. Als ich mich ihm nähere, streckt er mir gebieterisch seine Handflächen entgegen und fragt, ob ich einen Tisch reserviert hätte. Sein Gesicht kommt mir bekannt vor, aber woher?

»Ich habe reserviert«, entgegne ich und strebe dem Oberkellner entgegen.

»Wir sind voll heute Abend.«

»Hören Sie, der Tisch ist auf den Namen Lindström bestellt.«

»Tut mir Leid«, sagt der Oberkellner, »dieser Name ist uns nicht bekannt.«

»Aber meine Freunde sind schon da!«

»Machen Sie keine Schwierigkeiten!«, poltert der Saalordner. »Sie sehen doch, dass alle Tische belegt sind!«

»Sie warten auf mich. Lassen Sie mich einfach hinein. Ich finde den Tisch schon allein.«

»Hörst du schlecht? Wir sind voll, oder geht das nicht in deinen verdammten Kanakenschädel?«, herrscht der Saalordner mich an.

Daher weht der Wind. War es also mal wieder so weit. Mehrere Gäste gehen an mir vorbei ins Restaurant, ohne nach der Reservierung gefragt zu werden.

Ich spüre das Adrenalin durch meinen Körper rauschen, werde kalt, spanne die Muskeln.

»Ach, sieh mal einer an. Ich frage mich, ob sich das Stadthotel einen rassistischen Mitarbeiter leisten kann.«

»Du hältst jetzt deine verdammte Schwulenfresse, sonst wird's unangenehm.«

»Zeigen Sie mir doch bitte mal Ihren Dienstausweis. Warum sollte ich annehmen, dass ausgerechnet einer wie Sie hier was zu sagen hat?«

»Geht dich einen Scheißdreck an!« Der Saalordner holt kurz einen Schlagring aus der Hosentasche, steckt ihn dann aber gleich wieder ein. Da meine Erinnerung an hirnamputierte Ordnungshüter noch ganz frisch ist, beschließe ich, ihm mitten in die Familienplanung zu treten, sollte er zum Angriff übergehen. Ein Akt legitimer Selbstverteidigung. Der Schlagring ist schließlich eine lebensgefährliche Waffe.

Lindström nähert sich und wundert sich offenbar, warum ich nicht hereinkomme. Ich winke ihn heran. Er sieht, wie der Saalordner mich am Kragen packen will.

»Immer langsam!«, ruft Lindström.

»Sie mischen sich da nicht ein!«

»Wollen Sie, dass Sie innerhalb von zehn Sekunden Ihren Job verlieren?«, fragt Lindström mit seinem bohrenden Polizeiblick. »Geben Sie den Schlagring her!«, kommandiert Lindström und windet ihm die illegale Waffe aus der Hand. Der Saalordner ist weiß vor Zorn.

»Wir haben hier einen Tisch reserviert und dieser Mann gehört zu unserer Gesellschaft«, erklärt Lindström dem Oberkellner, der nervös zu seinem Handy greift.

»Sie brauchen nicht anzurufen. Ich bin Polizist.«

Der Oberkellner verzieht das Gesicht und verschwindet in Windeseile.

»Was war denn das für eine Geschichte?«, fragt mich Lindström.

»Der Typ wollte keine Ausländer im Restaurant, ist gleich

auf mich losgegangen. Du hast ja gesehen, was er in der Hand hatte. Gut, dass du gekommen bist.«

»Diskriminierung, Bedrohung, illegaler Waffenbesitz …«

»Ach, komm, lassen wir uns den Abend nicht von diesem Vollidioten verderben. Lass uns lieber überlegen, was wir feiern können. Wie wär's mit Muffins Geburtstag?«

Lindström winkt dem Kellner. Die Speisekarte hat einige interessante Gerichte zu bieten. Nur Ingbritt kann sich mal wieder nicht entscheiden.

Als das Essen kommt, sind wir sehr zufrieden. Während des Essens wirft der Saalordner mir aus sicherer Distanz giftige Blicke zu. Ich kann mich nicht beherrschen und winke neckisch zu ihm hinüber, denn jetzt erkenne ich ihn. Es ist der Typ, der bei *Morganas* auftauchte, als ich die Damen-Unterhose dabeihatte.

»Ich wette, die halbe Stadt weiß inzwischen, dass du Damenwäsche trägst«, sagt Lindström grinsend und versucht, die Blicke des Saalordners zu ignorieren.

»Mir vergeht langsam der Appetit, wenn der nicht aufhört, uns anzuglotzen«, sagt Ingbritt gereizt.

Als der Kellner das nächste Mal an uns vorbeigeht, beschließen wir zurückzuschlagen. Wir bitten den Kellner, uns den Geschäftsführer zu holen.

Die Geschäftsführerin, eine elegante Frau um die vierzig, kommt an unseren Tisch, und wir sind voll des Lobes für das exzellente Essen und bitten sie, dem Chefkoch die besten Grüße dreier Leckermäuler auszurichten.

»Aber«, sagt Lindström, »wäre es möglich, den Saalordner da drüben aus dem Eingangsbereich zu entfernen? Zuerst hat er meinen Freund bedroht und beschimpft, und jetzt glotzt er uns so penetrant an, dass meine Frau schon den Appetit verliert.«

»Ich empfinde die Blicke als bösartig«, sagt Ingbritt.

»Aber selbstverständlich. Unsere Gäste sollen sich rundum wohl fühlen. Entschuldigen Sie bitte vielmals. Ich werde mich darum kümmern.«

Nach einer Weile streckt der Koch seinen Kopf durch die Schwingtür, winkt uns zu und deutet eine Verbeugung an. Die Geschäftsführerin scheint ihm die Grüße ausgerichtet zu haben. Zwei Minuten später ist der Ordner verschwunden, und wir können in Ruhe unser Dessert genießen.

»Jetzt haben wir in Ekemåla einen Feind«, stellt Lindström fest.

»Ja, wir sollten auf der Hut sein, wenn wir das Lokal wieder verlassen«, sage ich.

»Du könntest mit deinem eigenen BH erwürgt werden«, kichert Ingbritt.

»Apropos BH, Ingbritt, sag mal: Ist es nicht ein bisschen merkwürdig, dass eine so exklusive Dessous-Boutique sich in einer Kleinstadt wie Ekemåla halten kann? Ich meine, geben Frauen wirklich so viel Geld für teure Wäsche aus, dass ein Geschäft wie *Morganas* überleben kann? Die Unterhose, die ich gefunden habe, kostete mehrere hundert Kronen!«

»Das ist jedenfalls nicht meine Preisklasse«, entgegnet Ingbritt.

»Soweit ich weiß, gibt es auch im Kaufhaus eine große Wäscheabteilung, in der man für den Bruchteil des Geldes schöne Unterwäsche ohne Schnickschnack bekommt«, sage ich und denke an meine ehemalige Freundin Julia, die allerdings in dieser Hinsicht auch eher anspruchslos war.

»Ich bin ganz deiner Meinung. In Ekemåla wird es nicht die geeigneten Kunden geben, aber vielleicht hat das *Morganas* ja einen Postversand oder einen so guten Ruf, dass die Stammkunden von weit her kommen.«

Das Gespräch wird von den *Cover Funkers* unterbrochen, die jedes Wort übertönen. Das junge Publikum strömt auf die Tanzfläche.

»Kommt, lasst uns in den Pub umziehen. Hier versteht man ja sein eigenes Wort nicht mehr.« Lindström winkt den Kellner heran und besteht darauf, sofort zu bezahlen. Eigenwilliger Typ, dieser Lindström.

»Ich will tanzen!«, sagt Ingbritt mit Nachdruck.

»Ich bin kein großer Tänzer, das weißt du doch«, sagt Lindström.

»Mich darfst du nicht anschauen«, wehre ich ab und hefte mich an Lindströms Fersen, der ein großes Bier und Chips bestellt. Pepsi für mich.

Im Pub gibt es genug freie Plätze. Die meisten Gäste sind in den Restaurantteil übergesiedelt, um zu tanzen. Die *Cover Funkers* leisten ganze Arbeit, aber hier kann man sich wenigstens unterhalten. Wir quatschen und warten auf Ingbritt, während wir uns allmählich von dem reichhaltigen Essen erholen.

»Ich seh mir mal gerade die Behausungen im Hinterhof an«, sagt Lindström plötzlich. »Ich wüßte gern, ob Muharrem Recht hatte, als er erzählte, dass dort viele Mädchen wohnen.«

»Machst du Witze?«

»Ganz und gar nicht. Kommst du mit? Wir tun so, als hätten wir uns verlaufen«, sagt Lindström, leert sein Glas und bestellt noch ein Bier. »Uns wird schon was einfallen.«

Lindström zieht einen prallvollen Schlüsselbund aus der Tasche und grinst.

»Was willst du denn damit?«

»Wart's ab!«

»Noch zwei Bier«, sagen wir zu dem jungen Mann hinter der Theke. Unsere Mäntel lassen wir in der Garderobe, damit wir nachher wieder hereingelassen werden.

Eine Weile stehen wir vor dem Eingang und atmen tief durch. Die Luft ist wunderbar frisch und rauchfrei. Ich vergewissere mich, dass ich Handy und Kamera dabeihabe. Dann machen wir uns auf den Weg in die herbstlich kühle, diesige Nacht, während die Musik langsam verklingt.

»Übrigens habe ich von einem Kollegen erfahren, dass sie inzwischen einen Anrufbeantworter in Helins Wohnung installiert haben.«

»Und? Schon irgendwelche Nachrichten?«

»Nur das Wort ›Türkenfotze‹. Lohnt sich wohl nicht, dem jetzt schon nachzugehen.«

»Nein, da kommt sicher noch mehr in der Art«, stimme ich ihm zu und vergrabe meine kalten Hände in den Hosentaschen.

Wir biegen um die Hausecke und halten nach einer geeigneten Stelle Ausschau, an der wir über die Mauer klettern können. Eine grau getigerte Katze huscht vorbei.

»Und hepp!«, ruft Lindström abenteuerlustig und wirft seine Schlüssel über die Mauer. Er muss betrunkener sein, als ich vermutet habe.

»Spinnst du?«

»Tja, jetzt müssen wir wohl über die Mauer.« Lindström lacht. »Fahr das Auto vor, dann steige ich aufs Dach.«

»Ingbritts neuen Wagen? Nie im Leben!«

»Dann klettere ich eben auf deine Schultern.«

Ich forme meine Hände zu einem Steigbügel und schon sitzt ein schwankender Lindström rittlings auf der Mauer.

»Weißt du was?«, sagt Lindström. »Auf der anderen Seite steht ein Dodge Transporter. Ich klettere aufs Dach. Komm nach.«

Das ist leicht gesagt. Ich schaue mich nach einer Kletterhilfe um. Auf der anderen Straßenseite erblicke ich eine Kiste des städtischen Winterdienstes, die vermutlich mit Sand gefüllt und bleischwer ist. Entgegen meinen Befürchtungen ist sie leer. Ich ziehe sie über die Straße bis an die Mauer heran. Dann klettere ich hinüber und springe vorsichtig auf das Dach des Transporters, der deutsche Nummernschilder hat. Kein Lindström weit und breit.

»Pst, Josef!« Lindström sitzt im Dodge. »Steig ein, von hier aus kann man den Hof bestens überblicken«, sagt er.

»Hast du deine Schlüssel wiedergefunden?«, frage ich.

»Hab sie noch nicht gesucht. Lass uns jetzt erst mal ein bisschen die Lage inspizieren.«

Es ist so still, wie es im Hinterhof eines Tanzlokals eben sein kann. Bum-bum-bum lassen die Bässe den Beton erzittern.

Nach zirka fünfzehn Minuten fange ich an zu frösteln.

Eine einsame Straßenlaterne spendet blasses Licht. Der größte Teil des Hofs liegt im Schatten. Nachdem sich die Augen an die Dunkelheit gewöhnt haben, meine ich, hinter einer der Gardinen einen schwachen Lichtschein wahrzunehmen. Lindström ist eingeschlafen.

»Schlaf gut«, flüstere ich und breite eine Decke über ihn, die ich auf dem Rücksitz gefunden habe. Dann verlasse ich das Auto. Auf die Hilfe eines angetrunkenen Kriminalkommissars kann ich verzichten.

Nur wenige Hotelfenster gehen zum Hinterhof hinaus. Vermutlich handelt es sich um Büro- und Personalräume. Der Großteil der Gästezimmer liegt auf der anderen Seite und grenzt an den Fluss und den Marktplatz. Ich halte mich im Schatten, während ich mich langsam zu der Tür vorarbeite, die von außen mit einem billigen Vorhängeschloss verriegelt ist. Der reinste Pfusch. Von drinnen höre ich leises Murmeln.

Ich gehe zum Dodge zurück und finde einen soliden Schraubenzieher, den ich als Hebel benutze, worauf das billige Schloss sofort aufspringt.

Lautlos gleitet die Tür auf, die Scharniere sind gut geölt.

Das Licht ist schummrig und der Raum lange nicht gelüftet worden. Drei erschrockene Augenpaare starren mich an. Drei Mädchen, etwa 16, 17 Jahre alt, kauern in Laken gehüllt auf einem Etagenbett. Schweigend klammern sie sich aneinander, ohne nachzudenken, mache ich ein Foto von ihnen.

Mit so jungen Mädchen hatte ich nicht gerechnet.

Womit hatte ich überhaupt gerechnet?

Ich versuche sie anzusprechen. Deutsch? Keine Antwort. Mein lausiges Französisch hilft mir auch nicht weiter. Ein paar Brocken Englisch sind ihnen bekannt. Die meisten illegal eingeschleusten Mädchen kommen aus Osteuropa, hatte Hans Lindskog mich aufgeklärt. Ich versuche es mit dem Ungarisch, das mein Vater mir beibrachte, und zumindest gelingt es mir, mich verständlich zu machen.

»Ich heiße Josef. Ich tue euch nichts. Was macht ihr hier?«

Die vermutlich Älteste von den dreien antwortet mir.

»Mi dolgozunk, wir arbeiten.«

»Hier?«

»Nein, in Stockholm.«

»Wollt ihr von hier weg?«

»Das geht nicht.«

»Warum nicht?«

»Nincs ruhánk, wir haben keine Kleider«, sagt die Jüngste.

»Wir haben keinen Pass, wir müssen hier bleiben«, sagt die Mittlere, die den Mund das erste Mal öffnet. Auch sie spricht Ungarisch.

Draußen nähern sich Schritte. Die Mädchen erstarren. Ich sehe mich nach einer möglichen Waffe um, entdecke keine und postiere mich mit dem Schraubenzieher hinter der Tür. Jemand bleibt auf der Schwelle stehen. Mein Plan ist es, dem Fremden die Tür mit voller Wucht ins Gesicht zu schlagen. Noch ein Schritt, und ich gehe zum Angriff über, doch plötzlich höre ich Lindströms Stimme:

»Josef, bist du hier?«

»Ja.«

»Was sind das für Mädchen?«

»Sie sprechen Ungarisch. Behaupten, dass sie in Stockholm arbeiten und keine Kleider haben.«

»Prostituierte?«, fragt Lindström.

»Wahrscheinlich ... Seid ihr drei hier allein?«, frage ich sie.

»Mi magunk vagyunk, wir sind allein.«

»Bewacht euch denn niemand?«

Die Mädchen schauen sich an, tuscheln miteinander, antworten jedoch nicht.

»Wenn ihr wollt, holen wir euch hier raus. Mein Freund ist Polizist.«

Das hätte ich nicht sagen sollen. Natürlich bekommen sie es mit der Angst zu tun. In nichts als ein Laken gehüllt, stürmt die Älteste am verdutzten Lindström vorbei in die Nacht.

»Stopp! Warte!« Ich kann nicht allzu laut rufen. Höre ein Geräusch am Transporter und kann nur noch feststellen, dass sie über die Mauer klettert und in Ekemålas leeren Straßen verschwindet.

»Verdammt!«, flucht Lindström.

»Pass auf, dass die anderen beiden nicht auch noch abhauen!«, sage ich.

»Pst!« Lindström horcht.

Dann steht plötzlich ein Mann mit einem Tablett auf der Türschwelle. Instinktiv schlage ich ihm die Tür mit voller Wucht entgegen. Der Mann wird nach hinten geschleudert und liegt im nächsten Augenblick inmitten von Scherben, Fleischstücken und Soße auf dem Rücken.

Lindström reißt ihn nach oben und verpasst ihm zusätzlich eine rechte Gerade. Längst nicht so elegant wie im Film, geht mir durch den Kopf, als der Mann mit dem Gesicht in einem Berg Pommes landet. Die Mädchen kichern verhalten.

»Komm, lass uns abhauen, ehe hier das Geschrei losgeht. Ich hole Ingbritt und du läufst mit den Mädchen zum Wagen«, sagt Lindström und ist verschwunden.

»Vergiss unsere Mäntel nicht!«, rufe ich ihm leise nach.

Lindström lässt mich mit zwei nackten Mädchen und einem benommenen Fremden zurück. Der stöhnt. Tot ist er jedenfalls nicht, und ich fürchte, er könnte bald allzu lebendig werden.

»Helft mir, wir müssen ihn fesseln! Ich hole ein Seil!«, versuche ich zu erklären. Die Mädchen rühren sich nicht von der Stelle.

»Hört zu! Wenn wir ihn nicht fesseln, wird er seine Freunde holen. Ich komme schon zurecht, aber was dann aus euch wird, weiß ich nicht. Beeilt euch jetzt!«

Im Hof habe ich eine Wäscheleine gesehen. Von ihren Wäscheklammern befreit, wird sie uns gute Dienste leisten.

Als ich zurückkomme, sind die Mädchen vom Bett heruntergeklettert. Sie waren wirklich vollkommen nackt unter den Laken. Ungeniert halten sie den Mann an seinem Platz. Er ist immer noch viel zu benommen, um zu begreifen, was um ihn herum geschieht.

»Wo sind eure Kleider? Kann ich sie holen?«

»Nem tudom, weiß nicht. Kleider und Schuhe bekommen wir nur, wenn wir arbeiten sollen«, erklärt die Größere der beiden.

Gemeinsam richten wir ihn halbwegs auf.

»Lass ihn seine eigene Medizin schmecken«, sagt die Kleinere und zieht ihm Pullover, Hemd, Hose und Unterhose aus. Wir fesseln ihn in sitzender Haltung an das Etagenbett. Die Wäscheleine ist nicht besonders stark, doch wird er einige Zeit brauchen, um freizukommen. Schließlich stopfen ihm die Mädchen Toilettenpapier in den Mund, so dass er aussieht wie ein Weihnachtsferkel.

»Most ö nem kiabàl, jetzt kann er nicht um Hilfe rufen.«

Sie beenden ihre Arbeit, indem sie schonungslos eine Wäscheklammer an einer empfindlichen Körperstelle anbringen, worauf sie in schallendes Gelächter über den Gedemütigten ausbrechen. Der Mann bietet einen jämmerlichen Anblick. Er ist mittelgroß und korpulent, hat dichte schwarze Haare am ganzen Körper, aber nur noch wenige dünne auf dem Kopf. Das wird ein gutes Foto. Die Mädchen packen ruhig ihre wenigen Sachen in eine Plastiktüte, wickeln sich in ihre Decken und folgen mir. Die Kleider des Mannes landen in der Mülltonne. Ich helfe ihnen auf das Dach des Transporters. Von dort aus klettern sie geschmeidig auf die Mauer und springen auf der anderen Seite hinunter. Zunächst befürchte ich, sie könnten einfach weglaufen, aber sie bleiben stehen und warten auf mich. Wir setzen uns in Ingbritts Wagen, und ich lasse den Motor an, um die Heizung anzustellen. Im Rückspiegel sehe ich, wie Lindström und Ingbritt heftig gestikulierend näher kommen. Ich hoffe, Lindström konnte ihr klarmachen, warum in ihrem Auto zwei nackte Mädchen sitzen.

»Beeilt euch!«, fauche ich sie an.

»Kein Grund zur Hektik. Ich habe ein paar Kabel beim Transporter gelöst«, sagt Lindström grinsend.

Ingbritt setzt sich neben die Mädchen auf die Rückbank. Lindström nimmt auf dem Vordersitz Platz, das scheint uns angemessener. Auf dem Schoß hat Ingbritt unsere Mäntel, die sie jetzt den beiden Mädchen umlegt.

»Hast du deine Schlüssel?«, frage ich Lindström.

»Verdammt ...«

»Dann musst du halt ohne sie klarkommen, wir fahren jetzt!«

Während der Fahrt frage ich die Mädchen aus. Wenn ich sie recht verstehe, kommen sie aus einem rumänischen Ort nahe der ungarischen Grenze und sprechen beide Sprachen. Sie waren nach Sarajewo geflohen und hatten dort einen Mann kennen gelernt, der ihnen einen Job im Westen versprach. Sie sollten in einem Nachtclub oder Restaurant arbeiten. Er verschaffte ihnen ein Touristenvisum und fuhr sie eigenhändig mit dem Auto durch Deutschland nach Schweden.

»Was für eine Arbeit war das?«, fragt Ingbritt auf Englisch.

»Fuck, fuck, good fuck. Fuck you very much.« Die Mädchen kichern.

»Ich komme mir vor wie in einem amerikanischen Film«, sagt Ingbritt.

»Was sollen wir jetzt mit ihnen anfangen?«, versuche ich Lindström zu fragen, aber der ist wieder eingeschlafen.

»Sie könnten doch erst mal bei uns wohnen«, schlägt Ingbritt vor.

»Ja, heute Nacht, aber was dann?«

»Das besprechen wir mit Lindström, wenn er aufwacht«, sagt Ingbritt. »Erst mal suchen wir ihnen was zum Anziehen.«

Zu Hause manövriere ich Lindström ins Schlafzimmer. Nachdem wir beiden Mädchen ein Omelett gebraten haben, richtet Ingbritt das Zimmer im Gartenhaus her, in dem ich bisher gewohnt habe. Hier sollen die Mädchen fürs Erste bleiben, während ich ins Hauptgebäude umziehe und mit dem

Wohnzimmersofa vorlieb nehme. Muffins ist unzufrieden, denn das Sofa ist viel zu schmal für uns beide. Er findet, ich könnte genauso gut auf dem Fußboden schlafen, und gibt einen beleidigten Laut von sich, als ich mich weigere, den Platz zu räumen.

»Hast du schon mal über eine Sache nachgedacht?«, krächzt Lindström heiser aus dem Obergeschoss.

»Worüber?«

»Wir haben uns der Entführung Minderjähriger schuldig gemacht.«

»Und, verlierst du jetzt deinen Job? Oder wird dir wieder der Justizbevollmächtigte auf den Hals gehetzt?«

»Schwer zu sagen – aber die Mädchen sind ja freiwillig mitgekommen.«

Als ich nach langem, traumlosem Schlaf erwache, sind alle anderen bereits auf den Beinen. Die beiden rumänischen Mädchen sitzen am Frühstückstisch und geben in Ingbritts Trainingsanzügen eine sportliche Figur ab. Lindström hängt müde über der Tageszeitung, doch sollte die Presse inzwischen von unserer Entführung erfahren haben, hat es offenbar nicht mehr für die heutige Ausgabe gereicht. Ingbritt stellt Radio Jönköping ein und wartet auf die Nachrichten. Muffins versucht sich bei den Mädchen einzuschmeicheln. Wie immer, wenn Gäste am Tisch sitzen, die unsere Spielregeln nicht kennen, bettelt er hemmungslos.

Während des Frühstücks diskutieren wir die nächsten Schritte. Wir können diesen Fall nicht alleine weiterverfolgen.

»Stell dir nur vor, jemand hätte Ingbritts Kennzeichen notiert und den Halter des Fahrzeugs ermittelt. Dieser Jemand könnte schon mit einem schwarzen BMW auf dem Weg zu uns sein.«

»Das Wichtigste ist, die Mädchen zu verstecken«, sagt Ingbritt. »Aber vielleicht sollten wir meinen Wagen lieber in die Garage stellen.«

»Bis wann kannst du die Fotos von gestern Abend entwickeln?«, fragt Lindström.

»Brauche ich nicht, ist eine Digitalkamera.«

»Wenn du mir die Kamera gibst, dann fahre ich zur Bibliothek und setze mich dort an einen der Computer. Ich will die Bilder an Sven Carl vom Nachrichtendienst schicken. Damit kann er sich an die Botschaft in Sarajewo wenden. Wenn die Sache mit den Touristenvisa stimmt, können sie das in der Botschaft bestätigen. Wir müssen außerdem nach dem dritten Mädchen suchen lassen. Die Kleine muss schließlich irgendwo in der Gegend sein. Vielleicht bei ihrem ›Beschützer‹.«

»Wenn du drei Minuten wartest, mache ich neue und bessere Aufnahmen von den Mädchen. Danach fahre ich mit ihnen nach Vimmerby zum Einkaufen.«

Die Mädchen lassen sich gerne fotografieren und scheinen begeistert zu sein, mich nach Vimmerby begleiten zu dürfen. Ich werde mich auf dem Weg auch bei der Kfz-Werkstatt erkundigen, wann der Wagen neu lackiert werden kann. Ich kann nicht weiter mit einem Auto durch die Gegend fahren, bei dem an drei Seiten HOMO in den Lack geritzt wurde.

Ich gebe Lindström die Kamera, und er macht sich damit auf den Weg nach Mariannelund, während die Mädchen und ich nach Vimmerby zum Einkaufen fahren.

Ingbritt wirkt müde und frustriert, als wir mit unseren Tüten von einem Secondhandladen zurückkehren. Die Mädchen sind gut gelaunt und schlüpfen sofort in ihre neuen Kleider.

»Wie soll's jetzt weitergehen?«, fragt Ingbritt.

»Es gibt doch sicher einen Frauennotruf in der Gegend«, sage ich.

»Ja, das ist eine gute Idee.« Im Telefonbuch findet Ingbritt Frauennotdienste in Nässjö, Eksjö, Vetlanda, Vimmerby und Hultsfred. Einen nach dem anderen ruft sie an, doch auch sie können nicht helfen. Alle Notunterkünfte sind schon belegt, man weiß auch dort keinen Rat.

22

Am Nachmittag rollt ein schwarzer BMW mit getönten Scheiben vorbei. Im Haus herrscht vollkommene Stille. Fünf Augenpaare verfolgen, wie der dunkle Wagen den Hügel in Richtung Hornsved hinauffährt.

»Verdammt. Wir müssen die Mädchen woanders einquartieren«, sagt Lindström.

»Hast du das Kennzeichen gesehen?«, fragt Ingbritt.

»Nein, wir müssen aufpassen, wenn der Wagen noch mal vorbeikommt. Wie war das noch gleich mit der alten Dame, bei der Helin wohnt? Dort scheint doch jede Menge Platz zu sein. Vielleicht wäre das eine Möglichkeit. Nur für ein paar Tage.«

»Das wäre ein ausgezeichnetes Versteck, aber hättest du das Haus gesehen, dann wüsstest du, dass wir Frau Österstierna nicht mit zwei Teenagern zur Last fallen können, mit denen sie nicht einmal reden kann«, antworte ich.

»Was ist mit Arvid?«

»Nein, den ziehen wir da nicht mit rein.«

Lindström geht hinaus und reagiert sich beim Holzhacken ab. Ich setze mich in die Küche und versuche, noch mehr aus den Mädchen herauszubekommen. Wann sie nach Schweden kamen, wer die Reise geplant hat, ob das Stadthotel an den Geschäften beteiligt ist und so weiter. In meiner Naivität glaube ich, dass sie bei uns zu Hause langsam auftauen werden. Aber die Mädchen wiederholen nur ihren eingeübten Bericht von der Flucht nach Sarajewo und dem Angebot, im Ausland das große Geld zu verdienen. Offenbar sind sie noch ziemlich neu im Geschäft, denn sie berichten stolz von schicken Hotels und exquisiten Abendessen. Über das dritte Mädchen wissen sie nichts. Keinen Namen, keine Details.

Ich frage sie, ob sie in Schweden bleiben möchten, falls das möglich sei, und natürlich möchten die Mädchen bleiben, betonen jedoch im selben Atemzug, dies sei nicht möglich, da alle

Verwandten und Bekannten sich sorgten und darauf warteten, dass sie mit viel Geld wieder nach Hause kämen. Ich biete ihnen an, bei ihren Eltern anzurufen, um zu sagen, dass es ihnen gut gehe, doch sie behaupten, ihre Eltern hätten kein Telefon.

»Ihr könntet ihnen doch schreiben.«

»Nein, keinen Brief.«

Ich werde nicht schlau aus ihnen. Noch vor kurzem haben Lindström und ich uns wie Gentlemen gefühlt, wie edle Ritter, die Damen aus höchster Not befreit haben, und jetzt? Wir glaubten, die Mädchen seien überglücklich, der Zwangsprostitution entronnen zu sein, doch sie scheinen nichts dagegen zu haben, wieder anzufangen, wenn sie nur genug Geld verdienten. Ist es wirklich so einträglich, einem Geschäftsmann im Hotelzimmer den Schwanz zu lutschen?

Ich weiß nicht, ob es eine gute Idee ist, aber ich erzähle ihnen vom Kanalmord und der Leiche unter der Brücke und füge hinzu, es gäbe mehrere Zeugen, die wahrscheinlich ihren »Beschützer« in Begleitung verschiedener junger Frauen im Park gesehen hätten.

»Es ist nur eine Frage der Zeit, bis weitere Leichen gefunden werden …«

»Mit uns würden sie das niemals tun«, entgegnen die Mädchen blauäugig.

»Was, glaubt ihr, ist mit dem dritten Mädchen passiert?«, frage ich.

»Keine Ahnung.«

»Glaubt ihr, dass sie noch am Leben ist?«

»Keine Ahnung.« Die Mädchen zucken die Schultern.

»Die Polizei kann jederzeit zuschlagen. Sie werden behaupten, dass ihr andere Mädchen hierher gelockt habt.«

»Das ist nicht wahr! Wir haben niemand hierher gelockt. Alle sind freiwillig gekommen.«

»Freiwillig? Dann erklärt mal, warum die Zuhälter eure Pässe haben.«

»Damit wir nicht abhauen. Sie haben ja die Reise für uns bezahlt, das Essen, die Kleider... haben in uns investiert.«

»Begreift ihr denn nicht, dass sie euch das Geld stehlen? Nächstes Mal ist es vielleicht eine von euch, die mit eingeschlagenem Schädel im Fluss landet!«

»Das ist unmöglich. Wir sind für sie zu kostbar. Unsere Freunde passen gut auf uns auf.«

Ja, solange ihr genug Geld abliefert, denke ich und versuche, sie zu überreden, die Namen ihrer Zuhälter zu verraten. Ich versichere ihnen, dass die Polizei in Fällen wie dem ihren oft sehr hilfsbereit und verständnisvoll reagiere und dass Prostitution in Schweden nicht verboten sei. Verboten sei es hingegen, mit Prostituierten zu handeln, sie auszunutzen und ihre Dienste in Anspruch zu nehmen. Die Freier und die Zuhälter seien es, die Angst vor der Polizei haben müssten.

»Das ist nicht wahr. Wenn wir zur Polizei gehen, werden wir dort geschlagen.«

»Wenn ein schwedischer Polizist euch schlägt, könnt ihr ihn wegen Körperverletzung anzeigen.«

Diese Information scheint das Komischste zu sein, das die Mädchen seit langem gehört haben. Sie brechen in schallendes Gelächter aus.

»Das Leben ist hart«, sagt Lindström, »ich glaube, ich sollte die Sauna aufheizen.« Eine halbe Stunde später sitzen wir auf der Pritsche und halten jeder ein Pils in der Hand. Die Probleme dieser Welt lassen sich in der Sauna viel leichter lösen. Ich erzähle ihm das Wenige, das ich den Mädchen entlocken konnte.

»Ich glaube, ihnen ist nicht klar, welches Risiko sie eingehen«, sagt Lindström.

»Noch nicht, aber sie beginnen langsam zu begreifen. Ich habe ihnen von der Leiche im Kanal erzählt. Die Mädchen scheinen momentan nur unzufrieden darüber zu sein, dass sie kaum etwas von ihren Einkünften behalten durften. Wenn wir ihnen klarmachen, dass ihre ›Freunde‹ ihnen auch in Zukunft alles abknöpfen werden, könnte ihnen das die Augen öffnen.«

»Versuch du, sie zu überzeugen. Kann ja immerhin sein, dass die Zuhälter hinter dem Kanalmord stecken und die Mädchen als Zeugen gebraucht werden.«

Wir beenden das Thema und konzentrieren uns auf den Aufguss.

Wir fahren nach Ingatorp, um Avocados, Sojasprossen und Balsamico zu kaufen. Eines der Mädchen kommt mit, die andere hilft in der Küche. Während der Fahrt fragt sie mich, was mit ihnen geschehen soll. Ich erkläre ihr, sie würden vermutlich ausgewiesen, seien bei uns aber bis auf weiteres in Sicherheit. Es gehe darum, die Zuhälter zu schnappen. In diesem Moment sehe ich im Rückspiegel einen älteren schwarzen BMW.

Ich frage mich, wie viele schwarze BMW es in ganz Småland gibt. Zweihundert, dreihundert? Der Wagen könnte jedem gehören. Ich merke mir das Kennzeichen und parke auf einem Hofplatz in Hornsved. Der BMW fährt vorbei. Ich notiere mir das Kennzeichen auf einem Zettel.

»Sind wir da?«, fragt das Mädchen.

»Nein, ich habe nur einen anderen Weg genommen. Deine Arbeitgeber, was fahren sie für Autos?«

»Das ist verschieden. Ford, BMW, Audi. Sie wechseln oft.«

Sicherheitshalber bleibe ich auf einem Feldweg, der immer schmaler wird und schließlich durch ein paar Kuhweiden führt. Ich öffne ein Gatter, dann noch eines, und befinde mich auf einem Kiesweg. Högsjögle steht auf einem Schild. Wir sehen ein rotes Holzhaus, das auf einer Anhöhe steht, biegen nach rechts ab und passieren Slättna. Nach einer Weile stoßen wir wieder auf die Hauptstraße und sind im Nu in Ingatorp.

Von einem schwarzen BMW ist weit und breit nichts zu sehen.

Es duftet wunderbar aus der Küche, als wir nach Hause kommen. Ingbritt hat eine ihrer Spezialitäten gemacht: französische Kartoffelsuppe mit Porree und selbst gebackenen Käsebrötchen. Die Avocados mit Forellenrogen und Crème fraîche gibt's als Vorspeise. Lindström stellt kleine Steingutschalen und ein paar Kerzenleuchter auf den Tisch. Ehe wir Platz nehmen, zieht mich Ingbritt auf die Diele hinaus, damit wir ungestört reden können.

»Während ihr unterwegs wart, hat die eine der beiden heimlich telefoniert«, berichtet Ingbritt und macht eine seitliche Kopfbewegung in Richtung Küche. »Ich habe das Küchentelefon klicken gehört. Das passiert nur, wenn jemand den Hörer in der Diele auflegt.«

»Sie hat bestimmt ihren Zuhälter angerufen.«

»Ich weiß nicht, ob sie jemand erreicht hat, ich habe sie nicht reden gehört, aber es ist möglich.«

»Beruhige dich, wir kriegen das raus.«

»Und wie sollen wir das anstellen?«

»Hast du schon die Wahlwiederholung gedrückt?« Ingbritt schüttelt den Kopf. »Dann schreib die Nummer auf, sobald sie auf dem Display erscheint.«

Die Verbindung wird hergestellt. Eins, zwei, drei.

»Hallo?« Eine freundliche männliche Stimme meldet sich kurz darauf.

»Hallo, hier ist Lars-Olov. Könnte ich mit Maria sprechen?«, frage ich mit schleppender Stimme.

»Mit wem?«

»Bin ich richtig bei Larssons?«

Klick.

»Hast du die Nummer?«

»Da stand keine Nummer.«

»Mist. Dann haben sie das Telefon so eingestellt, dass die Nummer unterdrückt wird.«

»Hoffentlich kriegen wir hier nicht bald Besuch«, sagt Ingbritt, die sich dann jedoch daran erinnert, dass Lindström auf einer Geheimnummer bestanden hatte. Auf Displays wird sie nicht angezeigt.

Nach dem Essen sitzen wir noch eine Weile im Wohnzimmer. Lindström macht Feuer im Kamin, und Ingbritt beugt sich mit den Mädchen über eine Europakarte. Sie will, dass die Mädchen ihr ihren Heimatort zeigen, doch anscheinend ist er zu klein, um auf der Karte verzeichnet zu sein.

Als ich die Sache mit dem Telefon erzähle, legt sich Lindströms Stirn in Falten. Zwar könne die Polizei gewisse Informationen einholen, aber ohne Angabe von Name oder Adresse sei das unmöglich.

»Dann versuchen wir es anders«, sagt er. »Ich gehe in die Garage und rufe mit dem Handy hier an. Du antwortest und legst auf. Dann gehst du zu dem Mädchen und sagst, es sei für sie gewesen, sie solle zurückrufen, nur leider findest du die Nummer nicht mehr, die du aufgeschrieben hast.«

»Okay, probieren wir's.«

Ich rufe das Mädchen und entschuldige mich, dass ich die Nummer vergessen habe.

»Das macht nichts. Ich habe sie im Kopf.«

Es war ein Kinderspiel. Noch ehe Lindström zu mir kommt, weiß ich, dass es die Nummer einer Dessousboutique ist: *Morganas*.

Ich glaube nicht, dass das Mädchen mir was vormacht.

23

Keiner von uns schläft gut in dieser Nacht. Ununterbrochen achte ich auf Motorengeräusche. Selbst Muffins spürt, dass irgendwas nicht stimmt, und schläft unruhig. Immerhin ist es ein gutes Gefühl, zu wissen, dass er ein so ausgezeichneter Wachhund ist.

Im Gegensatz zu den Mädchen sind wir früh aus den Federn. Ich finde, es ist an der Zeit, die Polizei über alles zu informieren, doch Lindström stapft in seinem schwarzen Frotteebademantel unschlüssig durchs Haus und pflegt lieber seinen Groll gegen Mogens Pedersen. Er will nicht, dass Pedersen sich mit den Ermittlungsfortschritten schmückt, die er allein uns zu verdanken hat, und meint, wir sollten keine voreiligen Entscheidungen treffen.

»Du solltest Pedersen und die Beamten in Ekemåla in Ruhe arbeiten lassen. Die verrichten professionelle Arbeit, während du in deiner Freizeit ein bisschen Hobbydetektiv gespielt hast.«

»Und was ist mit dir?«

»Ich darf mich offiziell nicht einmischen. Das ist schließlich nicht mein Fall.«

»Ist es dir wirklich so wichtig, diesem Pedersen eins auszuwischen? Ich denke, wir sollten ihn informieren.«

»Ja, ja, mach ich schon, aber zuerst kümmere ich mich um diese Dessousboutique.«

»Ist dir eigentlich schon aufgefallen, dass Mädchenhandel und Luxuswäsche ganz gut zusammenpassen, und erinnerst du dich an den Typen, der mich bei *Morganas* und später im Stadthotel bedroht hat?«

»Ich sollte vielleicht auch mal ein paar Slips anprobieren. Du könntest in der Zwischenzeit nach Mariannelund fahren und dir die Homepage von *Morganas* ansehen.«

Während ich in meinem HOMO-Auto den Hügel hinunterrolle, halte ich nach dem schwarzen BMW Ausschau.

Die Bibliothek in Mariannelund ist zwar geschlossen, aber die Informationsräume der Stadtverwaltung haben geöffnet. Schaufenster zeigen die Werbeseiten lokaler Unternehmen, geben Bauprojekte, Vereinsadressen und Kursangebote bekannt. Alle Computer sind von chattenden, vermutlich schwänzenden Schülern mit Baseballkappen belegt. Ganz in der Nähe ist sicher eine Schule.

Während ich darauf warte, dass ein Computer frei wird,

betrachte ich eine Reihe alter Fotos und Postkarten aus einer Zeit, als Mariannelund noch ein idyllischer kleiner Fleck war.

Als ich an der Reihe bin, warte ich, bis mir die Angestellte den Rücken zukehrt, gebe in aller Eile das Suchwort *Morgana* ein und stoße auf verschiedene Websites: *Morgana's Observatorium, Morgana's Castle, Morgana's Depravity, Morgana's Shop.*

Ich blicke mich verstohlen um, werde nicht beobachtet, klicke auf *Morgana's Depravity* und siehe da: hochhackige Lederstiefel, Peitschen, Latexwäsche, Sexspielzeug und all dieser Kram.

Ich klicke weiter auf *Morgana's Shop* und werde mit einem riesigen Sortiment aller nur erdenklichen Unterwäsche konfrontiert. Schwarze Stringtangas mit spitzen, glänzenden Nieten zum Beispiel. Hier dürfte kein Wunsch offen bleiben.

Die Hersteller sind international, die Preise in Dollar angegeben und die Texte genau wie auf der vorherigen Website ausschließlich in Englisch. Ein unerfahrener User wie ich käme nicht auf den Gedanken, die beiden Websites könnten etwas miteinander zu tun haben, obwohl Typografie und Layout eine gewisse Ähnlichkeit besitzen.

Doch vermutlich bin ich an die richtige Firma geraten. Keine Adresse. Keine Telefonnummer. Nichts deutet auf den Sitz des Unternehmens hin. Ein Computerexperte könnte der Homepage vielleicht verborgene Informationen entnehmen, aber so viel ist klar: Hinter den Schaufenstern von *Morganas*, Järnvägsgatan 27B in Ekemåla, scheint sich mehr zu verbergen, als es den Anschein hat.

Ein Katalog der lieferbaren Videos werde auf Wunsch »diskret« verschickt, lese ich. Vielleicht sind »unsere« Mädchen ja unter den Darstellern, aber es kommt mir komisch vor, so etwas von einem gemieteten Computer aus zu bestellen. Doch der Verdacht liegt nahe, dass der Handel mit jungen Prostituierten aus Osteuropa zu den Geschäftszweigen von *Morganas* gehört.

Die Frauen hinter der Theke schauen mich an, und ich lächele unbefangen zurück, als ich gehe.

Die Mädchen streichen die Zimmer im Obergeschoss. Die Möbel haben sie jeweils in der Mitte des Raumes zusammengeschoben. Lindström ist in die Küche verbannt worden. Dort sitzt er mit seiner Zeitung, während ein Sonnenstrahl durch einen Spalt in den Wolken schießt und genau den Geschirrstapel im Spülbecken trifft. An der Decke baumelt ein voll besetzter Fliegenfänger.

»Den brauchen wir nicht mehr«, sage ich.

»Doch, es gibt immer noch Fliegen. Sobald die Sonne hervorkommt, sind sie da.«

»Was Interessantes in der Zeitung?«

»Nö, was hast du herausgefunden?«, fragt Lindström.

»Ich bin auf mindestens zwei interessante Websites gestoßen: *Morgana's Shop und Morgana's Depravity*. Der Shop ist das, wonach wir gesucht haben. Scheint ein reines Versandhaus für erotische Wäsche zu sein. Ist für jeden Geschmack was dabei.«

»Glaubst du, die Mädchen kennen den Laden?«

Und ob sie das tun. Vom *Morganas* haben sie ihre »Arbeitskleidung« bekommen und zwei-, dreimal mit ihren Gönnern dort eingekauft. Hatten in einem der hinteren Räume vieles anprobiert und das Angebot erhalten, in einem der nächsten Videofilme mitzuspielen.

»Interessante Verbindung. Morgana und die Zuhälter kennen sich also persönlich«, sagt Lindström.

»Wir sollten der Boutique gemeinsam einen Besuch abstatten«, schlage ich vor. »Uns den Katalog ansehen, und wer weiß, vielleicht gibt es ja auch ein Kundenregister.«

»Natürlich gibt es ein Kundenregister. Fragt sich nur, wie wir da rankommen. Die Liste mit den Videofilmen zeigen sie dir bestimmt freiwillig. Dürfte doch genau dein Geschmack sein«, sagt Lindström grinsend.

Das Vergnügen hält sich zwar in Grenzen, doch schließlich gelangen wir in Lindströms durchgesessenem Volvo ans Ziel. Er gehört zu der Sorte Autofahrer, die weder den Aschenbecher leeren noch Geld für einen neuen Wagen haben, wenn dieser voll ist. Zwar raucht Lindström ausschließlich Pfeife und das auch nur selten und nie während des Fahrens, doch kompensiert er das mit dem hemmungslosen Wegwerfen von Bonbonpapieren. Kein Industriestaubsauger würde freiwillig seinen Rüssel in diesen Wagen stecken.

»Ich verstehe, dass du den Volvo nicht verkaufen kannst. Und jeder Dieb würde ihn freiwillig zurückgeben«, sage ich, während ich eine alte Zeitung, ein Abschleppseil, eine Straßenkarte, eine leere Getränkedose, eine Tüte Daim und einen Notizblock zur Seite schiebe.

»Er ist alt, aber kerngesund«, brummt Lindström.

Meine Füße versuchen, neben der Schneeschaufel Platz zu finden.

»Außerdem hast du's gerade nötig. Wann lässt du eigentlich dein HOMO-Auto lackieren?«

Wir parken in einer Seitenstraße. Es ist Nachmittag, kurz vor Ladenschluss.

»Bleib einfach im Auto, dann hole ich den Videokatalog für dich«, sagt Lindström feixend und schlendert zum Eingang. Ich bleibe sitzen, höre Radio und lese Lindströms alte Zeitung. Er sollte nicht allzu lange brauchen. Ich stelle die Rückenlehne so weit zurück, wie es der Sandeimer, der hinter mir auf dem Boden steht, zulässt, schließe die Augen und entspanne mich. Stelle mir vor, was gerade passieren könnte: Das Türglöckchen bimmelt, als Lindström das Geschäft betritt. Die unübersehbar geschminkte Frau stöckelt ihm mit servilem Lächeln entgegen. Lindström wirft einen lüsternen Blick in ihren Ausschnitt, das kann er unmöglich lassen. Dann erkundigt er sich nach dem Videokatalog. Morgana blickt ihn fragend an, scheint nicht zu verstehen, aber Lindström insistiert, erklärt, er habe den Katalog im Internet gesehen ... Morgana schwenkt die üppigen Hüften und verschwindet hinter dem Vorhang. Lindström schaut aus dem Fenster, pfeift vor sich hin, verschränkt die Hände hinter dem Rücken, wippt auf den Absätzen.

Warum dauert das so lange?

Ich stelle den Rückspiegel so ein, dass ich erkennen kann, ob Lindström tatsächlich pfeifend am Fenster steht, wie ich vermute. Doch stattdessen sehe ich diesen fetten Schwachkopf mit Sonnenbrille auf das Geschäft zueilen. Er nimmt die Stufen mit einem Satz und stürmt in die Boutique. Drinnen scheint es hoch herzugehen.

Verdammt! Was soll ich jetzt machen?

Ich habe eine Eingebung und keine Zeit, darüber nachzudenken, ob sie vernünftig ist. Ich greife zum Handy und wähle die Nummer von Gustav Lundén beim Lokalanzeiger. Habe das Gefühl, dass wir einen Zeugen gut gebrauchen könnten.

»Schnappen Sie sich Ihre Kamera, und kommen Sie sofort zu *Morganas* in die Järnvägsgata, dann haben Sie morgen eine Riesenstory. Beeilen Sie sich!«

Dann eile ich Lindström zu Hilfe.

Als ich zur Tür hereinkomme, schlägt Morgana Lindström gerade mit einem Nudelholz nieder. Der Mistkerl holt mit dem Fuß aus und hätte Lindström sicher die Rippen eingetreten, wenn ich ihm nicht meinerseits sein Standbein weggekickt hätte. Er landet krachend neben Lindström, der sich kopfschüttelnd auf alle viere stützt. Morgana kommt mit einer blitzenden Papierschere auf uns zu. Lindström ist ihr am nächsten, doch sie hat es auf mich abgesehen, stolpert über Lindströms ausgestreckten Arm, verliert die Kontrolle, und ich tue das, was wohl jeder in meiner Situation tun würde: Ich knocke sie mit einer geraden Rechten aus.

»Frauen schlagen, pfui Teufel!«, stöhnt Lindström und rappelt sich auf.

Mein schlechtes Gewissen hält sich in Grenzen. »Schnell, lass uns schnell alles durchsuchen. Die Presse wird gleich da sein.«

»Wieso Presse?« Lindström greift sich an den Kopf und bekommt blutige Finger.

»Ich dachte, wir könnten einen Zeugen gebrauchen. Wie geht's dir? Blutet es sehr?«

»Hätte schlimmer kommen können ... du hast nicht zufällig eine Kopfschmerztablette?«

Als Gustav Lundén die Stufen vor dem Geschäft hinaufeilt, kommt der Drecksack wieder zu sich und geht sofort auf Lindström los, der diesmal jedoch vorbereitet ist und ihn wie ein Postpaket behandelt, ein störrisches Paket allerdings, das so schnell nicht lockerlässt.

Lundén scheint kein besonders routinierter Pressefotograf zu sein und fummelt umständlich an der Kamera herum.

»Verdammte Digitaltechnik, viel zu kleine Knöpfe«, meckert er.

Zum Glück für Lindström, denn es sieht ganz nach brutaler Polizeigewalt aus, als er dem Dicken schließlich sein Knie in den Magen rammt. Der krümmt sich stöhnend und schwankt in die hinteren Räume. Wahrscheinlich gibt es dort einen Hinterausgang.

Ich helfe Morgana so zuvorkommend, wie das unter den gegebenen Umständen möglich ist, auf die Beine, entwaffne sie und halte sie durch einen entschlossenen Griff in ihren Haarschopf aufrecht. Den Typen müssen wir wohl laufen lassen.

»Wären Sie jetzt bitte so freundlich, uns die übrigen Räume zu zeigen?«, frage ich.

In den verschiedenen kleinen Zimmern stapeln sich reihenweise Kisten mit Unterwäsche. Vermutlich für den Postversand, denke ich und schnappe mir ein Video, das auf einem Tisch liegt. Sortiment 2002 steht auf der Rückseite.

»Darf ich?«, frage ich und glaube, ein Nicken Morganas zu sehen.

»Die kann Pedersen sich anschauen, das wird ihm sicher Freude bereiten«, sagt Lindström, der gerade ein riesiges Videolager entdeckt hat.

Lindström geht voran, wir folgen ihm. Zuletzt kommt Lundén, der die Bedienung seiner Kamera inzwischen im Griff hat.

Im Keller, wo ich schon das Schlimmste befürchtet hatte, befindet sich nur eine große Garage. Die Türen sind abgeschlossen und von innen verriegelt. Der Dicke muss einen anderen Weg genommen haben. Ein älterer Lieferwagen und unausgepackte Warenlieferungen beanspruchen fast die Hälfte der Fläche. Auf dem Boden sind keinerlei Ölflecken zu sehen. Offenbar wurden hier nur selten Fahrzeuge abgestellt.

Lindström macht kehrt und will sich noch die oberen Etagen anschauen. Dass Morgana behauptet, keine Ahnung zu haben, was sich dort befinde, macht ihn umso neugieriger. Nichts als Büros, Lagerräume und Kistenstapel, aber die Treppe führt weiter bis zum Dachboden.

»Ich mache hier nur die Boutique, keine Ahnung, wem der Dachboden gehört ...«

»Wem gehört denn das Haus?«

»Das weiß ich auch nicht.«

»Unsinn!«

Unter dem Blechdach ist es eiskalt. Auf dem Fußboden liegen Gerümpel, leere Kisten und Koffer sowie alte Holzwolle. Mattes Tageslicht fällt durch drei große, schmutzige, halbrunde Fenster. Durch eine eingeschlagene Scheibe pfeift ein eisiger Wind.

Im Grunde gibt es in jede Himmelsrichtung ein Fenster, doch das vierte Fenster ist nicht zu sehen. Es befindet sich hinter einer nachträglich eingezogenen Wand, mit deren Hilfe man einen weiteren Raum gewonnen hat, der sich, nach der Anzahl der Türen zu urteilen, in vier Kammern unterteilt. Die Türen zu diesen Kammern sind abgeschlossen.

»Ruf mal einen Schlosser an«, sagt Lindström zu mir. »Oder

haben Sie einen Schlüssel?«, fragt er mit Blick auf Morgana, die sich theatralisch die Hände vor die Brust hält.

Während ich mein Handy aus der Tasche ziehe, windet sich Morgana wie eine Zirkusartistin, tritt sich die hochhackigen Schuhe von den Füßen und nimmt Reißaus. Sie prallt mit Lundén zusammen, der ihr unfreiwillig im Weg steht, kracht mit dem Kopf gegen einen Balken und Lundén fängt sie gerade noch auf.

»Da ist ja ein Schlüssel«, sagt er und zeigt auf ihren Ausschnitt.

»So ein niedlicher kleiner Goldschlüssel hilft uns nicht weiter«, murrt Lindström. »Ruf jetzt den Schlosser an, Josef, wir haben nicht den ganzen Tag Zeit.«

»Wartet doch mal«, sagt Lundén und fummelt mit seinen dicken Fingern in Morganas Ausschnitt. Mit rotem Kopf zieht er einen größeren Schlüssel aus ihrem BH und drückt ihn Lindström in die Hand.

Der Schlüssel passt.

»Halten Sie Ihre Kamera bereit, Lundén«, sage ich, während ich Morgana auf die Beine stelle und sie erneut packe. Sie droht einzuknicken, doch mit ein bisschen Unterstützung gelingt es mir, sie näher an die Tür heranzuschieben. Plötzlich beginnt sie, schrill zu schreien:

»Vergewaltigung, Hilfe, Vergewaltigung ...«

»Soll ich Klebeband holen?«, fauche ich und halte ihr den Mund zu.

»Denk daran, wie weh es tut, das Klebeband zu entfernen. Dann brauchst du dich monatelang nicht mehr zu rasieren.«

Sie beißt mir in die Hand, dann gibt sie auf.

Ich blute. Hoffentlich hat sie keine Tollwut.

Lindström öffnet die erste Tür. Wir betreten einen winzigen fensterlosen Raum. Als die Augen sich an die Dunkelheit gewöhnt haben, sehen wir eine Bank sowie einen soliden Metallhaken an der Decke.

Genauso der zweite Raum. Dunkel und leer.

Genauso der dritte Raum. Dunkel und leer.

Anders der vierte. In einer Ecke hockt ein Mädchen auf dem Boden. Ihre Handschellen sind an den Deckenhaken gekettet. Sie ist nackt, durchgefroren, ihre Haut ganz blau, der schmutzige Körper an vielen Stellen mit Schorf bedeckt. In der Ecke ein stinkender Eimer und eine halb mit Wasser gefüllte Schale. Sonst nichts.

Ich erkenne sie wieder. Es ist das dritte Mädchen.

»So Lundén, jetzt können Sie Titelbilder für ›Expressen‹ und ›Aftonbladet‹ machen.«

Lundén legt dem Mädchen seine Jacke um die Schultern und schießt mehrere Fotos, während Lindström Werkzeug aus dem Auto holt, um das Mädchen zu befreien.

Morgana ist inzwischen zusammengebrochen. Nachdem Lindström das Mädchen befreit hat, schultere ich Morgana und trage sie nach unten.

In der Boutique steht eine Frau mittleren Alters und wartet darauf, bedient zu werden. Ich verstecke mich mit dem Mädchen und Morgana in dem kleinen Büro hinter dem Verkaufsraum und zische Morgana ins Ohr: »Ein Mucks, und du erlebst was.«

Morgana wimmert. Dem Mädchen steht der Schreck ins Gesicht geschrieben. Ich streiche ihr vorsichtig über die Wange und hoffe, sie versteht, dass wir auf ihrer Seite sind.

Lindström erklärt der Kundin, dass die Boutique wegen eines Unglücksfalls leider schließen muss, morgen jedoch sicher wieder geöffnet sei.

Lundén zieht die Gardinen vor und postiert sich an der Ladentür.

Wir hüllen das Mädchen in Morganas dreiviertellangen Ledermantel. Ich schätze sie auf 1,65 m, Konfektionsgröße 36, und bitte Lindström, im Modegeschäft um die Ecke ein paar Klamotten zu kaufen. Als Lindström fort ist, fesseln wir Morgana an den Bürostuhl.

Lundén bemüht sein småländisch gefärbtes Englisch und versucht, sich mit dem Mädchen zu unterhalten. Sie kann zwar ein bisschen Englisch, hat jedoch Schwierigkeiten mit Lundéns Färbung. Ungarisch spricht sie ebenso wie die beiden anderen.

Sie heißt Erzi, Nachname Romanof, hat kastanienbraunes Haar, grüne Augen und schlottert trotz Morganas Ledermantel noch immer vor Kälte. Ich frage sie, ob sie schöne Unterwäsche geschenkt haben möchte. Morgana, die immer noch bewusstlos ist, hat freundlicherweise nichts dagegen einzuwenden.

Ich deute auf die Regale.

»Nimm dir, was du willst, Erzi.«

Doch sie schüttelt nur den Kopf.

»Ich will nach Hause«, sagt sie mit schwacher Stimme. »Ich will nach Hause.«

»Wir helfen euch, wir helfen euch allen dreien«, sage ich und deute auf die verkrusteten Wunden auf ihrem Oberschenkel. »Wer war das?«, frage ich.

Sie nickt in Morganas Richtung.

»Als ich weggelaufen bin, wollte ich mich hier verstecken. Ich klopfte an die Hintertür und wurde reingelassen. Ich dachte, sie würden mich beschützen, aber sie sperrten mich ein. Sie brachten mich auf den Dachboden und ketteten mich fest«, schluchzt Erzi.

»Wer?«

»Sie und der andere. Ich weiß nicht, wie er heißt.«

»Es waren also nicht deine Arbeitgeber?«

»Nein, die sind bestimmt schon geflüchtet. Sie haben große Angst vor der Polizei.«

Lindström kommt mit einer großen Plastiktüte zurück. Er hat alles gekauft, was sie braucht. Erzi zieht sich an und sieht schon ein wenig gefasster aus. Wir borgen uns Morganas Stiefel, die ordentlich nebeneinander unter der Garderobe auf Zeitungspapier stehen.

»Wie geht's jetzt weiter?«, fragt Lundén. Er sieht aus, als begreife er gar nichts.

»Sind Sie immer noch da, Lundén? Ich dachte, Sie säßen längst vor dem Computer und tippten sich die Finger wund: BEKANNTER JOURNALIST BEFREIT MISSHANDELTES MÄDCHEN! oder so was …«, sagt Lindström. »Nennen Sie bloß keine Namen! Und keine Fotos, auf denen unsere Gesichter zu erkennen sind!«

»Sie haben mein Wort darauf!«

»Und jetzt sollten Sie sich beeilen, damit Ihnen bei der Story niemand zuvorkommt. Ich habe nämlich die Polizei verständigt. Sie fahnden nach Morganas Komplizen und werden gleich hier sein, um die Dame mitzunehmen.«

Lundén öffnet die Ladentür. Das helle Glöckchen bimmelt, dann ist er verschwunden.

»Nimm mein Auto und fahr mit Erzi nach Hause. Ich muss hier bleiben und sofort meine Kollegen informieren«, sagt Lindström, ehe er in den hinteren Räumen des Geschäfts verschwindet. Ich höre, wie er sich im Büro zu schaffen macht. Wahrscheinlich sucht er die Kundenkartei.

»Komm, Erzi. Wir fahren nach Hause.« Ich nehme ihren Arm und führe sie hinaus an die frische Luft. Blinzelnd blickt sie sich um.

»Bist du hungrig?«, frage ich, als wir im Auto sitzen.

»Ja, sehr.«

Ich laufe über den Marktplatz und kaufe zwei Würstchen mit Brot. Im Auto drehe ich die Heizung auf und frage sie nach den anderen beiden Mädchen. Sie heißen Katica Topcov und Jolan Uzon. Katica ist die Älteste, Jolan mit ihren 15 Jahren die Jüngste von ihnen. Erzi ist 17. Alle drei kommen aus demselben Ort nahe der ungarischen Grenze und kennen sich schon lange. Viel mehr bekomme ich nicht aus ihr heraus, ihr Kopf sinkt erschöpft an meine Schulter, und Erzi ist eingeschlafen.

Als wir an Bellö vorbeifahren, habe ich eine brillante Idee.

Ich rufe die Redaktion von ›Smålandsnytt‹ an und gebe ihnen den Tipp, dass soeben eine misshandelte junge Frau in Ekemåla nackt auf einem Dachboden gefunden worden sei. Ich verrate auch, dass nach einem mutmaßlichen Täter gefahndet wird und eine Verdächtige festgenommen wurde.

›Smålandsnytt‹ bezahlt 2.000 Kronen für den Tipp des Monats. Das Geld können die Mädchen gut gebrauchen.

24

Angesichts von Erzis Zustand sind die wieder vereinten Mädchen wie verwandelt, ihre Unnahbarkeit und Naivität verflogen. Wir müssen sie sobald wie möglich von einem Arzt untersuchen lassen. Nachdem Lindström mit dem Taxi gekommen ist, setzen wir uns alle zum Essen an den Küchentisch.

Dann sprudelt es nur so aus ihnen heraus: Morgana, die eigentlich Maj-Britt heißt, und ihr aggressiver Freund Karl-Göran haben Erzi in den vergangenen Tagen immer wieder misshandelt als Strafe für ihre Flucht. Auch von den Zuhältern, die ihre Reise organisiert, ihnen eine Bleibe und Kunden besorgt haben, wissen die drei nur deren Vornamen: Jürg und Bela.

Es war beinahe legal zugegangen. Ein Mann hatte den Mädchen auf der Botschaft geholfen, die entsprechenden Anträge und Formulare auszufüllen. Sie hatten ein reguläres Touristenvisum erhalten, »um Verwandte in Schweden zu besuchen«. Das bedeutete drei Monate legalen Aufenthalt.

Jolans »Verwandter« war ein gewisser Tomas. Für Erzi und Katica hatte man zwei andere Namen angegeben. Auch wenn sie mit diesen »Verwandten« nicht sonderlich verwandt waren: bei Tomas hatten sie zunächst gewohnt, in einem Stockholmer Vorort. Er hatte die Freier organisiert und bekam dafür einen Teil ihrer Einkünfte.

Nach dem Essen ist Erzi sehr müde. Ingbritt versorgt die Mädchen mit Toilettensachen und Kosmetik, dann ziehen sie sich in ihr Zimmer zurück.

»Was haben deine Kollegen zu dem Fall gesagt?«, frage ich.

»Mogens Pedersen hat genau so reagiert, wie ich erwartet hatte. Er war stocksauer.«

»Und? Wird das für dich Konsequenzen haben?«

»Nein, den Großteil der Ermittlungen habe ich dir in die Schuhe geschoben. Zunächst hat er getobt, wurde dann allerdings ziemlich kleinlaut, als ich ihm erzählt habe, dass du Helin wohlbehalten in Ekemåla aufgespürt hast. Sie selbst hatten den Fall ja schon so gut wie abgeschrieben. Und noch kleinlauter wurde er, als ich ihn darüber informiert habe, dass du sogar mit der unvergleichlichen Serafina gesprochen hast, die glücklich in Italien lebt.«

»Obwohl Pedersen da schon auf der richtigen Fährte war.«

»Schon, aber sie haben nichts aus dem guten Sigismund herausgekriegt, und Pedersen hat verbissen an seiner Theorie festgehalten, dass es sich bei der Kanalleiche um Serafina handelt. Außerdem glaubt er immer noch stur, dass Muharrem der Mörder ist.«

»Was hältst du von dem, was uns die Mädchen erzählt haben?«

»Das muss alles gründlich überprüft werden. Ich werde meine Kollegen in Stockholm bitten, sich in den entsprechenden Kreisen umzuhören.«

»Was ist mit diesem Tomas, mit Bella und Jürg?«

»Mit diesen Informationen finden wir sie natürlich nicht. Ich habe übrigens mit meinem neuen Chef in Vesterås gesprochen, und er sagt, ich könne gut noch eine Zeit lang hier bleiben. Ich glaube, die wissen nicht richtig, was sie mit mir dort anfangen sollen.«

»Gut, dann brauche ich die Mädchen nicht alleine zu lassen, wenn ich nach Ekemåla fahre.«

»Ach, stimmt. Ingbritt fängt ja übermorgen zu arbeiten an. Das hatte ich ganz vergessen.«

Der Aufmacher des ›Ekemåla-Kurir‹ bezieht sich auf Lundéns Artikel und erwähnt die heldenhafte Rolle, die dieser gespielt habe, doch die erste Seite wird vom riesigen Farbfoto des jugendlichen Kirchenchors dominiert, der gerade seine Tournee durch Lettland beendet hat. Im Innenteil der Zeitung hat man Lundén immerhin drei Spalten eingeräumt sowie eines seiner Fotos abgedruckt.

Das Foto zeigt Erzi und mich von hinten. Die blutigen Striemen an Rücken, Gesäß und Beinen sind deutlich zu erkennen. Die Wahl des Fotos ist nicht dumm. Aber die Bildunterschrift musste von einem Praktikanten stammen: *»Hier befreit unser Mitarbeiter die gefolterte nackte Frau, die auf dem kalten Dachboden, wo die Misshandlungen stattfanden, hilflos eingesperrt war, ohne um Hilfe rufen zu können.«* Außerdem heißt es, die Polizei habe dank des beherzten Eingreifens des Journalisten eine Person festnehmen können. Nach einem weiteren Verdächtigen werde noch gefahndet. Der Dicke lief also zum Zeitpunkt des Andruckes noch frei herum.

»Ich habe gerade noch mal mit Pedersen gesprochen«, sagt Lindström. »Der Mistkerl ist immer noch auf freiem Fuß. Aber da sind ja jetzt die Kollegen dran. Was ist das bloß für ein Mensch?«

»Könnte doch sein, dass auch er ein alter Schüler von Arvid ist, oder?« Ich bekomme Arvid, der sich gerade im Lehrerzimmer aufhält, an den Apparat. Wir haben Glück:

»Du meinst Karl-Göran, der als Rausschmeißer im Stadthotel arbeitet?«

»Genau.«

»Früher hieß er Larsson, inzwischen heißt er Fåglemyhr. Den haben wir mit Ach und Krach durch die Schule geboxt. Aber über sein Spezialgebiet wusste er alles. Er war schon damals ein passionierter Vogelliebhaber. Brachte den größten Teil seiner Freizeit mit dem Fernglas in freier Natur zu, nicht gerade typisch für einen Jugendlichen. Ansonsten möchte ich zu diesem Schüler keinen Kommentar abgeben.«

»Hm. Gab es konkrete Vorfälle, die dich und deine Kollegen veranlassen könnten, den Mantel des Schweigens ... wenn du verstehst, was ich meine.«

»Ich verstehe und bin mir sicher, dass die meisten Lehrer, vor allem die weiblichen, zu diesem Schüler jeden Kommentar verweigern würden.«

»Weil er ein Macho war?«

»Hm ...«

»War er gewalttätig?«

»Auch diese Frage möchte ich lieber unbeantwortet lassen«, seufzt Arvid. »Sag mal: Kann es sein, dass nach Karl-Göran gefahndet wird?« Langsam scheint Arvid ein Licht aufzugehen. Dann wird er gesprächig: »Da sieht man wieder, wie Kinder frühzeitig auf die schiefe Bahn geraten. Man hätte ihm in der Schule schon helfen müssen. Er war von Anfang an ein Eigenbrötler. Ohne Freunde hat man es schwer. Und mit einer Freundin habe ich ihn auch nie gesehen.«

»Was hat er nach der Schule gemacht?«

»Seinen Wehrdienst abgeleistet. Er strebte eine militärische Laufbahn an, aber daraus wurde wohl nichts. Hat dann eine Weile in einem Sägewerk gearbeitet und als Lastwagenfahrer und Straßenarbeiter gejobbt. Inzwischen ist er wie gesagt im Stadthotel gelandet. Ich habe keine Ahnung, ob er tatsächlich kriminelle Energien hat, aber man weiß nie so genau, wozu jahrelange Einsamkeit und Isolation bei einem Menschen führen.«

»Zumindest mag er keine Ausländer ...«

»Gut möglich. Aber wie gesagt: Vögel waren immer seine Leidenschaft.«

»Gibt es in Ekemåla eigentlich eine ornithologische Vereinigung?«

»Ich weiß nicht, aber im Frühjahr werden Vogelexkursionen angeboten.«

»Eines noch. Du erinnerst dich doch, dass außer Helin noch die unvergleichliche Serafina aus Shangri-La verschwunden war? Die Frau, die auf dem Jahrmarkt in Ekemåla als Wahrsagerin auftrat und sich später in Luft auflöste. Wir haben sie aufgespürt und es geht ihr bestens.«

»Konnte sie euch weiterhelfen?«

»Teilweise. Du kennst nicht zufällig einen Schüler, der in beiden Nasenflügeln einen Ring trägt?«

»Ach, Herrjemine, einen? Die haben ihre Ringe heute doch überall, wirklich überall am ganzen Körper. Ich muss jetzt los. Bis bald.«

Lindström hat eine Wanderkarte vor sich ausgebreitet, die Ekemåla und Umgebung zeigt. Nahezu jeder Pfad und jedes Gebäude sind verzeichnet. Die Gegend nördlich von Ekemåla ist nur spärlich besiedelt. Hier finden sich große Waldgebiete, Flüsse und Seen, vereinzelte Sommerhütten und natürlich Blekeryd, die Privatresidenz von Edit Österstierna.

In östlicher Richtung liegen vorwiegend Kornfelder im Wechsel mit kleinen Ortschaften. Südöstlich eine Mischung aus landwirtschaftlicher Nutzfläche, Wäldern und kleinen Seen, ebenfalls dünn besiedelt. In Richtung Süden scheinen sich vor allem ausgedehnte Feuchtgebiete und einzelne Häuser zu befinden. Eine Mülldeponie grenzt an den Nachbarbezirk. Landeinwärts, Richtung Westen, verzeichnet die Karte zahlreiche Orte, mehrere größere Landstraßen und Seen. Dies ist die am dichtesten besiedelte und am weitesten industrialisierte Gegend des Bezirks. Im Norden ein paar Kleinstädte und ländliche Gemeinden.

»Also, wenn ich untertauchen müsste, würde ich mich für den Süden oder Südosten entscheiden«, sagt Lindström.

»Arvid hat mir erzählt, dass Karl-Göran ein leidenschaftlicher Vogelliebhaber ist.«

»Wie leidenschaftlich?«

»Leidenschaftlich genug, um seinen Nachnamen von Larsson in Fåglemyhr[1] zu ändern. Vielleicht gibt es ein Versteck, das in dieser Hinsicht besonders interessant für ihn ist.«

»Aber doch nicht im Winter!«

»Was weißt du schon von Vögeln?«

»Ich weiß, dass sie im Sommer zwitschern und danach klug genug sind, in den Süden zu fliegen.«

»Und was ist mit den Vögeln, die hier überwintern? Denk nur an die Karelische Krummfußdrossel oder die blaugefiederte Pfeifenschnepfe ...«

»Haha, du kannst mir viel erzählen, aber vielleicht gibt es ja tatsächlich irgendeinen Piepmatz, der sich aus Sibirien hierher verirrt«, überlegt Lindström.

»Das darfst du mich nicht fragen, aber sicher gibt es Gegenden, die aus ornithologischer Sicht interessanter sind als andere. Gegenden, in denen sich Karl-Göran Fåglemyhr gut auskennt. Vielleicht hat er sogar irgendwo eine Hütte oder einen Unterschlupf.«

»Könnte sein. Gibt es einen Vogelverein in Ekemåla?«

»Nein, aber ich kenne den Vorsitzenden des Fotoklubs.«

»Und ich kenne jemand aus dem Modelleisenbahnerverband.«

»Ich weiß nicht, ob Modelleisenbahner so fotointeressiert sind wie Ornithologen, aber die streifen gerne mit ihren Teleobjektiven durch die Wälder und knipsen ihre gefiederten Freunde.«

»Dann ruf du den Fotoklub an. Ich versuche inzwischen herauszubekommen, ob Fåglemyhr irgendwo eine Hütte besitzt.«

Karl-Göran Fåglemyhr ist weder als Allein- noch als Mitbesitzer einer Hütte registriert. Aber es ist natürlich nicht auszu-

[1] Abgeleitet von *fågel* (Vogel) und *myr* (Moor)

schließen, dass er sich einfach in einem verlassenen Schuppen einquartiert oder eine Hütte gemietet hat.

Eine Dreiviertelstunde später sitze ich auf dem Sofa von Christian Lefevre. Lindström hat seinen Wagen in Rekordzeit nach Ekemåla gehetzt. Hier wird nicht geblitzt, erklärt er lapidar, als wir mit hundertzwanzig Sachen an einem Schild vorbeibrausen, auf dem eine große 70 steht.

Wir lassen den Daumen eine Weile auf dem Klingelknopf, ehe ein unrasierter und verschlafener Lefevre demonstrativ mürrisch die Tür seines gelben Hjältevadshauses öffnet. Doch als er mich erkennt, hellen sich seine Gesichtszüge auf.

»Wollen Sie einen Kaffee?«

»Nein, danke. Wir wollen Sie nicht lange stören.«

Ich mache ihn mit Lindström bekannt.

»Ein fotografierender Polizist. Sehr erfreut.«

»Ich komme leider viel zu selten dazu ...«

»Ist beim letzten Mal im Labor alles klargegangen?«, fragt mich Lefevre.

»Kein Problem. Vielen Dank noch mal.«

»Wir wollten Sie fragen, ob Sie einen Hobbyfotograf kennen, der außerdem ein passionierter Vogelliebhaber ist«, schaltet sich Lindström ungeduldig ein.

»Oder ob Sie andere Ornithologen hier aus der Gegend kennen«, füge ich hinzu.

»Ja, wir haben im Klub einen Vogelexperten. Er hat sich gerade ein neues Teleobjektiv von Tamron zugelegt, 50-500 mm. Hat ihn über 12.000 Kronen gekostet, aber die sind sicher gut angelegt. Ich selbst hätte ein Cosima 100-400 / 4,5-6,7 bevorzugt. Wofür würden Sie sich als Profi entscheiden, Herr Friedmann?«

»Wie heißt denn der Mann und wo finden wir ihn?«, unterbricht Lindström etwas barsch.

»Er heißt Sven-Ingvar Hultin, aber alle nennen ihn nur ›Jäger‹. Er arbeitet als Jugendgruppenleiter für die Gemeinde. Sie können ihn über sein Handy erreichen.«

Während Lefevre nach der Handynummer sucht, schaue ich mir die gerahmten Fotos an den Wänden an. Technisch perfekte Landschaftsaufnahmen im Postkartenstil. Fotobände in den Regalen und ein Buch von Peter Hanneberg und Claes Grundsten auf dem Couchtisch.

»Hier«, sagt Lefevre, gibt mir einen Zettel, gähnt ausgiebig und schüttelt sich. »Sie können ihn eigentlich jederzeit erreichen.«

Lindström erreicht Hultin auf Anhieb und verabredet als Treffpunkt den Marktplatz von Ekemåla. Hultin ist pünktlich, erscheint in Cordhose, roter Sportmütze und honigfarbener Daunenjacke. Er scheint mit den beliebtesten Beobachtungsplätzen für Ornithologen bestens vertraut zu sein.

»Aber zu dieser Zeit lohnt sich das nicht. Fast alle Vögel sind in wärmere Gefilde gezogen. Würde ich auch machen, wenn ich könnte.«

»Wir wollen uns rechtzeitig mit den hiesigen Gegebenheiten vertraut machen«, entgegnet Lindström rasch. »Wir sind neu hier in der Gegend und dachten, es könnte nicht schaden, rechtzeitig das Terrain zu erkunden.«

»Dann rate ich Ihnen, sich schon mal die Gegend um Mosshester anzugucken, das liegt in südöstlicher Richtung. Ein dünn besiedeltes Gebiet mit nur wenigen Ferienhütten, ausgedehnten Wiesen und einem alten Kiefernwald, fast schon ein Urwald. Ein paar Weiher und Sumpfgebiete gibt es dort. Aber Watvögel können Sie besser in den großen Feuchtgebieten im Süden beobachten. Wie dem auch sei, fangen Sie ruhig mit Mosshester an, das liegt hier«, sagt er und kreist mit seinem abgeknabberten Zeigefingernagel ein Gebiet auf der Karte ein.

»Obwohl die meisten im Frühling natürlich nach Öland fahren«, fügt er hinzu.

»Wer sind eigentlich die fähigsten Ornithologen hier in der Gegend?«

»Tja, da gibt es so einige. Ich selbst organisiere Exkursionen für Jugendliche. Für Nachwuchs ist also gesorgt ...«

»Kennen Sie Karl-Göran Fåglemyhr?«

»Nur flüchtig. Scheint ein Einzelgänger zu sein. Ich glaube, er hält sich sehr viel in der Natur auf. Vor allem in der Gegend um Mosshester.«

»Sie haben kein Vereinsheim oder so etwas?«

»Nein, leider nicht.«

Wir bedanken uns für die Auskünfte und verabschieden uns.

»Kannst du dich irgendwie beschäftigen, während ich mit meinen Kollegen rede?«, fragt Lindström, der Kurs auf das Präsidium genommen hat.

»Klar, wie lange wirst du brauchen?«

»Ungefähr eine Stunde«, ruft Lindström.

Kalt ist es auch noch. Ich suche unter alten Bonbonpapieren und weggeworfenen Lakritzschachteln nach etwas, womit ich mir in Lindströms Auto die Zeit vertreiben kann. Ohne Erfolg. Ich beschließe, einen Spaziergang zu machen, und überquere den Marktplatz, dessen provinzieller Charme vom eisigen Wind hinweggefegt wird. Suche Schutz zwischen den Häusern der Biblioteksgata. Arvids Fenster ist dunkel, während die Sonne irgendwo hinter den Wolken versinkt.

Die Bibliothek lockt mich nicht. Die Buchhandlung präsentiert ganz und gar ideenlos die einschlägigen Bestseller. Auch der Schaukasten vor dem Rathaus hat nichts Neues zu bieten: Ein Plakat wirbt für einen Vortrag mit dem Titel »Gewalt – eine Bedrohung der Demokratie«. Gehalten schon vor zwei Wochen. Eine neuere Ankündigung ruft für den heutigen Abend im Namen der Gemeinde, der Kirche und der Jugendorganisationen sämtlicher Parteien zu einer Demonstration gegen Neonazis auf. Die ersten Vorbereitungen werden bereits getroffen. Ein Rednerpult wird aufgestellt, Lautsprecher werden installiert.

»Eins, zwei, eins, zwei«, hallt es von den Hausmauern wider.

Ich überlege, ob ich teilnehmen oder zumindest hier warten

soll, bis Lindström zurückkehrt. Ich könnte mir ein paar Reden anhören und das junge, politisch aktive Ekemåla in Augenschein nehmen, vielleicht sogar ein Stück mitmarschieren, solange ich Lindströms Auto dabei nicht aus dem Blick verliere.

Ich nutze die Zeit bis zum Beginn der Veranstaltung für einen Spaziergang durch das gesamte Geschäftszentrum, was eine Viertelstunde in Anspruch nimmt. Der Wind pfeift kalt durch die Storgata. Ich wärme mich bei einer heißen Schokolade in der Konditorei *Temlan* wieder auf. Während der Kakao abkühlt, rufe ich Jurek an. Ich will wissen, was er mit dem missglückten Foto anfangen konnte.

»Na, wie sieht's aus?«

»Viel zu tun, aber ich hab mir das Bild mal angesehen, das du mir geschickt hast. Habe es in Schwarzweiß umgewandelt, ein bisschen mit farbigen Filtern gearbeitet ...«

»Lass die Details, was hast du erreicht?«

»Das Bild sieht ganz annehmbar aus, mehr nicht. Wenn du noch mehr rausholen willst, musst du dich an das kriminaltechnische Labor in Linköping wenden, die haben verschiedene fotogrammetrische Methoden, kannst ja deinen Freund Lindström fragen«, sagt Jurek.

»Hauptsache, man kann die Personen auf dem Bild erkennen.«

»Tja ...«

»Was tja?«

»Tja, kommt drauf an. Ich glaube, man könnte bekannte Personen auf dem Foto wiedererkennen, aber zur Identifizierung von Unbekannten dürfte es kaum reichen. Ich nehme an, es geht um einen Kriminalfall.«

»Stimmt. Kannst du mir das Foto schicken?«

»Hab den Umschlag gestern eingeworfen. Hast du ihn noch nicht bekommen?«

»Der liegt sicher noch zu Hause im Briefkasten. Der Briefträger kommt erst am Vormittag, und ich bin seit heute Morgen unterwegs. Sitze gerade in einem Café in Ekemåla und warte, dass eine Demonstration gegen Rechts beginnt.«

»Hm, viele Neonazis da unten?«

»Schwer zu sagen. Auf jeden Fall genug bigotte Schwulenhasser.«

Als der Demonstrationszug sich formiert, ist von Lindström noch nichts zu sehen. Einige Repräsentanten der politischen Parteien haben sich eingefunden, drei Polizisten, ein paar Sozialarbeiter, eine Handvoll Pfarrer, rund dreißig Erwachsene und zirka achtzig Jugendliche, von denen ein Großteil Schwarz gekleidet ist.

Fackeln werden ausgeteilt und Transparente entrollt, auf denen »Nein zu Neonazis«, »Ekemåla gegen Nazismus« und »Frauen gegen rechte Gewalt« zu lesen ist. Ich mische mich unter die Menge und schließe mich einem Mann mit kurz geschnittenen Haaren, blau kariertem Jackett und brauner Kammgarnhose an. Ich lobe die Initiatoren der Veranstaltung und erkundige mich, wie es um den Rechtsradikalismus in Ekemåla bestellt sei.

»Glücklicherweise gibt es in Ekemåla keine Neonazis, aber natürlich nehmen wir uns des Themas an, um jede rechtsradikale Tendenz im Keim zu ersticken. Das ist unerhört wichtig. Wir dürfen uns von den dunklen Kräften nicht überrumpeln lassen, und ich kann behaupten, dass wir bis jetzt erfolgreich waren.«

»Ja, faschistische Schmierereien habe ich hier noch nicht gesehen«, sage ich schmeichlerisch.

»Es freut mich, das zu hören. Ja, wir waren bislang erfolgreich und haben alles Ungeziefer von unserem schönen Städtchen fern gehalten. Das ist das Ekemåla-Modell: Kirchen, Sportvereine und Schulen kümmern sich unerhört um die jungen Leute. Haltet Ekemåla sauber, ist unser Motto.«

»Der Einfluss der Kirche in dieser Gegend ist wirklich unbestreitbar.«

»Sie sagen es. Hier können Sie abends noch gefahrlos auf die Straße gehen. Alles ruhig und friedlich. Wir wollen ein sicheres Gemeinwesen schaffen. Das ist unerhört wichtig für die Menschen.«

»In ruhigen Gewässern schwimmen die dicksten Fische, heißt es.«

»Aber doch nicht in Ekemåla. Nein, nein, unsere politische Vision ist unerhört spannend. Wir müssen die Informationsgesellschaft von heute mit den menschlichen Grundwerten in Einklang bringen. Ordnung, Sicherheit und verbindliche Werte sage ich immer, sowie eine moderne, leistungsfähige Ökonomie, unter anderem durch Förderung von Spitzentechnologien im IT-Bereich. Das ist unser Zukunftskonzept: Arbeit für alle, Sicherheit, Kontinuität und ein gemeinsamer Wertekonsens.«

Betäubt von dieser Plattitüdenlawine, weiß ich nicht, was ich sagen soll, und murmele irgendetwas, das sich nach Zustimmung anhört. Mein Begleiter muss Kommunalpolitiker sein.

»Wie ist die Bevölkerungsentwicklung?«, frage ich.

»Die letzte Volkszählung weist genau vierzehn neue Einwohner aus. Der Abwärtstrend ist gestoppt! Es ist unerhört spannend zu beobachten, wie unsere politische Arbeit erste Erfolge zeitigt. Sicherheit, Entwicklung und Unternehmergeist erzeugen eine Win-win-Situation.«

»Und wie sieht's mit der Kriminalitätsrate aus? Man hört ja schreckliche Geschichten … erst die Leiche im Kanal, dann das gefolterte Mädchen, das wirft doch einen dunklen Schatten auf Ekemåla, finden Sie nicht?«

»Sehr bedauerlich, dass Sie das so empfinden. Die Medien bauschen ja alles schrecklich auf, und soweit ich weiß, ist niemand aus Ekemåla in die Vorfälle verwickelt …«

»Was ist Ihrer Meinung nach die Ursache der Verbrechen?«, frage ich.

Unser Gespräch bricht ab, als sich der Demonstrationszug in Bewegung setzt.

Fackeln werden entzündet. Ich lasse mich absichtlich zurückfallen und mische mich unter die Schwarzgekleideten. Dort ist die Atmosphäre eine ganz andere.

Schwarzrote Fahnen werden hochgehalten.

»Stopp! Dies ist keine politische Demonstration, weg mit den Fahnen!«, rufen zwei Männer, die offenbar für Ordnung sorgen sollen.

Allgemeines Gelächter.

Ein Transparent mit der Aufschrift »Schwule gegen Nazis« wird entrollt. Ein Stück hinter mir sehe ich Lars Tonvall. Wir winken uns zu. Der Mann, mit dem ich gerade eben noch gesprochen habe, geht auf eine junge Frau los, reißt das Transparent an sich und zerfetzt es mit einem Messer.

»Was ist das eigentlich für ein Typ, der hier in aller Öffentlichkeit mit einem Messer rumspringt?«, frage ich den bärtigen jungen Mann neben mir. Er trägt einen schwarzen Lederanzug mit blanken Nieten.

»Ach, ein Spinner von hier. Einer von denen, die glauben, dass wir Autos umkippen, Steine werfen und Schaufenster zertrümmern.«

»Die haben einfach Angst«, sagt ein anderer. »Da nimmt man an einer genehmigten Demonstration gegen Rechts teil, und die Veranstalter machen sich wegen ein paar Schwulen in die Hose.«

»Die können Schwule nicht ausstehen ... du hast doch vorhin mit dem Typen geredet.«

»Ja, hab ich. Wer ist denn das?«, frage ich.

»Paulus Fager, Kommunalpolitiker im Kultur- und Bildungsausschuss. Ein erklärter Schwulenhasser. War zuerst in der Zentrumspartei, wechselte dann zu den Christdemokraten und ist jetzt parteilos.«

Paulus Fager, der Mann, der mich wegen Körperverletzung bei der Polizei angezeigt hat.

Immer mehr Jugendliche scheren unter Protesten aus dem Demonstrationszug aus, weil sie ihre Spruchbänder und Fahnen nicht zeigen dürfen, und setzen sich stattdessen auf den Marktplatz.

Die Erwachsenen mittleren Alters, die den vorderen Teil des Zuges bilden, scheinen nicht zu bemerken, dass ein Großteil der Demonstranten bereits abgesprungen ist. Von sämtlichen Einwohnern der Stadt setzen ungefähr sechzig ihren Weg mit schwedischen Fahnen und Fackeln durch die Biblioteksgata fort.

»Der gemeine Bürger hat wieder zugeschlagen, sind doch alles latente Faschisten«, stellt mein schwarz gekleideter Nebenmann fest. Wir sitzen auf dem Marktplatz, als Lindström mir entgegenkommt.

»Nicht der Nazismus ist das Problem in Ekemåla, sondern die organisierte Intoleranz. Welch ein Glück, dass man wenigstens an der Uni vor diesen Leuten sicher ist«, seufzt mein Mitdemonstrant.

Auf dem Marktplatz befinden sich ungefähr vierzig Personen. Das Durchschnittsalter liegt um die zwanzig, von Lindström und mir abgesehen. Man spürt einen gärenden Hass auf die Zustände. Die Diskussionen werden immer hitziger.

Lindström und ich verlassen den Platz, um nach Hause zu fahren. Beim Auto angekommen, zieht Lindström zwei Dosen Cola und eine Tüte mit Gebäck aus der Jackentasche.

»Bedien dich. Du hast doch bestimmt auch Hunger. Tut mir Leid, dass es so lange gedauert hat, aber es gab viel zu besprechen. Sollen wir nach Hause fahren?«

Wir stehen vor dem Auto und futtern. Vom Stadtpark her dringt ein dürrer Chor herüber: »Nein zum Nazismus, nein zum Nazismus, nein zum Nazismus«, dann wird ein Lied angestimmt: »We shall overcome.«

Auf dem Marktplatz hat eine kleine schwarz gekleidete Schar ihre »Schwule gegen Nazis«-Transparente und ihre schwarzroten Fahnen eingerollt.

»Erzähl«, fordere ich Lindström auf, als er den Motor anlässt.

»Nach Fåglemyhr – oder wie der Typ heißt – wird mit Hundestaffeln gefahndet, und zwar in der Gegend um Mosshester.«

»Hat es einen Tipp gegeben?«

»Er hat sich selbst verraten. Der Schwachkopf hat sein Handy benutzt. Der Telefongesellschaft zufolge wurde das Gespräch von einer Basisstation auf dem Mossberg registriert, also muss er in der Nähe gewesen sein. Außerdem passt die Gegend mit seinem Vogelinteresse zusammen.«

»Du hast also seine Handynummer?«

»Ja, er hat sein Gerät jetzt ausgeschaltet, aber wir haben die Telefongesellschaft gebeten, Augen und Ohren offen zu halten.«

»Wen hat er angerufen?«

»Spielt für die Ermittlungen keine Rolle.«

»Sollten wir nicht auch nach Mosshester fahren?«

»Ich denke, die Kollegen kommen am besten klar, wenn wir uns da raushalten.«

25

Der Umschlag von Jurek liegt auf dem Küchentisch. Gemeinsam öffnen wir ihn. Das Originalfoto fällt heraus. Lindström schaut es missmutig an.

»Nicht einmal ich könnte ein so mieses Foto machen«, sagt er und dreht es um. »Aber hier steht ein Datum!«

»Ist nur das Entwicklungsdatum. Einfache Kameras zeigen selten den Zeitpunkt der Aufnahme an.«

»Ist doch völlig unmöglich, irgendjemand zu erkennen. Schwer zu sagen, ob das überhaupt Menschen sind. Könnten auch Schweine sein ...«

»Kein unpassender Vergleich.«

»Hat direkt gegen das Fenster geblitzt, oder?«, fragt Lindström.

»So ungefähr. Wie viele Personen, würdest du sagen, sind auf dem Foto zu erkennen, wenn du sorgfältig hinschaust?«

»Eine, vielleicht zwei, da braucht man schon Fantasie. Man könnte ahnen, was sie gerade tun, aber auch nur, weil wir wissen, was sich dort abgespielt hat.«

»Na, dann gucken wir uns jetzt mal an, was Jurek am Computer zustande gekriegt hat.«

Ich schüttele die drei Ausdrucke im Din-A4-Format aus dem Umschlag. Der Lichtreflex auf der Fensterscheibe ist wesentlich abgeschwächt. Man erkennt zwei Männer und eine Frau. Das Profil der Männer zeichnet sich deutlich ab, das Gesicht der Frau aber bleibt unkenntlich. Sie ist dunkelhaarig und kniet nackt am Boden. Ihre Hände sind auf dem Rücken. Gefesselt? Einer der Männer sitzt angezogen auf einem Stuhl und scheint die Augen zusammenzukneifen.

Auf einem Tisch stehen ein paar Weinflaschen. Die Matratze liegt an derselben Stelle, an der ich sie gesehen habe. Der Kopf der Frau liegt auf den Knien des sitzenden Mannes. Der andere Mann befindet sich zirka anderthalb Meter hinter der Frau in der Hocke. Was er tut, ist schwer zu entscheiden, doch scheint er einen großen Gegenstand auf der rechten Schulter zu haben. Genau in diesem Bereich ist das Foto sehr unscharf. Im Hintergrund ist eine weitere Person zu erkennen, vielleicht eine Frau. Sie ist angezogen und hält eine grelle Lampe über ihren Kopf.

Insgesamt vier Personen.

»Ich weiß nicht, ob ich jemand wiedererkenne. Wie ist es mit dir?«, frage ich Lindström.

»Das hier ist Muharrem«, antwortet Lindström und zeigt mit dem Finger auf den sitzenden Mann. Auch ich erkenne eine gewisse Ähnlichkeit mit dem Foto, das ich von Muharrem kenne, bin mir jedoch nicht sicher.

»Hundert Prozent?«, frage ich

»Ja, ohne jeden Zweifel. Ich fürchte, das ist wirklich Muharrem! Seine Körperhaltung wirkt so ungezwungen. Ich ziehe es vor zu glauben, dass er nicht wusste, woran er da beteiligt war«, murmelt Lindström höchst unprofessionell.

»Ich denke, wir sehen auf dem Foto, wie sie ein Video aufnehmen. Der Mann in der Hocke … er trägt etwas auf der Schulter, das wie eine große Kamera aussieht«, sage ich.

»Weißt du was? Während des Gesprächs mit Muharrem habe ich gefragt, was er tut, wenn er nicht arbeitet. Er sagte, er sei ein Filmstar, dann hat er gelacht. Ich dachte damals, er hat nur Spaß gemacht. Aber das hat er nicht. Er war wahrscheinlich Pornodarsteller!«

»Vielleicht führen sie auf dem Video auch Morganas Produktpalette vor.«

»Wir haben uns das Video, das wir bei Morgana beschlagnahmt haben, noch gar nicht angesehen.«

»Wir haben ja auch keinen Videorekorder«, erinnere ich ihn.

»Ich übergebe die Kassette am besten meinen Kollegen.«

Während wir um den abgedeckten Küchentisch sitzen, erzählt Lindström den Mädchen, dass sich Morgana in Untersuchungshaft befinde und es nur eine Frage der Zeit sei, wann auch Fåglemyhr gefasst werde. Er redet schnell, und ich habe alle Mühe, zumindest das Wichtigste ins Ungarische zu übersetzen.

»Das ist auch höchste Zeit«, sagt Erzi, die wieder die Führungsrolle des Mädchentrios übernommen hat.

»Wir haben hier ein Foto, das in der Bretterbude im Stadtpark aufgenommen wurde, und wir hoffen, dass ihr die Personen identifizieren könnt«, sagt Lindström, während er Jureks Schwarzweißabzüge nebeneinander auf den Tisch legt. Die Mädchen betrachten sie schweigend. Katica deutet mit dem Finger darauf und flüstert Erzi etwas zu. Jolan nickt. Dann sagt Erzi, sie glaubten zu wissen, wer der Mann mit der Kamera sei.

»Das ist Karl-Göran, er hat mir wehgetan …«, flüstert sie. Jolan und Katica sehen sie mitfühlend an. Jolan legt den Arm um ihre Schultern.

Der Mann auf dem Stuhl ist den Mädchen unbekannt, den haben sie noch nie gesehen. Sie hatten Muharrem also nicht kennen gelernt.

»Seid ihr euch sicher, dass ihr die Frauen nicht kennt?«, fragt Lindström. Die Mädchen schütteln die Köpfe.

»Wir haben miteinander geredet«, sagt Erzi ernst. »Und wir sind zu dem Ergebnis gekommen, dass es das Beste ist, wenn wir uns so schnell wie möglich bei der Polizei melden. Asyl beantragen oder so was. Wir wollen mithelfen, dass die Leute geschnappt werden.«

»Gut, wir helfen euch. Ich werde gleich morgen die Migrationsbehörde verständigen. Ich werdet gut behandelt werden, bekommt einen Dolmetscher und einen erfahrenen Anwalt, der auf solche Fälle spezialisiert ist«, versichert Lindström.

»Was wird dann passieren?«, fragt Erzi.

»Bis euer Fall entschieden ist, bekommt ihr ein vorübergehendes Quartier in einem Heim für Asylbewerber zugewiesen, vermutlich in Westschweden. Ich glaube, Alvesta ist das nächste, das liegt ein paar Stunden von hier entfernt. Wir regeln das für euch«, sagt Lindström und bittet mich zu übersetzen. Die Mädchen nicken.

»Und jetzt sprechen wir von etwas anderem«, sagt Ingbritt.

Wir verlassen die Küche und ich entfache ein Feuer im Wohnzimmer. Die Mädchen und Ingbritt liegen bäuchlings vor dem Kamin und studieren eine schwedische Landkarte. Ingbritt zeigt ihnen, wo Alvesta liegt.

Lindström und ich setzen uns vor die Mattscheibe und warten auf die Nachrichten. Ich spüre, wie die Schwerkraft meine Augenlider nach unten zieht, und wehre mich nicht. Man kann doch die Augen wieder öffnen, sollte ein interessanter Bericht kommen … Eine Viertelstunde später stößt mich Lindström unsanft in die Seite.

»Du wolltest doch Nachrichten gucken.«

»Eine junge Frau wurde nackt und misshandelt auf einem Dachboden in Ekemåla entdeckt. Die Polizei hat eine Tatverdächtige inhaftiert. Nach einem weiteren Verdächtigen wird gefahndet. Die umliegenden Wälder werden im Moment von mehreren Hundepatrouillen durchkämmt ...«

Lange, dunkle Gänge. Ich krieche, grabe mich mit den Händen vorwärts. Bin schweißnass. Sosehr ich es auch versuche, ich kann die Augen nicht öffnen. Bin kaum in der Lage zu atmen. Wie ein Wurm durchpflüge ich das Erdreich. Schlängele mich weiter und frage mich, wann ich ersticken muss. Keuche. Bekomme Erde in den Mund. Spucke, zische. Taste mich mit den Händen weiter, tappe im Dunkeln. Bekomme eine kalte Hand zu fassen. Stoße auf der anderen Seite des Erdhaufens zum Tageslicht durch. Die Hand, die ich halte, ist tot. Abgeschlagen.

Als Muffins sich im Bett umdreht, wache ich auf. Kalter Schweiß steht mir auf der Stirn.

Es ist an der Zeit, sich einmal den Erdhaufen beim Versteck im Park anzusehen. Während des Frühstücks erzähle ich Lindström von meinem Albtraum.

»Ich habe meinen Kollegen von dem Erdhaufen erzählt. Du kannst ganz sicher sein, dass sie ihn sich vornehmen.«

Der Tag ist strahlend schön. Die Sonne kitzelt die ersten Tannennadeln, um kurz darauf sanft und herbstlich klar über die Wipfel zu schauen. Der Himmel ist von einem sachlichen Blau, die Luft klar, kalt und still.

Die Mädchen faulenzen im Bett.

Ingbritt hat bereits gefrühstückt, besetzt seit einer halben Stunde das Badezimmer und bereitet sich auf ihren ersten Tag an der Trasteholmsskola in Varghult vor. Sie wirkt ein wenig angespannt.

»Ganz schön fesch, die Dame!«, kommentiert Lindström, als sie an ihm vorbeiflitzt und in ihr Auto steigt. Ein Hauch von Fleur de ... bleibt in der Diele zurück.

Die elegante Ingbritt und ihr schickes neues Auto werden Varghult in Erstaunen versetzen.

Wir bleiben zurück. Zerknittert, verschlafen, unrasiert.

»Das Leben ist voller Kontraste«, murmelt Lindström und gähnt. Die Mädchen erscheinen gegen halb zehn und mit ihnen der Briefträger. Ich hole die Zeitung aus dem Postkasten.

Die erste Seite berichtet von den polizeilichen Ermittlungen. Der flüchtige Verdächtige ist noch immer nicht gefasst.

Auch über die gestrige Demonstration gegen Neonazis wird auf der ersten Seite berichtet. Der Schwerpunkt der Berichterstattung liegt auf den Jugendlichen, die vorzeitig ausgestiegen sind: »Bedrohliche Demonstration: Vermummte Halbstarke rotten sich auf Marktplatz zusammen.«

Darunter ein großes Farbfoto. Eine Person hat sich ein Stofftaschentuch vor Nase und Mund gebunden. Das Transparent mit der Aufschrift »Schwule gegen Nazis« ist nicht vollständig lesbar, weil es vom rechten Bildrand abgeschnitten wird.

Was war geschehen? Tumulte? Vandalismus? Zertrümmerte Schaufenster? Plünderungen?

Der Bildunterschrift ist zu entnehmen, dass die jungen Leute wegen ungebührlichen Benehmens von der Demonstration gegen Rechtsradikalismus ausgeschlossen worden sind.

Ich lese die Einleitung, das reicht mir. Rein gar nichts war geschehen. Als der Demonstrationszug zurückgekommen war, hatte das Häuflein auf dem Marktplatz »Schwule gegen Rechts, Schwule gegen Rechts!« skandiert und sich nach einer Viertelstunde, als fast niemand mehr da war, der sich darüber hätte empören können, stillschweigend aufgelöst.

Während die Mädchen frühstücken, drehen Lindström und ich eine Runde mit Muffins. Eine ziemlich schweigsame Runde.

»Die Zuhälter kriegen wir nie«, seufzt er. »Sobald die Lunte riechen, verziehen sie sich ins Ausland. Die sind bestimmt längst über alle Berge. Und je weiter sie weg sind, desto korrupter die Polizei und desto weniger Chancen für uns.«

»Ach, komm schon, sei nicht so negativ. Es gibt doch eine

ganze Reihe von Zeugen. Die Mädchen haben beschlossen, eine Aussage zu machen. Und vergiss Serafina, Helin und die Mopedgang nicht. Und dann das Foto, denk an das Foto in der Bretterbude.«

»Und was ist mit dem Foto von diesem Typen, dem du die Tür vor den Kopf geknallt hast, als wir die Mädchen befreit haben? Die Mädchen sagen, sie hätten ihn niemals zuvor gesehen.«

»Einer der Hotelangestellten war es auch nicht, so viel steht fest.«

»Verdammt ...«

»Wir können übrigens jederzeit die Kopien der Visumsanträge bekommen. Hast du mit deinem Bekannten in Stockholm gesprochen?«

»Natürlich. Sven kümmert sich schon darum, kein Problem. Fragt sich nur, wie schnell sie bei der Botschaft in Sarajewo sind.«

»Jetzt hör auf, Trübsal zu blasen, das regelt sich schon«, sage ich.

»Ich frage mich, ob wir es mit einem oder mit mehreren Fällen zu tun haben. Der Kanalmord muss ja nicht zwangsläufig mit den Zuhältern oder mit *Morganas Dessousboutique* in Verbindung stehen. Was ist, wenn es nur eine Verrückte war, die plötzlich Lust auf ein Bad bekam, auf das Geländer kletterte, in den Fluss sprang und unglücklich aufschlug?«, fragt Lindström.

»Das glaubst du doch wohl selbst nicht.«

»Nein, natürlich nicht, aber hast du nicht wenigstens eine deiner fantasievollen Theorien über internationale Verflechtungen zu bieten? Drogenkartelle, Menschenhandel, Geldwäsche, weiß der Teufel.«

»Jedenfalls ist es zu früh, die Flinte ins Korn zu werfen.«

»Serafina hat doch gesagt, Glück sei etwas, das man sich verdienen müsse. Meinst du nicht, dass wir es uns gründlich verdient haben?«

»Was willst du eigentlich? Wir haben Helin aufgespürt, wir haben Serafina gefunden, wir haben drei Mädchen gerettet und sie dazu überreden können, als Zeugen aufzutreten. Morgana ist inhaftiert, und nach dem dicken Fåglemyhr wird gefahndet.«

»Fåglemyhr... stell dir vor, alle würden sich nach ihren Hobbys nennen...«

»Konzentrier dich! Denk konstruktiv! Hat die Identifikation der Toten Fortschritte gemacht? Hat die Untersuchung der Zähne was gebracht?«

»Habe nichts dergleichen gehört. Wahrscheinlich kam sie aus dem Ausland, so wie die anderen Mädchen.«

»Und wenn nicht?«

»Das Wahrscheinlichste ist, dass es sich ebenfalls um eine Prostituierte gehandelt hat«, sagt Lindström.

»Hm... ihre Kleider sind nie gefunden worden. Und wenn sie in dem Ofen verbrannt wurden, der sich im Bretterverschlag befindet?«

»Die Techniker sind gerade vor Ort, soviel ich weiß. Die werden sich um alles kümmern, die Asche, die Blutflecken auf der Matratze, alle Gegenstände, die als Waffe dienen können. Anhand der Blutspuren wird man auf jeden Fall ermitteln können, ob das Versteck der wahrscheinliche Tatort ist. Eine DNA-Untersuchung dauert normalerweise ein bis zwei Wochen. Die Spurensicherung nimmt auch den Hinterhof des Hotels und das Zimmer unter die Lupe, in dem die Mädchen eingesperrt waren.«

»Sie werden deinen Schlüsselbund finden.«

»Hm.«

»Der Mord könnte doch genauso gut hinter einer Würstchenbude in Bollnäs geschehen sein.«

»Sure, baby...«

»Oder in irgendeiner Wohnung in Ekemåla«, füge ich hinzu.

»Alles ist möglich.«

Lindström hat offenbar keine Lust mehr, über den Fall zu reden.

Als wir zurückkommen, schaut Lindström aus Gewohnheit in den Briefkasten. Ein braunes Kuvert mit zahlreichen nachrichtendienstlichen Unterlagen steigert seine Laune schlagartig. Ich muss das Kuvert übersehen haben, als ich vorhin die Zeitung geholt habe.

Wir setzen uns ins Obergeschoss, da die Mädchen damit beschäftigt sind, das Wohnzimmer aufzuräumen, Staub zu saugen, Fenster zu putzen, das ganze Programm – niemand hatte sie dazu aufgefordert, aber vielleicht mussten sie sich beschäftigen, um ihre Nervosität zu bekämpfen.

Im Kuvert befinden sich unter anderem die Kopien der Visumsanträge. Wir beginnen mit Jolans Papieren. Sie hat sich offenbar älter gemacht, als sie wirklich ist. Das Foto, auf dem sie stark geschminkt ist, unterstützt diese Lüge. Dem Antrag zufolge geht sie einer geregelten Arbeit nach, hat aber drei Monate Urlaub bekommen, um Verwandte in Schweden zu besuchen. Einer der Verwandten heißt Tomas J. Carlsson und wohnt am Norberts väg 11B, 152 57 Södertälje. Er finanzierte in seiner Funktion als »Verwandter« die Reise und sorgte für eine feste Adresse in Schweden. Den Unterlagen zufolge ist er mit Jolans Tante verheiratet.

Jolan gibt an, rumänische Staatsbürgerin zu sein. Geburtsort: Timisoara. Muttersprache: Rumänisch. Beruf: Schneiderin. Familienstand: ledig. Seit drei Jahren angestellt bei der Firma *Intertextile* in Timisoara. Kinderarbeit, mit anderen Worten.

Beigefügt ist auch eine Kopie von Carlssons Personenstandsurkunde, ausgestellt von der Steuerbehörde in Södertälje.

Eine rasche Nachfrage bei der Steuerbehörde in Södertälje ergibt, dass ein Tomas J. Carlsson nicht existiert. Auf jeden Fall nicht unter der angegebenen Personennummer. Die Nummer gehört zu einer ganz anderen Person, einem Norrländer, und eine Straße namens Norberts väg in Södertälje gibt es schon gar nicht.

»Das ist doch unglaublich!«, schimpft Lindström. »Prüfen die da unten denn überhaupt nichts nach, bevor sie ein Visum ausstellen?«

»Vielleicht kann man sich ein Visum kaufen? Beziehungsweise ein paar neue Identitätsmerkmale. Jolan ist definitiv keine achtzehn. Sechzehn, wie sie uns gesagt hat, kommt schon eher hin.«

»In bestimmten Kreisen lässt sich fast alles kaufen, aber es ist merkwürdig, dass sie diesen Carlsson nicht überprüft haben«, sagt Lindström.

»So, wie die Personenstandsurkunde aussieht, ist es doch ein Kinderspiel, sie zu fälschen. Hier, in einem der Fenster, steht sogar, dass die Personenstandsurkunde nichts anderes ist als eine Bescheinigung der Daten, die dem Einwohnermeldeamt vorliegen.«

»Ich frage mich, wie oft die Echtheit dieser Bescheinigungen nachgeprüft wird«, murrt Lindström.

»Ich frage mal nach.«

Nach kurzer Wartezeit werde ich mit dem Einwohnermeldeamt in Södertälje verbunden und erkundige mich, wie oft es vorkommt, dass eine Institution, zum Beispiel eine Botschaft, die ein Visum ausstellen will, die Echtheit einer Personenstandsurkunde überprüfen lässt.

»Also, ich arbeite hier seit dreißig Jahren, aber das habe ich überhaupt noch nie erlebt«, antwortet eine Frau mit verrauchter Stimme.

»Gibt es keine Methoden, die eine Fälschung erschweren, Stempel oder Ähnliches?«

»Nein, darum ist dies auch kein Dokument, mit dem Sie sich ausweisen können.«

Ich bedanke mich für die Auskunft. Es scheint also keine größeren Probleme zu bereiten, sich ein Touristenvisum für Schweden zu beschaffen, dessen Daten zuvor gefälscht wurden. Vor allem, wenn man über eine gewisse Portion krimineller Energie und entsprechende Kontakte verfügt.

Auch die Dauer des Aufenthalts lässt sich ohne weiteres verlängern. Wenn man von Dänemark über die Öresundbrücke einreist, gibt es keine nennenswerten Kontrollen, es sei denn, das Auto kommt aus einem Nicht-EU-Land oder die Insassen sehen auffallend dunkelhäutig aus ...

Wir sehen uns auch die Anträge der beiden anderen Mädchen an, die nach demselben Muster manipuliert wurden: gefälschte Adresse, erfundener Verwandter, angeblich volljährig.

»Richtig vermutet«, brummt Lindström.

»Wo wohnt eigentlich dieser Typ?«

»Fåglemyhr wohnt zwanzig, dreißig Meter vom Fundort der Kanalleiche entfernt, im selben Haus wie deine norrländischen Rentner.«

»Wirklich!?«

»Ja. Das macht ihn natürlich umso interessanter. Das war auch der Grund für eine Hausdurchsuchung. Bin gespannt, was die Kollegen herausbekommen«, sagt Lindström und schaut zum Sofa hinüber. »Ich glaube, ich werde mich ein bisschen mit einem Buch hinlegen.«

»Und dieser Tomas, bei dem die Mädchen gewohnt haben?«, frage ich.

»Josef. Meine Kollegen sind vielleicht nicht James Bond, aber sie beherrschen ihren Job. Mach dir keine Sorgen.«

»Das Hotel in Stockholm, vielleicht sollte mal jemand ...«

»Lass sie einfach in Ruhe arbeiten.«

Lindström nimmt sich eine Decke und macht es sich auf dem Sofa mit dem Krimi ›Caught in the Light‹ von Robert Goddards bequem.

»Der ist was für dich, Josef. Ein fotohistorischer Krimi sozusagen. Bin bald fertig, dann kriegst du ihn«, sagt Lindström und streckt sich.

Während er mit dem Buch auf dem Bauch vor sich hin döst, rufe ich die Migrationsbehörde an, um zu klären, wie es mit den Mädchen weitergeht. Ich werde an die Kollegen in Göteborg verwiesen. Der Beamte versteht die Situation der Mädchen. Jede Minute, die sie noch länger bei uns wohnen, ist ein Risiko. Sie müssen Asyl beantragen und als Zeugen bis zum Prozessbeginn irgendwo in Schweden in Sicherheit gebracht werden.

Dann lege auch ich mich mit einem Buch hin, kann mich aber nicht konzentrieren. Meine Gedanken schweifen ständig ab, vor allem zu Karl-Göran Fåglemyhr und seinem Hobby.

Was er wohl in diesem Moment macht?

Er friert.

Was noch?

Er hat Hungert.

Wie ist es dort, wo er sich aufhält?

Kalt und feucht.

Wie lange hält er es dort noch aus?

Bis ihm die Eier abfrieren.

Was wird er dann tun?

Schutz und Wärme suchen. Der Wald hat in dieser Hinsicht nicht viel zu bieten. Er muss sich an eine große Straße stellen, sich mitnehmen lassen, ein Auto stehlen …

Ich sehe ihn vor mir. Ein einsamer Mammutjäger in der Tundra. Bärtig, verfroren, in das Fell eines Tieres gehüllt. Mitten im Schneegestöber. Den Speer in der Hand.

Ich muss eingenickt sein, denn als ich aufwache, duftet es nach frisch gebackenem Brot, und plötzlich habe ich eine Idee. Etwas weit hergeholt vielleicht, aber immerhin.

Rosmaj und Hilding Birgersson hatten erzählt, sie hätten von ihrem Balkon aus eine weiße Ente beobachtet, die den ganzen Sommer hindurch auf dem Kanal geschwommen war. Sie war ihnen gerade im Hinblick auf ihren Sohn aufgefallen, der ebenfalls ein Vogelliebhaber ist.

Wie war sein Name? Lars-Åke?

Lars-Åke besuchte ab und zu seine Eltern.

Es ist also nicht auszuschließen, dass er in Kontakt zu einem Nachbarn der Eltern namens Fåglemyhr steht. Schließlich haben sie ein gemeinsames Hobby.

Ich rufe das alte Ehepaar an. Hilding ist am Apparat, gibt den Hörer aber sofort an Rosmaj weiter, die besser hört.

Ja doch, natürlich könne sie sich an mich erinnern. Nein, zu Fåglemyhr habe sie keinen Kontakt, aber sie wisse, wer er ist. Etwas verschlossen, aber freundlich und hilfsbereit. Einmal habe sie mit ihm geredet. Er habe ihnen den neuen Fernseher in die Wohnung getragen und geholfen, eine Sicherung auszuwechseln, berichtet Rosmaj. Sie weiß, dass er sich für Vögel interessiert. Das habe ihr Sohn erzählt. Aber natürlich könne ich Lars Åkes Telefonnummer in Nässjö bekommen, kein Problem.

Lars-Åke meldet sich mit vollem Mund. Ich bitte um Entschuldigung, dass ich so spät noch anrufe, und erkläre mein Anliegen.

»Ja, natürlich kenne ich Karl-Göran. Wir sind schon zusammen auf Tour gewesen. Er hat mir die besten Vogelgebiete in der Gegend gezeigt. Warum fragen Sie?«

»Weil er möglicherweise Zeuge eines Verbrechens geworden ist, das wir aufzuklären versuchen«, antworte ich nicht ganz wahrheitsgetreu.

»Ach so ... nein, also im Grunde hatten wir nie richtig Kontakt miteinander, abgesehen von den Vögeln. Ich bin ihm auch mal begegnet, als ich meine Eltern besucht habe. Er wohnt in der selben Wohnanlage, allerdings auf der anderen Seite des Hofs. Ich hab damals gesehen, wie er Fotostativ, Fernglas, Gummistiefel und so in sein Auto gepackt hat, und da dachte ich mir, dass er Vögel beobachtet, und so sind wir eben ins Gespräch gekommen. Aber mehr ist nicht draus geworden. War ein ziemlich unnahbarer Typ«, sagt Lars-Åke, der auf einmal zurückrudert, merkwürdig ...

»Ich verstehe. Hat er Ihnen ein bestimmtes Vogelgebiet empfohlen?«

»Ja. Mosshester fand er am interessantesten, mit seinen alten Wäldern und Sümpfen. Manchmal mietet er dort eine kleine Hütte.«

»Wissen Sie, wem diese Hütte gehört?«

»Nein, aber sie scheint schon lange nicht mehr benutzt worden zu sein. Das Grundstück ist völlig verwildert. Vor allem bei schlechtem Wetter hat er sich dorthin zurückgezogen, das hat er mal erzählt«, berichtet er.

»Würden Sie die Hütte auf einer Karte einzeichnen können?«, frage ich.

»Kein Problem. Wenn Sie eine Karte vor sich haben, kann ich Ihnen auch am Telefon beschreiben, wie Sie den Weg finden.«

»Ausgezeichnet«, sage ich, schnappe mir Ingbritts Autokarte und breite sie auf dem Fußboden aus.

»Fahren Sie von Ekemåla aus in Richtung Mosshester, und parken Sie an dem Bach, der dem Glommensee entspringt. Sehen Sie den?«

»Ja, gefunden.«

»Dort gibt es einen kleinen Rastplatz. Folgen Sie dem Bach stromabwärts, ungefähr einen Kilometer, bis Sie auf ein paar große Findlinge stoßen. Von dort aus halten Sie sich praktisch am nördlichen Rand des Moorgebiets, bis ein Trampelpfad abzweigt, der zu einem kleinen Gehölz aus Laubbäumen führt. Gehen Sie einfach mitten hindurch, und dann sehen Sie die Hütte schon in der Nähe eines Weihers liegen.«

»Haben Sie Fåglemyhrs Handynummer?«

»Nein.«

»Sind Sie schon mal bei ihm zu Hause gewesen?«

»Einmal ganz kurz. Er wohnt ja quasi in einem eigenen kleinen Häuschen mit Garage. Ich glaube, das ist die ehemalige Waschküche der Wohnanlage.«

»Wie sieht es drinnen aus?«

»Wissen Sie, dass er Vögel ausstopft, manchmal auch andere Tiere?«

»Interessant ... Hobby oder Nebenjob?«

»Keine Ahnung. Jedenfalls ist die ganze Bude voll mit ausgestopften Viechern. Ziemlich unheimlich. Würde nicht dort wohnen wollen. Die Einrichtung ist spartanisch, außer den Vögeln scheint ihn nichts zu interessieren. War nicht leicht, mit ihm umzugehen, ich meine, man kann ja nicht die ganze Zeit über Vögel reden. Zumindest ich nicht. Ist nicht gerade ein geselliger Typ. Sonderling wäre wohl der passende Ausdruck.«

26

Eine Frau von der Migrationsbehörde ruft an. Sie klingt sympathisch und engagiert. In der Unterkunft in Alvesta gibt es noch Platz, wenn die Mädchen dort wohnen wollen.

»Unsere Mitarbeiterin Anette Jonsson ist momentan zur Fortbildung in Norrköping. Sie fährt morgen nach Alvesta zurück und könnte die Mädchen gleich mitnehmen. Die Formalitäten erledigen wir dann später. Ist Ihnen das Recht?«

Mir fällt ein Stein vom Herzen, dass zumindest diese Frage geklärt ist. Jetzt können wir uns ganz auf Karl-Göran Fåglemyhr konzentrieren.

Während des Mittagessens versuche ich, Lindström aus der Reserve zu locken: ob man die Lösung des Falls tatsächlich einem Typen wie Pedersen überlassen sollte …

»Ach, so verkehrt ist der gar nicht. Nur ein bisschen jung und unerfahren und etwas zu sehr auf sein Renommee bedacht.«

»Aber deine neuen Vorgesetzten in Västerås sollen doch nicht den Eindruck bekommen, dass du hier Däumchen drehst? Und die Kollegen in Ekemåla wissen deine Hilfe sicher zu schätzen, Pedersen scheint bei denen ja nicht sonderlich beliebt zu sein.«

»Habe solche Andeutungen gehört, ja …«

Ich lasse diese Gedanken in Lindströms Unterbewusstsein

weiterarbeiten. Und prompt schlägt Lindström von sich aus vor, dass wir nach Mosshester fahren. Doch zuerst will er sich bei den Kollegen nach dem Stand der Ermittlungen erkundigen.

»Bis jetzt haben sie ihn nicht gefunden. Sie suchen an anderer Stelle weiter. Ab morgen Nachmittag haben wir grünes Licht.«

Die Sonne und Ingbritt strahlen um die Wette, als sie von ihrem ersten Schultag nach Hause kommt. Völlig unnötig zu fragen, wie es gewesen ist. Ich tue es trotzdem.

»Ganz wunderbar. So nette Schüler, fröhlich und spontan, und dann haben sie auch noch Spaß an der Schule. Stell dir vor, sie haben Spaß an der Schule! Die Kinder sind noch unverdorben. Ach, das wird wunderbar!«

Der Abend verläuft ruhig. Noch bevor die Lokalnachrichten zu Ende sind, nickt Lindström ein. Von Fåglemyhr keine Spur. Sonderbar, dabei müssen die Einsatzkräfte zu diesem Zeitpunkt schon jeden Schuppen und jede einzelne Scheune in der Gegend abgeklappert haben.

Ingbritt und die Mädchen sitzen an der Nähmaschine und nehmen kleine Änderungen an den Kleidern vor, die wir in Vimmerby gekauft haben. Nähen hier was um, lassen dort was heraus.

Morgen früh soll endlich mein Auto lackiert werden. Ich frage mich, ob ich nicht die Gelegenheit nutzen sollte, ihm eine neue Farbe zu verpassen. Warum nicht zitronengelb?

Wir nehmen den obligatorischen Abendtee zu uns. Ich greife zu einem Vogelband aus Ingbritts Buchregal und mache es mir auf dem Sofa unter einer Decke bequem.

Lindström telefoniert noch einmal mit einem Kollegen aus Ekemåla – Fåglemyhr bleibt verschwunden.

Als ich am Morgen die Vorhänge zur Seite ziehe, hängen bleigraue Wolken an einem düsteren Himmel. Die Nähmaschine steht noch auf dem Tisch. Eine Lampe brennt im Flur. Muffins kommt mit seinem Futternapf in der Schnauze, wirft ihn mir vor die Füße und schaut mich vorwurfsvoll an. Zeit aufzustehen.

Während er sein Frühstück hinunterschlingt und das Teewasser siedet, kommt Ingbritt in die Küche. Ich stelle ihr auch eine Tasse hin.

Im Gegensatz zu mir sieht Ingbritt putzmunter aus. Heiter und erwartungsvoll.

»Lindström hat mir erzählt, dass ihr nach Mosshester wollt?«, sagt sie und schneidet eine Tomate für ihr Lunchpaket in Scheiben. »Nehmt ihr Muffins mit?«

»Klar. Kommst du heute später nach Hause?«

»Ein bisschen später wird's wohl werden. Wann brecht ihr auf?«

»Zuerst liefere ich mein Auto in der Werkstatt ab. Gegen Mittag kommt dann die Frau von der Migrationsbehörde, um die Mädchen abzuholen. Wenn sie weg sind, fahren wir. Das Autohaus stellt mir einen Leihwagen zur Verfügung.«

»Dann solltet ihr auch mit dem Leihwagen fahren, das ist sicherer. Ich begreife nicht, warum sich Lindström nicht endlich diese alte Gurke vom Hals schafft.«

»Trennungsangst. So was ist schwer für einen Mann ...«

»Ihr Männer seid schon komische Kreaturen.«

Ingbritt spült ihre Teetasse, nimmt ihre Tasche, tätschelt Muffins und geht. Durch das Küchenfenster beobachten wir, wie Ingbritts kleiner Flitzer durch das Eingangstor rollt, nach links abbiegt und hinter der nächsten Kuppe verschwindet.

Ich beseitige die Reste des Frühstücks. Lasse Muffins zu Hause und breche mit meinem HOMO-Auto in Ruhe zur Werkstatt auf. Der Sprühregen wird von den Scheibenwischern lautlos fortgewischt. Nächste Woche könnte es Schnee geben.

Das Umlackieren wird ungefähr zweieinhalb Wochen in Anspruch nehmen. Von der zitronengelben Farbe nehme ich feige Abstand. Ich glaube nicht, dass die Versicherungsgesellschaft das übernehmen würde; die Kosten für den Mietwagen von Renault, der nicht ganz meiner Körpergröße entspricht, hingegen schon.

Muffins bellt aus vollem Hals, als ich auf den Hof rolle. Sobald ich aussteige, hört er auf.

»Komm, Muffins, du bist dran!« Wir machen einen kurzen Spaziergang durch den Wald. Muffins vergnügt sich damit, kleine Löcher in die zugefrorenen Pfützen zu kratzen.

Früher Vormittag. Lindström hängt unrasiert über dem Küchentisch.

»Diese dunklen Morgen sind einfach grauenhaft. Man hat das Gefühl, mitten in der Nacht aufzustehen. Wie spät ist es?

»Zehn. Wann hast du eigentlich das Licht ausgemacht?«

»Weiß nicht. Hab noch gelesen. Ist gut, der Goddard.«

»Sind die Mädchen schon auf?«

»Ja, sie haben schon gefrühstückt, als ich runterkam. Ich glaube, sie packen gerade«, sagt Lindström, der ins Badezimmer gegangen ist. Ich höre seinen Rasierapparat surren.

Es herrscht allgemeine Aufbruchstimmung. Die Mädchen sind nervös, und ich habe das Gefühl, dass wir sie längst nicht alles gefragt haben, was wir sie hätten fragen sollen. Als sie fertig gepackt haben, geht Lindström in den Schuppen. Er will ein kleines Geschenk für jede von ihnen in ihr Gepäck schmuggeln. Ingbritt hat drei zottelige Teddybären in Polizeiuniformen gekauft und einen kleinen Brief geschrieben. In diesem Moment parkt ein spiegelblanker Volvo Kombi vor der Tür. Eine zirka dreißigjährige rothaarige Frau in Jeans und Sportjacke steigt aus und wird von Muffins angebellt.

»Hallo, Anette Jonsson, Migrationsbehörde.«

Sie zieht einen Ausweis aus der Tasche.

»Den soll ich doch wohl nicht nach Alvesta mitnehmen, oder?« Sie zeigt auf Muffins, der ein beleidigtes Gesicht macht, vor sich hin knurrt und davontrottet.

»Nein, ich glaube, darauf würde er sich nicht einlassen. Aber kommen Sie doch herein. Die Mädchen warten schon.«

»Das passte gerade ganz gut: Ich war ohnehin in der Gegend, da kann ich die Mädchen auch gleich mitnehmen.«

»Muss der Asylantrag nicht in Göteborg gestellt werden?«, frage ich.

»Doch, aber im Fall der Mädchen ist Eile geboten. Die Formalitäten erledigen wir morgen.«

Muffins bleibt skeptisch und folgt Anette auf Schritt und Tritt. Scheint zu ahnen, dass sie die Mädchen mitnehmen will, und das gefällt ihm gar nicht.

Lindström steht im Türrahmen des Schuppens.

»Anette Jonsson, Migrationsbehörde!«, ruft sie ihm zu und winkt mit ihrem Ausweis.

»Und Sie haben den Weg zu uns gleich gefunden?«, fragt Lindström.

»Ob Sie's glauben oder nicht, ich bin in Mariannelund aufgewachsen. Mein Vater hatte dort eine Tischlerei. Als Mädchen habe ich in den Wäldern hier Preiselbeeren gepflückt.«

»Ah, verstehe. So, wir sind fertig«, sagt Lindström.

»Gibt es noch etwas, das ich in Bezug auf die Mädchen wissen muss? Ich hörte, sie sollen vor Gericht als Zeugen aussagen«, sagt sie.

»Das können wir nicht kommentieren und auch die Mädchen werden dazu nicht Stellung nehmen. Sie sollen in keiner Weise beeinflusst werden.«

»In Ordnung. Wir werden uns gut um sie kümmern, aber um was für eine Art Prozess handelt es sich? Geht es um sensible Informationen, die wir kennen sollten? Es wohnen schließlich viele Flüchtlinge bei uns ...«

»Lassen Sie die Mädchen einfach zusammen wohnen, das reicht«, sagt Lindström kurz angebunden.

Die Mädchen kommen mit ihren Taschen aus dem Schuppen. Eine traurige kleine Karawane. Wir verstauen das Gepäck im Wagen. Die Mädchen umarmen Muffins und fallen uns um den Hals. Von Jolan bekomme ich einen kindlichen Kuss auf die Wange. Ich freue mich darüber, dass er so kindlich ist, und kann es umso weniger fassen, in was die drei hineingeraten sind. Katica wischt sich eine Träne aus dem Augenwinkel. Ich nehme Erzi beiseite, bitte sie, gut auf die Jüngeren aufzupassen und darauf Acht zu geben, dass sie ausschließlich mit ihrem Anwalt und der Polizei über ihre Vergangenheit sprechen.

»Viele Grüße an Ingbritt!«, rufen sie und winken aus dem Fenster, als der Wagen sich in Bewegung setzt.

»So. Und wir zwei schnappen uns jetzt diesen Fåglemyhr«, sagt Lindström. Ich habe keine Ahnung, woher er diese Zuversicht nimmt.

»Nettes Auto«, kommentiert Lindström nach wenigen Kilometern. Er sitzt am Steuer, denn ich habe die Wegbeschreibung und brauche viel Beinfreiheit. Die Rückenlehne ganz zurückgestellt, sitze ich nicht unbequem, und Muffins hat Gelegenheit, mir von seiner Decke auf der Rückbank aus die Ohren abzuschlecken. Den Glommensee sowie den Bach zu finden, der ihm entspringt, ist nicht schwer. Wir stellen den Wagen ab und folgen seinem Verlauf über eine Weide und einige Pferdekoppeln. Nach etwa zwei Kilometern erreichen wir den Waldrand und ein paar große Findlinge. Die steinernen Kolosse lehnen aneinander. In ihrer Mitte ein dunkel bedrohlicher Spalt, gerade breit genug, um sich hindurchzuzwängen. Lindström leuchtet mit seiner Taschenlampe durch die Öffnung und erblickt glitzerndes schwarzes Wasser.

Hier beginnt das Moor, und mit einem Mal befinden wir uns auf einem kaum wahrnehmbaren Pfad, der möglicherweise von Vogelbeobachtern, Beerenpflückern und Rehen ausgetreten wurde. Ich lasse Muffins von der Leine. Mal schlängelt sich der Pfad exakt an der Uferkante des Moors entlang, dann windet er sich ein Stück durch den Wald, zwischen riesigen, alten Kiefern, Moosen und Flechten, knorrigen Wurzeln, Steinen und einzelnen Laubbäumen hindurch. Eine halbe Stunde später erreichen wir ein Gehölz, an dem der Pfad nach rechts abbiegt, um sich weiter am Sumpfgebiet entlangzuschlängeln. Wir folgen der Wegbeschreibung, gehen geradeaus weiter bis zu einer kleinen Lichtung, vor der sich ein See öffnet.

Von hier aus müssten wir eigentlich die Hütte sehen. Lindström studiert die Karte. Hier gibt es nur einen See und an diesem See nur eine Hütte. Wir gehen am See vorbei, machen kehrt und entfernen uns ein Stück weiter von der Uferkante. Da erblicken wir ein rotes Holzhaus mit weißen Ecken und ockerfarbener Tür. Umwuchert und vergessen.

Kletterpflanzen ranken bereits an den Hausecken empor. Kein erkennbarer Weg führt zum Eingang, doch ganz sich selbst überlassen ist das Haus nicht. Das Dach ist in gutem Zustand, die Fenster sind heil und frisch gestrichen. Ich mache ein paar Fotos.

Die Tür ist mit einem modernen Vorhängeschloss abgesperrt. Eine Weile suchen wir vergeblich nach dem Schlüssel, bis Lindström das Toilettenhäuschen ins Auge fasst, hinter der Tür mit dem Herz verschwindet und mit einem Schlüssel wieder herauskommt.

»Mein Großvater hat den Schlüssel auch immer auf dem Plumpsklo aufbewahrt«, erklärt er. »Frag nicht, wo … Hier, zieh die Gummihandschuhe an. Wir wollen keine Spuren hinterlassen.«

Lindström sperrt die quietschende Tür auf. Dahinter befindet sich eine zweite, in der ein Schlüssel steckt. Ich rufe nach Muffins, aber der will draußen bleiben. Lindström öffnet die zweite Tür. Ich trete ein. Hier scheint lange nicht gelüftet worden zu sein.

»Willkommen im Jahr 1953. Eisenhower ist amerikanischer Präsident, Stalin stirbt, und die erste Wasserstoffbombe ist gerade gezündet worden«, murmele ich.

Doch schon der schmale Flur erweckt den Eindruck, dass die Hütte hin und wieder benutzt wird. Auf dem Boden steht ein solides Paar Gummistiefel und an den Haken hängt moderne Regenkleidung. Auf dem Regal liegt ein Damenhut von anno dazumal, eine graue Kopfbedeckung für den Herrn sowie ein breitkrempiger Strohhut. Wohnzimmer und Küche bilden eine Einheit, an deren Enden sich jeweils ein kleines, identisch geschnittenes Schlafzimmer befindet. Alles ist sauber und ordentlich. Die Gardinen sind zwar ausgeblichen, doch gibt es weder Spinngewebe noch tote Fliegen auf den Fensterbänken. Die Möblierung ist sparsam: zwei Betten, zwei Stühle, ein Esstisch. Darauf eine antike Schreibmaschine der Marke Adler. Der Papierkorb unter dem Tisch ist leer. Im Wohnzimmer liegt seltsamerweise ein Stemmeisen auf dem Fußboden.

Eine große, hölzerne Truhe weckt unsere Neugier. Sie steht an der Wand zwischen den beiden Fenstern, die zum See hinausgehen, der sich irgendwo hinter dem wuchernden Gestrüpp verbirgt. Darüber hängt eine Wanduhr, die ihren Dienst eingestellt hat. Auf dem Fußboden ein sauberer Flickenteppich sowie ein Schaukelstuhl. Der Teppich liegt schief, ich rücke ihn gerade.

»Lass das!«, zischt Lindström.

Zwei ungleiche Sprossenstühle, ein alter Sessel und ein kleiner Tisch, auf dem ein himmelblaues Röhrenradio steht, ein Philips Philetta, das ebenfalls aus den fünfziger Jahren stammen dürfte. Ich drücke auf den Knopf, und es funktioniert tatsächlich. Die Batterien sind nicht verbraucht.

Auch im Küchenbereich liegt ein hübscher blau-grau gestreifter Flickenteppich. Der Fußboden ist schokoladenbraun wie in einigen alten Landschulen. In allen Räumen stehen blank geputzte Öllampen. Elektrischen Strom gibt es nicht.

Durch das Küchenfenster sehe ich einen Brunnen. Neben der Spüle, die nicht aus rostfreiem Stahl, sondern aus dem klassischen grauen, leicht buckligen Zinkblech besteht, ruhen auf einem länglichen Schemel zwei leere Wassereimer sowie eine Schöpfkelle. Unter dem Spülbecken ein Eimer für Abfall und einer für Schmutzwasser. Beide leer. Im Abfalleimer befindet sich eine Plastiktüte vom Supermarkt in Ekemåla.

Neben dem Holzofen eine kleine Axt und ein paar Holzscheite. Die Küchenschränke mit ihren vorstehenden, grün gestrichenen Schiebetüren waren in den vierziger Jahren modern.

In einem der kleinen Schlafzimmer entdecken wir ein schmales Buchregal, in dem sich sämtliche Ausgaben von ›Das Beste‹ aus dem Jahr 1953 befinden. Das Bett scheint ein Gästebett zu sein und hat nur eine einfache Matratze. Unter dem Bett liegt ein älterer Koffer, leer.

Das Bett im anderen Schlafzimmer ist ordentlich bezogen. Auf dem Tisch stapeln sich Ausgaben der Zeitschrift ›Unsere Vogelwelt‹. Wir könnten auf der richtigen Spur sein. Das Haus wurde offenbar seit längerer Zeit nicht benutzt. Die Luft ist muffig, die Asche kalt. Die Lehmspuren im Flur sind steinhart. Trotzdem ist es nicht allzu lange her, dass jemand hier aufgeräumt hat.

Lindström versucht, seine Kollegen in Ekemåla mit dem Handy zu erreichen, hat jedoch keinen Netzempfang.

»Von hier aus wird Fåglemyhr nicht telefoniert haben«, stellt er fest.

Wir inspizieren die Einrichtung. Öffnen alle Küchenschubladen, schauen unter die Bettwäsche, werfen einen Blick auf den Dachboden. Dort ist jedenfalls lange schon nicht mehr aufgeräumt worden. Lindström zwängt sich durch die Luke und krabbelt auf allen vieren mit seiner Taschenlampe über den Boden.

»Schornstein und Dach sind völlig in Ordnung. Könnten nur ein bisschen Farbe vertragen, das ist alles!«, ruft er aus dem Dunkeln.

Lindström entdeckt ein paar leere Umzugskisten, einen von einem Gummiband zusammengehaltenen Schuhkarton und einen Koffer mit der Adresse »Siw Nörhed, Engelbrektsgatan 48, Göteborg«.

»Ich glaube, das ist die Adresse des früheren Regierungspräsidenten. Das Haus wurde Anfang der siebziger Jahre abgerissen«, sagt Lindström.

»Hast du mal in Göteborg gewohnt?«

»Nein, aber ich hatte dort eine Freundin. Isa Svensson. Wir haben uns in Bournemouth auf einem Sprachkurs kennen gelernt und später in Dorchester wieder getroffen. Was wohl aus ihr geworden ist? Wäre schön, wenn sie irgendwann mal von sich hören ließe ...«

Der Koffer enthält eine 78er-Schallplatte mit Tanzmusik, die in einer Papphülle steckt. Leider haben wir keinen Plattenspieler.

»Was ist mit dem Schuhkarton?«

»Moment mal.«

Lindström befühlt das Gummiband.

»Das Gummiband ist neu. Am besten, wir nehmen den Karton mit runter.«

Er stellt den Karton auf den Küchentisch und öffnet ihn. Darin liegen ein Rasierapparat älteren Datums, einige Klingen, Rasierseife und -pinsel, in einer unbekannten Sprache geschriebene Briefe sowie ein schwedischer, auf den Namen Muharrem Berisha ausgestellter Pass. Eine Zahnbürste, das Foto einer älteren Frau, ein Portemonnaie mit Münzen einer fremden Währung und ein schwedisches Sparbuch, das ein Guthaben von 17.347 Kronen aufweist. Muharrems Hinterlassenschaft.

»Hier scheint er zuletzt gewohnt zu haben.«

»Dann hat er vermutlich unseren Freund Fåglemyhr gekannt. Interessant.«

Ich fotografiere die Gegenstände im Licht, das durch die Fenster des Wohnraums fällt.

Weitere Spuren von Muharrem oder Siw Nörhed aus Göteborg finden wir nicht. Auch keine Spuren anderer Menschen.

»Ob Frau Nörhed allein lebte?«, fragt Lindström.

»Wahrscheinlich hat sie, als sie alt und einsam geworden ist, die Freude an ihrer Sommerhütte verloren und ist einfach nicht mehr wiedergekommen. Wir müssen herausfinden, wem das Grundstück gehört.«

Wir schleppen die Truhe in die Mitte des Raumes. Sie ist so schwer, dass ich fürchte, die Griffe könnten abbrechen oder der Boden könnte sich lösen.

Wir setzen sie auf dem Flickenteppich ab und öffnen vorsichtig den Deckel. Zunächst sind wir enttäuscht. In der Truhe stapeln sich mehrere Jahrgänge verschiedener, auch englischsprachiger Vogelzeitschriften sowie Unmengen von Farbfotos, die vermutlich Fåglemyhr gehören, da sie nichts als Vögel zeigen.

Doch weiter unten macht Lindström eine Entdeckung und zieht einen Din-A4-Schnellhefter hervor. Eingeheftet sind steife Pappdeckel mit aufgeklebten Zeitungsausschnitten. Nicht irgendwelche Ausschnitte, sondern ausnahmslos schwulenfeindliche Leserbriefe, und alle stammen aus dem ›Ekemåla Kurir‹. Der Kleber hat sich durch einige der ältesten Ausschnitte aus dem Jahr 1987 hindurchgefressen und hässliche braune Spuren hinterlassen. Danach war vermutlich ein anderer Kleber benutzt worden, denn die übrigen Ausschnitte sind fleckenfrei. Fåglemyhr scheint sich nicht ausschließlich für Vögel zu interessieren.

Ich fotografiere einige Seiten. Dann haben wir das Bedürfnis nach frischer Luft.

Wir legen den Schnellhefter zurück und sehen nach, was Muffins so treibt. Der trabt um das Haus herum und schnüffelt immer wieder an den Ritzen und Löchern des Fundaments. Vermutlich hat er eine Wildkatze oder einen Dachs aufgespürt. Es hat aufgeklart und die Luft ist kälter geworden, doch in der beginnenden Dämmerung scheinen bereits neue Wolken von Westen heranzuziehen. Lindström versucht, Ingbritt anzurufen, hat aber immer noch keinen Netzempfang. Er schiebt den Riegel vor und schließt ab, dann knöpfen wir uns Schuppen und Scheune vor. Die Scheune mit ihrem breiten Tor sieht aus, als könne sie einen Traktor oder ein Auto beherbergen. Als wir das Tor aufschieben, steht dort tatsächlich ein Auto. Ein brauner Borgward, dessen Baujahr wir auf Anfang der fünfziger Jahre schätzen.

Der angrenzende Schuppen ist zur Hälfte mit Vogelkäfigen, Netzen, Keschern, Angelruten, alten Schlitten und einem Schubkarren auf Fahrradreifen voll gestellt. Lindström drückt auf die Reifen, die erstaunlich stramm aufgepumpt sind. Auf der anderen Seite befinden sich ein Hauklotz, Äxte, Sägen und massenhaft Holz, das sich bis zur Decke stapelt.

»Keine Maschinen, sieht alles nach echter Handarbeit aus«, sage ich.

»Jemand, der Zeit hat«, ergänzt Lindström.

»Und jemand, der mit seinem Fahrrad durch den Wald radelt, Vögel fängt, in einen Käfig sperrt, tötet und ausstopft. Was tötet und stopft er wohl sonst noch aus?«

»O Gott, hör auf! Hast du alles fotografiert?«

»Ich denke schon.«

»Auch die Garderobe im Flur?«, fragt Lindström.

»Welche Garderobe?«

»Normalerweise gibt es doch eine Garderobe …«

Wir kehren um, schließen die Tür auf und betreten erneut den Flur. Hinter der Regenkleidung an der Wand entdeckt Lindström eine Tapetentür. Der Schlüssel steckt. Während ihn Lindström behutsam herumdreht, fotografiere ich die Hüte auf der Ablage. Die hatte ich vorhin tatsächlich vergessen. Eine gewöhnliche Schirmmütze, ein grüner, nagelneuer Südwester, ein brauner, unsäglicher Damenhut, den ich ebenfalls den Fünfzigern zuordne, ein breitkrempiger Strohhut, den Siw Nörhed bei der Gartenarbeit getragen haben mag, sowie ein albernes Ding mit schmaler Krempe, das an eine Melone erinnert und zu Beginn der Siebziger en vogue war. So einsam war Siw Nörhed vielleicht gar nicht.

»Sieh dir das an, der Kerl hat eine Freundin!«, ruft Lindström und zieht eine rosafarbene Puppe mit verrutschter Perücke und offenem Mund hervor. Die Augen starren uns leblos an, ihre Brüste schlackern bedenklich. Der Guten scheint die Luft ausgegangen zu sein.

»Schwulenhasser, Vogelfanatiker und jetzt das hier!«, seufzt Lindström.

»Du hast ›Rassist‹ vergessen. Wirklich eine liebenswerte Persönlichkeit.«

»Er muss furchtbar einsam sein … trotzdem bin ich mir nicht sicher, ob er etwas mit dem Kanalmord zu tun hat«, sagt Lindström.

»Denk doch mal daran, was Arvid erzählt hat. Fåglemyhr war schon in der Schule ein Einzelgänger, keine Freunde, keine Freundinnen. Die Tat muss aber nicht unbedingt sexuell motiviert gewesen sein. Fåglemyhr scheint psychisch zumindest labil zu sein, hat eine kurze Lunte und ist Rassist. Das Opfer war vermutlich dunkelhäutig. Wer kann schon vorhersagen, wie so jemand in einer bestimmten Situation reagiert?«

»Die Tote war nackt«, erinnert Lindström.

Ich probiere die Wasserpumpe aus, während Lindström den Schlüssel aufs Toilettenhäuschen zurückbringt. Das Wasser riecht und schmeckt normal. Kein Rost, kein Schlamm. Die Pumpe ist gut in Schuss.

»An Toilettenpapier herrscht jedenfalls kein Mangel«, berichtet Lindström, »aber das Klo ist schon längere Zeit nicht mehr benutzt worden.«

Ich pfeife nach Muffins, der immer noch am Fundament der Hütte schnüffelt.

Die Dämmerung ist weit fortgeschritten, und es fängt an, leicht zu schneien. Als wir den alten Kiefernwald erreichen, geht Lindström mit der Taschenlampe voran. Muffins ist begeistert von dem spannenden Ausflug und würde am liebsten die ganze Nacht im Wald herumlaufen, doch sein langweiliges Herrchen hat etwas dagegen.

Als wir zum Auto kommen, ist es stockdunkel. Lindström ruft den Wachhabenden in Jönköping an, um sich nach dem

Stand der Fahndung zu erkundigen. Keine neuen Nachrichten.

»Ich frage mich, wer diese Siw Nörhed ist«, denke ich laut, während Lindström den Wagen wendet.

»Besser gesagt, *war*«, entgegnet er. »Sie hatte die Hütte in den vierziger und fünfziger Jahren. Falls sie noch lebt, müsste sie um die neunzig sei. Ich schlage vor, du findest das heraus und ermittelst auch, wem das Grundstück gehört.«

Das Auto beschleunigt ins Dunkel. Der Schnee fällt dichter.

»Ist dir diese kleine Melone auf der Hutablage aufgefallen? Ich wette, dass das der ›komische‹ Hut ist, den Helin, Serafina und die Jungs im Park gesehen haben.«

»Ja, hab ich gesehen. Die Launen der Mode sind unergründlich«, seufzt Lindström, der sich noch nie darum geschert hat, was gerade modern ist.

»Vor allem im Nachhinein.«

»Dieser Hut ...«

»Was ist mit den Zeitungsausschnitten? Klebrige Finger hinterlassen doch bestimmt Fingerabdrücke, die nicht so leicht zu beseitigen sind.«

»Ja, möglicherweise, aber interessanter scheinen mir die Äxte in der Küche und im Schuppen, die Schubkarre und so weiter. Fåglemyhrs alter Volvo Kombi ist bestimmt schon untersucht worden«, vermutet Lindström.

»Auf Blut- oder Spermarückstände?«

»Hast du nicht die Blutspur im Schuppen gesehen?«, fragt Lindström.

»Welche Blutspur? Ach, ich verstehe: Fåglemyhr erschlägt die Frau mit der Axt, transportiert sie mit der Schubkarre durch den Wald, hievt sie ins Auto, fährt nach Ekemåla und wirft sie in den Fluss.«

»Zugegeben, sehr unwahrscheinlich, aber wir müssen alle Möglichkeiten in Betracht ziehen. Und wer sagt denn, dass nicht irgendetwas oder irgendjemand in der Nähe der Hütte vergraben wurde. Das sollte auch untersucht werden.«

»Ganz in der Nähe gibt es einen See und ein Moor. Das wäre doch viel nahe liegender«, sage ich.

»Nur für einen Mörder, der sich rational verhält.«

Die Straße ist leer. Wir kommen gut voran. Lindström interessiert sich nicht für Verkehrsschilder mit Zahlen darauf. Ich versuche ihn davon zu überzeugen, dass nicht alle Elche zu dieser Tageszeit schlafen, aber auf diesem Ohr ist er taub. Die Lichter von Ekemåla flimmern vorbei. Es ist spät geworden. Das Abendessen haben wir längst verpasst. Als wir uns ins Haus schleichen, ist alles dunkel. Ingbritt hat sich schon hingelegt. Wir machen uns ein Omelett und trinken Tee.

»Frag morgen mal nach, wie es den Mädchen geht«, sagt Lindström, bevor er sich ins Obergeschoss zurückzieht.

»Verlass dich drauf.«

Früh am nächsten Morgen gelingt es Lindström, seinen Chef am Telefon zu erreichen. Schlaftrunken willigt der ein, dass Lindström aufgrund der neuesten Entwicklungen noch etwas länger in Småland bleibt.

Der Verdacht, dass auf Lindströms Mitarbeit nach der Neustrukturierung weniger Wert gelegt werde, dämpft die Stimmung am Frühstückstisch. Er nimmt sein Auto und verschwindet in Richtung Präsidium in Ekemåla.

Ich laufe mit Muffins in den Wald. Die dünne Schneeschicht des gestrigen Tages hat sich erhalten. Wir joggen auf dem Weg, der nach Århult führt. Nebel und Kälte. Es dampft um uns, als wir gegen neun Uhr nach Hause kommen. Ein früherer Anruf hätte ohnehin keinen Sinn gehabt.

Blitzdusche.

Nachdem mir eine verlogene Stimme eine Zeit lang versprochen hat, mich gleich zu verbinden, werde ich endlich zum Einwohnermeldeamt durchgestellt und erfahre, dass Siw Nörhed schon vor langer Zeit mit allen vier Kindern in die USA ausgewandert ist. Falls sie noch lebt, ist sie neunzig Jahre alt. Seit dem Umzug im Jahre 1956 liegen keine weiteren Einträge vor. Eine

Adresse in den USA ist nicht bekannt. In ganz Schweden gibt es niemand mehr, der den Namen Nörhed trägt.

Das Katasteramt gibt mir die exakten Grundstücksdaten, nachdem ich die Lage der Hütte so genau wie möglich beschrieben habe. Das Grundbuchamt in Eksjö bestätigt, dass Siw Nörhed die Eigentümerin des Grundstücks Nördliches Mosshester ist. Der Kaufvertrag datiert vom 3. Mai 1930. Der Grund ist nicht hypothekenbelastet und hat eine Größe von 16,8 Hektar. Keine bescheidene Sommerhütte, schon eher ein landwirtschaftlicher Kleinbetrieb, doch weder Lindström noch ich hatten die Überreste eines Viehstalls entdeckt, allerdings auch nicht danach Ausschau gehalten.

Der Heimatverein ist als Nächstes dran. Ich beziehe mich auf Arvid und werde sogleich mit dem Vorsitzenden verbunden, der sich mir als »Bengt Lindman, Vollzeit arbeitender Rentner« vorstellt. Es raschelt in der Leitung, als er seine Unterlagen durchblättert und auf das Grundstück Nördliches Mosshester stößt, das einst vom Gesamtgrund Mosshester abgetrennt wurde.

»Wir haben uns das Grundstück lange nicht angesehen, weil wir kein besonderes Interesse daran haben«, sagt er mit heiserer Stimme, »doch wir wissen, dass es einer Frau gehört, die inzwischen in den USA lebt.«

»Ja, Siw Nörhed. Können Sie mir sagen, wie das Grundstück früher genutzt wurde? Es scheint mir viel zu groß für eine kleine Sommerhütte zu sein.«

»Ich bin der Besitzerin früher mal begegnet, aber da war ich noch ein kleiner Junge. Das muss Ende der vierziger, Anfang der fünfziger Jahre gewesen sein, kann mich nicht genau erinnern. Jedenfalls waren meine Mutter und ich bei Siw Nörhed zu Besuch. Sie machte damals Schneiderarbeiten. Ich erinnere mich noch gut an meine erste Jeans. Den Stoff hatten ihr Verwandte aus Kanada geschickt.«

»Hat sie als Schneiderin ihr Geld verdient?«

»Es waren schwere Zeiten nach dem Krieg. Das kann sich

die verwöhnte Jugend von heute gar nicht mehr vorstellen. Ich glaube, die Schneiderei war nur ein Zubrot. Eigentlich hat sie Gemüse angebaut und auf dem Markt verkauft«, berichtet Lindman.

»Gab es denn auch einen Herrn Nörhed?«

»Ja, ich denke, er war für den Anbau verantwortlich. Ich weiß nicht, vielleicht haben sie sich scheiden lassen ... nein, jetzt erinnere ich mich, er wurde krank und starb überraschend. Sie versuchte, die Parzelle zu verkaufen, aber das gelang ihr nicht. Dann ist sie mit ihren Kindern in die USA gezogen. Das muss nach 1955 gewesen sein.«

»Kinder, sagten Sie?«

»Ja, vier. Drei Mädchen und ein Junge, wenn ich mich recht erinnere.«

»Gibt es keine Verwandten hier in der Gegend?«

»Nicht dass ich wüsste. Die Familie war nicht von hier. Sie kam wohl aus Göteborg und er aus der Nähe von Eskilstuna. Ich glaube, sie hat eine Weile in der Textilfabrik in Borås gearbeitet, ehe sie hierher zogen.«

»Warum gerade Ekemåla?«

»Keine Ahnung. Das Nördliche Mosshester mit Gewächshaus und allem drum und dran stand damals zum Verkauf, nachdem der alte Erland Andersson sich zur Ruhe gesetzt hatte. Ich denke, es war ein Zufall.«

Lindman scheint so von seiner Erinnerung erfüllt zu sein, dass er gar nicht auf die Idee kommt zu fragen, warum ich mich ausgerechnet für das Nördliche Mosshester interessiere. Eine Frage, die nur schwer zu beantworten wäre. Schließlich bedanke ich mich für seine interessanten Auskünfte und beende das Gespräch.

Eine Frage bleibt noch zu klären. Es scheint merkwürdig, einen 16,8 Hektar großen Grundbesitz samt Wohngebäude einfach zurückzulassen. Wer bezahlt beispielsweise die Grundbesitzabgaben?

Von einem Sachbearbeiter der Finanzkasse erfahre ich, dass

die Grundbesitzabgaben von einem Rechtsvertreter entrichtet würden. Den Namen dürfe er mir leider nicht sagen.

Ich insistiere ein wenig, schließlich rückt der Sachbearbeiter mit dem Namen heraus: Paulus Fager.

»Danke. Bitte schicken Sie mir eine Kopie des letzten Jahresberichts.«

»Das ist unüblich, aber ich kann Ihnen ein Kuvert an der Rezeption der Stadtverwaltung hinterlegen«, entgegnet der Sacharbeiter unwillig.

Mit taubem Steiß und zusammengedrücktem Telefonohr will ich ein letztes Gespräch führen und erreiche Lindström in der Pause zwischen zwei Sitzungen. Ich erzähle ihm rasch, was ich über Siw Nörhed und Paulus Fager herausbekommen habe.

»An der Rezeption der Stadtverwaltung wird ein Kuvert für mich hinterlegt, in dem sich eine Kopie des letzten Jahresberichts befindet. Könntest du es abholen?«, frage ich.

»Mach ich. Gute Arbeit!«

»Gibt's sonst was Neues?«

»Von Fåglemyhr noch keine Spur. Heute wird die Hütte von unseren Technikern untersucht. Gestern waren sie in seiner Wohnung. Die war wirklich voll von ausgestopften Vögeln, Wieseln, Hermelinen, Eichhörnchen und Dachsen. Die Ergebnisse der Laboruntersuchungen liegen übrigens noch nicht vor.«

Muffins und ich machen noch einen Spaziergang. Die Kälte ist geblieben. Minus vier Grad. Hier und da sehen wir tiefgefrorene Pilze. Muffins springt fröhlich herum und folgt interessanten Spuren.

Nach dem Mittagessen rufe ich die Asylunterkunft in Alvesta an und erkundige mich nach den Mädchen Jolan Uzon, Katica Topcov und Erzi Romanof. Die Frau am anderen Ende der Leitung scheint eine Weile zu überlegen, ehe sie antwortet.

»Sollen die bei uns wohnen?«

»Ja.«

»Diese Namen sind uns nicht bekannt. Versuchen Sie es mal in Göteborg.«

»Das muss ein Missverständnis sein. Sie haben die Mädchen gestern persönlich abgeholt.«

»Wie bitte? Wir holen Asylbewerber nie persönlich ab.«

»Eine Mitarbeiterin von Ihnen, Anette Jonsson, war hier. Sie zeigte mir ihren Ausweis, auf dem Migrationsbehörde stand«, sage ich, während ich spüre, wie sich in meinem Magen ein Eisklumpen bildet.

»Wir haben keine Mitarbeiterin namens Anette Jonsson. Junge Frauen sind gestern nicht angekommen und wir arbeiten auch nicht auf diese Art und Weise. Asylbewerber müssen sich persönlich an unsere Büros in Solna, Göteborg oder Malmö wenden. Ich denke, Sie sollten die Polizei verständigen.«

Der Eisklumpen in meinem Bauch wächst an zu einem Eisberg. Wie gelähmt sitze ich da, während mir der Hörer aus der Hand gleitet.

27

Das Handy ist ausgeschaltet. Lindström will seine Ruhe haben. Ich versuche, Siw Markroos vom Empfang zu überreden, mich mit Lindström zu verbinden, obwohl er in einer Konferenz sitzt, aber sie lässt sich nicht erweichen.

»Die Sache duldet keinen Aufschub. Ich muss ihn dringend sprechen!«

»Und wer sind Sie, wenn ich fragen darf? Sind Sie Polizist?«

»Nein, ich bin kein Polizist, aber es geht um Leben und Tod.«

»Wählen Sie die 112, oder rufen Sie wieder an, wenn die Konferenz beendet ist.«

»Wann wird das sein?«

»Das weiß ich nicht.«

Ich wähle die 112 und bitte die Frau von der Notrufzentrale inständig um Hilfe, flehe sie an, auf dem Präsidium in Ekemåla anzurufen, sich durch Siw Markoos' Einfalt und Ignoranz nicht abschrecken zu lassen und irgendwie zu erreichen, dass Lindström mich zurückruft. Sie ist unschlüssig, lässt mich aber immerhin mit ihrem Chef reden. Der nimmt mein Anliegen zumindest ernst. Zwei Minuten später ist Lindström am Apparat.

»Die Mädchen sind entführt worden!«, rufe ich voller Verzweiflung und Wut in den Hörer. »Sie haben uns reingelegt! Die drei sind nie in Alvesta angekommen! Was sollen wir jetzt machen?« Ich höre, dass meine Stimme panisch klingt. Dass ich mich selbst habe hinters Licht führen lassen, macht die Sache umso schlimmer.

»Beruhige dich. Ich weiß schon Bescheid.«

»Was?«

»Ich weiß alles. Die Migrationsbehörde übernimmt tatsächlich keine Fahrdienste. Die Asylbewerber müssen sich selbst irgendwie zu den wenigen Orten durchschlagen, an denen man Asyl beantragen kann.«

»Wie ...?«

»Ich hatte mir das Kennzeichen des Volvos eingeprägt. Berufskrankheit. Dann hatte ich plötzlich das Gefühl, dass alles zu reibungslos abgelaufen ist. Gewisse Behörden sind ja nicht gerade für ihren Service bekannt. Ich habe den Wagen überprüfen lassen. Er gehört weder der Migrationsbehörde noch einer Halterin namens Anette Jonsson, sondern einer Majken Dahlman aus Linköping. Er ist gestern aus der Garage gestohlen worden, während sich die Besitzerin im Urlaub auf den Kanaren befindet«, erklärt Lindström.

»Warum hast du nichts gesagt?«

»Weil ich in einer Besprechung war, die ich nicht einfach unterbrechen kann, um dir etwas mitzuteilen, was du ohnehin nicht mehr hättest ändern können. Die Fahndung nach dem Auto läuft auf Hochtouren. Alle Grenzübergänge werden überwacht. Sobald ich erfahre, was unsere Techniker in der Hütte herausgefunden haben, rufe ich dich an. Du könntest in der Zwischenzeit Informationen über diesen Paulus Fager einholen. Er scheint in der Kommunalpolitik tätig zu sein.«

»Ja, ich weiß. Ein parteiloser Schwulenhasser. Früher bei Zentrum und den Christdemokraten. Habe kürzlich auf dieser Demo zufällig mit ihm gesprochen.«

»Na, dann los.«

»Ich werde mich in der Bibliothek an den Computer setzen. Lässt du dein Handy eingeschaltet?«

Lindström verspricht es, und ich fühle mich ein wenig, wenn auch nur unbedeutend, besser. Das beste Mittel gegen innere Unruhe ist Arbeit.

Paulus. Klingt religiös, denke ich, während ich nach Mariannelund fahre. Diesmal ist die Bibliothek Gott sei Dank geöffnet. Ich setze mich vor den freien Bildschirm und rufe das Verzeichnis von Personen des öffentlichen Lebens auf. Ohne Erfolg. Fager scheint nur eine sehr kleine lokale Größe zu sein. Doch stoße ich nach einigem Suchen auf wenig sympathische Zitate von ihm aus Interviews und Diskussionsbeiträgen. Der Kerl hat offenbar Schwierigkeiten mit allem, was von der heterosexuellen Missionarstellung abweicht.

Ich spreche mit Gustav Lundén vom ›Kurir‹ und hole Erkundigungen beim Einwohnermeldeamt ein. Die Stadtverwaltung klärt mich darüber auf, dass der gute Paulus im Referat für Wirtschaftsfragen gearbeitet hat. Ich rufe dort im Personalbüro an und frage, ob es möglich sei, mir seine Bewerbungsunterlagen in die Bibliothek zu faxen – ich weiß, dass solche Unterlagen öffentlich zugänglich sein müssen. »So etwas ist eigentlich nicht üblich«, lautet die Antwort, doch schließlich bringe ich sie dazu, einen Umschlag am Empfang für mich zu hinterlegen. Ich rufe auf dem Präsidium in Ekemåla an und bitte Siw Markroos, Lindström mitzuteilen, dass er zwei Umschläge in Empfang nehmen könne.

Ich erreiche Ekemålas lebendes Lexikon Arvid Lönnholm

am Handy. Leider hat Paulus Fager nicht das hiesige Gymnasium besucht, doch Arvid kennt ihn hinlänglich durch die Debatten im Lokalanzeiger und die Protokolle des Gemeinderats.

»Ich bin ihm nur einmal persönlich begegnet, als der Bildungs- und Kulturausschuss sich zu einem Gespräch mit unserem Kollegium herabließ.«

»Wie war er?«

»Schmierig.«

»Inwiefern?«

»Viel Geschwafel, Phrasen und Klischees. Hat nie direkt auf eine Frage geantwortet und jede Chance genutzt, auf seinen politischen Gegner einzuschlagen. Er hätte es weit bringen können, wenn er sich nicht in zwei Punkten verkalkuliert hätte: Zum einen ist es heutzutage nicht mehr sonderlich populär, ein fanatischer Schwulenhasser zu sein, zum anderen lag sein Wechsel vom dahinsiechenden Zentrum zu den aufstrebenden Christdemokraten allzu offensichtlich in seinem eigenen Interesse. Richtig akzeptiert hat man ihn anscheinend nie, auch wenn er sich noch so sehr für die Freikirchen ins Zeug legt. Du wirst sehen, nach der nächsten Wahl wird er endgültig von der Bildfläche verschwunden sein.«

»Wollen wir's hoffen. Ruf an, wenn dir noch was einfällt.«

»Warum dieses plötzliche Interesse an Paulus Fager? Hat er irgendetwas mit dem Kanalmord zu tun?«

»Würde es dich wundern?«

»Tja, irgendwie kann ich mir einfach nicht vorstellen, dass er so leichtfertig seine kirchliche und politische Zukunft aufs Spiel setzen würde.«

»Aber sicher bist du dir nicht.«

»Der ist einfach zu geschickt. Falls der in irgendwelche illegalen Machenschaften verstrickt ist, würde er alles dafür tun, dass nicht der leiseste Verdacht auf ihn fällt. Unglaublich schwer, so jemandem etwas nachzuweisen.«

Ich verlasse die Bibliothek, kaufe bei ICA ein, fahre nach Hause und schreibe am Küchentisch meine Notizen ins Reine.

Versuche, Klarheit über diesen Paulus Fager zu gewinnen. Doch kaum habe ich angefangen, ist auch schon Arvid am Apparat.

»Er spielt Gitarre und Geige in einer christlichen Musikgruppe. Scheint ein richtig guter Musiker zu sein. Das war's. Melde mich wieder.«

Nach weiteren Gesprächen wird das Bild deutlicher:

Paulus Fager, geboren am 25.7.1965, ist der einzige Sohn von Ansgar und Maria Fager, geborene Henriksen. Beide Eltern sind verstorben, die ehemalige Musikhandlung Fager in Jönköping existiert nicht mehr.

Paulus war ein guter Schüler, verzichtete aber darauf, Abitur zu machen. Er half seinen Eltern im Geschäft und ging als christlicher Musiker auf Tournee.

Mit einundzwanzig zog er nach Ekemåla, wo er sich vor allem den jungen Mitgliedern der Kirchengemeinde widmete und Konfirmandenunterricht gab. War vier Jahre lang als Hilfskraft bei der städtischen Finanzverwaltung angestellt, bevor er in die Politik ging und einige Jahre später in den Stadtrat gewählt wurde. Ist immer noch Mitglied des Kultur- und Bildungsausschusses. Scheint sich auf Jugend-, Schul- und Zukunftsfragen spezialisiert zu haben.

Seine Aversion gegenüber Homosexuellen und »anderen krankhaften Perversen«, wie er sich ausdrückt, tritt immer deutlicher zutage. Er wechselt von der Zentrumspartei zu den Christdemokraten, denen seine extreme Homophobie bald unheimlich wird. Trotz einiger Gesinnungsgenossen fühlt er sich nicht richtig integriert und verlässt die Christdemokratische Partei kurz nach der letzten Wahl, sitzt aber als parteiloses Mitglied des Kultur- und Bildungsausschusses nach wie vor im Stadtrat.

1988 zeichnet ihn die Stadt als »Jugendleiter des Jahres« aus.

Im Jahr darauf nimmt er mit dem Kirchenchor der Gemeinde die CD ›Junger Glaube‹ auf. Ihr folgen 1992 ›Juble, meine Seele‹ und 1993 ›Wiesen der Hoffnung‹.

Seit 1993 verwaltet er als bevollmächtigter Nachfolger des pensionierten Oberbuchhalters Lars-Ulrik Bengtsson den Grundbesitz von Siw Nörhed.

Ihm obliegt die Verantwortung für das Nördliche Mosshester. Wer weiß, ob er die Hütte nicht vermietet und das Geld in die eigene Tasche steckt. Würde das jemand bemerken? Ich mache einen Test. Rufe bei der Gemeinde an, doch Fager ist nicht da. Versuche es beim Kultur- und Bildungsausschuss, dort ist er ebenfalls nicht. Ich probiere es mit seiner Privatnummer.

»Fager.«

»Guten Tag, mein Name ist Josef Friedmann, ich habe eine Frage bezüglich der Hütte in Mosshester.«

»Die ist vermietet.«

»Das weiß ich. Ich rufe im Namen von Karl-Göran Fåglemyhr an, der sich zur Zeit auf Reisen befindet.«

»Sie wollen ...«

»Ich wollte nur fragen, ob die Miete dieselbe bleibt.«

»Selbstverständlich, 2.000 Kronen im Monat, quasi als symbolischer Betrag.«

»Sehr schön. Ich werde es Karl-Göran ausrichten. Sie sind nicht zufällig auch Vogelliebhaber?«

»Nun ja, man kommt nicht umhin, sich mitreißen zu lassen. Vögel sind unerhört interessant und Karl-Göran ist ja unerhört kenntnisreich auf diesem Gebiet. Einer der kenntnisreichsten Menschen überhaupt, möchte ich annehmen. Wir haben einige Ausflüge zusammen unternommen, die waren unerhört lehrreich.«

»Ja, die Natur ist eine unerschöpfliche Quelle der Freude. Alle Pflanzen und Tiere unseres Schöpfers zu beobachten ...«, sage ich im verlogenen Versuch, den richtigen Ton anzuschlagen.

»Ach ja ...«

»Im Grunde interessiere ich mich aber vor allem für Reptilien«, sage ich abschließend.

»Grüßen Sie Karl-Göran von mir, und richten Sie ihm aus, dass sich die Miete selbstverständlich reduziert, falls er gezwungen sein sollte, noch längere Zeit fortzubleiben.«

Ich lege auf. Bingo! Fager scheint zu wissen, dass sich Fåglemyhr auf der Flucht befindet. Ich muss so bald wie möglich mit Lindström reden.

Ich schlinge ein spätes Mittagessen hinunter und frage mich, was wir zu Abend essen könnten. Werfe einen Blick in Speisekammer und Kühlschrank, um zu prüfen, ob etwas fehlt. Meine Einkäufe in Mariannelund waren ziemlich planlos. Wir haben keine Eier mehr. Ich habe große Lust auf vegetarische Ofenpfannkuchen und dazu brauche ich Eier.

Auf Ingbritts Fahrrad schnaube und pruste ich den Hügel hinauf, Lilla Århult entgegen. Unnötig, das Auto zu nehmen, um Eier von den Nachbarn zu kaufen. Muffins passt solange auf das Haus auf.

Niemand öffnet, als ich an die Küchentür klopfe. Das Radio dröhnt im Nebenzimmer und übertönt alle Versuche, mir Gehör zu verschaffen. Ich öffne die Tür, rufe »Hallo!«, rufe ein weiteres Mal. Da kommt Ebon aus der Speisekammer.

»Das ist aber eine nette Überraschung!« Sie wischt sich die Hände an der Schürze ab.

»Ich wollte nur ein paar Eier kaufen. Haben die Hühner fleißig gelegt?«

»Aber ja, ich war gerade im Stall.« Ebon kramt in der Küchenschublade, bis sie eine passende Papiertüte findet, geht in die Speisekammer und kommt mit der gefüllten Tüte wieder heraus.

»20 Stück, sagen wir zehn Kronen?«

»Im Geschäft zahle ich mindestens fünfundzwanzig Kronen.«

»Nachbarn bezahlen nur zehn«, verkündet Ebon und fingert zu meinem Schrecken an der Kaffeedose.

»Jetzt trinken wir erst mal ein Tässchen«, verkündet sie.

So kommt es, dass ich wenig später mit Helge und Ebon in

der guten Stube sitze und tapfer den Kaffee hinunterwürge. Ich habe Kaffee noch nie gemocht und Ebons Kaffee ist keine Ausnahme. Mit viel Milch versuche ich meinen Ekel zu überwinden.

Wir plaudern über dies und das, bis Ebon erwähnt, dass vor ein paar Tagen ein noch viel seltenerer Gast bei ihnen aufgetaucht sei.

»Sie erraten nie, wer es war. Wir haben noch nie Besuch gehabt, der von so weit her gekommen ist«, sagt Helge, während Ebon vor Begeisterung in die Hände klatscht.

»Anders war da! Aus dem tiefsten Afrika sozusagen.«

»Und schauen Sie, was er uns mitgebracht hat, einen echten Eingeborenenspeer!« Helge geht in das Nebenzimmer und holt einen langen, enorm spitzen Speer.

»Wie schön er ist mit all seinen Verzierungen«, sagt Ebon.

»Wir werden ihn an die Wand hängen. Damit jagen sie in Madagaskar wirklich Löwen und Elefanten! Anders sagt, dass die Eingeborenen aus fünfzig Metern Entfernung eine Fliege aufspießen können.«

Ich habe nicht das Herz, sie darauf hinzuweisen, dass es auf Madagaskar weder Löwen noch Elefanten gibt. Doch auch ich bin von der filigranen Handarbeit beeindruckt. Der Speer ist wirklich wunderschön. Eher ein Kunstgegenstand als eine Jagdwaffe. Extrem scharf und spitz.

»Anders ist also zu Hause in Jönköping?«, frage ich.

»Ja, dort wohnt er jetzt«, antwortet Ebon.

»Die Fahrt hierher dauert nur eine gute Stunde, und was für ein tolles Auto er hatte! Einen schwarzen BMW. Mit dem kommt man sicher schnell voran«, sagt Helge.

»Ja, dem Jungen geht es richtig gut. Es wird einem warm ums Herz, wenn man sieht, wie weit es der kleine Anders im Leben gebracht hat, nachdem er so eine schwierige Kindheit hatte«, sagt Ebon mütterlich.

»Ich selbst fahre fast kein Auto mehr«, fährt Helge fort, »nur noch zum Einkaufen nach Ingatorp, und auch das ist schon lange her. Die Augen und das Gehör machen einfach nicht mehr richtig mit.«

»Und jetzt gibt's bei Ihnen wohl einen schönen Napfkuchen«, sagt Ebon mit Blick auf die Eiertüte.

»Nein, bei uns gibt's heute Ofenpfannkuchen. Ein gutes Stichwort ... ich muss mich beeilen, wenn ich sie noch rechtzeitig fertig kriegen will, ehe Ingbritt und Lindström von der Arbeit kommen.«

»Es gibt wirklich nicht viele Männer, die kochen können. Also, mein Helge würde sich jedenfalls nie an den Herd stellen. Kaffee kann er kochen und Fisch ausnehmen und Elche zerlegen, aber mehr nicht. Nicht in meiner Küche!«, fügt sie hinzu und lässt keinen Zweifel daran, wer in der Küche das Sagen hat.

Als ich mich auf Ingbritts Fahrrad schwinge, höre ich die Nachrichten aus dem wieder eingeschalteten Radio dröhnen. Die Eiertüte zwischen den Zähnen, rolle ich nach Hause. Der kalte Wind bläst mir ins Gesicht. Es ist das letzte Mal in diesem Jahr, dass ich das Fahrrad benutze, zumindest ohne Handschuhe.

Ingbritt ist inzwischen nach Hause gekommen. Sie hievt einen großen, schwarzen Schaukelstuhl aus dem Auto, während ich meine Hände am Kachelofen wärme.

»Schau mal, was ich auf dem Flohmarkt entdeckt habe. Braucht nur noch abgebeizt und gestrichen zu werden. Ich will, dass er rosa wird. Ein helles Pastellrosa.«

Der Pfannkuchenteig ruht und quellt. Ich schneide Gemüse in grobe Würfel und überlege, wie ich Ingbritt so schonend wie möglich die Entführung der Mädchen beibringen kann. Aber ich weiß keinen Weg.

Ingbritt probiert den Schaukelstuhl an verschiedenen Orten. Am Fenster, in der Leseecke, vor dem offenen Kamin. Ich nutze die Gelegenheit.

»Ingbritt. Es ist etwas passiert ...«

»Was denn?«, fragt Ingbritt, die behutsam in ihrem neuen Stuhl schaukelt.

»Die Mädchen, sie sind entführt worden. Die Polizei fahndet nach dem Auto, alle Grenzstationen werden überwacht.«

»Nein, das ist nicht wahr! Wie ist das möglich?« Ingbritt sinkt zusammen, ganz grau im Gesicht.

»Sie haben uns reingelegt. Diese Anette Jonsson war nicht von der Migrationsbehörde. Das war alles nur ein Bluff!«

Ingbritt springt auf und stürmt die Treppe hinauf. Kommt nach einer Weile wieder herunter und wirkt etwas gefasster.

»Die Polizei weiß Bescheid, sagst du. Dann wird man sie auch finden, du wirst sehen«, meint Ingbritt, um sich selbst Mut zu machen. Im Grunde wissen wir beide, wie groß die Gefahr ist, dass die Mädchen nie wieder auftauchen. Es ist sogar das Wahrscheinlichste.

Wir setzen uns in die Küche. Versuchen, uns zu beruhigen.

»Es gibt auch eine gute Nachricht.«

»Erzähl!«

»Helge und Ebon haben mir erzählt, dass sie Besuch von Anders bekommen haben.«

»Anders? Anders von Gut Hackhult?«

»Genau der. Soeben aus Madagaskar eingetroffen. Er hat ihnen einen wunderschönen Speer geschenkt. Unglaublich scharfes Ding! Helge will ihn an die Wand hängen.«

»War Marie-Therese auch mit?«

»Nein, von ihr war nicht die Rede. Ich glaube nicht, dass sie dabei war.«

»Ich werde sie anrufen. Ich würde zu gern mit Anders sprechen. Ihm meine Theorie vortragen und hören, wie er die Sache sieht.«

»Noch eines: Dieser schwarze BMW, den wir gesehen haben, der gehört wahrscheinlich Anders. Helge hat erzählt, dass er einen solchen Wagen fährt.«

Ingbritt stellt den Schaukelstuhl in die Diele und greift zum Hörer. Ich kümmere mich wieder um meine Pfannkuchen.

Eine Viertelstunde später kommt Lindström herein, genau im richtigen Moment. Ich streue gerade Edelpilzkäse über die

Pfannkuchen. Ingbritt hat schnell noch ein knoblauchduftendes Zaziki zusammengerührt.

»Hast du was von den Mädchen gehört?«

»Sie sind offenbar durch alle Kontrollen geschlüpft und bereits im Ausland.«

»Oh, nein!« Ingbritt hält sich die Ohren zu, will keine weiteren Hiobsbotschaften hören.

»Irgendwo haben sie das Auto gewechselt. Das erklärt vermutlich, warum sie uns in Schweden nicht ins Netz gingen, doch aus reinem Zufall wurden sie in Deutschland, in der Nähe von Oldenburg, angehalten. Eine Verkehrskontrolle. Das haben die Mädchen genutzt und sind schreiend aus dem Wagen geflohen. Anette hat panisch Gas gegeben und ist mit einer anderen Frau, eventuell eine Komplizin, im Straßengraben gelandet.«

»Gott sei Dank!«, seufze ich.

»Und den Mädchen ist nichts passiert?«, fragt Ingbritt.

»Sieht so aus«, sagt Lindström. »Vermutlich werden sie jetzt in Deutschland Asyl beantragen.«

»Sie kommen also nicht zurück?«

»Schwer zu sagen. Wir werden sehen. Sie wurden ja quasi daran gehindert, Asyl in Schweden zu beantragen. Ich denke, sie können es weiterhin hier versuchen, wenn sie das wollen. Wie aussichtsreich das ist, kann ich nicht beurteilen.«

Die Erregung über die Entführung der Mädchen ebbt langsam ab. Das Gespräch wird ruhiger, wenngleich wir alle betreten sind, wie leicht wir uns hinters Licht haben führen lassen. Nach einer Weile räuspert sich Lindström.

»Ehe ich's vergesse. Hier hast du je ein Foto von Fåglemyhr und Fager. Mit Grüßen von Gustav Lundén, der im Zeitungsarchiv gekramt hat. Vielleicht willst du sie deinen Bekannten in Ekemåla mal zeigen, Helin und den Jungs im Park zum Beispiel. Könnte ja sein, dass sie ihnen bekannt vorkommen.«

»Nach dem Essen musst du dir ansehen, was ich auf dem Flohmarkt gekauft habe«, sagt Ingbritt.

»Außerdem musst du erzählen, was die Techniker in der Hütte und in Fåglemyhrs Wohnung herausgefunden haben«, sage ich.

»Und weißt du was? Anders ist bei Helge und Ebon zu Besuch gewesen«, berichtet Ingbritt.

»Rat mal, wem der schwarze BMW gehört«, sage ich.

Lindström streckt abwehrend die Handflächen nach außen, genießt es aber ganz offensichtlich, ein so gefragter Mann zu sein, und macht grinsend die erste Dose Bier auf.

Die Techniker haben in Mosshester die Spuren von mindestens sechs Personen entdeckt. Keine der Fingerabdrücke sind bekannt, doch diejenigen, die am häufigsten vorkommen, stammen vermutlich von Fåglemyhr. Man hat seine Abdrücke nahezu überall gefunden, nur nicht auf dem Dachboden und, was merkwürdig ist, auch nicht auf dem Griff der Axt im Schuppen. Darauf waren nur die Abdrücke einer anderen Person festgestellt worden, die sich offenbar im Schuppen, jedoch nicht im Wohngebäude, aufhielt.

Die Polizei würde in Kürze Fingerabdrücke aller bekannten Personen nehmen, die sich nachweislich im Wohngebäude aufgehalten haben, und das sind nicht viele. Lars-Åke aus Nässjö, vielleicht Paulus Fager. Beide als Mörder höchst unwahrscheinlich.

Das Essen verlangt nach einem leckeren Nachtisch und zieht sich dermaßen in die Länge, dass wir die Lokalnachrichten verpassen. Stattdessen schlitze ich das Kuvert des Bevollmächtigten auf, das die letzten beiden Jahresabrechnungen von Siw Nörheds schwedischen Immobilien enthält.

Bevor ich einen Blick auf die Unterlagen werfen kann, kommt Ingbritt herein und beschwert sich, dass bei Marie-Therese und Anders Svärd nach wie vor niemand ans Telefon geht.

»Die sind bestimmt unterwegs, um Anders' Rückkehr zu feiern. Ruf morgen an, frag in der Schule nach«, rate ich und widme mich dem Rechnungsabschluss des Bevollmächtigten Paulus Fager.

Daraus geht hervor, dass ein eigenes Konto existiert, um die Unkosten für Mosshester zu decken. Es weist ein Guthaben von 140.000 Kronen auf. Der letzten Abrechnung zufolge hat Paulus Fager Geld abgehoben, um das Dach des Schuppens reparieren zu lassen. Rechnungen des Bezirksschornsteinfegers sowie des Kassen- und Steueramts wegen fälliger Grundbesitzabgaben wurden beglichen. Bescheidene Einnahmen im Wert von insgesamt 12.000 Kronen wurden durch die durchgehende Vermietung des Objekts für ein Jahr erzielt.

Der gute Paulus scheint also die Hälfte der Miete in die eigene Tasche gesteckt zu haben. Oder hat er sie erst vor kurzem erhöht, was aus diesem Bericht noch nicht hervorgeht? In diesem Fall müsste die Miete skandalös niedrig gewesen sein, was keinesfalls in Siw Nörheds Interesse gelegen haben dürfte.

Ich schaue mir die vorherige Abrechnung an. Auch in diesem Jahr betrug die monatliche Miete 1.000 Kronen.

Im anderen Umschlag befinden sich die Unterlagen, mit denen sich Fager um eine Anstellung in der Verwaltung bewarb. Auch eine Kopie seines Arbeitszeugnisses liegt bei.

Lobende Erwähnung finden vor allem seine Zusammenarbeit mit der Kirchengemeinde sowie seine praktischen Erfahrungen. Neu ist mir, dass er eine einjährige Ausbildung an einer amerikanischen Bibelschule durchlaufen hat. Im Übrigen deckt sich die Beurteilung mit den Informationen, die ich bereits eingeholt habe. Fagers Pluspunkte: Pünktlichkeit, Ehrlichkeit, Folgsamkeit, Fleiß, Loyalität. Seine Aufgaben beschränkten sich vor allem auf stupide Büroarbeit, Kopiertätigkeit und so weiter. Das Wort »servil« ist deutlich zwischen den Zeilen zu lesen.

Ich muss meinem kleinen Bericht nicht viel hinzufügen, ehe ich ihn Lindström gebe. Der scheint eine Weile darin versunken, ehe wir in der üblichen Reihenfolge vor den Fernsehnachrichten einschlafen.

Fernsehnachrichten haben magische Kräfte.

Ich suche nach meinem Buch, das ich unter dem Kissen versteckt habe. Versuche zu lesen, während Gedankenfetzen durch meinen Kopf wirbeln. Der Tag hat mich sehr mitgenommen. Nach einer Weile beginne ich zu zwinkern und lege das Buch wieder unter das Kissen. Das Sofa knarrt, es ist ziemlich unbequem, aber morgen kann ich ja wieder ins Gästezimmer zurückziehen.

Ich tätschele Muffins und wünsche ihm eine gute Nacht. Als ich das Licht ausknipse, klingelt natürlich das Telefon. Verdammt. Ich stoße mir die Zehen am Tischbein, taste gleichzeitig nach Lampe und Telefon.

»Hallo, hier ist Josefina.«

»Wer?«

»Josefina. Die Unvergleichliche aus Shangri-La.«

»Ach, hallo. Was tun Sie mitten in der Nacht?«

»Entschuldigung, ich habe ganz vergessen, dass alte Herren schon vor zwölf Uhr schlafen gehen«, kichert sie.

»Machen Sie sich keine Sorgen. Ich habe gerade mein Gebiss gereinigt.«

»Ich wollte Ihnen nur mitteilen, dass ich gestern nach Hause gekommen bin. Ich wohne bei meinen Eltern in Ekemåla. Hätten Sie Lust und Zeit, uns zu besuchen? Morgen vielleicht?«

»Ja, sehr gern. Gibt's was Neues?«

»Na ja, nicht direkt, aber ich könnte Ihnen die Karten legen. Morgen zum Abendessen, einverstanden?«

»Das sollte möglich sein, falls nichts Unvorhergesehenes dazwischen kommt«, antworte ich und sage mir, dass wir die Recherchen im Kanalmord und die Jagd auf Fåglemyhr ja nun endgültig der Polizei überlassen haben.

»Klingt nicht gerade enthusiastisch.«

»Ist nur wegen der dritten Zähne, auf die ich mich konzentrieren muss. Also, Zeit und Ort noch mal zum Mitschreiben«, sage ich und spreche sehr langsam: »Sechs Uhr Abendessen. Ich freue mich!«

Nach dem Gespräch wickele ich mich wieder in meine Decke. Muffins schnarcht in seinem Korb vor sich hin. Die letzte Nacht auf dem Sofa. Morgen ziehe ich wieder ins Gästezimmer. Muffins wird das zu schätzen wissen. Dort ist das Bett so groß, dass er am Fußende Platz findet. Der Wind heult im Kachelofen. Schon bald trommeln dicke Regentropfen gegen das Fenster. Das Wetter kann sich nicht so recht zwischen Herbst und Winter entscheiden.

Die Stockholmer Polizei habe die Wohnung entdeckt, in der die Mädchen gewohnt haben, erzählt Lindström am Küchentisch. Weitere junge Frauen hätten sich dort befunden; von Tomas keine Spur.

»Rumänische Frauen?«

»Nein, Schwedinnen. Ich vermute, dass sich dieser Tomas schon längst aus dem Staub gemacht hat. Spätestens als er gehört hat, was für ein Spektakel du im Stadthotel veranstaltet hast.«

»Ich? Spektakel?«

»Also mit deinen privaten Kreuzzügen habe ich wirklich nichts zu tun.«

»Warten wir ab, was passiert, wenn sie deine Schlüssel finden ...«

Lindström fährt unverdrossen fort: die Wohnung sei an einen gewissen Lennart Tillström untervermietet gewesen. Die Stockholmer Kollegen haben ein Foto von ihm nach Lübeck geschickt. Aus Ekemåla sind außerdem Bilder von Fåglemyhr und sicherheitshalber auch von Fager weitergeleitet worden.

»Tillström scheint völlig ahnungslos zu sein. Sagt, dass er im Ausland gearbeitet hat und gerade erst nach Stockholm zurückgekommen ist. Er hatte die Wohnung zwischenzeitlich an einen Studenten namens Roger Junström weitervermietet. Was der getan habe, könne er nicht sagen. Im Moment hat er die Wohnung an zwei Studentinnen vermietet.«

»Wer's glaubt ...«

Lindström breitet ratlos die Arme aus.

»Die Wohnungsknappheit in Stockholm ist legendär…«

»Bleibt die Leiche im Kanal«, erinnere ich ihn überflüssigerweise.

»Die macht mich noch verrückt!«

»Reg dich ab. Die Techniker kommen sicher bald mit neuen Ergebnissen. Bis dahin solltest du Zeitung lesen, tief durchatmen und an etwas anderes denken. Ach, übrigens, ich komme heute vielleicht erst spät nach Hause. Ich bin bei den Eltern der unvergleichlichen Serafina zum Abendessen eingeladen.«

»Ist die nicht ein bisschen jung für dich?«

»Sie will mir nur die Karten legen…«

»Dann nutz die Gelegenheit.«

Lindström streckt seinen Arm nach dem Stapel mit alten Zeitungen aus, den wir von Ebon bekommen haben, und blättert zerstreut darin herum. Ich gehe mit Muffins vor die Tür. Als ich zurückkomme, liegt eine Ausgabe der ›Vimmerby Tidning‹ von letzter Woche aufgeschlagen auf dem Tisch.

Frau stürzt von Treppenabsatz
Von Ehemann gefunden

Ein tragischer Todesfall ereignete sich gestern Vormittag, als eine Frau in der zweiten Etage eines Wohnhauses in Vimmerby das Treppengeländer durchbrach und ins Erdgeschoss stürzte.
Sie wurde am am späten Nachmittag von ihrem Ehemann gefunden. Obwohl dieser sofort einen Krankenwagen und die Polizei verständigte, war der Frau, die sich beim Aufprall das Genick brach, nicht mehr zu helfen.
»Möglicherweise ist die Frau gestolpert und dabei gegen das alte hölzerne Treppengeländer geprallt, das ihrem Gewicht nicht standhielt. Darauf stürzte sie drei Meter in die Tiefe«, so die Aussage eines Polizeisprechers.
Die Frau schlug auf der untersten Stufe auf und zog sich mehrere tödliche Frakturen zu.
»Vielleicht ist ihr schwindelig geworden. Sie hat sich in den letzten Tagen nicht gut gefühlt«, erklärt Martin Svärd, dessen Ehefrau auf so tragische Weise ums Leben kam.

Ulla Svärd war tot. Ingbritts Recherchen waren größtenteils für die Katz. Von ihren zwei Verdächtigen lebte nur noch einer, Martin Svärd, und der kam als Brudermörder kaum in Betracht.

Den Rest des Vormittags widme ich meiner Lektüre. Anderes habe ich momentan nicht zu tun. Ich wähle Arvids Nummer, um ihn zu fragen, was aus meiner Idee geworden ist. Ich hatte ihm vorgeschlagen, seine Schüler über ihr Verhältnis zur Wahrsagerei zu befragen. Doch Arvid ist nicht zu Hause, also lese ich weiter, esse eine Kleinigkeit, gehe mit Muffins spazieren und fahre danach unnötig früh nach Ekemåla, um Blumen für meine Gastgeberin zu kaufen. Als ich den Blumenstrauß in der Hand halte, sehe ich eine graue Person mit dicker Aktentasche auf mich zueilen. Arvid auf dem Heimweg.

Ich schließe mich ihm an. In seinem Arbeitszimmer leert er seine Tasche, die mehrere Kilo wiegen muss.

»Klassenarbeiten, Aufsätze, der Fluch eines Sprachlehrers. Möchtest du einen Tee?«

Wir sitzen uns gegenüber, Arvid knipst seine Schreibtischlampe an, es ist richtig gemütlich.

»Na, ist jemand aus deiner Klasse auf dem Jahrmarkt gewesen und hat sich die Zukunft vorhersagen lassen?«, frage ich.

»Nein, aber die Diskussion war sehr aufschlussreich. Nicht dass ich abergläubisch wäre, aber... Diese Einleitung habe ich oft gehört.«

Als ich mich verabschiede, verrate ich ihm, dass ich bei der Wahrsagerin Josefina Serack und ihren Eltern zum Abendessen eingeladen bin.

»Kennst du die Familie?«, frage ich ihn.

»Nicht persönlich. Keines des Kinder ist auf unsere Schule gegangen, soviel ich weiß. Die Familie ist vor fünf Jahren hierher gezogen. Ich glaube, der Vater ist Ingenieur oder so was, die Mutter unterrichtet an der Musikschule. Einer meiner nettesten Schüler nimmt bei ihr Cellounterricht.«

Eine kurze Straße. Neun Bungalows. Das Haus der Seracks ist das neunte und letzte, grenzt mit der Rückseite an eine Schule und steht auf einem ziemlich großen Grundstück. Als ich aus dem Auto steige, sehe ich, dass sich zwei Häuser auf dem Grundstück befinden. An dem kleineren befindet sich ein Schild mit der Aufschrift *Serack Consulting*.

Ehe ich klingeln kann, öffnet eine Frau mit einer langen, krummen Gumminase, wie sie Hexen zum Karneval tragen.

»Josef Friedmann? Ich bin Serafina. Herzlich willkommen!«

Ihr Händedruck ist fest. Die Augen blitzen herausfordernd. Sie hat kurze blonde Haare, die in alle Richtungen abstehen. Stiefel, enge schwarze Jeans, rotes Männerhemd, schwarze Krawatte.

Sie dreht meine Handfläche nach oben und stößt ihre Gumminase darauf.

»Aha! Großer dunkler Mann begegnet schöner Frau und findet die große Liebe.«

Lachend nimmt sie die falsche Nase ab und führt mich ins Haus. Stellt mich ihrer Mutter Anthonia vor, einer rotblonden, vitalen Frau mit markanten Augenbrauen. Josefinas Vater ist fast genauso groß wie ich. Grau meliert, vor allem der Schnurrbart. Er ist vielleicht drei oder vier Jahre älter als seine Frau und ebenso leger gekleidet. Braune Kordhose, blaues Hemd mit aufgekrempelten Ärmeln.

Im Hintergrund brabbelt ein Radio. Es gibt noch weitere Gäste, ich bin der letzte, obwohl ich so frühzeitig aufgebrochen bin. Die anderen, Lars Eld und Malin Fransson, sitzen schon. Lars ist einer derjenigen, die bei der Demonstration das Transparent »Schwule gegen Nazis« getragen haben.

Wir kommen sofort ins Gespräch und sind uns einig über die Zustände in Ekemåla.

»Kann mir jemand in der Küche helfen?«

»Komme schon!«, ruft Malin und verschwindet.

»Lars und ich sind in dieselbe Klasse gegangen«, erklärt Josefina. »Aber nicht in Ekemåla, sondern in Linköping. Wir kennen uns quasi aus dem Sandkasten, und jetzt ist auch er zufällig hierher gezogen.«

»Warum seid ihr aus Linköping weggezogen?«

»Linköping war in Ordnung!«, ruft Anthonia aus der Küche.

»Wir sind weggezogen, als ich mich selbstständig machte«, erzählt Ivan. »Ich wollte meine Ideen an der Wirklichkeit erproben, und so bestand eigentlich kein Grund, noch länger an der Universität zu bleiben. Ob ich von hier oder von Mailand oder Linköping aus arbeite, spielt für mich keine Rolle, und Anthonia wollte schon seit langem mehr Ruhe und mehr Platz haben. Vor allem musizieren können, wann immer sie will, ohne irgendwelchen Nachbarn auf den Wecker zu fallen. Und die Kinder sind sowieso aus dem Haus.«

»Also, mir ist es ein Rätsel, wie man freiwillig hierher ziehen kann!«, ruft Malin aus der Küche.

»Ach, für reifere Semester ist das schon in Ordnung, aber für jüngere Leute ist es nichts. Hier fehlen die intellektuellen Anregungen, die ein junger Mensch braucht.«

»Jetzt reden sie wieder den ganzen Abend über Politik«, flüstert mir Josefina unüberhörbar zu.

»Wenn man keinen Sport treibt, nicht gläubig und auch kein Naturfreund ist, wird man hier zum Außenseiter. Die Leute hier sind einseitig, engstirnig und im schlimmsten Fall fremdenfeindlich. Aber diese Diskussion sollten wir vielleicht ein anderes Mal führen«, schlägt Ivan vor. Lars nickt.

»Meine Mutter spielt Cello, ich bin eher technisch veranlagt, aber meine Schwester, die ist ein totaler Musikmensch, hat jahrelang Klavier gespielt, bis sie entdeckt hat, dass der Gesang ihre größte Begabung ist«, erzählt Josefina.

»Und das Interesse am Spirituellen?«

»Ach ... erzählen Sie lieber von Ihrer Familie«, fordert sie mich auf.

»Meine Mutter spielt auch Cello, ansonsten ist sie Malerin.«

»Und Ihr Vater?«

»Wollte eigentlich Pianist werden, aber Faschismus und Krieg kamen dazwischen. Er wurde Mathematiker, half den Briten gegen Ende des Kriegs, militärische Codes zu dechiffrieren, und landete schließlich an der Uni in Stockholm, wo er bis 1978 lehrte.«

»Ihre Familie lebte also auf dem Kontinent, als der Krieg ausbrach?«

»Die Familie meines Vaters kommt aus Ungarn und flüchtete früh nach London, was ein Glück für sie war. Sie sind Juden. Meine Eltern haben sich nach dem Krieg bei einem Konzert in London kennen gelernt. Erst 1966 sind wir nach Schweden übergesiedelt.«

»Was war das für ein Gefühl? Vom swinging London nach sleeping Ekemåla?«

»Ach, im Grunde sind wir von einem verschlafenen Londoner Vorort ins pulsierende Stockholm gezogen. Und Sie? Serack klingt auch nicht gerade besonders schwedisch.«

»Fragen Sie Ivan«, sagt Josefina.

»Den Namen haben wir angenommen. Meine Eltern stammen aus Lettland. Anthonias Mutter kommt aus Norditalien«, berichtet Ivan, der bei diesen Worten seine Frau in den Arm nimmt.

»Sie macht die beste Pasta in ganz Milano, eh?«, sagt Lars mit rauchiger Mafiastimme.

»Meine Mutter ist Belgierin, mein Vater Norweger«, wirft Malin ein.

»Und ich bin Schwede ... aber wartet mal, ich glaube, ein Familienmitglied war Wallone«, sagt Lars, was einen allgemeinen Heiterkeitsanfall auslöst.

28

Vollkommen unbeschwert, trotz ihrer Verspätung, schwebt Josefinas ältere Schwester auf einer Wolke der Selbstsicherheit in den Raum, und ich weiß sofort, dass ich unsterblich verliebt bin.

Ganz einfach.

Noch bevor sie sich setzt, bevor ihre Bewegungen zur Ruhe kommen und ihr Blick mich trifft. Bevor sie lachen kann, ihren Mund öffnet, ihre Lippen befeuchtet.

Ich weiß, dass wir ein Paar sind.

Ich weiß nicht, wie sie heißt, doch ich gehöre ihr.

Ich vergesse das Essen.

Meine Liebste sitzt mir direkt gegenüber, stochert in Mama Anthonias Spezialität: Ossobuco.

Die anderen reden, diskutieren. Hin und wieder wird eine Frage an mich gerichtet, ich antworte mechanisch.

Es ist eine Tortur.

»Wissen Sie, dass Mirabella kürzlich eine CD eingespielt hat?«, fragt Josefina.

»Bitte? Mirabella ... eine CD?«

»Ja, meine Schwester. Sie sitzt Ihnen gegenüber, falls Sie es noch nicht bemerkt haben sollten.«

»Ja?«

»›Les nuits d'été‹ von Berlioz, Rachmaninovs ›Vocalise‹ und ein paar andere hübsche Sachen. Ich finde die CD wunderbar, aber die gibt es natürlich nicht in Ekemåla zu kaufen. Immerhin kann man sie im Internet bestellen.«

»Das ist nicht nötig«, sagt Mirabella.

Ihre Stimme ist warm, voll und melodiös. Wie dunkle Schokolade. Ich liebe dunkle Schokolade. Mirabella hypnotisiert mich mit ihren grünen Augen. Sie hätte beleidigt den Stuhl umkippen können, doch sie begnügt sich damit, mich genau einen Zentimeter über dem Fußboden schweben zu lassen.

Sie spricht mich an. Was soll ich sagen?

Nichts. Guck einfach blöd aus der Wäsche, das kannst du doch so gut ... »Du kannst eine von mir haben.«

Im Hintergrund höre ich Josefina weiterplappern, komme mir hilflos und dumm vor.

»Willst du sie hören?«, fragt Mirabella, die Anstalten macht, die Tafel zu verlassen.

»Ja, danke, sehr gern.«

»Wir lassen den Nachtisch sausen«, sagt sie. »Komm, Josef ...«

»Ja, also wenn ihr schon fertig seid ...« Anthonia sieht ein wenig überrascht und enttäuscht aus.

»Natürlich muss Josef die neue CD hören!«, sagt Ivan augenzwinkernd, aber das sehe ich nicht. Ich sehe nur Mirabella. Wir müssen über das Grundstück zum anderen Haus gegangen sein. Ich bin nur ihren wiegenden Hüften gefolgt. Wir gehen hinein. Eine Töpferwerkstatt, ein großes Musikzimmer und einige Büroräume.

»Die Werkstatt gehört mir. Ich töpfere, wenn ich nicht singe. Ist nur ein Hobby, aber eines Tages möchte ich draußen einen richtigen Brennofen bauen. Dort am Waldrand ...« Ihr ausgestreckter nackter Arm befindet sich nur wenige Zentimeter vor meinen Lippen.

Wenn ich mich vorbeuge ... aber das tue ich nicht.

»Was machst du eigentlich?«, fragt sie mich. »Jagd, Motorräder, Fußball?«

»Also: Auf Tiere könnte ich nicht schießen, Motorräder haben mich nie interessiert, und gegen einen armen Ball zu treten, ach nein.«

»Und du arbeitest als ...?

»Fotograf.«

»Was für Fotos? Hochzeitspaare ...«

»Dokumentationen aus Kriegsgebieten, Hunger und Elend, manchmal auch etwas anderes.«

»Was für ein Gefühl ist das?«

»Man hat das Gefühl, dass es wichtig ist, obwohl es einen

deprimiert«, antworte ich knapp und lasse sie nicht aus den Augen, während sie in der Töpferwerkstatt umhergeht und mir zeigt, was sie herstellt. Schöne Dinge. Stolze Formen.

»Und deine CD?«

»Ich weiß ja gar nicht, ob dir solche Musik gefällt.«

»Sei unbesorgt«, entgegne ich.

Bella sucht in einem unsortierten CD-Stapel. Ihr Blick verrät Humor und Intelligenz. Markante Augenbrauen, kupferfarbenes Haar. Sie ist groß, elegant, aufrecht, graziös und kraftvoll. Hübsch auf ihre eigene Art. Sie hat nichts Süßliches an sich, ist keine Filmschönheit, doch fraglos attraktiv.

»Bekommst du manchmal Sommersprossen?«

»Ja, das kommt vor. Warum? Magst du Sommersprossen?«

»Ich liebe Sommersprossen!«

Sie findet ihre CD. Auf dem Cover prangt ihr schönes Gesicht.

»Ach, ich komme mir so affig vor«, sagt sie. »Hör sie dir lieber zu Hause an.«

»Ich möchte sie gerne mit dir zusammen hören. Komm, gib mir die Hülle und setz dich neben mich.«

Mirabella Serack. Berlioz' ›Les nuits d'été‹.

»Schließ die Augen. Denk mit dem Herzen«, flüstere ich, als sie sich neben mich setzt.

Die Wärme, die von ihr ausgeht. Fast eine Stunde musikalischer Bluttransfusion.

Die kleine Kupplerin schaut uns erwartungsvoll an, als wir zurückkehren. Will die Früchte ihrer Arbeit genießen. Ivan schmunzelt. Anthonia wirft uns einen forschenden Blick zu und fragt ein wenig bekümmert, ob wir nicht noch ein wenig Dessert wollen. Wir nicken stumm, essen schweigend, haben nur Augen füreinander.

Ivan und Malin diskutieren im Wohnzimmer heftig über Politik. Lars und Josefina helfen Antonia, den Tisch abzuräumen, gesellen sich aber rasch zu den Diskutanten.

Am späten Abend, als ich mich endlich von der Familie Serack verabschiede, flüstere ich Josefina zu, dass ich Mirabella für morgen zu uns nach Finneryd eingeladen habe. Josefina grinst von einem Ohr zum anderen.

»Hab ich's doch gewusst. Und ich bleib hier?«

»Tja, ich fürchte …«

»Ist schon okay. Irgendeine Strafe muss man wohl auf sich nehmen für das, was man angerichtet hat.«

Ich fahre beschwingter nach Hause als je zuvor. Die CD brennt in meiner Tasche. Ich muss anhalten und nachsehen, ob sie mir eine Nachricht geschrieben hat.

Reviens, reviens, ma bien-aimée! Entre nos cœurs, quelle distance! Reviens, reviens, ma bien-aimée …

Mein Schulfranzösisch reicht für Poesie nicht aus, aber ich verstehe, dass es ums Zurückkehren geht und dass der Abstand zwischen unseren Herzen zu groß war.

Nur Muffins ist noch wach, als ich die Garagenauffahrt hinaufschleiche. Das Haus ist dunkel. Im Gästezimmer, in das Muffins und ich zurückgekehrt sind, brennt eine Nachttischlampe.

Muffins rollt sich am Fußende zusammen und ich schlafe mit Kopfhörer ein.

»Angeschlagen« ist das passende Wort, um meinen Zustand zu beschreiben. Physisch und mental. Liebeskrank, schlaftrunken und auf wackligen Beinen verlasse ich mein Nest in Richtung Frühstückstisch. Ingbritt ist längst zur Arbeit gefahren. Lindström bereitet schon sein Mittagessen zu. Es ist fünf vor zwölf. Muffins muss mal und ich bin verliebt. Was für ein Tag.

Eine Weile sinniere ich unrasiert und benommen über den Unterschied zwischen der Liebe in jungen und in mittleren Jahren. Es gibt einen Unterschied, doch es fällt mir schwer, ihn in Worte zu fassen.

»Na, auch schon aufgewacht? Ist wohl ein bisschen später geworden? Interessiert es dich, was die Techniker herausgefunden haben?«, fragt Lindström mit der Nase über den Haferflocken.

»Wir bekommen Gäste, das heißt, ich bekomme einen Gast heute Abend«, entgegne ich.

»Sie haben eine Blutspur im Schuppen entdeckt.«

»So gegen fünf.«

Lindström schaut auf. »Was haben sie denn mit dir angestellt? Du siehst ja völlig übernächtigt aus.«

»Konnte nicht einschlafen. Ich mach Tee. Willst du auch?«

»Nein, nein. Bin schon beim Mittagessen. Du solltest auch was Richtiges essen und das Frühstück überspringen.«

»Erst mal brauche ich Tee, sonst kriege ich Kopfschmerzen.«

»Hast du gerade was von einem Gast gesagt? Jemand, den ich kenne?«, fragt Lindström.

»Nein.«

»Wer ist es?«

»Wirst schon sehen«, murmele ich.

»Ahaa!«

»Und, was haben die Techniker gefunden?«

»Eine Blutspur im Schuppen. Wie du dich vielleicht erinnerst, ist dort kein richtiger Fußboden, sondern nur lose Erde, Sägespäne und Birkenreste. Kein Boden, der sich leicht reinigen lässt. Die Techniker haben eine große Menge mit Blut vermischter Erde und Sägespäne entdeckt. Es gab auch Blutspuren an den Wänden.«

»Muss schwierig sein, das nach so langer Zeit noch festzustellen.«

»Es gibt da sehr unterschiedliche Verfahren. Sprays mit Luminol, utraviolettes Licht. Ich weiß nicht, was sie getan haben, aber es war äußerst effektiv. Sie haben auch Blutreste an der Schubkarre gefunden und ein, wirklich nur ein einziges schwarzes Frauenhaar im Auto. Im Komposthaufen waren drei Ösen, zwei Heftklammern, ein verschmorter Kunststoffreißverschluss, sieben kleine Metallknöpfe und ein bisschen Asche. Ich hoffe, die Laboruntersuchungen können darüber Aufschluss geben, ob es die Asche eines langen Rocks und einer Bluse ist«, sagt Lindström.

»Du meinst, dass dort jemand die Kleider verbrannt und die Asche unter den Kompost gemischt hat?«

»Habe ich das nicht gerade gesagt? Josef, wach auf!«

»Vielleicht wurde ja auch ein Pass verbrannt. Ich denke da an die Heftklammern.«

»Die können auch von einem anderen Heft stammen. Die Blutspur und das Haar sind wohl erst mal am spannendsten. Die Analysen werden fortgesetzt. Fåglemyhr hat sicher einiges auf dem Kerbholz. Bei Fager bin ich mir nicht sicher. Der scheint mir nur ein serviler Wichtigtuer zu sein. Wird übrigens gerade vernommen.«

»Und da sitzt du so ruhig hier?«

»Das können die auch ohne mich. Ich bleibe lieber zu Hause und warte auf deinen Gast. Außerdem sind sie mit Fager bald fertig. Richtig interessant ist die Tatsache, dass das wertvolle gelbe Mountainbike der Marke Crescent, an dem die Kanalleiche hängen blieb, Fåglemyhr gehört. Sein Fotoalbum verrät, dass er gern Fahrrad fährt. Unter anderem mit diesem Fahrrad. Wir wissen auch, dass ungefähr zehn Räder dieser Sorte in Ekemåla verkauft wurden. Der Fahrradhändler erkannte Fåglemyhr auf dem Foto wieder. Die Quittung samt Garantieschein fanden wir säuberlich abgeheftet zwischen all den ausgestopften Vögeln in seiner pedantisch aufgeräumten Wohnung.«

»Dasselbe Fahrrad, von dem Rosmaj und Hilding gesprochen haben?«

»Kann schon sein. Und auf dem Griff der großen Axt, mit der Fåglemyhr sein Holz hackte, sind merkwürdigerweise nur Fagers Fingerabdrücke. Die Axt gehört der Stadt Ekemåla. In den Griff ist nämlich eine Inventarnummer eingebrannt, wie das früher bei allen Gegenständen, die der Stadt gehören, gemacht wurde.«

»Hatte er sein Fahrrad als gestohlen gemeldet?«

»Viel besser: Er hat es zuerst als gestohlen gemeldet, später angeblich wiedergefunden und seine Anzeige zurückgezogen, obwohl es immer noch im Kanal lag.«

»Er hätte den Garantieschein wegwerfen sollen«, sage ich zerstreut.

»Sag mal, Josef, hörst du mir eigentlich zu? Ich wette um eine teure Flasche Rotwein, dass dein Gast weiblich, blond und hübsch ist.«

»Es sehen doch nicht alle Frauen aus wie Ingbritt.«

»Also ist es eine Frau!«

Um weiteren hinterhältigen Versuchen, mir Details zu entlocken, aus dem Weg zu gehen, und auch um einen klaren Kopf zu bekommen, gehe ich mit Muffins in den Wald und bleibe eine gute Stunde weg. Als ich zurückkehre, erwarte ich weitere Neuigkeiten von der Ermittlerfront.

»Und? Was hat das Gespräch mit Fager ergeben?«

»Nicht viel. Fåglemyhr und er sind nicht gerade Busenfreunde, teilen sich aber manchmal die Hütte. Fager bezeichnet Fåglemyhr als schwierigen Kerl, mit dem der Umgang nicht leicht fällt. Was sie verbindet, ist ihr Schwulenhass. Du erinnerst dich doch an die Schreibmaschine?«

»Ach, schau an. Ein Schriftstellerpaar!«

»Du sagst es. Ohne dass jemand danach gefragt hätte, hat Fager freimütig erzählt, dass sie des Öfteren Leserbriefe zu diesem Thema schreiben und an die Zeitung schicken. Inspiration und so genannte Fakten bezieht er aus dem Internet, vor allem von einer Homepage namens *Westboro Baptist Church*, deren eifriger Leser er ist. Auf das Konto derselben Schmierfinken ging wohl auch die Seite *God Hates Fags*, die inzwischen verboten wurde«, sagt Lindström.

»Das hat er einfach so erzählt?«

»Ja, er ging offenbar davon aus, bei den Polizisten auf Gleichgesinnte zu treffen, und sprach ganz offen über seine Aversion gegen Schwule. Er sagte, er halte das für seine christliche Pflicht«, sagt Lindström.

»Halleluja.«

»Wohl kaum.«

»In den USA gibt es zahlreiche mehr oder minder fanatische Organisationen und so genannte Bibelschulen, die sich die Bekämpfung von Homosexuellen auf die Fahnen geschrieben haben. Von den Vorgängen im Stadthotel und von dem Versteck mag er ja wirklich nichts wissen, aber wem gehört die aufblasbare Puppe?«, frage ich.

»Schwer zu sagen. Fager leugnet jedenfalls mit Entschiedenheit – mit verdächtiger Entschiedenheit –, irgendwas von der Puppe zu wissen. Zu *Morganas* scheint er keinen Kontakt zu haben.«

»Wie ist er eigentlich an die Vollmacht für Siw Nörheds Eigentum gekommen?«

»Sie hat damals selbst schriftlichen Kontakt zu der Stadtverwaltung aufgenommen und um Rat gefragt, weil sie das Grundstück nicht verkaufen wollte. Der Brief ist noch erhalten. Sie wollte den Kindern die Möglichkeit offen halten, später einmal nach Schweden zurückzukehren. Man einigte sich darauf, einen Bevollmächtigten zu bestellen. Als der in Rente ging, wurde ein Nachfolger bestimmt, und als der sich pensionieren ließ, fiel die Wahl auf Paulus Fager, weil er als guter Christ und redlicher Mensch galt. Vielleicht kam es ihm auch zugute, dass viele Mitglieder der Behörde in Freikirchen engagiert sind«, mutmaßt Lindström.

»Ist dir schon aufgefallen, dass weder Fager noch Fåglemyhr verheiratet sind und sich auch nicht gerade als Schürzenjäger hervortun? Dafür stoßen wir auf eine aufblasbare Barbie, biblisch begründeten Schwulenhass und eine Edelboutique für raffinierte Dessous.«

»Der Zusammenhang springt ins Auge.«

»Nichts Neues von Fåglemyhr?«

»Nein. Die Kollegen prüfen gerade, ob jemand von Morganas Kunden oder Kontaktpersonen ihm Unterschlupf gewährt haben könnte. Morgana gibt sich wortkarg, spielt die unbescholtene Geschäftsfrau.«

»Hast du dir das Video angesehen, das wir mitgenommen haben?«

»Ja, eine erotische Produktpräsentation der eigenen Art, teils ziemlich eindeutig, aber kein Hardcore. Die Spur führt nach Stockholm. Morgana besteht darauf, nichts als Damenwäsche zu verkaufen und sich kein Urteil über die Vorlieben und den Geschmack ihrer Kundschaft anzumaßen.«

»Eine ungeheuerliche Behauptung nach dem, was auf dem Dachboden passiert ist. Sie hat Erzi doch auch gequält!«

»Wir lassen sie einfach reden. Mal sehen, wie sie reagiert, wenn sie erneut mit Erzi konfrontiert wird. Vorausgesetzt, die Mädchen kommen nach Schweden zurück.«

»Apropos, wie hat Ingbritt eigentlich den Tod von Ulla Svärd aufgenommen? Damit hat ja ihre Hauptverdächtige den Löffel abgegeben.«

»Ziemlich gleichmütig. Gut, dass du mich daran erinnerst. Ich habe Ingbritt versprochen, mich über die näheren Umstände zu informieren.«

Er setzt sich ans Telefon. Ich versuche, mich auf die Tageszeitung zu konzentrieren, doch es fällt mir schwer. Nach wenigen Minuten gebe ich auf. Stattdessen nehme ich Bellas CD und setze mich ins Wohnzimmer. Bade in ihrer sanften Stimme. Schließe die Augen.

Lindström kommt herein, setzt sich aufs Sofa. Lauscht. Als die Musik vorbei ist, sagt er, dies sei das erste Mal gewesen, dass er es mit einer klassischen weiblichen Stimme ausgehalten hat.

»Diese schrillen Stimmen zu Klaviermusik kann ich einfach nicht ausstehen«, sagt er, »aber das hier, mit vollem Orchester, ist ja ganz was anderes. Ist ja auch kein Glas oder Porzellan zersprungen. Wirklich sehr schön. Wer ist das?«

Mit gespielter Langsamkeit lese ich den Namen auf der Vorderseite.

»Mirabella, eine italienische Sängerin, sie hat unter anderem Berlioz gesungen.«

»Mirabella ... werde ich mir merken. Damit könnte ich Ingbritt zu Weihnachten überraschen. Hast du die in Ekemåla gekauft?«

Ich wechsle lieber das Thema. »Was hat die Polizei über den Unfall gesagt?«

»Dass der Zeitungsbericht im Großen und Ganzen der Wahrheit entspricht. Sie ist vermutlich auf dem Teppich ausgerutscht, gegen das Gelander gefallen und rückwärts ins Erdgeschoss gestürzt. Nichts deutet auf Gewalteinwirkung hin, weder im Treppenhaus noch am Körper, sie hat einige Hautabschürfungen und Stichwunden im Bauch davongetragen, einen blauen Fleck am rechten Arm. Die Wunden stammen vermutlich von Holzsplittern des zerborstenen Geländers.«

»Wenn man stolpert, bricht man doch nicht gleich mit Karacho durch ein Geländer.«

»Dazu gibt es eine Theorie, die mir nicht unwahrscheinlich vorkommt. Ihrem Mann zufolge ging es Ulla schon seit Tagen sehr schlecht. Sie litt zwischenzeitlich unter Depressionen und hatte am Vormittag ihres Todestags einen Termin beim Arzt, der ihr ein Medikament verschrieben hat.«

»Wurde der Arzt schon befragt?«

»Natürlich. Sie war nüchtern bei ihm erschienen, worauf eine paar Routineuntersuchungen durchgeführt wurden. Der Arzt bescheinigte ihr eine vorübergehende Depression und verschrieb ihr ein Medikament namens Efexor. Der Apotheke zufolge hat sie es noch am Vormittag abgeholt. Man geht davon aus, dass sie eine Tablette auf dem Nachhauseweg, also auf nüchternen Magen, einnahm. Denn in der Packung, die man in ihrer Handtasche fand, fehlt genau eine Tablette. Als sie zu Hause ankam und die Treppe hinaufging, begann das Medikament zu wirken. Ihr wurde schwindelig und sie verlor das Gleichgewicht.«

»Sind das typische Nebenwirkungen?«

»Efexor hat eine ganze Reihe von Nebenwirkungen, wie: Übelkeit, Bauchschmerzen, Schwindel und Schweißausbrüche.

Sie können gerade zu Beginn der Behandlung auftreten. Außerdem sollte man Tabletten nicht auf nüchternen Magen einnehmen.«

»Hm. Möglicherweise wurde die Mörderin von höheren Mächten zur Rechenschaft gezogen, falls sie es denn war. Hast du dich mal um die Luxusschlitten gekümmert, die Ingbritt hinter dem Geschäft gesehen hat?«

»Hab ich. Sie gehören anderen Leuten. Martin Svärd fährt einen fünf Jahre alten Opel Vectra. Nicht gerade der typische Wagen eines Millionärs. Wenn einer von den beiden Bertil ermordet hat, dann sind sie jedenfalls nicht an sein Geld rangekommen. Ihre finanzielle Situation ist bescheiden, das Geschäft wirft nicht viel ab.«

Ich bin sofort durchschaut. Ingbritt braucht keine Sekunde, um zu begreifen, wer, besser gesagt, was für ein Wesen zum Abendessen erwartet wird.

»Gratuliere, Josef! Das wurde aber auch wirklich Zeit.«

»Bitte?«

»Oh, wie sehr ich mich für dich freue!«, ruft sie und drückt mich an sich.

Ich ziehe mich in die Küche zurück, um mein Bœuf Stroganoff vorzubereiten.

Um zehn vor fünf rollt ein Ford Focus durch das Tor und parkt rückwärts in der Garageneinfahrt.

In Windeseile spüle ich mein Gesicht mit kaltem Wasser, trockne mir die Hände und laufe hinaus, um Lindström zuvorzukommen. Seine Neugier kennt keine Grenzen.

Bella hat ihre Jeans gegen einen langen schwarzen Samtrock getauscht und sieht noch begehrenswerter aus als beim ersten Mal. Ihr kupferrotes Haar kontrastiert mit einer dunkelgrünen Bluse, über der sie einen beigefarbenen Tweedblazer trägt.

»Bella! Sie glauben, du bist meine Freundin. Bist du das?«

»So fühle ich mich zumindest …«

»Ja! Dann stelle ich dich also als meine Freundin vor?«

»Natürlich, aber ich dachte, dass du vielleicht ...«

»Nein, vor ein paar Jahren habe ich mit jemand zusammengewohnt, aber das ist längst vorbei.«

»Gut, dann brauche ich dich niemandem zu rauben.«

»Würdest du das tun?«

»Ja, ich glaube fast ...«

»Und du? Männliche Freunde?«

»Mehrere Freunde, aber nichts Festes. Wem willst du mich eigentlich vorstellen?«

»Meinem Freund, Kriminalkommissar Knut Lindström, seiner Frau Ingbritt, Lehrerin, und Muffins, meinem Hund.«

Zu mehr komme ich nicht, weil in diesem Moment die Tür aufgeht und Muffins herausstürmt. Ingbritt, die vor Neugier zu platzen scheint, folgt ihm, Lindström trottet mühsam beherrscht hinter ihr her. Dann reden sie alle auf einmal los. Ingbritt und Lindström ziehen Bella ins Haus. Ich bleibe einsam zurück. Es rieselt mir kalt über den Rücken.

»Warum kommst du nicht rein?«, ruft Ingbritt durch das geöffnete Küchenfenster.

Die Stimmung beim Essen ist heiter und ausgelassen. Lindström erzählt von unseren Renovierungsarbeiten und Ingbritt von ihren privaten Mordrecherchen, denen der Tod einer Verdächtigen vermutlich ein Ende bereitet hat. Bella erzählt von ihren Partien auf italienischen, deutschen und holländischen Opernbühnen. Ich begnüge mich weitgehend damit, meine Mirabella stumm anzuhimmeln.

Sie kann nicht über Nacht bleiben. Sie kann nicht einmal sehr lange bleiben. Bella gibt in wenigen Tagen einen Mozart-Liederabend in Uppsala und hat morgen früh eine Probe.

»Warum kommst du nicht nach Uppsala? Ich wohne im Hotel Gillet«, flüstert mir Bella ins Ohr, als wir Abschied nehmen. »Komm zum Konzert. Es wäre ein schönes Gefühl, für dich zu singen.«

»Und ob ich komme – und danach stelle ich dir meine Mutter vor. Ich wohne übrigens auf Högbo Rosengård in der Gemeinde Högbo. Ungefähr eine Stunde von Uppsala entfernt. Kein Swimmingpool, keine Minibar, aber dafür ist der Zimmerservice exquisit«, verspreche ich.

»Klingt gut! Aber nach dem Konzert haben wir erst mal Zeit für uns.«

Ein heißer Kuss, und sie verschwindet mit ihrem Auto.

»Sieht aus, als würde dein Aufenthalt bei uns langsam zu Ende gehen«, sagt Ingbritt, als ich wieder ins Haus komme.

»Das Mädchen wirst du ja wohl nicht laufen lassen«, ergänzt Lindström. Als wäre das nötig.

»Also, unseren Segen hast du«, kichert Ingbritt, bevor beide in schallendes Gelächter ausbrechen.

Ich verstehe nicht, was daran so komisch sein soll, doch Bella und ich scheinen die beiden irgendwie angesteckt zu haben. Für den Rest des Abends gehen sie liebevoller miteinander um, als ich je beobachtet habe. Sitzen Hand in Hand vor dem Fernseher und kochen kichernd und küssend in der Küche ihren Abendtee.

Später versucht Ingbritt, Marie-Therese anzurufen, um mit Anders zu reden.

»Komisch! ›Kein Anschluss unter dieser Nummer.‹«

Ingbritt und Lindström gehen ungewöhnlich früh ins Bett. Ich lege mich auch hin und lese noch eine Weile mit Muffins an meinem Fußende.

Fåglemyhr bleibt verschwunden. Das Gebiet rund um Mosshester wurde weiträumig abgesucht. Keine neuen Anhaltspunkte, sein Handy benutzt er nicht mehr. Eine kleine Kundenkartei weist einige Namen und Adressen in Deutschland aus. Eine Überprüfung bringt nichts.

Das kriminaltechnische Institut in Linköping untersucht immer noch das schwarze Haar, das in Fåglemyhrs Auto gefunden wurde. In ein bis zwei Wochen wird das endgültige Ergebnis vorliegen.

Paulus Fager ist ein freier Mann. Es gibt keine Indizien, die ihn mit einem Verbrechen in Verbindung bringen. Auch die offen zur Schau getragene Verachtung und Bedrohung Homosexueller ist keine strafbare Handlung. Eine Gesetzesänderung soll allerdings im kommenden Jahr in Kraft treten.

Das Einzige, was Fager in gewisser Weise verdächtig macht, sind die Unklarheiten bei der Vermietung der Hütte in Mosshester. Einen Mietvertrag gibt es nicht. Fager versucht das damit zu erklären, dass die Miete erst in jüngster Zeit erhöht worden sei, Fåglemyhr aber aufgrund eines Missverständnisses immer noch die alte Miete zahle. Ein Missverständnis, das umgehend geklärt würde, sobald Fåglemyhr wieder auftauche.

Ich muss gestehen, dass mein kriminalistisches Interesse im selben Maße abnimmt, wie meine Verliebtheit zunimmt.

Während wir auf die Untersuchungsergebnisse warten, bleibt mir ohnehin nichts zu tun, und was ist nahe liegender, als die gewonnene Zeit Mirabella zu widmen? Ich sollte nach Uppsala fahren, mich in die erste Reihe setzen und »Bravo, bravo, bellissimo, da capo!« rufen.

Danach mit ihr zu mir nach Hause fahren und dann ... ja, dann würde meine dominante Mutter sie in Beschlag nehmen, aber später ... Ach, nein, meine Bude ist ein Chaos und schon ewig nicht mehr gelüftet worden. Der Kühlschrank ist leer und die Existenz sauberer Laken höchst ungewiss.

Nach einem einsamen Frühstück lege ich wieder Bellas CD ein.

Gehe mit Muffins drei Stunden spazieren.

Besuche die Bibliothek und schlage in der Nationalenzyklopädie unter »Mirabella« nach. Lerne, dass »Mirabelle« eine Pflaumensorte ist.

Tanke.

Kaufe ein Los. Gewinne fünfzig Kronen.

Gebe Muffins Futter.

Versuche zu lesen.

Finde keine Ruhe.

Entschließe mich, schon jetzt nach Hause zu fahren. Schreibe einen Zettel für Ingbritt und Lindström.

Bei Linköping rufe ich meine Mutter an und sage ihr, dass ich auf dem Weg zu ihr bin.

Muffins wacht auf und weiß sofort, wo wir sind. Ich parke in der Garage und lasse ihn aus dem Wagen springen. Während ich das gusseiserne Tor schließe, tollt er durch sein altes Revier und markiert, dass der richtige Besitzer zurückgekehrt ist.

Zu Hause. Es ist lange her und an der Zeit, sich wieder für die Firma zu engagieren. Ein gutes Gefühl. Wie ein Neuanfang.

Mama ist allein zu Hause. Sie sieht müde aus.

»Wie geht's dir denn?«, frage ich.

»Ich will nicht klagen. Bin nur ein bisschen müde. Schön, dass du gekommen bist. Was verschafft mir die Ehre?«

»Das, meine Liebe, ist ein Geheimnis, das ich bald lüften werde. Was hat dich so müde gemacht? Du hast dir doch nicht wieder eine Erkältung eingefangen?«

»Nein, davon kann keine Rede sein. Ronny und ich haben ungefähr zwanzig große Bilder für eine Ausstellung in Barcelona verpackt. Wir haben den ganzen Tag geschuftet. Der Lastwagen ist vor einer Stunde weg und Ronny ist nach Hause gefahren. Morgen fliegt auch er nach Barcelona, um das Auspacken und die Hängung der Bilder zu kontrollieren. Außerdem braucht er ein bisschen Urlaub. Ich werde mich hier etwas entspannen. In Barcelona bin ich ja oft genug gewesen. Ich erinnere mich an einen Aufenthalt 1939, kurz vor Ausbruch des Krieges. Ich wollte Paul Tortelier, den Cellisten, du weißt schon, in Monte Carlo treffen. Bin mit dem Zug quer durch Europa, überall Soldaten, erst nach Barcelona, wo Franco gerade die Macht übernommen hatte, und dann weiter … Habe ich das schon erzählt?«

»Ja, das hast du.«

»Wie enttäuscht ich war, als ich hörte, dass er das Land verlassen hatte und inzwischen in den USA arbeitete. Obwohl ich ihm nach dem Krieg dann doch in Paris begegnet bin.«

»Mama. Ich kenne diese Geschichte.«

»Dann kannst du ja, der du jung bist und weiß, was er schon erzählt hat, mir etwas erzählen, was ich noch nicht gehört habe.«

»Jung? Was heißt das schon? Aber ich glaube, ich bin jünger als vor einer Woche.«

»Lass mich kurz nachdenken, wodurch man sich jünger fühlt.«

Mama kratzt sich am Kopf, legt ihre Stirn in Falten, hält sich grübelnd den Finger an die Nase. Im Nu hat sie das Rätsel gelöst.

»Du bist frisch verliebt – oder Ritva ist wieder da.«

»Das Erste. Du hast mich durchschaut.«

»Na wunderbar! Lass dich umarmen. Das wurde aber auch höchste Zeit! Vielleicht wird's ja doch noch was mit einem neuen Enkel.«

»Langsam, langsam, Mama, du weißt doch noch nicht mal, wer sie ist.«

»Natürlich weiß ich, in was für Frauen sich mein Sohn verliebt. Mütter wissen so was. Also rauf mit dir und räum deine Bude auf. Da oben herrscht ein einziges Chaos. Dort ist seit einer Ewigkeit nicht mehr sauber gemacht worden.«

Den gesamten nächsten Vormittag verwende ich darauf, bei mir Ordnung zu schaffen. Aufräumen, Staub wischen, Fenster putzen, das Bett beziehen, Blumen kaufen. Am Ende bin ich fast um meinen psychischen Zustand besorgt. Ein solcher Putzwahn kann kein gutes Zeichen sein. Ich rasiere mich, dusche und gehe hinunter zu meiner Mutter, die auf der Veranda steht und ebenfalls ausmistet. Alte Pinsel, leere Farbtuben, Dosen und Flaschen – alles wandert in den Müll. Ihr stahlgraues Haar hat sie in ein Frotteehandtuch gewickelt.

»Sag bloß nicht, dass du auch aufräumst.«

»Da allgemein bekannt ist, dass ich nie aufräume, muss ich

es wohl heimlich tun. Anna kommt doch heute zum Putzen, da will ich vorher die größte Unordnung beseitigen. Du fährst doch sicher nachher mit ein, zwei Tüten zur Mülldeponie? Dann kannst du auch meine vier Säcke mitnehmen, oder?«

»Kein Problem.«

»Du brauchst dich für heute Abend nicht ums Essen zu kümmern, das mache ich. Ihr kommt mich doch besuchen und esst mit mir zu Abend? Nicht dass ihr die ganze Zeit auf deinem Zimmer hockt.«

Ich grinse übers ganze Gesicht.

Nach der Müllentsorgung ziehe ich mich um und breche nach Uppsala auf. Im Auto habe ich das Gefühl, mein ganzer Körper steht unter Strom.

Aus alter Gewohnheit parke ich zwischen Rathaus und Bahnhof, schlendere durch die Fußgängerzone, schlage die Zeit tot. Das Konzert findet im alten Rathaus neben dem großen Markt statt.

Das Publikum ist nicht besonders zahlreich. Ungefähr vierzig Personen haben sich in dem schönen ehemaligen Sitzungssaal eingefunden. Mirabella Serack ist in Schweden kein bekannter Name. Im Gegensatz zu Mozart. Ich setze mich so weit wie möglich nach vorne. Die ersten beiden Reihen sind leider besetzt, doch auch die dritte ist nicht übel.

Die Zuhörer warten geduldig. Tuscheln unter den Kronleuchtern, grüßen einander, man scheint sich zu kennen. Ich sitze neben einem älteren grauhaarigen Herrn, der mir freundlich zunickt.

Das Orchester wird mit Applaus begrüßt. Auftritt des Dirigenten, noch mehr Applaus.

Dann kommt sie. Meine Bella.

In einem sittsam ausgeschnittenen safrangelben Abendkleid, das ihre Mittelmeerbräune hervorragend zur Geltung bringt. Der Saum ihres Kleides schwebt über den Boden. Artiger Beifall. Ihr Blick sucht mich. Der Beifall bricht ab, die Erwartungen sind offenbar bescheiden.

Das Publikum sollte sich wundern.

Temerani! Sortite fuori di questo loco! ›Così fan tutte‹. Bella beginnt mit Kraft, Dramatik und südländischem Temperament!

Vor der Pause folgen weitere Arien aus ›Così fan tutte‹ und ›Le nozze di Figaro‹. Bella zwinkert mir zu, als sie die Bühne verlässt.

In den Reihen brechen lebhafte Diskussionen aus. Die Leute formieren sich zu kleinen Gruppen, mein Nachbar beugt sich mir entgegen.

»Was für eine Stimme! Haben Sie schon mal von ihr gehört?«

»Ja, ein junges Talent, bei dem bereits alles vorhanden ist«, antworte ich lässig.

Am liebsten würde ich auf die Bühne springen und ihr nachlaufen. Mit ihr die Pause verbringen.

Der zweite Teil beginnt verhaltener mit *Batti, batti o bel Masetto* aus ›Don Giovanni‹. Gefolgt von einem neuen dramatischen Höhepunkt: *In quali eccessi ... Mi tradi quell'alma ingrata ...* Das Konzert endet mit einer weiteren Arie sowie einem richtigen Publikumsrenner, *Exsultate, jubilate.*

Nachdem der letzte Ton verklungen ist, bin ich nicht der Einzige, der aufspringt und »bravo, bravo!« ruft. Bellas Temperament und ihr außerordentliches Talent haben das Publikum im Sturm erobert und den alten Sitzungssaal zu einem Teil Italiens gemacht.

Bella sieht sich zu einer Zugabe genötigt, ehe sie, mit Blumen überhäuft, die Bühne verlässt.

Mit stolzgeschwellter Brust dränge ich aus dem Rathaus und höre begeisterte Kommentare: »Fantastisch! Was für ein Temperament! Eine große Sängerin! Warum haben wir noch nie etwas von ihr gehört? Diese gestalterische Kraft, diese Inspiration! Das beste Konzert seit langem!«

Der grauhaarige Gentleman, neben dem ich gesessen habe, steht ratlos auf dem Bürgersteig und scheint jemand verloren zu haben. Als er mich sieht, kommt er auf mich zu:

»Sagen Sie: Ist sie Schwedin?«

»Ja, ihre Familie wohnt in Ekemåla, aber sie arbeitet vor allem im Ausland.«

»Wie interessant. Haben wir denselben Weg? Ich muss da lang.« Er macht eine Geste, die halb Uppsala umfasst.

»Ich warte auf Frau Serack.«

»Ah, Autogrammjäger?«

»Nein, Verlobter.«

Ich werfe mich in die Brust wie ein balzender Auerhahn.

»Sven, hier sind wir!« Mein Konzertnachbar hat seinen Begleiter entdeckt. Angeregt plaudernd, schlendern sie über den Marktplatz.

Verdammt, jetzt habe ich doch in all der Aufregung vergessen, Blumen für den Star des Abends zu kaufen. Ich Idiot! Zornig stampfe ich auf, während Bella sich von hinten an mich heranschleicht.

»Was ist los?«

»Ach, es tut mir so Leid, aber ich habe vollkommen vergessen, Blumen für meine Primadonna zu kaufen.«

»Meinst du, ich brauche noch mehr?«

»Nein, aber eigentlich wollte ich unbedingt ...«

»Nimm mich doch einfach in den Arm.«

»Mmm.«

»Kommst du mit rauf auf mein Zimmer? Ich will schnell duschen und mir was anderes anziehen, ehe wir fahren.«

»Wollen wir nicht lieber gleich aufbrechen? Meine neugierige Mutter wird noch ganz verrückt, wenn wir nicht so bald wie möglich zu Hause sind.«

»Zu Hause? Sag mal, wohnst du etwa bei deiner Mutter?«

»Nein, aber ganz in der Nähe. Vorher hatte ich ein Haus in Örvik, aber das ist eine längere Geschichte.«

»Was macht deine Mutter?«

»Sie ist Malerin. Hat ihre ganze Veranda in ein Atelier verwandelt. Alles in allem kann man sie als hyperaktiven, in die Jahre gekommenen Bohemien bezeichnen.«

»Meinst du, ihr wird meine CD gefallen?«

»Darauf kannst du dich verlassen. Sie war Musikerin, ehe sie umsattelte. Hat Cello gespielt und unterrichtet, wie deine Mutter auch. Meinetwegen brauchst du gar nichts anderes anzuziehen. Im Abendkleid bist du wunderschön. Schmeiß einfach alles in den Koffer. Ich hole das Auto und bin in zehn Minuten wieder da.«

»Nein, ich dusche schnell. Das dauert auch nur zehn Minuten.«

Abendkleider sind nicht für kleine Autos geschaffen. Ich helfe Bella in meinen engen Leihwagen, raffe all den safrangelben Stoff zusammen, der unter dem langen schwarzen Mantel hervorquillt.

»Nach diesem Konzert ist es zweifelhaft, ob ich noch ohne dich leben kann«, sage ich und empfinde es genau so.

»Bist du nicht ein bisschen voreilig? Außerdem muss ich dich vor meinen Wutausbrüchen warnen. Ein Erbe meiner Großmutter Giulietta Cavalcanti.«

»Och, ich kann jederzeit ins Ausland verschwinden und lange Reisen machen. Oder meinem Hobby als Möchtegern-Polizist frönen.«

»Und dann bin ich auch noch Vegetarierin.«

»Ich auch.«

»Ich komme morgens nicht aus den Federn.«

»Ich schon.«

»Gut, dann machst du das Frühstück.«

Ein elegantes Paar gibt sich die Ehre. In dunklem Anzug und Abendkleid.

»Wird hier das Diner serviert?«

Muffins bellt aus reiner Verwunderung. Er hat noch nie ein Abendkleid gesehen. Mama schlägt vor Begeisterung die Hände zusammen. Auch sie hat sich in Schale geworfen und trägt einen flanellgrauen Hosenanzug und ein knallblaues Hemd.

Und will alles wissen.

Das Gespräch ist lebhaft. Hände und Arme wirbeln durch die Luft, als wäre man auf einem Marktplatz in Palermo.

Unauffällig stehle ich mich zum Telefon, um mit Lindström zu telefonieren.

»Josef hier. Wie ist die Lage? Gibt's was Neues?«

»Gegenfrage: Wie war das Konzert? Bist du immer noch so verliebt wie vorher?«

»Ja! Und das Konzert war hinreißend. Jetzt bist du dran. Was ist mit der Blutspur im Schuppen?«

»Stammt nicht von einem Menschen, sondern von einem Reh. Wir haben Reste des Kadavers in der Nähe der Hütte ausgegraben«, berichtet Lindström.

»Noch was?«

»Wir haben uns das Testament von Siw Nörhed angeschaut. Keine Überraschung. Die Kinder sind Alleinerben. Das Arrangement mit einem Bevollmächtigten läuft vorerst weiter. Es ist Sache der Behörde zu entscheiden, ob Paulus Fager weitermachen soll oder ersetzt wird. Die Kollegen in Stockholm haben mitgeteilt, dass es sich bei den Mädchen in der Wohnung wirklich um schwedische Studentinnen handelt, die der Polizei unbekannt sind. Was gibt's noch? Ach, ja. Die Polizei in Oldenburg hat Anette Jonsson und ihre Komplizin wegen Verdachts auf Menschenhandel und Zwangsprostitution in U-Haft genommen. Beide waren bei den deutschen Ermittlern kein unbeschriebenes Blatt.«

»Und Fåglemyhr?«

»Ist wie vom Erdboden verschluckt, aber vielleicht freut es dich zu hören, dass von ihm und Fager Abdrücke auf der aufblasbaren Barbie gefunden wurden.«

»Aha, konnten sie also ihre Finger nicht im Zaum halten …«

»Wer spricht von Fingern?«

»Sprachst du nicht von Fingerabdrücken?«

»Ja, ja, tat ich wohl … ansonsten fragt sich die Polizei, ob Fåglemyhr vielleicht Selbstmord begangen hat. Taucher suchen im See bei der Hütte. Bisher ohne Ergebnis. Dasselbe gilt glücklicherweise für den Erdhaufen im Garten. Wir haben jeden Klumpen durchgesiebt. Nichts.«

»Nichts?«

»Nicht mal Katzenpisse … aber jetzt erzähl doch noch ein bisschen von Bellas Konzert.«

Das tue ich und wiederhole alles für Ingbritt ein weiteres Mal, bis diese einen tiefen Seufzer ausstößt:

»Das ist einfach unglaublich! Lernt in Ekemåla eine italienische Opernsängerin kennen!«

»Na ja, im Grunde kommt sie aus Linköping.«

»Wo lebt sie denn? In Ekemåla wohnen doch wohl nur ihre Eltern?«

»In der Nähe von Rom.«

»Ach, wir freuen uns so für dich, Josef, aber jetzt sagen wir gute Nacht. Du hast doch gehört, dass Ulla Svärd ein Medikament einnahm, von dem ihr wahrscheinlich übel wurde?«

»Ja, das würde auch den Unfall erklären.«

»Das denke ich auch.«

»Noch eines. Marie-Therese und Anders scheinen weggezogen zu sein. Ihr Telefonanschluss ist stillgelegt worden und an der Schule hat sie aufgehört. Sie hatten schon länger mit dem Gedanken gespielt, nach Frankreich zu gehen. Vermutlich haben sie ihn jetzt in die Tat umgesetzt. Also, gute Nacht«, sagt Ingbritt.

Ich gehe wieder zu den Damen und frage sie, ob wir nicht mal Schluss machen sollten für heute. Es ist zwölf. Bella hat hart gearbeitet und ich bin lange gefahren.

»Ihr könnt doch morgen weiterreden«, schlage ich vor.

Bella gähnt demonstrativ und deutet an, dass meine Idee vielleicht gar nicht so dumm ist. Auch meine Mutter sieht ein, dass es Zeit fürs Bett ist, wenn auch in anderer Hinsicht.

»Zum Frühstück gibt's frisch gebackenes Brot. Sagen wir, um zehn? Muffins kann doch bei mir bleiben, oder?«, fragt sie.

»Wenn du willst.«

Der Mond blickt auf uns herab, während wir über den Hof schlendern. Ich führe Bella zuerst in das Fotoatelier und schalte das Licht ein.

»Hier arbeite ich …«

Dann eilen wir die Treppe hinauf auf den Dachboden, wo ich mir meine Junggesellenhöhle eingerichtet habe. Meine mitfühlende Mutter ist offensichtlich hier gewesen, um sich zu vergewissern, ob auch alles in Ordnung ist. Mütter! Auf einem silbernen Tablett stehen zwei Sektgläser, zwischen denen ein Zettel klemmt, der darüber informiert, dass sie eine Flasche Champagner im Kühlschrank deponiert hat.

»Bitte entschuldige, ich bin so müde …«, sagt Bella. Den Champagner werden wir wohl auf morgen vertagen müssen.

»Du, Josef, ich kann doch in deinem Bett schlafen, oder?«

›Aber ja!‹, möchte ich rufen, bekomme aber keinen Ton heraus.

»Ich werde innerhalb von dreißig Sekunden einschlafen, aber wir wachen doch früh genug wieder auf, oder?«

»Um zehn Uhr gibt's Frühstück«, erinnere ich sie.

»Dann stelle ich deinen Wecker auf halb acht. Ich werde ihn nicht hören, du musst mich also wecken. Langsam und zärtlich …«

»Mmm.«

»Damit wir das Frühstück nicht versäumen«, kichert Bella.

»Sehr wichtig, das Frühstück nicht versäumen«, bestätige ich.

Ich befreie sie behutsam aus ihrem Abendkleid. Sie riecht gut. Das registriere ich noch, bevor wir einschlafen. Da also liegt der Unterschied zwischen jugendlicher und reiferer Liebe.

Um halb acht beginne ich, meine Bella zärtlich zu wecken.

Dann entdecken wir uns und …

... kommen nur fünfzehn Minuten zu spät. In den Geruch von Leinöl und Terpentin mischt sich der Duft frisch gebackenen Brots. Meine Mutter kommt in ihrem hellroten Overall von der Veranda.

»Schon auf? Ich hatte euch frühestens in einer Stunde erwartet«, sagt sie verschmitzt. Ich werde tatsächlich ein bisschen rot.

»Wir hatten den Wecker extra früh gestellt«, erklärt Bella, und meine Mutter begreift, dass sie es mit einer Frau zu tun hat, die die Dinge beim Namen nennt. Sie nickt zufrieden und geht in die Küche.

»Kommt. Das Brot ist noch warm. Tee oder Kaffee?«

Nach dem Frühstück ziehen sich die Frauen auf die Veranda zurück. Ich lese Zeitung und kann sie durch das Fenster beobachten. Sie scheinen sich gut zu verstehen.

Unsere Zukunft ist in der Schwebe. Zwei unabhängige Persönlichkeiten, zwei Haushalte, zwei Länder.

»Wie geht's jetzt weiter mit uns?«, frage ich Bella, während wir auf dem Weg nach Vimmerby sind. Das Auto ist voll gepackt: ihr Koffer, meine Tasche sowie Muffins auf seiner Decke, der die gesamte Rückbank beansprucht. Bella hatte ihr Auto am Bahnhof stehen lassen, als sie den Zug nach Uppsala genommen hat.

»Ich wohne in Italien. Wie ist es mit dir? Sprichst du Italienisch?«

»Ich werde es lernen, das verspreche ich dir.«

»In einer Woche fahre ich zusammen mit meiner Schwester nach Hause und komme über Weihnachten und Silvester nach Schweden zurück. Das ist ja schon bald, und dann gehe ich wieder auf Reisen.«

»Lange?«

»Ja, ich fürchte schon. Zuerst einige Konzerte in den Niederlanden. Im Frühjahr habe ich eine kleine Partie in Italien in Aussicht.«

»Dann hätten wir immerhin eine Woche für uns. Kannst du denn ein paar Tage bei mir wohnen, bevor du fährst?«, frage ich.

»Aber ja.«

»Weihnachten und Neujahr?«

»Natürlich sind wir da zusammen! Weihnachten bei meiner Familie, Silvester mit deiner herrlich verrückten Mutter. Ich finde sie großartig«, sagt Bella.

»Meine verrückte Mutter fährt über Silvester zu Verwandten nach Finnland. Das ist Tradition. Lass uns nach London fliegen und Silvester mit meiner Schwester Rakel und meinem Sohn Felix feiern. Er ist Mitglied des New London Chamber Choir.«

»Wirklich? Das wär ja großartig!«

»Und heute abend stimmen wir uns darauf ein – mit dem Requiem von Pierre la Rue und einer Messe von Josquin Desprez, ja? Nur du und ich.«

Wenn Bella mich so ansieht, höre ich nicht nur den London Chamber Choir in meinem Kopf, sondern sämtliche Engel singen.

29

Während Ingbritt und Lindström ihre Winterferien in Portugal verbringen, passen Bella und ich aufs Haus auf, machen Feuer in den Kachelöfen, verwöhnen uns – nicht nur mit gutem Essen. Tagsüber schnallen wir die Langlaufski an und gehen mit Muffins auf ausgedehnte Entdeckungstouren. Glückliche Tage und Liebesnächte. Aus dem Londontrip wird nichts. Meine Schwester ist verreist und mein Sohn arbeitet. Stattdessen feiern wir in Abendgarderobe und geliehenem Frack bei der schwarzen Dame, Königin Edit auf Blekeryd. Helin, Karlsson und Arvid sind ebenfalls eingeladen. Ein denkwürdiger Abend. Am nächsten Tag muss Bella fort und es wird schrecklich leer.

Schneematsch liegt auf den Straßen, als ich an einem grauen Februartag auf einem unbequemen Stuhl im Amtsgericht von Eksjö sitze und den Prozess gegen Morgana verfolge, die eigentlich Maj-Britt Olsson heißt und die Tochter eines Landwirts ist.

Ich zucke die Achseln, als das Gericht sie des Menschenhandels und der schweren vorsätzlichen Körperverletzung für schuldig befindet. Das Urteil stützt sich im Wesentlichen auf Erzis Zeugenaussage. Zwei Wochen später ergeht das Urteil: Fünf Jahre Gefängnis. Das Gericht sieht es als erwiesen an, dass Maj-Britt Olsson für Erzis Gefangenschaft verantwortlich ist und überdies eine extreme Brutalität und Rücksichtslosigkeit an den Tag legte.

Der ›Ekemåla-Kurir‹ berichtet. Dann wird es still um den Fall.

Die Ermittlungen im Kanalmord treten auf der Stelle. Auch die Taucher haben in den Seen rund um Mosshester nichts gefunden. Fåglemyhr bleibt verschwunden. Die tote Frau aus dem Kanal ist nicht zu identifizieren und wird offenbar von niemandem vermisst – was den Verdacht erhärtet, dass es sich um ein illegal importiertes Opfer der Sexindustrie oder um eine einsame Frau handelt, ohne Angehörige, Freunde oder Bekannte.

Irgendwo muss es eine Wohnung geben, in der sich Rechnungen und Mahnbescheide türmen. Bis der Gerichtsvollzieher eines Tages vor der Tür steht. Aber das kann dauern. Im schwedischen Wohlfahrtsstaat sterben immer mehr Menschen einsam, ohne von irgendjemand vermisst zu werden.

Die These, das Stadthotel habe gewusst, was sich in den kleinen Hinterhofzimmerchen abspielte, lässt sich durch nichts belegen.

Auch über das Schicksal von Helins Eltern gibt es keine

neuen Erkenntnisse. Trotz der Geheimdiplomatie des Außenministeriums sind die Hoffnungen gering. Verschiedenen Menschenrechtsorganisationen zufolge ist es in der Türkei nichts Ungewöhnliches, dass unerwünschte Personen, und zu denen gehören politisch aktive Kurden zweifellos, spurlos verschwinden. Das Interesse der Türkei an einer EU-Mitgliedschaft sorgt immerhin dafür, dass man sich in Fällen wie dem Verschwinden von Helins Vater aufgeschlossen zeigt, obwohl praktisch keine Einflussnahme von außen möglich ist.

Als sich der alte Rektor in Varghult krankheitsbedingt aus dem Schuldienst zurückzieht, wird er von einem umgeschulten Militärhauptmann beerbt. Dem neuen Chef der Schulbehörde ist ein straffes Regiment offenbar wichtiger als die Berufserfahrung eines beliebten Sozialkundelehrers, der sich ebenfalls für diese Stelle beworben hatte und der Favorit des Kollegiums war.

Schon nach einer Woche weiß Ingbritt genau, woher der neue Wind weht. Und da sie dessen Richtung nur allzu gut kennt, verzichtet sie nach Ablauf ihrer Stellvertretung freiwillig auf eine Übernahme und geht mit Lindström nach Boköping zurück. Schon bald, hoffen beide, würde sich die Chance einer Rückkehr bieten. Ihr frisch renovierter Hof ist jederzeit empfangsbereit. Das gilt auch für mich. Ich bekomme eigene Schlüssel und kann dort wohnen, wann immer ich will.

»Fühl dich hier jederzeit zu Hause. Vieles hast du ja selbst gebaut«, sagt Lindström mit einem Anflug von Wehmut, als wir an einem der ersten sonnigen Frühlingstage, an denen Leberblümchen und Huflattich nicht mehr fern sind, die Tür hinter uns schließen und den Hof verlassen.

Am nächsten Tag kehre ich zu meiner gewohnten Arbeit mit Jurek und Louise zurück. Lindström pendelt wieder zwischen Boköping und Västerås. Ingbritt prüft die Möglichkeiten, in einer der Nachbargemeinden angestellt zu werden. Bis auf weiteres begnügt sie sich mit einer Stellvertretung an der St. Ilianskola in Enköping.

Selbst Arvid fragt sich ernsthaft, ob er den Großteil der ihm verbleibenden Zeit weiterhin der Schule opfern soll, was ihm weder finanzielle noch anders geartete Anerkennung einbringt. Falls er sich nicht vorzeitig pensionieren lässt, will er nur noch halbtags arbeiten und die andere Hälfte der Zeit dazu nutzen, ein Buch über Gut Blekeryd und dessen originelle Herrscherin zu schreiben, die einem Geschlecht entstammt, das seit sage und schreibe fünf Generationen aus Seefahrern, Geschäftsleuten und Schöngeistern besteht.

Eines Tages im Frühsommer treffen wir uns alle bei Lindströms in Boköping. Der Garten wartet ungeduldig darauf, seine Blütenpracht zu entfalten, und Ingbritt hat den langen Tisch auf der Veranda gedeckt.

Zwangsläufig kommen wir auf den Kanalmord zu sprechen. Arvid ist der Einzige, der etwas Neues zu berichten hat: Siw Nörheds Bevollmächtigtem Paulus Fager ist ein Stipendium gewährt worden. Er wird sein Amt in Ekemåla zur Verfügung stellen, um erneut an einer Bibelschule in den USA zu studieren. Die Zeitung hatte auf einer ganzen 4-farbigen Seite darüber berichtet. Zum neuen Bevollmächtigten ist jur. kand. Karl Fredrik Norélius ernannt worden. Er soll Siw Nörheds Erbe verwalten. Er tut dies aktiv und stoppt den Verfall von Mosshester, lässt das Haus renovieren, das Gestrüpp lichten, Beerensträucher und Apfelbäume pflanzen sowie die alte Zufahrt zum Haus wieder instand setzen. Die Hütte soll vermietet werden. Norélius annonciert zu diesem Zwecke in Deutschland.

Natürlich ist es schön, wieder zu arbeiten. Ich bereite eine Bildreportage über Menschen vor, die ein neues Leben begonnen haben. Es ist ein internationales Projekt, das beispielsweise einen erfolgreichen Börsenmakler vorstellen soll, der aus der Tretmühle ausbrach, um einen radikalen Neuanfang im Kloster zu wagen. Auch ein Buch soll daraus entstehen, später vielleicht eine Ausstellung.

Arbeit gibt es genug, auch interessante Arbeit, aber die Sehnsucht nach Mirabella nagt an mir.

Hals über Kopf verliebt und getrennt zu sein ist schlimmer als Zahnschmerzen.

Schließlich halte ich es nicht länger aus und wildere in der Erbschaft meines Onkels Abraham, die in Form eines Sparkontos für Sonderprojekte und unvorhergesehene Zwischenfälle besteht. Mirabella ist ein unvorhergesehener Zwischenfall. Im August ziehe ich nach Italien. Liebe auf Distanz ist auf die Dauer nicht möglich.

Muffins und ich ziehen in Bellas kleine Einzimmerwohnung, die sich in einem von Roms weniger glamourösen Vororten befindet, die in keiner Touristenbroschüre zu finden sind. Wenig später mieten wir gemeinsam eine etwas größere, über einem Lebensmittelladen gelegene Wohnung, ungefähr dreißig Kilometer südöstlich von Rom, in Palestrina.

Von Italien aus will ich freiberuflich arbeiten. Vom Magazin ›Europa‹ habe ich den Auftrag für eine farbige Bildreportage. Außerdem werde ich für eine Gourmetzeitschrift über Oliven und Olivenöl schreiben. Auch für Jurek habe ich einen Auftrag akquirieren können. Er soll eine Kollektion neuer Weinetiketten gestalten.

In Palestrina lerne ich Umberto Tettrazini, einen lokalen Porträtfotografen, kennen, der mir seine gut ausgestattete Dunkelkammer zur Verfügung stellt.

Wenn ich nicht arbeite, tue ich alles, um Bella zu entlasten. Sich als Sängerin durchzuschlagen ist hartes Brot. Ich erledige die Hausarbeit und mache ein bisschen PR für sie.

Wir hoffen, bald, zumindest für eine gewisse Zeit, nach Schweden zurückkehren zu können oder Schweden zumindest ein bisschen näher zu kommen, doch im Moment ist das nicht absehbar.

Ab und zu begleiten Muffins und ich Bella auf Konzerte oder kurze Gastspiele, vor allem nach Deutschland und in die Niederlande.

Zwischendurch widme ich mich zunehmend der Malerei. Es hat etwas mit dem Licht, den Geräuschen und dem Tempo in Italien zu tun, das mich immer wieder auf die Dachterrasse treibt, um zu malen. Bella behauptet scherzhaft, ich täte das, damit ich ihr nicht beim Üben zuhören müsse. Eine Behauptung, die natürlich aus der Luft gegriffen ist.

Das Leben pulsiert, die Zukunft ist aufregend ungewiss.

Hin und wieder lassen Ingbritt und Lindström von sich hören. Kürzlich habe ich mich in einem Brief danach erkundigt, was eigentlich aus der Anklage beim Justizbevollmächtigten geworden ist, aber dessen Mühlen mahlen bekanntlich langsam.

Arvid hält mich über den Stand seines Buchprojekts auf dem Laufenden und legt seiner Post stets Ausschnitte aus dem ›Ekemåla-Kurir‹ bei.

Auch Helin und Edit schreiben regelmäßig. Vor allem die Korrespondenz mit Helin ist lebhaft. Ich fühle mich geschmeichelt, dass ich ihr eine Art Ersatzpapa sein darf. So geschmeichelt, dass ich sie für die Osterferien nach Italien einlade.

Ich hole Helin am Flughafen ab und wir fahren hinauf nach Palestrina. Helin ist erwachsener und gesprächiger geworden. Sie sagt, es gehe ihr gut. Die einzige dunkle Wolke an ihrem Himmel ist die Tatsache, dass die Jungen, die sie im Stadtpark fast umgebracht hätten, immer noch auf ihre Schule gehen. Ihre Nähe macht Helin Angst und ruft nach wie vor Albträume hervor, aus denen sie nachts schreiend hochschreckt.

Die Schule sieht keinen Handlungsbedarf. Der Rektor hatte ihr vorgeschlagen, die Schule zu wechseln. Helin ist der Meinung, die Jungen sollten wechseln, weiß jedoch, dass die Schulbehörde sich darauf nicht einlässt. Die Versetzung der Schüler in eine andere Gemeinde würde einen zu großen bürokratischen und finanziellen Aufwand bedeuten.

Während längerer Pausen und Freistunden geht sie ihnen aus dem Weg.

Danne, der Junge, der sie vergewaltigen wollte, ist mit seiner Familie weggezogen.

»Es gab eine Menge Gerüchte.«

»Wegen des Unglücks in der Turnhalle?«, frage ich.

»Ich weiß nicht genau, was vorgefallen ist, aber immer mehr Leute hatten es auf ihn abgesehen. Schließlich hat er die Schule verlassen.«

»Hat dich das nicht erleichtert?«

»Nein, er hat mich als Einziger um Verzeihung gebeten.«

»Vergessen wir Ekemåla«, schlage ich vor.

Zusammen mit Fausto, dem Sohn unseres Vermieters, der ein paar Jahre älter ist als sie, lernt Helin Rom kennen. Fausto ist zurückhaltend und sympathisch, ein ernster junger Mann, der Geschichte studieren will. Er hat sich für den nächsten Herbst an der Universität eingeschrieben; bis dahin hilft er seinem Vater im Laden.

Eines Abends, nachdem Fausto und Helin mit Bella von einem Konzert aus Neapel zurückgekehrt sind, erzählt Helin plötzlich von einem immer wiederkehrenden Detail in ihren Albträumen. Es geht um die Nacht, in der sie von ihrer Hütte aus beobachtete, wie zwei Männer einen Gegenstand in den Fluss legten.

»Der Traum ist jedes Mal ein bisschen anders. Sie legen etwas ins Wasser, mal ist es ein zusammengerollter Teppich, mal ein Sack oder ein kleines Boot. Einmal haben sie nur ihre Hände im Fluss gewaschen, doch zwei Dinge sind immer gleich: Das eine ist die Kleidung der Männer, das andere ist das sonderbare Gefühl, dass sich jemand im Gebüsch versteckt hält und alles beobachtet«, erzählt Helin.

»Ein weiterer Zeuge?«, frage ich.

»Ja«, antwortet Helin.

Wir sitzen im Lichtkreis der Küchenlampe am Tisch, der übrige Raum liegt im Dunkeln. Helin rührt einen Teelöffel Honig in ihren Becher. Mirabella hat sich schon hingelegt. Wir sprechen Englisch.

»Ich habe so ein Gefühl im Traum. Es ist eine eigentümliche Atmosphäre, ein Geruch, ein Rascheln, ich kann es nicht erklären, es ist nur ein Gefühl, wie vor einem Unwetter.«

»Das erzählst du zum ersten Mal.«

»Ja, ich weiß. Ich kann ja nicht mit Bestimmtheit sagen, dass ich jemand gesehen habe, aber im Traum kann ich ihn spüren.«

»Wo im Park soll er gewesen sein?«

»In den Fliederbüschen hinter dem Versteck. Es ist immer dieselbe Stelle.«

»Kannst du beschreiben, was genau dir dieses Gefühl vermittelt?«

»Nein, mir fällt dazu nicht Konkretes ein, aber irgendwas muss es gewesen sein. Etwas, das in mein Unterbewusstsein gedrungen ist.«

»Versuch, es zu beschreiben.«

»Es ist ein unbestimmtes, beklemmendes Gefühl. Der Traum an sich ist sehr real. Es ist warm, die Luft riecht nach Gras und Laub, ein leichter Wind raschelt in den Bäumen, das Dunkel ist undurchdringlich, nur die bunten Lichter des Jahrmarkts schimmern durch die Zweige ... so wie es in Wirklichkeit war.«

»Es geht ein leichter Wind«, sagst du. »Die Zweige schwanken, die Blätter rascheln. Kann es das gewesen sein? Oder du hast etwas gehört, das du nicht richtig einordnen konntest und das dein Gehirn jetzt, im Nachhinein, im Traum, als einen Unbekannten deutet, der sich versteckt hielt.«

»Der Wind war schwach. Erzeugte nur ein leises Wispern. Aber das Gefühl ist sehr stark.«

»Wie beginnt der Traum?«

»Mit frischer Luft. Immer mit frischer Luft. Ich spüre, dass ich frische Luft atme, dann höre ich das Rascheln von Laub und schlage die Augen auf. Ein Streifenwagen fährt durch den Park. Das Blaulicht flackert durch die Zweige. Es sieht unheimlich aus. Der Wagen entfernt sich, in der Ferne sehe ich noch einmal das Blaulicht aufscheinen, dann ist er verschwunden. Kurz darauf kommen die beiden Männer, die etwas Schweres tragen, das ich nicht genau erkennen kann. Sie tragen es zum Fluss. Bleiben kurz am Ufer stehen. Ruhen sich vielleicht aus oder schauen sich um.«

»Kein besonderer Geruch, keine Geräusche?«

»Ein Vogelschwarm, Dohlen, glaube ich, flattert plötzlich auf. Dann beugen sich die Männer hinunter und lassen den Gegenstand vorsichtig ins Wasser. Manchmal habe ich das Gefühl, sie hätten etwas aus einer Verpackung oder Hülle befreit, aber wo ist diese Hülle dann geblieben?«

»Du hast kein Platschen gehört?«

»Nein, überhaupt nicht.«

»Kam das Rascheln, das du gehört hast, vielleicht von der Verpackung? Könnte sie aus Pappe gewesen sein?«

»Ich weiß es nicht. Sie waren zu weit weg.«

»Wo steht in deinem Traum der Baum mit den Vögeln?«

»Bei den Fliederbüschen. Das tut er auch in Wirklichkeit.«

»Schon möglich, dass du Recht hast, dass dein Traum Recht hat und tatsächlich jemand im Gebüsch versteckt war. Das würde auch erklären, warum die Vögel aufgeschreckt wurden.«

»Vielleicht wurden sie durch den Streifenwagen gestört.«

»Hm, sind die Vögel denn aufgeflattert, als der Streifenwagen das erste Mal vorbeifuhr?«

»Nein, das ist wahr, das taten sie nicht. Vielleicht eine Katze?«, fragt Helin zweifelnd.

»Hast du der Polizei von deinem Traum berichtet?«, frage ich.

»Nein, ist doch nur ein Traum«, entgegnet sie.

»Was ist später passiert, nachdem die Männer verschwunden waren?«

»Nichts Besonderes. Ich bin liegen geblieben und habe die Augen offen gehalten. Das Polizeiauto suchte weiter, und ich sah einen Jungen, der in aller Eile durch den Fluss watete. Nach ihm haben die Polizisten vielleicht gesucht. Er lief dem Jahrmarkt entgegen.«

»Und dann?«

»Nichts weiter. Als die Lichter erloschen, bin ich eingeschlafen.«

»Von dem Jungen, der durch den Fluss watete, hast du früher gar nichts gesagt.«

»Nein, vielleicht nicht, aber der gehörte für mich nicht mit zur Geschichte. Der kam später.«

Es beginnt zu regnen, weiche Tropfen platschen auf das Fensterblech. Die Straßenlaternen schwanken sacht. Ein paar Nachteulen beschleunigen ihre Schritte.

»Vielleicht zieht ein Unwetter auf«, sagt Helin.

Einige Wochen später, zu Beginn des Sommers, während Bella und ich noch in Italien wohnen, bekomme ich einen langen Brief von Arvid, dem ein Zeitungsausschnitt beiliegt. Die Renovierung von Mosshester sei abgeschlossen und das Haus vermietet, berichtet er.

Die Mieter kommen aus Hamburg. Im Juni waren sie mit ihren beiden Söhnen dort eingezogen. Die Familie unternahm viele Ausflüge in der Umgebung, die Jungen badeten und angelten im nahe gelegenen See.

Der Familie gefiel es dort ausgezeichnet; das Einzige, was sie vermissten, war ein kühler Aufbewahrungsort für Butter und Milch. Das Haus verfügt weder über elektrischen Strom noch einen Kühlschrank. Die Renovierung des Kellers soll erst im nächsten Sommer in Angriff genommen werden. Auf der Suche nach einer vorübergehenden Lösung stieß die Familie auf eine Luke im Wohnzimmerboden, die sich unter dem gestreiften Läufer befand. Mithilfe eines Stemmeisens schafften sie es schließlich, die Luke zu öffnen. Danach war der fröhliche Sommerurlaub für die Familie Müller-Hardenberg beendet.

Die kurz darauf eintreffende Polizei stellte sofort fest, dass es sich um Karl-Göran Fåglemyhr, besser gesagt um dessen Überreste handelte, die in dem zirka drei Meter langen und einen knappen Meter breiten Zementrohr steckten. Neben der

Öffnung lagen ein Holzdeckel sowie ein alter Korb mit einem zerfaserten Seil. Hier hatte Siw Nörhed einst Butter und Milch aufbewahrt.

Die makabre Neuigkeit war dem ›Ekemåla-Kurir‹ eine ganze Seite wert. Die Zeitung wartete gleich mit mehreren Theorien auf, wie Fåglemyhr in seinem Betongefängnis gelandet sein könnte. Mir erscheint es am wahrscheinlichsten, dass er sich dort in aller Eile versteckt hatte und dann nicht mehr aus dem engen Rohr herauskam.

Eine Woche nach dem grausigen Fund bekomme ich einen Anruf aus Ekemåla. Eine junge, unsichere Stimme meldet sich am Telefon. Sie klingt verschreckt und verwirrt.

»Hallo, äh, ich bin's.«

»Wer ist ich?«

»Ich, Kenny. Ich hatte damals dieses Foto gemacht, das nichts geworden ist ...«

»Ach, hallo. Das ist aber lange her. Wie geht's dir?«

»Nicht besonders.«

»Das höre ich. Was ist passiert?«

»Die haben doch diesen Fåglemyhr gefunden. Er ist tot.«

»Ja, das habe ich gehört.«

»Dann muss ich jetzt wohl zur Polizei gehen«, sagt Kenny unsicher.

»Warum?«

»Ich habe alles gesehen.«

»Du hast den Mord gesehen?«, frage ich und höre Kenny schniefen.

»Ich hab gesehen, wie er sie umgebracht hat, mit einer Axt.«

Dann bricht Kenny in Tränen aus und berichtet zwischen den Schluchzern, wie Fåglemyhr und ein anderer Mann mit einer Frau gestritten, sie beschimpft und bedroht hätten. Die südländisch aussehende Frau wollte ihnen nicht in das Versteck folgen. Schließlich wurde Fåglemyhr so wütend, dass er die Frau fesselte und ihr den Mund zuklebte. Dann ging er in das Versteck, holte eine Axt und schlug ihr mit dem stumpfen Ende den Schädel ein. Der andere protestierte, aber Fåglemyhr war rasend vor Zorn. Kenny hockte wie gelähmt hinter den Büschen und sah alles mit an.

»Er hat sie einfach erschlagen!«, heult Kenny. »Dieses Schwein! Ich musste mich übergeben …«

Endlich ist es heraus, der Damm ist gebrochen, die Tränen haben freien Lauf. Kenny bringt kein Wort mehr hervor.

»So, ganz ruhig, es ist kein Verbrechen, Zeuge zu sein. Du hast nichts falsch gemacht, du brauchst keine Angst zu haben, aber natürlich musst du zur Polizei gehen.«

»Fåglemyhr hat gehört, wie ich gekotzt habe. Da ist er zu mir gekommen. Hat mich an der Kehle gepackt und gesagt, dass er meine Mutter vergewaltigt und sie umbringt, wenn ich was verrate.«

»Das hat er getan?«

»Ja! Er wollte mich gerade verprügeln, da kam ein Polizeiauto, und ich konnte abhauen. Ich hab mich versteckt und gesehen, wie sie die Frau in den Fluss geworfen haben. Da bin ich ganz schnell zum Jahrmarkt gelaufen und hab mich in einem Zelt versteckt, damit sie mich nicht finden. Das war bei einer Wahrsagerin oder so was.«

»Sind sie hinter dir hergekommen?«

»Weiß nicht. Ich hab sie nie mehr gesehen.«

»Wie sah der andere Mann aus?«

»Ein dunkelhäutiger Typ mit so einem komischen Hut.«

»Hat er Fåglemyhr geholfen?«

»Er war einfach dabei, aber er hat sie nicht getötet. War nur irgendein Kumpel, aber er ist auch tot. Ist von einem Auto überfahren worden. Das stand schon vor langem in der Zeitung«, sagt Kenny.

»Ja, ich erinnere mich.«

»Sie wusste genau, was passiert ist.«

»Wer?«

»Die Wahrsagerin. Sie hat mich gleich durchschaut. Ich war

total nervös. Vielleicht dachte sie, ich bin der Mörder oder so. Echt unheimlich, diese Hexen ...«

»Man kann sich leicht etwas vormachen.«

»?«

»Du hast also mir und der Polizei nichts erzählt, weil er dich bedroht hat?«, frage ich.

»Der Typ wollte meine Mutter töten!«

»Die Polizei wird das verstehen. Du brauchst keine Angst mehr zu haben. Wenn du mit einem netten Polizisten reden willst, der für so was mehr Verständnis hat als jeder andere, dann geh zu Kommissar Lindström, Knut Lindström. Er ist einer meiner besten Freunde. Du kannst ihn gleich heute Abend anrufen.«

» – «

»Versprichst du es mir?«

»Ja«, schluchzt Kenny.

»Möchtest du, dass ich vorher anrufe, um ihm zu sagen, dass du dich meldest?«

»Ja ... das wäre gut.«

»Du wirst sehen, er ist schwer in Ordnung. Er wird deine schwierige Lage verstehen. Er hat sich übrigens sehr über dein Foto gefreut. Das war ihm eine große Hilfe bei den Ermittlungen.«

»Ehrlich?«

»Absolut. Sonst alles okay mit deinen Kumpels?«

»Ja, aber wir fahren kein Moped mehr. Sehen uns überhaupt nicht mehr so viel.«

»Ich nehme an, ihr seid erwachsener geworden. Habt andere Interessen. Du gehst weiter zur Schule?«

»Ja, ich werde Restaurant- und Hotelfachwirt.«

»Und wie geht's Danne?«, frage ich, obwohl ich die Antwort kenne.

»Der ist schwul geworden und weggezogen.«

»Was? Erzähl!«

»Ja, hat sich einfach so entwickelt. Konnte nichts dagegen

tun. Wir sind immer noch Freunde, es ist ja nicht seine Schuld ... Danne ist okay. Mist, dass er weg ist.«

»Warum ist er weggezogen?«

»Er ist ziemlich gemobbt worden.«

»Mitschüler?«

»Nein, die wissen doch, dass er okay ist.«

»Wer denn sonst?«

»Alle möglichen Leute, auch Lehrer.«

»Konntet ihr nicht mit dem Rektor sprechen, damit das aufhört?«

»Das haben wir ja versucht, aber der hat nichts kapiert. Kam einmal in unsere Klasse und hat uns vollgesülzt. Dabei waren es doch nicht wir, die Danne gemobbt haben.«

»Und dann ist er weggezogen?«

»Seine bescheuerten Eltern wollten weg.«

»Tut mir Leid für Danne, solche Eltern zu haben.«

»Ja, er ist doch trotzdem ihr Sohn.«

»Grüß ihn von mir, wenn du ihn triffst, und sag mal, noch eine persönliche Frage: Hast du früher Ringe in der Nase gehabt?«

»Ja, aber meine Mutter hat sich so aufgeregt, dass ich sie wieder abgemacht habe.«

»Wo in der Nase?«

»Wieso? Wollen Sie auch welche haben? Würde cool aussehen.«

»Tja, wer weiß ... Tut das weh?«

»Nee, eigentlich nicht. Ich hatte zwei Ringe, einen auf jeder Seite.«

»Noch eine Frage. Hast *du* damals gerufen: ›Ach, ist doch nur ein Kanake!‹ oder so ähnlich, als die Leiche im Kanal gefunden wurde?«

» – «

»Warst du das?«

»Ja, kann schon sein ... das, das war dumm von mir.«

»Aber es war mutig von dir, mir alles zu erzählen. Ruf nachher meinen Freund Lindström an. Du wirst sehen, dann regelt sich alles.«

Ich gebe ihm Lindströms Privatnummer, und Kenny verspricht, noch am selben Abend anzurufen.

Mit dem Hörer in der Hand bleibe ich sitzen. Der Kanalmord ist aufgeklärt. Fast. Jetzt kennen wir zumindest den Mörder und seinen Gehilfen.

Ich werde Bella mit selbst gebackenen Scones und feinem Käse zum Abendtee überraschen. Sie hatte mal wieder ein Gastspiel im Süden und kommt heute nach Hause. Dann werden wir über das Angebot diskutieren, das ihr von der Oper in Helsingfors vorliegt.

Dieser Kanalmord geht mir nicht aus dem Kopf. Was treibt solche Männer an? Der Handel mit jungen Mädchen bringt viel Geld ein, so viel ist klar. Aber wozu dieser primitive und brutale Mord? Der Körper wurde weggeworfen wie ein Stück Müll – als wollte man ihn ein letztes Mal demütigen.

Fåglemyhr war in ärmlichen Verhältnissen aufgewachsen. Hatte während der gesamten Schulzeit keinerlei Interesse am anderen Geschlecht gezeigt, war ein Einzelgänger, wie Arvid sagt. Und dann? Wurde er zum Schwulenfeind, isolierte sich immer mehr, interessierte sich nur noch für Vögel. Vögel als Ersatz für Menschen, für Frauen? Im Holzverschlag im Park hat er die Frauen erniedrigt. Gemeinsam mit Morgana hat er Erzi eingesperrt, misshandelt, vergewaltigt, sie auf dem Dachboden fast erfrieren lassen. Das waren Racheakte, keine Sexualakte, die er an Frauen vollzog. Fåglemyhr rächte sich am weiblichen Geschlecht. Wir wissen, wie, aber nicht, warum er es tat. Die einzige Frau, mit der er einen vergleichsweise normalen Umgang pflegte, war wohl Morgana.

Auch mit dem Schwulenhasser Paulus Fager verband ihn etwas. Der war wohl der Einzige, zu dem Fåglemyhr so etwas Ähnliches wie ein freundschaftliches Verhältnis hatte. Wo war die Verbindung zum Frauenhandel, der Fåglemyhr eine bequeme Möglichkeit verschaffte, sein krankhaftes Rachebedürfnis am weiblichen Geschlecht zu befriedigen? Zynisch hatte er die brutale Misshandlung der frisch importierten Frauen arrangiert und gefilmt. Vielleicht nicht bei allen. Vielleicht nur bei denen, die sich wehrten.

Und Muharrem? Auch er war beteiligt. Aber es stellt sich die Frage, ob er jemals begriff, was da geschah.

Ingbritts Recherchen im Unglücksfall auf Hackhult sind gescheitert, aber ich gebe ihr Recht, dass vieles auf einen Mord hindeutet. Auch in diesem Fall entkam die Verdächtige durch ihren Tod einer irdischen Strafe. Der Tod werde uns zuvorkommen, hatte Zionda geschrieben. Die Wahrsagerin hat Recht behalten. Die Frage der Schuld wird damit nie geklärt.

Irritierend.

Im Grunde ein ziemliches Fiasko.

Und der Handel mit jungen Mädchen geht weiter.

Und noch eine Frage bleibt offen. Woher kommen die Stichwunden in Ullas Bauch? Ich glaube nicht an Holzsplitter.

Epilog

Millionenfund in Matratze

Eine Matratze, in der sich zweieinhalb Millionen Kronen befanden, wurde gestern auf der Mülldeponie in Vimmerby entdeckt. Wer der Unglückliche war, der die Matratze wegwarf, und wann das geschah, ist unklar. Klar ist jedoch, dass sich nun jemand gewaltig ärgert.

Die Angestellten der Deponie trauten ihren Augen nicht, als sie die Matratze in einen anderen Container werfen wollten, wobei der Stoff aufplatzte und seinen wertvollen Inhalt offenbarte.

»Hier kann man zwar so einiges finden, manchmal auch ein bisschen Kleingeld, aber zweieinhalb Millionen sind schon allerhand«, sagt Rolf Johansson, der seit fünfzehn Jahren als Vorarbeiter auf der Deponie arbeitet. »Ich glaube, keiner von uns hat in dieser Nacht ruhig geschlafen. Alle fragen sich, wo das Geld herkommt und was damit geschehen wird. Vielleicht springt ja zumindest ein Finderlohn für uns heraus.«

Die Polizei, die den Fall untersucht, geht davon aus, dass sich der Besitzer der Matratze bald melden wird. Eine andere Möglichkeit besteht darin, dass das Geld mit einem Verbrechen in Verbindung steht.

Veli-Pekka Huhtanen von der Polizei in Vimmerby weist in diesem Zusammenhang darauf hin, dass der Überfall auf das Postamt in Vasseryd im Sommer 1997 noch immer nicht aufgeklärt ist.

Fortsetzung auf S. 7